LA CONCUBINE

Du même auteur aux Éditions J'ai lu :

L'azalée rouge (4329)

ANCHEE Min

IMPÉRATRICE ORCHIDÉE - 1

LA CONCUBINE

ROMAN

Traduit de l'américain
par Jacques Guiod

J'AI LU

Titre original :
Empress orchid
L'édition originale est parue aux États-Unis en 2004
chez Houghton Mifflin Company.

NOTE DE L'AUTEUR

Tous les personnages de ce livre s'inspirent d'hommes et de femmes bien réels. J'ai fait de mon mieux pour que les événements décrits soient fidèles à l'histoire. J'ai traduit les décrets, édits et poèmes à partir des documents originaux. Chaque fois qu'il existait des différences d'interprétation, j'ai fondé mon jugement sur mes recherches personnelles et la perspective globale.

REMERCIEMENTS

J'adresse mes remerciements à mon mari, Lloyd Lofthouse, à Sandra Dijkstra et à l'équipe de la Sandra Dijkstra Literary Agency, à Anton Mueller et à l'équipe de Houghton Mifflin, au Musée national d'histoire de la Chine, à la Bibliothèque nationale de Chine, au musée de Shanghai et au musée de la Cité interdite, à Pékin.

Pour ma fille, Lauryann,
et toutes les filles adoptées de Chine

Mes relations avec Tseu-hi débutèrent en 1902 et se poursuivirent jusqu'à sa mort. J'avais conservé le compte rendu exceptionnellement précis de mon association secrète avec l'impératrice ainsi que d'autres notes et messages d'intérêt que m'avait adressés Sa Majesté, mais j'eus l'infortune de perdre tous ces manuscrits et ces papiers.

Sir Edmund Backhouse,
coauteur de *China under the Empress Dowager* (1910)
et de *Annals and Memoirs of the Court of Peking* (1914).

En 1974, à la grande confusion d'Oxford et à la consternation discrète des spécialistes de la Chine de tous pays, Backhouse se révéla être un faussaire... L'escroc était dénoncé, mais sa fiction constituait toujours un matériau de tout premier ordre.

Sterling Seagrave,
Dragon Lady : The Life and Legend of the Last Empress of China (1992).

Un des sages de la Chine ancienne a écrit : « La Chine sera détruite par une femme. » La prophétie approche de son accomplissement.

Dr George Ernest Morrison,
correspondant en Chine du *Times* de Londres,
1892-1912.

[Tseu-hi] s'est révélée bienveillante et économe. Son caractère privé fut irréprochable.

Charles Denby,
délégué américain en Chine, 1898.

Elle fut l'incarnation du mal et de l'intrigue à l'état pur.

Manuel scolaire chinois
(utilisé de 1949 à 1991).

1. Palais d'Orchidée
2. Jardins impériaux
3. Palais de Nuharoo
4. Palais de dame Soo
5. Palais de la Grande Impératrice
6. Palais de dame Mei
7. Palais de dame Hui
8. Palais de dame Yun
9. Palais de dame L
10. Palais de la Pureté céleste
11. Palais de l'empereur
12. Temple et palais des anciennes concubines
13. Palais de l'Harmonie préservée
14. Palais de l'Harmonie parfaite
15. Palais de l'Harmonie suprême
16. Porte de l'Harmonie suprême

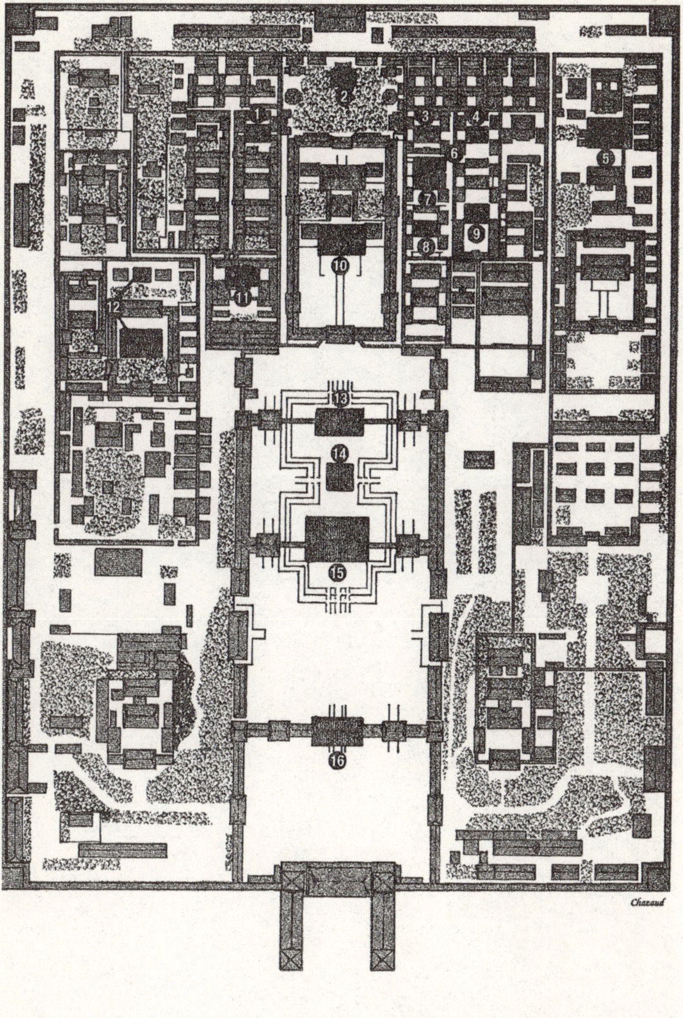

Chazaud

Prélude

En vérité, je n'ai jamais été le cerveau de quoi que ce soit. Je ris quand j'entends dire que, dès mon tout jeune âge, s'affirma mon désir de gouverner la Chine. Ma vie fut façonnée par des forces actives avant même ma naissance. Les conspirations de la dynastie étaient déjà anciennes ; des hommes et des femmes furent soumis à d'impitoyables rivalités bien avant que je n'entre dans la Cité interdite pour y devenir une concubine. Ma dynastie, les Qing, était condamnée depuis que nous avions perdu les deux guerres de l'Opium devant la Grande-Bretagne et ses alliés. Je ne connus qu'un insupportable univers de rites où la seule intimité dont je jouissais avait pour décor l'intérieur de ma tête. Pas un jour ne s'est écoulé où je ne me sois sentie pareille à une souris cherchant à échapper à un piège. Pendant près d'un demi-siècle, j'ai suivi jusque dans le détail le plus infime l'étiquette complexe de la cour. Je suis semblable à un portrait de la Galerie impériale. Quand je prends place sur le trône, mon apparence est gracieuse, plaisante et placide.

Devant moi se dresse un rideau de gaze – un écran transparent, symbole de la séparation du masculin et du féminin. Me préservant de toute critique, j'écoute mais parle peu. En parfaite connaisseuse de la sensibilité des hommes, je comprends qu'un simple regard sournois troublerait conseillers et ministres. Pour eux, l'idée d'une femme monarque a quelque chose d'effrayant. Des princes jaloux exploitent la crainte ancienne de voir une femme se mêler de politique. Lorsque mon époux mourut et que je devins régente en titre de notre fils âgé de six ans, Tongzhi, je rassurai la cour en insistant dans mon décret sur le fait que c'était bien lui, le jeune empereur, qui demeurerait le maître, et non pas sa mère.

Alors que les courtisans cherchaient à s'impressionner mutuellement par leur intelligence, je dissimulai la mienne. Mes affaires à la tête de la cour ne furent qu'un incessant conflit avec des conseillers ambitieux, des ministres retors et des généraux placés à la tête d'armées qui n'avaient jamais eu à combattre. Cela a duré plus de quarante-six ans. L'été dernier, j'ai compris que j'étais devenue une bougie brûlée jusqu'au bout dans une salle aveugle – ma santé m'abandonnait et je savais que mes jours m'étaient comptés.

Récemment, je me suis imposé de me lever à l'aube pour être présente aux audiences avant même le petit déjeuner. Nul n'était au courant de mon état de santé. Aujourd'hui, je suis trop faible pour cela. Mon eunuque, An-te-hai, m'a fait me hâter. Les mandarins et les autocrates m'attendaient sur leurs genoux endoloris dans la salle des audiences. Ils ne sont pas ici pour discuter des affaires de l'État après ma mort, mais me presser de désigner comme héritier l'un de leurs fils.

Cela m'afflige de reconnaître que notre dynastie est à son terme. En pareille époque, je ne puis faire rien de bon. J'ai été contrainte d'assister à la chute non seulement de mon fils aîné, à l'âge de dix-neuf ans, mais aussi de la Chine elle-même. Peut-on imaginer chose plus cruelle ? Pleinement consciente des raisons qui ont contribué à ma situation actuelle, je me sens brisée et sur le point de suffoquer. La Chine est devenue un monde empoisonné par ses propres déchets. Mon énergie se flétrit au point que les prêtres des plus grands temples sont impuissants à la raviver.

Mais ce n'est pas le plus terrible. Non, le pire, c'est que mes sujets continuent à avoir confiance en moi et qu'à l'appel de ma conscience, je dois détruire cette même confiance. Ces derniers mois, j'ai déchiré bien des cœurs. Je les déchire par mes décrets d'adieu ; je les déchire en déclarant à mes sujets que leur vie serait meilleure sans moi. J'ai dit à mes ministres que j'étais prête à entrer en toute sérénité dans l'éternité, quelle que soit l'opinion du monde. En d'autres termes, je suis un oiseau mort qui ne craint plus le lacs du chasseur.

Je suis devenue aveugle alors que ma vue était parfaite. Ce matin, j'ai eu du mal à voir ce que j'écrivais, mais mon esprit était pleinement éveillé. La teinture française excelle à donner à ma chevelure l'aspect qui fut toujours le sien, noir comme une nuit de velours. Et elle ne tache pas mon crâne comme la teinture chinoise que j'appliquais depuis des années. Ne me parlez pas de notre génie comparé à celui des barbares ! Il est vrai que nos ancêtres ont inventé le papier et la presse à imprimer, la boussole et la poudre, mais ils ont également refusé, dynastie après dynastie, de bâtir les défenses nécessaires à notre pays. Ils croyaient la Chine trop civilisée pour que l'on envisageât même de la défier. Voyez où nous en sommes à présent : la dynastie ressemble à un éléphant qui s'attarde à émettre son dernier souffle alors que son cerveau est déjà anéanti.

Le confucianisme s'est révélé insuffisant. La Chine a été défaite. Je n'ai reçu ni respect, ni justice, ni soutien de la part du reste du monde. Nos alliés et voisins assistent, impuissants et apathiques, à notre démembrement. Qu'est-ce que la liberté quand l'honneur fait défaut ? L'insulte, pour moi, n'est pas cette insupportable façon de mourir, mais cette absence d'honneur et notre incapacité à voir la vérité.

Je m'étonne que personne ne comprenne que notre attitude ultime est comique par son absurdité même. Lors de la dernière audience, je n'ai pu m'empêcher de crier : « Je suis la seule à savoir que mes cheveux sont blancs et clairsemés ! »

Mais la cour a refusé de m'entendre. Mes ministres ont voulu prendre pour réels la teinture française et le délicat ordonnancement de ma coiffure. Se frappant le front contre terre, ils ont entonné : « Grâce céleste ! Mille années de prospérité ! Longue vie à Votre Majesté ! »

Un

Ma vie impériale débuta par une odeur. L'odeur de pourriture qui émanait du cercueil de mon père : il était mort depuis deux mois et nous voulions nous rendre à Pékin, lieu de sa naissance, afin de l'ensevelir. Ma mère était frustrée. « Mon époux était le gouverneur de Wuhu », disait-elle aux valets de pied engagés pour porter le cercueil. « Oui, ma dame, répondait humblement leur responsable, et nous souhaitons sincèrement au gouverneur un heureux retour au bercail. »

Dans mon souvenir, mon père n'était pas un homme heureux. Il avait souvent été rétrogradé à la suite de son incapacité à mater les rébellions des Taiping[1]. Ce n'est que bien plus tard que j'ai su que tous les torts ne lui revenaient pas. Depuis des années, la Chine était en proie à la famine et aux agressions étrangères. Quiconque se serait mis à la place de mon père aurait compris l'impossibilité d'obéir à l'ordre de l'empereur, à savoir rétablir la paix : pour les paysans, la vie n'était pas meilleure que la mort.

Dès mon jeune âge, je fus témoin des luttes et des souffrances de mon père. Je suis née et j'ai grandi au Anhui, la plus misérable province de Chine. Nous ne

1. De 1851 à 1864, des paysans cherchèrent à établir un royaume de justice et de paix (*taiping*, en chinois). Riches et mandarins abandonneraient leurs propriétés au peuple, qui mettrait tout en commun – prémices de la Révolution populaire de Mao. *(N.d.T.)*

vivions pas dans la pauvreté, mais j'avais conscience que nos voisins dînaient de vers de terre et vendaient leurs enfants pour régler leurs dettes. Le long voyage de mon père vers l'enfer et les efforts de ma mère pour le ralentir, voilà ce que fut mon enfance. Tel un criquet aux fines pattes, ma mère s'efforçait d'empêcher un chariot de broyer sa famille.

La chaleur estivale cuisait le chemin. Le cercueil était légèrement incliné parce que les valets de pied n'avaient pas tous la même taille. Mère imaginait l'inconfort que devait subir mon père. Nous marchions en silence et écoutions le bruit de nos souliers éculés sur la terre. Des dizaines de mouches suivaient le cercueil. Chaque fois que les valets de pied faisaient halte pour se reposer, elles s'abattaient en nuées sur le couvercle. Mère demandait à ma sœur, Rong, et à mon frère, Kuei Hsiang, de les chasser, mais nous étions trop épuisés pour agiter les bras. Nous avions pris la direction du nord et marché tout au long du Grand Canal parce que nous ne pouvions nous permettre de louer une embarcation. Mes pieds se couvraient d'ampoules. Le paysage était sinistre de part et d'autre du chemin. L'eau du canal était basse et brunie par la terre. Au-delà, des collines nues s'étendaient à perte de vue. Les auberges se faisaient plus rares. Et celles où nous nous arrêtions étaient infestées de poux.

« Vous feriez mieux de nous payer, dit le chef des valets à ma mère quand il l'entendit se plaindre que sa bourse était pratiquement vide. Sinon, vous devrez porter vous-même votre cercueil, ma dame. » Mère sanglota une fois de plus et déclara que son mari ne méritait pas cela. Les valets de pied ne manifestèrent aucune compassion et, le lendemain, à l'aube, ils abandonnèrent le cercueil.

Mère s'assit sur un rocher au bord de la route. Des rides se creusaient autour de sa bouche. Rong et Kuei Hsiang envisagèrent d'enterrer notre père là où nous nous trouvions. Je n'avais pas le cœur à le laisser dans un endroit où il n'y avait pas un seul arbre à l'horizon. Certes, je n'étais pas son enfant préféré – il avait été déçu que son premier-né ne fût pas un fils –, mais il avait fait de son mieux pour m'élever. C'est lui qui avait insisté pour que j'apprenne à lire. Si je n'avais pas reçu d'éducation formelle, mon vocabulaire était suffisant pour lire les classiques des dynasties Ming et Qing.

À l'âge de cinq ans, je croyais qu'être née pendant l'année du mouton[1] portait malheur. Je confiai à mon père que mes amis du village prétendaient que le signe de ma naissance était de mauvais augure. Il indiquait que je serais massacrée.

Père n'était pas d'accord. « Le mouton est la plus adorable créature, m'expliqua-t-il. C'est un symbole de modestie, d'harmonie et de dévotion. » Pour lui, c'était un signe fort. « Tu as un double dix dans tes chiffres. Tu es née le dixième jour de la dixième lune, c'est-à-dire le 29 novembre 1835. Tu ne saurais être plus heureuse ! »

Ma mère nourrissait elle aussi des doutes quant à mon appartenance au mouton et elle alla consulter une astrologue. Celle-ci pensait qu'un double dix était trop fort. « Trop plein », lui dit la vieille, ce qui signifiait « trop facilement gaspillé ». « Ta fille grandira pour être un mouton têtu et sa fin sera misérable ! » L'astrologue parlait très vite au point que de l'écume blanche s'amoncelait aux commissures de ses lèvres. « Même un empereur éviterait le dix par crainte de sa plénitude ! »

En fin de compte, sur le conseil de l'astrologue, mes parents me donnèrent un nom indiquant que je « m'inclinerais ».

C'est ainsi que je fus nommée Orchidée.

---

1. Également appelée « année de la chèvre (ou du bouc) ». *(N.d.T.)*

Mère me révéla plus tard que les orchidées avaient été le sujet de prédilection des peintures à l'encre de mon père. Il aimait cette plante qui demeurait verte en toute saison et appréciait la forme élégante et la couleur délicate de sa fleur ainsi que sa senteur suave.

Mon père avait pour nom Hui Cheng Yehonala. Quand je ferme les yeux, je le revois mince, les traits confucéens, dans sa tunique de coton gris. Il est difficile d'imaginer à son regard plein de douceur que ses ancêtres Yehonala étaient des hommes de Bannière[1] mandchous qui vivaient à cheval. Père me dit qu'ils étaient issus du peuple Nu Cheng de l'État de Mandchourie, au nord de la Chine, entre la Mongolie et la Corée. Le nom Yehonala signifiait que nos racines remontaient à la tribu Yeho du clan Nala, au XVIe siècle. Mes ancêtres avaient lutté aux côtés de Nurhachi, le chef du système des huit Bannières, qui avait conquis la Chine en 1644 et était devenu le premier empereur de la dynastie Qing. Les Qing en étaient à présent à leur septième génération. Mon père avait hérité le titre de chef mandchou de la Bannière bleue, ce qui ne lui rapportait pas grand-chose hormis les honneurs.

J'avais dix ans quand mon père devint le taotai, ou gouverneur, de la petite ville de Wuhu, dans la province du Anhui. J'ai d'agréables souvenirs de cette époque, même si Wuhu passe souvent pour un endroit épouvantable. L'été, la température frôlait les quarante degrés, de jour comme de nuit. Les autres gouverneurs engageaient des coolies pour éventer leurs enfants, mais mes parents ne pouvaient se le permettre. Chaque matin, ma couche de bambou était trempée de sueur. « Tu as encore mouillé ton lit ! » disait ma mère pour plaisanter.

---

1. Chaque Bannière consistait en unités appelées *niulu*, regroupant 300 personnes et servant d'organisation politique, militaire et de production de base. *(N.d.T.)*

Malgré tout, j'aimais Wuhu quand j'étais enfant. Le lac faisait partie du grand fleuve Bleu, le Yangzi, qui traversait la Chine en creusant des gorges aux falaises escarpées et des vallées couvertes d'herbe et de fougère. Il formait ensuite une vaste plaine bien irriguée où poussaient riz et légumes et où les moustiques abondaient. Il coulait ainsi jusqu'à Shanghai et se jetait dans la mer de Chine orientale. Wuhu signifiait « le lac aux roseaux luxuriants ».

Notre maison, la demeure du gouverneur, avait un toit aux tuiles de céramique grise, et les figures des dieux se dressaient aux quatre coins des avant-toits inclinés. Chaque matin, je me rendais à pied au lac afin de laver mon visage et de brosser mes cheveux. Je me reflétais dans l'eau comme dans un miroir. Nous buvions et nous baignions dans le fleuve. Je jouais avec mon frère et ma sœur ou avec mes camarades sur le dos lisse des buffles. Nous taquinions les poissons et les grenouilles. Les longs roseaux touffus constituaient notre cachette favorite. Nous dégustions le cœur de douces plantes aquatiques appelées chiao-pai.

L'après-midi, quand la chaleur devenait insupportable, je m'occupais des enfants pour qu'ils aident à rafraîchir la maison. Ma sœur et mon frère emplissaient des seaux et je montais sur le toit pour déverser l'eau sur les tuiles. Puis nous revenions au bord du fleuve. Il y flottait des p'ieh, des radeaux de bambou, qui descendaient le courant ainsi qu'un long collier un peu lâche. Mes amis et moi sautions sur les radeaux et nous nous joignions aux chants des bateliers. Mon air préféré était *Wuhu est un lieu de délices*. Au coucher du soleil, ma mère nous rappelait. Le dîner était servi dans la cour, sur une table abritée par une treille couverte de wistérias violets.

Ma mère avait été élevée à la mode chinoise bien qu'elle fût de sang mandchou. Selon elle, après avoir conquis la Chine, les Mandchous comprirent que le système politique chinois était plus bienveillant, plus efficace aussi, et ils l'adoptèrent sans réserve. Les empereurs mandchous apprirent donc à parler le mandarin. L'empereur Daoguang mangeait avec des baguettes, était un fervent admirateur de l'opéra de Pékin et engageait des précepteurs chinois pour ses enfants. Les Mandchous empruntèrent également le style vestimentaire chinois. Ils ne conservèrent que leur coiffure traditionnelle. L'empereur avait le front rasé et une longue natte de cheveux bruns lui descendait jusqu'au creux des reins. L'impératrice portait sur le sommet du crâne une fine planchette noire parée de bijoux.

Mes grands-parents maternels avaient été élevés dans la religion Chan[1], mélange de bouddhisme et de taoïsme. Ils avaient inculqué à ma mère la conception Chan du bonheur, qui consistait à se satisfaire des plus infimes choses. J'appris ainsi à apprécier l'air frais du matin, la couleur rousse des feuilles en automne et la douceur de l'eau quand je plongeais les mains dans le bassin.

Ma mère ne se prenait pas pour une lettrée, mais elle adorait Li Po, un poète de la dynastie Tang. Chaque fois qu'elle lisait ses poèmes, elle y découvrait de nouvelles significations. Elle reposait son livre et regardait par la fenêtre. Son visage ovale comme un œuf d'oie était d'une étonnante beauté.

Le mandarin était la langue que je parlais enfant. Une fois par mois, un professeur venait nous apprendre le mandchou. Je n'ai aucun souvenir de ses cours, sinon que je m'y ennuyais. Je ne les suivais que pour faire plaisir à mes parents. Au fond de moi-même, je savais qu'ils ne désiraient pas vraiment nous voir maîtriser la langue mandchoue. Ce n'était que pour les apparences, afin que ma mère pût dire à ses invités : « Oh, mes enfants parlent mandchou. » En vérité, le mandchou

1. Plus connue en Occident sous le nom japonais de Zen. *(N.d.T.)*

n'était d'aucune utilité, telle une rivière morte où personne ne boit plus.

J'adorais l'opéra de Pékin, là encore sous l'influence de ma mère. Elle était si enthousiaste qu'elle économisait l'année durant pour engager une troupe locale à l'occasion du Nouvel An. Chaque fois, celle-ci présentait une œuvre différente. Ma mère invitait tous les voisins et leurs enfants à se joindre à nous. J'avais douze ans quand je vis *Hua Mulan*.

Je tombai amoureuse de la guerrière, Hua Mulan[1]. Après la représentation, je me rendis dans les coulisses de notre scène improvisée et je vidai ma bourse pour récompenser l'actrice, laquelle me permit d'endosser son costume. Elle m'apprit même l'air *Adieu, ma belle robe*. Les semaines qui suivirent, les gens habitant à un kilomètre à la ronde purent me l'entendre chanter.

Mon père prenait plaisir à me raconter les sources des opéras. Il aimait à montrer ses connaissances. Il nous rappelait que nous étions mandchous, la classe dominante de Chine. « Ce sont les Mandchous qui apprécient et font connaître l'art et la culture chinois. » Mon père s'animait sous l'effet de l'alcool. Faisant aligner les enfants, il les interrogeait sur l'ancien système des Bannières et ne les lâchait que lorsque chacun savait identifier par son rang chaque homme de Bannière : Uni, Blanc, Jaune, Rouge, Bleu...

Un jour, il déploya une carte de la Chine. On eût dit le fond d'un chapeau bordé de pays avides et habitués à jurer fidélité au Fils du Ciel, l'empereur. Il y avait le Laos, le Siam et la Birmanie, au sud ; le Népal, à l'ouest ; la Corée, l'archipel des Ryükyü et celui des Sulu, à l'est et au sud-ouest ; et enfin la Mongolie et le Turkestan, au nord et au nord-ouest.

---

1. Déguisée en homme, elle s'est engagée dans l'armée à la place de son père afin de combattre les Huns. Son histoire a inspiré le film éponyme des studios Walt Disney. *(N.d.T.)*

Bien des années après, tandis que je me rappelais la scène, je compris pourquoi mon père nous avait présenté cette carte. Le contour de la Chine allait bientôt changer. À l'époque où mon père partit à la rencontre de son destin, dans les années 1840, alors que s'achevait le règne de l'empereur Daoguang, les révoltes paysannes s'étaient durcies. En pleine sécheresse estivale, mon père fut absent pendant des mois. Ma mère s'inquiétait pour sa sécurité : elle avait entendu dire que des paysans en colère d'une province voisine avaient mis le feu à la demeure de leur gouverneur. Mon père vivait dans son administration et s'efforçait de mater les rebelles. Un jour, un édit arriva. À la surprise générale, mon père était congédié par l'empereur.

Il rentra à la maison couvert de honte, s'enferma dans son cabinet et refusa les visites. En un an, sa santé s'altéra. Il ne tarda pas à mourir. Les factures des médecins s'entassaient même après sa mort. Ma mère vendit toutes les possessions familiales, mais cela ne suffit pas à éponger les dettes. Hier, ma mère a sacrifié un dernier objet : une épingle à cheveux de jade vert en forme de papillon, que mon père lui avait offerte à l'occasion de leur mariage.

Avant de nous abandonner, les valets de pied portèrent le cercueil jusqu'au bord du Grand Canal : nous pourrions voir passer les bateaux et demander du secours. La touffeur augmentait, l'air était de plus en plus lourd, l'odeur de putréfaction s'exacerbait. Nous dormîmes à la belle étoile, tourmentés par la chaleur et les moustiques. Mon frère, ma sœur et moi écoutions gronder nos estomacs.

Je m'éveillai à l'aube pour entendre claquer au loin les sabots d'un cheval. Je crus rêver. En un rien de temps, un homme apparut devant moi. La fatigue et la faim me faisaient tourner la tête. L'homme mit pied à terre et se dirigea droit sur moi. Sans un mot, il me tendit un paquet entouré d'un ruban, puis m'expliqua que c'était de la part du taotai de la ville voisine. Surprise, je courus trouver ma mère, laquelle ouvrit le paquet. Il contenait trois cents taëls[1].

« Le taotai doit être un ami de ton père ! » s'écria mère. Avec l'aide du cavalier, nous récupérâmes nos valets de pied. Mais notre bonne fortune ne dura pas longtemps. Quelques kilomètres plus loin, le long du canal, nous fûmes arrêtés par un groupe d'hommes à cheval que menait le taotai en personne. « Une erreur a été commise, dit-il. Mon cavalier aurait dû donner ces taëls à une autre famille. »

À ces mots, mère tomba à genoux.

Les hommes du taotai reprirent les taëls.

Épuisée, je m'écroulai sur le cercueil de mon père.

Le taotai s'approcha du cercueil et s'accroupit comme pour examiner le grain du bois. C'était un homme massif aux traits sans finesse. Un instant plus tard, il se tourna vers moi. Je m'attendais qu'il parle, mais il n'en fit rien. Un long moment s'écoula.

« Tu n'es pas chinoise, n'est-ce pas ? » me demanda-t-il enfin. Il observait mes pieds qui n'étaient pas bandés.

« Non, seigneur, répondis-je. Je suis mandchoue.

— Quel âge as-tu ? Quinze ans ?

— Dix-sept. »

Il hocha la tête. Il ne cessait de me regarder des pieds à la tête.

« Les bandits pullulent sur cette route, me dit-il. Une jolie fille comme toi ne devrait pas aller à pied.

— Mais mon père doit rentrer chez lui. » Des larmes coulèrent sur mes joues.

Le taotai prit ma main pour déposer dans ma paume les taëls d'argent. « Adresse mes respects à ton père. »

---

1. Un taël équivalait à 36 grammes d'argent. *(N.d.T.)*

Je n'ai jamais oublié ce taotai. Après être devenue impératrice de Chine, je l'ai fait rechercher. Exceptionnellement, je lui ai accordé une promotion. Je l'ai nommé gouverneur de province et une belle pension lui fut attribuée jusqu'à la fin de ses jours.

Deux

Nous entrâmes dans Pékin par la porte sud. Les murailles roses et massives m'émerveillaient. Elles se dressaient partout, l'une derrière l'autre, et encerclaient toute la ville. Elles mesuraient quelque treize mètres de hauteur et seize d'épaisseur. Au cœur de la gigantesque capitale, se cachait la Cité interdite, la résidence de l'empereur.

Je n'avais jamais vu tant de gens en un seul endroit. Le fumet de la viande rôtie flottait dans l'air. La rue qui s'ouvrait devant nous avait une vingtaine de mètres de large et elle s'étirait sur plus d'un kilomètre jusqu'à la porte du Méridien. De chaque côté, s'entassaient échoppes et cabanes hérissées de drapeaux annonçant leur spécialité. Il y avait tant de choses à regarder : danseurs de corde virevoltants, devins occupés à interpréter le Yi King, acrobates et jongleurs effectuant des tours avec des ours et des singes, chanteurs populaires dont les masques, les perruques et les costumes chatoyants ressuscitaient de vieilles légendes, artisans fabriquant des meubles de leurs mains habiles… Les scènes semblaient sortir d'un opéra chinois classique. Les herboristes exposaient de gros champignons noirs séchés. Un acupuncteur appliquait des aiguilles sur le crâne d'un patient, le faisant ressembler à un porc-épic. Des réparateurs de porcelaine donnaient à leur ouvrage la finesse d'une broderie. Des barbiers fredonnaient leurs airs préférés en rasant leurs clients. Des enfants criaient de bonheur tandis que des chameaux aux yeux lourds avançaient avec élégance malgré leurs charges.

Mon regard s'attarda sur des baies enrobées de sucre et plantées sur des bâtons. Je me serais sentie misérable si je n'avais vu des coolies porter de lourds seaux fixés à des bambous posés sur leurs épaules nues. Ces hommes ramassaient des excréments pour le compte de marchands. Ils se dirigeaient lentement vers les bateaux qui les attendaient sur le canal.

Un lointain parent du côté de mon père que nous appelions Onzième Oncle nous accueillit chez lui. C'était un petit homme revêche que notre arrivée n'enchantait pas. Il se plaignit des difficultés que connaissait son commerce d'alimentation. « Il n'y a pas eu grand-chose à faire sécher ces dernières années, nous dit-il. Tout a été mangé. Et il ne reste plus rien à vendre. »

Mère s'excusa du dérangement et ajouta que nous repartirions dès que nous serions reposés. Il hocha la tête puis désigna la porte et mit mère en garde : « Elle ne tient plus sur son cadre. »

Nous enterrâmes père. Il n'y eut pas de cérémonie : nous n'en avions pas les moyens. Nous nous installâmes dans les trois pièces de la maison de l'oncle, allée des Potiers, au cœur du hutong[1] où vivaient ses parents. Telle une toile d'araignée, la ville de Pékin n'était qu'une agglomération de hutong. La Cité interdite en occupait le centre et les centaines de milliers de hutong constituaient la toile. L'allée de mon oncle se situait à l'est d'une rue proche du canal de la ville impériale. Il courait parallèlement aux hautes murailles et constituait la voie navigable privée de l'empereur. Je vis des bateaux ornés

1. Ce mot est dérivé du mongol *hottog*, « puits » ou « point d'eau ». *(N.d.T.)*

de drapeaux jaunes[1] descendre le canal. De grands arbres touffus se dressaient derrière les murailles ainsi que des nuages verts. Les voisins nous prévinrent de ne pas regarder en direction de la Cité interdite : « Il y vit des dragons, des esprits gardiens envoyés par les dieux. »

J'allais chez les voisins et les petits commerçants du marché aux légumes dans l'espoir de trouver du travail. Je portais des paniers d'ignames et de choux et je nettoyais les emplacements à la fermeture du marché. Chaque jour, je gagnais ainsi quelques pièces de cuivre. Parfois, personne ne m'engageait et je rentrais à la maison les mains vides. Une fois, grâce à mon oncle, je dénichai un emploi dans une boutique spécialisée dans les chaussures destinées aux riches Mandchoues. Ma patronne, une grosse femme d'âge mûr qu'on appelait grande sœur Fann, aimait appliquer sur son visage un maquillage aussi épais que celui d'une chanteuse d'opéra, au point qu'il s'écaillait quand elle parlait. Ses cheveux, enduits de gel et coiffés en arrière, lui collaient au crâne. Chacun s'accordait à dire qu'elle avait une bouche de scorpion mais un cœur de tofu.

Grande sœur Fann tirait fierté d'avoir servi en tant que responsable de la garde-robe de la Grande Impératrice de l'empereur Daoguang et elle se considérait comme une experte en matière d'étiquette. Elle était magnifiquement vêtue, mais elle manquait d'argent pour faire nettoyer ses vêtements. Pendant la saison des poux, elle me priait de lui ôter ceux qui lui chatouillaient le cou et se grattait à vif sous les aisselles. Quand elle en attrapait un, elle le broyait entre ses dents.

À la boutique, je maniais aiguilles, fils cirés, pinces et marteaux. Je commençais par décorer une chaussure

1. En Chine comme dans tout l'Orient, le jaune est la couleur de l'empereur. *(N.d.T.)*

de rangs de perles et l'incruster de pierres, puis je la posais sur une semelle compensée, sorte de sabot aux formes épurées qui lui donnait du poids. Je quittais mon établi les cheveux couverts de poussière et la nuque raide.

Travailler, cependant, me plaisait. Outre l'argent que je gagnais, j'avais aussi plaisir à bénéficier de la philosophie de grande sœur Fann. « Le soleil ne s'accroche pas qu'à une seule branche », disait-elle souvent. Pour elle, chacun avait sa chance. J'aimais aussi l'entendre évoquer les familles royales. Elle se plaignait que sa vie eût été gâchée par la Grande Impératrice : en effet, en guise de « récompense », elle était devenue la première épouse d'un eunuque, ce qui l'avait condamnée à ne jamais avoir d'enfant.

« Sais-tu combien de dragons sont sculptés autour du palais de l'Harmonie céleste de la Cité interdite ? » Les années glorieuses passées au palais l'emportaient sur ses souffrances. « Treize mille huit cent quarante-quatre ! » Comme toujours, elle répondait à sa question. « C'est l'œuvre de plusieurs générations d'artisans parmi les plus doués ! »

C'est grâce à grande sœur Fann que je sus tout de ce lieu où j'allais passer le restant de mes jours. Elle me dit que le seul plafond du palais abritait deux mille six cent quatre dragons et que chacun revêtait une signification.

Il lui fallut un mois pour achever de décrire le palais de l'Harmonie céleste. J'avais du mal à la suivre et à tenir le compte des dragons mais, grâce à elle, j'entrevoyais la puissance qu'ils symbolisaient. Bien des années plus tard, alors que je siégeais sur le trône et étais moi-même le dragon, je redoutais le jour où le peuple comprendrait que ce n'étaient que des images. À l'instar de mes prédécesseurs, je dissimulais mon visage derrière les splendides sculptures des dragons et priais le ciel pour que mes tenues m'aident à bien jouer mon rôle.

« Quatre mille trois cent sept dragons rien qu'au palais de l'Harmonie céleste ! » Haletante, grande sœur Fann se tournait vers moi et me demandait : « Orchidée, peux-tu imaginer le reste de la gloire impériale ? N'oublie pas mes paroles : un seul regard à tant de beauté donne du sens à la vie. Un seul regard, Orchidée, et tu ne seras plus jamais une personne ordinaire. »

Un soir, j'allai dîner chez grande sœur Fann. J'allumai un feu dans l'âtre et lavai ses habits tandis qu'elle préparait le repas. Nous mangeâmes des boulettes de pâte farcies de légumes verts et de soja. Ensuite je servis le thé et lui préparai sa pipe. Satisfaite, elle se déclara prête à me raconter d'autres histoires.

Nous nous installâmes. Grande sœur Fann évoqua le temps de l'impératrice Chu An. Je décelais une certaine vénération dans sa voix quand elle prononçait le nom de Sa Majesté. « Chu An était depuis l'enfance parfumée de pétales de rose, d'herbes et de plantes précieuses. Elle était moitié femme et moitié déesse. Quand elle se mouvait, des arômes célestes s'exhalaient de sa personne. Sais-tu pourquoi il n'y eut ni annonce ni cérémonie quand elle mourut ? »

Je fis non de la tête.

« C'est à cause du fils de Sa Majesté, Xianfeng, et de son demi-frère, le prince Kung. » Grande sœur Fann reprit haleine et continua. « L'événement a eu lieu il y a dix ans, l'année de l'empereur Daoguang. Xianfeng avait onze ans et Kung, neuf. Je faisais partie des servantes chargées des enfants. Parmi les neuf fils de l'empereur Daoguang, Xianfeng et Kung venaient en quatrième et sixième positions. Les trois premiers princes étaient morts de maladie, ce qui laissait à l'empereur six héritiers en parfaite santé. Xianfeng et Kung étaient les plus prometteurs. La mère de Xianfeng était ma maîtresse, Chu An, et celle de Kung, dame Jin, la concubine favorite de l'empereur. »

Grande sœur Fann baissa la voix. « Bien que Chu An fût la Grande Impératrice et, en tant que telle, très puissante, elle s'inquiétait à propos des chances de succession de Xianfeng. »

Selon la tradition, le fils aîné devait hériter, mais les craintes de Chu An étaient fondées. Quand le prince Kung commença à manifester des capacités physiques et intellectuelles hors pair, la cour comprit que l'empereur Daoguang ferait preuve de bon sens et préférerait le prince Kung à Xianfeng.

« L'impératrice fomenta un complot pour se débarrasser du prince Kung, reprit grande sœur Fann. Un jour, ma maîtresse invita les deux frères à déjeuner. Le plat principal était du poisson à la vapeur. L'impératrice avait demandé à sa servante, Abricot, de mettre du poison dans l'assiette de Kung. Je suis certaine que le Ciel est alors intervenu. Le prince Kung s'apprêtait à lever ses baguettes quand le chat de l'impératrice sauta sur la table. Les servantes n'eurent pas le temps d'agir et le chat mangea le poisson du prince Kung. L'animal présenta immédiatement des signes d'empoisonnement. Il chancela et s'écroula à terre. »

Bien plus tard, je devais apprendre les détails de l'enquête menée par la maison impériale. Le personnel de cuisine fut le premier suspecté. Le chef, tout particulièrement, fut soumis à la question. Sachant qu'il avait peu de chances de survivre, il se suicida. On interrogea ensuite les eunuques. L'un d'eux avoua avoir vu Abricot parler au chef le matin de l'incident. Le rôle de l'impératrice Chu An fut alors dévoilé et l'affaire rapportée à la Grande Impératrice.

« Allez me chercher l'empereur ! s'écria grande sœur Fann en imitant la Grande Impératrice. Sa voix résonnait dans tout le palais. Je servais ma maîtresse et je vis le visage de Sa Majesté blêmir subitement. »

L'impératrice Chu An fut déclarée coupable. L'empereur Daoguang n'eut cependant pas la force d'ordonner son exécution. Il blâma la servante, Abricot. Mais la Grande Impératrice campa sur ses positions et déclara qu'Abricot n'aurait pas agi seule, « même si elle avait emprunté les entrailles du lion ». L'empereur finit par céder.

« Quand l'empereur Daoguang pénétra dans notre palais, le pavillon des Parfums les plus purs, Sa Majesté comprit que le terme de sa vie était proche. Elle reçut son époux à genoux et fut incapable de se relever. Sa Majesté l'empereur l'y aida. Ses yeux gonflés montraient qu'il avait beaucoup pleuré. Puis il parla, exprimant son regret de ne plus pouvoir la protéger. Il lui fallait mourir. »

Grande sœur Fann tira sur sa pipe sans se rendre compte qu'elle était éteinte. « Comme si elle acceptait son destin, l'impératrice Chu An avait séché ses pleurs. Elle dit à l'empereur qu'elle reconnaissait sa faute et acceptait le châtiment, puis elle le supplia de lui accorder une faveur. Daoguang promit d'accéder à son souhait, quel qu'il fût. Elle désirait que la véritable raison de sa mort demeurât secrète. Quand l'empereur acquiesça, l'impératrice dit adieu à son époux, puis elle demanda à voir son fils pour la dernière fois. »

Les larmes s'amoncelaient dans les yeux de grande sœur Fann. « Xianfeng était un garçon d'aspect fragile. Il lut la tragédie dans le regard maternel. Bien évidemment, il ne pouvait deviner que quelques minutes plus tard sa mère disparaîtrait à jamais de la surface de la terre. Il lui avait amené son animal favori, un perroquet. Il voulait la divertir en faisant parler l'oiseau. Il récita sa nouvelle leçon, celle qui lui avait réclamé tant d'efforts. Enchantée, Chu An le serra contre elle.

« Le rire de son fils renforça sa tristesse. Le garçon prit son mouchoir pour lui essuyer les yeux. Il voulait savoir ce qui la tourmentait, mais elle ne lui répondit pas. Puis il cessa de jouer et prit peur. À ce moment, les tambours résonnèrent dans la cour. Ils indiquaient que l'impératrice Chu An devait se mettre en route. À nouveau elle étreignit son fils. Les tambours se firent plus puissants. Xianfeng était terrorisé. Sa mère enfouit son visage dans sa petite veste et murmura : « Je te bénis, mon fils. »

« La voix du ministre de la maison impériale se fit entendre : « Votre Majesté l'impératrice, suivez-moi, je vous prie ! » Pour épargner cette vision à son fils, ma maîtresse m'ordonna de l'emmener. Ce fut pour moi un véritable crève-cœur. J'étais aussi immobile qu'un tronc d'arbre. Alors Sa Majesté s'approcha de moi et me secoua par les épaules. De son poignet, elle ôta un bracelet de jade qu'elle glissa dans ma poche. « Je t'en prie, Fann ! » Elle m'adressait des regards suppliants. Je repris mes sens et entraînai Xianfeng hurlant loin de sa mère. Le ministre attendait à l'extérieur, devant le portail. Il tenait une bande de soie blanche – la corde pour sa pendaison. Plusieurs gardes l'accompagnaient. »

Je pleurai pour le jeune Xianfeng. Plusieurs années après, il deviendrait mon époux, et je lui ai toujours accordé une place dans mon cœur même après qu'il m'eut abandonnée.

« Une tragédie annonce toujours un bonheur. Sois-en persuadée, Orchidée. » Grande sœur Fann ôta sa pipe de ses lèvres et en tapa la cendre sur la table. « C'est exactement ce qui allait se passer. »

À la lueur de la bougie, se poursuivit le récit de la vie de mon futur époux. C'était l'automne de l'année 1850 et l'empereur Daoguang s'apprêtait à choisir son successeur. Il invita ses fils à Jehol, la réserve de chasse impériale située au nord, au-delà de la Grande Muraille. Il voulait mettre à l'épreuve leurs capacités. Six princes se joignirent à eux.

Le père expliqua à ses fils que les Mandchous avaient la réputation d'être de grands chasseurs. À leur âge, il tuait plus d'une douzaine d'animaux sauvages en une seule demi-journée – loups, daims, sangliers. Une fois, il avait rapporté quinze ours et dix-huit tigres. Il apprit à ses fils que leur arrière-grand-père, l'empereur Kangxi, le surpassait encore : chaque jour, il crevait sous lui six chevaux. Le père ordonna alors à ses fils de lui montrer ce dont ils étaient capables.

« Conscient de sa faiblesse, Xianfeng s'affligea. Il savait qu'il ne survivrait pas à cette compétition. Il décida donc de se retirer, mais il en fut empêché par son tuteur, Tu Shou-tien, un brillant lettré qui proposa à son élève le moyen de transformer sa défaite en victoire. « Quand vous perdrez, lui dit-il, déclarez à votre père que ce n'est pas faute de n'avoir pu tirer. Dites-lui que, pour une raison vertueuse telle que la compassion, vous avez refusé de faire état de vos talents de chasseur et délibérément choisi de ne pas tirer. » »

Dans le souvenir de grande sœur Fann, la scène de chasse automnale était impressionnante. Les buissons et les roseaux arrivaient à hauteur de la taille. On avait allumé des torches afin de débusquer les bêtes sauvages. Lapins, léopards, loups et daims s'enfuyaient de toutes parts. Soixante-dix mille cavaliers s'étaient déployés en cercle. Le terrain de chasse tremblait sous eux. Lentement, les hommes s'étaient regroupés. Des gardes impériaux suivaient chaque prince.

Le père, monté sur un étalon noir, se tenait au sommet de la colline la plus élevée et observait ses deux fils préférés. Xianfeng était vêtu d'une tunique de soie violette, le prince Kung, d'une tunique blanche. Kung ne cessait de charger. Les animaux tombaient sous ses flèches. Les gardes l'acclamaient.

Une sonnerie de trompette rappela les chasseurs à midi. Chacun son tour, les princes présentèrent à leur père les bêtes qu'ils avaient abattues. Le prince Kung en avait vingt-huit. Son beau visage portait la marque des griffes d'un tigre. Du sang coulait de sa blessure et sa tunique blanche était tachée. Il souriait de contentement, certain de s'être bien comporté. Les autres fils arrivèrent. Ils montrèrent à leur père les animaux attachés sous le ventre de leur monture.

« Où est donc Xianfeng, mon quatrième fils ? » s'enquit le père. Xianfeng fut appelé. Il ne rapportait rien sous le ventre de son cheval. Sa tunique était immaculée. « Tu n'as pas chassé. » Le père était déçu, mais le fils lui répondit ainsi que son tuteur le lui avait recommandé. « Votre humble fils n'a pu se résoudre à tuer ces animaux. Non pas parce que j'ai refusé d'obéir aux ordres de Votre Majesté ou par manque d'expérience, mais parce que la beauté de la nature m'a ému. Votre Majesté m'a enseigné que l'automne est l'époque où l'univers est gravide du printemps. Quand j'ai songé à tous ces animaux qui veilleraient sur leurs petits, mon cœur a sangloté pour eux. »

Le père, stupéfait, décida à l'instant du choix de son héritier.

La bougie s'était entièrement consumée. La lune resplendissait. Les nuages, blancs et épais, étaient semblables à des poissons géants nageant dans le ciel.

« À mon avis, la mort de l'impératrice Chu An a joué un rôle important dans la décision de l'empereur, reprit grande sœur Fann. Daoguang se sentait coupable d'avoir arraché sa mère à l'enfant. J'en veux pour preuve le fait qu'il n'a jamais accordé à dame Jin le titre d'impératrice qu'elle convoitait. Ma maîtresse a finalement eu ce qu'elle souhaitait.

— Dame Jin n'est-elle pas Grande Impératrice, aujourd'hui ? demandai-je.

— Si, mais elle ne tient pas ce titre de Daoguang. Xianfeng le lui a conféré quand il est devenu empereur. Sur l'avis de Tu, une fois encore. Ce geste a donné de la grandeur au nom de Xianfeng. Il avait compris que le peuple savait que dame Jin était l'ennemie de Chu An. Il voulait que ses sujets croient à sa bienveillance. Il voulait aussi apaiser les doutes de la nation, car chacun songeait encore au prince Kung. Le père n'avait pas été honnête et il avait manqué à sa promesse.

— Mais le prince Kung, qu'a-t-il pensé en voyant son père honorer le perdant alors que lui-même rapportait le plus beau trophée de chasse ?

— Orchidée, tu dois apprendre à ne jamais juger le Fils du Ciel. » Grande sœur Fann alluma une nouvelle bougie. Elle passa la main sous son cou. « Quoi qu'il fasse, c'est la volonté du Ciel. Oui, le Ciel a voulu que Xianfeng soit nommé empereur. Le prince Kung n'en doute pas, lui aussi, c'est pourquoi il assiste son frère avec tant de dévouement.

— Et... le prince Kung n'a-t-il pas manifesté de jalousie ?

— Il n'en a rien laissé paraître. Ce n'était pas le cas de dame Jin. Si la soumission du prince Kung l'emplissait d'amertume, elle parvenait cependant à dissimuler ses sentiments. »

Ce fut un hiver terrible. Après une tempête de neige, on découvrit des corps gelés dans les rues de Pékin. Je donnais tout ce que je gagnais à ma mère, mais cela ne suffisait pas à nos dépenses. Les prêteurs faisaient la queue devant la maison. La porte s'était plusieurs fois écroulée. Onzième Oncle était mal à l'aise et son visage reflétait ses pensées. Je savais qu'il voulait nous voir partir. Mère fut engagée comme servante, mais congédiée dès le lendemain car elle était tombée malade. Elle devait se cramponner au lit pour se lever et sa respiration était rauque. Ma sœur Rong lui prépara une décoction de simples. En plus de feuilles amères, le médecin lui prescrivit des cocons de ver à soie. Une odeur désagréable imprégnait mes habits et mes cheveux. Mon frère Kuei Hsiang allait emprunter de l'argent aux voisins. Au bout d'un moment, personne ne lui ouvrit plus sa porte. Mère acheta des vêtements de deuil bon marché, une tunique noire qu'elle portait toute la journée. « Tu n'auras pas à me changer si tu me trouves morte dans mon lit », me dit-elle.

Un après-midi, Onzième Oncle vint avec son fils, auquel je n'avais jamais été présentée. Il s'appelait Ping, « Bouteille ». Je savais qu'oncle avait eu un fils avec une prostituée et qu'il le cachait parce qu'il était gêné. J'ignorais que Bouteille était arriéré.

« Orchidée fera une bonne épouse pour Bouteille, dit oncle en poussant son fils vers ma mère. Et si je te donnais assez de taëls pour honorer tes dettes ? »

Le cousin Bouteille avait les épaules étroites et la forme de son visage allait bien avec son nom. Il n'avait que vingt-deux ans, pourtant il en paraissait soixante. En plus d'être « lent », c'était un opiomane. Debout au milieu de la pièce, il me regardait en souriant d'une oreille à l'autre. Ses mains ne cessaient de remonter son pantalon, qui lui tombait constamment sous les hanches.

« Orchidée a besoin d'une tenue décente », dit oncle en ignorant la réaction de ma mère, qui fermait les yeux et se cognait la tête au montant du lit. Il ramassa son sac en coton et en tira une veste rose brodée d'orchidées bleues.

Je m'enfuis de la maison et courus dans la neige. Bientôt mes chaussures furent trempées et je ne sentis plus mes orteils.

Une semaine plus tard, mère m'apprit que j'étais fiancée à Bouteille.

« Que vais-je faire avec lui ? lui lançai-je.

— Ce n'est pas juste pour Orchidée, dit Rong d'une petite voix.

— Oncle veut récupérer ses chambres, ajouta Kuei Hsiang. Quelqu'un lui a proposé un meilleur loyer.

Épouse Bouteille, Orchidée, ainsi oncle ne nous chassera pas. »

J'aurais voulu avoir le courage de dire non à mère, mais je n'avais pas le choix. Rong et Kuei Hsiang étaient trop jeunes pour m'aider à entretenir notre famille. Rong faisait des cauchemars. La voir dormir, c'était la voir traverser une salle de tortures. Elle déchirait ses draps, comme possédée par des démons. Nerveuse, soupçonneuse, elle avait peur de tout. Elle marchait tel un oiseau apeuré : les yeux écarquillés, elle s'arrêtait en plein mouvement. Elle faisait de curieux bruits en s'asseyant. Lors des repas, elle ne cessait de frapper la table de ses doigts. Désorienté, insouciant et paresseux, Kuei Hsiang délaissait ses livres et ne nous secondait en rien.

Chaque jour, j'écoutais grande sœur Fann évoquer des hommes pétris de charme et d'intelligence, des hommes qui passaient leur vie à cheval, terrassaient leurs ennemis et devenaient empereurs. Quand je rentrais chez moi, c'était pour affronter la dure réalité : j'épouserais Bouteille avant le printemps.

Mère m'appela depuis son lit et je m'assis à son chevet. Je ne pouvais me résoudre à la regarder. Elle n'avait plus que la peau sur les os. « Ton père disait toujours : « Le tigre qui perd son chemin dans la plaine est plus faible que l'agneau. Il ne peut combattre les chiens sauvages qui viennent se repaître. » C'est, hélas, notre destin, Orchidée. »

Un matin, j'entendis un mendiant chanter dans la rue alors que je me brossais les cheveux :

Renoncer, c'est accepter son destin.
Renoncer, c'est susciter la paix.
Renoncer, c'est avoir le dessus.
Renoncer, c'est finalement l'emporter.

J'observai le mendiant passer sous ma fenêtre. Il tendit vers moi un bol vide. Ses doigts étaient aussi frêles que des fagots. « De la bouillie, quémanda-t-il.

— Nous n'avons plus de riz, lui répondis-je. J'ai ramassé de l'argile blanche dans ma cour et je l'ai mêlée à de la farine pour faire des brioches. Tu en veux une ?

— Ignorez-vous que l'argile blanche bouche les intestins ?

— Je le sais, mais il n'y a rien d'autre à manger. »

Il accepta la brioche et disparut au bout de l'allée.

Triste, déprimée, je marchai dans la neige pour me rendre chez grande sœur Fann. Là, je pris mes outils, m'assis sur le banc et me mis à la tâche. Fann arriva, la bouche encore pleine de son petit déjeuner. Tout excitée, elle me dit qu'un décret avait été placardé sur la muraille de la ville. « Sa Majesté l'empereur Xianfeng recherche de futures compagnes. Je me demande qui seront ces veinardes ! » Elle me décrivit l'événement, qui avait pour nom la Sélection des Épouses impériales.

Après le travail, je décidai de voir par moi-même ce décret. La route directe était bloquée et je dus emprunter ruelles et allées pour n'arriver qu'au coucher du soleil. L'avis était écrit à l'encre noire. L'humidité de l'air avait fait couler les caractères. Tandis que je lisais, mon esprit battait la campagne. Les candidates devaient être mandchoues afin de conserver la pureté de la lignée impériale. Je me rappelai que père m'avait dit un jour qu'il n'y avait que cinq millions de Mandchous parmi les quatre cents millions d'habitants de la Chine. L'avis précisait que les pères de ces filles devaient avoir au moins le rang d'homme de la Bannière bleue. On voulait ainsi s'assurer de leur intelligence héréditaire. Enfin, toutes les jeunes filles mandchoues entre treize et dix-sept ans devaient se faire connaître : aucune n'avait le droit de se marier tant que l'empereur ne l'aurait pas vue.

« Vous croyez que j'ai une chance ? dis-je à grande sœur Fann. Je suis mandchoue et j'ai dix-sept ans. Et mon père appartenait à la Bannière bleue. »

Fann secoua la tête. « Orchidée, tu n'es qu'une vilaine petite souris comparée aux concubines et aux dames de cour. »

Je bus dans un seau d'eau et m'assis pour réfléchir. Grande sœur Fann cherchait à me décourager, mais cela ne diminuait en rien mon désir. J'appris de Fann que la cour impériale examinerait les candidates en octobre. Les gouverneurs de tout le pays enverraient des messagers chercher les filles les plus belles. L'ordre leur était donné de dresser des listes de noms.

« Je dois y aller ! » dis-je à grande sœur Fann. J'appris que, cette année, la maison impériale était chargée de la sélection et que les beautés de chaque province étaient envoyées à Pékin pour être soumises au comité. Le maître des eunuques, représentant de l'empereur, devait examiner plus de cinq mille jeunes filles et en choisir quelque deux cents. Elles seraient alors amenées à la Grande Impératrice, dame Jin, et à l'empereur.

Grande sœur Fann me dit que Xianfeng distinguerait sept épouses officielles et qu'il serait libre d'« accorder du bonheur » à n'importe quelle dame de cour ou servante de la Cité interdite. Après le choix des épouses officielles, les autres finalistes resteraient vivre dans la Cité interdite. Elles n'auraient jamais la chance de s'unir à l'empereur, mais recevraient chaque année, leur vie durant, une somme en taëls déterminée par le titre et le rang. En résumé, l'empereur devait avoir trois mille concubines.

J'appris aussi de grande sœur Fann qu'une sélection des servantes impériales aurait également lieu cette année. Contrairement aux concubines, qui habitaient de somptueux palais, les servantes étaient logées derrière, dans des sortes de casernes bien souvent laissées à l'abandon.

J'interrogeai grande sœur Fann sur les deux mille eunuques de la Cité interdite. Elle m'expliqua que la plupart étaient issus de familles extrêmement pauvres. Seuls les garçons castrés pouvaient prétendre à certains postes, mais tous n'étaient pas élus.

« En plus d'un esprit vif, ces garçons doivent avoir une certaine allure, poursuivit grande sœur Fann. Les plus intelligents et les plus beaux ont une chance de survivre et même de devenir favoris. »

Je demandai pourquoi la cour ne voulait pas de garçons « normaux ».

« C'est pour s'assurer que l'empereur sera le seul dispensateur de la semence. » Ce système était un héritage de la dynastie Ming, au XVe siècle. L'empereur Ming possédait quatre-vingt-dix mille eunuques qui constituaient sa police intérieure. C'était une nécessité parce que les meurtres n'étaient pas rares dans un lieu où des milliers de femmes cherchaient à attirer l'attention d'un seul homme.

« Les eunuques sont des créatures capables d'une cruauté et d'une haine formidables, mais aussi de la loyauté et du dévouement les plus grands. En privé, ils endurent le martyre. La plupart portent d'épais sous-vêtements parce qu'ils souffrent continuellement d'incontinence urinaire. N'as-tu jamais entendu l'expression « puer comme un eunuque » ?

— D'où tenez-vous ce détail ? m'enquis-je.

— J'en ai épousé un, me semble-t-il ! Ces fuites sont un objet de honte pour ces hommes. Mon époux savait ce qu'étaient les mauvais traitements et les souffrances, mais cela ne l'empêchait pas d'être jaloux et vicieux. Il souhaitait du mal à tout le monde. »

Je ne mis pas ma famille au courant de mes intentions. J'avais en effet conscience de n'avoir qu'une chance sur un million d'être choisie. Le lendemain matin, je me rendis au tribunal local avant d'aller au travail. Nerveuse mais résolue, j'annonçai mon intention au garde et l'on m'emmena dans une pièce spacieuse : colonnes, tables et chaises étaient drapées d'étoffes rouges. Un homme barbu en tunique rouge était assis derrière un grand bureau de séquoia. Un rectangle de soie de couleur jaune y était posé, une copie de l'édit impérial. Je m'approchai et m'agenouillai, puis je déclinai mon âge et mon nom. Je précisai que mon défunt père appartenait au clan Yehonala et qu'il avait été taotai de Wuhu.

L'homme m'examina longuement. « N'as-tu pas de plus beaux habits ?

— Non, seigneur.

— Je ne puis introduire au palais une mendiante en guenilles.

— Oserais-je cependant vous demander si je peux espérer entrer ? Avec un oui de votre part, seigneur, je trouverai le moyen de soigner mon apparence.

— Crois-tu que je gaspillerais mon souffle si je ne te jugeais pas apte ? »

« Eh bien, mère, annonçai-je quelque peu soulagée, j'irai dire à oncle que Bouteille devra attendre l'avis de l'empereur.

— Peut-être qu'entre-temps oncle se fera renverser par une charrette ou que Bouteille mourra d'avoir trop fumé l'opium, dit Kuei Hsiang.

— Kuei Hsiang, lui lança Rong, on ne souhaite pas ainsi le malheur d'autrui. Ils nous ont hébergés, après tout. »

J'ai toujours trouvé ma sœur plus sensée que mon frère. Cela ne veut pas dire qu'elle n'était pas craintive. Toute sa vie, elle demeura frêle et inquiète. Elle passait des jours à travailler sur une broderie et soudain, elle l'abandonnait parce que sa couleur pâlissait. Elle en concluait qu'un fantôme s'en était mêlé. Prise de panique, elle détruisait son ouvrage.

« Pourquoi n'étudies-tu pas, Kuei Hsiang ? demandai-je à mon frère. Tu as plus de perspectives d'avenir que Rong et moi. L'examen pour devenir fonctionnaire impérial se déroule chaque année. Pourquoi ne pas t'y présenter ?

— Je n'ai pas ce que l'on exige », répondit-il simplement.

Grande sœur Fann fut surprise de mon intention. Elle prit une bougie et examina mes traits.

« Comment ai-je pu ne pas m'en apercevoir ? » Elle me fit tourner la tête. « Des yeux brillants en amande à la paupière légère, une peau lisse, un nez droit, une bouche adorable, un menton gracieux et un corps mince. Ce sont certainement tes vêtements qui nuisent à tes attraits. »

Fann reposa la bougie et croisa les bras. Elle déambula dans la pièce comme un criquet dans son pot avant un combat. « Tu auras une autre allure pour entrer dans la Cité interdite, Orchidée. » Elle posa les mains sur mes épaules. « Viens, je vais te transformer. »

C'est dans la garde-robe de grande sœur Fann que je me métamorphosai en princesse.

Grande sœur Fann se montra à la hauteur de sa réputation, elle qui avait jadis été chargée de vêtir l'impératrice. Elle m'enveloppa dans une fine tunique de satin vert brodée de faisans blancs très réalistes. Des broderies d'une nuance plus sombre ornaient col, poignets et bordures.

« Cette tunique me fut offerte par Sa Majesté à l'occasion de mon mariage, m'expliqua-t-elle. Je l'ai à peine portée de peur de la tacher. Aujourd'hui, je suis vieille et grosse. Je te la prête, ainsi que la coiffure assortie.

— Sa Majesté ne reconnaîtra-t-elle pas ce qui lui a jadis appartenu ?

— Ne t'inquiète pas. Elle a des centaines de tuniques semblables.

— Que pensera-t-elle en me voyant ainsi ?

— Que tu as du goût. »

Enthousiaste, je dis à grande sœur Fann que je ne la remercierais jamais assez.

« Souviens-toi, Orchidée, la beauté n'est pas le seul critère de sélection, me prévint grande sœur Fann alors qu'elle m'habillait. Tu peux perdre parce que tu es trop pauvre pour soudoyer les eunuques, qui s'empresseront alors de te dénigrer auprès de Leurs Majestés. J'ai personnellement assisté à des scènes de ce genre. C'était si épuisant qu'à la fin toutes les filles se ressemblaient. Leurs Majestés ne remarquaient plus leur beauté, ce qui explique la laideur de la plupart des concubines et des épouses impériales. »

Au cours de ces longs mois d'attente, j'eus peine à contenir mon agitation. Je dormais par intermittence et faisais des rêves angoissés. Puis l'attente prit fin : le lendemain, j'entrerais dans la Cité interdite pour me présenter à la sélection.

Quelques nuages s'effilochaient dans le ciel et un vent chaud soufflait tandis que ma sœur et moi parcourions les rues de Pékin. « J'ai le sentiment que tu seras l'une des deux cents concubines, sinon l'une des sept épouses, déclara Rong. Ta beauté n'a pas d'égale, Orchidée.

— Mes craintes n'ont pas d'égales, veux-tu dire », la corrigeai-je.

Nous continuâmes notre route et je serrai sa main. Elle portait une tunique légère en coton bleu, rembourrée au crochet aux épaules. Nos traits étaient identiques, mais la crainte se dessinait parfois sur son visage.

« Et si tu ne passais jamais une seule nuit avec Sa Majesté ? me demanda Rong dont les sourcils vinrent barrer le front.

— Ce serait tout de même mieux qu'épouser Bouteille, non ? »

Elle acquiesça.

« Je t'enverrai les articles les plus délicats du palais, repris-je en m'efforçant de mettre de la gaieté dans ma voix. Tu seras ainsi la jeune fille la mieux vêtue de la ville. De belles étoffes, des cordons splendides, des plumes de faisan.

— Ne t'emporte pas, Orchidée. Chacun sait que les règles de la Cité interdite sont très strictes. Un écart, et tu pourrais bien perdre ta tête. »

Nous nous tûmes. La muraille impériale semblait plus haute et plus épaisse, celle-là qui devait longtemps nous séparer.

Trois

Je marchais parmi les milliers de jeunes filles choisies dans tout le pays. Après une première inspection, le nombre se réduisit à deux cents. J'étais des heureuses élues et je concourais maintenant pour devenir l'une des sept épouses de l'empereur Xianfeng.

Un mois avant, le comité m'avait envoyé chercher pour me faire passer un examen médical. La chose m'aurait choquée si je ne m'y étais préparée. Cela se passa au sud de Pékin, dans un palais entouré de vastes jardins sans artifice. La demeure et les terres avaient jadis servi de villégiature aux empereurs. Un petit bassin occupait le centre de la cour.

Je rencontrai de nombreuses jeunes filles dont je ne saurais exprimer la beauté par des mots. Chacune d'elles était unique. Celles originaires des provinces du Sud, cou de cygne, longs membres et poitrine menue, étaient élancées. En revanche, celles du Nord, avec leurs seins comme des outres et leurs fesses pareilles à des citrouilles, ressemblaient à des fruits mûrs.

Les eunuques vérifiaient nos signes de naissance, la carte des étoiles, notre taille et notre poids, nos cheveux, la forme de nos mains et de nos pieds. Ils comptaient nos dents. Tout devait correspondre aux critères de l'empereur.

On nous somma de nous dévêtir et de nous mettre en ligne. L'une après l'autre, nous fûmes examinées par un responsable, eunuque lui aussi. Un assistant consignait ses remarques dans un livre.

« Sourcils inégaux, déclarait l'eunuque en marchant devant nous, épaules affaissées, mains de travailleuse, lobes de l'oreille trop petits, mâchoire trop étroite, lèvres trop épaisses, paupières gonflées, orteils carrés, jambes trop courtes, cuisses trop grasses. » Ces filles étaient renvoyées sur-le-champ.

Quelques heures plus tard, on nous emmena dans une grande salle aux rideaux ornés de fleurs de pêcher. Un groupe d'eunuques s'approcha avec des rubans. Trois d'entre eux me mesurèrent le corps. On me pressa, on me pinça la peau.

Il était impossible de se cacher. « Tasse-toi ou avance la tête et tu n'échapperas pas à la hache du bourreau ! » Le responsable me saisit par les épaules et hurla : « Redresse-toi ! »

Je fermai les yeux et tentai de me persuader que les eunuques n'étaient pas des hommes. Je les rouvris et constatai que c'était vrai. À la campagne, les hommes salivaient à la vue d'une jeune fille, même entièrement vêtue. Ici, les eunuques se comportaient comme si ma nudité ne faisait aucune différence. N'avaient-ils réellement aucun sentiment ou feignaient-ils le dédain ?

Après qu'on nous eut mesurées, on nous conduisit dans une salle encore plus vaste et on nous ordonna de marcher. Les jeunes filles à la démarche jugée dénuée de grâce étaient renvoyées. Les autres se préparaient à l'épreuve suivante. En fin de journée, certaines attendaient encore.

Enfin, on me commanda de remettre mes vêtements et je pus rentrer chez moi.

Le lendemain matin, de très bonne heure, je fus ramenée au palais. La plupart de mes compagnes de la veille étaient absentes. Les rescapées avaient été regroupées. On nous demanda de décliner notre nom, notre âge, notre lieu de naissance et le nom de notre père. Celles qui parlaient trop fort ou trop doucement étaient éliminées.

Avant le petit déjeuner, nous nous rendîmes dans les jardins à l'arrière de la grande demeure, où plusieurs tentes avaient été dressées. Des tables de bambou étaient disposées dans chacune d'elles. Dès mon entrée, les eunuques me dirent de m'allonger sur l'une d'elles. Quatre dames de cour de haut rang parurent, leur visage peint dénué de toute expression. Elles froncèrent le nez et me flairèrent en chaque point du corps : de mes cheveux à mes oreilles, de mon nez à ma bouche, de mes aisselles à mes parties intimes. Elles vérifièrent l'écartement entre mes doigts et mes orteils. Une dame trempa l'index dans un pot d'huile et me l'enfonça dans le fondement. Cela me fit mal, mais je ne le montrai pas. Quand la dame eut retiré son doigt, les autres s'empressèrent de le sentir.

Le dernier mois s'écoula en un clin d'œil. « Demain, Sa Majesté décidera de mon destin », déclarai-je à mère.

Sans un mot, elle alluma des bâtons d'encens et s'agenouilla devant une image du Bouddha accrochée au mur.

« À quoi songes-tu, Orchidée ? me demanda Rong.

— Mon rêve de voir la Cité interdite va se matérialiser », lui répondis-je alors que les mots de grande sœur Fann me revenaient à l'esprit : Un seul regard à tant de beauté donne du sens à la vie. Je ne serai plus jamais une personne ordinaire.

Ma mère resta éveillée toute la nuit. Avant que j'aille au lit, elle m'expliqua le sens du yuang dans la tradition taoïste : il me fallait suivre ma destinée et la modifier comme un ruisseau qui coule entre les rochers.

Je l'écoutai attentivement et lui promis de me rappeler l'importance de l'obéissance ; je devrais toujours « avaler le crachat d'autrui si cela s'avère nécessaire ».

J'avais reçu l'ordre de me tenir avant l'aube à la porte du Méridien. Mère avait employé les derniers taëls qu'elle avait empruntés à louer la chaise à porteurs destinée à me transporter – elle était décorée de soie bleue fantaisie – ainsi que trois autres chaises plus modestes pour Kuei Hsiang, Rong et elle-même. Ils m'accompagneraient jusqu'à l'entrée de la Cité interdite. Les valets de pied seraient là avant le chant du coq. Je ne m'offusquai pas de la prodigalité de ma mère : c'était sa façon de me dire au revoir de manière honorable.

À trois heures du matin, mère m'éveilla. L'espoir de me voir choisir comme concubine impériale l'emplissait d'énergie. Elle s'efforça de retenir ses larmes tandis qu'elle s'occupait de mon visage. Je fermais les yeux de toutes mes forces. Je savais que, si je les rouvrais, des pleurs couleraient, qui gâteraient mon maquillage si savamment appliqué.

Quand mon frère et ma sœur se réveillèrent à leur tour, je portais la superbe tunique de grande sœur Fann. Mère noua les lacets. Quand elle eut terminé, nous mangeâmes de la bouillie en guise de petit déjeuner. Rong m'offrit deux noix qu'elle conservait depuis l'année passée. Elle insista pour que je les croque car cela m'apporterait la félicité et je fis selon son désir.

Les valets de pied arrivèrent. Rong m'aida à soulever ma tunique et les hommes m'installèrent dans la chaise. Kuei Hsiang avait revêtu les habits de notre père. Je lui dis qu'il ressemblait à un homme de Bannière, sauf qu'il devait apprendre à se boutonner convenablement.

Les jeunes filles et leur famille attendaient devant la porte du Méridien. J'étais assise dans la chaise à porteurs, les doigts et les orteils gourds à cause du froid. Imposante, la porte se dressait sur fond de ciel violet. Quatre-vingt-dix-neuf coupes de couleur bronze y étaient incrustées ainsi que des tortues posées sur un panneau géant. Elles recouvraient les énormes boulons qui réunissaient les différentes planches. Un valet de pied indiqua à ma mère que cette porte de l'épaisseur d'une muraille avait été édifiée en 1420. Elle était faite du bois le plus dur. Une tourelle de pierre surmontait la muraille.

L'aube vint. Une compagnie de gardes impériaux s'avança, que suivait un groupe d'eunuques en tunique. L'un d'eux, d'âge mûr et de grande taille, portait un livre et il commença à lancer des noms d'une voix suraiguë. Avec ses yeux ronds, son nez camus, son front incliné, sa bouche fendue d'une oreille à l'autre et sa lèvre supérieure trop basse, il ressemblait à un singe. Il chantait les syllabes en faisant l'appel et s'attardait sur la dernière note pendant au moins trois temps. Le valet de pied nous révéla qu'il régnait sur les eunuques. Il s'appelait Shim.

Chaque fois qu'un nom était appelé, les eunuques distribuaient à la famille un coffret jaune renfermant des pièces d'argent. « Cinq cents taëls de la part de Sa Majesté l'empereur ! » s'écriait alors leur chef.

Mère fondit en sanglots en entendant mon nom. « L'heure est venue, Orchidée. Prends garde à toi. »

Je descendis avec précaution de la chaise à porteurs.

Mère faillit laisser tomber le coffret qu'on lui donnait. Les gardes la raccompagnèrent à sa chaise et lui dirent de rentrer chez elle.

« Songe que tu t'embarques sur un vaisseau de clémence jeté sur une mer de souffrances, me cria ma mère en m'adressant des signes de la main. Puisse l'esprit de ton père être toujours avec toi ! »

Je me mordis la lèvre et hochai la tête. Je devais être heureuse puisque ces cinq cents taëls aideraient ma famille à survivre.

« Prenez soin de mère ! » lançai-je à Rong et à Kuei Hsiang.

Rong agita les doigts et porta son mouchoir à sa bouche.

Kuei Hsiang était pareil à un poteau de bois. « Attends, Orchidée, attends. »

Je pris mon souffle et me tournai vers la porte rose.

Le soleil creva les nuages au moment où je pénétrai dans la Cité interdite.

« Les dames impériales s'avancent ! » entonna le premier eunuque.

Les gardes massés à l'entrée se rangèrent de part et d'autre, créant ainsi une allée où nous nous engageâmes.

Je me retournai pour la dernière fois. La lumière du soleil inondait la foule. Rong agitait son mouchoir, Kuei Hsiang brandissait au-dessus de sa tête le coffret aux taëls. Mère était invisible. Elle devait se cacher pour pleurer.

« Au revoir ! » Mes larmes coulaient sans retenue, et la porte du Méridien se referma brutalement.

Sans la voix de Shim qui ne cessait de donner des ordres et nous faisait tourner à gauche ou à droite, je me serais crue dans un monde fantastique.

Gigantesques, d'apparence solennelle, des palais s'offraient partout à ma vue. Des toits jaunes vernissés resplendissaient au soleil. Mes pieds foulaient des dalles de marbre. Puis je découvris le palais de l'Harmonie suprême et je compris que tout cela n'était qu'un commencement.

Le temps de brûler deux bougies, nous franchîmes des portails ornés, des cours spacieuses et des salles dont chaque poutre était sculptée.

« Vous prenez là un chemin détourné, celui des servantes et des fonctionnaires impériaux, nous expliqua Shim. Hormis Sa Majesté, nul ne peut emprunter l'entrée centrale. »

Autour de nous, tout semblait vide. Personne n'était là pour voir nos robes élégantes. Je me rappelai le conseil de grande sœur Fann : « Les murs de la Cité ont des yeux et des oreilles. On ne sait jamais lequel recèle les yeux de Sa Majesté l'empereur Xianfeng ou ceux de sa mère, la Grande Impératrice, dame Jin. »

L'air était lourd. Je regardais autour de moi et me comparais aux autres jeunes filles. Nous avions toutes le visage maquillé à la mode mandchoue. La lèvre inférieure portait un point rouge et les cheveux étaient enroulés autour de la tête en deux parties. Certaines jeunes filles remontaient leur natte jusqu'au sommet du crâne, où elles la paraient de bijoux étincelants, fleurs, oiseaux ou insectes de jade. D'autres créaient une sorte de plateau en soie que maintenaient des barrettes d'ivoire. Ma natte avait la forme d'un machaon et grande sœur Fann avait mis des heures à la fixer à une mince planchette noire. Une rose de soie violette était épinglée au centre et deux autres de couleur rose, sur le côté. Orchidées et fleurs de jasmin blanches parsemaient aussi mes cheveux.

La jeune fille à côté de moi arborait une coiffure élaborée qui m'évoquait celles des opéras traditionnels : elle figurait une oie en plein vol, rehaussée de perles et de diamants, entrelacée de fils jaunes et vermillon.

En tant que cordonnière, je m'intéressai tout naturellement aux souliers de mes compagnes. Je ne savais peut-être pas grand-chose, mais je m'y connaissais au moins en ce domaine. Ce que je vis me couvrit de honte. Chaque chaussure était incrustée de perles, de jade et de diamants, mais aussi brodée de motifs divers : lotus, prune, magnolia, main du Bouddha ou fleur du pêcher. De chaque côté, une débauche de poissons et de papillons symbolisait bonne fortune et longévité. Nous autres, dames mandchoues, ne nous emmaillotions pas les pieds comme les Chinoises mais nous ne voulions pas manquer une occasion d'être à la mode : c'est pourquoi nous portions des chaussures à semelles très épaisses afin de faire paraître nos pieds plus petits.

Je commençais à avoir du mal à marcher. Nous traversâmes des clairières bordées de bambous et d'arbres plus imposants. Le chemin se faisait sans cesse plus étroit et les marches plus raides. Le chef des eunuques nous fit presser et nous étions maintenant hors d'haleine. Au moment où nous nous crûmes arrivées dans une impasse, s'offrit à nous un spectacle grandiose. Je retins mon souffle en découvrant un océan de toits dorés. Au loin, je distinguais les tourelles massives de la Cité interdite.

« Vous vous tenez là sur la colline de la Contemplation[1]. » Le premier eunuque mit les mains sur ses hanches et aspira goulûment l'air. « C'est le point culminant de Pékin. Les anciens maîtres du feng shui croyaient que ce site abritait l'énergie la plus vitale ainsi que les esprits du vent et de l'eau. Jeunes filles, prenez un moment pour vous souvenir de ceci, car la plupart d'entre vous n'auront plus l'occasion de le contempler. Nous avons de la chance qu'il fasse beau. Les tempêtes de sable venues du désert de Gobi sont retombées. »

Je suivis le doigt de Shim et découvris une pagode blanche. « C'est dans ce temple de style tibétain que résident les esprits des dieux qui protègent la dynastie Qing depuis des générations. Prenez garde, jeunes filles, veillez à ne jamais les offenser ! »

Pour redescendre la colline, Shim nous fit emprunter un autre chemin qui menait au jardin de la Paix et de la Longévité. Pour la première fois de ma vie, j'aperçus en vrai des pippals. Ils étaient gigantesques et leurs feuilles étaient aussi vertes que l'herbe. J'en avais déjà vu des représentations sur des manuscrits bouddhiques ou sur les fresques des temples. Symboles du Bouddha[2]

---

1. Plus connue sous le nom de colline de Charbon, certainement à cause de sa couleur sombre. *(N.d.T.)*

2. Selon la tradition, c'est sous un tel arbre que le Bouddha connut l'Éveil. *(N.d.T.)*

ils étaient assez rares mais, ici, poussaient en tout lieu des arbres séculaires. Leurs feuilles drapaient le sol ainsi que des rideaux verts. Dans le jardin, de grosses pierres aux formes agréables avaient été disposées pour le plaisir des yeux. Je relevai la tête et découvris de magnifiques pavillons dissimulés parmi les cyprès.

Nous avions fait tant de détours que j'étais perdue. Nous devions être passées devant une vingtaine de pavillons quand on nous conduisit devant un autre. De couleur bleue, orné de fleurs de prunier, il avait un toit en forme d'escargot.

« Le pavillon de la Floraison hivernale, déclara le chef des eunuques. C'est ici que vit la Grande Impératrice, dame Jin. Dans un instant, vous y rencontrerez Leurs Majestés. »

On nous fit asseoir sur des bancs de pierre tandis que Shim nous expliquait rapidement ce qu'on attendait de nous. Chacune devait souhaiter à Leurs Majestés santé et longévité. « Après avoir exprimé ce vœu, demeurez silencieuses et ne parlez que si l'on s'adresse à vous. »

Nous étions toutes nerveuses. Une jeune fille, incapable de se contrôler, éclata en sanglots. Des eunuques l'emmenèrent aussitôt. Une autre se mit à soliloquer. Elle aussi fut éloignée.

Je pris alors conscience de l'omniprésence des eunuques. La plupart du temps, ils se tenaient le long du mur, silencieux, impassibles. Grande sœur Fann m'avait prévenue, les eunuques expérimentés étaient redoutables et ils se repaissaient des malheurs d'autrui. « Les jeunes sont plus accommodants, m'avait-elle dit, surtout les derniers arrivés car ils sont encore innocents. La méchanceté de l'eunuque ne se révèle qu'à l'âge adulte, quand il se rend vraiment compte de ce qu'il a perdu. »

Selon grande sœur Fann, les tout-puissants eunuques régissaient la Cité interdite. Ils étaient les maîtres de l'intrigue. Parce qu'ils avaient beaucoup souffert, ils pouvaient supporter la torture et la douleur. Les nouveaux venus étaient fouettés chaque jour. Avant de conduire leurs fils au palais, les parents achetaient trois pièces de peau de vache. Les novices s'en ceignaient le dos et les cuisses, là où le fouet claquait. Cette peau de vache avait reçu un surnom, « le Bouddha protecteur des corps » ou encore « le Bouddha véritable ».

Plus tard, j'appris que la punition, en cas de transgression aggravée, était la mort par étouffement. La peine était dispensée devant tous les eunuques. On attachait le condamné à un banc et on lui recouvrait le visage d'une pièce de soie humide, comme si l'on prenait son empreinte pour un masque mortuaire. Sous le regard de chacun, les bourreaux empilaient des étoffes humides, couche après couche, tandis que la victime se débattait pour respirer et qu'on lui maintenait les membres jusqu'à ce qu'elle ne bougeât plus.

Au début de ma vie dans la Cité interdite, je m'insurgeais contre de tels châtiments, dont la barbarie me scandalisait. Au fil des ans, mon opinion s'est modifiée et j'ai compris la nécessité de la discipline. Les eunuques étaient capables de crimes odieux et d'une cruauté sans limites. La colère qu'ils renfermaient était telle que seule la mort pouvait en venir à bout. Aux temps anciens, des eunuques avaient fomenté des émeutes, voire pis encore. Sous la dynastie Zhou, ils avaient même détruit un palais par le feu.

Grâce à grande sœur Fann, j'avais appris à identifier le statut des eunuques à leur tenue vestimentaire, et l'heure était venue de mettre mes connaissances à profit. Ceux qui occupaient les postes les plus élevés portaient des tuniques de velours couvertes de bijoux délicats et étaient servis par des apprentis. Ils disposaient de fabricants de thé, d'habilleurs, de messagers et de comptables personnels, ainsi que d'épouses et de concubines pour le prestige. Ils adoptaient des enfants afin de transmettre leur nom et acquéraient des propriétés hors de la Cité interdite. Ils s'enrichissaient et dirigeaient leur maison comme des empereurs. Quand un eunuque de haut rang découvrait que son épouse avait des relations intimes avec un serviteur, il la taillait en pièces et la donnait à manger à son chien.

J'étais morte de faim. Nous étions deux cents, mais nous avions été réparties par groupes de dix, puis dispersées dans différentes parties du jardin. Nous étions assises qui sur des plates-formes de bois ou de pierre, qui sur de gros rochers rendus lisses par la rivière. Devant nous, s'étendaient des étangs artificiels semés de lotus et ridés par des carpes Koï. Entre nous, se dressaient des panneaux de bois sculptés et des kiosques de bambou.

L'eunuque responsable de mon groupe arborait une décoration de bronze sur son bonnet et une caille sur la poitrine. Il me rappelait mon frère, Kuei Hsiang. Il avait une bouche naturellement rosée et des traits de fille. Maigre, l'air timide, il se tenait à distance de nous et son regard se portait alternativement sur les jeunes filles et sur son supérieur, lequel avait une décoration blanche sur son bonnet et un loriot sur la poitrine.

« Je m'appelle Orchidée. » Je m'approchai de lui et me présentai d'une voix murmurante. « J'ai très soif et je me demandais...

— Chut ! fit-il en posant son index sur sa bouche.

— Comment vous appelez-vous ? Comment dois-je m'adresser à vous ?

— An-te-hai.

— Eh bien, An-te-hai, puis-je avoir de l'eau ? »

Il secoua la tête. « Je n'ai pas le droit de parler. Je vous en prie, ne me posez pas de questions.

— Je m'arrêterai si...

— Je suis désolé. » Il pivota sur ses talons et disparut prestement derrière le rideau de bambou.

Combien de temps pourrais-je tenir ainsi ? Je regardai autour de moi et entendis gargouiller le ventre des autres jeunes filles.

Le clapotis d'un ruisseau proche me donna encore plus soif. Les jeunes filles semblaient figées comme en une peinture de l'ancien temps. Arbres élégants, vignes tombantes, bambous qui se balançaient, vierges craintives... Je contemplai ce tableau jusqu'au moment où je vis une silhouette se faufiler derrière les bambous.

C'était An-te-hai. Il revenait avec une coupe à la main. Son pas était rapide et silencieux. Je compris que les eunuques avaient appris à se mouvoir tels des spectres. Ses pieds effleuraient à peine le sol.

Il s'arrêta devant moi et me tendit la coupe.

Je souris et m'inclinai.

An-te-hai s'esquiva alors que je n'avais pas encore fini de boire.

Je sentais de tous côtés des regards posés sur moi. Sachant ce que mes compagnes pouvaient éprouver, je fis circuler la coupe.

« Oh, merci beaucoup. » La jeune fille qui se tenait à côté de moi prit la coupe. Elle était mince, le visage ovale, les yeux brillants. À son accent et à ses gestes gracieux, je devinai qu'elle était issue d'une riche famille. Sa robe de soie était brodée de motifs élaborés et des diamants la paraient de la tête aux pieds. Des fleurs d'or rehaussaient sa coiffure. Elle avait un long cou et son assurance ne semblait pas feinte.

La coupe circula de main en main jusqu'à ce qu'il ne reste plus une goutte. Mes compagnes semblaient plus détendues. La belle jeune fille au visage ovale et aux yeux exotiques me fit signe depuis le banc où elle était assise. Je m'approchai et elle me fit de la place près d'elle.

« Je m'appelle Nuharoo. » Elle me sourit.

« Et moi, Yehonala. » Je m'installai à ses côtés.

C'est ainsi que nous liâmes connaissance. En cet instant, nous n'aurions pu imaginer que nos rapports dureraient une vie. À la cour, on nous appelait par notre nom de famille afin d'indiquer le clan auquel nous appartenions. Sans autre explication, nous comprîmes que nous étions issues des deux clans les plus puissants de la race mandchoue : les Yehonala et les Nuharoo. Rivaux, ils n'avaient cessé de s'affronter au cours des siècles. Il avait fallu que le roi du clan Nuharoo épouse la fille du roi du clan Yehonala pour que les deux familles s'allient et s'emparent de la Chine, donnant ainsi naissance à la dynastie Qing, la dynastie de la Pureté céleste.

Je sentais l'arôme des lis de la chevelure de Nuharoo. Paisible, elle contemplait les bambous comme si elle les dessinait des yeux. Elle rayonnait de satisfaction. Elle demeura longtemps immobile, donnant l'illusion d'étudier le détail de chaque feuille. Le passage des eunuques ne la troublait en rien. À quoi pensait-elle ? me demandai-je. Comme moi, regrettait-elle sa famille et s'inquiétait-elle pour l'avenir ? J'aurais voulu savoir ce qui la poussait à se présenter à la sélection. J'étais certaine que ce n'étaient ni la faim ni l'argent. Avait-elle rêvé d'être impératrice ? Quelle avait été son éducation ? Qui étaient ses parents ? Elle ne manifestait pas le moindre signe de nervosité, comme si elle ne doutait pas d'être choisie.

Au bout d'un long moment, Nuharoo se tourna vers moi et me sourit à nouveau. Son sourire avait quelque chose d'enfantin, d'innocent, d'insouciant. J'étais sûre qu'elle n'avait jamais souffert. Dans sa maison, des serviteurs devaient l'éventer la nuit durant quand l'été était caniculaire. Ses gestes révélaient une excellente éducation. Avait-elle fréquenté les écoles réservées aux riches ? Que lisait-elle ? Aimait-elle l'opéra ? Dans ce cas, elle admirait certainement un héros ou une héroïne. Et si elle et moi aimions les mêmes opéras, si toutes les deux avions le bonheur d'être élues…

« Croyez-vous que vous serez choisie ? lui demandai-je quand elle m'eut révélé que son père était un oncle éloigné de l'empereur Xianfeng.

— Je n'y songe pas vraiment. » Ses lèvres s'entrouvraient comme les pétales d'une fleur. « Je fais ce que ma famille attend de moi.

— Vos parents savent donc lire dans les veines du bois ?

— Pardon ?

— Le destin de chacun… »

Nuharoo détourna la tête et regarda au loin. « Yehonala, quelles sont, selon vous, nos chances d'être retenues ?

— Vous êtes de parenté impériale et vous êtes très belle, lui dis-je. Je suis moins assurée en ce qui me concerne. Mon père était taotai avant de mourir. Si ma famille n'avait pas été endettée et si je n'avais été contrainte d'épouser mon arriéré de cousin Ping, je ne me… » Je dus m'interrompre. Les larmes s'accumulaient dans mes yeux.

Nuharoo tira de sa poche un mouchoir de dentelle qu'elle me tendit. « Je suis attristée. Votre histoire est terrible. »

Peu désireuse de souiller son mouchoir, j'essuyai mes larmes du revers de la main.

« Dites-m'en plus », fit-elle.

Je secouai la tête.

« Cet affligeant récit gâcherait votre belle santé.

— Peu m'importe. Je veux l'entendre. C'est la première fois que je pose le pied hors de ma maison. Je n'ai pas voyagé comme vous.

— Voyager ? Ce ne fut pas une expérience agréable. » Tandis que je continuais de parler, le souvenir de mon père emplissait ma mémoire. L'odeur putride que dégageait son cercueil, les mouches qu'il fallait chasser. Pour ne pas sombrer dans la tristesse, je changeai de sujet.

« Êtes-vous allée à l'école, Nuharoo ?

— J'avais des précepteurs. Trois. Chacun m'enseignait un sujet différent.

— Lequel préfériez-vous ?

— L'histoire.

— L'histoire ? Je la croyais réservée aux garçons. » Je me souvins d'avoir caché un livre de mon père, *Le Roman des Trois Royaumes*.

« Ce n'était pas l'histoire générale telle que vous l'imaginez, m'expliqua-t-elle en souriant, mais celle de la maison impériale. Elle relatait la vie des empereurs et de leurs concubines et je me concentrais sur les plus vertueux d'entre eux. On attendait de moi que je prenne pour modèle l'impératrice Hsiao Qin-ai[1], ajouta-t-elle après une pause. Depuis ma plus tendre enfance, mes parents me disent que je rejoindrai un jour les dames dont on voit le portrait dans la Galerie impériale. »

Je ne m'étonnai donc pas qu'elle fût à l'aise en ce lieu. « Je suis certaine que vous ferez impression, répliquai-je. Je crains d'être moins ferrée que vous en ce domaine. Je ne connais même pas les rangs des dames impériales alors que je sais presque tout des eunuques.

— Je serai enchantée de partager mes connaissances avec vous. » Ses yeux resplendissaient.

Quelqu'un cria : « À genoux ! »

Un groupe d'eunuques arriva en courant et se plaça devant nous. Nous nous agenouillâmes.

Le chef des eunuques, Shim, apparut sous la porte voûtée. De sa main droite, il souleva un pan de sa tunique, fit un pas en avant et nous toisa.

1. Elle vécut à la fin du Xe siècle et au début du XIe. C'était l'arrière-grand-mère de Batu le Splendide, khan de la Horde d'Or. *(N.d.T.)*

D'où j'étais, je voyais parfaitement les bottes bleues en forme de barque du premier eunuque. Il exigea le silence. Je sentais sa puissance et son autorité. Curieusement, j'admirais sa prestance.

« Sa Majesté l'empereur Xianfeng et Sa Majesté la Grande Impératrice, dame Jin, appellent… » De sa voix aiguë, il énonça plusieurs noms. « … et Nuharoo et Yehonala ! »

Quatre

J'entendais tintinnabuler la parure de ma coiffure et mes pendants d'oreilles. Devant moi, les jeunes filles se balançaient gracieusement dans leurs magnifiques robes de soie et sur leurs chaussures à semelle épaisse. Les eunuques marchaient sans cesse autour de nous sept, réagissant constamment aux gestes de la main de Shim.

Nous traversâmes des cours innombrables et franchîmes des portes voûtées. Nous arrivâmes enfin au palais de la Paix et de la Tranquillité. Ma chemise de corps était trempée de sueur. L'éventualité d'un échec se faisait plus vive.

Je regardai Nuharoo. Elle était aussi paisible que la lune dans un étang. Un délicieux sourire s'accrochait à ses lèvres. Son maquillage était immaculé.

On nous emmena dans une petite pièce où l'on nous permit de nous rafraîchir. Dans la grande salle, Leurs Majestés nous attendaient. Quand Shim entra pour annoncer notre arrivée, nos peurs se firent plus tangibles. Le moindre mouvement faisait tinter nos bijoux comme un carillon éolien. J'éprouvais un léger vertige.

Une jeune fille trébucha. Son genou avait cédé. Je n'eus pas le temps de l'aider, déjà les eunuques l'emmenaient hors de notre vue.

Mes oreilles bourdonnaient. Je respirai plusieurs fois à fond pour ne pas perdre mon sang-froid comme mes compagnes. J'avais les membres raides, je ne savais que faire de mes mains. Plus je cherchais à me calmer, moins j'y parvenais. Mon corps se mit à trembler. Pour m'occuper l'esprit, j'observai la décoration de la porte. De grands caractères dorés étaient tracés sur le bois laqué noir et je pouvais lire nuage, absorption, étoile et gloire.

La jeune fille qui avait trébuché était revenue, aussi pâle qu'une figurine de papier.

« Sa Majesté l'empereur et Sa Majesté, dame Jin ! annonça le chef des eunuques à notre entrée. La chance soit avec vous, jeunes filles ! »

Nuharoo venait en tête et moi, j'étais la dernière du groupe. Nous passâmes entre deux murailles d'eunuques.

L'empereur et la Grande Impératrice étaient assis sur un kang, un siège vaste comme un lit recouvert d'une étoffe jaune vif, la Grande Impératrice à droite et l'empereur, à gauche. La salle rectangulaire était spacieuse et haute de plafond. Deux petits orangers en pots étaient disposés le long du mur, de part et d'autre de la pièce, trop parfaits, semblait-il, pour être réels. Derrière la chaise, quatre eunuques tenaient chacun un long éventail en plumes de paon. Sur une immense tapisserie, se dessinait un gigantesque caractère arc-en-ciel : shou, la longévité. Un regard plus attentif me révéla qu'il était constitué de centaines de papillons brodés. À côté, un champignon fort ancien, de la taille d'un homme, était disposé sur un plateau. Une peinture intitulée *La Terre immortelle de la Reine mère de l'Empire du Milieu* lui faisait face. Dans le ciel, une déesse taoïste chevauchait une grue [1] et contemplait un paysage magique fait de pavillons, de ruisseaux, d'animaux et d'arbres sous lesquels jouaient des enfants. Sur une urne en bois de santal rouge étaient gravées en haut-relief une multi-

1. Symbole d'immortalité au même titre que la tortue. *(N.d.T.)*

tude de calebasses, de fleurs et de feuilles. Bien des années plus tard, j'apprendrais qu'elle contenait les tributs offerts à l'empereur.

Nous nous pliâmes au rituel du kowtow et, après nous être prosternées, nous restâmes à genoux. J'avais l'impression d'être montée sur la scène d'un théâtre. Même si je gardais la tête baissée, j'apercevais les vases magnifiques, les superbes pieds des bassins emplis d'eau, les lanternes posées à même le sol avec leur parure de dentelle et les boucles d'or drapées de soie, porte-bonheur placés à l'angle des murs.

Je lançai un regard à la dérobée au Fils du Ciel.

L'empereur était plus jeune que je ne l'avais imaginé. Il avait une vingtaine d'années et le teint clair, de grands yeux en amande, une expression douce et attentive, mais sans curiosité. Il avait aussi un nez mongol typique, droit et long, des lèvres pleines et des joues enfiévrées. Il n'ébaucha pas le moindre sourire à notre entrée.

J'avais l'impression de rêver. Le Fils du Ciel portait une longue tunique chamarrée d'or – motifs de dragons, de nuages de vagues, soleil, lune, étoiles. Une ceinture de soie jaune lui enserrait la taille. Du jade vert, des perles et des pierres précieuses y étaient accrochés, ainsi qu'un petit sac brodé. Ses manches avaient la forme d'un sabot de cheval.

Ses bottes étaient les plus somptueuses que j'eusse jamais vues. Faites de peau de tigre et teintées en vert à la feuille de thé, elles étaient incrustées de minuscules animaux porte-bonheur : chauves-souris, dragons à quatre pattes et chee-lin, hybride de daim et de lion et symbole de la magie.

Notre venue semblait le laisser de marbre. Il se trémoussait sur son siège comme s'il s'ennuyait. Il se penchait à gauche puis à droite, ne cessant de regarder les deux plateaux, l'un d'argent, l'autre d'or, qui le séparaient de sa mère. Des planchettes de bambou marquées de notre nom étaient disposées sur le plateau d'argent.

La Grande Impératrice était une femme potelée. Bien qu'elle n'eût qu'une cinquantaine d'années, son visage sillonné de rides du front au cou lui donnait l'aspect d'une courge desséchée. Comme me l'avait dit grande sœur Fann, elle avait été la concubine favorite de Daoguang, le précédent empereur. Dame Jin passait alors pour la plus belle femme de Chine. Où sa beauté s'en était-elle donc allée ? Elle avait les paupières tombantes et le côté droit de sa bouche était déformé. Le point rouge peint sur ses lèvres était si épais qu'on eût dit un vilain bouton.

Sa robe était en satin jaune flamboyant décoré d'une abondance de symboles appartenant à la mythologie ou à la nature. Des diamants gros comme des œufs, du jade et des pierres précieuses y étaient cousus. Fleurs, rubis et joyaux ornaient ses cheveux et couvraient la moitié de son visage. Ses colliers d'or et d'argent devaient être fort lourds car Sa Majesté semblait se pencher en avant pour en supporter le poids. Des bracelets enserraient ses avant-bras du coude jusqu'au poignet.

La Grande Impératrice prit la parole après nous avoir longuement observées. Ses rides frémirent et ses épaules reculèrent comme si elle était attachée à un poteau. « Nuharoo, dit-elle, vous nous avez été chaudement recommandée. On m'a appris que vous avez achevé votre étude de l'histoire de la maison impériale. Est-ce vrai ?

— Oui, Votre Majesté, répondit humblement Nuharoo. J'ai étudié plusieurs années auprès de précepteurs qui me furent adressés par mon grand-oncle, le duc Chai.

— Je connais le duc Chai, c'est un homme très compétent. » La Grande Impératrice hocha la tête. « C'est un expert en matière de poésie et de bouddhisme.

— Oui, Votre Majesté.

— Quels sont vos poètes préférés, Nuharoo ?
— Li Po, Tu Fu et Po Chuyi.
— De la fin des Tang et du début des Ming ?
— Oui, Votre Majesté.
— Ce sont également mes préférés. Connaissez-vous le nom du poète qui a écrit *La pierre qui attend son époux* ?
— C'est Wang Kien, Votre Majesté.
— Voudriez-vous me réciter ce poème ? »
Nuharoo se releva et commença :

Elle attend son époux
Là où sans cesse coule la rivière
Et jamais elle ne se retourne,
Changée en pierre.
Jour après jour,
La pluie et le vent battent la cime.
Au retour du voyageur,
La pierre parlerait enfin.

La Grande Impératrice leva le bras droit et s'essuya les yeux de sa manche. Elle se tourna vers l'empereur. « Qu'en pensez-vous, mon enfant ? lui demanda-t-elle. N'est-ce pas émouvant ? »

L'empereur Xianfeng acquiesça, docilement. Il tendit la main pour jouer avec les planchettes de bambou du plateau d'argent.

« Dites-moi, mon fils, dois-je quitter ce siège pour que vous vous décidiez ? »

Sans répondre, l'empereur prit la planchette portant le nom de Nuharoo et la laissa tomber dans le plateau d'or.

À ce bruit, les eunuques et les dames de cour retinrent leur souffle. Ils se jetèrent aux pieds de Sa Majesté et lancèrent : « Félicitations !

— La première épouse de Sa Majesté est choisie ! cria l'eunuque Shim en se tournant vers le mur extérieur.

— Merci. » Nuharoo exécuta une nouvelle fois le kowtow et son front effleura le sol. Elle prit son temps pour venir se prosterner par trois fois puis elle se remit à genoux. D'une voix assurée, Nuharoo dit : « Je souhaite à Vos Majestés dix mille ans de vie. Votre chance connaîtra la plénitude de la mer de Chine orientale et votre santé, la verdeur des monts du Sud ! »

Les eunuques s'inclinèrent devant Nuharoo avant de sortir avec elle.

La salle recouvra son calme.

Nous étions toujours à genoux et je me tenais le front incliné. Personne ne parlait ni ne bougeait.

Incapable de dire ce qui se passait, je me résolus une fois encore à lorgner discrètement.

Le souffle me manqua quand mon regard croisa celui de la Grande Impératrice. Mes genoux vacillèrent et je heurtai le sol de mon front.

« Quelqu'un cherche à brûler les étapes. » Je décelai un certain amusement dans la voix de l'empereur.

La Grande Impératrice ne réagit pas.

« Mère, j'entends le tonnerre, dit Sa Majesté. La pluie va bientôt noyer les champs de coton. Que puis-je faire avec toutes ces mauvaises nouvelles ?

— Chaque chose en son temps, mon fils. »

L'empereur soupira.

Il me fallait regarder à nouveau Sa Majesté, mais je me rappelai les paroles de grande sœur Fann : la Grande Impératrice dédaignait les jeunes filles trop désireuses d'attirer l'attention de l'empereur. Un jour, elle avait ordonné que l'une des concubines impériales fût battue à mort pour avoir paru badiner avec l'empereur.

« Approchez, jeunes filles. Vous toutes, dit la vieille dame. Observez-les bien, mon fils.

— Plus de cigales grillées au dîner, murmura Xianfeng comme s'il était seul dans la pièce.

— Plus près, j'ai dit ! » nous cria la Grande Impératrice.

Je m'avançai avec mes cinq compagnes.

« Présentez-vous ! »

Mon intuition me souffla que l'empereur était tourné dans ma direction. Fébrile, je m'espérais capable de soutenir son regard, mais je savais que je ne pouvais me permettre d'irriter la Grande Impératrice. Je gardai les yeux baissés. Je perçus un certain mouvement de la part de l'empereur et l'observai à la hâte tandis que la Grande Impératrice demandait au chef des eunuques pourquoi toutes ces filles avaient l'air si godiche. « Les avez-vous ramassées dans la rue ? »

Shim tenta de s'expliquer, mais la Grande Impératrice lui coupa la parole. « Peu m'importent vos méthodes. Je ne juge que sur pièces, et je ne suis pas satisfaite. Je mourrai noyée dans le crachat des ancêtres impériaux !

— Votre Majesté. » L'eunuque tomba à genoux. « N'ai-je pas dit qu'une bonne cloche a besoin d'un battant puissant pour sonner juste ? Tout dépend de la façon dont vous accorderez ces filles, une tâche à laquelle vous excellez, ainsi que nous le savons tous.

— Mort à votre langue, Shim ! » La vieille dame éclata de rire.

L'empereur ne cessait de jouer avec les planchettes de bambou et il paraissait s'ennuyer profondément.

« Vous m'avez l'air épuisé, mon fils, lui dit la Grande Impératrice.

— Je le suis, mère. Ne comptez pas sur ma venue demain, je ne pourrai être présent.

— Dans ce cas, décidez-vous aujourd'hui. Concentrez-vous et regardez-les mieux.

— C'est ce que j'ai fait, non ?

— S'il en est ainsi, pourquoi ne pas rendre votre avis dès maintenant ? Accomplissez votre devoir, mon fils. Devant vous se trouvent réunies les plus belles vierges que le royaume puisse offrir à son empereur !

— Je le sais.

— C'est votre grand jour, Xianfeng.

— Chaque jour est un grand jour. Chaque jour, une longue tige de métal pénètre mon crâne. »

La Grande Impératrice soupira. Sa colère allait éclater. Elle respira profondément. « Nuharoo vous plaisait, n'est-ce pas ?

— Comment le saurais-je ? » Le Fils du Ciel leva les yeux vers le plafond. « Ma tête est pleine de trous. »

La mère se mordit les lèvres.

Bruyamment, l'empereur manipulait les dernières planchettes de bambou.

« Mes os me supplient de les faire s'étendre. » La Grande Impératrice s'étira sur son siège. « Je suis debout depuis deux heures du matin, et tout cela pour rien ! »

Shim se dirigea vers elle, toujours à genoux. Il avança les bras pour lui présenter un plateau chargé d'une serviette humide, d'un poudrier, d'une brosse et d'une fiole verte.

La Grande Impératrice prit la serviette et s'essuya les mains, puis la petite brosse afin de se poudrer. Enfin, elle agita la fiole verte et répandit une brume sur son visage craquelé.

Une lourde senteur emplit la salle.

Je saisis l'occasion et levai les yeux. L'empereur me regardait, plissait le nez et la bouche comme pour chercher à me faire rire. Je ne savais comment réagir.

Il poursuivait son manège, désireux, semblait-il, de m'inciter à enfreindre les règles.

Un enseignement de mon père me revint à l'esprit : « Les jeunes gens voient une chance là où les anciens n'aperçoivent que le danger. »

Le Fils du Ciel me souriait. Je lui rendis son sourire.

« Cet été va être beau mais venteux. » L'empereur Xianfeng jouait avec les planchettes.

La Grande Impératrice tourna la tête vers nous et fronça les sourcils.

Je repensai à la malheureuse qui avait été battue à mort et la sueur me coula dans le dos.

L'empereur leva la main droite et tendit le doigt vers moi. « Celle-ci, dit-il.

— Yehonala ? » s'enquit le chef des eunuques.

Je sentis la chaleur du regard de la Grande Impératrice.

Je baissai les yeux et vécus un long silence intolérable.

« J'ai fait ce qu'on attendait de moi, mère », dit l'empereur.

La Grande Impératrice ne fit aucun commentaire. Xianfeng se tourna vers l'eunuque.

« Shim, vous m'avez compris ?

— Oui, Votre Majesté, parfaitement. » Shim sourit avec humilité, mais son intention était de laisser le dernier mot à la Grande Impératrice.

Son « oui » se fit enfin entendre.

Je perçus le soulagement de l'empereur et la déception de sa mère.

« Je… Je souhaite à Vos Majestés dix mille ans de vie, dis-je tout en m'efforçant d'empêcher mes genoux de trembler. Votre chance connaîtra la plénitude de la mer de Chine orientale et votre santé, la verdeur des monts du Sud !

— Merveilleux ! Ma longévité vient de raccourcir », lança la Grande Impératrice.

Mes genoux cédèrent. Le front plaqué au sol, je me mis à sangloter.

« Je crains d'avoir vu l'ombre d'un spectre. » La Grande Impératrice se leva.

« Lequel ? demanda Shim.

— Un spectre femelle aux yeux de renard… »

On entendit soudain le bruit de la planchette de bambou lancée dans le plat d'argent. « Il est temps de chanter, Shim ! ordonna l'empereur.

— Yehonala est l'élue ! » chanta l'eunuque.

Je ne me rappelle pas grand-chose après ça, sinon que ma vie avait changé.

Je fus étonnée quand le premier eunuque tomba à genoux devant moi et m'appela sa maîtresse, et lui mon esclave. Il m'aida à me relever. Je n'avais même pas remarqué ce qu'étaient devenues les autres candidates ni quand elles étaient sorties.

J'étais dans un état d'esprit des plus étranges. Je me souvins d'un opéra joué par des amateurs à Wuhu. C'était après la fête du Nouvel An et tout le monde était ivre, moi y compris, parce que mon père m'avait permis de goûter à l'alcool de riz. Les musiciens accordaient leurs instruments. Le son fut au début bizarrement sinistre, puis il se transforma pour imiter le bruit des sabots des chevaux. Ensuite, saccadées et tendues, les notes évoquèrent le vent dans les steppes de Mongolie. L'opéra débuta. Les acteurs entrèrent, vêtus de robes de femmes imprimées de motifs floraux bleus et blancs. Les musiciens frappaient des tubes de bambou à l'aide de baguettes tandis que les acteurs chantaient et se tapaient sur les cuisses.

Crac ! Crac ! Crac ! Je me souvenais encore de ce son, si désagréable que je m'étonnais qu'on pût l'aimer. Ma mère m'expliqua qu'il s'agissait d'une représentation mongole traditionnelle pimentée d'éléments empruntés à l'opéra chinois. Cette forme de distraction était à l'origine destinée aux gens du commun, mais parfois les riches demandaient à y assister « pour tâter de la sensibilité locale ».

J'étais assise au premier rang. Les tambours m'agressaient les oreilles. Le bruit des baguettes sur les tiges de bambou me faisait l'impression de coups de marteau assenés sur mon crâne. Crac ! Crac ! Crac !

Le chef des eunuques s'en revint. Il avait changé de tenue. L'étoffe représentait des nuages rouges flottant au-dessus d'une colline couverte de pins. Deux cercles couleur de tomate avaient été peints sur ses joues. Shim avait dû se hâter parce que le vermillon coulait. La moitié de son nez était également rouge. Une étroite ligne blanche descendait de son front et en suivait l'arête. Comme ceux d'une chèvre, ses yeux semblaient naître de ses oreilles. Il sourit, dévoilant une rangée de dents en or.

La vieille dame était d'excellente humeur. « Shim, qu'avez-vous à me dire ?

— Félicitations pour avoir trouvé sept belles-filles, maîtresse. Vous rappelez-vous les premières paroles qu'adresse la belle-mère à sa bru de fraîche date dans l'opéra *La Rose sauvage* ?

— Comment pourrait-on les oublier ? » La vieille dame rit à nouveau en récitant ce vers : « Prends ton seau, ma bru, et va-t'en au puits ! »

Le premier eunuque appela les six autres jeunes filles d'une voix joyeuse. Nuharoo était de leur nombre. Elles entrèrent telles des déesses descendues du Ciel et se rangèrent à mes côtés.

Shim souleva un pan de sa tunique et fit deux pas pour se placer au centre de la salle, face à l'empereur Xianfeng et à la Grande Impératrice. Il tourna son visage vers l'est puis revint au centre. Il s'inclina, assez raide, et lança : « Puissent vos petits-enfants se compter par centaines et puissiez-vous vivre à tout jamais ! »

Nous répétâmes cette phrase après nous être mises à genoux.

À l'extérieur de la salle, on entendait des tambours et de la musique.

Un des eunuques entra, portant un coffret enveloppé de soie.

« Relevez-vous ! » La Grande Impératrice sourit.

Shim annonça : « Sa Majesté l'empereur appelle les ministres de la cour impériale ! »

Au-dehors résonna le bruit de centaines de genoux frappant le sol. « À votre service, Votre Majesté ! » s'écrièrent les ministres.

Le chef des eunuques déclara alors : « En présence de l'esprit des ancêtres impériaux et en présence du Ciel et de l'univers, Sa Majesté l'empereur Xianfeng est prêt à prononcer le nom de ses épouses !

— Zah ! » répondit la foule en mandchou.

On ouvrit les coffrets. Dans chacun se trouvait un ruyi, sorte de sceptre dont les trois têtes figuraient des champignons ou des fleurs. Faites d'or, d'émeraudes, de rubis et de saphirs, elles étaient reliées par des tiges de bois laqué ou de jade ciselé. Chaque ruyi correspondait à un titre et à un rang. Ru signifiait « comme » et yi, « vous désirez » ; ruyi avait donc pour sens « tout ce que vous souhaitez ».

L'empereur en prit un en bois laqué d'or avec trois pivoines entrelacées et s'avança vers nous.

Je retenais toujours mon souffle, mais je n'avais plus peur. Peu m'importait le ruyi qui me serait attribué, ma mère serait fière de moi. Elle serait une belle-mère du Fils du Ciel, mon frère et ma sœur, des parents impériaux ! Mais je regrettais que mon père ne fût plus là pour le voir.

Les doigts de l'empereur jouaient avec le ruyi. Son visage avait perdu toute expression amusée. Il paraissait peu sûr de lui à présent. Il hésitait, le sourcil froncé. Il faisait passer le ruyi d'une main dans l'autre puis, les joues rouges, il interrogea sa mère du regard.

Elle l'encouragea d'un hochement de tête. Alors l'empereur tourna autour de nous comme une abeille qui butine.

Soudain, la plus jeune de nous toutes poussa un cri étouffé. Elle ne devait pas avoir plus de treize ans.

L'empereur s'approcha d'elle.

La petite fille se mit à sangloter.

Comme un adulte donnant un bonbon à un enfant, l'empereur déposa le ruyi dans sa main.

Elle s'en saisit et tomba à genoux en le remerciant.

Le premier eunuque annonça : « Soo Woozawa, fille de Yee-mee-chi Woozawa, est choisie comme concubine impériale du cinquième rang. Son titre est dame de la Pureté absolue ! »

Tout alla alors très vite. L'empereur mit peu de temps pour distribuer le reste des ruyi.

Quand mon tour fut venu, il s'avança vers moi et déposa le ruyi dans ma paume.

Pareil au coq, Shim chanta : « Yehonala, fille de Hui Cheng Yehonala, est choisie comme concubine impériale du quatrième rang. Son titre est dame de la Plus Grande Vertu ! »

Je regardai mon ruyi. Il était de jade blanc. Les têtes figuraient des nuages flottants que reliait une baguette de divination. Je me rappelai que mon père m'avait expliqué que, dans le symbolisme impérial, les nuages flottants et la baguette représentaient la constellation stellaire du dragon.

Les deux ruyi suivants allèrent à des jeunes filles nommées Yun et Li. Elles furent déclarées concubines impériales du deuxième et troisième rang et toutes deux appelées dame de la Supériorité. Le ruyi avait la forme d'un lingzhi, ce champignon renommé pour ses vertus curatives. Les têtes étaient décorées de chauves-souris, symbole de la bénédiction et de la prospérité.

Après Yun et Li, vinrent Mei et Hui. Dames de la Grande Harmonie, elles avaient le sixième et le septième rang. J'avais des difficultés à les distinguer car, comme des jumelles, elles se ressemblaient et étaient vêtues de la même façon. Les têtes de leur ruyi portaient un carillon de pierre, symbole de fête.

Nuharoo fut la dernière. Elle fut déclarée impératrice et reçut à ce titre le plus beau ruyi. Le sceptre était en or incrusté de fragments de jade et de pierres précieuses. Sur la tige étaient sculptés les symboles de l'harmonie : branches chargées de fruits, pêches, pommes et raisins. Les trois têtes étaient des grenades d'or, marques d'une descendance nombreuse et de l'immortalité. Les yeux de Nuharoo brillèrent et elle s'inclina respectueusement.

Conduites par Nuharoo, nous nous relevâmes et nous remîmes à genoux, plusieurs fois de suite. Nous exécutions le kowtow devant l'empereur et la Grande Impératrice. Et d'une seule voix, nous chantâmes : « Je souhaite à Vos Majestés dix mille ans de vie. Votre chance connaîtra la plénitude de la mer de Chine orientale et votre santé, la verdeur des monts du Sud ! »

Cinq

Comme dans un rêve, on me ramena à ma famille dans un palanquin qu'escortait un groupe d'eunuques. Tel un cadeau précieux, j'étais enveloppée dans une robe dorée. Shim déclara à ma mère que je ne devais pas quitter la maison jusqu'au jour de la cérémonie de mariage impériale.

J'étais accompagnée de présents que l'empereur faisait à mon père, ma mère, mon frère et ma sœur. Mon père reçut un ensemble de huit serre-plumes destinés à un chapeau de cour de mandarin. Chaque cylindre de porcelaine creux enserrait une plume de paon et un anneau permettait de le rattacher au chapeau. Ce cadeau fut transmis à mon frère.

Ma mère eut un ruyi laqué spécial car gravé de signes porte-bonheur. En haut, les trois dieux stellaires accordaient bénédiction, richesse et longévité ; au centre, une chauve-souris portait un carillon de pierre et un double poisson signifiant l'abondance ; et en bas, des roses et des chrysanthèmes représentaient la prospérité.

Rong reçu un coffret porte-bonheur en santal superbement sculpté rehaussé d'un ensemble en jade vert gravé. Kuei Hsiang se vit donner un jeu de boucles de ceinture émaillées surmontées de têtes de dragons. Il pouvait y accrocher son miroir, sa bourse, son sceau, son arme ou son sac.

Selon l'astrologue de la cour, nous devions entrer dans la Cité interdite le dixième jour du mois à deux heures de l'après-midi. Les gardes impériaux viendraient me chercher le moment venu. Le premier eunuque donna à ma famille des instructions relatives au rituel de la cour et à son étiquette. Avec nous, il passa en revue le moindre détail. Kuei Hsiang représenterait mon père. Rong recevrait une robe pour la cérémonie. Il donna à ma mère dix mille taëls destinés à meubler la maison. Elle ne put émettre le moindre son en voyant se succéder les coffrets précieux, mais elle eut aussitôt peur des voleurs. Elle insista pour que Kuei Hsiang ferme bien portes et fenêtres, mais des gardes surveillaient déjà les lieux. « Pas une mouche n'entrera, maîtresse. »

Je demandai à Shim si j'avais la permission de rendre visite à des amis. Je voulais dire au revoir à grande sœur Fann.

« Non », répondit-il simplement.

J'étais déçue. Je priai Rong de rendre à grande sœur Fann la robe que je lui avais empruntée et de lui donner trois cents taëls en guise de remerciement. Rong revint immédiatement avec sa bénédiction.

Pendant plusieurs jours, mère et Rong firent des emplettes tandis que Kuei Hsiang et moi nettoyions et décorions les pièces. Nous engageâmes des journaliers pour les travaux les plus durs. Nous fîmes poser un nouveau toit, de nouvelles fenêtres, réparer les vieux murs et remettre d'aplomb la porte. Mon oncle mit l'occasion à profit pour en commander une en séquoia sur laquelle était finement sculptée l'image du dieu de l'argent. Nous remplaçâmes les meubles et fîmes peindre les murs. Les meilleurs charpentiers et artistes de la ville travaillèrent pour nous, honorés d'être ainsi choisis. Portes et fenêtres s'ornèrent de motifs fantaisie rappelant le style impérial. Les artisans fabriquèrent des brûle-parfum, des autels, des marches pour y accéder. Pour obtenir le détail désiré, il leur fallait parfois recourir à des outils de la taille d'un cure-dent.

Shim vint inspecter le logement une fois les travaux terminés. Le visage impassible, il ne fit aucun commentaire, mais il revint le lendemain avec des ouvriers qui démontèrent ce qui venait d'être installé. Murs, toit, fenêtres, portes – même celle choisie par l'oncle –, tout devait disparaître.

« Le décret ne sera pas prononcé si votre porte est mal orientée ! dit Shim à mère et à oncle, qui lui demandèrent aussitôt son avis. Dans quelle direction pensez-vous devoir vous agenouiller pour remercier Sa Majesté ? Vers le nord, car l'empereur trône toujours face au sud ! »

Ma famille suivit le premier eunuque pendant sa visite. Il faisait de grands gestes.

« La nuance de la peinture ne convient pas. Elle doit être d'un beige chaud et non froid. Sa Majesté veut de la gaieté !

— Orchidée nous a dit que Sa Majesté ne serait pas présente, hasarda ma mère. Orchidée se serait-elle trompée ? »

L'eunuque eut un geste de dénégation. « Vous devez comprendre que vous n'êtes plus les mêmes. Vous faites désormais partie de la vie de Sa Majesté, vous représentez l'esthétique et les principes impériaux. Ce que vous avez fait de votre maison risquerait de gâcher l'apparence du Fils du Ciel ! On me trancherait la tête si je vous autorisais à agir à votre guise. Voyez-moi ces rideaux ! Ils sont en coton ! Ne vous ai-je pas dit que le coton est destiné aux gens du commun et la soie à la famille impériale ? Mes paroles vous ont-elles traversé les oreilles comme le vent ? Vous attirerez la malchance sur votre fille si vous essayez de tricher ! »

Je suppliai tant l'eunuque qu'il accepta de nous laisser sortir de la maison pendant que les ouvriers effectuaient les travaux. Mère nous emmena dans les plus prestigieuses maisons de thé de Pékin, dans le quartier commerçant de Wan Fu King. Pour la première fois, elle dépensa comme une femme riche. Elle récompensa le petit serveur, les cuisinières, même le responsable du four. Les propriétaires en personne nous apportèrent les vins les plus fins. J'étais heureuse de son bonheur. Son état de santé avait changé du tout au tout. Elle était d'humeur joyeuse. Nous bûmes et fîmes la fête. Je n'avais pas de véritable raison d'être fière parce que je n'étais pas responsable de mon allure ; en revanche, je l'étais de mon courage. En hésitant ou en me tenant mal, j'aurais gaspillé la chance qui m'était offerte.

Mère voulait savoir si les nouvelles concubines impériales devaient vivre ensemble dans la Cité interdite. Désireuse de ne pas l'inquiéter, je lui racontai que je m'étais déjà fait des amies. Je lui décrivis la beauté de Nuharoo, ses connaissances et ses manières admirables. Je décrivis aussi dame Yun. Ignorante de son caractère et de son passé familial, je m'attardai sur sa beauté. Je parlai aussi de dame Li et dépeignis leurs différences de caractère. Yun était audacieuse et se moquait de l'opinion d'autrui tandis que Li se demandait si les gens toussotaient à cause d'elle.

Rong se montra jalouse quand j'évoquai dame Soo, la plus jeune, celle qui avait pleuré devant Leurs Majestés. La sensibilité de Soo avait besoin de soins et de tendresse. Orpheline à l'âge de cinq ans, elle avait été adoptée par son oncle et elle était manifestement triste et craintive. La Grande Impératrice avait ordonné aux médecins de l'examiner et ils avaient conclu qu'elle avait l'esprit perturbé. Les pleurs de Soo n'avaient pas cessé après qu'elle avait été officiellement choisie. Les eunuques l'appelaient le Saule pleureur. La Grande Impératrice s'inquiéta de la qualité des « œufs » que Soo produirait. « Sans œufs de qualité, il n'y a plus de dame », nous avait-elle toutes prévenues. Si Soo devait continuer à se comporter de la sorte, la Grande Impératrice la chasserait.

« Pauvre enfant », soupira ma mère.

J'évoquai ensuite dame Mei et dame Hui, celles qui ressemblaient à des jumelles. Elles avaient moins de beauté, mais le corps plus robuste. C'étaient les préférées de la Grande Impératrice. Elles avaient des seins aussi gros que des melons et des fesses comme des citrouilles. Expertes en flatterie, elles couraient derrière Nuharoo tels de petits chiens. Enjouées et vives devant la Grande Impératrice, elles étaient le reste du temps impassibles et silencieuses. Elles n'aimaient ni lire, ni peindre, ni faire de la broderie. Leur seule passion était de se vêtir de façon identique.

« La Grande Impératrice, dame Jin, est-elle aussi belle et élégante que sur les peintures que nous avons vues ?

— Elle devait être très belle quand elle était jeune, répondis-je. Aujourd'hui, je dirais que les motifs de sa robe sont plus intéressants que son visage.

— Comment s'est-elle comportée ? demandèrent mère et Rong. Qu'attendait-elle de toi ?

— C'est une question bien délicate. D'un côté, on exige de nous que nous obéissions aux règles. « En tant que membres de la famille royale, dis-je en imitant Sa Majesté, vous êtes les modèles de la moralité de notre pays. Votre pureté est le reflet de l'enseignement de nos ancêtres. Si je vous surprends avec un livre de nature légère, vous serez pendues comme tant d'autres avant vous. » De l'autre, la Grande Impératrice souhaite que nous nous accouplions le plus souvent possible avec l'empereur Xianfeng. Sa réussite personnelle dépendra du nombre d'héritiers que nous produirons, a-t-elle ajouté. On exige de l'empereur qu'il surpasse ses ancêtres. L'empereur Kangxi, arrière-grand-père de Xianfeng, a engendré cinquante-cinq enfants, et l'empereur Qianlong, son grand-père, vingt-sept.

— Cela ne devrait pas poser de problème, s'amusa Kuei Hsiang qui jeta une pleine poignée de noisettes rôties dans sa bouche. Sa Majesté a plus de trois mille femmes rien que pour lui, je ne doute pas qu'il y parvienne.

— Il y a toutefois des obstacles », dis-je à mère. Telle qu'elle était notée dans les Archives de la Fécondité impériale, journal tenu par Shim et retraçant l'activité amoureuse de Sa Majesté, la prestation de Xianfeng était décevante. La Grande Impératrice avait accusé l'empereur de « gaspiller délibérément la semence du dragon ». Sa Majesté aurait trop souvent accordé ses faveurs à une seule concubine, manquant ainsi à son devoir, qui était de disséminer sa semence en couchant chaque nuit avec une dame différente. La Grande Impératrice s'emportait contre les concubines qui avaient jadis cherché à garder l'empereur pour elles. Elles avaient « l'esprit mauvais » et elle n'hésitait pas à les châtier.

Je racontai à ma mère que la Grande Impératrice nous avait emmenées dans la salle des Châtiments et que j'y avais vu cette femme très belle qu'avait été dame Fei. L'ancienne concubine favorite de l'empereur Daoguang vivait désormais dans une jarre. J'avais failli m'évanouir en constatant qu'elle n'avait plus de membres. « Dame Fei fut surprise à garder l'empereur pour elle et elle s'est ainsi porté préjudice à elle-même », avait froidement expliqué la Grande Impératrice. Si dame Fei était encore en vie, c'était pour servir d'avertissement.

Je n'oublierai jamais l'horreur que j'avais éprouvée en découvrant dame Fei. Sa tête reposait sur le rebord de la jarre, son visage était sale et une bave verte lui coulait sur le menton.

Mère me secoua par les épaules. « Promets-moi, Orchidée, d'être toujours raisonnable et avisée. »

J'acquiesçai.

« Et les milliers de beautés qui ont déjà été choisies ? s'étonna Kuei Hsiang. Pousse-t-on l'empereur à prendre celle qui lui convient à l'instant présent ? Peut-il choisir une servante affairée à balayer la cour ?

— Il fait tout ce qu'il veut, même si sa mère ne l'encourage pas à jeter son dévolu sur une servante », répondis-je.

Rong se tourna vers mère. « Pourquoi aurait-il envie d'une servante alors qu'il a des épouses et des concubines très belles ?

— Je puis seulement dire que l'empereur n'apprécie peut-être pas le fait de ne pas pouvoir dormir chaque nuit avec celle qu'il aime. Sa Majesté déteste probablement les femmes que lui imposent sa mère et les eunuques, poursuivit mère. Il doit se sentir semblable au porc qu'on tire par le groin.

— Orchidée, que vas-tu faire ? me demanda Rong. Si tu suis les règles, tu n'attireras pas l'attention de l'empereur, mais si tu te montres enjôleuse et que l'empereur te désire, la Grande Impératrice risque de te faire trancher bras et jambes !

— Allons au temple de la Miséricorde consulter l'esprit de ton père », conclut mère.

Nous dûmes gravir des centaines de marches pour accéder au temple, sis au sommet de la colline de l'Oie. Nous allumâmes des bâtons d'encens et fîmes de généreuses offrandes, mais l'esprit de mon père ne me prodigua aucun conseil. J'étais troublée et bien consciente de ma solitude.

La tombe de père se trouvait au flanc de la colline faisant face aux quartiers nord-ouest de Pékin. De hautes herbes recouvraient son cercueil. Le gardien du cimetière était un vieil homme qui fumait une pipe en terre. Il nous dit de ne pas nous inquiéter des voleurs. « Les morts d'ici sont surtout connus pour leurs dettes », expliqua-t-il avant de nous donner un conseil : la meilleure façon de témoigner du respect à notre défunt était d'acheter un lot situé plus haut sur la colline, dans un endroit mieux ensoleillé.

Je fis don de cinquante taëls au gardien et le priai de protéger mon père des chiens sauvages qui creusaient la terre pour se nourrir des cadavres. Ma générosité le surprit tant qu'il en lâcha sa pipe.

D'énormes coffres emplis de cadeaux ne cessaient d'arriver du palais impérial. On ne pouvait plus bouger dans la maison. Il y en avait sur les tables, sur les lits... L'on ne savait où s'asseoir ni dormir. Pourtant, le flux des présents ne tarissait pas. Un matin, on nous amena six chevaux de Mongolie. Il y avait des peintures, des meubles anciens, des rouleaux de soie et des broderies de Suzhou. En plus des bijoux magnifiques, on m'offrit des habits splendides, une coiffe et des chaussures. Ma mère reçut des services à thé en or, des pots en argent et des bassines en cuivre.

Les voisins durent nous prêter leur logement pour y ranger tous ces trésors. De grands trous furent creusés dans tout le voisinage pour servir de glacières : c'est là que seraient stockés les viandes et les légumes servant à confectionner le festin. Des centaines de jarres de vin séculaire furent commandées, ainsi que quatre-vingts agneaux, soixante porcs et pas moins de deux cents poulets et canards.

Le banquet eut lieu le huitième jour du mois. Maître de cérémonie, Shim invita un millier de personnes parmi lesquelles se trouvaient des notables et des ministres, des fonctionnaires de la cour et des parents de l'empereur. Vingt plats furent servis à chaque hôte et le repas dura trois jours.

L'attente m'était insupportable. J'entendais les rires, les chants et les cris des ivrognes, mais je n'avais pas la permission de paraître à table. Je ne pouvais même plus m'exposer à la lumière. J'étais enfermée dans une pièce décorée de rubans rouge et or. Aux murs, pendaient des courges séchées sur lesquelles étaient peints des visages enfantins : je devais les regarder pour renforcer ma fécondité.

Ma mère m'apportait à boire et à manger, ma sœur venait me tenir compagnie. L'eunuque apprenait à mon frère les rites qu'on exigeait des pères pour me dire adieu le jour venu. Toutes les six heures, un messager de l'empereur tenait ma famille au courant de ce qui se passait dans la Cité interdite.

Ce n'est que plus tard que j'appris que Nuharoo avait été choisie non seulement par la Grande Impératrice, mais aussi par les anciens du clan. La décision de faire d'elle l'impératrice avait été prise un an plus tôt. La cour avait dû débattre pendant huit mois pour arriver à cette conclusion. Les honoraires accordés à la famille de Nuharoo étaient cinq fois supérieurs à ceux attribués à ma propre famille. Elle allait entrer dans la Cité interdite par la porte centrale alors que les autres jeunes filles dont moi passeraient par une porte latérale.

Bien des années après, les gens racontèrent que j'étais jalouse de Nuharoo, ce n'était pas vrai à l'époque. Ma bonne fortune me submergeait. Je ne pouvais oublier les mouches qui bourdonnaient autour du cercueil de mon père, ma mère contrainte de vendre son épingle à cheveux. Je ne pouvais oublier le fait qu'on m'avait fiancée au cousin Ping. Je ne remercierais jamais assez le Ciel de ce qui m'arrivait.

Dans la petite pièce rouge et or, je m'interrogeais sur mon avenir. Je me posais mille et une questions sur ma vie de quatrième concubine de l'empereur Xianfeng. Mais, surtout, celle-ci : qui était vraiment l'empereur ? Nous serions mari et femme, et nous ne nous étions même pas adressé la parole.

Je rêvais de devenir la favorite de Sa Majesté. À l'instar de toutes les autres concubines, j'en étais certaine.

L'harmonie régnerait-elle ? Sa Majesté parviendrait-elle à se partager équitablement entre nous ?

Ma jeune expérience au sein de ma famille ne m'avait préparée en rien. Mon père n'avait pas de concubines. « Il ne pouvait pas s'en payer une », dit un jour ma mère sur le ton de la plaisanterie. En réalité, il n'en avait pas besoin. Ma mère suffisait à le combler. Selon moi, les choses devaient être ainsi : un homme et une femme dévoués corps et âme l'un à l'autre. Peu importe ce qu'ils enduraient, le bonheur était d'avoir son compagnon auprès de soi. C'était le thème de mes opéras préférés. Les personnages luttaient pour connaître la récompense d'un heureux dénouement. J'avais vécu dans l'espoir jusqu'à ce qu'on m'impose le cousin Ping. À présent, ma vie semblait glisser sur l'écorce d'un melon d'eau : j'ignorais totalement où elle m'entraînait. Tenter de garder l'équilibre, je ne pouvais rien faire de plus.

Grande sœur Fann disait que, dans la vraie vie, le mariage était un marché où les femmes cherchaient à trouver le meilleur acheteur. Et comme dans toute transaction, il ne fallait pas confondre un lapin avec un écureuil : seul le bien faisait l'homme.

Le jour de la mort de mon père, j'appris à faire la distinction entre espoirs et réalité en voyant ses anciens amis venir réclamer leur dû. La façon dont mon oncle nous traitait me servit aussi de leçon. Mère me dit un jour qu'il fallait courber l'échine quand on passait sous une porte basse de crainte de se blesser. « Le désir n'accorde pas la dignité, affirmait souvent grande sœur Fann. Aucune mère au monde n'est heureuse de vendre son enfant, mais elle le vend tout de même. »

Mon oncle et le cousin Ping vinrent me voir et il leur fallut se mettre à genoux. Quand oncle s'inclina et m'appela Votre Majesté, Ping se mit à rire. « Père, mais c'est Orchidée ! » L'eunuque le gifla avant même qu'il termine sa phrase.

Il était trop tard pour qu'oncle améliore nos relations. Il n'était aimable que pour tirer profit de mon statut. Il oubliait trop vite ses agissements passés. C'était regrettable car j'aurais voulu l'aider.

Rong vint me trouver dès que l'oncle et Ping furent sortis de la pièce. Après maintes hésitations, elle déclara : « Orchidée, si tu en as un jour la possibilité, j'aimerais épouser un prince ou un ministre de la cour. » Je lui promis que je ferais de mon mieux. Elle me prit la main et pleura. Mon départ lui était plus cruel qu'à moi-même.

Le mariage de Sa Majesté l'empereur Xianfeng était prévu pour le 26 juin 1852. La veille, Kuei Hsiang se promena la nuit dans les rues de Pékin et il en revint surexcité.

« Il y a partout des fêtes, rapporta-t-il. Chaque famille a accroché une grosse lanterne devant sa porte. On tire des feux d'artifice depuis les toits. Les gens sont habillés de vert et de rouge vif. Les principaux boulevards sont décorés de lanternes sur des kilomètres. Et chacun chante : « Puisse l'union impériale durer à tout jamais ! » »

Dans la Cité interdite, les festivités débutèrent dès l'aube. On avait déroulé entre chaque porte des tapis rouges destinés à recevoir les fiancées et leurs invités. De la porte du Méridien au palais de l'Harmonie suprême, du palais de la Pureté céleste à celui de la Plénitude universelle, brillaient des centaines de milliers de lanternes de soie rouge, décorées d'étoiles ou de haches de combat. Il y avait aussi des ombrelles de satin abricot brodées de fleurs de lotus. Les colonnes et les poutres étaient drapées de soie rouge où l'on voyait partout le caractère shee, le bonheur.

On dressa des tables dans l'immense palais de la Pureté céleste et c'est là qu'on plaça les Archives des Mariages impériaux. Deux orchestres, l'un tourné vers l'est, l'autre, vers l'ouest, jouaient à l'extérieur. Des oriflammes de cérémonie ornaient les murs. De la porte de l'Harmonie éternelle à la porte du Méridien, sur une distance de quelque cinq kilomètres, vingt-huit palanquins attendaient d'aller chercher les fiancées à leur domicile.

Je n'en avais jamais vu d'aussi grand que celui qui devait me transporter. Vitré sur trois côtés, il était tendu d'une étoffe rouge sur laquelle était brodé un shee. Le toit, constitué d'un maillage de fils d'or, était surmonté de deux petites plates-formes semblables à des scènes de théâtre en miniature. Sur l'une, deux paons dorés tenaient dans leur bec une brosse rouge, symbole de l'autorité, de l'intelligence et de la vertu suprêmes. Sur l'autre, quatre phénix d'or figuraient la beauté et la féminité. Au centre du toit, était placée la Boule d'Harmonie, qui marquait l'unité et l'infini. Cent eunuques, quatre-vingts dames de cour et deux mille membres de la garde d'honneur devaient m'escorter.

Je m'éveillai avant l'aube et découvris avec stupeur que ma chambre était pleine de monde. Ma mère était agenouillée devant moi. Derrière elle, se tenaient huit manfoo, des dames d'honneur impériales, épouses de chefs de clan très respectés. On m'avait avertie la veille qu'elles viendraient sur l'ordre de l'empereur m'aider à me vêtir pour la cérémonie.

Je m'efforçai de garder un visage avenant, mais mes yeux s'emplissaient de larmes.

Les manfoo me prièrent de leur révéler ce qui me troublait.

Je dis : « Il m'est pénible de me lever quand ma mère est à genoux.

— Orchidée, rétorqua celle-ci, tu dois apprendre à t'habituer à l'étiquette. Tu es dame Yehonala désormais. Ta mère est honorée de se considérer comme ta servante.

— C'est le moment du bain de Votre Majesté, annonça l'une des manfoo.

— Puis-je me relever, à présent, dame Yehonala ? me demanda mère.

— Relève-toi ! Je t'en prie ! » m'écriai-je en sautant du lit.

Lentement, mère obéit. Je savais que ses genoux étaient endoloris.

Les dames d'honneur se retirèrent dans un coin de la pièce pour préparer mon bain.

Mère me conduisit vers une cuve gigantesque que Shim avait fait livrer. Elle referma le rideau et trempa la main dans l'eau pour en apprécier la température.

Les manfoo proposèrent de me dévêtir. Je les repoussai.

Mère m'arrêta. « Souviens-toi, tu mettras Sa Majesté dans l'embarras si tu fais tout par toi-même.

— Je suivrai les règles une fois que je serai au palais. »

Mère ne m'écouta pas et les manfoo me déshabillèrent, puis elles s'excusèrent et se retirèrent vivement.

Mère appliqua le savon sur ma peau ; elle frotta mon dos et mes épaules et passa ses doigts dans mes cheveux. Je n'avais jamais pris de bain aussi long. À sa façon de me toucher, j'avais l'impression qu'elle m'avait pour elle seule pour la dernière fois.

Je regardai son visage : sa peau pâle comme la chair d'un radis, ses cheveux bien coiffés, les rides autour de ses yeux. Je voulais sortir de cette cuve et la prendre dans mes bras. Je voulais lui dire : « Mère, je ne pars plus ! » Je voulais qu'elle sache que, sans elle, je ne connaîtrais pas le bonheur.

Mais je ne soufflai mot, par crainte de la décevoir. J'étais consciente d'incarner pour elle le rêve de père et l'honneur de l'ensemble du clan Yehonala. La veille, l'eunuque m'avait exposé les règles. Je ne serais pas autorisée à rendre visite à ma mère après mon entrée dans la Cité interdite. Elle devrait solliciter, et obtenir, une permission pour me rencontrer et ce, uniquement en cas d'urgence. Le ministre de la Maison impériale devait vérifier le bien-fondé de la requête avant de donner son aval. La même règle s'appliquait si je voulais quitter le palais afin de voir ma famille.

Cette idée m'effraya et je me mis à pleurer.

« Relève le menton, Orchidée ! » Mère prit une serviette et m'essuya. « Tu devrais avoir honte de pleurer ainsi. »

Je jetai mes bras encore humides autour de son cou. « J'espère que le bonheur améliorera ta santé.

— Oui, oui, fit mère en souriant. L'arbre de ma longévité a poussé d'un pied depuis cette nuit. »

Rong entra, vêtue d'une robe de soie vert pâle ornée de papillons d'or. Elle tomba à genoux et se prosterna devant moi. Il lui était difficile de dissimuler sa joie. « Je suis fière d'être une parente impériale. »

Je n'eus pas le temps de bavarder avec elle. Un eunuque annonça : « Le duc Kuei Hsiang rend visite à dame Yehonala.

— Honorée. » Cette fois-ci, le mot coula, fluide, de ma bouche.

Mon frère entra. « Orchidée… euh, dame… dame Yehonala, Sa… euh, Sa Majesté l'empereur Xianfeng a…

— À genoux d'abord », lui enjoignit mère.

Kuei Hsiang tenta de s'exécuter. Son pied gauche se prit dans le pan de sa tunique et il bascula sur le côté.

Rong et moi nous mîmes à rire.

Kuei Hsiang s'inclina avec maladresse. Il croisait les mains sous sa poitrine comme s'il souffrait de l'estomac.

« Il y a une bougie de ça, dit-il après s'être repris, Sa Majesté l'empereur a terminé de se vêtir et est entré dans sa chaise-dragon.

— À quoi ressemble-t-elle ? demanda Rong tout excitée.

— Neuf dragons soutiennent des dais de satin jaune. L'empereur s'est rendu au palais de la Bienveillance afin d'y rencontrer la Grande Impératrice. À cette heure, la cérémonie au palais de l'Harmonie suprême doit être achevée et il doit se pencher sur les Archives des Mariages impériaux. Ensuite, il recevra les félicitations des ministres. Alors... »

Le ciel s'emplit de détonations.

« La cérémonie a commencé dans la cour extérieure ! s'écria Kuei Hsiang. Sa Majesté appose sa signature dans les Archives. Dans un instant, il donnera l'ordre aux gardes d'honneur d'aller chercher les fiancées impériales ! »

J'étais comme une pivoine épanouie dans l'éclat du matin. Ma robe était un camaïeu de rouge. Le magenta se mêlait au jaune, le lie-de-vin se parait de crème, la lavande se fondait en bleu. Ma robe se composait de huit couches de soie et elle était brodée de robustes fleurs printanières, tant réelles qu'imaginaires. Le tissu était parsemé de fils d'argent et d'or. De grosses grappes de jade, perles et autres joyaux s'y accrochaient. Je n'avais de ma vie rien porté de si beau, mais jamais non plus de si lourd et de si peu confortable.

Haute d'un pied, ma coiffure était parée de perles, de jade, de corail et de diamants. Sur le devant, trois énormes pivoines rose pourpre fraîchement cueillies l'égayaient. Je craignais de voir toutes ces parures tomber à terre. Je n'osais pas bouger et j'avais déjà la nuque raide. Les eunuques parlaient à voix basse. Des officiers de cour que je n'avais jamais vus emplissaient la maison. Comme au théâtre, chacun était vêtu et se mouvait selon une mise en scène inconnue de moi.

Mère ne cessait de tirer Shim par la manche et de lui demander si tout allait bien. Irrité, il envoya ses assistants s'occuper d'elle. Les adolescents l'installèrent sur une chaise, lui sourirent et la supplièrent de ne pas leur compliquer la tâche.

La pièce principale de la maison avait été vidée pour accueillir le chieh-an, table uniquement destinée à recevoir les archives de l'empereur et le sceau impérial en pierre. Dans les autres pièces, également vides, des tables supportaient des brûle-parfum. Devant, on avait disposé des nattes sur lesquelles chacun s'agenouillerait pendant la lecture de l'édit impérial. De part et d'autre se tenaient des eunuques en tuniques de soie étincelantes. J'étais épuisée, mais Shim me prévint que la cérémonie n'était pas près de commencer.

Après le temps nécessaire pour brûler deux bougies, j'entendis un martèlement de sabots. Les huit dames d'honneur s'empressèrent de retoucher mon maquillage. Elles répandirent sur moi un parfum capiteux et inspectèrent ma robe ainsi que ma coiffure avant de m'aider à quitter ma chaise.

Alors que je me levais, avec l'impression d'être un vieux chariot mangé de rouille, mes ceintures chargées de bijoux s'accrochèrent à mon siège et tombèrent à terre.

La rue fourmillait de gardes impériaux et d'eunuques. Kuei Hsiang, posté devant la porte, accueillit l'ambassadeur de Sa Majesté. À genoux, mon frère déclina le nom de notre père et récita un bref compliment de bienvenue. Tout en parlant, il frappa par trois fois le sol de son front et s'inclina à neuf reprises. L'instant d'après, j'entendais mon nom déclamé par l'ambassadeur. Les dames d'honneur s'empressèrent de former deux haies. Je sortis et m'avançai à pas comptés vers le chieh-an.

Je découvris un eunuque à tête de lapin outrageusement maquillé. C'était l'ambassadeur. Vêtu d'une tunique jaune resplendissante, coiffé d'un chapeau orné d'une plume de paon et d'un diamant rouge, il évitait de me regarder. Après s'être incliné trois fois devant moi, il « invita » les trois objets à entrer dans la maison : un coffret jaune contenant l'édit, les Archives des Mariages impériaux et un sceau de pierre portant mon nom et mon titre.

Je suivis l'eunuque et accomplis le rituel devant les tables. Je m'inclinai et frappai le sol de mon front de si nombreuses fois que la tête me tournait. Je craignais à tout instant de voir se défaire ma coiffure. Ensuite, je reçus la bénédiction de ma famille.

Ma mère vint en premier, suivie de Rong, de mon oncle et du cousin Ping. Ils se mirent à genoux et s'inclinèrent devant l'ambassadeur, puis devant moi. Mère tremblait tant qu'une de ses parures de coiffure menaçait de tomber.

« Relève-toi », m'empressai-je de dire pour éviter une catastrophe.

Les eunuques portèrent les archives et le sceau vers les tables aux brûle-parfum. Ils semblaient peiner sous leur charge.

J'ôtai ma cape de satin ainsi que l'exigeait l'étiquette, m'inclinai devant le livre et le sceau, puis je demeurai agenouillée, tournée vers le nord.

L'ambassadeur déroula le parchemin et donna lecture de l'édit impérial. Il avait une voix grave, puissante, mais je ne comprenais pas un mot de ce qu'il disait. Il me fallut un certain temps pour me rendre compte qu'il employait deux langues différentes, le mandchou et le mandarin, et les prononçait à la mode ancienne. Mon père m'avait confié jadis que, dans le cadre de ses fonctions administratives, il sautait souvent la version mandchoue de ses rapports et passait directement au chinois pour gagner du temps.

Le poids sur ma tête me donnait l'impression d'être un escargot transportant sa coquille. La lecture se poursuivit et j'en profitai pour regarder en direction du couloir. Des gardes s'y pressaient. Sur la terrasse, deux palanquins attendaient. Pourquoi deux ? me demandai-je. N'étais-je pas la seule élue dans cette maison ?

Quand l'ambassadeur eut fini de lire, je compris la raison d'être du second palanquin. Les eunuques rangèrent l'édit, le livre et le sceau de pierre, puis ils les « invitèrent à s'asseoir » dans le palanquin en question. L'ambassadeur m'expliqua que ces objets faisaient désormais partie de moi-même.

« Le phénix impérial s'avance ! » Au cri de l'ambassadeur, ma famille tomba à genoux pour la dernière fois. Le maquillage de ma mère avait coulé et elle ne cherchait plus à dissimuler ses larmes.

Un petit orchestre se mit à jouer. Le bruit des trompettes chinoises était si fort que j'en eus mal aux oreilles. Un groupe d'eunuques s'élança devant moi en jetant des pétards. Je marchai sur du papier rouge « craquelé », de la paille jaune, des haricots verts et des fruits séchés riches en couleur. Je m'efforçais de relever le menton pour que ma coiffure reste en place.

On me fit délicatement entrer dans mon palanquin. J'étais un véritable escargot, à présent. Les porteurs soulevèrent la chaise et je manquai tomber de mon siège.

Devant le portail, les chevaux se mettaient en mouvement. Des hommes agitaient des drapeaux-dragons et des ombrelles jaunes. Il y avait également des cavalières portant des costumes de guerriers mandchous du XVIe siècle. Aux flancs de leur monture, des rubans jaunes étaient attachés à des ustensiles de cuisine.

Derrière, venaient des animaux teints en rouge. J'avais l'impression de voir une longue rivière de sang. Quand je regardai à nouveau, je distinguai des oies et des moutons. Ces animaux symbolisaient, disait-on, la fortune bien protégée et le rouge, la passion de la vie.

Je laissai retomber le rideau pour dissimuler mes larmes. Je me préparais à ne plus voir ma famille pendant longtemps. C'était le désir de mère, tentais-je de me convaincre. Un poème qu'elle me lisait quand j'étais petite me revint en mémoire :

Tel le ruisseau chantant
Tu t'en vas librement.
Je suis la montagne,
Et dans le bonheur je te regarde,
Souvenir de nous,
Dans la plénitude et la douceur.

Oui, mes souvenirs n'étaient que plénitude et douceur. Ils étaient tout ce que je possédais, et je les emportais avec moi. Dès que je sentis le palanquin se mouvoir sans à-coups, j'entrouvris le rideau et regardai au-dehors.

Ma famille m'était invisible. La poussière et les gardes la cachaient à mes yeux.

Et soudain je découvris Kuei Hsiang. Il était toujours prosterné, la tête plaquée au sol.

Mon cœur me trahit et je gémis comme un luth chinois dont les cordes se brisent au milieu d'une mélodie.

Six

Je ne devais pas voir grand-chose de ce jour de fête au cours duquel j'allais devenir l'une des concubines impériales. J'étais assise à l'intérieur de mon palanquin et j'entendais sonner les cloches des tours de la porte du Méridien.

Nuharoo fut la seule à franchir la porte de la Pureté céleste, entrée principale de la cour impériale. Les autres jeunes filles durent pénétrer par des portes latérales et traverser plusieurs cours. Mon palanquin s'avança sur l'un des cinq ponts qui enjambaient la rivière des Eaux dorées. Elle marquait la frontière du paysage interdit, et les ponts symbolisaient les cinq vertus confucéennes, à savoir la loyauté, la ténacité, l'honnêteté, la modestie et la piété. Je passai ensuite la porte de la Conduite respectueuse et me retrouvai dans une autre cour, la plus grande de la Cité interdite. Mon palanquin contourna la salle du Trône, dont les énormes colonnes ouvragées et le magnifique plafond à plusieurs niveaux s'élevaient au-dessus de l'étendue de marbre blanc de la terrasse des Dragons.

Je m'arrêtai près de la porte de l'Émoi céleste. C'était le milieu de l'après-midi. D'autres palanquins étaient arrivés, ceux des dames Yun, Li, Soo, Mei et Hui. Elles en descendirent sans se hâter. Nous nous adressâmes un signe de tête avant d'attendre un certain temps.

Des eunuques nous prévinrent que la cérémonie de mariage entre l'empereur Xianfeng et l'impératrice Nuharoo venait de commencer.

Je me sentais toute drôle. On m'avait bien fait comprendre que je n'étais que l'une des trois mille femmes de l'empereur, mais je ne pouvais m'empêcher de souhaiter d'être à la place de Nuharoo.

Bientôt, Shim réapparut et nous informa qu'il était l'heure de gagner nos appartements. Le mien se trouvait dans le palais des Élégances accumulées, et j'allais y passer de nombreuses années. C'est là que j'appris que Xianfeng ne distribuait jamais sa semence équitablement entre ses épouses.

Des arbres séculaires surplombaient le palais des Élégances accumulées. Leurs feuilles bruissaient quand le vent soufflait et leurs murmures me rappelaient l'un de mes vers préférés : « Le vent montre son corps au travers des feuilles qui frémissent. » Je m'efforçai de repérer la porte que je venais d'emprunter. Située à l'ouest, elle me semblait être la seule entrée. Avec son toit en forme d'aile et ses hauts murs, le bâtiment qui se dressait devant moi ressemblait à un temple. Sous les tuiles jaunes et vernies, poutres et colonnes étaient décorées de couleurs vives. Fruits aux formes rondes, légumes, main du Bouddha, fleurs en boutons, vagues de la mer et nuages : les symboles de la fertilité ornaient les portes et les fenêtres.

Un groupe d'hommes et de femmes élégamment vêtus s'offrit à ma vue. Ils se prosternèrent devant moi et se tinrent agenouillés.

Je les regardai sans savoir ce qu'ils attendaient de moi.

« Voici l'instant de la chance, dame Yehonala, dit enfin l'un des hommes. Permettez-nous de vous escorter jusqu'à votre chambre. » Je compris que c'étaient là mes serviteurs.

Je soulevai le pan de ma robe et m'apprêtai à faire un pas quand j'entendis un bruit formidable de l'autre côté des murs.

Mes jambes fléchirent et les serviteurs se précipitèrent pour me soutenir. On me dit que c'était un gong qui annonçait l'entrée de l'empereur Xianfeng et de l'impératrice Nuharoo dans la Grande Chambre nuptiale.

Grande sœur Fann m'avait parlé du rituel des mariages impériaux. Je savais tout du lit nuptial et de son voile de gaze de la couleur du soleil, orné de symboles de la fertilité. Je me rappelai comment Fann avait décrit la couverture de satin jaune vif sur laquelle étaient brodés une centaine d'enfants joueurs.

Bien des années plus tard, Nuharoo me confia que le parfum de la chambre impériale était le plus doux qu'elle eût jamais senti. Il émanait du lit, fait de bois de santal odorant. Elle me décrivit sa réception. Elle portait sur la tête trois phénix d'or et était accompagnée de l'eunuque Shim, chargé des insignes de la jeune épousée.

Après être descendue du palanquin, elle traversa la salle de la Bénédiction maternelle, puis elle entra dans la chambre nuptiale, située dans le palais de la Tranquillité terrestre. C'est dans cette pièce parfumée que Nuharoo se changea, troquant son costume jaune froid pour un autre d'un jaune ardent. La tête et les yeux recouverts d'une étoffe de soie de la couleur du soleil, l'empereur et elle échangèrent des vœux et burent dans la coupe nuptiale.

« Les murs de la chambre étaient si rouges que j'en vins à penser que mes yeux me jouaient des tours, me raconta Nuharoo bien des années après, sourire aux lèvres. Elle était si vaste qu'elle semblait vide. La partie nord accueillait les trônes et, au sud, un feu caché réchauffait le grand lit de brique rouge. »

C'était exactement ce que j'avais imaginé. Le décor et le rituel étaient conformes au récit de Nuharoo, mais je n'étais pas préparée à la déception qui m'attendait.

Je me dis que je n'avais aucune raison de pleurer. Il était honteux de vouloir plus que ce à quoi j'avais droit. Pourtant la tristesse refusait de m'abandonner. J'essayai de me représenter Ping et ses immondes dents tachées par l'opium, mais mon esprit battait la campagne et il me rappela la mélodie de mon opéra préféré, *L'Amour de la petite Jade*, l'histoire d'une servante et de son amoureux, un soldat. Je songeai au cadeau de mariage offert par le soldat à sa fiancée, un humble morceau de savon, et au bonheur de la jeune fille, et mes larmes se mirent à couler.

Pourquoi mes yeux ne parvenaient-ils pas à trouver du plaisir dans cette pièce emplie de trésors ? Mes serviteurs me firent endosser une magnifique robe en satin abricot ornée de fleurs de prunier – celle-là même que j'avais de nombreuses fois portée dans mes rêves. Je m'avançai vers le miroir et découvris ma splendeur. Une épingle à cheveux en forme de libellule parait ma tête, incrustée de rubis, de saphirs, de perles, de tourmalines, d'œils-de-tigre et de plumes de martin-pêcheur. Je me retournai pour examiner le mobilier de la pièce, ses panneaux aux tesselles de gemme. Sur ma droite, jade et pierres précieuses ornaient de petits meubles en bois de santal rouge ; sur ma gauche, une table de toilette était veinée de nacre. Derrière moi, se dressaient des paravents qu'embellissaient encore de belles peintures anciennes.

Mon cœur criait : Que peux-tu désirer de plus, faire de plus, oser de plus, Orchidée ?

J'avais froid, mais on m'ordonna de laisser la porte ouverte durant la journée. Je m'assis sur la couverture beige de mon lit. Huit édredons en soie et coton étaient posés contre le mur. Les rideaux du lit retombaient jusqu'à terre, brodés de glycines blanches. Des pivoines rouges et blanches en décoraient la bordure.

Je vis Shim s'approcher de ma fenêtre, suivi d'un groupe de jeunes eunuques. « Pourquoi les lanternes ne sont-elles pas allumées ? » Il paraissait mécontent, puis il me vit. Avec un sourire d'humilité, il tomba à genoux et me dit : « Dame Yehonala, votre esclave Shim est tout entier à votre service.

— Relevez-vous, je vous en prie. » Je sortis dans la cour.

« Les esclaves se sont-ils présentés, dame Yehonala ? demanda Shim, toujours à genoux.

— Pas encore.

— Ils devront donc être châtiés. C'est leur devoir. » Il se leva et claqua des doigts.

Deux eunuques à la forte carrure apparurent, chacun porteur d'un fouet de cuir d'une longueur inhabituelle.

« Que les coupables s'avancent ! » ordonna-t-il.

Tremblants, mes serviteurs se mirent en ligne.

On apporta deux seaux d'eau où les gros eunuques trempèrent leur fouet.

« Maître Shim, l'appelai-je, veuillez comprendre que ce n'est pas leur faute si mes serviteurs ne se sont pas présentés. Je n'y étais pas prête.

— Pardonnez-vous à vos esclaves ? me demanda-t-il, un sourire mauvais aux lèvres. Vous ne devriez attendre rien de moins que la perfection de leur part, dame Yehonala. Ces esclaves doivent être punis. La tradition de la Cité interdite se résume en quelques mots : le respect naît du fouet.

— Je suis désolée, maître Shim, mais je ne me vois pas en train de fouetter quelqu'un qui n'a rien fait de mal. » Je regrettai aussitôt mes paroles.

« Je suis certain que ces serviteurs sont coupables. » Shim était contrarié. Il se retourna et frappa un jeune eunuque.

Troublée, je me retirai dans ma chambre.

Shim, le maître des eunuques, prit tout son temps avant de me révéler le but de sa visite. Nous nous trouvions dans mon salon et plus d'une vingtaine de serviteurs et d'esclaves étaient présents. Avec une patience contrainte, il m'expliqua le fonctionnement de la Cité interdite. Il m'indiqua les divers services ou ateliers qui, apparemment, relevaient tous ou presque de son autorité. Il était plus particulièrement chargé des services assurant la garde des coffres emplis de lingots d'or et d'argent, de fourrures, de porcelaine, de soieries et de thé ; il était également responsable de ceux qui fournissaient les céréales, les fruits et les animaux destinés aux sacrifices religieux. Il contrôlait les eunuques travaillant aux chenils où l'on engraissait de petits chiens pékinois destinés à la consommation. Il supervisait les services qui entretenaient les palais, les temples, les jardins et les plantations d'herbes médicinales.

Je me tenais très droite, le menton légèrement relevé. Même si Shim se contentait de faire étalage de sa puissance, je me félicitais d'être ainsi informée. En plus de l'emplacement des cours et des écoles où se faisait l'éducation des princes, il me parla de l'armurerie impériale qui abritait la police du palais. « Mes devoirs s'étendent aux salons de thé impériaux, aux teintureries et aux ateliers de tisserands, mais aussi aux bureaux assurant l'entretien des bateaux, garde-robes, jeux, imprimeries, bibliothèques, magnaneries et ruches de Xianfeng. »

De tous ces départements, celui des théâtres royaux m'intéressait le plus ainsi que les ateliers impériaux, où travaillaient les artistes et les artisans les plus talentueux de Chine.

« J'ai d'innombrables responsabilités, conclut l'eunuque Shim, mais, par-dessus tout, j'existe pour veiller à la pureté de la succession de l'empereur Xianfeng. »

Je compris qu'il attendait de moi que je reconnaisse ses mérites. « Instruisez-moi, maître Shim, je vous en prie, car je ne suis qu'une ignorante jeune fille de Wuhu, et je vous saurai toujours gré de vos conseils et de votre protection. »

Satisfait de mes manières, il me révéla qu'il était là pour exaucer deux souhaits formulés par ma belle-mère. Le premier était de me récompenser en m'offrant un chat.

« Les journées vous paraîtront longues dans la Cité interdite, dit Shim en faisant signe à un eunuque d'apporter une boîte. Ce petit animal sera votre compagnon. »

J'ouvris la boîte pour y découvrir une splendide créature à la fourrure immaculée. « Comment s'appelle-t-il ? demandai-je.

« Neige, me répondit Shim. C'est une chatte, bien évidemment. »

Je soulevai l'animal avec délicatesse. Il avait d'adorables yeux de tigre, mais il semblait effrayé. « Bienvenue, Neige ! »

Shim me détailla ensuite le montant de mon allocation annuelle : « Elle sera ainsi constituée : cinq lingots d'or, mille taëls d'argent, trente rouleaux de satin, soie et étoffe de coton, quinze peaux de buffles, moutons, serpents et lapins, ainsi que cent boutons d'argent. Cela vous paraîtra beaucoup, mais vous n'aurez plus rien à la fin de l'année parce qu'il vous faudra verser leur salaire à vos six eunuques, vos six dames de compagnie, vos quatre servantes et vos trois cuisiniers. Les servantes sont là pour vos besoins personnels. Les eunuques, eux, s'occupent du ménage et de l'entretien du jardin et portent des messages. Ils sont également responsables de la qualité de votre sommeil. La première année, à tour de rôle, cinq dormiront sur le seuil de votre chambre à coucher et un à l'intérieur. Vous ne pourrez choisir ce dernier tant que l'empereur ne vous jugera pas prête. »

Les serviteurs me regardaient, impassibles. Quelles pouvaient être leurs pensées ?

« Je vous ai attribué les meilleurs serviteurs, me dit Shim avec un sourire en coin. Ceux qui ronflent, je les ai donnés à dame Mei, et les paresseux, à dame Hui. Les médiocres iront chez dame Yun et... » Il s'interrompit et me regarda comme s'il attendait que je dise quelque chose.

À la cour, la tradition voulait que l'on récompense un eunuque pour une telle marque de loyauté. Je le savais, mais ma méfiance à l'égard de Shim m'empêcha de saisir la balle au bond. Que dirait-il de moi devant Nuharoo et les dames Yun, Li, Soo, Mei et Hui ? J'étais persuadée qu'il avait plus d'un tour dans son sac et pouvait abuser son monde.

« Puis-je savoir comment vivent les autres épouses de Sa Majesté ? demandai-je. Où habitent-elles ?

— Eh bien, l'impératrice Nuharoo passera le restant de cette semaine avec l'empereur au palais de la Tranquillité terrestre. Puis elle emménagera au palais de la Faveur céleste. Dame Yun s'est vue attribuer le palais des Délices, dame Li, celui de la Longévité éternelle, dame Mei, celui de la Pitié suprême et dame Hui, celui de la Prospérité.

— Et Soo ?

— Dame Soo a été renvoyée chez ses parents, dans le Sud. Il convient de surveiller sa santé. Le palais de la Faveur céleste lui est réservé.

— Pourquoi les palais de toutes les autres dames se trouvent-ils à l'est, dans l'autre partie de la Cité interdite ? Qui vit près de moi dans cette partie-ci ?

— Vous êtes la seule à habiter à l'ouest, dame Yehonala.

— Puis-je en connaître la raison ? »

L'eunuque baissa la voix jusqu'à en chuchoter. « Maîtresse, gare aux ennuis si vous posez des questions. Cependant, je veux bien risquer de jouer ma langue pour vous être agréable, mais il me faut d'abord votre parole. »

J'hésitai avant de hocher la tête.

Shim se pencha vers moi et colla sa bouche à mon oreille. « Ce pourrait être l'idée de l'empereur Xianfeng ou celle de la Grande Impératrice de vous placer là. En fait, cela vient de la Grande Impératrice… Pardonnez-moi, je suis nerveux à l'idée de vous révéler ceci… Sa Majesté a coutume de loger ses favorites non loin d'elle. Elle peut ainsi les faire appeler chaque fois qu'elle a besoin de compagnie.

— Voulez-vous dire qu'elle ne m'apprécie pas et ne me veut pas près d'elle ?

— Je n'ai rien dit de tel. C'est vous-même qui avez fait une telle déduction.

— N'est-ce pas exact ?

— Je ne répondrai pas à cette question.

— Et l'empereur Xianfeng ? Si l'idée venait de lui ?

— Si elle venait de Sa Majesté l'empereur, cela signifierait qu'il vous adore… et qu'il veut vous voir le plus loin possible de sa mère. En d'autres termes, il s'arrange pour que la Grande Impératrice ne puisse l'espionner s'il décide de vous rendre visite. Vous pouvez vous en féliciter, maîtresse. »

Peu après son départ, je demandai à un serviteur de lui porter deux cents taëls en guise de cadeau, une somme énorme mais nécessaire. Sans l'eunuque Shim, j'aurais été une aveugle perdue sur un chemin semé d'embûches. Je le savais malgré tout redoutable.

Le soir tombait. Le ciel s'assombrissait. Les feuilles des arbres viraient au noir comme si le vert était taché d'encre. Les franges des nuages s'effilochaient pour former de nouveaux dessins. Les corneilles regagnaient leur nid sur les plus hautes branches dans un vacarme de cris perçants.

Je fis entrer mes serviteurs et leur dis que je voulais dîner. Les eunuques et les dames de compagnie s'inclinèrent et transmirent mes désirs à la cuisine. Le dernier eunuque de la rangée resta à genoux pour que je lui prête attention. Cela m'ennuya et je lui enjoignis de s'en aller.

Quand il leva la tête, je reconnus le jeune garçon que j'avais rencontré le jour de la sélection, celui qui m'avait apporté de l'eau.

« An-te-hai ? m'exclamai-je.

— Oui, maîtresse ! répondit-il avec le même enthousiasme. An-te-hai, votre esclave fidèle. »

Je lui tendis les bras pour le relever, mais il se déroba et recula de quelques pas pour me rappeler mon statut.

Je me rassis et nous nous sourîmes.

« Alors, An-te-hai, que désires-tu ?

— Dame Yehonala, je sais que vous pouvez ordonner ma mort à tout moment si mes paroles vous déplaisent, mais il y a une chose que je dois vous dire.

— Tu as ma permission. »

Il hésita avant de me regarder droit dans les yeux.

« Je vous serai utile, dit-il.

— Je le sais déjà.

— Ferez-vous de moi votre premier domestique ? »

Je me levai. « Comment oses-tu formuler pareille demande alors que je viens d'arriver ? »

An-te-hai se cogna le front contre le sol. « Punissez-moi, dame Yehonala. »

De la main, il se frappa les joues.

Je ne savais que faire. Il continuait, comme s'il giflait quelqu'un d'autre et non lui-même.

« Assez ! » criai-je.

L'eunuque s'arrêta. Il me considéra, les yeux pleins de larmes, comme s'il adorait une divinité.

« Qu'est-ce qui te fait croire que tu peux mieux me servir que quiconque ? »

An-te-hai releva les yeux. « Parce que j'offre ce que les autres n'ont pas.

— C'est-à-dire ?

— Des conseils, maîtresse. Selon mon humble opinion, le temps et la chance ne penchent pas nécessairement en votre faveur à l'heure actuelle. Mes avis peuvent vous aider à aller de l'avant. Je suis expert en matière d'étiquette impériale, par exemple.

— Tu es très sûr de toi, An-te-hai.

— Je suis le meilleur de la Cité interdite.

— Comment puis-je en être certaine ?

— Mettez-moi à l'épreuve, maîtresse, et vous verrez.

— Depuis combien d'années vis-tu dans la Cité interdite ?

— Quatre ans.

— Et qu'en as-tu tiré ?

— Une certaine connaissance, maîtresse.

— Une connaissance ?

— Le gros melon que je porte entre mes épaules est très solide. J'ai pénétré les mystères de la société impériale. Je peux citer les noms des bâtisseurs de la Cité interdite, du palais d'Été et de Pei Hai, l'océan du Nord. Je peux même situer ces lieux sur la carte astrologique. Je peux expliquer pourquoi aucun arbre n'a été planté entre les palais de l'Harmonie suprême, de l'Harmonie parfaite et de l'Harmonie préservée.

— Continue, An-te-hai.

— Les concubines du père et du grand-père de l'empereur Xianfeng sont mes amies. Elles vivent au palais de la Paix et de la Tranquillité. Leur histoire et leurs rapports avec Sa Majesté n'ont pas de secret pour moi. Je peux vous dire comment le palais se chauffe en hiver et comment il reste frais en été. Je peux vous apprendre d'où vient l'eau que vous buvez. Les histoires de meurtres et de fantômes de la Cité interdite me sont familières. Je suis à tu et à toi avec les sentinelles et l'ami intime de bien des gardes, ce qui signifie que je peux entrer et sortir des palais comme un chat. »

Je ne voulais pas lui montrer qu'il m'impressionnait.

Il m'expliqua que l'empereur avait deux lits dans sa chambre. Chaque nuit, les deux lits étaient faits et les rideaux tirés pour que personne ne sache où dormait Sa Majesté. An-te-hai ajouta que sa connaissance allait bien au-delà de la maison impériale, jusqu'à la cour dans son ensemble et le fonctionnement du gouvernement. Afin de délier les langues, il savait persuader chacun qu'il était inoffensif.

« Tu es donc espion par nature.

— Pour vous, maîtresse, je serai tout ce que vous voudrez.

— Quel âge as-tu exactement ?

— J'aurai seize ans dans quelques mois.

— Qu'y a-t-il de vrai derrière ta proposition, An-te-hai ? »

L'eunuque pesa mûrement sa réponse. « Je veux que l'on me donne ma chance. Je cherche depuis longtemps à entrer au service d'une noble maîtresse. Certes, à quoi bon songer à mon avenir ? Je n'en ai aucun. Toutefois, je refuse de passer le reste de mes jours en enfer. Tout ce que je demande, maîtresse, c'est l'occasion de prouver ma loyauté.

— Lève-toi, dis-je. Et laisse-moi, An-te-hai. »

Il recula lentement vers la porte.

Je remarquai qu'il boitillait et je me souvins que c'était lui que Shim avait frappé dans la cour.

« Attends, lui lançai-je. À compter de maintenant, An-te-hai, tu seras mon premier domestique. »

Je me changeai pour passer une robe beige avant que l'on me conduise à ma chaise. La table du dîner était aussi grande qu'un portail. Les décorations de son plateau et de ses pieds étaient des plus remarquables. En attendant d'être servie, j'appris le nom de mes eunuques et de mes dames de compagnie.

Mes eunuques avaient des noms bien à eux : Ho-tung, Rivière de l'Est ; Ho-nan, Rivière du Sud ; Ho-tseu, Rivière de l'Ouest ; Ho-pei, Rivière du Nord ; Ho-yuan, Début de la Rivière ; et Ho-Wei, Fin de la Rivière. Leur nom commençait toujours par le même signe, ho, qui signifiait « la rivière », mais ils n'étaient pas de la même famille. Il en allait ainsi pour mes dames de compagnie, dont le nom commençait par chun, « le printemps » : Chun-cheng, Aube de Printemps ; Chun-hsia, Crépuscule de Printemps ; Chun-yueh, Lune de Printemps ; et Chun-meng, Rêve de printemps. Toutes étaient pimpantes et avaient belle allure. Elles répondaient promptement quand j'appelais et ne présentaient pas de caractéristiques particulières. Leur coiffure était identique. Alors que les eunuques avaient des nattes, les dames portaient le chignon. En ma présence, elles gardaient les mains collées sur leurs cuisses et baissaient les yeux.

J'étais installée depuis si longtemps à la table géante, entourée de mes eunuques et de mes dames de compagnie, que mon ventre se mit à gronder. Le dîner ne se présentait pas. Je m'intéressai à la salle. Elle était spacieuse et dépourvue d'attrait, à l'exception d'un mur où une grande peinture représentait une famille de villageois. Un charmant poème était écrit dans le coin supérieur droit.

Le toit de chaume penche,
Au bord du ruisseau pousse l'herbe verte,
Qui parle de cette voix du Sud si douce ?
Un homme grisonnant et sa femme dans leur masure.

À l'est du ruisseau, l'aîné arrache les mauvaises herbes,
Le second construit une cage pour les poules qu'il élève.
J'aime le plus jeune pour son oisiveté :
Couché près du ruisseau, il croque des graines de lotus.

Qui avait vécu ici avant moi ? me demandai-je. Certainement l'une des concubines du défunt empereur Daoguang. Elle devait aimer la peinture. Le style était simple, rafraîchissant. Je m'émerveillai devant le contraste entre cette salle grandiose et cette humble image.

Cette peinture me rappelait la chaleur de ma propre famille, quand ma sœur, mon frère et moi attendions à la table du dîner le retour de notre père. Un jour, il avait lancé une plaisanterie. Nous avions tous éclaté de rire et le riz avait jailli de notre bouche. Rong s'était étranglée avec sa soupe au tofu et mon frère était tombé sous la table en brisant son bol en céramique. Ma mère ne réussissait pas à garder son sérieux. Elle aussi avait éclaté de rire et dit à son époux qu'il était « une poutre mal équarrie qui ferait s'effondrer la maison ».

« Votre dîner, maîtresse. » La voix d'An-te-hai m'arracha à ma songerie.

Je vis alors une file d'eunuques sortir de la cuisine : chargés de plats fumants, ils s'avançaient vers moi. Les pots et les terrines étaient dissimulés sous des couvercles d'argent. Bientôt la table disparut sous les victuailles.

Je comptai les plats : quatre-vingt-dix-neuf !

An-te-hai annonça : « Paume d'ours à l'étouffée, foie de daim aux légumes, homard grillé à la sauce de soja, escargots à l'ail et au concombre, caille marinée rôtie à la sauce aigre-douce, crêpes fourrées à l'émincé de viande de tigre, sang de daim au ginseng et aux herbes, peau de canard croustillante à la sauce aux oignons, porc, bœuf, poulet, fruits de mer… »

Il y avait des mets que je n'avais jamais vus et certains dont je n'avais même pas entendu parler.

Le défilé des serviteurs se poursuivit. À leur mine, je compris que cela n'avait rien d'extraordinaire. Je m'efforçai de dissimuler mon étonnement. Enfin, je congédiai mes serviteurs, qui reculèrent pour se placer dos au mur.

« Nous vous souhaitons un heureux repas ! » entonnèrent-ils en chœur.

Je pris mes baguettes.

« Pas encore, maîtresse. » An-te-hai se précipita vers moi.

Il fit le tour de la table, muni d'une paire de baguettes et d'une petite assiette. Il préleva un peu de nourriture de chaque plat et la porta à sa bouche.

Comme je le regardais mâcher, je me rappelai l'histoire que grande sœur Fann m'avait racontée : comment Chu An, la mère de l'empereur Xianfeng, avait cherché à empoisonner le prince Kung. Cette idée me coupa l'appétit.

« Vous pouvez dîner en toute quiétude à présent. » An-te-hai s'essuya les lèvres et s'éloigna.

« Je suis censée manger tout cela ? demandai-je.

— On n'attend pas de vous que vous le fassiez, maîtresse. L'étiquette exige cependant que l'on vous serve quatre-vingt-dix-neuf plats à chaque repas.

— C'est du gaspillage !

— Non, maîtresse, nullement. Vous pouvez toujours laisser ces mets à vos serviteurs. Les esclaves ont faim, on ne leur donne jamais assez à manger.

— Ils ne vont pas se sentir humiliés ?

— Ils seront très honorés, au contraire.

— La cuisine ne vous prépare donc rien ?

— Nous mangeons ce que mangent les chevaux, mais la quantité est bien réduite en comparaison. Trois ignames par jour, telle est ma ration. »

Je mangeai autant que possible. Je m'entendais croquer les concombres, mastiquer les tendons d'ours, sucer les côtes de porc. Les serviteurs se tenaient toujours tête baissée. Que pouvaient-ils bien penser ? Une fois rassasiée, je reposai mes baguettes et attaquai mon dessert, un gâteau aux haricots rouges et au sésame.

An-te-hai s'approcha comme s'il savait que je voulais lui parler.

« Je n'aime pas être observée quand je mange, dis-je. Il n'y a pas moyen de les congédier ?

— Je crains que non, maîtresse.

— Les maîtresses des autres palais sont-elles servies de la même manière ?

— Oui, maîtresse.

— Par la même cuisine ?

— Non, chaque palais dispose de sa propre cuisine et de ses propres cuisiniers.

— Prends un siège et tiens-moi compagnie. »

Il s'exécuta.

Je soulevai ma tasse et An-te-hai s'empara de la théière posée au bout de la table. Il me servit du thé au chrysanthème.

Il ne me fallut pas longtemps pour comprendre qu'An-te-hai avait le don d'anticiper mes besoins. Qui était-il ? me demandai-je. Comment se faisait-il qu'un garçon aussi doux et intelligent fût devenu un eunuque ? Quelle était sa famille ? Comment avait-il grandi ?

« Maîtresse. » Je terminais mon gâteau quand An-tehai se pencha vers moi. « Il pourrait être avisé d'envoyer un message à l'empereur Xianfeng et à l'impératrice Nuharoo afin de leur souhaiter un agréable dîner.

— Nuharoo n'appréciera peut-être pas qu'on la dérange quand elle est en compagnie de l'empereur ? »

Le silence d'An-te-hai m'indiqua que je devais suivre son conseil.

« Ce n'est pas pour exprimer un vœu, expliqua-t-il enfin. C'est pour faire bonne impression. Pour que votre nom soit inscrit sur le recueil de messages reçus par l'empereur. Pour rappeler votre existence à Sa Majesté. Les autres dames font de même.

— Comment le sais-tu ?

— Des confrères fidèles me renseignent. »

Je me rinçai la bouche avec une tasse de thé vert. J'étais censée faire la sieste après manger, mais mon esprit ne trouvait pas le calme. J'imaginais une bataille où chaque concubine tenait le rôle d'un soldat. Selon An-te-hai, mes rivales avaient déjà commencé à établir leurs défenses. Nombre d'entre elles avaient offert à la Grande Impératrice des cadeaux, petits mais judicieux, en la remerciant de bien vouloir les choisir parmi tous.

J'espérais que l'empereur Xianfeng faisait preuve d'équité. Ne disait-on pas de lui qu'il était l'homme le plus sage de l'univers ? Je serais satisfaite s'il m'appelait une fois par mois. Je ne pouvais espérer l'avoir pour moi seule. Je serais fière de l'aider à fonder une dynastie, à l'instar des femmes vertueuses dont l'image ornait la Galerie des portraits. Offrir à Sa Majesté un foyer harmonieux, c'était là une idée séduisante. J'aimerais que nous sept nous unissions contre les autres dames de cour. En tant qu'épouses choisies, nous nous respecterions et nous épaulerions dans le but de faire de sa maison un foyer commun.

An-te-hai ne manifesta pas son désaccord, mais j'en vins à connaître ses sentiments à la façon dont il frappait le sol de son front. Quand j'entendais tunk, tunk, tunk, signe d'un léger désagrément, nous pouvions avoir une discussion. Mais quand c'était ponk, ponk, ponk, il valait mieux que je l'écoute, car cela signifiait que j'ignorais tout du sujet dont je parlais. Cette fois-ci, ce fut ponk, ponk, ponk. An-te-hai tenta de me convaincre que les dames des autres palais étaient mes ennemies naturelles. « C'est comme les insectes avec les plantes : elles ont besoin de vous pour survivre. » Il me suggéra de m'exercer et de fourbir mes armes pour avoir le dessus. « En ce moment même, quelqu'un songe à vous étrangler », me dit-il.

Je pouvais à peine bouger quand les eunuques vinrent desservir. On attendait maintenant de moi que je me baigne. Le bassin se trouvait à un mètre du sol, comme posé sur une scène, entouré de seaux d'eau chaude et d'eau froide et de piles de serviettes. Il était si grand que, dans mon village, on aurait parlé d'étang. Sculpté dans un bois précieux, il avait la taille d'une feuille de lotus géante aux détails criants de vérité.

Je n'avais pas l'habitude de prendre un bain quotidien. À Wuhu, je me lavais une fois tous les deux mois pendant l'hiver et je m'ébattais dans le lac en été. Je demandai à An-te-hai si je pourrais nager dans le lac impérial quand le temps se réchaufferait.

« Non, répondit l'eunuque. Sa Majesté désire que le corps de ses dames soit en permanence dissimulé. »

Les dames de compagnie annoncèrent que le bain était prêt.

An-te-hai me dit que j'avais le choix de me faire assister soit par les eunuques soit par les dames. Les dames, bien entendu, lui répondis-je. Il aurait été étrange de dévoiler mon corps à des eunuques. D'aspect, ils ne me paraissaient pas différents des hommes ordinaires. Je ne pouvais les imaginer en train de me toucher. Il me fallut un certain temps pour que je m'habitue à voir An-te-hai dormir au pied de mon lit.

Je me demandai s'il avait des besoins d'homme. Il fit preuve d'indifférence tandis que je me changeais, mais n'était-ce pas feint ? Dans ce cas, il s'astreignait à une discipline rigoureuse. Qu'il réussît à sublimer sa tragédie personnelle, voilà ce que je commençais à apprécier chez lui. Peut-être gâtais-je mes eunuques, une faiblesse pernicieuse aux yeux de certains. Je ne pouvais m'empêcher de compatir à leurs souffrances. En vérité, je désirais pour moi-même pareille compassion.

Toutes les femmes de Chine rêvaient d'être à ma place, sans imaginer mes souffrances. En m'identifiant aux eunuques, j'apaisais les blessures de mon cœur. Leur malheur se lisait sur leur visage : ils avaient été castrés et chacun comprenait leur infortune. Mais la mienne était secrète.

M'abandonner à tant de mains me faisait un curieux effet. Ces gens me suppliaient de ne pas bouger le petit doigt. C'eût été une insulte à leur égard que de chercher à les aider.

L'eau était chaude et apaisante. J'étais appuyée contre le rebord du bassin et les cinq servantes à genoux me frottaient et me massaient. J'aurais dû apprécier leurs soins, mais je ne cessais de penser à une poule qu'on plonge dans l'eau bouillante pour la plumer plus aisément.

Les mains des servantes couraient sur mon corps. Elles étaient douces, mais je souffrais de cette intrusion. Je cherchai à me souvenir des paroles d'An-te-hai, à savoir que je vivais pour le plaisir de l'empereur et non pour le mien.

Les servantes étaient en sueur. Elles avaient massé mes épaules, mes doigts et mes orteils. Leurs robes étaient trempées, leurs cheveux, décoiffés. Les regarder suffisait à m'épuiser et j'avais hâte que cela se termine. An-te-hai m'avait bien prévenue, je ne devais pas les remercier. Il avait insisté sur le fait que je ne devais en aucun cas exprimer mes sentiments, en aucun cas rappeler aux gens que j'étais, comme eux, une femme ordinaire.

Quand elles m'eurent séchée et revêtue d'une chemise de nuit rouge, elles se retirèrent. Les eunuques m'enveloppèrent alors dans de chaudes couvertures et me conduisirent à ma chambre.

Trois parties distinctes composaient mon palais. La première était celle de mes appartements, avec trois vastes pièces donnant sur le sud et formant un rectangle. Au milieu se trouvait une salle de réception, avec un petit trône où mon époux pouvait s'asseoir lors de ses visites. Derrière le trône, sur une cloison en bois, une grande peinture représentant un paysage chinois surmontait un autel. La pièce de gauche était appelée la chambre de l'Ouest : j'y dormais. Une table et deux chaises étaient installées près de la fenêtre, non loin de deux bambous en pots. À droite, la chambre de l'Est me servait de garde-robe. J'y avais un lit : je devais y dormir si Sa Majesté choisissait de passer la nuit avec moi. La règle voulait que, afin de s'assurer un sommeil harmonieux, il ne restât pas jusqu'au matin dans la couche d'une de ses femmes. Le lit de la chambre de l'Est était toujours prêt, rafraîchi ou chauffé selon la saison. Ma salle à manger, ma salle de bains, mon salon et un débarras se situaient derrière ces trois pièces.

Le jardin constituait la deuxième partie de mon palais, ma préférée aussi. Sur un arpent, on pouvait voir des prairies naturelles et des ruisseaux. Un petit étang portait le nom de lac Céleste. J'y laissais librement pousser les roseaux parce que cela me rappelait Wuhu. J'avais toujours adoré les plantes et j'étais une jardinière passionnée. La splendeur de la nature habitait mon jardin. À côté de grands arbres couverts de fleurs, cotonniers rouges et magnolias, j'avais de grosses pivoines de toutes les couleurs. J'avais aussi des roses rouge sombre au cœur violet, des lis en forme de sabot, des fleurs de thé de la couleur du feu et des fleurs jaunes de prunier d'hiver que j'appelais « ensorceleuses ». Les fleurs de prunier avaient des pétales cirés et n'avaient éclos que les jours de neige, à croire qu'elles aimaient le froid. Leur parfum puissant envahissait ma chambre dès le matin lorsque An-te-hai ouvrait la fenêtre. Comme si elles m'ensorcelaient pour m'attirer dans le jardin, je ne pouvais m'empêcher d'en admirer la beauté, même si j'étais encore en pyjama. Pour m'empêcher de prendre froid les jours de gel, An-te-hai coupait une tige de prunier avant mon lever et en plaçait la fleur dans un vase.

J'avais pour les fleurs un goût immodéré. J'aimais les élégantes au même titre que celles que je surnommais « petites gens ». J'aimais les belles-de-jour en forme de papillon, les plantes tapissantes violettes qui rappelaient la face du tigre. J'étais experte en matière de chrysanthèmes et de pivoines. La société impériale considérait que les chrysanthèmes n'étaient bons que pour les paysans, mais je les cultivais avec enthousiasme. J'en avais de toutes les variétés. La « griffe d'or » était celle que je préférais. Ses fleurs s'ouvrent comme les mains d'une danseuse et retiennent dans leur paume la clarté matinale. Nul n'en avait vu en dehors de mon jardin. Les plantes me montaient à hauteur de l'épaule vers la fin de l'automne et je ne me lassais jamais de les contempler.

Je me rendais dans mon jardin quand j'étais prise d'insomnie. J'y venais écouter les bruits de mon enfance. J'entendais les poissons converser dans l'eau. Je marchais le long des buissons et ma main effleurait feuilles et fleurs. J'aimais sentir la rosée sur mes doigts.

Bien des années plus tard, on me parla d'un eunuque qui avait entrevu une fée errer dans mon jardin, à minuit. Cette « fée », c'était probablement moi. Pendant toute une période, je me sentis incapable de continuer à vivre ainsi. C'est certainement au cours d'une de ces nuits que je songeai à mettre fin à mes jours.

La troisième partie de mon palais, située de part et d'autre des chambres, était réservée aux eunuques, aux servantes et aux dames de compagnie. Leurs fenêtres donnaient sur la cour, leur permettant de me voir immédiatement si je m'avançais vers la porte, mais aussi de repérer un éventuel intrus. Les eunuques faisaient à tour de rôle la ronde dans mon palais, de sorte qu'il y avait toujours quelqu'un de réveillé.

An-te-hai dormait d'un sommeil profond à même le sol. Shim m'avait menti en prétendant me donner des gens qui ne ronflaient pas. On aurait dit une théière qui bout. Les choses allaient toutefois changer après des années d'isolement, de souffrance et de peur : les ronflements d'An-te-hai ne seraient plus alors pour moi que musique céleste. J'étais incapable de dormir si je ne les entendais pas.

Éveillée, mes pensées allaient à l'empereur. Je me demandais si Nuharoo et lui prenaient plaisir l'un à l'autre et aussi quand il me ferait appeler. J'avais froid et je me souvins qu'An-te-hai m'avait avoué avoir eu du mal à réchauffer mon lit. Le chauffage placé sous mon kong ne fonctionnait pas très bien. Il croyait que Shim voulait ainsi me faire passer un message : soit je m'assurais une vie agréable en le récompensant régulièrement, soit je me condamnais à avoir froid en hiver et chaud en été. L'alternative était simple et l'amélioration de mon confort ne dépendait que de moi.

« Tant que vous serez l'une des trois mille concubines, vous ne pourrez lui échapper », me prévint An-te-hai.

Je n'avais pas de mal à dormir dans un lit qui n'était pas réchauffé selon les critères impériaux, mais il m'importait d'œuvrer à devenir la favorite de l'empereur Xianfeng. C'était l'unique façon de me faire respecter. Je n'avais pas de temps à perdre. J'allais avoir dix-huit ans. Dans le jardin impérial de la beauté, on était à cet âge une fleur sur le point de se flétrir.

Je m'efforçai de ne pas penser à ce que j'attendais réellement de la vie. Je me levai pour recopier un poème trouvé dans un recueil.

À l'est, le bras du Yangzi coule toujours,
Les graines d'amour jadis plantées poussent encore.
Ton visage dans mes rêves m'est devenu flou,
Je me suis levée pour écouter les cris des oiseaux de [nuit.

Printemps pas encore vert
Et mes cheveux déjà gris,
Notre séparation est trop longue pour que je m'afflige.

Le passé revient encore et encore
Au soir de la fête des Lanternes.

Sept

Le premier mois passa rapidement. Chaque matin, quand les rayons du soleil venaient caresser mon rideau, je m'éveillais pour découvrir Neige couchée auprès de moi. Je m'étais attachée à cette douce créature. Je savais à quoi ressemblerait ma journée : je ne cesserais d'attendre que Sa Majesté daigne me rendre visite.

An-te-hai m'avait dit que je devais me trouver une occupation : il suggéra ainsi la broderie, la pêche ou les échecs.

J'optai pour ces derniers, mais je m'en lassai vite. Les eunuques me laissaient gagner chaque fois. C'était faire insulte à mon intelligence, mais ils avaient trop peur pour disputer avec moi une partie équitable.

Je me découvris une réelle fascination pour les horloges impériales qui, dans toute la Cité interdite, faisaient partie du mobilier ou des décorations murales. Ma préférée était celle au pivert. L'oiseau vivait dans un tronc de céramique et sortait pour indiquer l'heure d'un coup de bec. J'aimais la sonorité de son carillon. An-te-hai appréciait pour sa part le coup de bec du pivert parce qu'il lui évoquait une tête qui s'incline. Chaque fois que possible, il essayait d'être là pour que l'oiseau mécanique se « prosterne » devant lui.

Une autre horloge me plaisait beaucoup : de forme étrange, on eût dit une famille de roues dentées enlacées les unes aux autres. Une boîte de verre transparent me permettait d'en observer les rouages secrets. Comme dans une famille où règne l'harmonie, chaque roue accomplissait son devoir et mettait toute son énergie à faire chanter les heures.

J'étudiais les horloges et m'interrogeais sur leur origine. La plupart venaient de pays lointains. Elles avaient été offertes aux empereurs de Chine des précédentes dynasties par des souverains et des princes étrangers. Leur conception révélait l'amour de la vie de leur créateur et j'en vins à me demander quelle était la part de vérité quand on me parlait de barbares sauvages.

Mon enthousiasme pour l'horlogerie ne fut que de courte durée. Je ne pouvais plus observer leurs aiguilles, si fines, si lentes que j'avais envie de les pousser du doigt. J'ordonnai à An-te-hai de les recouvrir d'un voile. « Fini la prosternation », l'entendis-je murmurer au pivert.

Ce jour-là, je fus prise d'ennui dès mon réveil.

« Ma maîtresse a-t-elle eu une bonne nuit de sommeil ? » me demanda An-te-hai depuis la cour.

Je m'assis dans mon lit et ne pris pas la peine de lui répondre.

« Bonjour ! dit-il en entrant, le sourire aux lèvres. Vos esclaves sont prêts pour vous faire votre toilette. »

La toilette du matin était un événement. Avant même que je quitte ma couche, eunuques et servantes me présentaient des robes : je devais en désigner une parmi trois douzaines ! Elles étaient très belles, mais la moitié n'étaient pas à mon goût.

Il me fallait ensuite choisir des souliers, des bijoux. Puis je me rendais dans une pièce pour faire usage du pot de chambre. J'étais suivie par six servantes. Il était inutile que j'essaie de demander à demeurer seule. Shim avait appris à ces gens à rester sourds et muets en toutes circonstances.

C'était une grande pièce nue. De petites lanternes étaient disposées à chaque coin. Les murs étaient drapés de rideaux brodés de fleurs blanches et bleues. Un pot de chambre jaune finement ciselé et peint était placé au centre. On aurait dit un gros potiron.

Ce jour-là, j'étais pressée, mais je ne parvenais pas à me soulager. Il n'y avait aucune fenêtre pour évacuer les odeurs. Les servantes m'observaient. Une fois encore, je leur demandai de se retirer, mais elles refusèrent ; elles me supplièrent de les laisser me servir. L'une d'elles tenait une serviette humide afin de m'essuyer après coup, une autre un porte-savon, une troisième une poignée de feuilles de papier de soie sur un plateau, et la quatrième un bassin d'argent. Les deux dernières avaient des seaux d'eau, l'un froid et l'autre chaud.

« Posez cela à terre, dis-je. Vous êtes renvoyées.

— Oui, maîtresse », murmurèrent-elles même si personne ne bougea.

Je haussai le ton. « Je vais puer.

— Non, vous ne puez pas, déclarèrent-elles à l'unisson.

— Faites-moi plaisir, criai-je, dehors !

— Cela ne nous dérange pas. Nous aimons votre odeur.

— An-te-hai ! »

Il entra en courant. « Oui, maîtresse ?

— Appelle immédiatement maître Shim et fais-lui savoir que mes servantes ne m'obéissent pas.

— C'est impossible, maîtresse. » Il forma un cornet de ses mains pour me parler à l'oreille. « Je crains qu'il ne fasse rien.

— Pourquoi ?

— C'est la règle que les épouses de l'empereur soient ainsi servies.

— L'inventeur de cette règle doit être un bel imbécile !

— Oh, maîtresse, ne dites jamais ça ! » An-te-hai était scandalisé. « C'est Sa Majesté la Grande Impératrice qui en est l'auteur ! »

Je me représentai la Grande Impératrice assise sur son pot de chambre, entourée par d'innombrables servantes. « Elle doit croire que ses crottes sont des diamants et ses pets, des parfums rares. Sa Majesté s'occupe-t-elle aussi des taille, forme, longueur, couleur et odeur des selles ?

— Je vous en prie, maîtresse, dit An-te-hai avec nervosité. Vous allez nous attirer des ennuis, à vous comme à moi.

— Des ennuis ? Je veux simplement déféquer toute seule !

— Ce n'est pas une question d'excréments, maîtresse, murmura An-te-hai comme s'il avait la bouche pleine de nourriture.

— C'est une question de quoi alors ?

— De grâce, maîtresse.

— De grâce ? Mais comment peut-on faire ses besoins avec délicatesse ? »

On me maquillait, on huilait mes cheveux, on les coiffait, on me passait ma robe avant de la resserrer à ma taille, tout cela pour ne sortir que l'après-midi. Cela me lassa rapidement, puis cela m'épuisa. Les eunuques et les dames de compagnie déambulaient devant moi avec leurs plateaux, me présentant robes, sous-vêtements, accessoires, bijoux, ceintures, épingles à cheveux. Je ne pouvais attendre la fin de ce rituel. J'aurais préféré leur dire que je pouvais m'habiller seule, mais je n'avais pas le droit de modifier les règles. Je commençais à voir que la vie dans la Cité interdite n'était qu'une infinie succession de détails. Mon plus gros défaut, c'était le manque de patience.

An-te-hai me tenait compagnie quand on me coiffait. Pour me distraire, il me racontait anecdotes et plaisanteries. J'étais face au miroir et il se tenait derrière moi.

En premier lieu, le coiffeur humectait mes cheveux avec de l'eau parfumée, puis il les huilait avec un extrait de tournesols de montagne. Après les avoir peignés, il les enroulait. Ce matin-là, il voulut leur donner la forme d'un cygne.

Cela commençait à m'agacer.

Afin de faire retomber la tension, An-te-hai me demanda si j'aimerais connaître les détails de la ceinture de l'empereur Xianfeng.

Je lui répondis que cela ne m'intéressait en rien.

« La ceinture est d'un splendide jaune vif, bien évidemment, commença-t-il en ignorant ma réponse. Un pur produit de l'artisanat mandchou, fonctionnel mais exquis. » Voyant que je n'émettais aucune objection, il poursuivit sa description. « Elle est renforcée de crins de cheval et ornée de rubans de soie blanche repliés sur eux-mêmes. Cette ceinture lui vient de ses ancêtres impériaux et il convient de s'en parer lors des cérémonies importantes. L'astrologue de la cour sait exactement quand et comment l'empereur doit exhiber une telle ceinture. Habituellement, l'empereur Xianfeng porte aussi un tube en ivoire contenant des cure-dents, un poignard dans un étui en corne de rhinocéros et deux sachets de parfum brodés de perles minuscules. À l'origine, ils étaient taillés dans un lin assez rude susceptible de remplacer une bride cassée. »

Je souris parce que j'appréciais l'intention de l'eunuque. An-te-hai savait toujours comment étancher ma soif de connaissance.

« Nuharoo sait-elle ce que tu sais ? lui demandai-je.

— Oui, maîtresse, elle le sait.

— Est-ce en partie pour cela qu'elle a été choisie ? »

An-te-hai se tut. Je compris qu'il ne voulait pas m'offenser.

Je changeai de sujet et dis : « An-te-hai, désormais tu es chargé de rafraîchir ma mémoire pour tout ce qui concerne les règles de la cour. » J'avais évité l'expression « m'enseigner ». J'avais remarqué qu'An-te-hai se sentait plus à l'aise et me livrait des informations plus intéressantes quand je me comportais en maîtresse et non pas en élève.

« Je veux que tu me suggères une toilette pour la fête du Nouvel An.

— En premier lieu, vous devez veiller à ne jamais être vêtue au-dessus de votre rang. Il ne faut pas pour autant paraître dépourvue d'imagination. Il vous faudra donc prévoir ce que porteront la Grande Impératrice et l'impératrice Nuharoo.

— C'est évident.

— À mon humble avis, leurs pendentifs auront la forme de feuilles de lotus, alors que leurs autres bijoux seront de perle et de tourmaline rose. Elles prendront soin de ne pas surpasser l'empereur Xianfeng. Son pendentif représente une triple chèvre, symbole porte-bonheur qu'il n'arbore qu'à l'occasion de la veille du Nouvel An.

— À quoi devrait ressembler le mien ?

— Vous pouvez choisir le signe ou le symbole qui vous plaît tant qu'il ne fait pas d'ombre à celui des deux dames. Comme je l'ai déjà dit, vous ne devez pas non plus être moins bien habillée qu'elles pour ne pas renoncer à l'intérêt que l'empereur vous a témoigné. Vous devez faire tout ce qui est en votre pouvoir pour vous distinguer parmi les milliers de concubines. Il se peut que vous ne voyiez jamais votre époux qu'en de telles circonstances. »

J'aurais voulu pouvoir inviter An-te-hai à prendre le petit déjeuner avec moi au lieu de le voir me servir, me regarder manger et regagner ses quartiers pour y dévorer une igname froide.

Il appréciait mes sentiments à son égard et était heureux de s'asservir. Je savais qu'il tissait son avenir autour de moi. Si je devenais la favorite de Xianfeng, sa position s'en trouverait élevée, mais Sa Majesté ne me manifestait aucun intérêt. Combien de temps me faudrait-il patienter ? Aurais-je un jour ma chance ? Pourquoi Shim, le maître des eunuques, ne me disait-il rien ?

Cela faisait maintenant sept semaines que j'étais entrée au palais des Élégances accumulées. Je ne contemplais plus les toits jaunes vernissés. À mes yeux, leur éclat s'était terni. Choisir ma tenue chaque matin m'arrachait des larmes. Je comprenais que personne ne verrait jamais mes habits. Même mes eunuques et mes dames de compagnie ne seraient pas là pour assister à la perfection de ma beauté. Ils avaient pour instruction de demeurer cachés tant qu'on ne les appelait pas. J'étais le plus souvent seule après m'être habillée.

Chaque jour, je me retrouvais au milieu de ce palais splendide mais vide, le cou tendu du matin à midi. D'innombrables fois, j'avais rêvé de la visite de l'empereur. Dans ma folie, il venait à moi, prenait ma main et m'enlaçait avec passion.

J'étais assise au bord de mon lac. Absurdement parée, j'observais les crapauds et les tortues. Le soleil brillait au-dessus de l'eau et deux tortues nageaient paresseusement. Elles flottaient un moment puis allaient se reposer sur un rocher plat. Lentement, l'une d'elles montait sur l'autre. Elles demeuraient ainsi, immobiles pendant des heures, et je restais auprès d'elles.

« Grands ouverts et superbes, ses yeux paraissent morts même si son port de tête est altier et ses atours, magnifiques. » Je ne cessais de me répéter ce texte extrait d'un vieil opéra.

An-te-hai apparut entre les buissons, une tasse de thé sur un plateau.

« Ma maîtresse passe-t-elle une agréable journée ? » Il se mit à genoux et déposa le thé devant moi.

Je soupirai et lui dis que je n'avais pas envie de thé.

An-te-hai sourit. Il se pencha pour repousser délicatement les tortues. « Vous êtes trop angoissée, maîtresse, il ne faut pas.

— La vie est trop longue dans la Cité interdite, An-te-hai. Même les secondes s'écoulent au ralenti.

— Votre jour viendra, dit-il avec sincérité. Sa Majesté vous fera appeler.

— Vraiment ?

— Croyez-m'en.

— Pourquoi le ferait-il ?

— Pourquoi ne le ferait-il pas ? » An-te-hai se releva. « Arrête de me donner de faux espoirs, An-te-hai !

— Vous ne pouvez vous permettre de perdre confiance, maîtresse. Que possédez-vous sinon l'espoir ? Sa Majesté vous a placée à l'ouest, c'est à mon sens une marque de grand intérêt. Tous les devins que j'ai consultés prédisent qu'il vous appellera. »

De moins mauvaise humeur, je pris la tasse de thé.

« Puis-je vous demander, dit-il en souriant comme si lui-même se sentait mieux, si ma maîtresse est prête au cas où il viendrait ce soir ? En d'autres termes, ma maîtresse est-elle familière du rituel de l'accouplement ? »

Embarrassée, je répondis : « Évidemment.

— Si vous désirez une explication, je suis ici pour vous aider.

— Toi ? » Je ne pus m'empêcher d'éclater de rire. « Regarde comment tu vis !

— Vous êtes la seule à savoir comment je vis ou ne vis pas, maîtresse. »

Je me tus.

« Je serai heureux de boire le poison que vous me tendez, dit-il doucement.

— Fais ton travail sans gaspiller ta salive. » Je lui souris.

« Attendez-moi, maîtresse, je veux vous montrer quelque chose. » An-te-hai s'empressa de remporter le thé. Il revint quelques instants plus tard avec un coffret en papier. Il y avait à l'intérieur deux bombyx du mûrier, ces papillons dont les larves fabriquent la soie.

« Je les rapporte du jardin du palais de la Paix et de la Longévité, m'expliqua An-te-hai. C'est là que vivent les anciennes concubines. Au nombre de vingt-huit, elles étaient au service du père et du grand-père de l'empereur Xianfeng. Ces papillons sont leurs animaux familiers.

— Qu'en font-elles ? J'imaginais qu'elles passaient leurs jours à broder ?

— Ces dames les observent et jouent avec eux. De même, les empereurs et les princes s'amusent avec des criquets. La seule différence, c'est qu'il n'y a jamais de combat entre bombyx.

— Qu'y a-t-il de si plaisant à les regarder ?

— Vous n'en avez pas la moindre idée, maîtresse. » Comme s'il me dévoilait un mystère, An-te-hai s'enthousiasma. « Ces dames aiment regarder les papillons s'accoupler puis elles les séparent au beau milieu de leur rituel amoureux. Voulez-vous que je vous montre ? »

J'imaginai ce qu'An-te-hai allait faire et je levai les mains. « Non ! Reprends ce coffret, ça ne m'intéresse pas.

— Bien, maîtresse, je ne vous le montrerai pas aujourd'hui, mais, un jour, vous voudrez voir...

— Que se passe-t-il quand on sépare les papillons ?

— Ils saignent à mort.

— Et c'est ça que tu trouves amusant ?

— Précisément. » An-te-hai sourit. Pour la première fois, il ne saisit pas mes pensées.

« Pour agir ainsi, il faut avoir l'esprit bien dérangé, dis-je en tournant la tête vers les montagnes lointaines.

— Cela facilite la guérison de ceux qui souffrent », répliqua doucement l'eunuque.

Je me retournai et scrutai l'intérieur de la boîte.

Les deux papillons ne faisaient plus qu'un. La moitié du corps du mâle se trouvait à l'intérieur de celui de la femelle.

« Voulez-vous toujours que j'emporte le coffret, maîtresse ?

— Va-t'en, An-te-hai, et laisse-moi tes papillons.

— Oui, maîtresse. Les nourrir est on ne peut plus facile. Au cas où vous aimeriez en avoir plusieurs couples, le marchand vient au palais le quatrième jour de chaque mois. »

Le couple reposait sereinement sur une couche de paille. À côté d'eux se trouvaient deux cocons brisés. Les deux petits corps blancs avaient les ailes saupoudrées d'une épaisse poussière cendrée. De temps à autre, leurs ailes tremblaient. Prenaient-ils du plaisir ?

Le soleil avait changé de position et le rocher plat était maintenant à l'ombre. Il régnait dans le jardin une chaleur agréable. Mes joues avaient la couleur de la fleur du pêcher et ma chevelure réfléchissait la lumière.

Je voulus contraindre mon esprit à ne plus battre la campagne. Je ne désirais pas gâcher cet instant en songeant à l'avenir. Je savais malgré tout que j'enviais ces papillons et ces tortues. Ma jeunesse me disait que je ne pouvais éteindre mon désir, de même que je ne pouvais obliger le soleil à ne pas briller ou le vent à ne pas souffler.

L'après-midi vint. Une charrette branlante tirée par un âne m'apparut. C'était une citerne toute rouillée. Derrière marchait un vieillard tenant un fouet. Un petit étendard jaune recouvrait le tonneau géant. L'homme était chargé de remplir les jarres de mon palais. Selon An-te-hai, cette charrette, plus que cinquantenaire, servait depuis l'empereur Qianlong. Pour bénéficier de l'eau de source la plus pure, l'empereur avait convoqué des experts à Pékin afin qu'ils étudient et comparent les échantillons d'eau prélevés aux sources de tout le pays. L'empereur avait personnellement veillé à la pesée de l'eau et il avait analysé le contenu minéral de chaque échantillon.

L'eau provenant de la source de la montagne de Jade avait reçu la meilleure note. Elle avait dès lors été consacrée à l'usage exclusif des résidents de la Cité interdite. Les portes de Pékin se refermaient à dix heures du soir et nul n'était autorisé à entrer à l'exception de la charrette à l'étendard jaune. L'âne circulait au centre des artères et l'on prétendait que même un prince monté sur son cheval devait lui céder le passage.

Je regardai le vieillard mener à bien sa tâche puis disparaître derrière la porte. J'écoutai le bruit des sabots de l'âne qui s'éloignait. Je retombai alors dans les ténèbres. L'abattement me collait à la peau.

La fois suivante où j'ouvris le coffret en papier, je constatai que les papillons n'y étaient plus. À leur place, des centaines de petits points brunâtres recouvraient la paille.

« Les bébés ! Les papillons ont eu des bébés ! » m'écriai-je comme une folle.

Une autre semaine s'écoula, toujours sans nouvelles. Personne ne me rendait visite. Autour de mon palais, le silence se faisait monstrueux. Quand Neige venait sur moi, je fondais en larmes. Je la nourrissais, la baignais et jouais avec elle jusqu'à ce que cela m'ennuie. Je lisais des livres et recopiais des poèmes des siècles précédents. Je me mis aussi à la peinture. Mes images étaient le reflet de la pensée : elles représentaient toujours un paysage où poussait un arbre unique, ou encore une fleur dans un vaste champ gelé.

Enfin, le cinquante-huitième jour après mon entrée dans la Cité interdite, l'empereur Xianfeng me fit appeler. J'eus du mal à en croire mes yeux quand An-te-hai m'apporta l'invitation de Sa Majesté : je devais assister avec lui à un opéra.

J'examinai le superbe document revêtu de la signature et du sceau de l'empereur. Je le cachai sous mon oreiller et l'effleurai plusieurs fois avant de m'endormir. Le lendemain matin, je fus debout avant l'aurore. C'est avec joie que je me soumis au rituel de la toilette et de l'habillage. Je m'imaginais déjà admirée par Sa Majesté. Quand le soleil se leva, j'étais prête. Je priais pour que ma beauté me porte bonheur.

An-te-hai me dit que l'empereur m'enverrait un palanquin et m'expliqua où j'irais et qui je rencontrerais. Il insista sur le fait que les représentations théâtrales étaient depuis longtemps très prisées des souverains. Elles avaient surtout été appréciées au XVIIe siècle, au début de la dynastie Qing. De grandes scènes avaient été édifiées dans les villas royales. Il y en avait quatre rien que dans le palais d'Été où je me rendrais aujourd'hui. La plus belle, haute de trois étages, avait pour nom Sublime Théâtre de l'Agréable Harmonie.

Selon An-te-hai, ces représentations étaient données chaque Nouvel An lunaire et le jour de l'anniversaire de l'empereur et de l'impératrice. Interminables, elles duraient toute la journée, jusque tard dans la nuit. L'empereur invitait les princes et les personnages officiels, honorés d'être ainsi distingués. Dix opéras furent joués à l'occasion du quatre-vingtième anniversaire de l'empereur Qianlong. Le plus prisé était *Le Roi des singes*. Le personnage principal était emprunté à un roman classique de la dynastie Ming. L'empereur aimait cette œuvre au point d'en connaître chaque variante. C'était le plus long opéra jamais produit – sa représentation durait dix jours. La présentation d'un Ciel fictif réfléchissant l'existence matérielle de l'humanité ensorcelait le public jusqu'à la fin. On racontait que certaines scènes plaisaient tant que la troupe devait les rejouer aussitôt.

Je demandai à An-te-hai si les membres de la famille royale étaient de grands connaisseurs ou simplement des spectateurs enthousiastes.

« La plupart, à mon avis, étaient de faux experts, répondit-il, à l'exception de l'empereur Kangxi. S'il faut en croire les annales, il supervisait les textes et les partitions ; son petit-fils, Qianlong, s'intéressa de même à quelques livrets. En vérité, la plupart des gens sont là pour les mets offerts et le privilège d'approcher Sa Majesté. Il est toujours important de faire montre d'une sensibilité délicate et il est de bon ton de faire valoir ses goûts culturels.

— Quelqu'un se risquerait-il à manifester sa science devant l'empereur ?

— Il en est toujours pour ne pas comprendre que les autres ne verront en lui qu'un pigeon ramier faisant le beau. »

An-te-hai me cita une anecdote pour illustrer son propos. L'incident remontait au règne de l'empereur Yongzheng, l'arrière-grand-père de Xianfeng. L'empereur assistait avec plaisir à l'histoire d'un gouverneur de province qui surmontait ses faiblesses et châtiait son fils prodigue. L'acteur qui tenait le rôle du gouverneur était si talentueux que l'empereur lui accorda une audience privée une fois le spectacle terminé. Il le couvrit d'éloges et lui fit remettre taëls et présents. L'acteur s'enhardit au point de demander à Yongzheng s'il connaissait le véritable nom du gouverneur.

« Comment oses-tu poser des questions ! » An-te-hai imita l'empereur en faisant voleter de sa main droite le pan d'une robe imaginaire recouverte de dragons. « As-tu oublié qui tu es ? Comment dirigerais-je le pays si je me permettais de me laisser défier par un vagabond tel que toi ? » Aussitôt, l'acteur fut arrêté et battu à mort.

Cette histoire me révélait le véritable visage de la Cité interdite. Je doutais que l'exécution de l'acteur imprudent renforçât la grandeur de Sa Majesté. Ce genre de châtiment n'engendrait que la terreur et creusait encore plus le fossé entre le souverain et le cœur de ses sujets. Cette terreur lui serait un jour fatale.

Rétrospectivement, cette anecdote m'influença sans doute lors d'un incident mineur survenu au cours de mon règne et je fus particulièrement fière de ma réaction. Je me trouvais au Sublime Théâtre de l'Agréable Harmonie pour mon soixantième anniversaire. L'opéra avait pour titre *Le Palais de Yu-Tang* et un acteur de renom, Chen Yi-chew, jouait le rôle féminin de Shoo. Il chantait : « Arrivée au palais du juge, je vois de tous côtés des bourreaux armés de longs couteaux et je me fais l'impression d'être un mouton... » À ce mot, Chen Yi-chew s'arrêta brusquement : il s'était rendu compte que le mouton était justement mon signe de naissance et que l'on pourrait y voir une insulte à mon égard. Chen essaya de ravaler le mot, mais il était trop tard : tout le monde l'avait déjà entendu car chacun connaissait les paroles de cet opéra célèbre. Le malheureux tenta de s'en sortir en jouant sur les deux syllabes de « mouton ». Il étira la dernière en longueur jusqu'à en perdre le souffle. L'orchestre était perdu et les tambours s'évertuaient à masquer la faute. C'est alors que Chen Yi-chew se révéla être un maître de la scène : il inventa sur-le-champ un vers, « un poisson dans les rets d'un pêcheur » pour remplacer « un mouton dans la gueule d'un lion ».

Avant que la cour n'eût l'occasion de raconter qu'un « accident » était survenu et que l'acteur devait être châtié, je louai Chen pour son grand talent. Il va de soi que personne ne mentionna le changement de texte. En souvenir de ma bonté, l'artiste décida de changer le texte à tout jamais. Et aujourd'hui, dans *Le Palais de Yu-Tang*, on entend « un poisson dans les rets d'un pêcheur » au lieu de « un mouton dans la gueule d'un lion ».

Nous attendions toujours le palanquin de Sa Majesté et je demandai à An-te-hai quel type d'opéra était prisé dans la Cité interdite.

« L'opéra de Pékin, dit-il les yeux brillants. Ses principales mélodies sont tirées des opéras kunqu et pihuang. Chaque empereur a préféré l'un ou l'autre style. Les opéras évoluent au cours des siècles, mais les livrets sont en grande majorité dans le style kunqu. »

Je voulus savoir quelles étaient les œuvres favorites de la famille royale car j'espérais en entendre une que je connaissais.

« *Romance du printemps et de l'automne*, dit An-te-hai en comptant sur ses doigts. *La Beauté de la dynastie Shang*, *Littérature en temps de paix*, *Un enfant s'interroge sur le vainqueur de la sélection impériale*, *La Bataille des hommes de la Bannière de fer*... » Il en énuméra ainsi près d'une trentaine.

Je demandai à An-te-hai quel opéra serait joué ce jour-là et il opta pour *La Bataille des hommes de la Bannière de fer*. « C'est le préféré de Xianfeng. Sa Majesté se moque des œuvres classiques et les trouve ennuyeuses. Il préfère celles qui privilégient les arts martiaux et l'acrobatie.

— La Grande Impératrice partage-t-elle ses goûts ?

— Oh, non. La Grande Impératrice aime les voix pures et les acteurs vedettes. Elle prend des cours d'opéra et se tient pour une experte en la matière. Il est possible que Xianfeng soit d'humeur à complaire à sa mère. J'ai entendu dire que Nuharoo en personne l'incite à de tels actes de piété filiale. Sa Majesté pourrait ordonner à la troupe de jouer *Mille Années de félicité*. »

Le nom de Nuharoo accolé à celui de l'empereur suscita ma jalousie. Je refusais de m'abaisser à une telle mesquinerie, mais je ne pouvais empêcher mes sentiments de s'exprimer. Je me demandais comment les autres concubines géraient leurs envies. Avaient-elles déjà partagé la couche impériale ?

« Raconte-moi tes rêves, An-te-hai. » Je m'assis. J'avais soudain compris que la route du salut m'était interdite. Le désespoir m'envahissait. Je me sentais jetée dans une chambre aveugle où j'étouffais. Il n'était pas vrai que je serais heureuse une fois mon ventre plein. Je ne pouvais échapper à mon être véritable, une femme qui sentait qu'elle ne vivait que pour être aimée. Ma condition d'épouse impériale m'offrait tout hormis cela.

L'eunuque se jeta à terre et implora mon pardon. « Vous êtes bouleversée, maîtresse, je le vois bien. Ai-je dit quelque chose de mal ? Punissez-moi car la colère nuira à la santé de Votre Majesté. »

Ma frustration se mua en tristesse. Où pourrais-je aller ? Mais je veux toujours essayer de planter des tomates en août même s'il est trop tard, chantait une petite voix dans ma tête.

« Tu n'as rien dit de mal, rassurai-je An-te-hai. Allons, raconte-moi tes rêves. »

Après s'être assuré que je ne lui en voulais pas, l'eunuque s'exécuta. « J'ai deux rêves, maîtresse, mais j'ai autant de chance de les voir se concrétiser que d'attraper un poisson vivant dans de l'eau bouillante.

— Décris-les-moi.

— Mon premier rêve est de récupérer mon membre.

— Ton membre ?

— Je sais exactement qui détient mon pénis et où il est rangé. » En parlant, An-te-hai redevenait le jeune homme que je n'avais jamais connu. Son regard s'illuminait, ses joues rosissaient. Il y avait quelque chose d'étrange dans sa voix, à présent chargée d'espoir et de détermination.

« L'homme qui m'a émasculé possède une grande collection de pénis. Il les conserve dans de petits coffrets, dans des produits appropriés, et attend que nous réussissions à mener notre barque pour nous les revendre une fortune. Je veux être enterré entier quand je mourrai, maîtresse. C'est ce que font tous les eunuques. Si mon corps n'est pas entier, je me retrouverai handicapé dans ma prochaine vie.

— Tu y crois vraiment ?

— Oui, Votre Majesté.

— Et quel est ton autre rêve ?

— C'est d'honorer mes parents. Je veux leur montrer que j'ai réussi. Mes parents ont eu quatorze enfants. Huit sont morts de faim. Ma grand-mère m'a élevé, elle n'a jamais pris un vrai repas de toute sa vie. J'ignore si je la reverrai un jour... Elle est très malade et elle me manque terriblement. » An-te-hai fit un effort pour sourire alors que les larmes lui montaient aux yeux. « Vous voyez, maîtresse, je suis un écureuil pourvu de l'ambition d'un dragon.

— C'est ce que j'apprécie en toi, An-te-hai. J'aimerais que mon frère Kuei Hsiang eût ton ambition.

— Je suis flatté, maîtresse.

— Je suppose que tu connais mes rêves, à présent.

— J'oserais dire que oui, maîtresse.

— Ils me semblent aussi difficiles à s'accomplir que les tiens, n'est-ce pas ?

— Patience et confiance, maîtresse.

— Peut-être, mais l'empereur ne m'a pas encore invitée dans sa couche. Ma douleur et ma honte sont sans limites. » Je ne pris pas la peine d'essuyer les larmes qui roulaient sur mes joues. « Je suis entrée dans la Cité interdite, mais j'ai l'impression que la distance entre mon lit et celui de Sa Majesté n'a jamais été aussi grande. Je ne sais que faire.

— Vous maigrissez de jour en jour, maîtresse. Cela me fait mal de vous voir repousser votre dîner.

— An-te-hai, parle-moi franchement, en quoi suis-je en train de me transformer ?

— Une pivoine qui s'épanouit, maîtresse.

— C'est fini, cela. Aujourd'hui je me fane et, quand le printemps se mourra, la pivoine mourra aussi.

— On peut voir les choses sous un autre angle, maîtresse.

— Explique-toi.

— Eh bien, pour moi, vous n'êtes pas une fleur morte mais un chameau.

— Un chameau ?

— Ne connaissez-vous pas le proverbe « Un chameau mort est plus grand qu'un cheval » ?

— Qu'est-ce que cela signifie ?

— Que vous avez plus de chance que les petites gens.

— En vérité, je n'ai rien.

— Vous m'avez, moi. » À genoux, il s'approcha, releva la tête et me regarda dans les yeux.

« Toi ? Mais que peux-tu faire ?

— Je peux savoir quelles concubines ont partagé le lit de Sa Majesté et comment elles y sont parvenues. »

Huit

La première chose qui attira mon attention au Sublime Théâtre de l'Agréable Harmonie, ce ne fut ni l'empereur Xianfeng, ni ses hôtes, ni la magnificence des décors et des costumes des acteurs. Ce fut le diadème de Nuharoo, fait de perles, de corail et de plumes de martin-pêcheur dessinant le caractère shou, la longévité. Je dus détourner les yeux pour ne pas perdre le sourire.

On me fit franchir une porte protégée par des gardes puis une salle et je pénétrai dans le théâtre à ciel ouvert installé dans une cour. Les sièges étaient déjà occupés et les spectateurs portaient des habits superbes. Eunuques et dames de compagnie parcouraient les allées avec des théières, des tasses et des chariots de nourriture. L'opéra avait débuté, déjà gongs et cloches résonnaient, mais la foule ne se taisait pas pour autant. J'apprendrais plus tard qu'il était normal que le public continue à bavarder pendant une représentation d'opéra. Je trouvais cela gênant, mais telle était la tradition impériale.

Je regardai autour de moi. Xianfeng était assis à côté de Nuharoo au milieu du premier rang. Ils portaient tous deux des robes de soie jaune brodées de phénix et de dragons. Le diadème de l'empereur était surmonté d'une grosse perle de Mandchourie et incrusté d'un bandeau d'argent emprisonnant des rubans et des glands. Sa mentonnière était faite en zibeline.

Xianfeng suivait le spectacle avec beaucoup d'intérêt. Nuharoo, très élégante, ne prêtait que peu d'attention à la scène. Elle regardait tout autour d'elle sans jamais tourner la tête. À sa droite était installée notre belle-mère, la Grande Impératrice, vêtue d'une robe de soie vermillon brodée de papillons violets et bleus. Son maquillage était plus outré que celui des acteurs. Ses sourcils étaient si noirs qu'on eût dit deux morceaux de charbon de bois. Ses mâchoires se déplaçaient latéralement quand elle croquait des noisettes. Sa bouche peinte en rouge m'évoquait un plaqueminier pourri. Son regard ne cessait de balayer le public. Derrière elle étaient assises les belles-filles impériales, les dames Yun, Li, Mei et Hui, superbement parées mais hiératiques. Les princes royaux, leurs familles et leurs hôtes avaient pris place au fond et sur les côtés.

Shim, le maître des eunuques, vint m'accueillir. Je m'excusai de mon retard, même si ce n'était pas ma faute : le palanquin n'était pas arrivé à temps. Il me répondit que tout irait bien si je parvenais à rejoindre ma place sans déranger mon époux et ma belle-mère. « Sa Majesté n'exige jamais vraiment la présence de ses concubines », me dit-il. Je me rendis brusquement compte que je n'étais là que pour respecter l'étiquette.

Il m'aida à m'installer entre dame Li et dame Mei. Je m'excusai de les avoir dérangées, elles me rendirent mes salutations en silence.

Nous nous intéressâmes à l'opéra. Il avait pour titre *Les Trois Batailles du Roi des singes et de la Renarde blanche*. J'étais frappée par le talent des acteurs, des eunuques, m'apprit dame Mei. J'étais surtout impressionnée par la Renarde blanche. Sa voix était unique et sa façon de danser si sensuelle que j'en oubliais que ce personnage féminin était interprété par un homme. Pour manifester un tel talent, une telle souplesse, les acteurs travaillaient certainement depuis leur plus tendre enfance.

Venait à présent le clou de la représentation. Les singes exhibaient tout leur savoir-faire. Le Roi des singes exécuta des roulades et des bonds avant de faire un saut périlleux par-dessus ses congénères. À la fin, il se projeta en l'air et retomba en douceur sur la branche d'un arbre, un élégant décor en bois peint.

La foule applaudit.

Le Roi des singes sauta alors sur un nuage, planche suspendue au plafond à l'aide de cordes. Un grand drap blanc représentant une chute d'eau céleste fut déployé, le nuage s'éleva et l'acteur fit sa sortie.

« Shang ! Récompensez-le ! Shang ! » L'empereur criait et tapait des mains.

La foule fit chorus en scandant à son tour le nom de l'acteur : « Shang ! Shang ! Shang ! »

Xianfeng secouait la tête au rythme des applaudissements et, à chaque coup de gong, il frappait le sol du pied en riant. « Excellent ! criait-il aux acteurs ! Quel talent ! »

La Grande Impératrice fit passer des plats de noisettes et de mets de saison. N'ayant rien mangé depuis la veille au soir, je choisis des gâteaux aux baies, des dattes, des amandes et des gâteaux aux haricots rouges. Je semblais être la seule à apprécier vraiment l'opéra en plus de la Grande Impératrice. Les autres dames paraissaient s'ennuyer. Nuharoo faisait des efforts pour avoir l'air intéressé. Dame Li bâillait et dame Mei bavardait avec dame Hui.

Comme pour réveiller ses belles-filles, la Grande Impératrice nous tendit des éventails en papier.

Nous nous levâmes pour nous incliner devant elle avant de nous rasseoir et de déployer nos éventails.

La scène d'action était venue. Conduits par leur roi, les singes marchaient à quatre pattes et entouraient leur ennemie, la Renarde blanche, qui se mourait et chantait à l'adresse du public :

Si tu veux un conseil, mon ami,
De la richesse, moque-toi bien.
Et tandis que la jeunesse est en toi,
Jouis-en à chaque instant.
Si les fleurs sont épanouies,
Cueilles-en tant que tu peux.
Ah, n'attends pas qu'elles se flétrissent
Pour en ramasser un bouquet !

Le public applaudit à la fin du chant et dame Yun se leva. Je pensai qu'elle avait besoin d'aller au pot de chambre, mais un détail me frappa soudain : elle se dandinait et son ventre semblait s'être arrondi.

Elle est enceinte ! Nuharoo, Li, Mei, Hui et les autres chuchotèrent la même phrase.

Après lui avoir décoché un regard empreint de dureté, Nuharoo se détourna, prit son éventail et l'agita fébrilement. Les autres épouses impériales en firent autant.

Mon humeur s'assombrit. Le diadème de Nuharoo et le ventre de dame Yun étaient pareils à deux torches enflammées fichées dans ma chair.

L'empereur Xianfeng ne prit même pas la peine de me saluer. De temps en temps, il se levait et disparaissait. Je le regardais sortir, suivi d'eunuques et de dames de compagnie chargés de bassins, de crachoirs, d'éventails, d'assiettes, de marmites et de plateaux.

Shim nous dit que notre époux allait bientôt revenir. Nous attendîmes donc, mais Sa Majesté ne réapparut pas. La foule s'intéressa à nouveau à l'opéra. Mon esprit était pareil à une onde bouillonnant dans une urne. Jusqu'au bout, je restai assise, les oreilles bourdonnantes du fracas des tambours.

La Grande Impératrice appréciait beaucoup cette représentation. « C'est bien mieux que la version originale du *Roi des singes* ! lança-t-elle au chef de la troupe. Elle me faisait dormir, mais celle-ci m'a fait rire et pleurer ! » Elle loua le jeu des acteurs et enjoignit à Shim de défaire la ceinture qui lui servait de bourse.

Elle demanda à rencontrer les principaux acteurs, les jeunes hommes qui jouaient le Roi des singes et la Renarde blanche. Ils sortirent des coulisses, encore maquillés. On avait l'impression que de la sauce de soja recouvrait leur visage.

La Grande Impératrice ignora le Roi des singes et parla avec effusion à la Renarde blanche. « J'aime votre voix. » Elle plaça dans sa paume une bourse pleine de taëls. « Elle me rend ivre de bonheur. » Elle tenait la main du chanteur et ne voulait pas le laisser partir. « Un véritable oiseau. Oui, tu es mon oiseau chanteur ! » Elle contemplait l'acteur avec les yeux d'une amante et murmurait : « Quel beau garçon ! Adorable créature ! »

L'acteur avait une allure assez banale, mais j'admirais beaucoup son chant et sa danse. Sa Renarde blanche possédait l'essence de la beauté féminine. Je n'avais jamais vu un homme jouer une femme avec tant de poésie. L'art parvenait à des choses étonnantes : la Grande Impératrice avait la haine des eunuques, chacun le savait.

Elle se tourna vers nous. « Cet opéra vous a-t-il plu ? »

Cela signifiait que le moment était venu d'accorder des récompenses. Épouses impériales et concubines plongèrent la main dans les petits sacs de corde qu'elles portaient.

Les acteurs se prosternèrent et se retirèrent.

Sa Majesté la Grande Impératrice se leva et nous comprîmes qu'il était l'heure de partir.

Nous nous agenouillâmes en disant : « Jusqu'à la prochaine fois, nous vous souhaitons une paisible saison ! »

Notre belle-mère s'éloigna sans daigner répondre.

« Les palanquins impériaux s'avancent ! » annonça Shim, et les porteurs vinrent avec nos chaises.

Nous nous inclinâmes devant Nuharoo, puis les unes devant les autres, en silence.

Le rideau de mon palanquin était baissé. Mon amertume me faisait mal et j'avais honte de ma faiblesse. Cela ne me servait à rien de me dire que j'avais seule choisi d'entrer dans la Cité interdite et que je n'avais par conséquent pas le droit de me lamenter.

L'image d'An-te-hai apparut dans le miroir alors que j'enlevais mon maquillage. Il me demanda si j'avais besoin d'aide. Je n'eus pas le temps de répondre : il ajoutait déjà qu'il serait heureux de m'assister si je n'y voyais pas d'inconvénient.

J'acceptai.

An-te-hai prit un peigne et ôta soigneusement les ornements qui paraient mes cheveux.

« Maîtresse, daigneriez-vous vous rendre au jardin de l'Est demain ? me demanda-t-il. J'y ai découvert des plantes intéressantes… »

Je l'arrêtai parce que je sentais que ma colère avait besoin d'un exutoire.

An-te-hai ferma la bouche. Ses doigts agiles défaisaient mes cheveux. Il enleva une fleur de jade puis mon collier de diamants et les déposa délicatement sur la coiffeuse.

Incapable de réprimer mes sentiments, je me mis à pleurer.

« L'esprit qui détient la connaissance est assez fort pour sauver quiconque du naufrage », dit doucement An-te-hai comme s'il se parlait à lui-même.

Le barrage qui retenait les eaux de ma colère se rompit. « Pour moi, connaître, c'est souffrir !

— La souffrance est le début de la guérison, maîtresse.

— Continue, An-te-hai, n'hésite pas, creuse encore mes blessures. La vérité est que j'ai totalement échoué.

— En ce lieu, aucune dame ne peut précipiter les événements sans payer le prix convenu.

— C'est pourtant ce qu'a fait Nuharoo et aussi dame Yun !

— Ce n'est pas là toute la vérité, maîtresse. Votre vision doit s'ajuster.

— De quelle vision parles-tu ? Ma vie a été arrachée par une tornade, j'ai été projetée en l'air et à présent je m'écrase au sol. Que puis-je faire sinon abandonner ? »

An-te-hai me regarda dans le miroir. « Rien, maîtresse, rien n'est plus terrible que le renoncement.

— Comment continuerai-je alors ?

— En étudiant la façon dont la tornade suit sa course. » Il prit une brosse et se remit à me coiffer.

« Quelle course ?

— C'est à son contour qu'une tornade est la plus vive. » L'eunuque tenait mes cheveux d'une main et les brossait rapidement de l'autre. « Le vent a la force de soulever des vaches et des carrioles avant de les rejeter à terre, mais le cœur de la tornade est paisible… » Il s'arrêta pour admirer ma chevelure qui me tombait aux genoux. « De très beaux cheveux, maîtresse. D'un noir soyeux, gage de bonne santé. C'est là l'espoir, au sens premier du terme.

— Alors, cette tornade ?

— Oh, oui, bien sûr, la tornade, son centre paisible. Voilà où vous devriez vous trouver, maîtresse. Vous devez éviter certains chemins où, vous le savez, les occasions sont peu nombreuses et en créer de nouveaux que personne n'a foulés et où les épines paraissent acérées.

— Tu as beaucoup réfléchi, An-te-hai.

— Merci, maîtresse. J'ai conçu pour vous le moyen de tenir le premier rôle dans un opéra, bien réel celui-ci.

— Dis-moi tout. »

Tel un conseiller exposant sa stratégie à son général, An-te-hai me révéla son projet, à la fois simple et prometteur. Je célébrerais un sacrifice impérial, un devoir réservé à l'empereur Xianfeng.

« Je pense que vous devriez accomplir cette cérémonie au nom de Sa Majesté, maîtresse », dit An-te-hai en refermant mon coffre à bijoux. Il s'assit et me fit face. « Ce sacrifice renforcera la piété de Sa Majesté et le valorisera au Ciel.

— Es-tu certain que c'est ce que Sa Majesté désire ?

— Catégorique, répondit l'eunuque. Non seulement Sa Majesté mais aussi la Grande Impératrice. »

An-te-hai m'expliqua que les dates où l'on se devait d'honorer les ancêtres impériaux étaient nombreuses et que la famille royale avait pris du retard. « Sa Majesté a rarement l'énergie d'assister à ces cérémonies.

— La Grande Impératrice et les autres concubines ont déjà fait ainsi ?

— Oui, mais s'y prêter chaque année leur pèse. L'empereur Xianfeng craint d'irriter ses ancêtres, c'est pourquoi il a sommé maître Shim d'envoyer Nuharoo et dame Yun. Celles-ci ont refusé en prétextant des ennuis de santé.

— Pourquoi Shim ne m'a-t-il rien demandé ?

— Parce que... parce qu'il ne veut pas vous donner l'occasion de plaire à Sa Majesté.

— Mais j'ai fait de mon mieux pour lui être agréable, moi !

— Vous avez le droit de procéder à cette cérémonie pour le compte de votre époux.

— Prépare mon palanquin pour demain matin.

— Oui, maîtresse.

— Attends, An-te-hai. Comment l'empereur sera-t-il mis au courant de mon geste ?

— L'eunuque responsable du temple notera votre venue. Il est de son devoir d'informer Sa Majesté chaque fois que quelqu'un honore ses ancêtres en son nom. »

J'ignorais totalement comment honorer les ancêtres impériaux. Selon An-te-hai, il me suffisait de me jeter à terre et de m'incliner devant divers portraits et statues. Cela ne me paraissait pas trop ardu.

Le lendemain, à l'aube, je fis le trajet en palanquin, flanquée d'An-te-hai. Nous passâmes devant le pavillon des Parfums les plus purs avant de franchir la porte de la Fierté divine. En moins d'une heure, nous arrivâmes au temple de la Tranquillité éternelle. Devant moi se dressait un vaste bâtiment dont les avant-toits abritaient des centaines d'oiseaux.

Je fus reçue par un jeune moine qui était également un eunuque. Il avait les joues rouges et une verrue entre les sourcils. An-te-hai lui fit part de mon nom et de mon titre et le moine apporta un gros registre. Il prit un pinceau, le plongea dans l'encre et nota mon nom.

Il me guida à l'intérieur du temple. Quand nous fûmes passés sous plusieurs portes voûtées, le moine me dit que des affaires urgentes l'appelaient et il disparut derrière une rangée de colonnes. An-te-hai le suivit.

Je regardai autour de moi. Haute de plusieurs étages, l'immense salle était emplie de statues dorées. Tout, d'ailleurs, était peint en or. Plusieurs temples se dressaient à l'intérieur du temple principal et chacun d'eux reproduisait la forme de son modèle.

Un moine plus âgé entra par une porte latérale. Sa barbe blanche comme neige lui tombait aux genoux. Sans un mot, il me donna un bambou évidé plein de bâtons d'encens. Je le suivis jusqu'à une succession d'autels.

J'allumai l'encens, m'agenouillai, m'inclinai devant diverses statues. Je n'avais pas la moindre idée de l'identité de l'ancêtre à qui je rendais ainsi hommage. Je parcourus tout le temple et, après avoir honoré une douzaine d'ancêtres, j'accusai la fatigue. Le moine, assis dans un coin, les paupières closes, chantait, frappant d'une main un instrument appelé muyu, ou poisson de bois, égrenant de l'autre un chapelet. Son chant atonal me rappelait les pleureuses professionnelles que nous engagions lors des enterrements villageois.

Il faisait très chaud. Comme personne ne me regardait, je m'inclinai de moins en moins bas, pour finir par de simples hochements de tête. Du coin de l'œil, je m'assurai que le moine n'avait pas éventé mon subterfuge. Je le fixai jusqu'à ce que le son du muyu se fondît au silence. Il avait dû s'endormir. J'essuyai mon front moite mais je demeurai penchée, au cas où. Je regardai discrètement autour de moi. Le temple était habité de dieux de toutes sortes. Outre le dieu mandchou traditionnel, Shaman, il y avait des divinités taoïstes et bouddhistes ainsi que Guan Di, un dieu populaire chinois.

« Un jour, en pleine adoration, un prince se rendit compte que le cheval de pierre du dieu chinois était en sueur, dit brusquement le moine comme s'il n'avait cessé de m'observer. Le prince en conclut que le dieu devait chevaucher longuement pour visiter tous ses palais. Dès lors, Guan Di devint un important sujet de culte pour les fidèles de la Cité interdite.

— Pourquoi chaque dieu se trouve-t-il dans une sorte d'alcôve ?

— Parce qu'ils méritent d'être adorés pour ce qu'ils sont. Par exemple, le vénérable Tsongkhapa fut le fondateur de la secte des Bonnets jaunes[1]. C'est celui qui siège sur un trône d'or, contre ce mur, accompagné d'une centaine de reproductions de lui-même. Sous ses pieds, un sûtra bouddhiste est écrit en mandchou. »

Mon regard se posa sur une grande peinture sur soie verticale apposée au mur du fond, un portrait de l'empereur Qianlong en robe bouddhiste. Je demandai au moine si Qianlong, mon grand-père par alliance, était

1. Fondée au Tibet au XVe siècle, la secte des dGe-lugs-pa (appelée « Bonnets jaunes » en Occident et en Chine) était très structurée et d'une discipline très rigoureuse. *(N.d.T.)*

très croyant. Le moine m'informa qu'il était plus qu'un bouddhiste dévot : c'était un adepte du Mi-tsung, école qui était à l'origine une branche du bouddhisme. « Sa Majesté parlait tibétain et lisait les sûtras[1] dans cette langue », ajouta-t-il avant de retourner à son muyu.

J'étais épuisée. Je comprenais à présent pourquoi les autres concubines refusaient de venir.

Le moine se releva et me dit qu'il était temps de changer de lieu. Je le suivis jusqu'à un autel disposé dans une cour. Il me fit m'agenouiller devant un bloc de marbre et reprit sa psalmodie.

Il était midi et le soleil me tapait dans le dos. Je priai pour voir s'achever la cérémonie.

Selon An-te-hai, ç'aurait dû être le dernier acte. Le moine se tenait à côté de moi, à genoux, et sa barbe touchait terre. Après s'être prosterné par trois fois, il se releva et ouvrit un manuscrit relatant de hauts faits. En mandarin, il lut le nom des ancêtres suivi d'une description de leur vie. Ce n'étaient que louanges, sans la moindre critique. Les mots « vertu » et « honneur » revenaient à chaque paragraphe. Le moine m'enjoignit de frapper cinq fois le sol du front à l'énoncé de chaque nom. Je suivis ses instructions.

La liste était interminable et mon front me faisait souffrir, mais j'avais la force de continuer parce que je savais que l'épreuve était bientôt terminée.

J'avais tort.

Le moine poursuivit sa lecture. Mon front devait être en sang. Je me mordais les lèvres. Une fois arrivé au bout de sa litanie, le moine déclara qu'il devait la reprendre depuis le début, en mandchou cette fois-ci.

---

1. Les sûtras reprennent les paroles du Bouddha, telles que rapportées par son disciple, Ananda. Écrits dans un style simple, ils contiennent de nombreuses paraboles destinées à l'enseignement des fidèles. *(N.d.T.)*

Je formai des vœux pour qu'An-te-hai vînt à ma rescousse, mais où était-il ?

Le moine parlait mandchou d'une voix monotone, et je ne comprenais rien à l'exception du nom des empereurs. J'allais sombrer dans l'inconscience quand je vis An-te-hai.

« Je suis désolé, maîtresse. J'ignorais que ce moine lirait jusqu'au trépas de sa victime. Je crois que mes confrères se sont moqués de moi en me le recommandant.

— Puis-je enfin partir ?

— Je crains que non, maîtresse. Votre bonne action ne sera enregistrée que si vous allez au bout du rituel.

— Je n'y survivrai pas !

— Ne vous inquiétez pas, me murmura-t-il. Je viens de lui offrir une somme rondelette, et il m'a assuré que ce serait vite fini. »

Des dieux de pierre étaient alignés le long du site, un espace ouvert mais bordé d'un mur à l'ouest. Un mât de plus de quinze mètres de haut se dressait au sud-est. Une mangeoire était fixée au sommet : on disait que les oiseaux portaient aux esprits les messages de l'empereur. Un étrange objet était accroché au mur. En m'en approchant, je reconnus un sac en coton couleur de poussière.

« Ce sac appartenait au père fondateur de la dynastie, m'expliqua le moine, le roi Nurhachi. Il contient les ossements du père et du grand-père du roi. Nurhachi les a rapportés à sa tribu pour qu'ils soient ensevelis après que les deux hommes furent tués par l'ennemi. »

Le moine tapa dans ses mains. Deux femmes apparurent, le visage couvert de boue. « Les sorcières des tribus de Shaman », jeta le moine en guise de présentation. Elles portaient de lourdes robes décorées d'araignées noires. Leur bonnet était recouvert d'écailles de poisson en cuivre. À leur crâne, leurs oreilles et leur cou, pendaient des chapelets de perles en forme de noyaux de fruits ; à leurs membres, des clochettes. De petits tambours de différentes tailles ornaient leur cou et leur taille. Chacune était dotée d'une « queue » brune d'un mètre de long faite de bandes de cuir tressées. Elles se mirent à danser et m'encerclèrent. Leur haleine empestait l'ail. Elles chantaient en imitant le cri des animaux.

Je n'avais jamais vu une danse aussi étrange. Les femmes étaient la plupart du temps accroupies. Leur « queue » ressemblait plus à un long excrément.

« Ne bougez pas ! » m'ordonna le moine quand il vit que je voulais étirer mes jambes.

Les danseuses s'égaillèrent pour entourer le mât. Elles couraient comme des poulets décapités et agitaient frénétiquement les bras. Elles hurlaient : « Le cochon ! Le cochon ! »

Quatre eunuques amenèrent un cochon ligoté qui poussait des cris stridents. Les danseuses sautaient au-dessus de son corps. Puis le cochon fut remporté. On apporta une assiette en or sur laquelle était posé un poisson, pêché dans l'étang voisin, m'expliqua le moine. D'un geste prompt, il l'entoura d'un ruban rouge.

« Relevez-vous ! » Le moine le plus âgé me tira par la main droite. Je n'eus pas le temps de comprendre ce qui se passait : on me mit un couteau dans la main et on m'obligea à ouvrir le poisson vivant.

An-te-hai et le jeune moine me soutenaient pour que je ne m'effondre pas.

Une tête blanchie arriva sur un grand plateau. Le moine âgé me dit que c'était le cochon braillard que j'avais vu peu avant. « Seul un porc fraîchement tué et bouilli peut garantir la force de la magie. »

Je fermai les yeux et respirai à fond. Quelqu'un saisit ma main gauche et me força à détendre mes doigts. J'ouvris les yeux pour voir les danseuses me tendre une coupe en or.

« Tenez-la ! » m'intima le moine.

J'étais trop faible pour protester.

On me présenta un coq et, là encore, on me donna un couteau. Le moine se saisit de la coupe et m'ordonna d'attraper le volatile. « Tranchez-lui le cou et versez son sang dans la coupe !

— Je... je ne peux pas... » J'étais au bord de l'évanouissement.

« Calmez-vous, maîtresse, me rassura An-te-hai. C'est fini. »

La dernière chose dont je me souvienne, c'est que je versai du vin sur les pavés où le poisson, le porc et le coq gisaient dans leur sang.

Je vomis avant de regagner mon palanquin. An-te-hai m'expliqua que, chaque jour, un porc franchissait la porte du Tonnerre et de l'Orage pour être sacrifié à midi. Les porcs décapités auraient dû être distribués aux pauvres après la cérémonie, mais il n'en était rien. Les eunuques du temple les cachaient, les débitaient et les vendaient à bon prix. « Depuis deux cents ans, le liquide du wok géant où les porcs sont bouillis n'a jamais été changé, me dit An-te-hai. Et le feu du four ne s'est jamais éteint. Les eunuques vantent la viande en disant : "Ce n'est pas une chair ordinaire. Elle a macéré dans la coupe céleste ! Elle vous vaudra fortune et félicité, à vous et à votre famille !" »

Rien ne changea après ma visite au temple. L'automne touchait à sa fin et mon espoir d'attirer l'attention de l'empereur Xianfeng s'amenuisait. Toutes les nuits, j'écoutais le chant des criquets. Ceux de la cour impériale ne produisaient pas le même son que ceux de Wuhu. Ces derniers émettaient trois petits sons séparés par une pause, alors que les criquets impériaux chantaient sans répit.

An-te-hai me dit qu'ils étaient élevés par les anciennes concubines vivant au palais de la Paix et de la Longévité.

Quand il faisait chaud, les criquets chantaient dès la tombée de la nuit. Ils vivaient par milliers dans des yoo-hoo-loo, des calebasses en forme de bouteilles que modelaient les concubines.

La saison des orages débuta tôt cette année-là et les fleurs furent décimées. Des pétales blancs jonchaient le sol et leur parfum était si fort qu'il emplissait ma chambre. Détrempées par d'interminables pluies, les racines de mes pivoines se mirent à pourrir. Des taches brunâtres apparaissaient sur les buissons. Des flaques se formaient çà et là. J'évitai de marcher à l'extérieur après qu'An-te-hai eut mis les pieds sur un scorpion d'eau. Ses talons grossirent pour atteindre la taille d'un oignon.

Chaque jour, c'était la même routine. Le matin, je mettais mon maquillage et mes vêtements, pour les ôter le soir venu. Je ne faisais qu'attendre Sa Majesté. À mes oreilles, le chant des criquets semblait de plus en plus triste. Je m'efforçais de ne pas penser à ma famille.

An-te-hai alla au palais de la Paix et de la Longévité et m'en rapporta un panier plein de yoo-hoo-loo aux formes élégantes. Il voulait m'enseigner à faire pousser et à façonner des calebasses. Il me promit que cette activité m'aiderait à combattre ma solitude et que de nombreuses concubines avaient agi ainsi. La calebasse, insista-t-il, était un symbole positif, qui impliquait le désir « d'innombrables descendants ».

« Voici des graines de l'année dernière. » An-te-hai me tendit une poignée de ce qui ressemblait à des graines de sésame. « Vous les planterez au printemps. Après la floraison, les calebasses apparaîtront. Vous pouvez concevoir une cage qui donnera à chaque calebasse la forme désirée : ronde, rectangulaire, carrée ou asymétrique. Son écorce durcit quand elle est mûre. Il suffit alors de la cueillir, d'en ôter les graines et de la sculpter. »

J'examinai les calebasses que m'avait apportées An-te-hai. Leurs formes et leurs couleurs étaient d'une grande diversité. Un motif printanier revenait sans cesse. Je fus tout particulièrement émue par l'image de bébés jouant dans un arbre.

Après dîner, An-te-hai m'emmena visiter le palais de la Paix et de la Longévité. Nous portions chacun des calebasses. Au lieu de faire venir un palanquin, je marchai. Près du palais, régnait une forte odeur d'encens. Nous perçûmes des nuages de fumée. J'entendis des sons plaintifs et m'imaginai que des moines priaient.

An-te-hai suggéra de nous arrêter d'abord au pavillon des Ruisseaux pour rendre les calebasses. Comme nous franchissions le portail et entrions dans le jardin, je fus frappée par les grands temples qui ornaient la colline. Partout se dressaient des statues du Bouddha : les plus petites avaient la taille d'un œuf alors que je pouvais m'asseoir sur les pieds des plus imposantes. Le nom des temples était gravé sur des planchettes d'or : palais de la Santé parfaite, palais de la Longévité éternelle, salle de la Pitié, demeure des Nuages propices, demeure du Calme éternel. Certains étaient installés dans des pavillons, d'autres dans des pièces ou des jardins. Le moindre espace était occupé par des pagodes et des autels.

« Les vieilles concubines ont transformé leurs appartements en temples, murmura An-te-hai. Elles ne font rien de la journée sinon psalmodier. Chacune dispose d'un petit lit derrière une statue du Bouddha. »

Je désirais savoir à quoi ressemblaient ces concubines et je suivis leurs chants. Je descendis un long sentier menant au palais du Grand Bouddha, le plus vaste des temples selon An-te-hai. En entrant, je vis que le sol était couvert de personnes prosternées. La fumée de l'encens était épaisse. Les fidèles se relevaient et retombaient sur leurs genoux, et leurs mouvements me rappelaient les vagues de l'océan. Elles chantaient toujours sur le même ton et leurs doigts jouaient avec des perles enfilées sur des fils cirés.

Je me rendis compte qu'An-te-hai n'était plus là. J'avais oublié que les eunuques n'avaient pas le droit de pénétrer dans certains lieux de culte.

Les chants se firent plus puissants. Au milieu de la salle, l'immense Bouddha souriait d'un air énigmatique. Un instant, je perdis le sens de la réalité. J'étais devenue l'une des concubines couchées à terre. Je me voyais sculptant des calebasses. Je sentais ma peau se craqueler et se rider. Mes cheveux blanchissaient et mes dents tombaient.

« Non ! » hurlai-je.

Les yoo-hoo-loo se répandirent sur le sol.

La mélopée s'arrêta et des centaines de têtes se tournèrent dans ma direction.

J'étais incapable de bouger.

Les concubines me regardaient fixement. Leur bouche édentée s'entrouvrait. Leurs cheveux étaient si clairsemés que je les crus chauves.

Je n'avais jamais vu femmes aussi sinistres. Leur dos était voûté, leurs membres m'évoquaient des arbres ratatinés au sommet d'une montagne. Leur visage ne révélait plus rien de leur beauté passée. Je n'imaginais pas que l'une d'elles eût pu éveiller la passion de l'empereur.

Les femmes tendaient vers le ciel leurs bras décharnés. Telles des serres, leurs mains griffaient l'air.

J'éprouvais pour elles une infinie compassion. « Je suis Orchidée, m'entendis-je dire. Comment vous portez-vous ? »

Elles fermèrent à demi les yeux. Leur expression était celle d'un prédateur.

« Une intruse ! lança une voix chevrotante. Qu'allons-nous faire d'elle ?

— Pinçons-la à mort ! » cria la foule à l'unisson.

Je me jetai à terre et me prosternai à plusieurs reprises. Je leur expliquai que j'avais eu tort de les déranger. Je m'excusai et leur promis de ne jamais recommencer.

Mais ces femmes étaient bien décidées à s'emparer de moi et à me déchiqueter. Une concubine me tira par les cheveux, une autre me frappa au menton. Je les suppliai à nouveau tandis que je reculais vers la porte.

Elles riaient comme des femmes hystériques, me battaient, me poussaient en tous sens.

Je me retrouvai adossée à un mur. Des mains robustes se refermèrent sur ma gorge. Je sentais leurs longs ongles acérés s'enfoncer dans ma chair et me couper le souffle. Des visages creusés s'écrasaient sur le mien, pareils à des nuées d'orage. « Catin ! me lançaient-elles. Implore Bouddha avant de mourir ! »

Soudain la foule se dispersa. An-te-hai était grimpé sur le linteau de la porte et jetait sur les femmes des calebasses chargées de cailloux.

« Arrière, fantômes édentés ! leur criait-il. Arrière ! Regagnez vos cercueils ! »

Neuf

J'envoyai An-te-hai chercher l'eunuque Shim. Quand il arriva, je le reçus dans ma robe de cour officielle, maquillée et coiffée. Il s'en étonna.

« Dame Yehonala ! » Shim tomba à genoux et garda les yeux rivés sur le sol. « Vous n'avez pas besoin de tant de solennité. Shim est votre esclave et ne mérite pas tant de respect. » Il se tut et regarda mes genoux. Ses pupilles à demi visibles le faisaient ressembler à un lézard. « Je ne veux pas me montrer critique, dame Yehonala, mais vous devriez manifester davantage de prudence. Vous pouvez nous attirer des ennuis à tous les deux.

— Je suis au désespoir, maître Shim. Relevez-vous et prenez un siège, je vous prie. »

Je fis signe à An-te-hai d'apporter un coffret en or ciselé.

« Maître Shim, j'ai pour vous un humble présent. » J'ouvris le coffret et en sortis le ruyi que m'avait offert l'empereur.

En le voyant, Shim tressaillit. Il écarquillait tant les yeux que je craignis un instant qu'ils ne sortent de leurs orbites. « C'est… c'est le présent par lequel Sa Majesté s'engage envers vous, dame Yehonala ! C'est un témoignage de fidélité. Si vous n'en connaissez pas la valeur, permettez-moi de vous la…

— Je suis heureuse que vous sachiez ce qu'il représente, dis-je en souriant. Cependant j'aimerais qu'il soit à vous.

— Pourquoi, dame Yehonala ? Pourquoi ?

— J'aimerais l'échanger contre un service, maître Shim. » Je l'obligeai à me regarder droit dans les yeux. « À dire vrai, ce ruyi est la dernière chose que je possède. Je veux vous le donner parce que je comprends toute la portée de votre secours.

— Dame Yehonala, non… je ne puis accepter. » Il se releva pour aussitôt retomber à genoux.

« Levez-vous, maître Shim.

— Je n'ose pas !

— J'insiste.

— Mais dame Yehonala ! »

J'attendis qu'il fût debout. « Ce ruyi, chuchotai-je en pesant chacun de mes mots, aura une plus grande valeur encore quand je serai mère de l'enfant de l'empereur Xianfeng. »

Le visage de Shim se figea. Cette éventualité parut l'horrifier.

« Oui, dame Yehonala. » Il se prosterna et frappa son front contre le sol.

Au bout d'un moment, je lui dis : « Merci, maître Shim, merci de votre aide. »

Lentement l'eunuque se releva. Il secoua ses manches et prit une profonde inspiration. Peu après, il était redevenu lui-même. Il paraissait heureux et effrayé en même temps. Il prit le ruyi et le tint devant sa poitrine.

« À quelle date, ma dame, aimeriez-vous un entretien privé avec Sa Majesté ? demanda-t-il en enfouissant le ruyi dans sa poche.

— La date fait-elle une différence ? » Je ne m'étais pas préparée à lui répondre aussi rapidement.

« Une grande différence, ma dame. Vous voulez voir l'empereur le jour où vous serez la plus fertile, n'est-ce pas ?

— C'est exact. » J'effectuai un rapide calcul. « Et quand sera-ce ?

— Le quatorzième jour de la prochaine pleine lune.

— Parfait, ma dame. J'en prends note sur-le-champ. Si vous n'entendez pas parler de moi, c'est qu'il n'y a aucun obstacle. Si Sa Majesté est d'accord, vous serez appelée le quatorzième jour de la prochaine pleine lune. En attendant, ma dame... » Il fit un pas en arrière afin de regagner ma porte.

« Un instant. » Je ne lui faisais pas confiance. Comment pouvait-on arranger aussi facilement un rendez-vous avec l'empereur ? « Maître Shim, je vous en prie, répondez à mes questions. Que se passera-t-il si l'empereur désire voir d'autres dames ce jour-là ? Comment pouvez-vous être sûr qu'il me préférera à elles ?

— Ne vous inquiétez pas, ma dame, dit-il avec un sourire. J'ai les moyens d'infléchir le vent dans la Cité interdite.

— Ce qui signifie ?

— Que si l'empereur émet le souhait de voir une autre dame ce jour-là, dame Li, par exemple, je lui dirai : « Votre Majesté, dame Li est impure. »

— Et dame Mei ?

— « Pardon, Votre Majesté, mais dame Mei est également impure. »

— Ainsi, elles auront toutes leur cycle à l'exception de celle que vous voulez voir coucher avec l'empereur ?

— Oui. Je suis souvent parvenu à mes fins.

— Je compte sur vous pour que vous réussissiez une fois encore, maître Shim.

— Il est inutile de vous inquiéter, ma dame. J'aiguiserai l'appétit de Sa Majesté en lui disant à quel point vous êtes délicieuse. »

J'avais douze jours pour me préparer et je n'avais pas la moindre idée de la façon dont on pouvait satisfaire un homme. Je devais apprendre, sans perdre de temps.

Je songeai à grande sœur Fann : j'aurais aimé lui parler, mais je ne voyais pas comment sortir de la Cité interdite. Pour demander une autorisation de sortie, je devais mentir. J'envoyai An-te-hai prévenir que ma mère était très malade et que je devais impérativement la voir. Deux jours plus tard, on m'autorisa une semaine et demie de permission. An-te-hai me confia que j'avais de la chance. Quelques semaines plus tôt, dame Li avait fait la même requête, sa mère étant véritablement souffrante, et elle avait essuyé un refus. La vieille femme était morte.

« Cela prouve bien que je ne suis rien aux yeux de Sa Majesté », songeai-je avec amertume.

J'arrivai à midi et, immédiatement, j'envoyai An-te-hai chercher grande sœur Fann. Ma mère, Rong et Kuei Hsiang étaient tout excités de me recevoir. Ma mère avait prévu de m'emmener faire des emplettes, mais je la suppliai de rester alitée tant que ma visite ne serait pas achevée. Je lui expliquai que j'avais menti à l'empereur et que je risquais d'être décapitée s'il apprenait la vérité.

Mère fut scandalisée et trouva ma conduite impardonnable mais, après que je lui eus décrit la situation, elle accepta de garder le lit. Elle demanda à Rong de placer des serviettes auprès d'elle. Elle y ajouta un pot d'herbes médicinales odorantes au cas où la Cité interdite enverrait ses espions.

Grande sœur Fann vint à la maison. « Orchidée, comme tu es impressionnante ! Tu ressembles à un poivron en automne, de plus en plus rouge, de plus en plus brûlant chaque jour ! » Elle ne prit pas le temps de me dire à quel point je lui manquais. « Je t'ai trouvé un endroit où tu pourras apprendre ce que tu désires, mais tu vas devoir te changer. » Je donnai mes habits à Rong et grande sœur Fann tendit des vêtements à An-te-hai.

« J'emmène Orchidée en visite chez des amis », dit-elle à ma mère.

Une fois dans la rue, Fann m'expliqua que nous nous rendions à la maison du Lotus.

« Grande sœur Fann ! » Je connaissais la nature de cet établissement et j'hésitai.

« J'aurais préféré avoir le choix, Orchidée », dit-elle en guise d'excuse.

Je m'étais arrêtée au milieu de la rue, incapable de prendre une décision.

« Que veux-tu, Orchidée ?

— Gagner le cœur de Sa Majesté, répondis-je sans réfléchir.

— Alors viens avec moi. Nous n'allons dans cette maison que pour ce qu'elle peut nous apprendre : l'art de satisfaire les hommes. »

Nous louâmes une charrette à âne. Une demi-heure plus tard, nous pénétrâmes dans le quartier ouest de Pékin. Les rues étaient plus étroites, l'air, plus âcre. Nous nous arrêtâmes non loin d'une rue commerçante où les boutiquiers entassaient des fruits pourris et des paniers de légumes. Je dissimulai mon visage derrière un voile et marchai d'un pas rapide, accompagnée de grande sœur Fann et d'An-te-hai. Nous fîmes halte devant une vieille maison. Une lanterne était accrochée au premier étage avec l'inscription maison du Lotus.

Nous entrâmes tous trois dans un couloir mal éclairé. Des fresques représentaient des scènes compliquées où des couples peu vêtus se donnaient du plaisir de toutes les façons possibles. Les caractères étaient écrits avec soin. Mais quand mes yeux se furent accoutumés à la pénombre, je constatai que la peinture s'écaillait et que le plâtre tombait un peu partout. Il régnait une odeur étrange, mélange de parfum et de tabac froid.

Une femme à face de grenouille apparut derrière un comptoir. Elle avait une pipe à la bouche et elle accueillit grande sœur Fann avec un large sourire. « Quel bon vent vous amène, mon amie ?

— Le vent du sud, maîtresse, répondit Fann. Je suis ici pour vous demander un service.

— Ne soyez pas modeste sur vos intentions. » La femme posa une main sur l'épaule de Fann. « Je sais que le dieu de l'argent vous accompagne sinon vous ne seriez pas ici. Mon temple est trop petit pour une adoratrice telle que vous.

— Allons, maîtresse, vous non plus ne soyez pas modeste. Votre petit temple semble abriter le dieu à qui j'ai besoin de parler. Approche », ajouta-t-elle à mon adresse.

Elle me poussa devant elle et me présenta comme sa nièce venue de la campagne, déclarant qu'An-te-hai était ma sœur.

La maîtresse des lieux m'examina des pieds à la tête. Puis elle se tourna vers grande sœur Fann. « Je ne pourrai vous en offrir beaucoup. Cette fille est trop maigre. Comment une araignée peut-elle tisser sa toile si elle n'a pas de cul ? Ça me coûterait trop cher rien que pour l'engraisser.

— Oh, ne vous inquiétez pas, dit Fann avant de chuchoter à l'oreille de la femme. Ma nièce n'est ici que pour une consultation.

— Je ne donne plus dans le petit commerce, désolée. » La maîtresse prit un cure-dent qu'elle porta à sa bouche. « Les affaires vont mal, vous savez. »

Grande sœur Fann m'adressa un clin d'œil.

An-te-hai me passa un sac.

J'allai jusqu'au comptoir et déballai ce qu'il contenait.

Mon épingle à cheveux en forme de dragon, incrustée de jade, de rubis, de saphirs et de perles, resplendit dans la pénombre.

« Oh, par le Ciel ! » La maîtresse retint son souffle et s'efforça de dissimuler sa surprise. Les deux mains posées sur la bouche, elle examina l'épingle à cheveux avant de porter sur moi un regard soupçonneux. « Tu l'as volée.

— Non, dis-je calmement, c'est un héritage.

— C'est exact, intervint grande sœur Fann. Sa famille est dans la joaillerie depuis… des siècles.

— Je ne doute pas de son authenticité, je m'étonne seulement qu'un trésor aussi rare se trouve en dehors de la Cité interdite. »

Pour éviter le regard de la maîtresse, je m'intéressai aux fresques.

« Cela vous suffit pour votre consultation ? demanda Fann.

— Vous êtes trop bonne. » La maîtresse entassa des feuilles séchées dans le fourneau de sa pipe. « J'hésite tout de même, j'espère que je ne crains rien. Si c'est un objet volé… » Sa main évoqua le nœud de la corde d'un gibet.

« Allons dans une autre maison, tante, dis-je en reprenant l'épingle à cheveux.

— Attends ! » La maîtresse posa sa main sur la mienne. Doucement mais fermement, elle récupéra le bijou et son visage esquissa un sourire. « Oh, ma chère enfant, n'humilie pas ainsi ta tante. Je n'ai pas dit que je refusais, n'est-ce pas ? Il est bien que tu sois venue à moi parce que je suis la seule en ville à pouvoir t'offrir ce que tu demandes. Mon enfant, je vais t'apprendre la vie. Et je vais me montrer digne de ta précieuse épingle à cheveux. »

Nous nous installâmes dans la plus grande chambre. Les montants décoratifs du lit s'élevaient jusqu'au plafond. Le lit en séquoia était décoré de pivoines, d'aubergines, de tomates, de bananes et de cerises suggérant des organes sexuels masculins et féminins. D'un blanc impeccable, les rideaux étaient parfumés. Dans les murs latéraux, de petites niches abritaient des sculptures miniatures. La plupart représentaient des dieux bouddhiques en plein accouplement. Les poses en étaient élégantes. Des divinités femelles chevauchaient des divinités mâles en méditation. Les yeux des amants étaient entrouverts ou clos. Entre chaque couple, étaient accrochées des assiettes où figuraient des pivoines ou des aubergines. Les pivoines avaient des pistils sombres, semblables à des cheveux, et les aubergines, des capsules violet clair.

« Le but est d'éveiller l'esprit, commenta la maîtresse en servant le thé. Quand les filles arrivent dans mon établissement, je commence par leur enseigner la danse de l'éventail. » Elle ouvrit une commode et en sortit un petit oreiller rond, une pile de papier-monnaie et une douzaine d'œufs sur un plateau de bambou.

« Je pose ces objets les uns sur les autres, l'argent en bas, l'oreiller au milieu et les œufs en haut. La fille s'assoit dessus. Elle a une minute pour faire un éventail avec le papier-monnaie. Elle n'a pas le droit de casser un œuf. »

Comment était-ce possible ?

La maîtresse claqua des doigts.

Deux filles entrèrent par une porte latérale, de grandes adolescentes vêtues de robes légères en brocart. En dépit de leurs traits agréables, elles n'avaient rien d'aimable. Elles crachèrent les graines de tournesol qu'elles mâchonnaient, ôtèrent leurs pantoufles et grimpèrent sur le lit. Ouvrant les jambes, elles s'accroupirent sur les œufs comme des poules qui couvent.

La maîtresse claqua une seconde fois des doigts et elles commencèrent à agiter les fesses.

Ce spectacle était d'un comique tel que je ne pus m'empêcher de glousser. Grande sœur Fann me fit taire d'un coup de coude.

Je m'excusai mais j'avais bien du mal à me maîtriser.

« Tu ne riras pas quand tu t'y exerceras toi-même, me dit la maîtresse. Il faut beaucoup d'habileté pour réussir. »

Je lui demandai à quoi servait ce mouvement.

« Il permet de mieux contrôler son corps, m'expliqua-t-elle. Il sert à ajouter de la sensibilité à tes lèvres du bas. »

Mes lèvres du bas ?

« Suis mon conseil et entraîne-toi, alors tu comprendras. Quand tu auras maîtrisé cet art, l'homme que tu chevaucheras plongera dans le plaisir et se rappellera toujours ton nom. »

Ces mots m'allèrent droit au cœur. Oui, l'empereur Xianfeng se souviendrait de moi et de la jouissance que je lui aurais donnée.

Je regardais les fesses de couleur ivoire des jeunes filles et essayai de les imaginer au lit avec des hommes. Le rouge me monta aux joues non de honte, mais de savoir que j'allais moi-même pratiquer cela.

« Nous tenons cet établissement depuis longtemps, dit la maîtresse comme pour balayer mes doutes. Les hommes viennent pour que nous leur rendions la vie. Nous libérons l'animal qui sommeille dans le jeune homme et les vieillards retrouvent leur jeunesse. »

Les filles se balançaient à présent sur leurs jambes.

« Cette position est vieille de plusieurs siècles. Tu vois, on apprend aux filles de bonne famille à mépriser ma maison, mais elles ignorent que c'est grâce à elles que je tiens ce commerce. Les filles honnêtes méconnaissent ce que savent les miennes, de sorte qu'elles finissent par s'occuper de leur foyer alors que nous nous occupons de leurs maris et de leur argent !

— Combien de temps faut-il pour posséder à fond ce… cette danse ?

— Trois mois. » La maîtresse tira une chaise et s'assit.

Je n'avais qu'une semaine et demie !

« Chaque jour, tu t'assois sur les œufs et tu remues les fesses. »

Elle alluma sa pipe et aspira la fumée. « Au bout de trois mois, tes lèvres d'en bas seront devenues plus épaisses que celles d'une femme normale. Quand un homme en usera, tu le rendras fou. Il voudra mourir pour toi et tu pourras lui vider les poches ! »

Je m'efforçais d'oublier où je me trouvais, mais ce n'était pas facile. Grande sœur Fann m'adressa un discret signe de tête.

An-te-hai était littéralement hypnotisé par ce qu'il voyait.

Les filles se soulevèrent, le corps ruisselant de sueur.

« Regarde ce qu'elles ont fait. »

J'obéis.

La maîtresse ôta les œufs et l'oreiller. Un éventail parfait se présentait à moi : la pile de papier-monnaie avait pris la forme demandée.

« À ton tour », dit-elle en reposant l'oreiller et le plateau.

J'étais incapable de bouger.

« Tu ferais bien d'y arriver. C'est un monde fait pour les hommes, tu sais. »

Les filles se proposèrent pour m'ôter mes habits.

J'étais tendue, je me sentais ridicule.

« Ton avenir dépend de ta performance, dit la maîtresse d'une voix dépourvue d'émotion. Tu dois faire en sorte que l'homme te prenne pour une ensorceleuse sinon il ne reviendra pas.

— Oui…

— Alors cesse de gémir et vas-y. On n'a rien sans rien. » La maîtresse me conduisit jusqu'au lit et me fit signe de m'accroupir.

Gênée, je demandai à An-te-hai et à grande sœur Fann de quitter la pièce. Ils sortirent sans un mot.

Je m'accroupis donc comme une poule. Cette position était si peu naturelle que mes jambes me firent immédiatement souffrir. Je décrivis des cercles avec mon postérieur. Le contact des œufs me procurait une étrange sensation. Des chevilles et des genoux, je luttais pour garder la bonne posture.

« Continue. » La maîtresse cala le plateau d'œufs sous moi. « La perfection a besoin de temps.

— Je n'en ai pas beaucoup. » Je balançai mon postérieur et je me mis à haleter. « Dix jours, c'est tout ce dont je dispose.

— Il faut que tu sois bien stupide pour croire que tu réussiras aussi vite.

— Je ne serais pas ici si je ne l'étais pas.

— Il faut être idiot pour croire qu'on peut avaler sa bouillie en une seule lampée.

— Je comprends, mais je dois y arriver avant de… » Je n'eus pas le temps de terminer ma phrase : un craquement se fit entendre sous moi.

C'étaient les œufs. Je les avais écrasés.

La maîtresse prit une serviette pour empêcher le jaune de couler. Elle remplaça prestement les œufs brisés par d'autres, intacts.

Je me remis en position et me balançai sur les deux mains. Mon corps me paraissait un objet étrange. Je mouvais mon postérieur et parvenais à supporter la douleur de mes muscles.

« Dix jours, c'est de la torture. » La maîtresse admirait ma force. « Il faut te reposer. Pas question que tu casses encore des œufs.

— Non, je ne peux me le permettre.

— Il est une autre façon d'attirer les hommes. » La maîtresse quitta sa chaise. Elle ôta sa pipe de sa bouche et en tapota le fourneau pour faire tomber les cendres. « Tu veux savoir laquelle ? »

Je fis signe que oui.

Les deux filles vinrent me tendre une serviette chaude.

Je descendis du lit et m'essuyai le postérieur.

« Je ne peux pas t'apprendre à contrecarrer le destin. » Elle remplit sa pipe de feuilles sèches et aspira. « C'est une chose impossible. Mais tu peux comprendre les hommes en tant que créatures. Tu dois savoir que

« les roses de son jardin sont moins odorantes que celles qui poussent en pleine nature ».

— Continuez, je vous en prie.

— Tu es une jolie fille, d'accord, mais une fois la lampe éteinte, une belle fille ou un laideron, cela ne fait pas beaucoup de différence pour un homme. Au fil des ans, j'ai vu bien des maris abandonner leur belle épouse pour une concubine laide, puis quitter cette concubine pour une prostituée encore plus laide.

— Comment la femme peut-elle faire la différence ?

— Je te l'ai dit, c'est le jeu de l'esprit. Peu importe leur force apparente, les hommes ont besoin d'encouragement. »

La maîtresse se tourna vers une peinture érotique où un homme avait le regard braqué sur les seins d'une femme. Elle dit : « Ferme les yeux sur son aspect et ses habitudes. Essaie d'ignorer ses manières. Sois prête à tout : il a peut-être les traits d'un panda ou l'odeur d'une étable, son instrument sera peut-être aussi petit qu'une noisette ou aussi gros qu'une courge au lieu de ressembler à une carotte. Il aura peut-être besoin de toi pendant des heures avant d'arriver à satisfaction. Tu dois te concentrer sur la petite musique qui résonne dans sa tête. Tu dois garder la marmite au feu. Rappelle-toi les peintures de cette maison. Elles t'aideront à créer la magie. Regarde celui-ci, qui tient les seins de sa dame comme des pêches trop mûres. Récompense-le de tes bruits. Pas de vraies paroles. Rien que des sons. Étale-les sur lui comme du miel. Fais-lui savoir qu'il est fantastique.

— Il ne le sait pas déjà ? Ma bonne volonté ne lui suffit-elle donc pas ? Je le lui aurai déjà dit un millier de fois depuis que nous sommes au lit, non ?

— Tu seras surprise, jeune fille.

— Comment cela ?

— Tu n'as pas parlé avec tes lèvres du bas, n'est-ce pas ?

— C'est exact.

— Mets ton talent à profit !

— Bien entendu. » Ma gêne se changeait en amusement.

« Toi aussi, tu pourras y trouver du plaisir.

— Mais si… » Je ne savais pas trop comment formuler ma question. « Que se passera-t-il s'il n'aime pas ce que je fais ?

— C'est impossible. Tous les hommes aiment ça, dit la maîtresse sur le ton de la confidence. Mais le temps compte beaucoup et aussi, naturellement, son état de santé.

— Et s'il ne me plaît pas ?

— Je t'ai déjà répondu, non ? Occupe-toi de ton négoce, c'est à ses poches que tu en veux, pas à lui.

— Mais s'il m'insulte et m'ordonne de quitter son lit ? Si je ne parviens pas à dissimuler mon dégoût ?

— Tes sentiments n'ont rien à voir là-dedans. Cela n'a jamais été le cas et ne le sera jamais. Tel est le destin de la femme. Tu dois préparer la soupe avec ce que tu trouves dans la cuisine et te contenter de rêver des légumes frais du marché !

— Comment puis-je faire semblant d'être excitée quand je ne le suis pas ?

— Feins la jouissance ! Ce qui est dommage, c'est qu'on est déjà vieille quand on atteint la perfection. La jeunesse s'évapore comme la rosée, née le matin et morte l'après-midi. »

La maîtresse se laissa tomber sur une chaise. Sa poitrine se soulevait comme si elle reprenait sa respiration après avoir manqué de se noyer.

Les deux filles demeuraient impassibles.

Je remis mes vêtements et me préparai à partir.

« Une dernière chose, murmura la maîtresse sans se lever. Ne manifeste jamais ta déception, que tu souffres ou que tu sois furieuse. N'essaie pas de discuter avec lui.

— Je ne sais même pas s'il y aura une conversation.

— Certains hommes aiment bavarder après coup.

— Tant qu'il se montrera intéressé, je poursuivrai mon travail.

— Bien.

— J'aimerais aussi, si la situation le permet, bien entendu, lui poser des questions. Est-ce faisable ?

— Si tu poses des questions idiotes.

— Idiotes ? Mais pourquoi ?

— Parce que, sans exception aucune, une fille qui veut montrer qu'elle a un cerveau se fait abandonner.

— Pourquoi ?

— Pourquoi ? Parce que les hommes détestent être défiés. C'est pour eux une humiliation.

— Je dois donc passer pour une idiote ?

— Tu as tout à y gagner.

— Mais… ce n'est pas dans ma nature.

— Eh bien, force-toi ! »

La maîtresse me regardait fixement. Sa peau, que la lumière rendait livide, prenait des teintes bleutées.

« Je vous remercie, ma dame, » dis-je.

Elle sortit l'épingle à cheveux de sa poche et l'essuya de sa manche. « Nous parlons de survie. Et je veux que tu sois digne de cette épingle.

— Ce fut une bonne leçon. » Je m'inclinai légèrement. « Au revoir et merci. »

La maîtresse passa sa langue sur l'épingle à cheveux. « Quel genre d'homme dois-tu voir, si tu me permets de te poser une telle question ?

— J'aimerais bien le savoir moi-même. » Je me dirigeai vers la porte et soulevai le rideau.

Dix

Des cascades de wistérias violets tombaient du toit. Oiseaux, criquets et autres insectes bruissaient dans les buissons. Le moment tant attendu était venu : l'empereur Xianfeng m'avait fait appeler.

Pour modérer mon excitation, j'allai m'asseoir dans le jardin aux pivoines. Ces terrasses constituaient les merveilles architecturales de mon palais. Les fleurs aux couleurs les plus soutenues étaient plantées près du bassin. Leurs pétales s'éclaircissaient quand on remontait la colline, créant ainsi l'illusion d'un paysage qui se fond dans le lointain. Cette vision me donnait un exemple de ce que l'on pouvait obtenir à partir de ce qu'offrait la vie.

Pour déjeuner, je commandai mon plat favori, des nouilles à la mode de Yangzhou. An-te-hai et moi fêtâmes ma bonne fortune. Et j'écrivis un poème justement intitulé *Nouilles à la mode de Yangzhou*.

Une feuille tombe dans le wok, les autres dansent dans [l'air,
Des feuilles naissent de la pointe du couteau.
Un instant je vois des poissons d'argent éclabousser en [ondes blanches,
L'instant d'après des feuilles de saule chevaucher le [vent d'est.

Il me fallut des heures pour me préparer selon le rite. Des eunuques du palais impérial vinrent m'assister. Avec l'aide de mes eunuques et de mes dames de compagnie, ils me baignèrent et me parfumèrent. On m'enveloppa nue dans une étoffe de soie blanche pour me déposer sur une litière portée par quatre eunuques. J'étais en route pour la chambre à coucher de l'empereur Xianfeng, au palais de la Nourriture de l'esprit, sis à trois palais au sud du palais des Élégances accumulées où je résidais.

Nous passâmes devant le palais de l'Harmonie favorable et le palais de l'Assistance à l'empereur avant de traverser les grandes salles du palais de la Longévité éternelle. La température tombait avec la nuit et j'avais froid sous ma mince couverture. An-te-hai avait eu la bonne idée d'en apporter une autre qu'il jeta sur mes épaules.

Il reçut l'ordre de s'arrêter à l'instant où nous pénétrâmes dans les appartements privés de Sa Majesté. Maître Shim m'accueillit et guida les porteurs de litière. Peu après, j'entrai dans une pièce éclairée par de grosses bougies rouges ; des tentures de soie jaune recouvraient les murs. Au milieu se dressait le lit de Sa Majesté.

Les eunuques qui m'avaient conduite jusqu'ici se retirèrent pour être remplacés par des confrères vêtus de fines robes de soie jaune et dépendant directement de Xianfeng. Ils s'empressèrent de préparer draps brodés, couvertures et édredons. Quand l'immense lit fut prêt, ils me soulevèrent doucement pour m'y déposer et quittèrent la pièce.

Un autre groupe d'eunuques entra. Chacun tenait un pot de cuivre brûlant destiné à réchauffer les draps et les traversins, puis ils me débarrassèrent de mon étoffe de soie. Ils m'installèrent avec délicatesse sur la partie du lit qui confinait aux murs et me recouvrirent de couvertures chaudes. Du début à la fin, leur visage demeura impassible. Quand leurs mains touchaient mon corps, j'avais l'impression qu'il ne s'agissait que d'un oreiller de plus. Leur travail terminé, ils baissèrent le rideau et disparurent.

Il régnait dans cette pièce un silence impressionnant. L'odeur de l'encens était entêtante. Par le rideau tendu autour du lit, j'observai la chambre, emplie de calligraphies et de peintures, la plus grande de toutes représentant un Bouddha traversant une rivière. Le Bouddha était peint à l'or pur. Géant au ventre énorme, il marchait sur une frêle feuille de lotus. Il ne craignait nullement de s'enfoncer dans l'eau car ses yeux étaient clos et sa bouche esquissait un sourire subtil. Il tenait entre ses mains l'urne de sagesse. Une étagère bleue remplie de livres était accrochée à la droite de cette peinture. Deux immenses lanternes ornées de calligraphies étaient suspendues au plafond. Chacune d'elles était gravée et recouverte d'or. Dans toute la pièce se retrouvaient des images de dragons et de crânes. De part et d'autre d'une fenêtre, des panneaux proclamaient : Félicité pour l'année qui s'en vient, félicité pour celle qui s'en va et Quiétude en toutes choses. Sur une étagère, derrière le lit, était posé un qin, cet étrange instrument à sept cordes en bois poli.

J'avais soif et je me rendis compte que je n'avais pratiquement rien mangé de la journée. Dernièrement, j'avais eu du mal à m'alimenter et à dormir. L'idée de partager la couche de Sa Majesté avait consumé toute mon énergie. Je me demandais comment il débuterait avec moi, quelle partie de mon corps il explorerait en premier, si tout en moi le satisferait. Je me demandais aussi s'il me comparerait aux autres femmes. Qu'adviendrait-il s'il ne me trouvait pas conforme à son goût ? M'ordonnerait-il de m'en aller ? Me quitterait-il sur-le-champ ?

Maître Shim m'avait bien fait comprendre que, si j'étais déclarée impropre aux goûts de l'empereur, mon éviction ne relèverait que de ma seule responsabilité.

On racontait que, récemment, Sa Majesté avait manifesté des sautes d'humeur. Ainsi An-te-hai avait entendu l'un de ses confrères raconter qu'un soir l'empereur avait fait appeler six concubines, l'une après l'autre, et qu'il n'en avait reçu aucune dans son lit. Il les avait chassées et dit à Shim qu'il ne voulait plus jamais revoir ces femmes. Le mot « jamais » était terrible dans la bouche du Fils du Ciel : elles furent chassées de leur palais et consignées dans un recoin de la Cité interdite, où elles feraient pousser et sculpteraient des yoo-hoo-loo jusqu'à la fin de leurs jours.

La même chose m'arriverait-elle ce soir ? Que pourrais-je, que voudrais-je faire s'il en était ainsi ? Je me souvenais de ce que m'avait dit grande sœur Fann : Sa Majesté ne voyait dans les concubines que des mets qu'on le forçait à avaler. Cette pensée me troublait tant que j'en oubliai de prier pour obtenir la bénédiction céleste. J'étais couchée, tête tournée vers le mur, et je grelottais.

Les bougies rouges émettaient une suave odeur de jasmin. L'épuisement pesait sur moi comme une chape. Pourquoi cette charge supplémentaire à un fardeau déjà lourd ? Mais la jeunesse de mon esprit s'éveilla. Elle me traitait de « bûche ambulante faite de glace ». Je me morigénai de créer mon propre hiver. Jouis du soleil ! me criait ma sagesse juvénile. Pourquoi trahir ton courage, Orchidée ? Depuis la mort de ton père, tu n'as pas connu de chemin avant de marcher sur les roseaux !

J'entendis la voix d'un homme. Elle venait de la pièce voisine, celle située à droite. Ce ne pouvait être que Sa Majesté l'empereur Xianfeng.

Mes craintes redoublèrent. Cette voix n'était pas agréable, comme si Sa Majesté discutait avec quelqu'un. Les mots étaient durs, le ton, glacial. Il y eut un instant de silence puis la voix s'écria : « Fientes impériales ! »

J'entendis des pas. Je me cachai sous les couvertures et les oreillers, faisant appel à tout mon courage afin d'accueillir mon époux pour la première fois. Je l'avais vu, des mois plus tôt, au palais de la Paix et de la Tranquillité mais, honnêtement, je ne me rappelais pas ses traits. Maître Shim m'avait avertie ; je ne devais pas saluer mon époux. Ma nudité ne faisait qu'accroître ma nervosité. Ma chemise de nuit était posée sur un tabouret, à côté de la robe en soie bleue de Sa Majesté.

« Non ! Pour qui me prennent-ils ? Allez au diable ! Je ne le permettrai pas ! » C'était l'empereur, j'en étais certaine à présent, et il criait dans l'autre pièce. « ... s'ils n'étaient pas venus avec des soldats. Qu'ont fait les Français et les Britanniques ? Ils m'ont contraint à verser huit cent mille taëls de plus que ce que je devais déjà donner. Maintenant ils veulent que je leur ouvre Tianjin ! Tianjin est la porte de Pékin, pour l'amour du Ciel ! Ils m'étranglent avec une corde... Que cherchent-ils en amendant le traité ? C'est une excuse de barbares ! Je leur ai déjà concédé les ports de Canton, Shanghai, Fuzhou, Taïwan ! Je ne peux en ouvrir davantage... »

Sa voix se fit plus faible. Il craqua. Il pleurait. « Comme j'ai honte... La dignité de la Chine a été sacrifiée. Je ne peux plus me présenter devant l'autel. Pourquoi ne faites-vous rien ? Il m'est impossible de dormir. J'ai bu, oui. Sinon comment échapperais-je à mes rêves ? Que voulez-vous dire, c'est ma faute ? »

Il y eut un moment de silence puis un fracas de porcelaine.

Le vent du nord soufflait devant les fenêtres. Ensuite j'entendis Xianfeng se moucher. Ce fut alors un frottement de pieds sur le sol. Je vis l'ombre de Sa Majesté approcher du rideau de la couche et je tirai le traversin sur ma tête. Il s'assit au bord du lit et poussa un profond soupir en retirant sa robe.

« Du thé, Votre Majesté ? demanda maître Shim depuis la pièce voisine.

— Je boirai ma propre pisse ! », telle fut la réponse de Sa Majesté.

Des pas s'éloignèrent dans la cour.

Je ne savais pas si l'empereur Xianfeng était conscient de ma présence. Je ne voulais en aucun cas le surprendre. Devais-je faire un léger bruit pour lui faire savoir qu'il n'était pas seul ?

Sa Majesté se débarrassa de ses bottes et jeta à terre sa ceinture ornée de pendentifs et d'amulettes. Il portait une chemise blanche. Sa natte brune s'enroulait autour de son cou tel un serpent. Sans enfiler sa chemise de nuit, il se mit au lit et s'adossa à un oreiller.

Il tourna la tête et ses yeux se posèrent sur les miens.

Il ne manifesta pas le moindre étonnement. Une fille dans son lit, c'était la même chose qu'un édredon de plus. Ses grands yeux ne manifestaient pas le moindre intérêt à mon égard. Je me souvenais à présent de notre première rencontre. Il était beau, avec son menton rasé, son nez mandchou très droit et sa bouche bien dessinée. Je n'avais jamais vu un homme doté de traits si parfaits et d'une peau si délicate.

Nous continuâmes à nous regarder et je sentais mon sang taper dans mes veines.

« Puisse Sa Majesté vivre d'innombrables années et puisse sa descendance se compter par centaines. » Je récitais ce que l'on m'avait demandé de dire.

« Ah, encore un perroquet ! » Il se détourna et s'essuya le visage de ses deux mains. « Toutes des perroquets, dressés par le même eunuque… Vous m'ennuyez toutes à mourir.

— Votre Majesté…

— Ne vous approchez pas de moi ! »

Que pouvais-je faire ? J'avais perdu tout espoir avant même de commencer.

Les larmes me montaient aux yeux. Je craignais de bouger.

L'homme couché à côté de moi était perdu dans ses pensées et je ne sentais en lui que colère et souffrance.

Je décidai de ne plus songer à l'attirer. À quoi sert de déplacer sa pièce quand la partie d'échecs est d'ores et déjà perdue ? Depuis neuf jours, je ne dormais quasiment pas pour m'exercer à la danse de l'éventail. Grâce à An-te-hai, j'avais également appris à jouer du qin. Du moins en savais-je assez pour m'accompagner sur quelques chansons. Ma voix n'était pas celle du rossignol, mais elle était naturellement agréable et douce. Je ne perdais jamais confiance en elle. Si mes parents l'avaient permis, j'aurais chanté de l'opéra. J'avais dix ans quand un chanteur venu jouer dans notre maison m'avait dit que j'en avais le potentiel et qu'il me suffisait de travailler dur.

Que me conseillerait mon père ? Il aimait répéter ce dicton : « Sans entrer dans la tanière du tigre, comment capturer ses petits ? » Eh bien, j'étais dans la tanière du tigre ! Quant aux petits… Je me rappelai une autre histoire qu'il racontait. Les singes d'une même famille essayaient d'attraper le reflet de la lune dans l'eau. Ils se rassemblèrent dans un gros arbre et formèrent une longue chaîne allant de celui-ci à l'eau. Le singe le plus bas essaya d'enfermer la lune dans un panier. Le plan était ingénieux, mais comme voulait le démontrer père, certaines choses étaient tout simplement impossibles et la sagesse exigeait qu'on accepte ses limites.

Tout ne dépendait donc que de moi ? L'oreiller de soie était doux et frais à ma joue. Je ne parvenais plus à avancer sur ce chemin de la pensée. Une chanson me revenait à l'esprit : Comme un galet qui remonte la rivière, comme un coq à qui poussent des dents…

Une main sur mon épaule me tira de ma léthargie.

« Comment osez-vous dormir alors que Sa Majesté est éveillée ? »

Je m'assis. Je ne savais de qui il s'agissait.

« Où étiez-vous partie ? se moqua l'homme dressé devant moi. À Suzhou ou à Hangzhou[1] ? »

J'étais en état de choc. « Pardonnez-moi, Votre Majesté, car je n'étais pas moi-même. Je ne voulais pas vous irriter. J'étais fatiguée et je me suis endormie sans réfléchir.

— C'est absurde ! »

Je me pinçai la cuisse pour reprendre mes esprits.

« Comment pouvez-vous être fatiguée ? dit l'empereur d'un air méprisant. Qu'avez-vous fait en dehors de broder ? »

Je gardai le silence mais cela ne m'empêchait pas de réfléchir.

« Répondez à ma question. » L'empereur se leva et déambula dans la pièce, chemise ouverte. « Si vous avez fait de la broderie, parlez-m'en. J'ai besoin de distraction. »

Je sentais bien que Sa Majesté n'avait nullement envie de m'entendre parler de broderie ou de quoi que ce soit d'autre. Peu importe ce que je dirais, cela me vaudrait des ennuis. Cet homme était imprévisible. Je voulais lui signifier que j'attendais une union charnelle, pas une conversation.

Sa Majesté me regarda.

Je songeai que j'étais nue et tendis la main pour saisir mon vêtement.

Il donna un coup de pied dans le tabouret et ma robe tomba à terre. « Ne pourriez-vous vous passer de votre tenue un instant ? »

Je le regardai, stupéfaite par ses paroles. Sa voix m'évoquait certains villageois que j'avais connus, des jeunes gens qu'on aurait pris pour de petits coqs.

---

1. Un dicton datant des Song du Sud (XIIe et XIIIe siècle) est toujours usité aujourd'hui : « Au Ciel, il y a le Paradis, sur Terre, il y a Suzhou et Hangzhou. » Ces deux villes sont peu éloignées de Shanghai. *(N.d.T.)*

« Moi, si, dit le Fils du Ciel en répondant à sa propre question. Cela me rendrait même heureux. »

Tenaillée par la curiosité, je pris un risque. « Votre Majesté, puis-je avoir la permission de vous poser une question ?

— Oui, vous pouvez me demander n'importe quoi hormis ma semence. »

Je compris ce qu'il voulait dire et me sentis insultée. Continuer à parler ne m'intéressait plus.

« Allez-y, esclave, je vous ai donné ma permission. »

Ma voix me trahissait. Le désespoir m'emplissait le cœur. Je songeais à tout ce que j'avais fait pour cette unique chance qui venait de s'envoler. J'entendais le mécanisme de l'horloge et la voix de maître Shim : « Votre temps est écoulé, dame Yehonala ! »

J'essayai de toutes mes forces d'accepter cette défaite, mais mon esprit refusait d'obéir. Chaque fibre de mon corps se rebellait contre mon désir de démontrer ce qu'on m'avait enseigné.

« Je vais faire appeler quelqu'un pour vous remplacer. » Sa Majesté se pencha et sentit l'écorce d'une orange. « Je suis d'humeur à avoir du plaisir. » Il effleura ma joue et parut se réjouir de cette menace. « Je veux un perroquet. Co-co ! Co-co ! Chante ou je te plume ! Co-co ! »

Le désespoir me submergeait, mais je ne trouvais pas mes mots.

« Maître Shim attend juste derrière cette porte, reprit Sa Majesté. Je vais lui demander de vous emmener. » Il s'avança vers la porte en question.

Je permis à ma nature de prendre le dessus. Le désespoir avait galvanisé mon désir de combattre et soudain mes peurs disparurent. J'imaginai une corde accrochée à une poutre du palais impérial et se balançant comme les manches de la déesse de la lune. Le contentement de retrouver la maîtrise de mon esprit était inattendu mais bien réel. Je descendis du lit et enfilai mon vêtement. « Je vous souhaite une excellente nuit, Votre Majesté », dis-je avant de marcher vers la porte.

J'aurais regretté mon geste si j'avais été plus âgée ou plus expérimentée, mais je n'avais que dix-huit ans et mon sang était pareil à un fleuve de feu. Cette situation m'avait rendue folle. Consciente que je serais décapitée pour mon comportement, je décidai de jouer à ma façon le dernier acte.

« Halte ! cria l'empereur. Vous venez d'offenser le Fils du Ciel ! »

Je me retournai et découvris une sorte de sourire sur son visage.

« Si vous devez ordonner mon châtiment, dis-je avec assurance, je souhaite seulement que vous ayez la bonté de précipiter les choses. »

Tout en parlant, je refermai les lacets de ma robe. Que pouvais-je espérer de plus ? Depuis mon entrée dans la Cité interdite, j'avais cessé d'être une personne ordinaire. Quelle serait la réaction de grande sœur Fann quand elle apprendrait que je m'étais adressée au Fils du Ciel sur un plan d'égalité ? Je souris en imaginant la tête qu'elle ferait. Elle raconterait jusqu'à la fin de ses jours l'histoire de « la légendaire Orchidée ».

Ce fut presque avec soulagement que je dis à Sa Majesté que j'attendais que les eunuques m'emmènent.

Xianfeng ne bougea pas. La situation paraissait l'étonner, mais je ne me souciais plus de ce qu'il éprouvait. Mes attentes étaient vaines mais mon esprit était libre.

« Vous m'intéressez », déclara l'empereur avec un sourire discret.

Ce devait être la manière impériale de torturer.

« Dites-moi que vous éprouvez du remords pour ce que vous venez de faire. » Il s'avança vers moi et son visage ne fut plus qu'à quelques centimètres du mien. Son regard reflétait une certaine douceur. « Il est trop tard même si ce regret existe. Supplier ne sert à rien.

Je ne suis pas d'humeur à accorder ma pitié. Pas une once. Je n'ai plus de pitié à dispenser. »

Rien que pour ça je vous plains sincèrement. Mes yeux lui firent comprendre ma pensée. J'étais heureuse de ne pas être à sa place. Il pouvait ordonner ma mort mais pas la sienne. Quel genre de pouvoir était-ce là ? Il était son propre captif.

Sa Majesté insista pour connaître mes pensées. Après un instant d'hésitation, je décidai de les lui révéler. Je lui dis que j'avais pitié de lui même s'il paraissait puissant. J'ajoutai que je ne lui en voulais pas de me châtier parce qu'il était évident qu'il avait besoin de décharger sa frustration sur quelqu'un, et rien n'était plus simple que de faire décapiter une concubine.

Je m'attendais à le voir devenir fou de rage, appeler les eunuques pour qu'ils m'emmènent et les gardes pour qu'ils me transpercent de leurs sabres. Mais Sa Majesté fit exactement le contraire. Au lieu d'exploser, il se calma. Mes paroles semblaient réellement l'affecter.

Lentement, Sa Majesté s'assit au bord du lit et me fit signe de l'imiter. J'obéis. Au-dehors, le bruit des yoo-hoo-loo était assez fort mais pas déplaisant. La lune projetait sur le sol l'ombre des magnolias. J'éprouvai un calme étrange.

« Que diriez-vous d'une simple conversation ? » me demanda-t-il.

Je n'avais pas envie de répondre et je demeurai silencieuse.

« Vous n'avez plus rien à dire ?

— J'ai déjà tout dit, Votre Majesté.

— Vous… souriez ?

— Vous ai-je offensé ?

— Non. J'aime ça. Continuez de sourire… Vous avez entendu ce que j'ai demandé ? »

Je sentis mon visage se paralyser.

« Qu'y a-t-il ? Votre sourire a disparu. Retrouvez-le ! Je veux voir ce sourire sur votre visage, immédiatement !

— J'essaie, Votre Majesté.

— Je ne le vois pas. Vous m'avez volé mon sourire ! Comment osez…

— Et là, Votre Majesté ?

— Non, ce n'est pas un sourire. Ce n'est qu'une grimace. Assez laide. Avez-vous besoin d'aide ?

— Oui.

— Dites-moi quoi faire.

— Votre Majesté pourrait prononcer mon nom.

— Votre nom ?

— Connaissez-vous mon nom ?

— Quelle question saugrenue ! Bien sûr que non !

— Je suis votre épouse. Au quatrième rang.

— Vraiment ?

— Mon nom, Votre Majesté ?

— Auriez-vous la bonté de me le rappeler ?

— Aurais-je la bonté ? Quelqu'un dans cet empire a-t-il déjà eu la chance d'entendre le Fils du Ciel dire « Auriez-vous la bonté ? »

— Quel est votre nom ? Dépêchez-vous.

— Pourquoi vous en soucier ?

— Sa Majesté a envie de s'en soucier !

— Il ne vaut mieux pas. Cela lui donnera des cauchemars.

— Comment cela ?

— J'ignore si je ferai un bon fantôme. Un fantôme mauvais pourchasse les vivants. Je suis certaine que vous en êtes conscient.

— Je vois. » Il se leva et marcha jusqu'au plateau d'or posé sur son bureau. Une planchette de bambou portait mon nom. « Dame Yehonala. » Il la prit dans sa main. « Comment votre famille vous appelle-t-elle, Yehonala ?

— Orchidée.

— Orchidée. » Il hocha la tête et répéta plusieurs fois mon nom à voix basse avant de replacer la planchette de bambou sur le plateau. « Eh bien, Orchidée, peut-être voudrez-vous me demander de vous accorder un ultime vœu ?

— Non, je souhaiterais en finir avec la vie dès que possible.

— J'aurai l'honneur d'y veiller. Autre chose ?

— Non.

— Dans ce cas... Avant de mourir, peut-être aimerez-vous savoir ce qui vous a amenée ici ce soir ? » L'empereur s'efforçait de prendre l'air grave mais son sourire le trahissait.

« Je veux bien, oui.

— Tout a commencé quand maître Shim m'a raconté une histoire... Venez, Orchidée, allongez-vous près de moi. Cela ne vous fera pas de mal. Et cela vous changera peut-être en fantôme bénéfique, qui sait ? »

Je grimpai sur le lit et ma robe s'entrouvrit.

« Enlevez-la », dit l'empereur en la montrant du doigt.

Je lui révélai mon corps non sans embarras. Elle est bien étrange, cette pièce où je tiens un rôle, songeai-je.

« Cette histoire concerne l'empereur Yuan Ti, de la dynastie Han. » Sa Majesté avait une voix chaude, chargée d'énergie. « Comme moi, il possédait des milliers de concubines qu'il ne voyait jamais. Il n'avait le temps que de les choisir à partir de leur portrait, des tableaux tous dus à l'artiste officiel, Mao Yenzhou. Les concubines abreuvaient de cadeaux le peintre pour qu'il les représente très désirables. La plus charmante de toutes était une jeune fille de dix-huit ans nommée Wang Qao-chun. Dotée d'un fort caractère, elle refusait la corruption. Elle pensait que l'artiste devait se contenter de la montrer telle qu'elle était. On s'en doute, Mao Yenzhou en fit un portrait épouvantable, qui ne rendait pas justice à sa beauté. En conséquence, l'empereur Yuan Ti ne la connut pas.

« En cette époque, les dignitaires venaient rendre hommage à la cour. Ce fut le cas de Shang Ku, le grand Khan, maître des Turcomans. Désireux de renforcer les liens d'amitié avec son puissant voisin, Yuan Ti lui offrit pour épouse l'une de ses concubines. Ce fut Wang Qao-chun, qu'il n'avait jamais vue.

« Quand la fiancée, venue dire adieu, apparut devant l'empereur, celui-ci fut frappé par sa beauté. Il ignorait que sa cour recelait une jeune fille aussi radieuse. Il la désira sur-le-champ, mais il était trop tard : Wang Qao-chun ne lui appartenait plus.

« Dès que le couple fut parti, Yuan Ti ordonna de faire décapiter Mao Yenzhou. L'empereur fut tout de même hanté à tout jamais par le souvenir de cette jeune fille et le regret du bonheur qui aurait pu être le sien. »

L'empereur Xianfeng me regarda. « Je vous ai fait appeler parce que je ne voulais pas connaître les mêmes regrets que Yuan Ti. Vous êtes aussi belle que me l'a dit maître Shim. Vous êtes la réincarnation de Wang Qao-chun. Mais Shim a omis de préciser que vous aviez du caractère. Vous êtes meilleure que le thé à l'orange qu'on me fait boire : il est délicieux, mais je ne trouve aucun plaisir à son goût.

« Il en va de même avec toutes choses, ces temps-ci. Je ne pourrais jouir de Wang Qao-chun même si elle existait. Et je m'interroge à votre sujet. Une seule pensée m'obsède, je le crains, celle de la carte de Chine qui rétrécit. Ils m'ont pris à la gorge et craché au visage. Je suis à terre. Pourquoi devrais-je... comment pourrais-je dormir avec vous ou toute autre concubine ? Pour esquiver le pire cauchemar qu'un homme puisse connaître ? Je suis incapable d'engendrer un héritier. Je ne suis pas différent d'un eunuque. »

Il se mit à rire. Il y avait dans sa voix et ses manières une tristesse infinie qui me touchait. Je connaissais la carte dont il me parlait, celle-la même que mon père m'avait montrée. L'homme devant moi me rappelait mon père. Lui aussi avait par-dessus tout désiré restaurer l'honneur des Mandchous, pourtant il avait fini par déserter son poste. Je comprenais la honte qu'éprouvait Sa Majesté, c'était celle qui avait tué mon père.

J'observai Xianfeng et songeai que c'était un véritable homme de Bannière. Il aurait pu jouir de tout, de ses jardins comme de ses concubines, mais non, il choisissait de se tourmenter jusqu'à en devenir impuissant.

Le besoin de le réconforter l'emporta sur la peur. Je m'agenouillai. Défaisant mes lacets, j'ouvris les bras et l'attirai sur ma poitrine comme une mère avec son enfant. Il n'offrit aucune résistance et je le tins longtemps ainsi.

Il soupira et recula pour mieux m'observer.

Je voulus saisir le drap pour couvrir mes seins nus.

« Laissez cela, dit-il. Je prends plaisir à ce que je vois.

— Et ma condamnation à mort ? »

Il sourit. « Vous aurez la chance de vivre si vous me procurez une bonne nuit de sommeil. »

Un rayon de soleil perçait l'obscurité de mon cœur et je souris à mon tour.

« Votre sourire est revenu ! s'écria-t-il avec l'enthousiasme d'un enfant qui aperçoit une étoile filante.

— Est-ce l'heure de dormir pour Votre Majesté ?

— Ah, ce n'est plus si facile que ça, soupira-t-il.

— Cela vous aiderait à oublier vos réflexions.

— C'est impossible, Orchidée.

— Votre Majesté aime-t-elle les jeux ?

— Cela ne m'intéresse plus.

— Connaissez-vous *Réunion joyeuse* ?

— C'est une vieille chanson. Chu Tun-Ju, de la dynastie Song ?

— Quelle excellente mémoire !

— Que je vous prévienne, Orchidée, aucun médecin n'est parvenu à me faire retrouver le sommeil.

— Puis-je avoir votre qin ? »

Il prit l'instrument et me le tendit.

Je pinçai les cordes et me mis à chanter.

Je m'appuie sur les créneaux de la muraille de Xinling,
[au printemps.
Le soleil répand ses rayons sur la terre, très bas
Pour voir couler le grand fleuve.

La plaine centrale est un chaos
Et les hauts personnages s'enfuient.
Quand retrouvera-t-on nos frontières ?
Les vents de Yangzhou viennent sécher mes larmes.

L'empereur Xianfeng se mit à pleurer. Il me demanda une autre chanson. « Si vous étiez membre de la troupe royale, je vous donnerais trois cents taëls de récompense », dit-il en me prenant la main.

Je chantai donc. Je ne voulais plus penser au tour étrange que prenaient les choses. Quand j'eus fini *Sombre rivière* et *La concubine ivre*, Sa Majesté en redemanda. J'implorai son pardon et lui dis que je ne m'y étais pas préparée.

« Une dernière. » Il me serrait contre lui. « Ce qui vous viendra à l'esprit. »

Mes doigts caressèrent les cordes. Je me rappelai un air.

« Il s'intitule *Les immortels du pont des Pies* et le texte en est de T'sin Kouan, un poète du temps des Song. » Je toussotai et commençai à chanter.

« Attendez, Orchidée. *Les immortels du pont des Pies*. Pourquoi n'en ai-je jamais entendu parler ? Est-ce une chanson populaire ?

— Elle l'était.

— Ce n'est pas juste, dame Yehonala. L'empereur de Chine devrait être informé de toutes choses.

— C'est pourquoi je suis ici, Votre Majesté. Pour moi, ces vers éclipsent tous les autres poèmes d'amour. Ils racontent la vieille légende du Bouvier et de la Tisserande, deux étoiles séparées par la Voie lactée. Elles ne peuvent se rencontrer sur le pont des Pies qu'une fois par an, le septième jour du septième mois lunaire, quand le vent d'automne fait frémir la rosée.

— La douleur de la séparation est chose commune, dit calmement l'empereur. Cette histoire m'évoque ma mère. Elle s'est pendue alors que je n'avais que six ans. C'était une très belle femme, et nous sommes aujourd'hui séparés par la Voie lactée. »

J'étais étonnée de l'entendre parler ainsi, mais je réussis à ne faire aucun commentaire. Je me contentai de chanter.

Les nuages subtils rivalisent d'adresse ;
Les étoiles filantes parlent d'amour et de regret.
Sur le fleuve d'Argent, large à perte de vue, une furtive
[traversée :
Sous le vent d'or et la rosée de jade, cette simple
[rencontre
Surpasse infiniment l'expérience des hommes.

Un tel amour semble une eau caressante ;
Ces rendez-vous sont aussi beaux qu'un rêve.
Qu'il est dur de songer au pont des Pies, le chemin du
[retour !
Pourtant, si leur amour doit durer à jamais,
Cela dépend-il d'être toujours ensemble, tous les matins
[et tous les soirs ?

L'empereur Xianfeng s'était endormi avant la dernière note.

Je reposai l'instrument à côté du lit, habitée de l'espoir de voir cet instant durer à jamais. Hélas, l'heure de m'en aller avait sonné. Selon la coutume, je devais regagner mon palais à minuit. Les eunuques allaient bientôt m'y ramener. L'empereur me ferait-il appeler à nouveau ? Il était plus probable qu'il oublie tout de moi à son réveil.

La mélancolie s'abattit sur moi. La bonne fortune ne me conduisait pas à l'intimité. J'essayai de ne pas penser à mon ruyi et à mon épingle à cheveux ainsi qu'à la somme d'énergie et d'espoir que j'avais placée dans ces préparatifs. Je n'avais pas eu l'occasion d'exécuter la danse de l'éventail. Si l'empereur Xianfeng m'avait désirée, je l'aurais certainement rendu heureux.

Couchée à côté de lui, je regardais s'éteindre les bougies allumées à l'intérieur des lanternes rouges. Je ne devais pas me laisser abattre : à quoi cela m'aurait-il servi ? Je risquais d'irriter l'empereur, rien de plus.

La tristesse me réduisait au silence. Mon cœur flottait sur un océan étouffé par les algues. La dernière bougie vacilla et la pièce fut plongée dans l'obscurité. Jusqu'à cet instant, je n'avais pas remarqué que les nuages occultaient complètement la lune. Au chant des yoo-hoo-loo se joignit celui des insectes. La symphonie de la nuit était merveilleuse. Allongée dans le noir, j'entendais l'empereur respirer paisiblement.

Un rayon de lune éclaira le sol. Blanc, vaguement teinté de jaune, il me rappela le teint de ma mère alors qu'elle assistait à l'agonie de mon père. Chaque jour, ses rides se creusaient davantage, et puis, brusquement, elles transformèrent son visage. Sa peau semblait attirée par la terre : ma mère n'était plus une jeune femme.

Lentement, en silence, je quittai le lit. Je déposai le qin sur la table placée près du mur. Je remis ma robe et regardai par la fenêtre. Je contemplai la lune et y vis mon reflet, une face baignée de larmes.

Xianfeng était pelotonné sur lui-même, plongé dans des rêves d'homme. Comme tout un chacun en Chine, je croyais que le Fils du Ciel était un personnage divin, l'incarnation du dragon régnant sur l'univers. Mais cette nuit-là, je ne vis qu'un homme dont les épaules délicates avaient du mal à porter le fardeau de la nation, un homme qui avait pleuré en m'entendant chanter, un homme qui avait grandi sans l'amour d'une mère. Si ce n'était le malheur, alors qu'était-ce ? Comme cela avait dû être terrible quand sa mère s'était pendue et que chacun lui avait dissimulé la vérité alors qu'il savait tout ! L'ironie voulait qu'il ne fût jamais l'homme simple qu'il souhaitait pourtant être. Demain matin, devant ses sujets et sa cour, il lui faudrait feindre une fois de plus.

Cette soirée avait bien valu le sacrifice de mon ruyi et de mon épingle à cheveux. J'étais fière de ce que j'avais fait. Peut-être Sa Majesté l'empereur m'oublierait-il demain, mais le souvenir de cette nuit ne s'effacerait jamais de son esprit, un souvenir qui m'appartenait. Et si demain je devais entrer au tombeau, j'emporterais joyeusement cette nuit avec moi.

Le rayon de lune balayait à présent l'encadrement ouvragé de la fenêtre. Les ombres s'étiraient sur le sol telle une broderie. Je posai ma joue sur le drap de soie de la couche impériale, ma peau contre le corps du Fils du Ciel. Je voulais le remercier de nous avoir débarrassés de nos titres, d'avoir permis de nous toucher comme de simples mortels.

À cette pensée, je me détendis, mais mes craintes étaient encore là. Je me préparais à quitter le palais de la Nourriture de l'esprit pour ne jamais y revenir.

Xianfeng se retourna. Son bras gauche était dénudé. Dans la clarté lunaire, on eût dit celui d'un adolescent. Je le laisserais dormir. Son visage était tourné vers moi. Son front n'était plus barré de soucis. Il devait faire de doux rêves.

Le chant des yoo-hoo-loo me parut discordant. C'était le signe, selon An-te-hai, que les mâles avaient fini de s'accoupler et cherchaient à quitter le corps des femelles. Les sons plus aigus de celles-ci étaient assez troublants pour devenir rapidement difficiles à supporter. Je devais reconnaître que j'étais tombée amoureuse de cet instant et que je redoutais d'en voir la fin.

J'aurais pu l'embrasser, me dis-je. J'aurais pu l'embrasser ainsi que je l'avais appris à la maison du Lotus. J'aurais aimé voir Sa Majesté semblable aux hommes qui fréquentaient cet établissement car ils savaient ce qu'était le plaisir et le recherchaient en toute occasion. Je me demandai si l'empereur avait jamais connu le plaisir véritable. J'étais persuadée que non. L'affection lui semblait étrangère, mais comment le blâmer ? Il devait gouverner ce pays et, chaque nuit, il était de son devoir de déposer sa semence dans des centaines de ventres. Dans de telles circonstances, ne serais-je pas impuissante, moi aussi ?

J'entendis des pas. Les eunuques venaient me chercher.

Xianfeng était immobile. Je lui adressai un adieu silencieux.

On frappa discrètement à la porte.

Je me tenais debout dans le rayon de lune.

La porte s'ouvrit et l'ombre de maître Shim s'intercala entre la lune et moi. Il se jeta à terre pour se prosterner devant l'empereur endormi. « Il est temps de ramener dame Yehonala, Votre Majesté. »

Aucune réponse ne se fit entendre.

L'eunuque répéta ce qu'il venait de dire.

Seuls les ronflements de l'empereur lui répondirent.

Sans la moindre hésitation, Shim fit un geste et quatre eunuques entrèrent qui portaient une litière. Ils me prirent par les bras et m'y installèrent avant de ressortir.

Au moment même où Shim allait refermer la porte, un « Non ! » plaintif résonna dans la chambre.

Shim fit signe aux porteurs de s'arrêter et revint passer la tête dans la pièce. « Votre Majesté ? »

Là encore, il n'obtint pas de réponse.

Après une seconde d'hésitation, il indiqua aux eunuques de me rendre ma liberté.

Je descendis de la litière et rentrai pieds nus dans la chambre de Sa Majesté.

Shim referma la porte.

Je n'étais plus maîtresse de moi-même.

Sa Majesté se pelotonna derrière moi. Le contact de sa peau était excitant. Il dormait toujours à poings fermés. Je restai éveillée encore une heure avant de sombrer à mon tour. Dans mon rêve, j'étais engloutie par un dragon à bouche de requin. Des nuages s'amoncelaient autour de moi. Je luttais pour m'arracher à ce monstre. J'étais oppressée. Le dragon me tenait dans ses griffes. « Je suis viril », murmurait-il.

Je m'éveillai. L'empereur Xianfeng me touchait. J'éprouvais la même sensation que lorsque je m'asseyais sur des œufs. Ses mains étaient glacées, mais son corps brûlant et ses mouvements, tout empreints de douceur. Il m'explorait.

Je m'enroulai autour de lui comme une vigne vierge autour d'un arbre.

Il me palpait maladroitement et son souffle se fit plus rauque. Il paraissait s'étonner de sa propre ardeur. Un instant il me repoussait ; l'instant d'après, il me ramenait brusquement à lui.

Je voulais me rappeler ce qu'on m'avait enseigné à la maison du Lotus, mais mon esprit n'était plus qu'une marmite en ébullition où mes réflexions s'agitaient en tous sens.

« Prenez-la, chuchota-t-il. Êtes-vous prête ?

— Prête… à quoi, Votre Majesté ?

— Ne me rejetez pas. Tendez votre postérieur. Ne désirez-vous pas ma semence ?

— Que devrais-je répondre à Sa Majesté ?

— Ce qu'on vous a appris.

— Ce qu'on m'a appris ? J'ai… je l'ai oublié. Vous n'avez certainement pas le cœur à entendre ce qu'on vous a dit des centaines de fois.

— Restez tranquille, par mes ancêtres ! » Xianfeng se retira.

Je le regardai et le trouvai attirant dans sa nudité. Je devais jouir pleinement de ce spectacle, songeais-je, car l'on ne me permettrait plus jamais de voir un homme nu.

Il me demanda à quoi je pensais et je lui répondis en toute franchise.

« Quel esprit malin ! dit-il avec lenteur. Vous êtes calme et nullement craintive. Vous contemplez le Fils du Ciel comme vous le feriez d'un arbre. »

Je décidai de ne pas l'interrompre.

« Regardez, je suis obligé d'exhiber ce drap ensanglanté. Shim le présentera aux responsables de ma maison pour qu'ils l'examinent et notent la chose dans les annales. Ensuite ils attendront le signe de la venue d'un héritier. Ils calculeront la date sur leurs doigts. Les médecins seront là, jour et nuit, à guetter votre grossesse. »

Ses explications laborieuses m'excitaient et la peur m'abandonnait.

« Vous venez par bataillons, poursuivit-il. Vous vous moquez bien de ce que j'éprouve. Vous envahissez ma chambre et me dérobez mon essence. Vous n'êtes que des louves avides, des suceuses de sang !

— Je prendrais plaisir à notre commerce. » Ces mots jaillirent de ma poitrine.

« Vous… prendriez…, fit-il, stupéfait.

— Je ne crains pas de vous tendre mon postérieur. Et je suis ici pour être votre amante. J'ai payé très cher cet instant. Il m'a coûté non seulement mon ruyi et mon épingle à cheveux, il m'a aussi arrachée à ma famille ! » Mes larmes se mirent à couler, et je n'avais nul désir de les retenir. « Je ne me suis pas autorisée à me lamenter sur l'absence de ma famille, mais c'est pourtant ce que je fais aujourd'hui, de toute mon âme ! Je n'ai pas pleuré en dépit du fait que je devrais passer ma jeunesse dans la solitude, mais ce soir ce n'est plus le cas ! Peut-être suis-je égoïste, mais je n'ai rien d'une louve dévoreuse. Je ne recherche l'essence de personne, je n'ai faim que de votre affection !

— Vous… » Il m'attira délicatement à lui. « Ce n'est pas ce que l'on vous a appris. Qui est l'auteur de ces répliques ? Est-ce vous-même ? Avez-vous autre chose à me dire ? »

Le besoin de prodiguer du plaisir s'éveilla en moi. « Votre Majesté, dispensez-moi de répondre à vos questions. Je pensais... si vous le désirez, je connais certaines danses... »

Malgré moi, je me représentais des vers à soie en plein accouplement, particulièrement l'instant où la moitié du corps du mâle disparaissait dans celui de la femelle. Le dégoût se mêlait à l'excitation.

Il monta sur moi en gémissant et murmura des mots que je ne compris pas. Je ne pouvais croire que la douleur tant attendue ne m'était pas infligée. Mon corps accueillait cet intrus.

L'empereur Xianfeng s'acharnait comme s'il exécutait une tâche difficile.

Moi aussi je me sentais bizarre. Tendre mon postérieur ne faisait pas partie de la danse de l'éventail. Enfin je tombai sur le dos, épuisée. Son visage apparut au-dessus de moi. Sa sueur coulait dans ma bouche. Je me cambrai et fis jaillir mes seins.

« Continuez », supplia-t-il, le souffle court.

Mets en pratique ce que tu as appris à la maison du Lotus ! m'incitait une petite voix, mais j'étais incapable de remuer mon postérieur.

Xianfeng s'allongea sur moi comme une couverture. Je me sentais si détendue que j'en pleurai.

Ses mouvements étaient rythmés. Des vers tirés d'un opéra me revinrent en mémoire : « Délaisse le futur, amour, car jamais le soleil ne sera plus brillant et le jour, plus heureux... » Le plaisir croissait en moi et m'envahissait.

Le Fils du Ciel murmura quelque chose. Je crus entendre le mot « semence. »

Avant l'aube il en demanda plus encore. C'est alors que je pus tenter la danse de l'éventail. J'étais curieuse de voir à quoi cela aboutirait et je ne pus que m'en réjouir. Sa Majesté me déclara que j'étais magique. Il apprécia particulièrement que je l'appelle « mon aimé » dans les affres de la passion plutôt que « Votre Majesté ».

Je fus encore appelée les nuits suivantes. Mon amant s'étonnait de pouvoir chaque fois dispenser sa semence. Il me suppliait de découvrir son corps. Mais la réaction prévisible de la Grande Impératrice m'inquiétait. Elle m'accuserait de m'accaparer son fils, de la priver de petits-enfants « par centaines ». Le plaisir de l'amour nous faisait veiller toute la nuit. Sa Majesté se serrait contre moi. Mon énergie semblait inépuisable et je m'abandonnais sans retenue à la volupté.

Le matin nous nous regardions comme si nous étions amants depuis des années.

« *Les immortels du pont des Pies,* dit un jour Sa Majesté. C'est la plus belle légende que j'aie jamais entendue. Les précepteurs impériaux ne me l'ont jamais apprise. On ne m'a bourré le crâne que de fariboles. Mes études se sont limitées à l'image d'un empire brisé. Leurs leçons n'ont jamais eu de sens à mes yeux. Comment a-t-on pu tout perdre alors que chaque empereur a fait preuve de sagesse ? Mes précepteurs ne m'ont pas expliqué comment nous en sommes venus à devoir tant à ceux qui nous ont tout volé. »

Je l'écoutais attentivement.

« Mes tuteurs m'ont dit que la vengeance était ma mission, reprit-il. Et l'on m'a enseigné la haine. Ils m'ont menacé, je ne trouverais pas ma place au temple des ancêtres si je n'accomplissais pas mon devoir, reconstituer la carte de Chine. Mais comment y parvenir ? La Chine s'entre-déchire et c'est sans armes que l'on m'envoie me battre ! Voilà ce qu'est ma vie : subir l'humiliation de barbares ! »

Il me faisait sentir que j'étais son amie. Une nuit, il me demanda : « Qu'aimeriez-vous que je vous accorde ?

— Je ne veux pas vous dire « au revoir » mais je crains de commencer à le désirer. » Je m'efforçai de me maîtriser mais mes larmes me trahirent.

« Orchidée, ne vous affligez pas. J'ai le pouvoir de tout vous donner. »

Mon cœur se réchauffa à sa promesse, mais ma tête me dictait de ne pas croire à ces paroles prononcées sous l'emprise de la passion. Demain, il ferait amener une autre concubine. Une jeune fille prête à tout, comme moi. Une concubine qui aurait, elle aussi, offert à maître Shim une vie d'économies.

Le soleil se levait et j'avais retrouvé le palais des Élégances accumulées. Après ma toilette, je sortis dans le jardin.

Le temps était clair et le soleil, resplendissant. Les roses et les magnolias commençaient à fleurir. Dans la cour, des dizaines de cages à oiseaux étaient accrochées aux branches. À cette heure, les eunuques apprenaient à chanter aux oiseaux impériaux. Ils venaient de tout le pays et, après une période de formation, les plus habiles étaient adressés à l'empereur. Il en faisait alors cadeau aux concubines de son défunt père.

Les eunuques formaient les oiseaux afin qu'ils chantent, parlent ou fassent des tours. Pour la plupart exotiques, ils portaient des noms comiques tels que Sage, Poète, Médecin ou Prêtre Tang. Ceux qui se comportaient bien recevaient à manger des criquets et des vers. Les autres étaient privés de tout repas. Des pigeons blancs étaient autorisés à voler en toute liberté. Leur élevage constituait le passe-temps favori d'An-te-hai. Il leur attachait des sifflets ou des clochettes aux pattes avant de les laisser partir. Ils décrivaient des cercles au-dessus de mon palais en produisant des sons mélodieux. Quand le vent était assez fort, cela m'évoquait un air des temps anciens.

Il y avait encore un perroquet extrêmement intelligent qu'An-te-hai avait appelé Confucius. Cet oiseau pouvait réciter des aphorismes tirés du San-tseu-king, le « Livre des phrases de trois mots ». Il disait par exemple : « L'homme était bon à sa naissance. » An-te-hai offrit Confucius à maître Shim pour son anniversaire, puis l'eunuque l'offrit de sa part à l'empereur, lequel m'en fit cadeau. Cependant l'oiseau ne savait plus ce qu'il disait. Il bredouillait et dénaturait totalement le sens des phrases, confondant un mot avec un autre. Le perroquet déclarait à présent : « L'homme était mauvais à sa naissance. » Je me demandais si c'était là l'œuvre de Sa Majesté. Je conseillai à An-te-hai de ne pas corriger la diction de son perroquet.

J'appréciais aussi les paons qu'élevait An-te-hai. On en trouvait dans toutes les pièces de mon palais et An-te-hai leur avait appris à me suivre. Il les appelait « mes dames impériales ». Ces paons vivaient dans mon jardin et, quand An-te-hai me voyait sortir, il sifflait d'une certaine façon et les grands oiseaux se rassemblaient autour de moi. C'était merveilleux. Leur caquetage évoquait une conversation. Quand ils étaient d'humeur enjouée, ils exhibaient leur « robe » rouge et verte comme pour un concours de beauté.

« La chance puisse toujours vous sourire, maîtresse. » An-te-hai m'accueillit ainsi en s'inclinant plusieurs fois.

« La chance puisse toujours vous sourire ! » répétèrent les eunuques, dames de compagnie, servantes et même cuisiniers disséminés dans tout le palais. Chacun savait que j'étais devenue la favorite de Sa Majesté.

« Le bateau du matin flotte-t-il déjà sur le canal ? demandai-je à An-te-hai. J'aimerais me rendre au temple de la colline de la Contemplation.

— Vous pouvez aller n'importe où quand bon vous semble, maîtresse. Ce matin, l'empereur Xianfeng a ordonné qu'on vous mène à lui chaque soir. Vous êtes au sommet de la Cité interdite, maîtresse. Si vous le désirez, la cour fera refleurir un arbre pétrifié et s'enrouler le lierre pourri. »

C'est du faîte de la colline de la Contemplation que l'on découvrait pleinement le secret, la tranquillité et l'élégance de la Cité interdite. La colline était en réalité une butte artificielle édifiée pour la protéger des vents du nord et des mauvais génies. Vue de là-haut, la Cité ressemblait à une forêt enchantée emplie de buissons et d'arbres en fleurs, plus verdoyante que la campagne elle-même. Les tuiles jaune d'or resplendissaient à travers le feuillage au même titre que les palais, les maisonnettes et les toits des temples émaillés. Les pavillons émeraude ou écarlates exposaient aux regards leurs avant-toits aux formes fantastiques.

Là, sur cette colline, j'étais submergée par l'idée d'avoir été bénie des dieux. Le Fils du Ciel m'avait fait l'amour. Et surtout, il en allait toujours ainsi chaque nuit.

J'aspirais goulûment l'air frais quand mes yeux se posèrent sur le toit doré du palais de la Paix et de la Longévité. Je me souvins de la jalousie des anciennes concubines, de leur regard de vautours quand elles m'avaient découverte. An-te-hai m'avait raconté une histoire que je ne pouvais chasser de mon esprit, celle du destin d'une favorite de la dynastie Ming après la mort de l'empereur. Victime d'une conspiration de palais ourdie par d'autres concubines, elle avait été enterrée vivante.

Nuharoo me rendit une visite inattendue. Cela ne s'était jamais produit auparavant et j'étais persuadée que sa venue avait un rapport avec les nuits que je partageais avec l'empereur Xianfeng. De toute évidence, ses eunuques espionnaient pour son compte de même qu'An-te-hai espionnait pour le mien.

Nerveuse sans céder à la panique, je la reçus.

Resplendissante comme un magnolia, elle me salua en pliant légèrement les genoux. Si j'avais été un homme, je l'aurais ardemment désirée. Vêtue d'une robe en satin abricot, elle était aussi gracieuse qu'une déesse descendue des nuées. Sa noblesse lui était innée. Ses cheveux luisants comme de la laque prenaient derrière sa tête la forme d'une queue d'oie. Une épingle en or doublée d'une rangée de perles ornait délicieusement sa tempe. En sa présence, je désespérais de ma beauté. Je ne pouvais m'empêcher de songer que je perdrais l'affection de l'empereur s'il lui accordait le moindre regard.

Selon l'étiquette, j'aurais dû me mettre à genoux et exécuter le rituel du kowtow afin de l'accueillir, mais elle s'avança vers moi et me tendit les bras.

« Ma chère sœur cadette », dit-elle comme l'exigeait son rang. Elle avait en fait un an de moins que moi. « Je vous ai apporté des plantes médicinales et des champignons sauvages. Ils viennent de Mandchourie et vous allez en avoir besoin. » Sur un signe de sa part, ses eunuques accoururent pour me présenter une boîte jaune artistiquement enveloppée.

Elle n'avait pas manifesté la moindre jalousie. Sa voix ne trahissait rien.

« C'est une tang kuei de la meilleure espèce, m'expliqua Nuharoo en prenant une racine desséchée. Elle a été cueillie sur des falaises, bien au-dessus des nuages. Elle se nourrissait de pluie et d'air pur. Chacune d'elles a trente ans ou plus. » Elle s'assit et prit la tasse de thé que lui tendait An-te-hai.

« Vous avez grandi depuis la dernière fois que je vous ai vue. » Elle sourit à An-te-hai. « Je t'ai également apporté un présent. » Les eunuques vinrent avec une petite boîte en soie bleue.

An-te-hai se jeta à terre et exécuta le kowtow avant de prendre la boîte. Nuharoo l'encouragea à l'ouvrir : elle contenait une bourse emplie de taëls et on ne lui en avait certainement jamais offert autant d'un coup. « An-te-hai ne le mérite pas, Votre Majesté !

— Fais-en bon usage, c'est pour toi », dit Nuharoo toute souriante.

J'attendais qu'elle parle de l'époux que nous partagions. J'attendais les paroles révélant sa frustration. J'aurais même souhaité qu'elle m'insulte. Mais non, elle se contentait de boire son thé.

Je me demandais comment elle pouvait rester aussi calme. Je savais qu'en de semblables circonstances je n'en aurais pas été capable. Faisait-elle bonne figure ou avait-elle déjà conçu un projet destiné à me détruire ?

Son calme m'inquiétait. Je n'en pouvais plus. J'avouai tout et lui racontai comment l'empereur passait ses nuits avec moi. Je suppliai Nuharoo de m'accorder son pardon et je craignais que ma voix manque de sincérité.

« Vous n'avez rien fait de mal », dit-elle simplement.

Je ne pouvais m'arrêter. « Si, Votre Majesté, je ne vous ai pas demandé conseil. » J'avais peine à poursuivre car je n'avais pas l'habitude de feindre mes émotions. « Je... j'avais peur. Je ne savais comment vous le dire. Les manières de la cour me sont étrangères. J'aurais dû vous en informer. Je suis prête à accepter votre censure. » J'avais la bouche sèche et il me fallut boire une gorgée de thé.

« Yehonala. » Nuharoo reposa sa tasse et s'essuya délicatement les lèvres avec son mouchoir. « Vous vous inquiétez à tort. Je ne suis pas venue vous demander de me rendre l'empereur. » Elle se leva et prit mes mains dans les siennes. « Je suis ici pour deux choses. En premier lieu, bien entendu, je tiens à vous féliciter. »

Dans ma tête, une petite voix disait : Nuharoo, vous n'êtes pas venue me remercier de vous avoir pris l'empereur. Je ne vous crois pas sincère.

Comme si elle lisait dans mes pensées, Nuharoo déclara avec calme : « Je suis heureuse pour vous et pour moi. »

Il me fallut la remercier, mais mon expression trahissait mon incrédulité, un sentiment qu'elle avait peut-être décelé mais auquel elle avait choisi de ne pas réagir.

« Voyez-vous, ma sœur, reprit-elle sur le même ton, en tant qu'impératrice, mes préoccupations sont plus vastes que vous ne pouvez l'imaginer. On m'avait appris qu'en entrant au palais je n'épouserais pas seulement Sa Majesté mais aussi toute la société impériale dans son ensemble. Le bien-être de la dynastie est mon unique souci. Il est de mon devoir de veiller à ce que mon époux remplisse ses obligations. L'une d'elles est d'engendrer autant d'héritiers que possible. » Elle s'interrompit et son regard me lança : Yehonala, comprenez-vous à présent que je suis là pour vous remercier ?

Je m'inclinai. Il lui coûtait d'être ici. J'aurais dû proférer des paroles de compassion.

Comme si elle savait ce que j'allais dire, elle leva la main droite. « Le second objet de ma visite est de vous annoncer que dame Yun a enfanté.

— Vraiment ? Mais c'est… merveilleux !

— C'est une fille, soupira Nuharoo. Et la cour est très déçue. De même que la Grande Impératrice. Je me sens triste pour dame Yun, mais encore plus pour moi-même. Le Ciel ne m'a pas accordé le bonheur de concevoir. » Elle prit son mouchoir pour sécher les larmes qui lui venaient aux yeux.

« Vous avez le temps. » Je lui saisis la main pour la réconforter. « Après tout, l'empereur ne s'est marié qu'il y a un an.

— Cela ne veut pas dire qu'on ne lui a pas amené de femmes depuis qu'il est jeune homme. À vingt-deux ans, l'âge de Xianfeng, l'empereur Daoguang avait déjà engendré dix-sept enfants. Ce qui me soucie… » Elle regarda autour d'elle et, d'un geste, congédia les eunuques. « … c'est que Sa Majesté s'est avéré impuissant. Je ne suis pas la seule à en avoir fait l'expérience, mais aussi les dames Li, Mei et Hui. J'ignore ce que vous avez ressenti. Me le diriez-vous ? » Elle posait sur moi un regard avide et je sentais qu'elle ne détournerait pas les yeux tant que sa curiosité ne serait pas satisfaite.

Me refusant à partager notre secret, je confirmai d'un signe de tête la condition de l'empereur.

Soulagée, Nuharoo se redressa. « Si l'empereur demeure sans fils, ce sera ma responsabilité et mon infortune. Je n'imagine pas que le trône puisse revenir à un autre clan. Ce serait une catastrophe pour nous deux. » Elle lâcha ma main. « J'aimerais pouvoir compter sur vous pour donner un héritier à Sa Majesté, Yehonala. »

Quelque chose en moi m'incitait à ne pas lui faire confiance. D'un côté, elle était peut-être sincère en voulant passer pour une femme de vertu aux yeux de l'histoire, mais de l'autre, elle dissimulait mal son soulagement en apprenant que l'empereur était tout aussi impuissant avec moi. Que se serait-il passé si je lui avais dit la vérité ?

La nuit qui suivit la visite de Nuharoo, je fis cauchemar sur cauchemar. Au matin, An-te-hai me réveilla avec de terribles nouvelles : « Neige, maîtresse… Votre chatte a disparu ! »

Onze

Je mis l'empereur au courant de la disparition de ma chatte et lui avouai mon incapacité à résoudre ce mystère. « Prenez-en une autre », me répondit-il simplement. Je ne lui avais révélé cet incident qu'après m'être montrée incapable de chanter pour lui.

« Ne songez même pas à Nuharoo, dit-il. Elle n'est peut-être pas d'une intelligence supérieure mais le vice ne l'habite pas. »

J'étais d'accord avec lui. Plus d'une fois Nuharoo m'avait étonnée par ses remarques ou son comportement. La semaine précédente, après une audience, l'empereur nous avait appris qu'une grande partie du pays souffrait de la sécheresse. Dans les provinces du Hunan, du Anhui et du Hebei, on mourait de faim.

« Quatre mille morts de plus depuis l'hiver. » Sa Majesté faisait les cent pas devant son trône. « Quatre mille ! Que puis-je faire sinon ordonner l'exécution des gouverneurs ? Les paysans volent et pillent, bientôt le soulèvement sera d'ampleur nationale. »

Nuharoo avait ôté son collier et ses bracelets avant de retirer ses épingles à cheveux. « Votre Majesté, ces bijoux sont désormais à vous. Mettez-les aux enchères pour que les paysans puissent manger. » Son noble visage resplendissait.

Je voyais bien que Xianfeng ne voulait pas heurter ses sentiments. Il avait prié Nuharoo de reprendre ce qui lui appartenait. Puis il s'était tourné vers moi. « Que feriez-vous à ma place ? »

Je m'étais rappelé une idée que j'avais jadis entendu mon père évoquer avec des amis. « Je lèverais des taxes sur les propriétaires, marchands et agents du gouvernement les plus riches. Je leur dirais que c'est une situation d'urgence et que le pays a besoin de leur soutien. »

Bien que l'empereur n'eût pas loué ma suggestion devant Nuharoo, il m'en complimenta plus tard. Cette nuit-là, nous eûmes une longue conversation. Il me dit qu'il se sentait béni par ses ancêtres d'avoir une concubine qui ne fût pas seulement jolie mais aussi intelligente. J'étais ravie bien que timide. Je décidai d'être digne des louanges de Sa Majesté.

Cette nuit-là fut aussi la première où je ne dus pas exécuter la danse de l'éventail.

Assis dans le lit, nous bavardâmes. Sa Majesté parla de sa mère et moi, de mon père. Tous les deux, nous pleurâmes. Il me demanda quel était mon plus vif souvenir d'enfance, lorsque je vivais à la campagne. Je lui relatai une expérience qui avait changé ma vision des paysans. Cela se passait en 1846 et j'avais onze ans. Je participais à un événement organisé par mon père, le taotai, pour sauver les cultures menacées par les sauterelles.

« L'été était chaud et humide. Tout était vert, jusqu'à l'horizon. Les cultures montaient jusqu'à la taille. Le riz, le blé et le mil prospéraient chaque jour. La récolte était proche. Mon père se réjouissait parce qu'il savait que, si tout allait bien jusque-là, les paysans des cinq cents villages passeraient sans peine l'année. C'en serait fini de leur existence misérable.

« C'est alors que se fit entendre le bruissement d'une nuée de sauterelles. Elles s'abattirent sur les récoltes. En une nuit, toute la région fut infestée. On aurait dit qu'elles tombaient du ciel ou surgissaient de la terre. Ces cousines brunes des criquets avaient près de leurs ailes deux minuscules tambours pareils à des carapaces. Leurs ailes tapaient dessus et cela ressemblait au bruit de doigts qui frappent une boîte en métal. La masse de sauterelles était si compacte qu'elle occultait le soleil. Elles tombaient sur les récoltes qu'elles dévoraient de leurs dents acérées comme des scies. En quelques jours, le vert de la campagne disparut.

« Mon père réunit tous ses hommes pour qu'ils aident les villageois à combattre le fléau. Les gens ôtaient leurs souliers et frappaient les insectes. Mon père déplora la futilité d'une telle tactique et décida d'en changer.

« Il déclara l'état d'urgence et ordonna aux paysans de creuser des tranchées. Il plaça des gens sur le chemin des sauterelles. Quand une tranchée était prête, un groupe de paysans devait chasser les insectes. « Agitez vos vêtements », leur criait-il. Son objectif était de les diriger vers la tranchée remplie de paille sèche tandis qu'un autre groupe attendait derrière.

« Des milliers de personnes secouaient leurs habits en poussant des cris et j'étais l'une d'elles. Une fois les sauterelles au-dessus de la tranchée, la paille était enflammée et les insectes grillaient sur place. Il fallait empêcher coûte que coûte les rescapées de s'enfuir. Nous nous battîmes ainsi pendant cinq jours et cinq nuits et nous parvînmes à sauver la moitié de la récolte. Quand mon père proclama la victoire, il était couvert de cadavres de sauterelles. Il y en avait même dans ses poches. »

L'empereur Xianfeng m'écoutait avec fascination. Il me dit qu'il pouvait imaginer mon père et ajouta qu'il aurait aimé le connaître.

Le lendemain, il ordonna que j'emménage avec lui. Je passerais avec lui le reste de l'année. Il m'installa dans un appartement relié à la salle des audiences et c'est là qu'il venait me retrouver entre deux entretiens.

Je n'osais pas souhaiter voir ma bonne fortune durer éternellement. Je faisais de mon mieux pour ne rien espérer. Mais, en mon for intérieur, je désirais voir grandir ce que j'avais semé.

Quand l'empereur me quittait pour aller travailler, je regrettais aussitôt son absence. Je m'ennuyais facilement et attendais son retour avec impatience. J'errais dans le jardin et ne pensais qu'à une chose, ce qui s'était passé la nuit d'avant. Je me nourrissais des détails du temps vécu ensemble.

Chaque jour, je consultais le calendrier et me félicitais d'avoir gagné une journée supplémentaire de bonheur. Le mois de mai 1854 fut le plus radieux de ma vie : j'avais alors près de vingt ans. Tout était trop beau pour une jeune fille comme moi, d'aussi modeste origine. Je n'avais toutefois jamais permis à l'adoration que je portais à l'empereur d'altérer mon sens de la réalité. Chaque fois que l'on m'emmenait quelque part, je me ressaisissais dès que je voyais Nuharoo ou les autres concubines. Ma chance pouvait m'abandonner d'une seconde à l'autre et je devais profiter au maximum de l'instant présent.

Quand l'été fut venu, Sa Majesté prit ses quartiers au Yuan Ming Yuan, le jardin de la Clarté parfaite, le plus agréable de tous ses palais d'Été. Des générations d'empereurs y étaient venues avant lui. Cet endroit fabuleux se situait au nord-ouest de la Cité interdite, à moins de trente kilomètres de Pékin. Il y avait des jardins à l'intérieur d'autres jardins, des lacs, des prairies, des vals brumeux, des temples, d'exquises pagodes et, bien entendu, des palais. On pouvait se promener du lever au coucher du soleil sans jamais admirer le même paysage. Il me fallut un certain temps pour me rendre compte que le Yuan Ming Yuan s'étendait sur près de trente-cinq kilomètres !

Les principaux jardins dataient de 1709 et ils étaient dus à l'empereur Kangxi. Une légende racontait comment il avait découvert ce site. Un jour qu'il chevauchait, il était tombé par hasard sur de mystérieuses ruines. Enchanté par leur solitude et leur grandeur, il avait eu la certitude que ce n'était pas un endroit banal. Il avait raison : c'était en effet un ancien parc enfoui sous les sables venus du désert de Gobi. Un prince de la dynastie Ming avait coutume d'y chasser.

Enthousiasmé, l'empereur décida de construire un palais sur ces ruines. Plus tard, cela devint sa retraite favorite et il y vécut jusqu'à sa mort. Depuis, ses successeurs n'avaient cessé de l'embellir.

Ce qui me surprit, c'est qu'aucun palais ne se ressemblait. L'ensemble était pourtant harmonieux. Aboutir à une création si parfaite qu'elle en avait l'air fortuite, tel était le but de l'art et de l'architecture chinois. Le Yuan Ming Yuan reflétait l'amour taoïste de la spontanéité et la croyance confucéenne dans la capacité de l'homme à améliorer la nature.

Plus je découvrais l'architecture de ce lieu, plus je m'intéressais aux œuvres d'art individuelles. Mon salon se changea bientôt en un musée riche de toutes sortes d'objets, vases gigantesques ou sculptures sur grains de riz. On pouvait également y voir des bassins incrustés de diamants. Des niches murales me servaient de vitrines : j'y présentais ainsi boucles de cheveux porte-bonheur, horloges fantaisie, plumiers et flacons de parfum décoratifs. Mon meuble préféré était une table à thé incrustée de perles grosses comme des billes.

L'excès de travail avait rendu malade l'empereur Xianfeng. Après chaque audience, il me revenait le visage triste. Son humeur s'assombrissait. Il détestait se lever le matin et l'idée d'accorder des entretiens lui répugnait. Il avait tout particulièrement horreur de devoir apposer sa signature sur des décrets et des édits.

Les pêchers fleurissaient quand le désir d'intimité de Sa Majesté se mit à décroître. Les paysans se rebellaient ouvertement, m'informa-t-il. Il avait honte de son incapacité à reprendre la situation en main. Son pire cauchemar était devenu réalité : ils s'étaient ralliés à la rébellion des Taiping. De tout le pays lui parvenaient des récits de pillages et de destruction. Enfin, et surtout dirais-je, les puissances étrangères continuaient à exiger l'ouverture de ports de commerce supplémentaires. La Chine était en retard pour verser les indemnités imposées après les guerres de l'Opium et elle était menacée de nouvelles invasions.

Bientôt l'empereur fut si déprimé qu'il ne quitta même plus sa chambre. Les seules fois où il venait me trouver, c'était pour me demander de l'accompagner dans les lieux de culte impériaux. Lorsque le temps était au beau, nous sortions de Pékin. Je passais des heures dans mon palanquin, sans manger autre chose que des feuilles amères : les cérémonies exigeaient en effet « un corps non contaminé ». Une fois arrivés, nous implorions les ancêtres impériaux de nous aider. Je suivais mon époux, me jetais à terre et me prosternais jusqu'à en avoir mal aux genoux.

Sa Majesté se sentait toujours mieux lors du retour au palais. Il croyait que ses prières seraient entendues et qu'il recevrait bientôt de bonnes nouvelles. Mais ses ancêtres faillirent à lui porter secours : les navires des barbares s'approchaient des ports chinois avec des armes capables de balayer notre armée en un rien de temps.

Craignant pour la santé de l'empereur Xianfeng, la Grande Impératrice le conjura de ralentir son rythme de travail. « Quittez votre charge, mon fils. Les racines malades de votre être ont besoin de se régénérer. »

« Viendrez-vous au lit avec moi, Orchidée ? » Sa Majesté laissait choir sa robe ornée de dragons et me conduisait à sa couche, mais il n'était plus lui-même. Il ne connaissait plus le plaisir et j'étais impuissante à le lui redonner.

« Il ne reste plus de yang[1] en moi. » Il soupirait et se désignait : « Regardez ce sac de peau qui pend lamentablement à mon cou. »

J'essayai tout. Je faisais la danse de l'éventail et transformais notre lit en une scène érotique. Chaque nuit, j'inventais une déesse différente ou prenais des poses dignes des acrobates. J'imitais ainsi les illustrations d'un livre libertin que m'avait prêté An-te-hai.

Rien n'y faisait. Sa Majesté avait perdu toute combativité. Son regard me brisait le cœur. « Je suis devenu un eunuque. » Ses sourires étaient pires que ses larmes.

Dès qu'il s'était endormi, j'allais trouver les cuisiniers. Je voulais que Sa Majesté ait une nourriture plus riche, plus revigorante. J'insistais pour qu'on lui apporte des légumes frais de la campagne et de la viande au lieu de mets conservés dans des jarres et frits dans l'huile. Je m'efforçais de convaincre l'empereur que la seule façon de me faire plaisir était de reprendre ses baguettes, mais il n'avait pas d'appétit. Tout ce qu'il avalait lui faisait mal, disait-il, et les médecins le mettaient en garde : « Votre feu intérieur est si ardent que des ampoules se forment tout au long de votre tube digestif. »

Sa Majesté restait au lit toute la journée. « Je n'en ai plus pour très longtemps, Orchidée, j'en suis persuadé, affirmait-il, les yeux rivés au plafond. Peut-être est-ce mieux ainsi. »

Mon père s'était comporté de même après avoir été chassé de son poste. J'aurais voulu pouvoir dire à l'empereur qu'il se montrait égoïste et peu reconnaissant à l'égard de son peuple. « La mort ne coûte rien mais la vie est noble », gémissais-je comme une femme ivre.

Pour lui redonner du courage, j'ordonnai que l'on représente ses opéras préférés. Les troupes venaient jouer dans notre salon. Les épées, les bâtons et les che-

1. Élément lumineux et masculin opposé au *yin*, élément obscur et féminin. *(N.d.T.)*

vaux imaginaires des acteurs s'agitaient à quelques centimètres du visage de l'empereur. De tels spectacles éveillèrent son attention et lui procurèrent pendant quelques jours une distraction plaisante, mais cela ne dura pas. Un jour, il s'en alla au beau milieu d'une représentation. C'en était fini de l'opéra.

L'empereur se nourrissait de potage au gingembre. Morose, il s'endormait souvent sur sa chaise. Il se réveillait en pleine nuit et demeurait seul, assis dans le noir. Par crainte des cauchemars, il ne recherchait plus le sommeil. Il redoutait de fermer les yeux. Quand cela lui devenait insupportable, il se consacrait aux piles de documents que lui apportaient chaque soir ses eunuques. Il travaillait jusqu'à l'épuisement. Nuit après nuit, je l'entendais pleurer de désespoir.

On installa dans son jardin un beau coq destiné à le réveiller à l'aube. Xianfeng préférait son chant au son des horloges. Ce coq avait une grande crête rouge, des plumes noires et une queue vert émeraude. C'était de toute évidence un dominant avec ses yeux vicieux et son bec recourbé comme un crochet. Ses griffes ressemblaient à des serres de vautour. Le coq impérial nous réveillait de ses cris, avant l'aube bien souvent, mais Sa Majesté n'avait pas l'énergie de se lever.

Une nuit, Xianfeng lança des documents sur le lit et me demanda d'y jeter un coup d'œil. Il se frappa la poitrine en criant : « À n'importe quel arbre on peut accrocher une corde. Pourquoi hésiterais-je encore ? »

J'entamai ma lecture. Mes études assez limitées ne me permettaient de comprendre que les mots les plus simples, cependant il ne me fut pas difficile de jauger les problèmes. Tout le monde ne parlait que de ça depuis mon entrée dans la Cité interdite.

Je ne me rappelle pas exactement quand l'empereur me pria régulièrement de lire ses rapports. Poussée par le désir de l'aider, j'oubliais la règle interdisant à une concubine de se mêler des affaires de la cour. L'empereur était trop las et trop malade pour s'en soucier.

« Je viens d'ordonner l'exécution de douze eunuques intoxiqués par l'opium, me dit un soir Sa Majesté.

— Qu'avaient-ils fait ?

— Il leur fallait toujours plus d'argent pour acheter leur drogue et ils ont puisé dans le trésor. Je ne puis croire que cette pestilence se répande dans ma cour. Imaginez ce qu'elle fait à la nation ! »

Il s'obligea à quitter le lit et se rendit à son bureau. Il feuilleta un épais document et dit : « Je suis en pleine révision d'un traité que nous ont imposé les Britanniques et je suis constamment distrait par un tas de choses. »

Timidement, je demandai si je pouvais lui venir en aide. Il me tendit le traité. « Vous aussi serez écœurée à sa lecture ! »

Je lus le document dans son intégralité. Je m'étais toujours interrogée sur ce qui donnait aux étrangers le pouvoir de forcer la Chine à se plier à leurs désirs, par exemple ouvrir les ports ou vendre de l'opium. Pourquoi ne réussissait-on pas à leur dire non, tout simplement, et à les chasser ? Aujourd'hui je commençais à comprendre. Ils n'avaient pas de respect pour l'empereur de Chine. Il leur paraissait évident que Xianfeng était faible et sans défense. En revanche, la façon dont notre cour gérait cette situation m'était incompréhensible. Les soi-disant penseurs de ce pays se contentaient de répéter que la civilisation plurimillénaire de la Chine était une puissance en soi. Ils croyaient la Chine inviolable. Et ils ne cessaient de répéter dans leurs écrits : « La Chine ne peut être vaincue parce qu'elle représente ici-bas la morale et les principes du Ciel ! »

La vérité était si limpide que même moi je réussissais à la voir : la Chine avait été maintes fois attaquée et son empereur, humilié. J'aurais voulu hurler pour les prévenir. Les décrets de Xianfeng avaient-ils le pouvoir d'arrêter l'invasion étrangère ou d'unir les paysans ?

L'empereur n'avait-il pas consacré assez de temps à l'étude des plans fumeux de ses conseillers ?

Je ne cessais d'observer mon époux : chaque phrase des traités l'affligeait. Les muscles de son visage se crispaient de même que ses doigts, ses mains pressaient son ventre comme s'il voulait faire jaillir ses entrailles. Il me demandait de réchauffer son thé et avalait d'une traite le liquide brûlant.

« Vous allez vous faire du mal ! lui criais-je.

— Cela me fait du bien », répondait-il, l'air las.

Je me cachais dans la pièce abritant le pot de chambre et pleurais chaque fois que je faisais bouillir le thé de Xianfeng. Et je voyais sa douleur se raviver chaque fois qu'il se remettait au travail.

« Que vais-je faire de cette ruine que je suis devenu ? me demandait-il chaque soir avant d'aller se coucher.

— Demain matin le coq chantera à nouveau et les rayons du soleil changeront tout. » Je l'aidais à se glisser sous les draps.

« Je ne supporte plus le chant de ce coq. En vérité, je ne l'entends même plus depuis un certain temps. Je ne perçois que le son de mon corps qui se renferme sur lui-même. J'entends ma nuque craquer quand je tourne la tête. Mes doigts et mes orteils sont de bois. Les cavités de mes poumons s'agrandissent. J'ai l'impression que des limaces y pullulent. »

Il lui fallait néanmoins porter en tout lieu le masque de la noblesse. Tant qu'il était en vie, l'empereur devait assister aux audiences. J'écourtais mes repas et mon sommeil pour lire les documents et lui en proposer un résumé. Je voulais être sa nuque, son cœur, ses poumons. Je voulais qu'il entende le coq chanter à nouveau et qu'il sente la chaleur du soleil. Quand j'étais avec lui et qu'il semblait détendu, je le bombardais de questions.

C'est ainsi que je l'interrogeai sur l'origine de l'opium. Son importation avait selon moi entraîné le déclin de la dynastie Qing. Je connaissais bien certaines parties de cette histoire mais j'en ignorais d'autres.

Sa Majesté m'expliqua que l'infestation avait débuté au cours des seize années du règne de l'empereur Daoguang. « Mon père avait interdit l'opium, mais les ministres corrompus et les marchands s'étaient arrangés pour commercer en secret. Vers 1840, la situation était telle que la moitié des membres de la cour étaient soit intoxiqués soit partisans d'une politique de légalisation, quand ce n'était pas les deux à la fois. Furieux, mon père décréta la fin de l'opium, une fois pour toutes. Il convoqua son ministre le plus fidèle et lui demanda de prendre l'affaire en main... » Après une pause, il se tourna vers moi. « Connaissez-vous son nom ?

— Le gouverneur Lin Zexu ? »

Sa Majesté me regarda avec une quasi-adoration quand je lui racontai l'épisode de la vie de Lin Zexu que je préférais : l'arrestation de centaines de trafiquants d'opium et la confiscation de plus d'une centaine de milliers de livres de ce produit de contrebande. Il n'ignorait pas ces détails, bien évidemment, mais j'avais l'impression que revivre cet événement lui procurait du plaisir. « Au nom de l'empereur, Lin imposa une date limite et ordonna aux marchands étrangers de lui livrer leur opium. » Ma voix était aussi claire que celle d'un conteur professionnel. « Mais personne ne l'écouta. Refusant de céder, le gouverneur Lin Zexu s'empara de l'opium par la force et, le 22 avril 1840, il fit détruire par le feu plus de vingt mille caisses avant d'en jeter les cendres à la mer. Et il annonça que la Chine cesserait tout commerce avec la Grande-Bretagne. »

Xianfeng hocha la tête. « Selon mon père, la fosse d'incinération était aussi vaste qu'un lac. Lin Zexu était un héros ! »

Soudain essoufflé, il se frappa la poitrine et toussa avant de s'écrouler sur son oreiller. Il ferma les yeux et, quand il les rouvrit, ce fut pour me demander : « Quelque chose est-il arrivé au coq ? Shim m'a dit hier que les gardes avaient aperçu des belettes. »

J'appelai An-te-hai et fus choquée d'apprendre que le coq avait disparu.

« Une belette l'a effectivement attrapé, maîtresse. Je l'ai vue moi-même ce matin. Elle était aussi grosse qu'un porcelet. »

Je rapportai l'événement à Sa Majesté. « Les signes du Ciel sont tous là, répondit-il, l'air sombre. D'un rien, la dynastie s'éteindra. » Il se mordit la lèvre inférieure avec tant de violence qu'elle saigna. Ses poumons émirent une sorte de sifflement.

« Venez, Orchidée, je veux vous confier quelque chose. »

Je m'assis près de lui.

« Vous devrez vous rappeler tout ce que je vous ai dit. Si nous devions avoir un fils, je désire que vous lui répétiez fidèlement mes paroles.

— Oui, dis-je en lui baisant les pieds. Si nous devions avoir un fils.

— Écoutez-moi bien. Après le geste du gouverneur Lin Zexu, les barbares déclarèrent la guerre à la Chine. Ils franchirent les océans avec seize vaisseaux lourdement armés et quatre mille soldats. »

Je ne voulais pas qu'il poursuive et lui dis que je savais déjà tout cela. Il ne me crut pas et je lui en apportai la preuve : « Les navires étrangers sont arrivés à l'embouchure de la rivière des Perles et ils ont ouvert le feu sur nos gardes à Canton. » Les paroles de mon père me revenaient en mémoire.

Les yeux de Sa Majesté étaient tournés vers le plafond, plus exactement sur une tête de dragon sculptée. « Le 27 juillet... ce fut le jour le plus triste de la vie de mon père, murmura-t-il. Ce jour-là... les barbares détruisirent notre flotte et s'emparèrent de Kowloon [1]. » L'empereur fut pris d'une violente quinte de toux.

« Je vous en prie, Votre Majesté, reposez-vous.

— Laissez-moi finir, Orchidée. Notre enfant doit connaître la vérité... Au cours des cinq mois suivants, les barbares prirent les ports d'Amoy, de Ningbo, Canton, Fuzhou et Shanghai... Sans jamais s'arrêter... »

Je terminai sa phrase. « Sans jamais s'arrêter, les barbares se dirigèrent vers le nord et enlevèrent la ville de Tianjin. »

Xianfeng hocha la tête. « Vous avez parfaitement résumé les faits, Orchidée, mais je veux encore vous parler de mon père. Il avait une soixantaine d'années. Lui qui avait toujours été en bonne santé, ces mauvaises nouvelles vinrent à bout de lui comme aucune maladie ne l'aurait fait. Ses larmes n'avaient aucune chance de sécher... Mon père n'a pas fermé les yeux quand il est mort. Je suis un fils qui ne manifeste que peu de piété et je ne lui valus qu'un regain de honte...

— Il est tard, Votre Majesté. » Je quittai le lit pour le contraindre à se taire.

« Orchidée, je crains que nous n'ayons plus l'occasion de converser ainsi. » Il me prit les mains et les plaça sur sa poitrine. « Vous devez me croire, j'ai déjà un pied dans la tombe. Je ne cesse de voir mon père. Ses yeux sont rouges et gonflés, aussi gros que des noyaux de pêche. Il vient me rappeler mes obligations... J'étais enfant quand il m'emmenait avec lui lorsqu'il donnait des audiences. Je me souviens des messagers qui arrivaient tout essoufflés, la robe trempée de sueur. Leurs chevaux crevaient sous eux d'épuisement. Tant de mauvaises nouvelles... Je me rappelle leur voix qui résonnait

1. Kowloon est une partie de Hong Kong. Avec la convention de Pékin (1860), elle sera « louée » aux Britanniques. Puis, en 1898, avec la défaite de la Chine devant le Japon, la Grande-Bretagne obtiendra un bail de 99 ans sur tout le territoire de Hong Kong. *(N.d.T.)*

dans la salle du Trône. Ils hurlaient leurs phrases comme si c'étaient les dernières qu'ils prononceraient jamais : « Pao Shan est tombé ! » « Hangzhou est tombé ! » « Chiang Nin est tombé ! »

« Enfant, je composai un poème dont chaque vers se terminait par une rime avec le mot « tombé ». Mon père arborait un sourire amer. Quand il n'en pouvait plus, il se retirait en pleine audience. Pendant des jours, il restait à genoux devant le portrait de mon grand-père. Un jour, il nous réunit tous, ses épouses, ses enfants et ses concubines, au palais de la Nourriture de l'esprit. Il avoua alors sa honte. Il venait de signer le traité avec la Grande-Bretagne : la somme due s'élevait à vingt et un millions de taëls. Dès lors les marchands étrangers circulèrent librement. Mon père mourut au matin du 5 janvier 1850. Dame Jin eut du mal à lui fermer les paupières. Un moine m'expliqua que l'âme de mon père ne connaissait pas le repos et qu'elle n'atteindrait jamais la sérénité si je ne rendais pas la monnaie de sa pièce à l'ennemi. »

À demi endormi, mon époux poursuivit sa triste histoire. Il me parla de la révolte des Taiping, un mois seulement après son couronnement. Elle s'était répandue comme une traînée de poudre, de province en province, embrasant tout le pays jusqu'au Chihli. « Une horrible blessure qui ne devait jamais se refermer. Voilà ce que j'ai hérité de mon père. Je ne sais combien de batailles j'ai ordonnées et combien de généraux j'ai fait décapiter pour leur incapacité à me donner la victoire. »

Jusqu'à l'aube, mon époux s'agita et cria : « Dieux du Ciel, venez-moi en aide ! »

Je dormais peu et je craignais sans cesse d'être renvoyée. Je vivais avec Sa Majesté depuis des mois et j'étais sa seule compagnie. Il avait transformé notre chambre en cabinet de travail et, à toute heure, il écrivait des lettres et rédigeait des décrets. Je m'occupais de diluer les pigments dans l'eau et lui préparais son thé. Il était si faible qu'il s'endormait sur sa page. Quand je voyais son menton s'abaisser, je lui ôtais le pinceau des doigts pour qu'il ne souille pas le document. Quand j'arrivais trop tard, une tache d'encre s'étalait sur le papier de riz. Il me fallait alors prendre une feuille vierge et recopier ses phrases. J'imitais son style de calligraphie et, à son réveil, il ne se rendait pas compte que la page posée devant lui n'était pas l'originale. Il ne me crut que le jour où je lui montrai le document taché.

Nous réussissions à partager une certaine intimité mais, après nos ébats amoureux, il retombait dans la morosité. Pendant toute une année, il ne me fit part d'aucune des bonnes nouvelles arrivées à la cour. Il devenait de plus en plus amer. Il pensait que la Chine ne pouvait plus être sauvée, quoi qu'il fît. « Condamné par le destin », disait-il. Il se mit à annuler des audiences. Renfermé sur lui-même, il passait de plus en plus de temps à s'imaginer sous les traits d'un empereur d'une autre époque. Il me décrivait ses rêveries et ses yeux se voilaient.

Je devenais nerveuse en voyant les documents s'empiler. Je ne parvenais pas à écouter ses réflexions quand je savais que ministres et généraux attendaient sa réponse. Je craignais d'être tenue pour responsable. Une concubine qui a séduit l'empereur ! Je suppliais Xianfeng de reprendre ses affaires.

Tout effort de ma part étant vain, je décidai de lui lire les documents et les questions qu'on lui posait. Xianfeng devait réfléchir à la réponse et, quand il m'en faisait part, je les reportais sur le décret à l'encre rouge et en imitant son style. Prononcée au troisième ton, la syllabe lan signifiait « j'ai reconsidéré la question ». Chi-tao-le, « c'est très clair », et kai-pu-chih-tao, « je suis d'accord sur ce point ». Enfin yi-yi signifiait « vous avez ma permission d'agir ». Il revoyait ce que j'écrivais et apposait sa signature en haut de la feuille.

Il en vint à apprécier ce stratagème. Il louait mes capacités et la vivacité de mon esprit. En quelques semaines, je devins la secrétaire officieuse de l'empereur Xianfeng. Je lisais tout ce qui lui était adressé. Je me familiarisai avec son mode de pensée et son style écrit. Bientôt je rédigeai des lettres qui lui ressemblaient tant que lui-même ne pouvait faire la différence.

Les jours d'été, il m'était difficile d'éviter la visite des ministres : la porte était en effet ouverte pour laisser entrer l'air frais. Pour ne pas prendre le moindre risque, Xianfeng m'avait dit de me déguiser.

Je dissimulais mes longs cheveux sous un chapeau et enfilais une tunique unie, me faisant ainsi passer pour l'eunuque chargé de broyer les pigments. Les ministres étaient très préoccupés et nul ne prêtait attention à ma personne.

Avant la fin de l'été, nous quittâmes le Yuan Ming Yuan pour rentrer à la Cité interdite. Sur mon instance, l'empereur réussit à nouveau à se lever avant l'aube. Après la toilette, nous prenions une tasse de thé et un bol de bouillie composée de haricots rouges, de sésame et de graines de lotus. Chacun dans son palanquin, nous nous rendions alors au palais de la Nourriture de l'esprit. La cour avait pris conscience de la gravité de la maladie de Xianfeng. Chacun connaissait la faiblesse de son cœur et de ses poumons et savait que son humeur nuisait à sa force. On accepta que je l'accompagne au travail.

Le cabinet n'était qu'à une demi-minute à pied de la chambre à coucher, mais l'étiquette était formelle : un empereur ne pouvait marcher. C'était à mes yeux une perte de temps, mais je compris bientôt que les rituels occupaient une place déterminante dans l'esprit des ministres et des gens du commun. Sachant que la distance engendre le mythe et que le mythe crée la puissance, le but était de séparer les nobles des masses populaires.

Comme son père, Xianfeng était très strict sur la ponctualité de ses ministres, mais il l'était moins quand il s'agissait de sa personne. Depuis l'enfance, on lui répétait que les habitants de la Cité interdite étaient là pour satisfaire ses moindres désirs. Il s'attendait à un dévouement sans faille et se montrait pratiquement insensible aux besoins d'autrui. Il convoquait à l'aube, oubliant ou se moquant bien que la personne appelée eût chevauché toute la nuit. L'heure exacte des rendez-vous n'était jamais donnée. Des fonctionnaires devaient parfois attendre des heures, dans l'obscurité, et il arrivait même que des semaines s'écoulent avant que l'entrevue ait lieu, quand elle avait lieu.

Lorsque l'empereur se rendit compte qu'il annulait trop de rendez-vous, il dédommagea les personnes déçues en leur distribuant des cadeaux et des autographes. Un jour qu'il pleuvait et que les personnes appelées grelottaient après des nuits de voyage, tout cela pour voir leur entretien annulé, Xianfeng offrit à chacune une pièce de satin et de soie pour se faire confectionner de nouveaux habits.

Quand l'empereur travaillait, j'étais assise à côté de lui, dans une pièce de repos située derrière la salle du Trône. On l'appelait à présent la bibliothèque parce que tous les murs, du sol au plafond, étaient recouverts d'étagères chargées de livres. Au-dessus de ma tête, une tablette noire était gravée de larges caractères chinois signifiant debout et correct. De l'extérieur, il était difficile d'évaluer les véritables dimensions de cette bâtisse, mais elle était bien plus grande que je ne l'avais imaginé. Construite au XVe siècle, elle se dressait tout près du palais de la Paix et de la Longévité sans être pour autant éloignée de la porte de la Paix impériale ou de la porte de la Gloire durable. Cette dernière ouvrait sur une série d'édifices regroupant l'administration impériale, autrement dit le Bureau des Affaires intérieures.

L'endroit était également proche du Grand Conseil, qui avait pris de l'importance au cours de ces dernières années. De là, l'empereur pouvait à toute heure appeler ses conseillers afin de discuter des problèmes de l'État. Habituellement, Sa Majesté recevait ses ministres dans la salle centrale du palais de la Nourriture de l'esprit. Pour lire, écrire ou accueillir de hauts fonctionnaires ou des amis fidèles, il se rendait dans l'aile ouest. Celle de l'est, réorganisée pendant l'été, était devenue notre nouvelle chambre à coucher.

Pour la plupart des gens, se voir accorder une audience par l'empereur constituait un honneur unique. Xianfeng devait se montrer à la hauteur de leurs espérances. Les détails de la cérémonie étaient infinis. La nuit précédente, les eunuques devaient nettoyer le palais de fond en comble. Qu'une mouche bourdonnât et c'était la condamnation à mort. Parfums et encens venaient embaumer la salle du Trône. Il convenait de disposer parfaitement les nattes où l'on s'agenouillerait. Avant minuit, des gardes venaient inspecter chaque centimètre de la pièce. Vers deux heures du matin, les ministres ou généraux appelés franchissaient sous bonne escorte la porte de la Pureté céleste. Ils devaient marcher longtemps à pied pour atteindre le palais de la Nourriture de l'esprit. Avant d'être menés à la salle du Trône, on les recevait dans les salons de l'aile ouest. Le grand chambellan les prenait en charge. On ne leur offrait que du thé. Au moment où l'empereur montait dans son palanquin, les personnes convoquées devaient se lever et faire face à l'est jusqu'à son arrivée.

Avant que Xianfeng ne descende de son palanquin, un fouet claquait par trois fois afin d'exiger le plus profond silence. Tout le monde devait alors tomber à genoux. Les hommes étaient placés selon leur rang. Les grands conseillers, les princes et les autres membres de la famille royale venaient en tête. Quand l'empereur s'asseyait, il convenait d'exécuter à neuf reprises le kowtow en posant son front sur le sol.

Xianfeng n'aimait pas travailler dans la salle du Trône parce que le siège était inconfortable. Magnifiquement sculpté, le dossier de bois représentait des groupes de dragons. Les audiences pouvaient durer des heures et Xianfeng avait chaque fois mal aux reins.

La salle du Trône ressemblait à une galerie de musée où chaque objet était mis en exposition. Le trône était installé sur une estrade à laquelle conduisaient deux volées de marches, l'une située à droite et l'autre, à gauche. Derrière le trône, les trois grands panneaux de bois d'un paravent étaient décorés de dragons d'or. Cette estrade permettait à l'empereur de poser son regard sur une centaine d'officiers. L'audience débutait quand le premier pétitionnaire gravissait les marches du côté est et présentait à l'empereur un recueil de notes imprimées.

Xianfeng ne touchait pas ce livre. Son secrétaire s'en emparait pour le placer sur un coffre jaune, tout à côté du trône. L'empereur pouvait le consulter au besoin. Puis le quémandeur redescendait par les marches du côté ouest et regagnait sa natte. Il avait enfin l'autorisation d'exposer son problème. Quand il avait terminé, l'empereur faisait ses commentaires.

Xianfeng lançait habituellement la discussion entre les grands conseillers, les princes et les chefs de clan. Chacun donnait son avis. Parfois ils s'emportaient. Il était même arrivé qu'un ministre meure de crise cardiaque en pleine controverse. Le pétitionnaire ne devait pas parler tant qu'on ne l'avait pas interrogé. Il lui fallait alors répondre de manière succincte et toujours avec déférence. Quand on était parvenu à une conclusion, l'empereur était prêt à dicter un décret. Un lettré du plus haut rang le rédigeait en chinois et en mandchou. Puis venait le tour du deuxième pétitionnaire, et ainsi de suite jusqu'à midi.

Je préférais de loin apprendre ce qui se passait dans les campagnes qu'écouter des ministres qui n'avaient jamais mis les pieds en dehors de Pékin. Je trouvais les discussions ennuyeuses et les solutions peu conformes au bon sens. Je m'étonnais des différences entre princes, hommes de clan mandchous, gouverneurs et généraux, la plupart du temps des Han[1] qui sentaient encore la poudre à canon. Ces derniers m'impressionnaient par la touche de réalisme qu'ils apportaient. Les officiers d'origine mandchoue adoraient parler d'idéologie et lançaient des slogans patriotiques à l'instar des enfants. Les officiers Han demeuraient silencieux quand un litige pointait dans cette cour mandchoue. Lorsqu'ils voulaient exprimer une idée, ils le faisaient sobrement en se contentant d'exposer les faits.

Après quelques audiences, je remarquai que les Han ne cherchaient pas à contredire l'empereur. Si leur proposition était rejetée, ils se soumettaient humblement. Ils divulguaient l'ordre de l'empereur même quand ils le savaient peu approprié. Des milliers de vies avaient été sacrifiées ? Ils se contentaient d'annoncer les pertes à l'empereur en espérant qu'il revienne sur sa position. Et quand c'était le cas, ils en étaient si soulagés qu'ils pleuraient. Leur loyauté m'émouvait et j'aurais préféré que Xianfeng prête davantage l'oreille aux Han qu'aux Mandchous.

Je compris bientôt pourquoi l'empereur affichait un tel comportement. Plus d'une fois il m'avait dit croire que seul un Mandchou pouvait faire preuve d'une réelle dévotion à l'égard de la dynastie Qing. Il penchait toujours vers les officiers mandchous quand les opinions divergeaient. Il honorait ainsi les privilèges de la race dominante et faisait bien comprendre à la cour qu'il ferait en premier lieu confiance à un ministre mandchou. Depuis des siècles, les ministres Han réussissaient à oublier leur humiliation. Je redoutais leur force et leur patience.

---

1. Les Han constituent le véritable peuple chinois, au sens ethnique du mot. *(N.d.T.)*

Douze

À l'époque où j'assistais Xianfeng, je fis la connaissance de deux hommes qui pesaient d'un poids important sur la cour même si leurs opinions étaient diamétralement opposées. L'un était Su Shun, maître du Grand Conseil ; l'autre, le prince Kung, le demi-frère de l'empereur.

Su Shun était un Mandchou ambitieux et arrogant d'une quarantaine d'années. Bien charpenté, il avait des yeux très bridés et un nez légèrement busqué qui m'évoquait une chouette. Ses sourcils broussailleux étaient de forme inégale, l'un étant plus haut que l'autre. On le connaissait pour son esprit et son tempérament explosif. Il représentait le parti conservateur de la cour. Mon époux le qualifiait de « marchand qui vend des idées fantastiques ». J'admirais le talent d'orateur de Su Shun. Il tirait ses exemples de l'histoire et de la philosophie, même des opéras classiques. Je me surprenais souvent à penser : Y a-t-il quelque chose que cet homme ignore ?

Le détail était la grande spécialité de Su Shun : conteur remarquable, il savait mettre en valeur l'aspect dramatique des choses. Assise derrière mon rideau, j'entendais sa voix et me laissais emporter par son éloquence même si je désapprouvais sa politique.

Su Shun était auprès de la cour la mémoire vivante de cinq millénaires de civilisation chinoise. L'étendue de ses connaissances était infinie et il était le seul ministre à parler couramment le mandchou, le mandarin et le chinois ancien. Il jouissait d'une grande popularité dans les clans mandchous et son opposition aux barbares était largement partagée.

Septième petit-fils d'un descendant du fondateur de la dynastie Qing, Nurhachi, Su Shun avait des relations dans les milieux les plus autorisés. Son pouvoir dépendait aussi de son amitié pour des hommes influents, bien souvent de riches Chinois paisibles. Il avait énormément voyagé depuis le temps de sa jeunesse. Ses goûts très divers lui permettaient de communiquer avec toutes les composantes de la société. Son intérêt pour l'art ancien était notoire et il possédait plusieurs tombeaux à Xian, où le premier empereur de Chine aurait été enterré.

Su Shun passait pour un être loyal et généreux. Une histoire courait sur ses débuts à la cour en tant qu'assistant d'un petit fonctionnaire : il avait vendu les bijoux de sa mère pour inviter ses amis à de somptueux banquets. Par la suite je devais apprendre que ces prestigieux repas lui permettaient de recueillir des informations multiples et diverses, des commérages circulant dans Pékin à propos des acteurs les plus populaires aux personnages qui cachaient le plus d'or dans leurs maisons, des réformes militaires aux mariages politiques.

Déçu par la bureaucratie impériale, l'empereur avait récemment fait de Su Shun son bras droit. La cour était si corrompue que la plupart des fonctionnaires se contentaient de jouir de leurs titres et de toucher leurs émoluments. C'étaient souvent des descendants de nobles ayant combattu sous des princes puissants, mais il y avait aussi de riches Mandchous de basse extraction ayant acquis leur poste grâce à des « dons » faits à des gouverneurs de province. Ensemble ils constituaient l'élite qui régissait la cour. Au fil des ans, ils vidaient le trésor impérial et continuaient de s'enrichir alors même que le pays se mourait de faim. Quand il prit la pleine mesure du problème, l'empereur demanda à Su Shun de « balayer les détritus ».

Su Shun était efficace et impitoyable. Il s'intéressa tout particulièrement à un exemple de corruption flagrant, celui qui concernait l'examen d'entrée dans la fonction publique. Cet examen annuel concernait des milliers d'hommes répartis à travers le pays. Dans le rapport qu'il adressa à Xianfeng, Su Shun accusa cinq juges haut placés de toucher des pots-de-vin. Il exposa aussi quatre-vingt-onze cas où les résultats avaient été trafiqués et mit en cause le lauréat de l'année précédente. Pour restaurer la réputation de la fonction publique, l'empereur ordonna la mise à mort par décapitation des cinq juges et du lauréat. Su Shun fut félicité pour son travail, et son nom devint connu de tous.

Il s'attaqua également aux banquiers qui fabriquaient de faux taëls, ce qui lui valut un honneur encore plus considérable. Un des plus grands faussaires se révéla être son meilleur ami, Huang Shan-li. Celui-ci lui avait jadis sauvé la vie alors qu'il était menacé par un créditeur impitoyable et chacun pensait que Su Shun trouverait le moyen d'exonérer son ami, mais c'était oublier sa loyauté sans faille à l'égard de l'empereur.

Le second homme dont l'opinion importait à Xianfeng était le prince Kung. Un jour, il m'avait fait un aveu qui lui coûtait : son talent n'était rien comparé à celui du prince Kung. Ses autres demi-frères, les princes Ts'eng et Yi Huan, ne lui arrivaient pas à la cheville. Ts'eng passait pour « un perdant qui se croit un battant » et Yi Huan pour un homme « honnête mais un peu terne ».

Dans un premier temps, je ne fus pas d'accord avec mon époux. Le sérieux et le côté ergoteur du prince Kung m'ennuyaient mais, quand je le connus mieux, mon opinion évolua. Il aimait les défis. L'empereur était trop délicat et trop sensible. Par-dessus tout, il manquait d'assurance. Nul ne s'en apercevait car il dissimulait habituellement sa pusillanimité sous un masque d'arrogance et de fermeté. Xianfeng était fataliste alors que son demi-frère se montrait plus optimiste.

Passer du temps avec ces deux hommes me faisait un drôle d'effet. Comme des millions de jeunes filles chinoises, j'avais entendu parler de leur vie privée. Avant même que Fann ne m'en donne les détails, je connaissais dans les grandes lignes la mort tragique de l'impératrice Chu An. Quand Xianfeng me la décrivait avec ses mots à lui, son récit me paraissait plat, pour ne pas dire mensonger. Il n'avait pas le moindre souvenir de la scène d'adieux : « Aucun eunuque ne l'attendait, une corde de soie blanche à la main. Ma mère m'a couché et, quand je me suis réveillé, on m'a dit qu'elle était morte. Je ne la revis plus jamais. »

Pour l'empereur, c'était la tragédie de sa vie alors que j'y voyais un triste opéra. L'enfant Xianfeng avait terriblement souffert et l'homme adulte continuait de souffrir, mais il ne s'autorisait pas de tels sentiments ; peut-être même ne le pouvait-il plus.

L'empereur me dit un jour que la Cité interdite n'était qu'une cabane de paille incendiée au cœur d'un vaste désert.

Les porteurs de palanquin gravissaient lentement la colline. Derrière nous, des eunuques emmenaient une vache, une chèvre et un daim qu'entravaient des cordes. Parfois nous quittions la chaise pour marcher. Quand nous fûmes arrivés sur le site ancestral, les eunuques édifièrent un autel où ils disposèrent de l'encens, de la nourriture et du vin. L'empereur s'inclina devant le Ciel et se lança dans ce monologue qu'il avait si souvent eu l'occasion de débiter.

Agenouillée à côté de lui, je frappai le sol de mon front et priai pour que son père lui accorde sa pitié. Peu de temps auparavant, il avait renoncé aux chalumeaux enchantés par le vent et voulu que des pigeons voyageurs lui portent des messages de sa main. Naturellement cela n'avait produit aucun effet.

J'espérais voir l'empereur consacrer son énergie à des tâches plus terre à terre. Nous revenions du temple quand il m'annonça qu'il désirait visiter la résidence du prince Kung, le jardin du Discernement, situé à trois kilomètres de là. Je demandai si je pouvais l'accompagner et il accepta pour mon plus grand plaisir. J'avais déjà vu le prince Kung mais je ne lui avais jamais parlé.

Le palanquin de Xianfeng était aussi vaste qu'une pièce. Ses flancs étaient faits de satin de la couleur du soleil. À l'intérieur, nous baignions dans une douce lumière jaune. Je me tournai vers Sa Majesté.

« Que regardez-vous ? » s'enquit-il.

Je souris. « Je me demande à quoi pense le Fils du Ciel.

— Vous allez voir ce que j'ai à l'esprit, fit-il en glissant sa main entre mes cuisses.

— Pas ici, Votre Majesté, dis-je en le repoussant.

— Personne n'arrête le Fils du Ciel.

— Les porteurs vont le savoir.

— Et alors ?

— La rumeur se propagera et, demain matin, la Grande Impératrice crachera sur mon nom à la table du petit déjeuner.

— N'a-t-elle pas agi de même avec mon père ?

— Non, Votre Majesté, je ne ferai pas ça avec vous.

— Je vous y obligerai.

— Ne pouvez-vous attendre notre arrivée au palais ? »

Il m'attira à lui et je me débattis pour lui échapper.

« Vous ne voulez pas de moi, Orchidée ? Réfléchissez. Je vous offre ma semence.

— Parlez-vous de cette semence qui, à vous en croire, ne donnera jamais de fruits ? »

Le palanquin brinquebalait. J'essayais de ne pas bouger mais l'empereur n'avait pas l'habitude de se refréner.

Le chef des porteurs et maître Shim se mirent à bavarder. Si l'un s'inquiétait et désirait s'arrêter pour voir ce qui se passait, l'autre était parfaitement au courant de la situation présente. Les deux hommes discutaient.

L'une de mes chaussures tomba à terre et maître Shim la ramassa. Il la présenta au porteur qui comprit enfin. Leur discussion cessa. C'est à cet instant que Xianfeng connut la jouissance suprême. Le palanquin pencha dangereusement et maître Shim remit délicatement le soulier à mon pied.

J'étais heureuse que notre escapade ait arraché l'empereur à sa dépression. Il me complimenta sur mon charme. Pourtant, derrière ce masque plaisant, je me sentais isolée, tendue et vaguement déçue. La peur ne me quittait jamais et je songeais constamment à mes rivales. Combien de temps s'écoulerait-il avant que l'une d'elles ne prenne ma place ? Leur visage déformé par la jalousie s'imposait à moi comme un brouillard d'hiver.

J'étais certaine qu'elles avaient envoyé des hommes m'espionner. Leur « œil » devait être l'un des hommes chargés de protéger l'empereur. Si c'était le cas, il s'empresserait de raconter l'épisode du palanquin et le scandale en naîtrait. Pour les trois mille femmes de la Cité interdite, je serais la voleuse qui s'était emparée du seul étalon. Celle qui les privait de leur unique chance de connaître le bonheur et la maternité. La disparition de ma chatte, Neige, avait été un avertissement. An-te-hai l'avait retrouvée dans un puits, non loin de mon palais. On lui avait arraché son doux pelage blanc. Personne n'était venu me donner le nom de l'assassin ni même m'exprimer sa sympathie. Coïncidence étrange, trois opéras furent peu après représentés au pavillon des Sons agréables. En signe de victoire peut-être ? En tout cas, je fus la seule concubine à ne pas y être invitée. Solitaire dans mon jardin, j'écoutais la musique lointaine.

An-te-hai me rapporta un autre commérage. Un mage venu au palais avait prédit qu'un malheur m'arriverait avant la fin de l'hiver : je serais étranglée dans son sommeil par les mains d'un fantôme. Chaque fois que nous nous croisions, le visage des femmes me révélait leurs pensées et leurs yeux demandaient : « Quand ? »

Je ne voulais nuire à personne mais j'avais toute liberté de le faire. Le choix qui m'était imposé était simple : la vie d'autrui ou la mienne.

Je savais exactement ce qu'on attendait de moi, mais pouvais-je délibérément m'arracher à l'affection de Sa Majesté ? Avant de soudoyer maître Shim, ma couche était restée froide pendant des mois. Et je refusais de retrouver de mon plein gré ces draps glacés.

Lors des audiences, je me rendais compte que les meilleures solutions se dissimulaient souvent parmi les paroles de ceux qui faisaient part de leurs doléances. Ils avaient consacré du temps aux problèmes et étaient à même de faire des suggestions. Les ministres gardaient pour eux leur opinion véritable et cela m'inquiétait. Ils pensaient le Fils du Ciel capable de percevoir les choses de « son œil divin ».

Je m'étonnais que l'empereur pût réellement se croire l'œil de la divinité. Il doutait rarement de sa sagesse et cherchait les signes susceptibles d'en prouver la nature céleste. Ce pouvait être un arbre fendu en deux par l'orage, une étoile filante dans la nuit. Su Shun encourageait la fascination de Xianfeng pour sa personne et l'assurait qu'il était le protégé du Ciel. Mais quand, à l'extérieur de la Cité interdite, les affaires ne correspondaient pas à ce qu'il attendait, il se comportait ainsi qu'une outre crevée : sa belle assurance fuyait de toutes parts.

L'empereur perdait ses moyens. Quand on lui cachait la vérité ou qu'on lui refusait des explications, son humeur changeait brutalement du tout au tout. Certain de remporter la victoire sur les barbares et résolu à expulser un ambassadeur étranger, il sombrait l'instant suivant dans le désespoir et acceptait de signer un traité qui ne ferait qu'affaiblir encore plus l'économie de la Chine. En public, je m'efforçais de préserver l'illusion de l'autorité de mon époux, mais je ne me leurrais pas. Sous ma robe dorée, j'étais Orchidée de Wuhu. Je savais la moisson condamnée quand venaient les nuées de sauterelles.

Chaque fois qu'une audience se déroulait dans le calme, il me disait que je l'avais aidé à retrouver ses pouvoirs magiques. Je ne faisais qu'écouter des gens comme Su Shun ou le prince Kung. Si j'avais été un homme et autorisée à sortir du palais, je me serais rendue sur les frontières et j'en serais revenue avec ma stratégie.

Par le rideau entrouvert de notre palanquin, nous ne voyions que des collines nues. Appuyé à son oreiller, l'empereur me parlait de sa vie. « Les Taiping ont semé partout la destruction. Je ne puis plus compter que sur mon frère. Si le prince Kung ne réussit pas, personne ne le pourra, j'en suis persuadé. Dans le passé, je l'ai humilié à dessein mais aussi sans le vouloir ; je cherche aujourd'hui la moindre occasion de renouer nos relations. Mon père n'a pas tenu sa promesse et je paie pour lui. Le jour où je fus couronné empereur, j'ai accordé au prince Kung le plus haut titre qui soit.

« Je lui ai ensuite donné le plus beau palais pour qu'il vive en dehors de la Cité interdite, comme vous le verrez vous-même. Oui, je lui ai offert une fortune en taëls et il l'a utilisée pour le restaurer. J'ai négligé mes autres frères et mes cousins. Le jardin du Discernement n'est pas moins somptueux que n'importe quel édifice de la Cité interdite. »

Je savais ce que l'empereur avait fait pour son frère. Pour honorer le prince Kung, Xianfeng avait ignoré la tradition qui interdisait à un prince mandchou d'exercer une fonction militaire. Il l'avait nommé conseiller auprès du cabinet militaire impérial. Le prince Kung avait autant de pouvoir que Su Shun. Balayant les protestations de ce dernier, Sa Majesté avait également permis au prince de travailler avec l'homme de son choix, et ç'avait été le cas de son beau-père, le grand secrétaire Kuei Hsiang Liang, l'ennemi juré de Su Shun.

Nous arrivâmes au jardin du Discernement peu avant midi. Le prince Kung et sa fujin, son épouse, avaient été prévenus et ils nous attendaient près du portail. Kung paraissait enchanté de voir son frère. Âgé de vingt-deux ans, il était né deux années après Xianfeng et ils avaient à peu près la même taille. Je décelai le caractère tranchant du prince dès qu'il posa sur moi ses yeux froids. Je sentais chez lui le soupçon, la défiance. Étant donné ma malveillance des rumeurs qui circulaient sur moi, je ne m'étonnais pas qu'il ait demandé pourquoi son frère me gardait auprès de lui.

Suivant la tradition, le prince Kung se plia à un rituel de bienvenue. Il me parut dénué de toute affection. Je ne voyais pas deux frères qui avaient grandi ensemble. On eût davantage dit un domestique rendant hommage à son maître.

L'empereur apprécia le geste de son frère, mais son formalisme l'ennuyait et, avant même que l'épouse ait terminé son « Je souhaite à Votre Majesté dix mille ans de vie », il prit son frère par les bras.

Je m'inclinai et me prosternai à plusieurs reprises puis je demeurai en retrait pour les écouter et les observer. Je découvris des ressemblances dans le comportement des deux frères, élégants et arrogants dans le même temps. L'un et l'autre avaient des traits mandchous typiques : yeux bridés, nez droit et bouche bien dessinée. Je notai toutefois une différence : le prince Kung avait la posture d'un cavalier mongol. Il marchait le dos droit mais les jambes légèrement arquées. Dans ses mouvements, Xianfeng évoquait plutôt un vieux lettré.

Nous échangeâmes des présents. J'offris à la femme une paire de souliers qu'An-te-hai venait de me rapporter. Des perles et des grains de jade très clairs formaient un magnifique motif floral. Elle en fut enchantée. En échange, elle me donna une pipe en cuivre. Je n'avais jamais rien vu de tel. On y voyait une scène de bataille étrangère sophistiquée, avec des vaisseaux, des soldats et des vagues. Les minuscules personnages étaient gravés avec une infinie précision et la surface polie était aussi lisse que de la porcelaine. Elle m'expliqua qu'elle avait été fabriquée grâce à une machine inventée par un Anglais. C'était un cadeau de l'un des employés du prince Kung, un Britannique nommé Robert Hart.

Après que nous eûmes échangé les salutations d'usage, des domestiques vinrent déposer des nattes à nos pieds. Le prince se jeta sur la sienne pour se plier une fois encore au kowtow devant son frère. Son épouse l'imita. Après avoir demandé pardon de son audace, il fit venir ses enfants et ses concubines qui attendaient, élégamment vêtus. Elle s'assura que les enfants souhaitent la bienvenue selon les règles.

Je fus soulagée quand le rituel s'acheva et on nous conduisit au salon. L'épouse s'excusa et se retira. Avant de s'asseoir, le prince me demanda si j'aimerais visiter son jardin en compagnie de son épouse.

Je lui répondis que je préférais rester s'il n'y voyait pas d'inconvénient.

Il parut étonné mais ne dit rien.

Avec la permission de l'empereur, je demeurai assise. Les frères entamèrent leur conversation. Le prince ne regardait que son frère, comme si je n'existais pas.

Je n'avais jamais vu quelqu'un parler avec autant de franchise et de passion. Ses mots étaient emplis d'urgence comme si sa demeure allait prendre feu au moindre silence de sa part.

Avant que l'empereur pût boire sa première gorgée de thé, le prince plaça une lettre devant lui. « Ces nouvelles me sont parvenues hier avec un cachet hautement prioritaire. C'est le gouverneur du Shandong. Comme vous le constatez, la lettre est adressée à la fois à Su Shun et à moi, ce qui est extrêmement troublant. »

L'empereur reposa sa tasse. « Que se passe-t-il ?

— Les digues du fleuve Jaune se sont effondrées près de la frontière des provinces du Shandong et du Jiangsu. Vingt villages ont été engloutis et quatre mille personnes sont mortes.

— Les coupables doivent être châtiés ! » L'empereur paraissait plus ennuyé que concerné.

Le prince Kung écarta le document et soupira. « Il est trop facile de faire décapiter quelques maires ou gouverneurs. Cela ne rendra pas la vie à ces gens. Il faut que les autorités locales s'occupent des personnes sans foyer et organisent les secours. »

Xianfeng se couvrit le visage de ses mains. « J'en ai assez de ces mauvaises nouvelles ! Laisse-moi tranquille ! »

Comme s'il n'avait pas le temps de s'attarder sur les souffrances de son frère, le prince reprit : « J'ai également besoin de votre soutien pour établir un Tsungli Yamen.

— Un Tsungli Yamen ? s'étonna l'empereur. Qu'est-ce que c'est ?

— Un ministère des Relations extérieures.

— Ah, le problème étranger. Pourquoi hésitez-vous encore puisque vous croyez que c'est nécessaire ?

— Je ne peux rien faire.

— Qui vous en empêche ?

— Su Shun, la cour, les chefs de clan. L'opposition est très forte. Ces hommes disent que nos ancêtres n'ont jamais agi de la sorte, pourquoi nous comporterions-nous autrement ?

— Chacun attend que l'esprit de notre père accomplisse un miracle, soupira l'empereur qui se rembrunit.

— Oui, Votre Majesté. En attendant, les étrangers affluent, de plus en plus nombreux. Notre meilleur atout est d'imposer certaines restrictions pour reprendre peu à peu le contrôle de la situation. Peut-être réussirons-nous même à les chasser. Mais il nous faut d'abord traiter avec eux selon les règles sur lesquelles nous nous sommes mis d'accord. Les étrangers donnent à une règle le nom de « loi », ce qui équivaut pratiquement à ce que nous nommons « principe ». Le Tsungli Yamen sera chargé de rédiger ces lois.

— Qu'attendez-vous de moi, alors ?

— Je commencerai dès que vous m'aurez accordé des fonds spéciaux. Mes gens ont besoin d'apprendre les langues étrangères. Et, bien sûr, je dois engager des étrangers pour les leur enseigner. Ces étrangers...

— Je ne supporte pas ce mot, « étrangers » ! l'interrompit l'empereur. Reconnaître les étrangers me répugne. Tout ce que je sais, c'est qu'ils sont venus en Chine m'imposer leurs mœurs.

— La Chine peut en tirer parti, Votre Majesté. Le libre-échange contribuera à développer notre économie. »

L'empereur leva la main pour lui imposer silence. « Je n'offrirai aucun cadeau alors que la honte souille mon visage.

— Je vous comprends, mon frère, et je suis d'accord avec vous, mais vous ne pouvez savoir à quel point j'ai été humilié. Les pressions s'exercent sur moi de tous côtés, étrangers ou domestiques. Mes propres officiers et fonctionnaires m'ont surnommé « le lèche-cul du diable ».

— Vous le méritez.

— Certes, il est facile de se voiler la face, mais la réalité disparaîtra-t-elle ? » Le prince Kung s'interrompit puis il décida qu'il devait aller au bout de ses idées. « La vérité est la suivante : nous sommes attaqués et nous n'avons rien pour nous défendre. Et l'ignorance arrogante de la cour va provoquer la chute de la dynastie.

— Je suis fatigué », dit Xianfeng après un instant de silence.

Le prince appela ses serviteurs qui apportèrent un fauteuil en rotin.

On aida l'empereur à s'installer. Pâle, les paupières lourdes, il déclara : « Mes pensées s'envolent tels des papillons. Ne m'obligez plus à réfléchir, je vous en prie.

— Ai-je la permission d'ouvrir le Tsungli Yamen ? Me ferez-vous octroyer des fonds ?

— J'espère que vous ne me demanderez rien d'autre. » Xianfeng ferma les yeux.

Le prince Kung secoua la tête et un sourire amer se dessina sur ses lèvres. La pièce était calme. Par les fenêtres, je voyais les servantes courir derrière les enfants qui sautaient sur les rochers de l'étang.

« J'ai besoin d'un décret officiel, Votre Majesté, dit le prince sur un ton quasi suppliant. Mon frère, nous ne pouvons nous permettre d'attendre.

— Bien. » Sans ouvrir les yeux, l'empereur se tourna vers le mur.

« Par ce décret, le Tsungli Yamen doit jouir des pleins pouvoirs.

— Accordé, mais en échange vous devez me faire une promesse, dit Xianfeng en se redressant. Ceux qui seront rétribués devront avoir des résultats, sinon ils perdront la tête.

— Je puis vous assurer de la qualité de mes gens, fit le prince, rassuré, mais les choses sont plus complexes. La cour, voilà l'obstacle le plus sérieux que doivent surmonter mes officiers. Elle ne me respecte en rien et se réjouit en secret quand des villageois harcèlent des ambassadeurs ou massacrent des missionnaires. Un tel comportement peut déclencher une guerre. Les chefs de clan sont aveugles.

— Éclairez la cour, dans ce cas. » L'empereur ouvrit les yeux mais paraissait vraiment épuisé.

« J'ai bien essayé, Votre Majesté. J'ai organisé des réunions mais aucun homme de clan n'est venu. J'ai même envoyé mon beau-père les inviter personnellement en espérant que son grand âge leur imposerait le respect, mais en vain. J'ai reçu des lettres d'insultes m'invitant à me pendre. Je voudrais vous demander d'assister à la prochaine réunion pour que toute la cour sache que j'ai votre entier aval. »

L'empereur ne répondit pas. Il s'endormait.

Le prince soupira, l'air défait.

Les rayons du soleil venaient frapper les poutres et il faisait chaud dans la pièce. L'odeur du jasmin était entêtante. Les plantes dessinaient sur le sol leurs ombres changeantes.

L'empereur Xianfeng se mit à ronfler. Le prince se frotta les mains et regarda autour de lui. Les serviteurs ôtèrent les tasses et apportèrent des kumquats.

Je n'avais pas d'appétit. Le prince Kung ne toucha pas non plus aux fruits. Nous observâmes l'empereur endormi. Je décidai alors de profiter de l'instant.

« Je me demandais, sixième frère, si vous pouviez me parler du meurtre de ces missionnaires étrangers. J'ai beaucoup de mal à y croire.

— J'aimerais que Sa Majesté ait le désir de s'en informer, me dit-il. Vous connaissez le proverbe, « trois pieds de glace ne se font pas en un jour de froid ». Eh bien, les racines de l'incident remontent au règne de l'empereur Kangxi. La Grande Impératrice Hsiao Chuang en était à l'automne de sa vie quand elle devint l'amie d'un missionnaire allemand, un certain Johann Adam Schall von Bell. C'est lui qui a converti Sa Majesté au catholicisme.

— Comment est-ce possible ? La conversion de Sa Majesté, bien entendu.

— Cela ne s'est pas fait en un jour, naturellement. Schall von Bell était un lettré, un scientifique et un prêtre. Cet homme attirant fut présenté à la Grande Impératrice par le savant de la cour, Hsu Kuangxi. Schall avait enseigné à l'académie impériale Hanlin sous la direction de Hsu.

— Je le connais. N'est-ce pas lui qui a correctement prédit l'éclipse ?

— Oui, sourit le prince, mais il n'était pas seul, le père Schall l'avait assisté. L'empereur lui enjoignit de réformer le calendrier lunaire. Il y parvint et l'empereur fit de lui son conseiller militaire. Schall aida à fabriquer les armes ayant permis de mettre un terme à une révolte paysanne d'envergure.

— Comment la Grande Impératrice l'a-t-elle connu ?

— Schall avait prédit que son fils, le prince Shih Chung, accéderait au trône. L'enfant avait en effet survécu à la variole alors que les autres fils de l'empereur avaient succombé. À l'époque, personne ne savait ce qu'était la variole et l'on ne crut pas Schall. Quelques années plus tard, le frère de Shih Chung, Shih Tsu, mourut de cette maladie. Sa Majesté croyait que Schall avait une relation privilégiée avec l'univers et elle demanda à être convertie à sa religion. Elle devint une adepte fervente et elle accueillit les missionnaires étrangers.

— Les problèmes ont-ils commencé quand ils ont construit leurs églises ?

— Oui, quand ils choisirent des sites que les gens du cru pensaient avoir le meilleur feng shui. Les villageois croyaient que l'ombre des églises perturberait les morts en se déployant sur les tombes du cimetière. De plus, les catholiques dénigraient les religions chinoises, ce qui offensait la population.

— Pourquoi les étrangers ne se sont-ils pas montrés plus compréhensifs ?

— Ils insistaient sur le fait que leur dieu était le dieu unique et véritable.

— Notre peuple ne peut accepter cela.

— C'est exact. Des conflits ont éclaté entre les nouveaux convertis et ceux qui s'en tenaient à leur religion. Des gens de réputation douteuse, y compris des criminels, se joignirent aux catholiques. Bien des crimes furent commis au nom de leur dieu. Et quand les missionnaires prirent leur défense, les villageois se sont assemblés par milliers. Ils ont incendié les églises et massacré les religieux.

— Est-ce la raison pour laquelle les traités stipulent que la Chine devra payer un lourd tribut si elle ne parvient pas à mater les émeutes ?

— Ces dettes nous mènent à la faillite. »

Il y eut un silence et le prince Kung se tourna vers l'empereur qui respirait bruyamment.

« Pourquoi ne pas dire aux missionnaires de partir ? demandai-je. Et les faire revenir quand la situation sera plus calme ?

— C'est ce qu'a fait Sa Majesté. On leur a même donné une date.

— Et quelle fut la réponse ?

— Des menaces de guerre.

— Pourquoi les étrangers nous imposent-ils leurs mœurs ? Nous autres, Mandchous, ne contraignons pas les Chinois. Nous ne leur interdisons pas de bander les pieds des femmes. »

Le prince Kung eut un rire sarcastique. « Un mendiant peut-il exiger le respect ? » Il se tourna vers moi comme s'il attendait une réponse de ma part.

Il faisait plus frais dans le salon. Je regardai les serviteurs remplir nos tasses.

« Le Fils du Ciel est malmené, dis-je, la Chine est malmenée. Mais chacun a trop honte pour le reconnaître ! »

Le prince me fit signe de parler plus doucement.

Dans son sommeil, les joues de l'empereur rougissaient. Il devait une fois encore être pris de fièvre. Sa respiration se faisait difficile, comme si l'air lui manquait.

« Votre frère croit au pa koua, les huit diagrammes, et au feng shui. Il se sent protégé des dieux. »

Kung but son thé. « Chacun croit ce qu'il veut croire, mais la réalité est pareille à un caillou tiré d'une fosse à purin, elle pue !

— Comment les Occidentaux ont-ils pu devenir si puissants ? Que devrions-nous apprendre à leur contact ?

— Pourquoi vous en préoccuper ? » Il sourit, pensant certainement que ce n'était pas un sujet de conversation digne d'une femme.

J'expliquai au prince que l'empereur se souciait de ces problèmes et que je pouvais lui être utile.

À son regard, je compris que mon initiative l'intéressait.

« Ce n'est pas une mince affaire, mais vous pourriez commencer par lire mes lettres à Sa Majesté. Nous devons éviter le piège de l'aveuglement et… » Il leva les yeux et se tut brusquement.

C'est grâce au prince Kung que j'appris à connaître le troisième homme d'importance, Tseng Kuo-fan, général de l'armée du Nord et vice-roi de la province du Anhui.

La première fois où j'avais entendu son nom, c'était de la bouche même de Xianfeng. Tseng Kuo-fan était selon lui un Chinois sensé et opiniâtre. Âgé d'une quarantaine d'années, issu d'une modeste famille paysanne, on l'avait nommé en 1852 à la tête de l'armée de son Hunan natal. Il avait bâti sa réputation sur sa façon d'entraîner ses hommes. Il était parvenu à écraser les bastions Taiping sur le Yangzi, ce qui lui avait valu les louanges de la capitale aussi anxieuse qu'impatiente. Il continua d'aguerrir ses hommes, bientôt connus sous le nom de Braves du Hunan : ils constituaient la force de combat la plus efficace de l'empire.

Sur l'insistance du prince Kung, l'empereur avait accordé au général Tseng une audience privée.

« Orchidée, m'appela Xianfeng en passant sa robe aux dragons, accompagnez-moi ce matin et racontez-moi ce que vous inspire Tseng Kuo-fan. » Je suivis mon époux jusqu'au palais de la Nourriture de l'esprit.

Le général était à genoux et il se redressa pour saluer Sa Majesté. Je remarquai qu'il était trop nerveux pour lever les yeux. Ce n'était pas rare lors d'une première audience impériale et cela arrivait très souvent quand les hommes étaient d'origine chinoise. Humbles à l'extrême, ils ne pouvaient pas croire que leur maître les recevait.

En vérité, ce n'étaient pas les Chinois mais les Mandchous qui manquaient de confiance en eux. Deux siècles plus tôt, nos ancêtres avaient peut-être conquis le pays par la force, mais ils n'avaient jamais maîtrisé l'art de commander. Nous étions arrivés sans les principes fondamentaux de la philosophie confucéenne, dont la moralité et la spiritualité assuraient l'unité du pays, et sans un système réellement capable de centraliser le pouvoir. Il nous manquait aussi une langue permettant à l'empereur de communiquer avec ses sujets, composés à quatre-vingts pour cent de Chinois.

Nos ancêtres avaient fait preuve de bon sens en adoptant les us et coutumes chinois. Je pense quant à moi que c'était inévitable. La culture chinoise était si vaste et si fine qu'elle nous accepta tout en nous servant. Les principes de Confucius continuèrent de dominer la nation. Pour ma part, ma première langue fut le chinois. Mes habitudes, mon enseignement scolaire succinct et mon intérêt pour l'opéra de Pékin étaient également chinois.

J'en étais venue à me dire que le sentiment de supériorité mandchou nous avait trahis. De nos jours, les Mandchous étaient aussi pourris qu'un bois infesté par les vers. Les hommes étaient pour la plupart corrompus. Ils ne savaient plus combattre à cheval. Ils étaient bien souvent devenus leurs propres ennemis. Leur fierté de façade dissimulait leur paresse et leur manque d'assurance. Ils créaient des difficultés à mon époux chaque fois qu'il voulait donner de l'avancement à un homme de qualité chinois.

Ils demeuraient, hélas, la force politique dominante. Leurs opinions influençaient l'empereur. Tseng Kuo-fan était le meilleur général de l'empire, mais Sa Majesté redoutait de lui accorder une promotion. C'était typique : n'importe quel Chinois de haut rang pouvait se trouver écarté à tout moment, sans la moindre raison.

Le prince Kung avait souvent conseillé à Xianfeng d'éradiquer la discrimination au sein de son administration : Sa Majesté ne jouirait pas d'une réelle loyauté tant que la justice ne s'imposerait pas. Tseng Kuo-fan en était l'exemple parfait. Ce général de renom ne songeait pas un seul instant qu'on puisse l'honorer. Il fut pris de terreur quand l'empereur lança une plaisanterie plutôt bénigne : « Votre nom, c'est bien « Tseng le Coupeur de têtes » ? »

Tseng Kuo-fan se frappa le front contre terre, tremblant de tous ses membres.

J'essayai de ne pas rire en entendant cliqueter ses bijoux.

L'empereur s'amusait. « Pourquoi ne répondez-vous pas à ma question ?

— Je préférerais être châtié et endurer dix mille morts que de souiller de ce nom les oreilles de Sa Majesté.

— Non, je ne m'offusque pas. Relevez-vous. J'aime ce sobriquet, Tseng le Coupeur de têtes. M'expliquerez-vous d'où vous le tenez ? »

L'homme prit son souffle et répondit : « Votre Majesté, il m'a d'abord été donné par mes ennemis, puis mes hommes l'ont adopté.

— Ils doivent être très fiers de servir sous vos ordres.

— Ils le sont en effet.

— Vous m'avez honoré, Tseng Kuo-fan. J'aimerais compter plus de coupeurs de têtes au nombre de mes généraux ! »

Quand l'empereur l'invita à partager son déjeuner, le général fut ému aux larmes. Il dit qu'il pouvait mourir à présent et saluer ses ancêtres avec fierté parce qu'il leur avait rendu hommage.

Après avoir bu un peu de liqueur, le général Tseng se détendit. Quand je lui fus présentée en tant que concubine impériale, il tomba à genoux et s'inclina devant moi. Bien des années plus tard, après la mort de mon époux, alors que Tseng et moi étions déjà âgés, je lui demandai ce qu'il avait pensé de moi lors de notre première rencontre. Il me flatta et me confia que ma beauté l'avait frappé et rendu incapable de réfléchir. Et il voulut savoir si je me rappelais cet incident : si troublé, il avait bu un bol d'eau sale, celui où nous nous lavions les mains pendant le repas.

J'écoutais la conversation entre l'empereur et le général quand je me souvins des jours bénis de mon enfance où mon père me racontait l'histoire de la Chine.

« Vous êtes vous-même un lettré, dit l'empereur. Je crois savoir que vous préférez les officiers ayant reçu une bonne instruction.

— Votre Majesté, je pense que quiconque a étudié Confucius connaît mieux la loyauté et la justice.

— On m'a également rapporté que vous n'engagiez jamais de vétérans. Pourquoi ?

— Eh bien, je sais par expérience que les anciens soldats ont de mauvaises habitudes. Sitôt la bataille commencée, ils ne songent qu'à sauver leur peau et désertent sans vergogne.

— Comment recrutez-vous des soldats de qualité ?

— J'achète à coups de taëls des paysans originaires des contrées les plus pauvres et des montagnes les plus lointaines. Leur caractère est plus pur. Je les forme personnellement. Je tente de cultiver un sentiment de fraternité.

— Ils sont souvent originaires du Hunan, n'est-ce pas ?

— Oui. Je viens moi-même de cette province. Il leur est facile de s'identifier avec moi et de se reconnaître entre eux. Nous parlons le même dialecte. C'est comme une grande famille.

— Dont vous êtes le père, évidemment. »

Tseng Kuo-fan sourit, fierté et gêne mêlées.

« Je sais encore que vous avez équipé l'armée du Nord d'armes supérieures à celles de l'armée impériale. Est-ce exact ? »

Le général se leva, souleva le pan de sa robe et s'agenouilla. « Oui, mais il est important que Votre Majesté comprenne que je fais partie de l'armée impériale. Je ne puis donner une autre image. » Il s'inclina et demeura front contre terre pour rehausser sa remarque.

« Relevez-vous, je le veux, dit Xianfeng. Je vais reformuler ma phrase pour qu'il n'y ait aucun malentendu. Je veux dire que l'armée impériale, surtout les divisions commandées par les seigneurs de la guerre mandchous, est devenue un nœud de vipères. Elle se repaît du sang de la dynastie et ne contribue à rien. C'est pourquoi je veux passer du temps à vous connaître.

— Oui, Votre Majesté. » Le général regagna son siège. « Je crois qu'il est également important de façonner l'esprit des soldats.

— Mais encore ?

— Les paysans ne sont pas formés au combat avant de devenir soldats. Comme la plupart des gens, ils ne supportent pas la vue du sang. Les châtiments n'y pourront rien changer et il y a d'autres façons de s'y prendre. Je ne peux laisser mes hommes s'habituer à la défaite.

— Je comprends. J'y suis moi-même accoutumé », dit l'empereur avec un sourire sarcastique.

Tseng et moi ne savions pas s'il se moquait ou exprimait ses sentiments véritables. Les baguettes du général s'immobilisèrent devant sa bouche.

« Ma honte m'est insupportable, reprit l'empereur. La différence est que je ne peux déserter. »

Le général, très affecté par la tristesse du Fils du Ciel, tomba une fois encore à genoux. « Je jure sur ma vie de vous restituer votre honneur, Votre Majesté. Mon armée est prête à mourir pour la dynastie Qing. »

L'empereur aida le général à se relever. « Quelle est l'importance de vos forces ?

— J'ai treize divisions de fantassins et treize divisions fluviales, plus les Braves. Chaque division comporte cinq cents hommes. »

Ce genre d'audience me permettait de pénétrer les rêves de l'empereur. Travaillant de concert, nous devînmes de vrais amis, des amants aussi, ainsi que quelque chose de plus. Les mauvaises nouvelles affluaient. Cependant Xianfeng avait suffisamment recouvré son calme pour affronter les difficultés. Sa dépression ne l'avait pas quitté mais ses sautes d'humeur étaient moins brutales. Il fut à son mieux pendant toute cette période, si brève fût-elle. Il me manquait quand ses affaires le retenaient loin de moi.

Treize

J'entends des battements prometteurs. » La voix du Dr Sun Pao-tien me parvenait à travers le rideau. « Ils me disent que vous avez les sheemai.

— Les sheemai ? Qu'est-ce que c'est ? » m'inquiétai-je. Le rideau nous séparait. Couchée sur mon lit, je ne pouvais voir le visage de cet homme, rien que son ombre projetée par les bougies. Sa main était toutefois de ce côté-ci du rideau, posée sur mon poignet, fine et délicate, aux doigts étonnamment longs. Il s'y accrochait une discrète odeur de plantes médicinales. Aucun homme n'ayant le droit de voir les femmes de la Cité interdite, le médecin impérial prenait le pouls de ses patientes pour établir son diagnostic.

Je me demandais ce qu'il pouvait examiner alors qu'un rideau le privait de tout regard, mais le pouls guidait les praticiens chinois depuis des millénaires. Sun Pao-tien était le meilleur de ce pays. Il appartenait à une famille chinoise qui avait donné cinq générations à la médecine. Il avait découvert un caillou de la taille d'un noyau de pêche dans les intestins de la Grande Impératrice, dame Jin. Souffrant terriblement, l'impératrice ne le crut pas, mais elle lui fit assez confiance pour boire les tisanes prescrites. Trois mois plus tard, une servante trouva le caillou incriminé dans les selles de Sa Majesté.

La voix du Dr Sun Pao-tien était très douce. « Shee signifie « bonheur » et mai, « pulsations ». Sheemai, les pulsations du bonheur. Dame Yehonala, vous êtes enceinte. »

Avant même que je saisisse le sens de ses paroles, il avait retiré sa main.

« Excusez-moi ! » Je m'assis dans mon lit et tirai sur le rideau. Heureusement, An-te-hai l'avait solidement fixé. Je n'étais pas certaine d'avoir vraiment entendu le mot « enceinte ». Je souffrais de langueur matinale depuis quelques semaines et mon oreille me trahissait.

« An-te-hai ! criai-je. Ramène-moi la main ! »

L'ombre du médecin se dessina à nouveau dans la pièce. Plusieurs eunuques le conduisirent jusqu'à la chaise et on lui prit la main de force. Cela ne semblait pas lui plaire et ses doigts se crispaient sur le rebord de ma couche, pareils à des pattes d'araignée. Je voulais qu'il redise ce mot, « enceinte. » Je lui saisis donc la main et la plaçai sur mon poignet. « Soyez-en sûr, docteur, je vous en prie.

— La réussite habite chaque recoin de votre corps. » Le Dr Sun Pao-tien parlait sans hâte et détachait bien chaque mot. « Vos veines et vos artères resplendissent, des éléments magnifiques recouvrent vos collines et vos vallées…

— Eh, qu'est-ce que cela signifie ? »

L'ombre d'An-te-hai apparut à côté de celle du praticien. Il traduisit les paroles du médecin d'une voix vibrante d'enthousiasme. « Maîtresse, la semence du dragon a fleuri ! »

Je lâchai la main de Sun. Je ne pouvais attendre qu'An-te-hai ôte les épingles du rideau. Je remerciai le Ciel de sa bénédiction. Je n'arrêtai pas de manger de la journée. An-te-hai était si heureux qu'il en oublia de nourrir ses oiseaux. Il se rendit à l'élevage de poissons impérial et demanda un plein panier de poissons vivants.

« Fêtons cet événement, maîtresse ! »

Nous allâmes au lac avec les poissons. L'un après l'autre, je leur rendis leur liberté. Ce rituel, appelé fang sheng, était un geste de piété. Chaque poisson relâché renforçait ma félicité.

Le lendemain matin de cette fin d'été, je m'éveillai au son de la musique. Les pigeons d'An-te-hai décrivaient des cercles au-dessus des toits. Le son de ces chalumeaux me ramena à mon enfance : je taillais dans les roseaux de petits flûtiaux que j'attachais aux pattes de mes oiseaux ou à des cerfs-volants. Selon leur épaisseur, ils pouvaient émettre une dizaine de sons différents. Un vieux villageois en avait fixé deux douzaines afin qu'ils reproduisent une mélodie populaire.

Je me levai et allai au jardin où je fus accueillie par les paons. An-te-hai était occupé à nourrir son perroquet, Confucius. L'oiseau s'essayait à une nouvelle phrase qu'on venait de lui apprendre : « Félicitations, maîtresse ! » J'étais enchantée. Les orchidées étaient encore en fleur. Leurs longues tiges se courbaient avec élégance tels des danseurs qui relèvent leurs manches. Leurs pétales jaunes et bleus s'étiraient comme pour embrasser la lumière du soleil. Leur cœur noir me rappelait les yeux de Neige.

An-te-hai me dit que le Dr Sun Pao-tien avait suggéré que je garde pour moi la nouvelle de ma grossesse jusqu'au troisième mois. Je suivis son conseil. Chaque fois que cela m'était possible, je m'attardais au jardin. Ces douces heures me faisaient regretter ma famille. Je mourais d'envie de partager cette heureuse nouvelle avec ma mère.

En dépit de ma discrétion, il ne fallut pas longtemps aux épouses impériales et aux concubines pour être au courant de mon état. On m'inonda de fleurs, de petits bijoux de jade et de figurines en papier porte-bonheur. Chaque concubine fit l'effort de me rendre visite. Les impures demandèrent à leurs eunuques de me porter des présents.

Dans ma chambre, ils s'entassaient jusqu'au plafond. Mais l'envie et la jalousie se tapissaient derrière les regards souriants. Leurs yeux gonflés indiquaient qu'elles avaient pleuré toute la nuit. Je savais exactement ce qu'elles ressentaient : je me rappelais ma réaction à l'annonce de la grossesse de dame Yun. Je ne lui avais pas souhaité de mal, rien de bon non plus, et j'avais été soulagée en apprenant par Nuharoo que dame Yun avait donné le jour à une fille et non un fils.

Je ne voulais pas penser à ce qui m'attendait. Je craignais qu'on ne sème mon chemin d'embûches. Il était naturel que les concubines me haïssent.

Ma peur augmenta quand mon ventre commença à s'arrondir. Je mangeais désormais très peu pour ne pas risquer d'être empoisonnée. Je rêvais du corps sans pelage de Neige flottant dans un puits. An-te-hai me prévint, je devais faire très attention chaque fois que j'avalais un bol de potage ou allais me promener dans le jardin. Il croyait que mes rivales avaient demandé à leurs eunuques de poser des pierres branlantes ou de creuser des trous dans les allées. Quand je lui dis que je trouvais sa réaction exagérée, il me raconta l'histoire de cette concubine jalouse qui avait ordonné à son eunuque de briser une tuile du toit de la demeure de sa rivale afin qu'elle lui tombe sur la tête et l'assomme. Son plan diabolique avait été couronné de succès.

Chaque fois que je montais dans mon palanquin, An-te-hai vérifiait toujours qu'une aiguille ne fût pas dissimulée dans un coussin. Il était convaincu que mes rivales feraient n'importe quoi pour provoquer une fausse couche.

Je comprenais la cause d'une telle malveillance, mais je n'aurais pardonné à qui que ce soit d'avoir voulu tuer mon enfant. Si j'accouchais normalement, ma position s'élèverait au-dessus de celle des autres femmes. Mon nom entrerait dans les annales impériales. Et si c'était un garçon, j'accéderais au rang d'impératrice, partageant ce titre avec Nuharoo.

La nuit était profonde et Sa Majesté reposait à côté de moi. L'empereur était joyeux depuis l'annonce de ma grossesse. Nous avions passé toutes nos nuits au palais des Élégances accumulées, au nord du palais de la Nourriture de l'esprit. Je dormais mieux dans mon palais : personne n'y venait apporter des nouvelles urgentes. Selon l'heure à laquelle son travail s'arrêtait. Sa Majesté occupait les deux résidences. Les avertissements d'An-te-hai me troublaient et je priai l'empereur de doubler la nuit le nombre des gardes à ma porte. « Je me sentirai plus en sécurité, lui dis-je.

— Orchidée, soupira-t-il. Vous gâchez mon rêve... »

Cette réflexion m'étonna et je lui en demandai l'explication.

« Mon rêve de bâtir une Chine prospère s'est sans cesse brisé. Je doute de plus en plus de mes capacités de gouvernant, mais mon pouvoir ne connaît nulle résistance au sein de la Cité interdite. Les concubines et les eunuques sont mes fidèles citoyens. Il n'existe ici aucune confusion. Je veux que vous m'aimiez et que vous vous aimiez toutes. Je désire tout particulièrement la sérénité entre dame Nuharoo et vous. La Cité interdite représente la forme la plus pure de la poésie. C'est mon jardin spirituel, où je peux m'allonger parmi mes fleurs et me reposer. »

Mais est-il possible d'aimer ici ? L'atmosphère de ce jardin était depuis longtemps pestilentielle.

« Ce merveilleux soir où Nuharoo et vous vous promeniez dans le jardin... Je m'en souviens parfaitement. Vous portiez la lueur du soleil couchant. Vous étiez toutes deux vêtues de robes printanières, vous cueilliez des fleurs. Chargées de pivoines, vous vous êtes avancées vers moi, souriantes et bavardant comme des sœurs. J'en oubliais mes soucis. Je ne désirais qu'une chose, baiser les fleurs que tenaient vos mains... »

J'aurais aimé lui dire que je n'avais jamais fait partie de ce rêve. Cette image de beauté et d'harmonie n'existait pas. Il nous avait intégrées dans son fantasme. Nuharoo et moi aurions pu nous aimer et être amies si notre survie n'avait pas dépendu de l'affection de l'empereur.

« Aujourd'hui, quand je vois quelque chose de beau, je veux le fixer à tout jamais. » Sa Majesté se souleva pour se tourner vers moi. « Avant, Nuharoo et vous vous souciiez l'une de l'autre, pourquoi n'en est-il plus ainsi aujourd'hui ? Pourquoi faut-il tout gâcher ? »

Au troisième mois de ma grossesse, les astrologues de la cour reçurent l'ordre d'interroger les pa koua. Des baguettes de bois, de métal et d'or furent lancées sur le marbre du sol. On apporta un seau contenant le sang de plusieurs animaux. De l'eau et du sable de couleur furent projetés sur les murs pour créer des peintures. Dans leur longue tunique noire semée d'étoiles, les astrologues s'assirent sur leurs talons. Le nez pratiquement à terre, ils étudièrent les baguettes et interprétèrent les images fantomatiques qui s'étalaient sur les murs. Enfin ils déclarèrent que l'enfant que je portais présentait l'équilibre harmonieux de l'or, du bois, de l'eau, du feu et de la terre.

Le rituel se poursuivit. Contrairement aux devins de village, les astrologues impériaux évitaient d'exprimer leurs véritables sentiments. Je remarquai que tous leurs propos avaient pour unique but de plaire à l'empereur, lequel leur accorderait des récompenses. S'efforçant d'avoir l'air affairé, les astrologues dansèrent toute la journée devant les murs maculés. Le soir, assis en cercle, ils firent rouler leurs yeux. Cela me lassa, je prétextai une excuse et me retirai. Pour me punir, ils firent part d'une sinistre prédiction à la Grande Impératrice :

si je ne restais pas absolument tranquille après le coucher du soleil, les deux jambes surélevées, je perdrais mon enfant. On m'attacha à mon lit, des tabourets sous les pieds. Je ne pouvais rien faire. Ma belle-mère croyait dur comme fer à la divination par les pa koua.

« Maîtresse, me dit An-te-hai qui avait remarqué mon humeur maussade, puisque vous avez le temps, aimeriez-vous en apprendre plus sur les pa koua ? Vous saurez ainsi si votre enfant est du type montagne ou du type lac. »

Comme toujours, An-te-hai connaissait exactement mes besoins. Il m'amena un expert, « le plus réputé de Pékin », selon lui. « Je l'ai déguisé en éboueur pour qu'il franchisse les portes. »

Nous nous enfermâmes tous les trois dans ma chambre. L'homme, qui n'avait qu'un œil, déchiffra les peintures de sable qu'il traçait sur un plateau. Ses propos me plongèrent dans la confusion et je m'efforçai de comprendre. « Les pa koua ne disent plus rien quand on les explique, déclara-t-il. La philosophie réside dans les sens. » An-te-hai, impatient, demanda à l'homme de « trancher dans le vif ». L'expert se changea alors en un devin de village : j'avais de grandes chances pour que ce soit un garçon, me prédit-il.

Les pa koua ne m'intéressaient plus. Sa prédiction avait mis mon cœur en émoi, mais je m'obligeai à rester calme et j'enjoignis à l'homme de continuer.

« Je vois que l'enfant sera la perfection incarnée. Toutefois, il a trop de métal, ce qui signifie qu'il sera obstiné. » L'homme agita les cailloux et les baguettes étalés sur le plateau. « La meilleure qualité de cet enfant, c'est sa capacité à aller au bout de ses rêves. » Il se redressa, pointa le menton vers le plafond et se frotta le nez. Une croûte jaunâtre tomba de son orbite vide. Il demeura silencieux.

An-te-hai s'approcha de lui. « Voici une récompense pour ton honnêteté, dit-il en plaçant une bourse rebondie dans sa manche.

— L'aspect obscur, reprit l'homme, c'est que sa venue au monde fera peser une malédiction sur un membre proche de la famille.

— Une malédiction ? De quel genre ? le pressa An-te-hai. Qu'arrivera-t-il ? Parle !

— Elle mourra », répliqua simplement le devin.

Je pris mon souffle et lui demandai pourquoi c'était une femme. Il ne me répondit pas et se contenta de dire qu'il avait vu les signes.

Je le suppliai de m'éclairer. « Cette femme, c'est moi ? Vais-je mourir en couches ? »

L'homme secoua la tête et ajouta que l'image était floue. Puis il se tut.

Après le départ du borgne, je m'évertuai à oublier sa prédiction. Il ne pouvait, à l'évidence, prouver ses dires. Contrairement à Nuharoo qui était profondément bouddhiste, je n'avais pas beaucoup de religion et ne prenais jamais au sérieux les superstitions. Dans la Cité interdite, chacun était, semblait-il, obsédé par l'idée d'une vie après la mort, plaçant ainsi ses espoirs dans un autre monde. Les eunuques parlaient de revenir « en un seul morceau » alors que les concubines ne songeaient qu'à avoir un mari et des enfants bien à elles. La vie future faisait partie des croyances bouddhistes de Nuharoo. Elle savait très exactement ce qu'il adviendrait de nous après la mort. À son arrivée dans les mondes souterrains, expliquait-elle, chacun est interrogé puis jugé. Celui dont la vie a été souillée par le péché est condamné à aller aux enfers, où il sera bouilli, brûlé, scié en deux ou démembré. En revanche, celui qui n'a pas connu le péché pourra entamer une nouvelle vie sur terre. On ne revenait cependant pas à la vie sous la forme qu'on désirait. Les individus les plus chanceux étaient à nouveau hommes ou femmes, les autres se réincarnaient sous des formes animales, cochon, chien, voire puce.

Les concubines de la Cité interdite, surtout les plus âgées, étaient extrêmement superstitieuses. En plus des yoo-hoo-loo et des incantations, elles consacraient leurs journées à diverses sortes de sorcellerie. Pour elles, la croyance en un autre monde était une arme propre à appeler la malédiction sur leurs rivales. Elles étaient très ingénieuses quand il s'agissait de jeter un sort à leurs ennemies.

Nuharoo me montra un livre intitulé *Calendrier des fantômes chinois*, riche en illustrations aussi étranges que colorées. Son contenu ne m'était pas étranger. Je connaissais les histoires qu'il racontait et j'en avais vu une version manuscrite à Wuhu. Elles servaient aux conteurs qui parcouraient les villages. Nuharoo était fascinée par *Les souliers brodés de rouge*, vieux conte évoquant une paire de chaussures portée par un fantôme.

Enfant, j'avais vu des devins faire de fausses prédictions qui avaient gâché des vies entières, mais An-te-hai ne voulait pas que je prenne le moindre risque et craignait que la malheureuse « elle » ne fût moi.

Son inquiétude ne cessa de croître au cours des jours suivants. Il devint mélodramatique au point que c'en était ridicule. « Chaque journée pourrait être votre dernière », grommela-t-il un matin. Il me servait à la perfection et observait chacun de mes gestes. Il flairait l'air comme un chien et refusait de fermer les yeux la nuit. Quand je faisais la sieste, il quittait la Cité interdite pour passer du temps avec des célibataires plus âgés que lui. Il leur proposait de l'argent pour adopter éventuellement mon futur enfant.

Je lui demandai pourquoi il se comportait ainsi.

Il m'expliqua que, mon fils étant frappé de malédiction, il était de notre devoir de partager celle-ci avec d'autres personnes. Selon le Livre des superstitions, elle perdrait son effet si suffisamment de gens la subissaient. « Les célibataires ne veulent pas que leur nom de famille disparaisse. Ne vous inquiétez pas, maîtresse, je n'ai pas révélé l'identité de l'enfant et l'adoption n'est qu'un contrat oral. »

Je louai An-te-hai de sa loyauté mais lui ordonnai d'arrêter. Il n'en fit rien. Le lendemain, je le vis se prosterner devant un chien boiteux qui traversait le jardin. Un autre jour, il s'agenouilla et se prêta au kowtow devant un cochon entravé qu'on allait sacrifier au temple.

« Nous devons défaire la malédiction, me dit An-te-hai. Rendre hommage à un chien aux membres déformés, c'est reconnaître ses souffrances. Quelqu'un l'a frappé et lui a brisé les os. De tels animaux prennent la place des humains, affaiblissant le pouvoir de la malédiction quand ils ne la transfèrent pas à d'autres gens. » Le cochon fut sacrifié. An-te-hai crut alors que je serais libérée : esprit de l'animal, j'étais devenue un fantôme.

Très tôt, un matin, la nouvelle se répandit dans toute la Cité interdite : la Grande Impératrice, dame Jin, venait de trépasser.

An-te-hai et moi ne pûmes nous empêcher de penser que les pa koua avaient dit vrai. Un incident étrange eut lieu ce même jour. La cloche de verre de l'horloge du palais de la Nourriture de l'esprit se brisa alors qu'elle sonnait neuf heures. L'astrologue impérial déclara que la mort de dame Jin venait de ce qu'elle avait trop compté sur sa longévité. Elle aimait le chiffre neuf. Elle avait fêté son quarante-neuvième anniversaire en décorant son lit de cordonnets rouges et de draps de soie brodés de quarante-neuf caractères correspondant au chiffre neuf.

« Elle était malade mais sa mort n'était pas à craindre tant qu'elle ne serait pas écrasée par les neuf », expliqua l'astrologue.

La toilette mortuaire était déjà terminée quand mon palanquin arriva au palais de dame Jin. Elle avait quitté sa chambre pour un lin chuang, un « lit de l'âme » en forme de bateau. Les pieds de Sa Majesté étaient entourés de cordelettes rouges. Elle portait une longue tunique de cour argentée décorée de toutes sortes de symboles : la roue du destin représentant les grands principes de l'univers ; des coquillages où l'on pouvait entendre la voix du Bouddha ; des ombrelles en papier pour protéger de l'inondation et de la sécheresse ; des flacons renfermant la potion de sagesse et de magie ; des fleurs de lotus, synonymes de générations de paix ; des poissons rouges, signe de grâce et d'équilibre ; et enfin le symbole, « l'infini ». Un drap doré frappé d'inscriptions bouddhistes l'enveloppait de la poitrine aux pieds.

De la taille d'une main, un miroir doté d'un long manche avait été placé à côté de Sa Majesté afin de la protéger des esprits malveillants. Il renverrait aux fantômes leur image. Ils n'avaient en effet aucune idée de ce à quoi ils ressemblaient : ils s'attendaient donc à se voir tels qu'ils étaient du temps de leur vivant. Mais leurs actes mauvais les transformeraient en squelettes, en monstres grotesques, voire pis encore. Horrifiés, ils battraient alors en retraite.

La tête de dame Jin faisait penser à un tas de pâte à cause de toute la poudre déposée sur son visage. An-te-hai m'expliqua que, vers la fin, il s'était couvert de pustules. Dans son rapport, son médecin personnel écrivit que les « bourgeons » présents sur le corps de Sa Majesté avaient « éclos » pour produire du « nectar ». Les pustules étaient noires et vertes, semblables aux germes qui sortent d'une vieille pomme de terre. Toute la Cité interdite racontait que ce devait être l'œuvre de son ancienne rivale, l'impératrice Chu An.

Le visage de dame Jin avait été lissé et enduit d'une poudre faite de perles broyées mais, de près, on discernait encore les « bourgeons ». Un plateau chargé d'un bol en céramique dorée avait été posé à droite de sa tête. Il contenait son dernier repas terrestre, du riz. À gauche, une grosse lampe à huile symbolisait la « lumière éternelle ».

En compagnie de Nuharoo et des autres épouses de l'empereur Xianfeng, j'allai voir le corps. Nous portions des robes de soie blanche[1]. Nuharoo était maquillée mais le point rouge n'ornait pas sa lèvre inférieure. Elle éclata en sanglots en découvrant dame Jin. Elle tira un morceau d'étoffe de ses cheveux et le mordit pour contenir ses sentiments. Émue par son chagrin, je lui offris ma main. Serrées l'une contre l'autre, nous contemplions l'impératrice défunte.

Des pleureuses arrivèrent et poussèrent des cris si divers que cela me fit davantage penser à une musique et me rappela les tonalités discordantes des chanteurs de village. Je ne songeais qu'à une chose : j'avais échappé à la malédiction. Mon humeur était moins sombre et je n'éprouvais que peu de tristesse.

Dame Jin ne m'avait jamais aimée. Elle l'avait dit sans détour en apprenant ma grossesse et ajouté qu'elle aurait préféré entendre Nuharoo lui annoncer cette nouvelle. Elle croyait que je lui avais pris l'empereur.

Je me souvins de notre dernière rencontre. Sa santé déclinait mais elle refusait de l'admettre. Chacun était au courant de l'histoire de la pierre grosse comme un noyau de pêche, pourtant elle clamait que sa santé n'avait jamais été meilleure. Elle récompensait les médecins qui lui mentaient en lui assurant que sa longévité n'était pas en cause. Néanmoins, son corps la trahissait. Quand elle pointa le doigt sur moi en

1. En Chine, le blanc est traditionnellement la couleur du deuil. *(N.d.T.)*

essayant de me dire que j'étais mauvaise, sa main se mit à trembler. On aurait dit qu'elle voulait me frapper. Incapable de maîtriser ses tremblements, elle retomba en arrière et ne put s'asseoir sans l'aide de ses eunuques. Cela ne l'empêcha pas de me hurler : « Pauvre illettrée ! » Illettrée, moi ? Nuharoo mise à part, j'étais, de toutes les dames, la plus versée dans la lecture.

Je m'efforçai d'éviter les yeux sans vie de dame Jin et je regardai au-dessus de ses paupières. Son front ridé m'évoquait une peinture jadis vue dans le désert de Gobi. Des plis de peau lui pendaient au menton. La disparition de ses dents du côté droit creusait son visage comme un melon gâté.

Dame Jin adorait les magnolias. Même malade, elle portait une robe brodée de ces grandes fleurs roses. « Magnolia », tel était le nom d'enfance de l'impératrice. Comment croire qu'elle avait pu attirer le regard de l'empereur Daoguang ?

Cette façon de vieillir était effrayante. Pouvait-on imaginer aujourd'hui à quoi je ressemblerais au jour de ma mort ?

Le même jour, dame Jin m'avait lancé : « Ne vous préoccupez pas de votre beauté, songez plutôt à votre tête qui pourrait bien tomber ! » Elle avait du mal à respirer et les mots semblaient crachés de sa poitrine. « Je n'ai vécu que dans le souci depuis l'instant où vous êtes devenue épouse impériale ! Et ce souci ne me quittera qu'à ma mort ! » Elle s'était levée, aidée par ses eunuques. Les bras tendus, on aurait dit un vautour prenant son essor du haut d'une falaise.

Nous n'osions pas bouger. Les belles-filles, c'est-à-dire Nuharoo, les dames Yun, Li, Mei et Hui ainsi que moi-même, supportions ses imprécations en attendant qu'elle nous congédie.

« Connaissez-vous l'histoire de ce pays lointain où les yeux des hommes semblent blanchis à la chaux et leurs cheveux ont la couleur de la paille ? » nous cria-t-elle.

Le paysage de son front se modifiait et les collines cédaient la place à des vallées profondes. « Toute la famille royale a été massacrée quand l'empire fut renversé. Tous, même les enfants ! »

Voyant que ses paroles nous surprenaient, elle se réjouit. « Malheureuses illettrées ! » hurla-t-elle. Et soudain sa gorge produisit une suite de sons : « Ohhhhh, wa ! Ohhhhh wa ! » Il me fallut un certain temps pour comprendre qu'elle riait. « La terreur est bénéfique. Ohhhhh, wa ! La terreur torture et fait souffrir. On ne peut trouver l'immortalité sans cela et mon devoir est de l'instiller en vous ! Ohhhhh, wa ! »

J'entendais encore ce rire. Je me demandais ce que dame Jin dirait en apprenant qu'elle était la victime de la malédiction jetée sur mon enfant, son petit-fils. J'étais heureuse qu'elle m'ait prise pour une illettrée. Elle aurait ordonné mon exécution si elle avait décelé mon amour pour le savoir ou s'était donné la peine de découvrir l'origine du mauvais sort.

Je la regardais allongée sur son lit de l'âme et je n'avais pas vraiment de remords. À l'exception de Nuharoo, les autres épouses ne manifestaient pas de sympathie. Leur expression était figée. Les eunuques venaient de terminer de brûler des effigies en papier à l'intérieur du palais et la foule était invitée à reprendre ce geste à l'extérieur. Dans la cour, palanquins, chevaux, charrettes, tables et pots de chambre côtoyaient des personnages et des animaux, tous de papier, tous grandeur nature. Comme le mobilier, les personnages étaient ornés de soieries coûteuses. Fidèle aux traditions funéraires mandchoues qu'elle avait adoptées, dame Jin avait organisé jusqu'au moindre détail des années auparavant. L'effigie en papier à son image semblait réelle, même si elle portait le même genre d'habits que l'impératrice revêtait dans sa jeunesse, en l'occurrence une robe décorée de magnolias.

Avant le début de la cérémonie, on dressa un mât d'une dizaine de mètres de hauteur au sommet duquel on accrocha un ruban de soie rouge portant le mot tien, « en souvenir ». Pour la première fois, l'occasion m'était donnée d'assister à un tel rituel. Il y a plusieurs siècles, les Mandchous vivaient dans de vastes prairies où il était difficile de mettre les proches au courant d'un décès survenu dans la famille. Quand quelqu'un mourait, un mât et un ruban rouge étaient installés devant la yourte familiale pour que les cavaliers et les gardiens de troupeau s'arrêtent et rendent hommage au défunt au nom des parents absents.

Selon la coutume, trois tentes furent dressées dans la Cité interdite. La première servait à présenter le corps, la deuxième abritait les moines, les lamas et les prêtres venus de loin, et la dernière permettait de recevoir les membres de la famille et les invités de haut rang. Dans la cour, des tentes plus petites accueillaient les visiteurs. Les grandes tentes avaient une hauteur de quelque trois mètres et les piquets de bambou étaient décorés de magnolias blancs en soie. En tant que belles-filles, chacune de nous reçut une douzaine de mouchoirs destinés à assécher ses pleurs. Je ne cessais d'entendre dame Jin me crier : « Pauvre illettrée ! » et j'aurais voulu rire au lieu de pleurer. Je dus cacher mon visage dans mes mains.

Le prince Kung arriva, vêtu d'une robe blanche et de bottes assorties. L'air accablé de douleur, il regarda le cercueil. Les femmes de la famille étaient censées éviter leurs cousins ou leurs beaux-frères et nous nous retirâmes dans la pièce voisine. Heureusement, je pouvais voir par les fenêtres. Pour le prince Kung, on souleva le couvercle du cercueil. Sur la poitrine de dame Jin étaient entassés bijoux resplendissants, or, jade, perles, émeraudes, rubis et vases en cristal. En plus du petit miroir, elle tenait sa boîte à maquillage.

Le prince Kung était campé devant sa mère, solennel. Son chagrin le faisait ressembler à un vieillard. Il se mit à genoux et se plia au rituel du kowtow. Son front demeura longtemps plaqué au sol. Quand il se releva, un eunuque écarta doucement les lèvres de dame Jin. Le prince plaça alors dans sa bouche une grosse perle nouée d'un fil rouge et lui referma les lèvres, laissant pendre le fil rouge sur son menton. La perle symbolisait l'essence de la vie : elle représentait la pureté et la noblesse[1]. Le fil rouge, qui serait lié par son fils, indiquait son refus de la laisser partir.

Le prince enroula le fil autour du premier bouton de la robe maternelle. Un eunuque lui tendit une paire de baguettes enserrant une boulette de coton humide. Le prince en essuya les paupières de sa mère.

Les hôtes déposèrent des boîtes pleines de gâteaux à la vapeur décorés. Devant les autels, les assiettes devaient être changées toutes les minutes ou presque pour recevoir toujours plus de boîtes. On apporta aussi des centaines de rouleaux : empilés les uns sur les autres, ils transformaient le palais en un temple de la calligraphie. Couplets et poèmes s'accrochaient à chaque mur. Des ficelles permettaient d'en pendre aux poutres. Les cuisines servirent un banquet à plus de deux mille invités.

Les pleureuses gémirent quand les genoux du prince Kung touchèrent encore une fois le sol. Les chants allaient crescendo. Les trompettes étaient assourdissantes. Je pensais que cela marquait la fin des solennités, mais non : officiellement, elles venaient en fait de débuter.

Le septième jour fut consacré à la crémation des effigies. Trois palais et deux montagnes en papier, l'une peinte en doré, l'autre en argent, furent enflammés. La

1. C'est aussi un symbole d'immortalité, censé empêcher la décomposition du corps. *(N.d.T.)*

cérémonie se déroula hors de la Cité interdite, près du pont du Nord. La foule rassemblée était plus nombreuse que pour la célébration du Nouvel An. Les palais, hauts de quatre mètres et surmontés d'une pagode en or, reprenaient des exemples de l'architecture propre à la dynastie Song. Les tuiles des toits traditionnels étaient peintes en bleu océan. L'intérieur, que je réussis à voir, était entièrement meublé. Les sièges étaient décorés de motifs imitant la broderie. Sur une table jonchée de fleurs en papier, baguettes d'argent et coupes en or étaient disposées avec art.

Les montagnes étaient couvertes de rochers, de ruisseaux, de magnolias et d'arbres, tous à l'échelle. Ce qui m'étonnait le plus, c'étaient les minuscules cigales accrochées aux branches des magnolias, les papillons posés sur les pivoines et les criquets dans l'herbe. Pendant des années, des centaines d'artisans avaient dû œuvrer sans relâche pour aboutir à un tel chef-d'œuvre, et il ne faudrait que quelques minutes pour qu'il fût réduit en cendres.

Les incantations débutèrent et le bûcher fut allumé. Quand les flammes s'élevèrent, moines, lamas et prêtres lancèrent des gâteaux à la vapeur au-dessus de la tête des invités. Ils seraient consommés par les fantômes errants et c'était la marque de la bienveillance de dame Jin.

L'empereur Xianfeng fut absent du début jusqu'à la fin. Il prétendit être malade. Je savais qu'il haïssait cette femme et je ne pouvais le lui reprocher. Elle était cause en effet du suicide de sa mère. En ne se rendant pas à ses funérailles, l'empereur affichait clairement ses opinions.

Les hôtes et les concubines faisaient de piètres pénitents. Ils ne songeaient qu'à manger, boire et bavarder. Je les entendis même évoquer ma grossesse.

Je ne savais comment convaincre l'empereur de la réalité des complots ourdis par mes rivales. Je déclarai à Sa Majesté que les poissons de mon bassin se mouraient, que mes orchidées se fanaient en pleine floraison. An-te-hai avait découvert que des rongeurs amateurs d'orchidées en avaient dévoré les racines. Quelqu'un les avait sûrement amenés dans mon jardin.

Mes plaintes irritaient mon époux. Il voyait en Nuharoo la déesse de la compassion et me disait de cesser de m'inquiéter. Je pensais quant à moi que je pouvais affronter une Nuharoo mais pas trois mille. Tout pouvait arriver puisqu'elles avaient fait de mon ventre la cible de leur courroux. À près de vingt et un ans, j'avais déjà entendu parler de trop nombreux meurtres.

Je suppliai Xianfeng de nous ramener au Yuan Ming Yuan jusqu'à mon accouchement. Il céda. Je savais que je devais apprendre à cacher mon bonheur comme une souris sa nourriture. Depuis plusieurs semaines, j'évitais de parler de ma grossesse quand des concubines venaient me rendre visite, mais c'était difficile, surtout lorsqu'elles proposaient des présents destinés au bébé. L'empereur avait récemment augmenté le montant de ma liste civile et j'employais les taëls supplémentaires à acheter des cadeaux de même valeur. Feindre de me réjouir de leurs visites me rendait malade.

Mon ventre était une priorité pour An-te-hai. Chaque jour, il était sur des charbons ardents, craintif et excité à la fois. Au lieu de me saluer le matin, il s'adressait à mon ventre. « Bonjour, Votre Jeune Majesté. » Il s'inclinait solennellement. « Que puis-je vous apporter pour votre petit déjeuner ? »

Je me mis à l'étude des manuscrits bouddhiques. Je priais pour que mon enfant fût heureux de se développer en moi. Je priais aussi pour que mes cauchemars ne viennent pas perturber sa croissance. Si je donnais le jour à une fille, je voulais toujours me sentir heureuse et bénie. Le matin, je m'asseyais dans une pièce baignée de soleil et je lisais. Je pratiquais la calligraphie qui, pour l'enseignement bouddhiste, permettait de cultiver l'équilibre et l'harmonie. Je retrouvais peu à peu ma sérénité. Depuis que j'avais retenu l'attention de Sa Majesté, l'empereur n'avait rendu visite à Nuharoo qu'à deux reprises. La première ce fut à l'occasion de la mort de dame Jin. Après l'enterrement, il prit le thé avec elle. Selon les espions d'An-te-hai, ils ne parlèrent que de la cérémonie.

La seconde, ce fut à la demande de Nuharoo. Elle me le raconta elle-même. Croyant faire plaisir à Sa Majesté, elle le pria d'adjoindre une aile au tombeau de dame Jin. Elle avait collecté des taëls auprès de tout le monde et versé elle-même une somme sur ses fonds personnels.

L'empereur dut faire contre mauvaise fortune bon cœur et féliciter Nuharoo de sa dévotion. Pour lui démontrer son affection et sa reconnaissance, il rédigea un décret destiné à ajouter un titre à ceux qu'elle portait déjà, dame vertueuse de la grande piété. Or Nuharoo ne désirait rien d'autre en vérité que voir Xianfeng retrouver le chemin de sa couche. Au mépris des règles, il s'attardait dans mes appartements jusqu'à l'aube. Il serait malhonnête de ma part de dire que je souhaitais le partager avec quiconque, mais je comprenais la détresse de Nuharoo. Plus tard, il me serait donné de vivre la même situation. Pour l'heure, je jouissais de ce qui m'était accordé. L'avenir était mystérieux. Le mot même m'évoquait la guerre des sauterelles que mon père avait menée à Wuhu, en ce printemps où les cultures avaient disparu du jour au lendemain.

Nuharoo était tout sourires en public. Dames de cour et eunuques racontaient cependant qu'elle était en pleine détresse. Elle se réfugia dans la foi bouddhiste : trois fois par jour, elle se rendait au temple afin d'y prier avec son maître.

L'empereur Xianfeng m'avait conseillé de « ne pas regarder autrui par le chas d'une aiguille », mais mon instinct me dictait de ne pas prendre à la légère la jalousie de Nuharoo. Le Yuan Ming Yuan n'avait rien de sûr. En apparence, Nuharoo et moi étions amies. Elle s'impliquait dans les préparatifs de la venue du bébé. Elle s'était rendue à la garde-robe impériale pour y examiner les vêtements d'enfants. Elle en avait fait de même pour les entrepôts impériaux, s'assurant ainsi de la qualité et de la disponibilité des fruits et légumes. Enfin, elle était allée à l'élevage de poissons. Ces animaux étaient censés favoriser la montée de lait et elle voulait être certaine qu'il y en aurait assez pour les nourrices.

La sélection de ces femmes passa au premier plan de ses préoccupations. Elle fit défiler une armée de futures mères dont les bébés devaient naître à la même époque que le mien. Puis elle se rendit en palanquin jusqu'au Yuan Ming Yuan pour discuter de ce problème avec moi.

« J'ai vérifié l'histoire de leur famille jusqu'à la troisième génération », m'apprit-elle.

Plus Nuharoo se passionnait et plus mes craintes s'amplifiaient. J'aurais voulu qu'elle ait un enfant bien à elle. L'empereur était le seul occupant de la Cité interdite à ne pas comprendre la pression à laquelle Nuharoo était soumise après plusieurs années de mariage sans le moindre signe de fertilité. Une telle pression pouvait susciter des comportements bien étranges chez des femmes sans enfant. L'obsession pour les yoo-hoo-loo en était une manifestation ; sauter dans un puits en était une autre. J'ignorais quelles étaient les véritables intentions de Nuharoo.

Dès l'instant où le Dr Sun Pao-tien m'eut examinée et déclaré que je porterais mon enfant à terme, Sa Majesté convoqua l'astrologue impérial. Ensemble ils allèrent au temple du Ciel, où Xianfeng pria pour que son enfant fût un fils. Ensuite il rendit visite à Nuharoo pour la complimenter.

Mais ce n'est pas elle la mère de votre enfant ! hurlais-je dans ma tête.

Nuharoo joua son rôle à la perfection. Elle exprima son bonheur à grand renfort de larmes. Et je me dis : Aurais-je pu me tromper sur elle à ce point ? Le temps était peut-être venu que je change d'avis. Il se pouvait que Nuharoo fût une bouddhiste sincère.

Quand je fus enceinte de cinq mois, Nuharoo suggéra à l'empereur que je regagne le palais des Élégances accumulées.

« Dame Yehonala a besoin d'un repos absolu, lui dit-elle. Elle doit être tenue à l'écart de tout ce qui est négatif, y compris les mauvaises nouvelles qui vous parviennent des quatre coins du pays. »

Je voulus croire qu'elle songeait à mon bien-être. Mais, dès l'instant où je quittai le lit de Sa Majesté, je sentis bien que j'avais commis une erreur. Bientôt la vérité se révéla tout entière. Je ne devais plus jamais revenir dans cette chambre.

Comme pour perturber encore plus mon existence, maître Shim m'informa que je n'étais pas autorisée à élever mon enfant. J'étais « une des mères du prince, parmi d'autres ». « La tradition impériale est ainsi faite », conclut-il avec froideur. Nuharoo serait responsable des soins et de l'éducation de mon enfant et elle aurait le droit de le tenir loin de moi si je refusais d'accepter sa tutelle. Pour le clan mandchou et l'empereur en personne, le sang impérial de Nuharoo justifiait pleinement qu'elle fût mère principale. Si nul ne m'avait jamais accusée d'être une concubine de classe inférieure, la cour n'oublierait jamais mon passé de villageoise et le statut de petit gouverneur de mon père.

Quatorze

Un mois après que je fus loin de ses yeux, l'empereur Xianfeng prit quatre nouvelles concubines. Elles étaient chinoises, d'origine Han. Les règles impériales ne permettant pas à des femmes non mandchoues de pénétrer au palais, Nuharoo les fit entrer par la ruse.

« Leurs minuscules pieds en forme de lotus ont envoûté Sa Majesté, me déclara An-te-hai. Elles lui ont été offertes par le gouverneur de Suzhou. »

Nuharoo n'eut certainement aucune difficulté à faire comprendre aux gouverneurs que le moment de plaire à leur souverain était venu. An-te-hai découvrit que Nuharoo avait logé les nouvelles concubines dans la ville miniature bâtie au cœur du plus grand jardin impérial du palais d'Été, à plusieurs kilomètres du Yuan Ming Yuan. Le complexe du palais d'Été avait été édifié autour d'un lac et quelque trois mille structures se dressaient sur près de deux cents hectares.

Me serais-je conduite différemment si j'avais été à sa place ? Pourquoi me lamentais-je ? Ne m'étais-je pas rendue dans un bordel, sans vergogne aucune, pour apprendre à ensorceler les hommes ?

L'empereur n'était pas venu me voir depuis mon départ. Le désir que j'avais de lui me faisait songer à des cordes de soie blanche, mais de petits coups de pied dans mon ventre me ramenaient à la réalité et renforçaient mon désir de vivre. Je me penchais sur ma vie et m'efforçais de garder mon sang-froid. En premier lieu,

Xianfeng n'avait jamais été mien. Cela n'avait rien d'extraordinaire. L'ironie voulait que l'empereur dût faire preuve de sobriété et d'abstinence au cours des trois mois suivant la mort de sa mère. Il n'honorait que les traditions qui lui convenaient. Je ne pouvais imaginer mon fils suivre le chemin de son père. Je devais convaincre Nuharoo que je ne constituais pas une menace à son égard et demeurer ainsi près de mon enfant.

Dans toute la Cité interdite, on ne parla plus que de l'obsession de Sa Majesté pour ses dames chinoises. Des rêves horribles m'assaillirent : je dormais et quelqu'un cherchait à m'arracher au sommeil, je me débattais en vain et l'on me traînait de force hors de ma chambre, mais, en même temps, je me voyais toujours allongée sur mon lit.

En rêve, je vis des mûres tomber prématurément de leurs branches, j'entendis même le bruit qu'elles faisaient en s'écrasant à terre. Pop, pop, pop. Dans la croyance populaire, ce signe de mauvais augure était annonciateur d'une fausse couche. Prise de panique, j'envoyai An-te-hai vérifier que les mûriers plantés derrière mon palais commençaient à perdre leurs fruits. Dès son retour, il me répondit n'avoir vu aucune mûre à terre.

Mais chaque nuit j'entendais toujours le même bruit. J'imaginai alors que les mûres étaient restées prisonnières entre les tuiles du toit. Pour me rassurer, An-te-hai monta à l'échelle. Là encore il ne trouva rien.

Sa Majesté ne se manifestait toujours pas puis, un jour, Nuharoo arriva, radieuse. Je fus étonnée d'apercevoir l'empereur marcher derrière elle.

Mon amant se sentit gêné mais il se ressaisit. Il m'était impossible de dire si je lui avais manqué. On ne lui avait jamais enseigné la compassion. À ses yeux, il n'était pas bon de se consacrer à une seule femme. Avait-il joui de ses nouvelles concubines ? S'étaient-ils promenés épaule contre épaule, « portant la lueur du soleil couchant » ? L'empereur avait-il eu le désir de « baiser les fleurs que tenaient leurs mains » ?

Peu m'importait d'où venaient ces femmes. Je les haïssais. Les larmes me montaient aux yeux quand j'imaginais comment mon amant avait pu les toucher. « Je vais bien, merci », dis-je à l'empereur Xianfeng avec un sourire contraint. Il ne saurait jamais l'étendue de ma douleur.

Je ne voulais pas lui confier que j'avais refusé de rentrer chez moi quand une permission de dix jours avait récompensé ma grossesse. Ma famille me manquait cruellement, mais je n'aurais pu dissimuler mes sentiments. De santé fragile, ma mère n'aurait pas supporté ma frustration, et cela aurait été néfaste pour Rong qui comptait sur moi pour lui dénicher un beau parti. Elle aurait été déçue en apprenant que je n'étais plus la favorite et que mes moyens de l'aider étaient désormais limités.

L'empereur demeura silencieux. Quand il ouvrit la bouche, ce fut pour se plaindre des moustiques. Il en voulait aux eunuques et au Dr Sun Pao-tien qui n'avait pas réussi à le débarrasser d'une démangeaison sous le menton. Il ne se préoccupa pas de moi, comme si mon gros ventre n'existait pas.

« J'ai joué avec mon astrologue à un jeu, les Palais perdus, dit Sa Majesté comme pour rompre le silence qui s'était instauré entre nous. Il y a de nombreux pièges qui peuvent mener à des erreurs de jugement. Le conseil du maître est le suivant : je dois rester là où je suis et ne pas chercher à trouver ma voie tant que le moment ne sera pas venu et que la solution du problème ne se sera pas présentée. »

Xianfeng me croirait-il si je lui expliquais ce qu'avait fait Nuharoo ? Non, cela ne servirait à rien. Chacun savait que Nuharoo ressemblait à une femme ivre quand elle se promenait dans le jardin : en réalité, elle craignait de marcher sur des fourmis. Lorsque cela lui arrivait, elle s'excusait. Les eunuques en avaient été témoins. Notre défunte belle-mère l'avait qualifiée de « créature la plus tendre qui soit ».

Nous bûmes du thé pendant que se poursuivait la conversation entre Sa Majesté et Nuharoo. Par intérêt pour ma personne, elle me proposa de m'envoyer quatre de ses servantes.

« C'est pour exprimer à quel point j'apprécie dame Yehonala et la contribution de ma mei-mei à la dynastie. » Elle m'appelait officiellement ainsi, mei-mei, « petite sœur ».

« Petit Nuage est une perle, reprit-elle. Je me séparerai d'elle à regret, mais vous êtes ma priorité. En votre ventre réside l'espoir de renaissance et de prospérité de la dynastie. »

L'empereur était enchanté. Il loua Nuharoo de sa bonté et se prépara à s'en aller. Il dit au revoir en évitant de me regarder. « Bonne santé », murmura-t-il assez sèchement.

J'étais incapable de dissimuler ma tristesse. Mon cœur s'efforçait en vain de retrouver la chaleur que nous avions partagée. C'était comme si nous ne nous étions jamais connus. J'aurais voulu que mon ventre ne se tende pas devant ses yeux pour exiger qu'on le regarde, qu'on le touche. J'aurais voulu effacer tous mes souvenirs.

J'observai Xianfeng et Nuharoo s'éloigner. Ah, si j'avais pu me jeter aux pieds de mon bien-aimé, les lui baiser, quémander son amour !

An-te-hai s'approcha de moi. « Les mûres s'épanouissent, maîtresse. Bientôt il faudra les cueillir. »

Les branches des cyprès ressemblaient à de gigantesques éventails ouverts devant la lune. Cette nuit-là, un orage éclata. J'entendais les branches se ployer et frapper le sol. Le lendemain matin, An-te-hai me dit qu'il était couvert de mûres. « On dirait des taches de sang. Elles parsèment tout le jardin ou restent coincées entre les tuiles du toit. »

Je reçus Petit Nuage, une servante de quinze ans aux petits yeux et aux joues rondes. Il était de mon devoir d'exaucer le vœu de la première épouse et je fis un beau cadeau à Petit Nuage. Elle me remercia d'une voix douce. Je dis toutefois à An-te-hai de se montrer vigilant. Quelques jours plus tard, il la surprit à espionner.

« Je l'ai attrapée ! » An-te-hai traînait vers moi Petit Nuage. « Cette esclave de rien fouillait dans les lettres de Votre Majesté ! »

Petit Nuage réfuta les accusations. Quand je la menaçai de la faire battre si elle n'avouait pas, elle révéla tout son tempérament. Ses petits yeux disparurent dans son visage gras quand elle se mit à hurler à An-te-hai : « Animal sans queue ! » Puis elle m'insulta. « Ma maîtresse a franchi la porte de la Pureté céleste en arrivant et vous, une simple porte latérale ! »

J'ordonnai à An-te-hai de l'emmener et de la priver de manger pendant trois repas.

Comme si elle prenait plaisir à ma colère, Petit Nuage continua ses invectives. « Vous devriez vous demander à qui appartient le chien que vous frappez ainsi ! Et alors, si je vous ai espionnée ? Vous lisiez des documents officiels au lieu de faire de la broderie ! Vous avez peur ? Vous vous sentez coupable ? Je vous préviens, dame Yehonala, il est trop tard pour songer à m'acheter. Je raconterai tout ce que j'ai vu à ma maîtresse. Je serai récompensée de ma loyauté et vous, vous finirez sans membres, au fond d'une jarre !

— Le fouet ! hurlai-je. Châtie cette fille jusqu'à ce qu'elle se taise ! »

Je ne pensais pas qu'An-te-hai prendrait mon ordre au pied de la lettre. C'est hélas ce qui se passa. Aidé de quelques confrères, il entraîna Petit Nuage dans la salle des Châtiments. Ils la frappèrent et firent tout pour la réduire au silence, mais cette fille était trop têtue.

Une heure plus tard, An-te-hai m'informa que la servante était morte.

« Comment… An-te-hai, je ne t'ai pas donné l'ordre de la battre à mort !

— Mais, maîtresse, elle refusait de se taire… »

En tant que chef de la maison impériale, Nuharoo me convoqua. J'espérais avoir assez de force pour supporter ce qui m'attendait et je m'inquiétais pour l'enfant que je portais.

Je n'avais pas fini de me changer qu'un groupe d'eunuques venus de la salle des Châtiments pénétra dans mon palais. Ils refusèrent de dire qui leur avait donné cet ordre, puis ils arrêtèrent mes servantes et mes eunuques avant de fouiller dans mes armoires et mes commodes.

« Vous devriez m'envoyer immédiatement informer Sa Majesté, me dit An-te-hai alors qu'il m'aidait à enfiler ma robe de cour. Ils vont vous tourmenter jusqu'à ce que la « semence du dragon » tombe à terre. »

Je sentais mes muscles se contracter. Terrorisée, je me tenais le ventre et je demandai à An-te-hai ne pas perdre de temps. Il prit un bassin et s'en alla sous prétexte de chercher de l'eau.

À l'extérieur, une voix m'exhortait à me hâter. « Sa Majesté l'impératrice attend ! » J'ignorais si c'étaient mes eunuques ou les gens venus investir mon palais.

J'essayai de gagner du temps pour An-te-hai. Deux de mes dames de compagnie entrèrent. L'une vérifia mes cordons et mes boutons, l'autre ma coiffure. Je me regardai dans le miroir une dernière fois. Était-ce l'émotion ou le maquillage qui me donnait cet air maladif ? J'avais une robe brodée d'orchidées noir et or. Et je pensais que, si quelque chose devait m'arriver, c'est dans cette tenue que je quitterais la terre.

Je m'avançai vers la porte et mes dames soulevèrent le rideau. Je débouchai dans la lumière pour découvrir le premier eunuque, maître Shim.

Il portait une robe pourpre et un bonnet assorti. Il ne répondit pas à ma salutation.

« Que se passe-t-il, maître Shim ? lui demandai-je.

— La règle m'interdit de vous parler, dame Yehonala. » Il cherchait à faire preuve d'humilité mais il y avait de l'allégresse dans sa voix. « Permettez-moi de vous aider à monter dans votre palanquin. »

Assise sur son trône, Nuharoo était majestueuse. Je tombai à genoux et frappai à plusieurs reprises le sol de mon front. Quelques semaines seulement s'étaient écoulées depuis notre dernière rencontre et sa beauté me semblait encore plus éclatante. Sa robe dorée était brodée de phénix. Son visage fardé s'ornait d'un point rouge sur la lèvre inférieure, ses grands yeux paraissaient plus vifs qu'à l'ordinaire.

« Je n'apprécie pas que vous m'ayez contrainte à agir ainsi », dit-elle. Sans me proposer de me relever, elle poursuivit : « Chacun sait que je ne suis pas faite pour supporter ce genre de chose, mais c'est là l'ironie de l'existence. En tant que responsable de la maison impériale, il ne m'est laissé aucun choix. Mes devoirs exigent que je rende la justice. La règle est claire pour tout résident de la Cité interdite : nul ne doit maltraiter une servante, encore moins lui prendre la vie. »

Soudain elle baissa la tête. Elle se mordit la lèvre et se mit à pleurer. Doucement d'abord, puis ce furent de véritables sanglots.

« Votre Majesté, dit le premier eunuque, les fouets ont été plongés dans l'eau et les esclaves sont prêts à faire ce qu'on attend d'eux.

— Dame Yehonala, avancez, s'il vous plaît », me dit-elle en acquiesçant.

Shim s'empara d'un long fouet qu'on lui tendait, s'inclina devant l'impératrice et quitta la pièce.

De tous côtés vinrent des gardes qui posèrent les mains sur moi.

« Je porte l'enfant de l'empereur Xianfeng ! » m'écriai-je.

Shim revint pour me tordre les bras dans le dos. Mes genoux fléchirent et je tombai à terre. Mon ventre heurta le sol.

Je rampai vers Nuharoo en la suppliant : « Je suis sincèrement désolée de ce qui est arrivé à Petit Nuage, Votre Majesté, mais c'était un accident. Si vous devez me châtier, faites que ce soit après que j'ai donné la vie. J'accepterai toute peine d'emprisonnement. »

Nuharoo ébaucha un sourire. L'expression de son visage me glaça. Je compris qu'elle désirait me voir perdre mon enfant et que c'était le prix à payer pour restaurer l'harmonie entre nous deux. J'étais certaine qu'elle savait que je ne céderais pas, qu'elle devrait me contraindre, que toutes les concubines étaient de son côté. Sa volonté était d'airain et l'on devait en tenir compte.

Nous nous regardions, chacune consciente de ce que pensait l'autre.

« Ce n'est que justice, dame Yehonala, me dit-elle d'une voix plus douce. Je puis vous assurer qu'il n'y a rien de personnel là-dedans.

— Au pilori ! » ordonna maître Shim.

Les gardes se jetèrent sur moi.

« Votre Majesté l'impératrice Nuharoo, criai-je en luttant pour me dégager. Je suis votre esclave et je reconnais mon crime. Mais, si indigne que je sois, j'implore votre pitié. J'ai commencé à dire à cet enfant que je porte que vous êtes sa vraie mère. Vous êtes son destin.

Il ne vient en moi que pour vous. Ayez pitié de cet enfant, impératrice Nuharoo, car il sera le vôtre. »

Je me frappai le front contre le sol. L'idée de perdre mon enfant était pire que celle de perdre la vie. « Nuharoo, ma sœur aînée, je vous en supplie, donnez-lui la possibilité de vous aimer. Dans ma prochaine existence, je serai tout ce que vous voulez. Je serai la peau de votre tambour, le papier qui essuie votre postérieur, le ver de votre hameçon… »

Shim murmura quelques mots à l'oreille de Nuharoo. Son expression changea. Il avait dû lui faire comprendre que, si elle désobéissait aux ancêtres impériaux, elle serait privée de ses titres et frappée par la foudre. Comme An-te-hai avec moi, l'eunuque était là pour protéger non seulement l'avenir de Nuharoo, mais aussi le sien.

« Vous désirez poursuivre ? » lui demanda-t-il.

Elle fit oui de la tête.

« Zah ! » L'eunuque recula, toujours incliné. Puis il me saisit par le col de ma robe et ordonna à ses gens : « À la manière de Woo Hua, la Fleur… La corde ! »

On me tira à terre. Je sentis un liquide chaud couler entre mes jambes. Je me tins le ventre et me mis à pleurer.

C'est alors que j'entendis un long gémissement à l'autre bout de la salle.

« Calme et silence ! »

L'empereur Xianfeng s'interposa entre maître Shim et moi. Il avait revêtu sa robe de soie jaune. Ses narines palpitaient, ses yeux étaient emplis de rage. Tout essoufflé, An-te-hai se tenait derrière lui hors d'haleine.

Le premier eunuque alla saluer Sa Majesté mais il ne reçut aucune réponse de sa part.

Nuharoo se leva. « Votre Majesté, merci grandement de venir me libérer. » Elle se jeta à ses pieds. « Je n'en puis plus. Il m'est impossible d'exiger le châtiment de dame Yehonala maintenant que je sais qu'elle porte votre enfant. »

D'abord, l'empereur ne réagit pas, puis il se pencha et lui tendit les bras. « Mon impératrice, dit-il doucement, relevez-vous. »

Mais Nuharoo s'y refusa. Des larmes coulaient sur ses joues. « Je suis indigne d'être impératrice. Pardonnez-moi de ne pas avoir accompli ma tâche.

— Vous êtes la personne la plus généreuse que je connaisse. Orchidée a beaucoup de chance de vous avoir pour sœur. »

J'étais toujours à terre. An-te-hai m'aida à m'asseoir sur mes talons. Le liquide chaud ne coulait plus entre mes cuisses, me semblait-il. Xianfeng regarda pour voir si j'avais été vraiment malmenée et il en conclut, de toute évidence, qu'An-te-hai avait exagéré.

Il rassura Nuharoo : elle n'avait rien fait de mal. Il lui offrit son mouchoir. « Je ne cherchais pas à vous écraser de responsabilités. Cependant vous devez savoir que la maison impériale a besoin d'une responsable, et c'est vous, Nuharoo. Vous jouissez de toute ma confiance et de toute ma gratitude. »

Elle se leva et s'inclina devant l'empereur. Après lui avoir rendu son mouchoir, elle prit la serviette que lui proposait Shim. Elle s'en essuya le visage et dit : « Je sais que le bébé a souffert à la suite de cet incident et je ne pourrai affronter nos ancêtres s'il a été blessé. » À nouveau, elle éclata en sanglots et l'empereur l'invita à le rejoindre l'après-midi même dans le parc impérial pour y retrouver son calme.

Il m'était pénible de voir Sa Majesté témoigner autant d'affection à Nuharoo, mais l'imaginer passer la nuit avec elle était encore plus cruel. Ce qui aurait pu – et risquait d'arriver à l'avenir – me terrorisait plus que n'importe quel cauchemar.

Je vivais dans un univers de chaos où la torture était pratique courante. Je commençais à comprendre pourquoi tant de concubines se réfugiaient dans la religion. C'était soit cela soit la démence la plus absolue.

Je vivais le pire hiver de ma vie. On était à la mi-février de l'année 1856 et mon ventre avait la taille d'un melon d'eau. Contre l'avis d'An-te-hai, je marchais sur le sol glacé. J'aimais flâner dans mon jardin, respirer la fraîcheur de l'air. La beauté des pavillons et des pagodes couverts de neige me redonnait espoir. Dans quelques mois, mon enfant naîtrait.

Je voulus creuser la terre mais elle était trop dure. An-te-hai m'apporta un grand sac de bulbes de l'année précédente et me dit : « Plantez un vœu pour le bébé, maîtresse. »

À ses joues cramoisies, je compris qu'il avait dormi tout son soûl.

« Bien sûr... »

Il nous fallut toute la journée pour enterrer les bulbes. Je pensais aux paysans et m'imaginais des familles entières occupées à briser les mottes gelées.

« Si vous devez être un fils, dit An-te-hai en posant la main sur mon ventre, et si vous êtes un jour empereur de Chine, je vous souhaite d'être bon et digne de votre rang. »

« A-ko ! » Dès l'instant où j'entendis le cri d'An-te-hai, mon esprit se changea en un jardin printanier où toutes les fleurs avaient éclos en même temps. Bien qu'épuisée, j'étais ravie. Avant l'arrivée de Xianfeng, Nuharoo et les autres épouses et concubines de Sa Majesté se rendirent au palais.

Chacune félicita Nuharoo. Quand elle me prit l'enfant et le montra fièrement aux dames assemblées, mes craintes s'en revinrent. Je ne cessais de me répéter : Maintenant qu'elles ont perdu toute possibilité de faire mourir le bébé dans mon ventre, vont-elles le tuer dans son berceau ? Vont-elles empoisonner son esprit en le gâtant ? En tout cas, j'étais certaine d'une chose : elles n'abandonneraient jamais l'idée de m'égaler.

L'empereur m'accorda un nouveau titre, celui de Mère de bon augure. Des cadeaux et des coffres débordant de taëls furent envoyés à ma famille, mais ma mère et ma sœur ne reçurent pas l'autorisation de me rendre visite. Mon époux ne vint pas non plus. Mon « impureté » était censée transmettre des maladies à Sa Majesté.

On me servait dix repas par jour mais je n'avais pas d'appétit et la plupart des mets étaient perdus. On me laissait seule et je ne cessais de dormir. Dans mes rêves, je poursuivais des personnages masqués venus faire du mal à mon fils.

Quelques jours plus tard, l'empereur vint me voir. Il n'avait pas l'air bien. La robe qu'il portait le faisait paraître plus mince, plus frêle même. La taille de son fils le préoccupait. Pourquoi était-il si petit et pourquoi dormait-il tout le temps ?

« Qui pourrait le dire ? » fis-je, moqueuse. Comment le Fils du Ciel pouvait-il être si ignorant ?

« Je suis allé au parc hier. » Sa Majesté tendit le bébé à une servante et prit place à côté de moi. Son regard se portait alternativement sur mes yeux et sur ma bouche. « J'ai vu un arbre mort, murmura-t-il. Sur sa cime poussaient des cheveux humains. Très longs, ils retombaient telle une sombre cascade. »

Je ne fis aucune remarque.

« Est-ce un bon ou un mauvais présage, Orchidée ? »

Je n'eus pas le temps de répondre, déjà il poursuivait : « C'est pourquoi je suis venu. S'il y a un arbre mort autour de votre palais, faites-le arracher immédiatement, Orchidée. Vous me le promettez ? »

Sa Majesté et moi passâmes quelque temps dans la cour à chercher des arbres morts. Il n'y en avait aucun et nous nous retrouvâmes bientôt à contempler ensemble le coucher de soleil. J'étais si heureuse que j'en pleurais. Sa Majesté m'avoua ce que le jardinier lui avait appris : les cheveux aperçus dans le parc n'étaient autre qu'une variété de lichen poussant sur les arbres morts.

Comme je ne voulais pas poursuivre sur ce sujet, je l'interrogeai sur ses journées et ses audiences. Il avait peu de chose à dire et nous marchâmes un instant en silence. Il berçait le bébé pour l'endormir. Ce fut l'instant le plus doux de toute mon existence. L'empereur Xianfeng ne passa pas la nuit avec moi et je n'osai pas le lui demander.

Je me disais que je devais me réjouir que la délivrance se fût si bien passée. J'aurais pu mourir sous le fouet de Shim ou encore de cent autres manières. Les concubines impériales avaient perdu et, grâce au nouveau-né, je retrouvais l'attention de l'empereur.

Xianfeng revint le jour suivant et s'attarda après avoir porté le bébé. Je m'obligeai à ne lui poser aucune question. Régulièrement, il me retrouva, toujours l'après-midi, et peu à peu nous nous remîmes à bavarder. Nous parlions de notre fils, de la vie à la cour. Il se plaignait de ce que tout traînait en longueur et de l'incapacité de ses ministres.

Je l'écoutais la plupart du temps. Il paraissait apprécier nos entretiens et, bientôt, il arriva plus tôt dans la journée. Nous n'étions pas intimes mais nous étions proches l'un de l'autre.

J'essayais de me satisfaire de ce que j'avais, mais une partie de moi-même en désirait encore plus. Après son départ en fin d'après-midi, je ne pouvais l'imaginer en compagnie de ses Chinoises. Elles exécutaient certainement des tours plus audacieux que ma danse de l'éventail. Je souffrais de ne pas comprendre pourquoi je ne l'attirais plus. Mon corps avait-il changé à ce point ? Était-ce à cause de mes yeux rougis par les pleurs ? De mes seins gorgés de lait ? Pourquoi évitait-il ma couche ?

An-te-hai s'efforçait de me convaincre que je n'étais nullement responsable du changement d'attitude de l'empereur à mon égard. « Il n'est pas dans ses habitudes de revenir auprès de la femme avec qui il a dormi. Les louanges qu'il vous adressait ou la satisfaction qu'il trouvait auprès de vous n'y peuvent rien changer. »

La seule bonne nouvelle, c'est que je n'entendais parler d'aucune autre grossesse.

D'après les lettres du prince Kung, j'appris que l'empereur refusait toute audience depuis le jour où il avait signé avec les étrangers un nouveau traité reconnaissant la défaite de la Chine. Honteux et humilié, il passait ses jours totalement seul dans les jardins impériaux. La nuit, les plaisirs charnels étaient sa seule échappatoire.

Si malade fût-il, la distraction pouvait durer des heures. An-te-hai connut de nombreux détails grâce à un nouveau confrère, Chow Tee, valet de chambre de Sa Majesté et originaire de la même ville que lui.

« Sa Majesté l'empereur est ivre la plupart du temps et incapable de démontrer sa virilité, me déclara An-te-hai. Il aime voir ses femmes et leur ordonne de se caresser pendant qu'elles dansent. Les fêtes durent jusqu'à l'aube même s'il est déjà endormi. »

Je me souvins de notre dernière entrevue. Xianfeng n'avait cessé de parler de sa chute. « Je serai déchiqueté en mille morceaux par mes ancêtres quand je viendrai à leur rencontre, je n'ai nul doute sur ce point. » Il avait ri nerveusement et toussé en émettant un son creux. « Le Dr Sun Pao-tien m'a prescrit de l'opium pour apaiser ma douleur. Je me moque de mourir, je veux simplement m'arracher à tous ces problèmes. »

Ce n'était un secret pour personne : une fois encore, la santé de l'empereur déclinait. Chacun s'inquiétait de son visage hâve et de ses yeux vides. Comme nous avions regagné la Cité interdite, les ministres de la cour avaient reçu l'ordre de venir dans sa chambre pour lui exposer les affaires d'État.

Cela me brisait le cœur de voir Xianfeng abandonner tout espoir. Avant de quitter mon palais, il me dit qu'il était désolé, prit notre fils dans les bras et m'adressa un pauvre sourire. « Je ne suis plus rien. »

Je regardai le père de mon enfant endosser sa robe aux dragons. Il n'avait même pas la force d'en soulever les manches et il dut s'y reprendre à trois fois avant de mettre ses souliers.

Je dois lui demander pourquoi il est trop tard pour m'accorder le droit d'élever notre fils ! Cette pensée me vint alors que je tenais le bébé et regardais Xianfeng monter dans son palanquin. J'avais déjà exprimé ce vœu mais je n'avais obtenu aucune réponse. Selon An-te-hai, l'empereur ne voulait pas faire souffrir Nuharoo en lui ôtant la prérogative d'être la première mère.

Né le 1er mai 1856, mon fils reçut officiellement le nom de Tongzhi, « régir ensemble », tong signifiant « compagnie » et zhi « gouverner ». Si j'avais été superstitieuse, j'aurais compris que ce nom était une prédiction en soi.

Les festivités débutèrent le lendemain de sa naissance et durèrent un mois. En une nuit, la Cité interdite s'était changée en une immense fête. Des lanternes rouges étaient accrochées aux arbres et chacun était vêtu de rouge et de vert. Cinq troupes d'opéra furent invitées à jouer au palais. La musique et le son des tambours emplissaient l'air. Les spectacles duraient jour et nuit. L'ivresse touchait les hommes comme les femmes, les jeunes comme les vieux. Et la question que l'on posait le plus souvent était : « Où est donc le pot de chambre ? »

Hélas, cette gaieté ne masquait pas les mauvaises nouvelles. Qu'importaient les symboles de chance et de victoire que nous arborions : nous perdions devant les barbares à la table de négociations. Le ministre Xijing et le Grand Secrétaire Kuei Liang, beau-père du prince Kung, représentaient la Chine. Ils revinrent avec un autre traité humiliant : treize nations, dont l'Angleterre, la France, le Japon et la Russie, avaient formé une alliance contre notre pays. Elles insistaient pour que nous ouvrions d'autres ports au commerce et au trafic de l'opium.

J'envoyai au prince Kung un messager afin de l'inviter à faire connaissance de son jeune neveu mais, secrètement, j'espérais aussi le voir réussir à persuader Xianfeng de reprendre ses audiences.

Le prince arriva séance tenante. Comme il avait l'air agité, je lui offris des cerises et du thé Puits du Dragon en provenance de Hangzhou. Il but goulûment comme si c'était de l'eau. Je sentais que j'avais choisi le pire moment pour cette visite mais, dès l'instant où il vit Tongzhi, Kung le prit dans ses bras. L'enfant sourit et l'oncle fut vaincu. Je savais que le prince voulait rester plus longtemps, mais un messager apporta un rescrit qu'il devait signer. Il lui fallut reposer Tongzhi.

Je bus mon thé en balançant le berceau. Le messager s'en alla. Le prince paraissait las. Je lui demandai si c'était le nouveau traité qui l'accablait ainsi.

Il fit oui de la tête et sourit. « Je n'ai pas l'impression d'avoir vingt-trois ans, c'est certain.

— Est-ce vraiment aussi terrible qu'on le prétend ?

— Vous n'y comprendriez rien.

— J'ai déjà quelques idées, osai-je dire. J'ai aidé Sa Majesté à étudier des documents officiels. »

Le prince Kung me considéra avec étonnement.

« Pardon de vous avoir ainsi surpris, dis-je.

— Non, pas vraiment. J'aimerais seulement que Sa Majesté s'y intéresse de plus près.

— Pourquoi ne pas lui parler encore une fois ?

— Il a du coton dans les oreilles, soupira-t-il, et je ne peux le secouer.

— Je pourrais influencer Sa Majesté si vous consentiez à m'éclairer. Après tout, j'ai besoin d'apprendre pour le bien de Tongzhi. »

Ces mots avaient un sens pour le prince et il parla. Je fus choquée de découvrir que le traité permettait aux étrangers d'ouvrir des consulats à Pékin.

« Chaque pays a choisi l'emplacement qui lui convient, non loin de la Cité interdite, expliqua-t-il. Ce traité permet aux navires marchands étrangers de longer les côtes chinoises et les missionnaires sont placés sous la protection du gouvernement. »

Tongzhi pleurait dans mes bras. Il voulait sans doute être changé. Mais je le berçai et il se tut.

« De plus, on attend de nous que nous engagions des inspecteurs étrangers pour régir nos affaires. Enfin... » Le prince hésita un instant. « Nous n'avons pas d'autre choix que de légaliser l'opium.

— Sa Majesté ne le permettra pas. » J'imaginais le prince Kung demandant à son frère de signer ce document.

« J'aimerais que cela dépende de lui. La réalité est autre : les négociants étrangers sont appuyés par les puissances militaires de leurs pays. »

Nous regardâmes par la fenêtre.

Tongzhi se remit à pleurer, doucement, comme le ferait un chaton. Une servante vint le changer. Puis il s'endormit.

Je songeai à la santé de Xianfeng et à l'éventualité que mon enfant grandisse sans père.

« Voilà ce qu'est devenue une civilisation vieille de cinq mille ans, soupira le prince en se levant de son siège.

— Je n'ai pas vu Sa Majesté l'empereur depuis un certain temps. Vous a-t-il fait appeler ?

— Il ne veut pas me rencontrer. Quand il accepte, c'est pour nous traiter d'idiots, mes ministres et moi. Il menace de faire décapiter Xijing et mon beau-père.

Il les soupçonne de traîtrise. Avant d'aller négocier avec les barbares, Xijing et Kuei Liang ont organisé une cérémonie d'adieu avec leurs familles respectives. Ils s'attendaient à être condamnés à mort parce qu'ils avaient peu d'espoir que Sa Majesté se reprenne. Nos familles ont bu et chanté des poèmes lors de leur départ. Ma femme est bouleversée. Elle m'accuse d'avoir compromis son père et menace de se pendre s'il lui arrive malheur.

— Qu'adviendra-t-il si Xianfeng refuse de signer le traité ?

— Sa Majesté n'a pas le choix. Les troupes étrangères stationnent déjà à Tianjin. Leur objectif n'est autre que Pékin. Leurs baïonnettes sont pointées sur nos gorges. » Le prince Kung regarda Tongzhi et ajouta : « Je crains de devoir repartir au travail. »

En le voyant s'éloigner dans le couloir, je me sentis heureuse de savoir que Tongzhi avait pour oncle un homme de sa trempe.

Quinze

Quelques semaines après sa naissance, Tongzhi participa à sa première cérémonie, Shih-san, les « Trois Bains ». Selon les écrits de nos ancêtres, ce rite lui assurerait une place au sein de l'univers. La veille au soir, mon palais fut redécoré par les eunuques, qui drapèrent les poutres et les avant-toits d'étoffes rouges et vertes. Tout fut prêt vers neuf heures du matin. Des lanternes rouges en forme de citrouilles étaient accrochées devant les portes et à l'entrée des couloirs.

J'étais radieuse : ma mère, ma sœur Rong et mon frère Kuei Hsiang avaient reçu l'autorisation de me rendre visite, la première fois depuis mon arrivée à la Cité interdite. Je m'imaginais déjà le plaisir qui submergerait ma mère quand je lui proposerais de tenir Tongzhi. J'espérais le voir sourire. Je me demandais ce qu'était devenue ma sœur. Il y avait en effet un jeune homme que je désirais lui présenter.

Kuei Hsiang avait récemment été honoré en recevant le titre de notre père. Il avait désormais le choix, séjourner à Pékin et vivre de ses taëls ou marcher dans les pas de père pour évoluer vers un poste à la cour impériale. Kuei Hsiang avait opté pour la première solution, ce qui ne me surprit pas. Et puis, mère serait heureuse d'avoir son fils auprès d'elle.

Quand le soleil réchauffa le jardin et que le parfum des fleurs se répandit dans l'air, les hôtes commencèrent d'arriver. Parmi eux se trouvaient les anciennes concubines du grand-père de Tongzhi, Daoguang. Je n'avais pas oublié les vieilles biques du palais de la Paix et de la Longévité.

« Vous devriez considérer que leur présence est un honneur, maîtresse, me dit An-te-hai. Elles s'aventurent rarement en public : les bouddhistes sont censés cultiver la solitude. »

Les dames s'avancèrent, vêtues de fines cotonnades d'un blanc terne. Les boîtes contenant leurs cadeaux n'étaient pas rouges mais jaunes et emballées dans des feuilles sèches. Je découvrirais plus tard qu'elles contenaient toutes la même chose, une statue de bois ou de jade représentant le Bouddha assis.

Près de la porte, j'accueillais les invités dans ma jolie robe couleur pêche. Une dame de compagnie tenait Tongzhi, emmailloté dans un lange rouge. Il venait d'ouvrir les yeux et semblait de bonne humeur. Il portait sur les visiteurs le regard d'un sage. Quand le soleil fut au-dessus des toits, vinrent les membres de la famille impériale vivant en dehors de la Cité interdite : entre autres, le prince Kung, le prince Ts'eng et le prince Yi Huan accompagnés de leur fujin et de leurs enfants.

L'empereur Xianfeng et dame Nuharoo firent leur apparition à midi, annoncés par des eunuques aux tenues chatoyantes dont la double rangée s'étendait sur plusieurs centaines de mètres. La chaise-dragon de l'empereur et le palanquin-phénix de Nuharoo se dirigeaient lentement vers la porte du palais.

La veille, Xianfeng était venu chez moi prendre le thé. Il avait apporté en cadeau à Tongzhi sa propre ceinture, celle faite de crins de cheval et de rubans de soie blanche, et m'avait remerciée de lui avoir donné un fils.

Réunissant tout mon courage, je lui avais avoué ma solitude. Certes, j'avais Tongzhi, mais je me sentais perdue, en pleine confusion. Je l'avais supplié de rester pour la nuit. « Cela fait si longtemps… »

Il avait compris mais refusé d'accéder à ma prière. Ces derniers mois, il avait installé dans chaque chambre du palais d'Été des beautés venues de tout le pays. « Je ne me sens pas bien, m'avait-il répondu. Le médecin m'a conseillé de dormir seul pour ne pas laisser s'épancher mon essence. »

Je commençais à comprendre Nuharoo, les dames Yun, Li, Mei et Hui, ainsi que toutes celles que le Fils du Ciel ne désirait ou ne se rappelait plus.

« J'ai signé un édit afin de vous accorder un nouveau titre, avait ajouté mon époux sur le point de se lever. Il sera annoncé demain et j'espère que vous serez satisfaite. Désormais, vous jouirez du même rang et du même titre que Nuharoo. »

La cérémonie du Shih-san commença. Les concubines s'égayèrent quand Nuharoo leur eut donné la permission de s'asseoir. Les dames portaient des robes évoquant la fête, comme si elles assistaient à un opéra. Elles regardaient autour d'elles et ne cessaient de tout critiquer.

Nuharoo me dit : « Asseyez-vous, je vous en prie, sœur cadette. » Son regard était plus doux malgré les lignes sombres de son maquillage.

Je m'installai à côté d'elle.

La foule sentait que Nuharoo était sur le point de parler. Tous s'avancèrent et tendirent le cou pour témoigner de leur intérêt.

« Ayez pitié de la femme que je suis, commença-t-elle. Je suis coupable envers Sa Majesté. Le malheur veut que je ne puisse lui donner d'enfant. Tongzhi m'offre la chance de lui prouver ma loyauté. Quand le ventre de dame Yehonala s'est mis à gonfler, j'ai senti que j'étais déjà la mère de Tongzhi. Je suis amoureuse de mon fils. »

Il n'y avait pas la moindre trace d'ironie dans sa voix. J'aurais voulu me tromper sur ses intentions. Si elle n'avait éprouvé que de l'amour pour Tongzhi, je l'aurais volontiers laissée agir à sa guise, mais mon instinct de mère m'incitait à ne pas lui faire confiance.

« Vous tous, venez partager mon bonheur ! lança Nuharoo. Venez voir mon fils céleste, Tongzhi ! »

Les concubines, le visage maquillé et la tête chargée d'ornements, firent de leur mieux pour montrer leur enthousiasme. Elles se mirent à genoux pour nous souhaiter, à Nuharoo et à moi-même, « dix mille années de longévité ». Je ne me sentis pas à l'aise quand elles entourèrent le berceau. Elles embrassèrent Tongzhi sur les joues : leurs lèvres trop rouges m'évoquaient des loups affamés déchiquetant un lapin.

Dame Yun s'approcha, vêtue d'une robe de soie jaune pâle brodée de chrysanthèmes blancs. Ses pendants d'oreilles semblables à deux noix lui tombaient sur les épaules. Des fossettes creusèrent ses joues quand elle sourit et s'assit.

« Le bébé fait-il déjà ses nuits ? demanda-t-elle. Pas encore ? »

Nuharoo et moi échangeâmes des regards.

« J'aurais apprécié quelque parole de bon augure, lui dit Nuharoo.

— Avez-vous remarqué que les pruniers viennent tout juste de fleurir ? poursuivit dame Yun comme si elle n'avait rien entendu. Dans mon palais, ce matin, il s'est produit un fait très étrange.

— Lequel ? demandèrent les autres dames en tendant le cou comme des oies.

— Dans un coin de ma chambre, fit dame Yun en baissant la voix, j'ai découvert un champignon géant. Aussi gros qu'une tête humaine ! »

Voyant qu'elle captivait son public, elle sourit. « Des événements encore plus singuliers vont arriver. Mon astrologue a reconnu un signe funeste dans la toile qu'une araignée a tissée dans un osmanthe. Bien entendu, je ne suis pas moi-même versée dans ces mystères. L'empereur Xianfeng m'a dit à de nombreuses reprises qu'il se change en guenilles dans son sommeil et que le vent du sud le conduit directement au Ciel. Sa Majesté ne souhaite aucune cérémonie d'adieu. Il a décidé que nous serons toutes veuves. »

Nuharoo s'était adossée au tronc d'un pin. Elle cligna les yeux et décida d'ignorer dame Yun. Elle prit sa tasse de thé dont elle ôta le couvercle pour boire.

Le reste des dames l'imitèrent.

Je me demandai si dame Yun était saine d'esprit. Pourtant, il y avait du vrai dans ses paroles quand elle se mit à chanter *Poussière dans le vent* :

Tu me demandes quand je viendrai.
Hélas, pas encore, pas encore…
Comme la pluie gonflait les flaques la nuit de notre [union !
Ah, soufflerons-nous à nouveau les bougies
Et nous rappellerons-nous les heures bénies de cette [pluie du soir ?

Le palanquin de ma mère arriva enfin à la porte de la Pureté céleste. J'éclatai en sanglots à l'instant même où je l'aperçus. Elle avait vieilli et elle s'appuyait maintenant aux bras de Rong et de Kuei Hsiang. Je n'avais pas fini de lui souhaiter la bienvenue quand elle se mit à son tour à pleurer. « Félicitations, Orchidée. Je ne pensais pas vivre assez longtemps pour voir mon petit-fils.

— L'instant de liesse est arrivé ! s'écria le premier eunuque Shim depuis le couloir. Musique, feux d'artifice ! »

Guidée par des eunuques rompus à ce rituel, je fendis la foule. Je demandai à l'empereur si ma mère pouvait s'asseoir à mes côtés et il accepta. Ma famille était si heureuse que chacun pleurait. Avec difficulté, mère se pencha et toucha Tongzhi pour la première fois. « Je suis prête à rejoindre ton père en toute sérénité », me dit-elle.

Une fois assis, Rong et Kuei Hsiang m'expliquèrent qu'ils avaient emmené mère consulter les meilleurs médecins de Pékin. Elle semblait frêle. Je pris ses mains dans les miennes. La coutume voulait que ma famille ne passe pas la nuit dans la Cité interdite et il faudrait nous séparer une fois la cérémonie terminée. L'idée de ne jamais revoir mère me troublait tellement que j'ignorai Nuharoo quand elle me pria d'accueillir avec elle les membres de la cour.

« Considère les choses ainsi, Orchidée, dit mère qui cherchait à me réconforter : je souffre tant que la mort sera un soulagement. »

Je posai la tête sur son épaule, incapable de dire quoi que ce soit.

« Ne gâche pas cet instant. » Et elle me sourit.

Je fis un effort pour paraître enjouée : il ne me semblait pas réel que chacun pût être ici pour mon fils.

Kuei Hsiang s'était mêlé à la foule et je l'entendais rire. L'alcool de riz faisait déjà son effet.

Rong était plus belle mais aussi plus mince que la dernière fois où je l'avais vue.

« L'avenir de Rong n'est pas encore assuré et c'est ce qui m'inquiète, me confia mère. Elle n'a pas eu autant de chance que toi. Aucune proposition digne de ce nom, et elle a déjà plus de vingt ans.

— J'ai songé à un homme qui lui conviendrait.

— J'ai hâte de savoir qui il est.

— C'est le prince Yi Huan, le septième frère de Xianfeng. Il est veuf depuis peu. »

Devant son étonnement, j'ajoutai : « Veuf », cela ne signifie pas qu'il n'a plus ni épouse ni concubine. La position de première épouse est vacante, rien de plus.

— Je vois. Le prince Yi Huan serait un parti très acceptable pour Rong. Elle serait la Nuharoo de la maison de Yi Huan, c'est cela ?

— Exactement, s'il s'intéresse à elle, bien entendu.

— Que peut demander de plus une famille d'origine aussi modeste que la nôtre ? Vivre sans connaître les affres de la faim, voilà tout ce que j'ai toujours souhaité à mes enfants. Mon mariage avec ton père était arrangé. Nous ne nous étions jamais rencontrés avant les noces, mais tout s'est bien passé, je crois.

— Oh oui, mieux encore. »

Nous restâmes un moment silencieuses, les doigts entrecroisés. Puis elle dit : « Rong et toi seriez très proches si une telle union pouvait se concrétiser. Vous voir vous protéger mutuellement, tel sera mon dernier vœu sur terre. Et puis, Rong pourra t'aider à veiller à la sécurité de Tongzhi. »

J'approuvai sa sagesse.

« Rejoins ta sœur à présent, Orchidée, et laisse-moi quelques instants avec mon petit-fils. »

Je retrouvai Rong que j'emmenai au fond du jardin. Nous nous installâmes dans un minuscule pavillon de pierre. Je lui fis part de mes pensées et des réflexions de notre mère. Rong était enchantée que j'aie tenu ma promesse de lui trouver un prétendant.

« Le prince Yi Huan va-t-il m'apprécier ? me demanda-t-elle. Comment devrai-je me préparer ?

— Voyons d'abord s'il s'éprend de toi. Je vais te poser une question, une question cruciale : seras-tu capable d'endurer les épreuves que j'ai connues ?

— Des épreuves ? Tu te moques de moi, avoue-le ! »

J'hésitai. Rong n'avait pas la moindre idée de ce dont je lui parlais.

« Rong, mon existence n'est pas ce qu'elle paraît être. Tu dois le savoir. Je ne veux pas être la cause de tes regrets. Je ne veux pas susciter une tragédie.

— Mais, Orchidée, fit-elle le rouge aux joues, je n'ai rêvé que d'avoir la même chance que toi. Je veux être jalousée par toutes les femmes de Chine !

— Réponds à ma question, Rong. Supporteras-tu d'abandonner ton mari à d'autres femmes ?

— S'il en est ainsi depuis des siècles, conclut-elle après un temps de réflexion, je ne vois pas pourquoi je serais la première à me révolter. »

Je lui prodiguai un dernier conseil. « Tu changeras quand tu seras amoureuse d'un homme. Je te le dis par expérience, cette douleur est intolérable. Tu auras l'impression que ton cœur est plongé dans de l'huile brûlante.

— Dans ce cas, il vaut mieux que je ne tombe pas amoureuse.

— Tu ne pourras peut-être pas te dominer.

— Pourquoi ?

— Parce que l'amour, c'est la vie. Pour moi, tout au moins.

— Que faire alors, Orchidée ? » Un peu perdue, Rong écarquillait les yeux.

La tristesse m'étreignait et je pris mon souffle pour mieux me maîtriser. Rong posa doucement sa joue contre la mienne.

« Tu es amoureuse de l'empereur Xianfeng, c'est cela ?

— Je me suis… ridiculisée.

— Je me rappellerai ta leçon, Orchidée. J'imagine que ce ne doit pas être facile. Malgré tout, je continue à envier ma sœur aînée. Je n'ai pas rencontré d'homme digne de ce nom et j'en suis venue à croire que je ne suis pas attirante.

— Tu sais toi-même que c'est ridicule. Comment peux-tu être telle que tu le prétends alors que ta sœur est une épouse impériale ? »

Elle me sourit.

« Tu as embelli, dis-je en la prenant par le cou. Désormais, je veux que tu sois à chaque minute consciente de ta beauté.

— « Chaque minute » ? De quoi parles-tu ?

— Une minute, c'est le mouvement d'une aiguille sur une horloge.

— Et qu'est-ce qu'une horloge ?

— Je vais t'en montrer. Les horloges constituent la passion de l'empereur. Elles donnent l'heure. Elles sont dissimulées dans des boîtiers métalliques, comme des escargots dans leur coquille. Et dans chaque boîtier bat un petit cœur.

— Comme un être vivant ?

— Oui, mais elles ne sont pas vivantes. La plupart des horloges ont été conçues par des hommes des pays lointains. Tu en détiendras plusieurs si tu épouses le prince Yi Huan. »

Je sortis ma boîte à maquillage. « Écoute, Rong, en tant que sœur de la concubine favorite de Xianfeng, tu dois savoir que les hommes meurent d'envie de te posséder mais qu'ils n'ont pas assez de courage pour dire ce qu'ils ont en tête. Je vais parler à Sa Majesté de ton union avec son frère. Si j'obtiens sa bénédiction, le reste ne posera aucune difficulté. »

La musique et les feux d'artifice avaient cessé quand nous retrouvâmes Kuei Hsiang et notre mère. Maître Shim annonça que la première partie de la cérémonie était achevée et que la deuxième, le Bain dans l'Or, allait débuter. À son appel, quatre eunuques apportèrent un tub en or massif, le déposèrent au centre de la cour sous un magnolia en fleur et le remplirent d'eau. Des foyers de brique furent installés tout autour.

Des servantes s'agenouillèrent à côté du tub tandis que deux nourrices amenaient mon fils. Elles déshabillèrent Tongzhi sans se préoccuper de ses cris de protestation. Elles tenaient ses petits bras et ses petites jambes ainsi qu'elles le feraient pour dépecer un lapin. Chaque convive trouvait cela très amusant, mais ses cris me faisaient mal. L'épreuve était difficile, pourtant je devais la supporter. C'était le prix à payer pour assurer le statut de Tongzhi, chaque cérémonie lui permettrait un peu plus de devenir l'héritier légitime.

Sous les regards d'une centaine de personnes, Tongzhi prit son premier bain. Il était de plus en plus perturbé.

« Regardez, il y a une tache brune sous l'aisselle droite de Tongzhi ! » Nuharoo se précipita vers moi. Pour l'occasion, elle avait changé de tenue. « Est-ce un mauvais présage ?

— C'est une marque de naissance, lui répondis-je. J'ai consulté le Dr Sun Pao-tien et il m'a dit de ne pas m'inquiéter.

— Je ne ferais pas confiance à Sun Pao-tien, personnellement. Je n'ai jamais vu cette marque de naissance, elle est trop large et trop sombre. Je dois consulter sur-le-champ mon astrologue. » Elle se tourna vers le tub et interpella les servantes. « N'essayez pas d'empêcher Tongzhi de pleurer. Il est censé se sentir mal à l'aise, c'est là le sens de cette cérémonie. Plus il crie, plus il a de chances de devenir robuste en grandissant. »

Je m'éloignai pour ne pas frapper Nuharoo.

Le vent soufflait. Des pétales roses tombaient des arbres. Les servantes en ramassèrent et les montrèrent à Tongzhi dans le but de l'apaiser. Un bain sous un magnolia, l'image aurait été charmante si le bébé n'avait pas hurlé. J'ignorais combien de temps il lui faudrait rester assis dans l'eau. Je regardai le soleil en priant pour qu'il se couche.

« Habits ! » chanta à pleine voix l'eunuque Shim. Les servantes s'empressèrent de sécher et de vêtir Tongzhi, si fatigué qu'il s'assoupit dans leurs bras. Il ressemblait à une poupée de chiffon, mais la cérémonie était loin d'être terminée. Quand le tub fut vidé, le bébé endormi y fut à nouveau déposé. Plusieurs lamas portant des robes de la couleur du soleil formèrent le cercle autour de lui et se mirent à psalmodier.

« Présents ! » cria Shim.

Précédés par l'empereur, les hôtes s'avancèrent pour déposer leurs cadeaux.

Shim annonçait le contenu de chaque coffret qu'il ouvrait. « De la part de Sa Majesté l'empereur Xianfeng, quatre lingots d'or et deux pièces d'argent ! »

Des eunuques ôtèrent l'emballage pour révéler un coffret sculpté recouvert de laque rouge.

Le premier eunuque continua. « De la part de Sa Majesté l'impératrice Nuharoo, deux pièces d'or et un lingot d'argent, huit ruyi porte-bonheur, quatre sapèques d'or et d'argent, quatre couvertures en coton pour l'hiver, quatre couvertures en coton et leurs draps pour l'été, quatre vestes pour l'hiver, quatre pantalons pour l'hiver, quatre paires de chaussettes et deux oreillers ! »

Les autres invités déposèrent leurs présents selon leur rang et leur génération. Les cadeaux se ressemblaient tous, seuls différaient le nombre et la qualité. Personne n'était supposé faire mieux que le premier couple. Ces dons ne serviraient en fait à personne : tout serait emballé et déposé dans l'entrepôt impérial au nom de Tongzhi.

Le lendemain, je me levai avant l'aube pour passer du temps avec mon fils. Puis le rituel du Shih-san se poursuivit. Une fois encore Tongzhi fut plongé dans le tub.

Il était à présent assis dans l'eau depuis une heure et quart. Le soleil brillait mais l'air de mai était glacial. Mon fils risquait facilement de s'enrhumer. Apparemment, nul ne s'en souciait. Quand il eut éternué à plusieurs reprises, je demandai à An-te-hai de faire installer une tente pour le protéger du vent. Nuharoo s'y opposa. Selon elle, l'abri le couperait de toute bonne fortune. « Le but de ce bain est d'exposer Tongzhi aux puissances magiques de l'univers. »

Pour une fois, je refusai de céder. « La tente restera ici. »

Nuharoo ne répliqua pas, mais elle profita de ce querj'aille utiliser le pot de chambre pour la faire enlever. Je savais qu'il était insensé de croire que Nuharoo s'employait à rendre malade mon fils, mais je ne parvenais pas à chasser cette idée.

Nuharoo m'expliqua que nous n'étions pas en droit de modifier la tradition. « D'un empereur à l'autre, chaque héritier s'est baigné ainsi.

— Mais nos ancêtres étaient différents, rétorquai-je. Ils vivaient à cheval, à demi nus. » Je lui rappelai que le père de Tongzhi était de faible constitution et que lui-même ne faisait pas son poids à la naissance.

Nuharoo, bien que réduite au silence, ne céda pas pour autant.

Tongzhi éternua.

Incapable de me maîtriser, je me précipitai vers le tub et écartai les servantes avant de prendre mon fils dans mes bras et de le ramener à l'intérieur du palais.

Fêtes et cérémonies se déroulaient sans interruption. Au milieu de la liesse, un jardinier découvrit une poupée fétiche enterrée dans mon jardin. Sur sa poitrine étaient écrits en noir les deux caractères formant le mot « Tongzhi ».

L'empereur Xianfeng convoqua ses épouses et ses concubines. Il avait décidé de résoudre cette énigme en personne. Je me vêtis pour me rendre au palais de dame Yun. J'ignorais pourquoi nous devions nous retrouver en ce lieu. En chemin, je rencontrai Nuharoo. Elle-même n'était au courant de rien.

En approchant du palais, nous entendîmes sangloter. Dans la grande salle, vêtu de sa chemise de nuit, l'empereur paraissait furieux. À côté de lui, deux eunuques tenaient un fouet. D'autres eunuques et des servantes étaient agenouillés. Au premier rang, dame Yun, en chemise de nuit rose, pleurait abondamment.

« Retenez vos larmes, lui dit Xianfeng. Comment la noble dame que vous êtes a-t-elle pu s'abaisser ainsi ?

— Je n'ai rien fait, Votre Majesté ! » Elle rejeta la tête en arrière pour le regarder dans les yeux. « La naissance de Tongzhi m'a emplie de joie. Je ne l'ai pas assez fêtée. Je ne fermerai pas les yeux si je dois être pendue à cause de ça !

— Chacun dans la Cité interdite reconnaît votre écriture. » L'empereur haussa le ton. « Comment pourraient-ils tous se tromper ?

— Ma calligraphie n'est pas un secret, protesta dame Yun. Je suis connue pour mon art. Il est très facile de copier mon style.

— Une de vos servantes vous a vue en train de confectionner cette poupée.

— Dee, sans aucun doute.

— Et pourquoi Dee vous hait-elle ? »

Dame Yun se tourna vers Nuharoo. « Dee m'a été donnée en cadeau par Sa Majesté l'impératrice Nuharoo. Je n'en voulais pas. Je l'ai punie à plusieurs reprises parce qu'elle furetait...

— Dee n'a que treize ans, l'interrompit Nuharoo. Il est honteux d'accuser une innocente pour couvrir son crime ! » Elle m'interrogea du regard. « N'est-elle pas réputée pour sa douceur ? »

Prise au dépourvu, je me contentai de hocher la tête.

Nuharoo s'adressa à l'empereur. « Votre Majesté, puis-je avoir la permission de remplir mon devoir ?

— Oui, mon impératrice. »

Dame Yun poussa un hurlement. « C'est vrai ! Je l'avoue ! Mais je sais qui tire les ficelles : c'est une renarde malfaisante qui a pris forme humaine. Elle a été envoyée par le démon pour détruire la dynastie Qing. Et elle ne rôde pas seule dans la Cité interdite... Sa horde l'accompagne. Vous en faites partie, dit-elle le doigt tendu vers Nuharoo. Et vous aussi, ajouta-t-elle à mon adresse. Votre Majesté, il est temps de me récompenser de la corde de soie blanche pour que j'aie l'honneur de me pendre seule ! »

Il y eut un bref émoi parmi l'assistance, qui ne se calma que lorsque dame Yun reprit la parole.

« Je veux mourir. Ma vie a été un enfer. Je vous ai donné une princesse, lança-t-elle à l'empereur, et vous la traitez comme un détritus. Dès qu'elle aura treize ans, vous vous débarrasserez d'elle, vous la marierez à un sauvage des marches du pays. Vous vendrez votre fille… »

Dame Yun s'effondra. Ses fossettes se creusaient, dessinant un étrange sourire. « Ne croyez pas que je suis sourde. Je vous ai entendu discuter avec vos ministres. Moi, on ne m'a pas autorisée à parler de mes souffrances. Mais aujourd'hui, qu'on le veuille ou non, je crierai tout ce que j'ai à dire. Oui, je suis jalouse de la façon dont on traite Tongzhi. Oui, je pleure sur le destin de ma fille, Jung, et je demande au Ciel pourquoi il ne m'a pas accordé un fils… Je me permets de vous poser cette question, Xianfeng : connaissez-vous le jour anniversaire de votre fille ? Savez-vous quel âge elle a ? Depuis combien de temps ne l'avez-vous pas vue ? Je parierais que vous ne pouvez répondre ! Les renardes vous ont dévoré le cœur ! »

Nuharoo sortit son mouchoir et se tamponna le visage. « Je crains que dame Yun ne laisse aucun choix à Sa Majesté.

— Nuharoo, faites votre devoir. » L'empereur se leva et sortit de la salle, les pieds nus.

Dame Yun se pendit cette nuit-là. An-te-hai m'en informa le lendemain matin alors que je prenais mon petit déjeuner. Mon estomac se noua. Tout au long de la journée, je vis le visage de dame Yun derrière chaque porte, chaque fenêtre. Je demandai à mon eunuque de m'assister alors que je vérifiais à maintes reprises le berceau de Tongzhi. J'aurais voulu inviter la petite princesse Jung à séjourner quelque temps avec moi pour qu'elle voie son frère. On lui avait dit que sa mère était partie pour un très long voyage. Les eunuques et les servantes avaient l'ordre de tenir secrète la mort de dame Yun, mais la fillette apprendrait la vérité de la manière la plus terrible qui soit, de la bouche même des rivales de sa mère qui n'avaient qu'un objectif, la faire souffrir.

Nuharoo arriva à l'improviste à minuit. Ses eunuques frappaient si fort à ma porte qu'ils faillirent la briser. Elle se jeta dans mes bras quand j'allai l'accueillir. Livide, elle avait la voix brisée. « Elle est après moi !

— Mais qui ça ?

— Dame Yun !

— Allons, Nuharoo, vous avez fait un cauchemar.

— Elle se tenait près de mon lit, vêtue d'une robe verte transparente, sanglota Nuharoo. Sa poitrine était couverte de sang. Sa gorge avait été tranchée d'un coup de hache et sa tête retombait vers l'arrière, maintenue par un lambeau de chair. Je ne voyais pas son visage mais j'entendais sa voix. « Je devais être pendue, pas décapitée. » Elle disait que le juge des enfers l'avait envoyée chercher quelqu'un qui dût mourir comme elle si elle voulait revenir sur terre lors de sa prochaine vie. »

Je réconfortai Nuharoo, bien que je ne fusse guère rassurée. Elle regagna son palais et dévora tous les livres ayant trait aux fantômes. Elle revint me voir quelques jours plus tard et m'expliqua avoir trouvé des informations dont je ferais mieux de prendre connaissance.

« Le pire châtiment pour un fantôme femelle, c'est être jeté dans le « Lac du Sang souillé ». » Elle me montra un ouvrage dont les illustrations, très réalistes, représentaient le « ministère du Fléau » à l'œuvre dans les mondes souterrains. Des têtes coupées aux longs cheveux flottaient dans un étang rouge sombre comme des boulettes de pâte dans de l'eau bouillante.

« Vous voyez ? C'est de cela que je voulais vous parler. Le sang de cet étang est issu du péché de toutes ces femmes. Dans ce lac, on trouve aussi des serpents et des scorpions qui se repaissent de celles qui viennent de mourir. Ils sont la transformation de celles qui ont commis de mauvaises actions pendant leur existence.

— Et que se passera-t-il si je ne fais jamais rien de mal ?

— Orchidée, le jugement des enfers s'applique à toutes les femmes. C'est pourquoi nous avons besoin de la religion. Le bouddhisme nous aide à nous repentir des crimes que nous commettons par le simple fait d'être femme et de mener une vie matérielle. Il nous faut oublier tout plaisir terrestre et implorer le pardon du Ciel. Nous devons nous efforcer d'accumuler de la vertu. Seulement alors pourrons-nous échapper au Lac du Sang souillé. »

Seize

À l'occasion de son premier anniversaire, on présenta à mon fils un plateau chargé d'objets. Celui qu'il choisirait donnerait à la famille impériale un indice quant à son futur caractère. On appelait cela le Chua-tsui-p'an, « attraper l'avenir dans un plat ». D'importants membres de la cour furent invités à assister à cette cérémonie.

Les eunuques de Tongzhi préparaient cet événement depuis une semaine. Les murs, les colonnes, les portes et les montants de fenêtres de mon palais avaient été repeints en vermillon. Les poutres et les saillies étaient rehaussées de bleu, de vert et d'or. Le toit de tuile jaune ressemblait à une couronne gigantesque sur fond de ciel du nord. Les terrasses de marbre blanc vibraient de toute l'exubérance de leurs sculptures.

La cérémonie débuta dans la salle de la Mansuétude du corps, dans l'aile est du palais, où un autel avait été érigé. Au-dessus, une calligraphie sur rouleau détaillait le rituel. Une large table carrée en séquoia était installée au milieu de la salle. Dessus, un plateau de la taille d'une feuille de lotus parvenue à maturité, c'est-à-dire plus grande qu'un tub d'enfant. Des objets symboliques y étaient disposés : seau impérial, exemplaire de l'ouvrage de Confucius, *Chroniques des printemps et des automnes*, pinceau en poils de chèvre, lingot d'or, lingot d'argent, crible, sabre décoratif, flacon d'alcool miniature, clé en or, dé d'ivoire, étui à cigarettes en argent, horloge à musique, fouet en cuir, bol en céramique bleu décoré de paysages, éventail ancien orné d'un texte dû à un illustre poète du temps des Ming, épingle à cheveux en jade vert incrustée de papillons, boucle d'oreille en forme de pagode et, enfin, pivoine rose.

Mon fils m'avait été enlevé le matin même pour qu'il agisse de son chef. Depuis quelques semaines, je tentais de lui apprendre à faire le « bon choix ». Je lui montrais une carte de Chine, des paysages colorés et, bien entendu, l'objet qu'il était censé choisir : le seau impérial (une imitation, en l'occurrence : An-te-hai l'avait sculpté dans un morceau de bois et, pour attirer l'attention de Tongzhi, je l'apposais en divers lieux). Toutefois mes épingles à cheveux semblaient davantage l'intéresser.

Installés dans la salle, les invités attendaient patiemment le choix de Tongzhi. Devant des centaines de personnes, je m'agenouillai près de l'autel et allumai des bâtons d'encens.

L'empereur Xianfeng et Nuharoo étaient assis au centre. Nous priâmes tandis que la fumée de l'encens s'élevait vers le ciel. On nous servit du thé et des noix puis, quand les rayons du soleil frappèrent les poutres, deux eunuques amenèrent Tongzhi. Il portait une robe dorée brodée de dragons. Les eunuques le placèrent sur une table et il regardait tout autour de lui avec ses grands yeux. Il était incapable de tenir en place, mais on réussit tout de même à le faire s'incliner devant son père, ses mères et le portrait de ses ancêtres.

Je me sentais terriblement seule. Ah, si ma mère ou Rong avait pu être là ! Le rituel n'avait pas été pris très au sérieux dans le passé et les gens venaient simplement voir le bébé. Aujourd'hui, les astrologues étaient les maîtres et la famille royale mandchoue n'était plus sûre de rien. Tous s'en remettaient à « la volonté du Ciel ».

Que se passerait-il si Tongzhi choisissait une fleur ou une épingle à cheveux au lieu du seau impérial ? Les gens verraient-ils dans mon fils un futur fat ? Et l'horloge à musique ? Ne serait-il pas attiré par ses notes grêles ?

Le bavoir de Tongzhi était luisant de salive. Quand les eunuques le lâchèrent, il rampa à quatre pattes vers le plateau, lourdement emmailloté et très maladroit. Tous les regards se portaient sur lui. Je sentais que Nuharoo m'observait et je tâchais de paraître confiante. J'avais pris froid la nuit précédente et j'avais mal à la tête ; je n'avais cessé de boire de l'eau pour me calmer.

Tongzhi s'immobilisa et tendit la main vers le plateau comme il le faisait d'habitude vers moi. Et soudain, j'éprouvai le besoin pressant de me rendre au pot de chambre.

Je me précipitai hors de la salle et repoussai les servantes avant qu'elles me suivent. Assise sur le pot, je respirai plusieurs fois bien à fond. La douleur qui étreignait la partie gauche de mon crâne s'était déplacée à droite. Je quittai le pot puis me rinçai le visage et les mains à l'eau froide. Quand je rentrai dans la salle, Tongzhi mâchonnait son bavoir.

Patiente, la foule attendait toujours. Leurs espoirs me rendaient malade. C'est de la folie de faire porter le fardeau de la Chine à un nourrisson ! Mais je savais qu'on me le retirerait pour de bon si j'osais prononcer une telle phrase.

Tongzhi allait se désintéresser de la table. Des eunuques le soulevèrent et le remirent en place. Une scène s'imposa à moi : des chasseurs avaient relâché un daim pour ensuite lui décocher leurs flèches. Le sens en était clair : si le daim n'était pas assez fort pour s'échapper, il méritait de mourir.

L'empereur Xianfeng avait promis de me récompenser généreusement si Tongzhi donnait un beau « spectacle ». Mais comment aurais-je pu le diriger ?

Plus je déchiffrais le rouleau placé au-dessus de l'autel, plus l'angoisse s'emparait de moi.

... Si le prince choisit le seau impérial, il deviendra un empereur pourvu de toutes les vertus célestes. S'il choisit le pinceau, l'or, l'argent ou le sabre, il régnera avec intelligence et force de caractère. Mais s'il choisit la fleur, la boucle d'oreille ou l'épingle à cheveux, il s'adonnera aux plaisirs. S'il choisit le flacon, ce sera un alcoolique ; si c'est le dé, il jouera le sort de la dynastie...

Tongzhi « observa » chaque article mais n'en sélectionna aucun. La salle était muette au point que j'entendais l'eau couler dans le jardin. Mon col me serrait, j'étais en sueur.

Tongzhi mit un doigt dans sa bouche. Il doit avoir faim ! Il y avait de moins en moins de chances pour qu'il prenne le sceau de pierre.

Il se remit à marcher à quatre pattes, apparemment motivé. Les eunuques posèrent leurs mains sur les rebords de la table pour l'empêcher de tomber.

Sur son siège-dragon, l'empereur se tenait la tête comme si elle était trop lourde.

Tongzhi s'arrêta, les yeux fixés sur la pivoine rose. Il sourit et sa main alla de sa bouche à la fleur.

Je fermai les yeux. J'entendis l'empereur soupirer.

De déception ? D'amertume ?

Quand j'ouvris à nouveau les yeux, Tongzhi s'était désintéressé de la fleur.

Se rappelait-il le jour où je l'avais puni pour avoir choisi une fleur ? Tout en pleurant, je l'avais corrigé. J'avais laissé la trace de mes mains sur ses petites fesses et je m'en voulais.

Mon fils releva son minuscule menton. Que cherchait-il ? Moi ? Oubliant toute retenue, je fendis la foule et me plantai devant lui. Je lui souris et, du regard, je traçai une ligne invisible entre le sceau et sa main.

Mon stratagème fut couronné de succès. Sans la moindre hésitation, il s'empara du sceau.

« Félicitations, Votre Majesté ! » lança la foule.

Si heureux qu'il en pleurait, An-te-hai s'élança vers la cour.

Des fusées jaillirent dans le ciel avant d'éclater pour laisser retomber des milliers de fleurs en papier.

L'empereur quitta son siège et déclara : « Selon les archives historiques, depuis le début de la dynastie Qing, en 1664, seuls deux princes ont choisi le sceau impérial. Ce furent les deux plus grands empereurs de Chine, Kangxi et Qianlong. Mon fils, Tongzhi, sera le prochain ! »

Le lendemain de la cérémonie, je m'agenouillai devant l'autel d'un temple. J'étais certes épuisée, mais je ne devais pas négliger les dieux qui m'avaient aidée. Je fis des offrandes pour leur témoigner ma gratitude. An-te-hai déposa un poisson vivant sur une assiette en or. Capturé dans le lac, il était maintenant entouré d'un ruban rouge. Dans ma précipitation, je renversai du vin sur les pavés parce que le poisson devait être rejeté vivant dans l'eau.

An-te-hai déposa l'assiette et le poisson dans un palanquin comme s'il s'agissait d'une personne. Au bord du lac, je libérai le poisson qui ne demanda pas son reste.

Pour assurer l'avenir de mon fils et jouir de toutes les bénédictions divines, An-te-hai apporta également dix cages afin que j'en libère les occupants, des oiseaux rares et précieux. Au nom de Tongzhi, je les lançai vers le ciel.

De bonnes nouvelles m'attendaient à mon retour au palais. Rong et le prince Yi Huan étaient fiancés. Ma mère était en émoi.

À en croire l'empereur, son frère n'avait que peu de talent et d'ambition. Quand il se présenta à Rong, le prince se décrivit comme un « disciple de l'enseignement de Confucius », autre façon de s'afficher comme un esprit indépendant. Il jouissait des avantages que lui procurait sa position mais croyait aussi que « trop d'eau fait déborder la coupe » et que « trop d'ornements gâchent la coiffure ».

Nul ne se rendait compte que la rhétorique du prince Yi Huan n'était qu'une ombrelle destinée à masquer les failles de son caractère. J'allais bientôt découvrir que sa « modestie » et son « exil spirituel volontaire » étaient engendrés par sa paresse.

Une fois encore j'avertis Rong : elle ne devait attendre aucune fantaisie d'un mariage impérial. « Regarde-moi, la santé de Sa Majesté décline de jour en jour et je dois me préparer au veuvage. »

Je n'étais pas la seule à me soucier de la santé de l'empereur. Nuharoo partageait mon inquiétude. Lors de sa dernière visite, nous avions eu des rapports amicaux, pour la première fois. La peur de perdre Xianfeng nous liait l'une à l'autre. Elle avait commencé à accepter le fait que je puisse être son égale. Elle faisait moins preuve d'autorité et commençait à me dire « Pensez-vous que... » au lieu de « Sa Majesté l'impératrice pense que... ». Nous savions, pour avoir étudié l'histoire, ce qu'il advenait des épouses et des concubines d'un empereur à la mort de celui-ci et nous comprenions que nous ne pouvions compter sur personne hormis sur nous-mêmes.

J'avais des raisons bien à moi de rechercher une alliance avec Nuharoo. Je sentais que le destin de mon fils allait tomber entre les mains de ministres de la cour aussi ambitieux que le Grand Conseiller Su Shun. Le pouvoir de cet homme me préoccupait car je le trouvais manipulateur et rusé. Quand il allait voir l'empereur, c'était rarement pour discuter de la raison d'État. Sous prétexte de prendre des nouvelles de sa santé, il isolait Xianfeng et renforçait sa position. Selon le prince Yi

Huan, Su Shun édifiait avec soin, et ce depuis des années, sa puissance politique en nommant ses amis et ses associés à des postes stratégiques.

Je convainquis Nuharoo : nous devions insister pour que les documents importants soient transmis à Xianfeng. L'empereur était peut-être trop malade pour les étudier, mais nous pourrions l'aider à s'informer. Au moins il ne serait pas tenu dans l'ignorance et nous veillerions à ce que Su Shun n'abuse pas de son pouvoir déjà immense.

Nuharoo n'était pas aussi déterminée que moi. « Une dame faisant preuve de sagesse devrait passer sa vie à apprécier la beauté de la nature, à préserver son yin et à favoriser sa longévité. »

Mais mon instinct me disait qu'en refusant de participer au gouvernement, nous perdrions le peu de contrôle que nous avions.

Je parlai donc à Sa Majesté le soir même et, le lendemain, un décret fut promulgué : tous les documents devaient parvenir en priorité au cabinet de Xianfeng.

Su Shun ignora ce décret, ce qui ne me surprit pas, et ordonna aux messagers chargés de porter les documents de « suivre la voie première ». Une fois encore, il prenait pour prétexte la santé de l'empereur. Voilà qui renforça les soupçons et la méfiance que je nourrissais à son égard.

« Je me sens vieillir rien qu'à vous voir lutter contre l'ambition de Su Shun, dit Nuharoo qui me demanda de lui épargner cette épreuve. Faites comme bon vous semble avec le Grand Conseiller tant que vous respecterez le fait que “le soleil se lève à l'est et se couche à l'ouest” », ajouta-t-elle en faisant allusion à nous deux.

Je m'étonnai de voir Nuharoo comprendre l'importance des enjeux et je lui donnai ma parole.

Elle se détendit. « Pourquoi ne prendriez-vous pas les choses en main et ne m'informeriez-vous pas à l'occasion ? Je déteste me trouver dans la même pièce que tous ces hommes à l'haleine fétide. »

Je crus d'abord que Nuharoo mettait ma loyauté à l'épreuve mais, avec le temps, elle me laissa entendre que je lui accordais une faveur. Si elle était du genre à perdre le sommeil pour un défaut dans sa broderie, le non-respect d'une clause importante d'un traité ne lui faisait ni chaud ni froid.

La lumière du soleil rehaussait l'arrondi délicat de ses épaules. Elle se tenait toujours prête à accueillir Sa Majesté et son maquillage lui prenait certainement une demi-journée. Une pâte noire faite de pétales parfumés accentuait ses cils. Ses yeux ressemblaient à deux puits sans fond. Chaque jour, ses lèvres arboraient une couleur différente. Aujourd'hui c'était du rose avec une touche de vermillon. Hier, du rose uniquement, et le jour précédent, du violet. Elle s'attendait à recevoir des compliments et je les lui prodiguais volontiers pour entretenir nos bonnes relations.

« Je détesterais vous voir vieillir, Yehonala. » Nuharoo tendait les doigts comme pour exhiber ses ongles longs de cinq centimètres que décoraient des scènes de la nature peintes à l'or ou à l'argent. « Suivez mon conseil, demandez à votre cuisinier de vous préparer chaque jour une soupe tang kuei. Ajoutez-y des vers à soie séchés et des dattes noires. Le goût est affreux mais vous vous y habituerez.

— Nous devons parler de Su Shun et de son cabinet. Toutes ces choses que j'ignore m'inquiètent.

— Oh, vous ne saurez jamais tout. C'est une histoire vieille d'un siècle. » Elle mit devant mes yeux ses doigts effilés comme des épieux. « Je vais vous envoyer ma manucure puisque vous ne le faites pas vous-même.

— Je n'ai pas l'habitude des ongles longs. Ils se cassent trop facilement.

— Suis-je à la tête de la maison impériale, oui ou non ? » Elle fronça les sourcils.

Je gardai le silence pour préserver l'harmonie qui régnait entre nous.

« Les ongles longs sont symbole de noblesse, dame Yehonala. »

J'acquiesçai, même si mon esprit était de nouveau tout entier occupé de Su Shun.

Nuharoo retrouva son sourire. « Il en va de même pour les dames chinoises qui bandent leurs pieds, vivent dans l'oisiveté et ne se déplacent qu'en palanquin. Plus nos ongles sont longs, plus nous nous démarquons des femmes ordinaires. Je vous en prie, cessez vos activités de jardinage. C'est mauvais pour votre image mais aussi pour celle de la famille impériale. »

Je continuai de hocher la tête comme si j'appréciais ses conseils.

« Évitez la mandarine. » Elle était si près de moi que je sentais son souffle parfumé au jasmin. « Trop d'épices vous donneront des boutons. Je demanderai à mon eunuque de vous apporter un bol de potage à la tortue, cela apaisera le feu qui vous dévore. Faites-moi l'honneur d'accepter. »

J'étais persuadée qu'elle pensait avoir atteint son objectif quand l'empereur avait cessé de partager ma couche. Elle avait aujourd'hui de nouvelles raisons de se réjouir : Xianfeng ne se relèverait jamais et ne viendrait donc plus dans ma chambre.

Elle sourit. « Je vous laisse à vos maux de tête », fit-elle en se levant.

Pour la rassurer davantage, je lui confiai que je n'avais aucune expérience de la cour et que je n'avais pas non plus de relations.

« Je crois pouvoir y remédier, dit-elle. Mon anniversaire approche et je vais donner un grand banquet. Je veux que vous invitiez tous ceux qui pourraient vous être utiles. N'ayez aucune crainte. Chacun cherche à se rapprocher de nous.

— À qui pouvons-nous faire confiance en dehors du prince Kung ? »

Elle réfléchit un instant. « Yung Lu, peut-être ?

— Yung Lu ? Qui est-ce ?

— Le commandant en chef de la garde impériale. Il est le subalterne de Su Shun. C'est un homme très capable. Lors de ma réunion familiale pour la fête du gâteau de riz [1], son nom était sur toutes les lèvres.

— Vous l'avez rencontré ?

— Non.

— Lui enverrez-vous une invitation ?

— Je le voudrais, mais il y a un problème : son rang n'est pas assez élevé pour lui permettre de prendre part à un banquet impérial. »

La cour et la salle de réception embaumaient le laurier. Parée comme un arbre en fleur, Nuharoo fut surprise d'apprendre que Su Shun avait, à la dernière minute, envoyé un mot pour excuser son absence : « Les dames de Sa Majesté sont réservées au seul regard de Sa Majesté. »

Elle portait tant de colliers d'or martelé et de pierres précieuses qu'elle devait pencher la tête en avant. Assise sur le trône de la salle est du palais de l'Essence accumulée, elle venait de changer de tenue pour la deuxième fois de la journée et était à présent vêtue d'une robe de mousseline jaune brodée de divers symboles impériaux.

Chacun admirait Nuharoo, à l'exception de l'empereur qui, malade et épuisé, avait quand même fait l'effort de venir. Sa robe s'harmonisait avec celle de l'impératrice, mais le symbolisme en était quelque peu

1. On confectionne à l'occasion de cette fête d'origine japonaise (mais pratiquée dans tout l'Orient) des gâteaux de riz glutineux qui, après la prière, sont distribués aux convives. Les enfants peuvent les attacher par des ficelles et les accrocher aux murs. *(N.d.T.)*

différent. Des dragons et des montagnes remplaçaient les phénix et les rivières.

« Heureux vingt-deuxième anniversaire, Votre Majesté l'impératrice Nuharoo ! » entonna maître Shim.

La foule répéta ces paroles et lui souhaita dix mille années de longévité.

Tout en buvant de l'alcool de riz, je réfléchissais aux paroles de Nuharoo quand elle m'avait décrit sa méthode pour accéder à l'harmonie intérieure : « Coucher dans un lit que les autres ont fait, marcher avec des souliers que d'autres ont confectionnés. » Pour moi, cela n'avait pas beaucoup de sens. Jusqu'à ce jour, ma vie n'était qu'une broderie dont j'avais confectionné tous les points.

Les plats se succédaient. Les convives repus se rendirent dans l'aile ouest où Nuharoo recevait ses cadeaux. Elle était assise comme un Bouddha devant qui se prosternent des adorateurs.

Le cadeau de l'empereur fut le premier à lui être présenté – un énorme coffret enveloppé de soie rouge et tenu par des rubans jaunes. Six eunuques portaient la table sur laquelle il reposait.

Les yeux de Nuharoo brillaient comme ceux d'une enfant.

Dissimulé sous six emballages différents, le cadeau se révéla être une monstrueuse pêche en bois, aussi grosse qu'un wok.

« Pourquoi une pêche ? demanda Nuharoo. Est-ce une plaisanterie ?

— Ouvrez-la », ordonna l'empereur.

Nuharoo quitta son siège et fit le tour du fruit.

« Montrez le noyau. »

Le silence se fit dans l'assemblée.

Quand Nuharoo l'eut à plusieurs reprises touchée et secouée, la pêche s'ouvrit d'elle-même. Son cœur abritait une création étonnante, l'essence même de la beauté, une paire de chaussures sublimes qui arrachèrent des cris d'admiration aux spectateurs.

Même si son enfance n'avait pas été malheureuse, l'épouse négligée qu'elle était souffrait depuis assez longtemps pour mériter cette récompense. Ces souliers mandchous à hauts talons étaient du meilleur goût, couverts de gemmes étincelantes semblables à des gouttes de rosée sur une pivoine. Nuharoo en pleurait de bonheur. Pendant les mois où l'empereur Xianfeng et moi avions perdu toute notion du temps, Nuharoo était devenue pareille à un spectre. Chaque nuit son visage avait pris la teinte de la clarté lunaire et elle avait dû psalmodier des prières bouddhistes pour trouver le sommeil. Sa jalousie s'était apaisée du jour où j'étais tombée en disgrâce pour devenir la concubine de second plan qu'elle-même avait été.

Je complimentai Nuharoo de sa beauté et de sa chance et je lui demandai si les chaussures lui allaient. Sa réponse m'étonna. « Sa Majesté a accordé par testament des palais, des pensions et des servantes à ses Chinoises. »

Je regardai autour de moi, effrayée à l'idée que l'empereur pût nous entendre, mais il s'était déjà rendormi.

Elle remit les souliers dans la pêche et ordonna à ses eunuques d'aller les ranger. « Au mépris de sa santé, Sa Majesté n'a pas l'intention de délaisser ces femmes aux pieds bandés, et cela me chagrine.

— C'est vrai, l'empereur devrait se préoccuper de sa santé, dis-je d'une petite voix. Mais, je vous en prie, c'est votre anniversaire et cessez d'y penser un instant.

— Comment le pourrais-je ? » Les larmes lui montaient aux yeux. « Il cache ses putains au palais d'Été. Il dépense des sommes extravagantes pour faire construire un canal autour de son Suzhou miniature. Chaque boutique a été meublée et décorée. Les maisons de thé présentent les opéras les plus réputés et les galeries exposent les plus grands artistes. Il a même ajouté des échoppes et des ateliers pour les artisans et les diseurs de bonne aventure, comme dans une vraie ville, seulement il n'y a pas de clients ! Sa Majesté a même donné des noms à ses putains ! L'une s'appelle Printemps, l'autre Été, il y a même Automne et Hiver. « Une beauté pour chaque saison », voilà ce qu'il en dit. Dame Yehonala, Sa Majesté en a assez de nous, femmes mandchoues. Un jour il sombrera dans l'indécence et la honte nous en sera insupportable. »

Je tendis mon mouchoir à Nuharoo. « Nous ne pouvons nous sentir responsables. Je crois que l'empereur ne s'est pas lassé de nous, mais de ses responsabilités à l'égard de son pays. Notre présence lui rappelle peut-être trop ses obligations. Après tout, nous lui avons dit qu'il décevait ses ancêtres.

— Pensez-vous que Sa Majesté pourra se ressaisir ?

— De bonnes nouvelles en provenance des frontières amélioreraient son humeur et lui éclairciraient les pensées. Dans les comptes rendus de ce matin, j'ai lu que le général Tseng Kuo-fan avait lancé une campagne destinée à repousser les Taiping jusqu'à Nankin. Espérons qu'il réussira. Ses troupes ne devraient pas être loin de Wuchang. »

Elle m'arrêta d'un geste. « Oh, Yehonala, ne me faites pas subir cette torture. Je ne veux rien savoir ! »

Je m'assis à côté d'elle et acceptai le thé que me tendait An-te-hai.

« Bien. » Elle se reprit. « Je suis l'impératrice et j'ai besoin d'être au courant, n'est-ce pas ? Informez-moi donc, mais parlez-moi simplement. »

Avec patience, j'expliquai la situation à Nuharoo. Elle n'était pas totalement ignorante : elle savait déjà que les Taiping étaient des paysans révoltés, qu'ils avaient adopté le christianisme et que leur chef, Hong Xiuquan, se proclamait le fils cadet de Dieu, le frère de Jésus. En revanche, Nuharoo ignorait leurs victoires militaires.

L'empereur ne voulait pas le reconnaître en public, mais les Taiping avaient pris le sud du pays et ses terres agricoles. Ils remontaient maintenant vers le nord.

— Que veulent donc ces Taiping ?

— Abattre notre dynastie.

— C'est inconcevable !

— Ça l'est autant que les traités imposés par les forces étrangères. »

L'expression de Nuharoo m'évoqua celle d'un enfant qui a trouvé un rat dans une boîte de bonbons.

« Le libre-échange et le christianisme, voilà comment les étrangers veulent nous « civiliser ».

— Quelle insulte ! cracha-t-elle avec mépris.

— Les étrangers déclarent être venus sauver l'âme des Chinois.

— Mais leur comportement les trahit !

— Oui. Cette année, les Britanniques ont vendu pour neuf millions de livres de marchandises en Chine, dont six d'opium.

— Ne me dites pas que notre cour ne réagit pas, dame Yehonala.

— Comme l'a fait remarquer le prince Kung, la Chine est prostrée et ne peut faire que ce qu'on lui demande. »

Nuharoo se boucha les oreilles. « Assez ! Je ne peux rien à tout ça, moi ! » Elle me prit les mains. « Laissez ces problèmes aux hommes, je vous en conjure ! »

Yung Lu, commandant en chef de la garde impériale, fut convoqué par Nuharoo. Elle se croyait en sécurité aussi longtemps que l'on garderait les portes de la Cité interdite. Il m'était impossible de discuter avec elle. Quelques jours plus tôt, elle avait présidé la cérémonie de mariage de Rong et du prince Yi Huan. Cela avait été interminable et épuisant, mais Nuharoo débordait d'énergie. Elle avait changé treize fois de tenue, plus encore que la mariée.

Je suivis Nuharoo dans une pièce tranquille de l'aile ouest où Yung Lu nous attendait. Je découvris un homme au physique impressionnant.

« Yung Lu au service de Votre Majesté. » Ses manières étaient humbles mais sa voix mâle et assurée. Il se mit à genoux pour se prosterner et frapper plusieurs fois le sol de son front.

« Relevez-vous », dit Nuharoo avant de faire signe aux eunuques de servir le thé.

Âgé de près de trente ans, Yung Lu avait des yeux vifs et une peau burinée par une vie passée au grand air, des sourcils en forme de sabre et un nez digne d'un taureau. Sa mâchoire était carrée et sa bouche avait la taille d'un lingot. Tout en lui rappelait les anciens seigneurs de la guerre.

Nuharoo commença par discuter de choses et d'autres. Elle parla du temps qu'il faisait alors qu'il s'enquérait de la santé de Sa Majesté. Mais quand elle l'interrogea sur les Taiping, Yung Lu répondit avec patience et précision.

J'étais impressionnée par ses manières réservées et honnêtes. J'observai ses habits. Il portait l'uniforme de la brigade de cavalerie, une jupe recouverte d'une robe de cour sans manches. Fermée à l'aide de boutons et de boucles, elle était rembourrée et décorée de clous de cuivre. La qualité de l'étoffe renseignait sur son rang.

« Puis-je voir votre arbalète ? » demandai-je.

Yung Lu défit sa ceinture et la passa à Nuharoo, laquelle me la tendit.

J'examinai le carquois fait de satin, de cuir, de duvet de cygne, d'argent et de saphir. Les carreaux se paraient de plumes de vautour. « Et votre sabre ? »

Il me le confia.

La lame était lourde. Mon doigt en effleura le tranchant. Je sentais qu'il me regardait et je rougis. J'avais honte de la façon dont je m'intéressais à cet homme, mais j'étais incapable de définir la nature de cet intérêt soudain.

An-te-hai m'avait révélé que Yung Lu avait fait son entrée sur la scène politique chinoise au vu de son seul mérite.

Je dus refréner mon envie de lui poser des questions. Je devais prendre garde à mes paroles malgré mon désir de l'impressionner.

Cet homme avait-il la moindre idée de l'importance qu'un tel entretien pût avoir pour des femmes comme Nuharoo et moi ? Comme il était doux de passer du temps avec une personne vivant hors de la Cité interdite !

« Le palais intérieur est si isolé que nous avons souvent l'impression de n'être que des noms pour ce pays… » Ma voix trahissait mes pensées, mais Nuharoo me sourit et je poursuivis. « L'existence que nous menons a pour unique but de nous persuader que nous sommes bel et bien les détenteurs du pouvoir et que nous sommes invincibles. En vérité, nous vivons dans l'effroi, mais nous redoutons aussi de voir l'empereur Xianfeng mourir de chagrin. De nous tous, c'est lui qui a le plus peur. »

Comme scandalisée par ma révélation, Nuharoo enfonça ses ongles dans ma paume.

Mais rien n'aurait pu m'arrêter. « Il ne s'écoule pas un jour sans que je tremble pour mon fils. » Prise d'une gêne soudaine, je m'interrompis et baissai les yeux sur le sabre magnifique que je tenais. « J'espère qu'un jour Tongzhi s'éprendra d'une arme telle que celle-ci.

— Oui. » Nuharoo sembla apprécier que je change ainsi de sujet et loua à son tour ce chef-d'œuvre.

Je reconnus sur la poignée des symboles réservés à l'empereur. Étonnée, je demandai : « Est-ce un présent de Sa Majesté ?

— Effectivement, Sa Majesté l'a offert à mon supérieur, Su Shun, qui me l'a transmis, avec la permission de l'empereur, bien entendu.

— En quelle occasion ? nous interrogeâmes à l'unisson.

— J'ai eu le bonheur de pouvoir sauver la vie de Su Shun lors d'une escarmouche contre des bandits, dans les montagnes du Hubei. Cette dague fut aussi ma récompense. » Yung Lu posa le genou gauche en terre et tira de sa botte une dague qu'il me tendit. La poignée de jade était incrustée de pierres précieuses.

Un sentiment d'exaltation s'empara de moi à l'instant même où j'en frôlai le fil.

À midi, Nuharoo m'informa qu'elle devait se rendre dans la salle de prière pour chanter à la gloire du Bouddha et égrener son chapelet.

Pour elle, ce dont Yung Lu et moi discutions était dépourvu du moindre intérêt. Quant à moi, j'étais surprise de la voir s'adonner à d'interminables psalmodies. Un jour, je lui avais demandé de m'éclairer à propos du bouddhisme et elle avait parlé d'une « existence de la non-existence », d'une « occasion que l'on ne saisit pas ». Comme je réclamais de plus amples explications, elle m'avait répondu que c'était impossible : « Je ne puis décrire ma relation avec le Bouddha dans un langage terrestre. » Elle m'avait regardé dans les yeux et avait ajouté, avec douceur et pitié : « Notre existence prédestinée doit être accomplie. »

Après le départ de Nuharoo, je repris ma conversation avec Yung Lu. Cela ressemblait au début d'un voyage fascinant que j'appréciais en dépit de ma culpabilité. Mandchou, originaire du Nord et petit-fils d'un général, il avait rejoint les hommes de la Bannière blanche à l'âge de quatorze ans. Ensuite, il avait fait son chemin, suivant la carrière académique parallèlement à une formation militaire intensive.

Je l'interrogeai sur ses relations avec Su Shun.

« Le Grand Conseiller était chargé d'une affaire où j'étais le plaignant, expliqua-t-il. Sa Majesté en était à la huitième année de son règne et je passais l'examen d'entrée dans la fonction publique.

— Je suis au courant de cette épreuve, mais je n'ai jamais rencontré quelqu'un qui l'ait vécue. »

Yung Lu sourit et s'humecta les lèvres.

« Pardon, je ne voulais pas vous interrompre.

— Oh, non, s'excusa-t-il.

— Cet examen vous a-t-il valu un poste ?

— Non. Il s'est passé des choses étranges. Certains soupçonnaient le lauréat de tricherie. Il était d'une famille aisée et l'on parla de corruption. Aidé de mes condisciples, je me rendis au tribunal et demandai un nouveau décompte des points. Cela me fut refusé mais je n'abandonnai pas pour autant. J'ai moi-même enquêté sur cette affaire. Au bout d'un mois, et grâce à un homme de clan respecté, j'ai présenté un rapport détaillé à l'empereur Xianfeng, lequel a confié l'affaire à Su Shun.

— Je m'en souviens, oui.

— Su Shun fut prompt à découvrir la vérité même s'il n'était pas facile de l'exposer.

— Pourquoi ?

— Un parent proche de Sa Majesté était impliqué.

— Su Shun a-t-il persuadé l'empereur de prendre les mesures adéquates ?

— Oui, et le chef de l'Académie impériale fut décapité.

— Le pouvoir de Su Shun doit tout à l'agilité de sa langue », nous interrompit Nuharoo. Elle était revenue sans faire de bruit et elle s'assit pour égrener son chapelet. Les yeux fermés, elle parla : « Su Shun saurait faire chanter un mort. »

Yung Lu toussota, histoire de ne manifester ni son accord ni son désaccord.

« Qu'a dit Su Shun à l'empereur ? demandai-je.

— Il a donné en exemple à Sa Majesté l'émeute qui ébranla l'empire en 1687, lors de la quatorzième année du règne de l'empereur Shunzhi, répondit Yung Lu. C'était le fait d'un groupe d'étudiants refusés à l'entrée dans la fonction publique. »

Je bus quelques gorgées de thé. « Et que vous est-il arrivé ?

— J'ai été jeté en prison comme fauteur de troubles.

— Et Su Shun vous en a fait sortir, n'est-ce pas ?

— Oui, c'est lui qui a ordonné ma libération.

— Il vous a recruté puis donné une promotion ?

— Je suis passé de lieutenant à commandant en chef de la garde impériale.

— En combien d'années ?

— Cinq ans, Votre Majesté.

— C'est impressionnant.

— Je serai toujours reconnaissant envers le Grand Conseiller et lui serai à jamais loyal.

— C'est bien, mais n'oubliez pas que c'est de l'empereur Xianfeng qu'il tient ce pouvoir.

— Non, Votre Majesté. »

Je réfléchis un instant puis je décidai de lui faire part d'une information que m'avait transmise An-te-hai : le chef de l'Académie impériale était l'ennemi de Su Shun.

Yung Lu fut surpris. J'attendais une réponse de sa part, mais il ne dit rien.

« Su Shun a eu l'habileté de régler ainsi une affaire personnelle, ajoutai-je. Il a éliminé son rival par le truchement de l'empereur, sous prétexte de vous rendre justice. »

Yung Lu demeura silencieux puis, voyant que je guettais sa réaction : « Pardonnez-moi, Votre Majesté, je ne sais que répliquer.

— Ne dites rien. Je me demandais seulement si vous étiez au courant.

— En fait… j'avais des doutes. » Il baissa les yeux.

« Cela ne vous éclaire pas sur le véritable Su Shun ? »

N'osant pas révéler toutes ses réflexions ou douter de mes motivations, Yung Lu leva les yeux pour m'observer. Dans son regard, je vis un véritable homme de Bannière.

Je me tournai vers Nuharoo. Les grains de son chapelet reposaient sur son sein et ses doigts étaient immobiles. J'ignorais si elle était en relation avec l'esprit du Bouddha ou si elle s'était tout simplement endormie.

Je soupirai. L'empereur était trop faible, Su Shun trop rusé et le prince Kung trop loin alors qu'il nous fallait un homme immédiatement disponible.

« Le temps jugera Su Shun, déclarai-je. Pour l'heure, ce qui nous intéresse, c'est votre loyauté. Qui en bénéficiera, Su Shun ou Sa Majesté l'empereur Xianfeng ? »

Yung Lu se jeta à terre pour se frapper le front. « Sa Majesté ! L'empereur jouira de mon dévouement éternel et cela ne fait pour moi aucun doute !

— Et nous ? Les épouses et l'enfant de Sa Majesté ? »

Yung Lu se releva et nos regards se croisèrent. Comme l'encre qui se dépose sur le papier de riz, l'instant forma dans ma mémoire un souvenir permanent. D'une certaine façon, l'expression de son visage le trahissait : il jugeait, soupesait, évaluait. Je sentais qu'il voulait savoir si j'étais digne de son engagement.

Je soutins son regard pour lui faire comprendre que je lui rendrais la pareille en échange de son honnêteté et de son amitié. Je m'en serais abstenue si j'avais eu le moindre doute sur ce qui allait arriver. J'étais trop certaine de pouvoir dominer ma volonté et mes émotions et de n'être rien de moins que la fidèle concubine de l'empereur.

En fait, je me devais d'affronter la vérité. Je ne voulais pas admettre que je désirais de Yung Lu plus qu'une protection physique. Mon âme avait envie d'émouvoir et d'être émue. J'effleurai le tranchant de son sabre et mon « esprit droit » m'échappa.

L'eunuque revint avec du thé. Yung Lu vida sa tasse d'une traite comme s'il venait de traverser le désert de Gobi, mais cela ne suffit pas pour venir à bout de sa nervosité. Son regard était celui d'un homme qui vient de décider de se précipiter du haut d'une falaise. Ses yeux s'agrandissaient, son embarras empirait. Je compris en cet instant que nous descendions tous deux des hommes de Bannière mandchous les plus rudes. Nous étions capables de surmonter des combats tant matériels qu'intérieurs. Nous survivions parce que notre esprit était capable de raisonner, parce que nous pouvions vivre dans la frustration dans le seul but de préserver notre vertu. Nous portions un masque souriant alors qu'en nous-mêmes nous souffrions mille morts.

Comprendre que mon talent n'était pas de gouverner mais d'éprouver des sentiments me fit mal. Un tel talent enrichissait mon existence mais, en même temps, il détruisait tous les instants de paix que j'avais pu connaître. Je me sentais impuissante devant ce qui m'arrivait. J'étais pareille au poisson sur l'assiette d'or, le poisson au ruban rouge, mais personne ne me ramènerait au lac auquel j'appartenais.

Tenter de sauvegarder les apparences m'épuisait.

Yung Lu le sentit bien. Son visage se colora et me fit penser aux murailles roses de la ville.

« L'audience est terminée », dis-je d'une voix mal assurée.

Yung Lu s'inclina et s'en alla.

Dix-sept

En mai 1858, le prince Kung nous fit part de terribles nouvelles : nos soldats avaient été bombardés dans leurs casernes. Les forces françaises et anglaises avaient attaqué les quatre forts de Dagu, à l'embouchure du Haihe. Horrifié par la défaite de nos forces navales, l'empereur Xianfeng instaura la loi martiale mais, désireux de négocier la paix, il choisit comme négociateur Kuei Liang, beau-père du prince Kung, nouveau Grand Secrétaire et plus haut officiel mandchou de la cour.

Le lendemain matin, Kuei Liang demanda à être entendu d'urgence. Toute la nuit, il avait chevauché depuis la ville de Tianjin. Malade à nouveau, l'empereur nous envoya, Nuharoo et moi, le recevoir. Il promit de se joindre à nous dès qu'il aurait recouvré ses forces.

Quand nous entrâmes dans le palais de la Nourriture de l'esprit, la cour attendait déjà. Plus de trois cents ministres et fonctionnaires étaient présents. Nous portions toutes deux des robes de cour dorées et nous prîmes place, serrées l'une contre l'autre, derrière le trône.

Quelques minutes plus tard, Xianfeng arriva. Il se traîna sur l'estrade et s'écroula sur son trône, la respiration laborieuse, d'apparence si fragile qu'un souffle d'air aurait pu le faire vaciller. Sa robe était mal boutonnée. Il n'était pas rasé et sa barbe avait poussé comme de la mauvaise herbe.

Kuei Liang fut appelé. Son allure me choqua : lui d'ordinaire si placide, si bienveillant, était la proie d'une nervosité extrême. Il semblait vieilli de plusieurs années et se tenait le dos voûté au point que je ne voyais pas son visage. Le prince Kung l'accompagnait. Ses cernes noirs indiquaient que lui non plus n'avait pas dormi.

Kuei Liang entama son rapport. Je me souvenais de son regard rayonnant d'intelligence mais, ce jour-là, il bredouillait, ses mains tremblaient, il avait l'œil éteint. Les négociateurs étrangers, dit-il, n'avaient pas témoigné beaucoup de respect. L'incident de l'*Arrow*, au cours duquel des pirates chinois avaient été pris à naviguer sous pavillon britannique, justifiait, selon leurs dires, leur dédain à son égard. Nulle preuve n'avait été apportée et il pouvait très bien s'agir d'un coup monté contre la Chine.

La mine grave, l'empereur l'écoutait.

« Pour nous donner une leçon, poursuivit Kuei Liang, les Britanniques ont attaqué Canton et la province entière est tombée. Forts de vingt-six canonnières, Britanniques, Français et Russes, accompagnés d'Américains, des « observateurs impartiaux », toujours selon eux, ont défié Votre Majesté. »

Je distinguais mal les traits de mon époux mais j'imaginais quelle pouvait être son expression. « Les termes du précédent traité leur interdisaient de remonter vers Pékin, dit platement Xianfeng.

— Je crains que le vainqueur n'impose ses règles, Votre Majesté. Ils n'avaient pas besoin d'autre excuse après l'attaque des forts de Dagu ; ils sont aujourd'hui à moins de cent cinquante kilomètres de la Cité interdite ! »

La cour était sidérée.

Kuei Liang fondit en larmes quand il entra dans le détail. Une image s'imposa alors à moi. Dans mon village, un garçon de mon âge avait torturé un moineau. Il l'avait trouvé dans un égout à ciel ouvert. L'oisillon apprenait certainement à voler, il était tombé et s'était cassé une aile. Le garçon l'avait ramassé, les plumes couvertes d'eau souillée, l'avait déposé sur une pierre, devant sa maison, et nous avait appelés tous. Je voyais le minuscule cœur battre à tout rompre dans la poitrine du moineau. Le garçon lui donnait des pichenettes et tirait sur ses pattes ou ses ailes. Il ne s'était arrêté que lorsque le petit oiseau avait cessé de bouger.

« Vous m'avez trahi, Kuei Liang ! » Le cri de Xianfeng me tira de ma rêverie. « J'avais mis toute ma confiance dans votre réussite !

— Votre Majesté, je me suis abaissé à expliquer aux envoyés russes et américains que je signais là mon arrêt de mort. Je leur ai dit que c'en serait fini de moi si je cédais sur un point de plus. Je leur ai raconté que mon prédécesseur, le vice-roi de Canton, avait reçu de l'empereur l'ordre de se suicider pour avoir failli dans sa mission. Enfin je leur ai confié que l'empereur m'avait ordonné de trouver un compromis raisonnable et avantageux pour les deux parties et que je lui avais promis de ne rien faire au détriment de la Chine. Mais ils se sont contentés de se moquer de moi, Votre Majesté. » Le vieil homme tomba à genoux, sanglotant de honte. « Je... je mérite de mourir. »

Il était insupportable de voir le respectable Kuei Liang pleurer ainsi. Français et Anglais exigeaient des indemnités et des excuses pour les guerres qu'eux-mêmes avaient déclenchées sur notre sol. Selon le prince Kung, ils avaient déclaré que les récents événements entachaient de nullité les traités déjà conclus. Vêtu d'une robe de cour rouge, le Grand Conseiller Su Shun prévint que ce n'était qu'un prétexte destiné à justifier la prochaine action des barbares : poser un pistolet sur la tempe de l'empereur Xianfeng !

« J'ai trahi mon pays et mes ancêtres, s'écria l'empereur. À cause de mon incapacité, les barbares se sont jetés sur nous... La Chine a été violée et j'en suis le seul responsable ! »

Je savais que je devais demander la permission pour parler mais la colère était trop forte. « Les étrangers vivent en Chine par la grâce de l'empereur, pourtant ils nous ont blessés si sauvagement que les mots ne peuvent l'exprimer. Ils ont fait en sorte que notre gouvernement perde son prestige aux yeux du peuple. Ils ne nous laissent pas le choix : nous ne pouvons que les mépriser ! »

J'aurais voulu continuer mais les larmes m'étouffaient. Dire que quelques semaines plus tôt, j'étais assise derrière Xianfeng lorsqu'il évoquait la guerre et demandait la mort des barbares. À quoi bon parler encore ? Les événements étaient tels que, bientôt, l'empereur de Chine devrait s'excuser pour « la traîtrise de ses troupes qui, l'année précédente, avaient défendu les forts de Dagu contre les Britanniques ». La Chine serait contrainte à accepter de verser aux envahisseurs un nombre incalculable de taëls.

L'empereur avait besoin de repos. Kuei Liang attendit un instant et reprit : « Les Russes se sont joints au complot, Votre Majesté.

— Que veulent-ils ? demanda l'empereur après avoir repris son souffle.

— Redessiner la frontière septentrionale en suivant le cours de l'Amour et de l'Oussouri.

— Ridicule ! » hurla l'empereur, pris d'une quinte de toux. Ses eunuques se précipitèrent pour lui essuyer le cou et le front, mais il les repoussa. « Kuei Liang, le responsable de tout cela, c'est vous !

— Votre Majesté, je ne mérite pas le pardon et je ne le demande pas. Je suis prêt à me pendre. J'ai déjà dit adieu à ma famille. Ma femme et mes enfants m'ont assuré de leur compréhension. Je souhaite seulement que vous sachiez que j'ai fait de mon mieux et que je n'ai pu obtenir des barbares qu'ils négocient. Ils ne parlent que de guerre et… » Il se tourna vers son gendre.

Le prince Kung se leva pour terminer sa phrase. « Hier les Russes ont fait usage de leurs canons. Craignant qu'ils ne menacent la capitale, le ministre Yi Shan a signé le traité et accepté leurs conditions. En voici une copie, Votre Majesté. »

Lentement l'empereur prit le document. « Le nord de l'Amour et le sud du massif du Wai-hsin-an, c'est cela ?

— C'est exact, Votre Majesté.

— C'est une vaste région. »

Bien des membres de la cour comprenaient l'étendue de nos pertes et certains se mirent à pleurer.

« Su Shun !

— Je suis là, Votre Majesté.

— Faites décapiter Yi Shan et retirez toutes ses fonctions à Kuei Liang. »

Toute ma compassion alla vers Kuei Liang que des gardes entraînaient hors de la salle. Je trouvai bientôt l'occasion de parler au prince Kung et lui demandai d'intervenir pour faire annuler ce décret. Il me rassura et me laissa entendre à demi-mot que Su Shun n'obéirait pas à l'ordre de l'empereur. Il n'avait obtempéré que pour apaiser Sa Majesté. La cour était persuadée que Su Shun pourrait faire changer d'avis l'empereur et chacun savait qu'il était impossible de remplacer Kuei Liang.

Au cours des mois précédents, l'empereur s'était montré de plus en plus dépendant de Su Shun et de ses sept conseillers. Je priais pour que Su Shun réussisse à satisfaire Sa Majesté. Je n'aimais pas cet homme mais je ne voulais pas être son ennemie. Je ne tenais pas à l'offenser, pourtant cela serait bientôt inévitable.

Il neigeait depuis trois jours. Devant la porte s'étaient formées des congères de deux pieds de haut. Les foyers de brique n'y pouvaient rien, il faisait trop froid et mes doigts étaient engourdis. Dans son manteau de fourrure, les yeux clos, l'empereur somnolait sur son siège au palais de la Nourriture de l'esprit.

Je m'assis à ma table de travail et résumai les documents à son intention. Depuis quelques mois, j'étais la secrétaire de Sa Majesté. Apathique, il m'avait demandé de sélectionner les lettres les plus urgentes. Sa Majesté me donnait des indications et je rédigeais les réponses.

C'était un défi mais l'aider m'enthousiasmait. Je n'étais plus une concubine abandonnée. J'avais la possibilité de partager le rêve de Sa Majesté, la renaissance de la Chine. Mon énergie était inépuisable. Et pour la première fois depuis longtemps, je lisais une véritable affection dans son regard. Le soir, quand il sortait de sa somnolence, il me tendait la main. Il voulait me faire savoir qu'il appréciait mon concours. Il ne faisait plus appel à Été, une de ses concubines chinoises, ou à Nuharoo, même quand je le pressais de se promener avec elles.

Je rendais visite à Nuharoo pour passer quelques instants avec Tongzhi qui dormait non loin de là à côté de ses nourrices. Je la mettais au courant des sujets que j'avais abordés avec Sa Majesté. Mon humilité l'enchantait.

Chaque jour avant l'aube, je m'habillais pour me rendre en palanquin au palais de la Nourriture de l'esprit. Aussitôt je triais les documents officiels et les déposais dans des boîtes. L'empereur dormait dans une pièce voisine, la plupart du temps. J'alignais les boîtes par ordre d'importance. Quand le soleil se levait et que l'empereur venait me retrouver, j'étais prête à lui faire mon rapport. Il réfléchissait, pesait le pour et le contre. Parfois il discutait avec moi puis je rédigeais les décrets nécessaires.

Je faisais des suggestions qui, je l'espérais, viendraient compléter les réflexions de Sa Majesté. Un jour, il arriva plus tard que de coutume : une boîte devait être traitée sans plus attendre et, pour gagner du temps, je rédigeai une proposition dans son style. Je la lui lus pour qu'il l'approuve et il n'y apporta aucune correction. Il se contenta d'y apposer son sceau.

À partir de ce jour, Xianfeng me demanda de rédiger seule les édits puis de lui en faire un résumé. J'étais tendue : j'aurais voulu consulter le prince Kung ou Su Shun, mais je savais que cela m'était impossible.

Un matin que j'avais expédié sept documents, je m'attaquai à un huitième, plus complexe celui-là. Il avait trait à un article de traité qui ne m'était pas familier. Je décidai d'attendre et portai l'ébauche à l'empereur dès son réveil.

Xianfeng était à demi allongé sur un fauteuil en rotin, les yeux clos. Un eunuque le faisait manger à la cuillère un potage au sang de daim. Il avait sûrement un goût épouvantable car les mimiques de l'empereur me rappelaient celles d'un enfant qui s'est coupé le doigt sur un morceau de verre. Le potage lui coulait sur le menton. J'avais à peine commencé de lire que j'entendis la voix du premier eunuque Shim. « Bonjour, Votre Majesté. Su Shun est ici.

— Sa Majesté l'empereur est réveillé ? L'affaire ne peut attendre. » C'était la voix de Su Shun.

Je n'eus pas le temps de me retirer. Su Shun s'avança vers Xianfeng, qui ouvrit les yeux et vit le Grand Conseiller à genoux. Plaquée au mur, je formais des vœux qu'il ne me voie pas.

« Relevez-vous », murmura l'empereur. L'eunuque s'empressa de lui essuyer la bouche et de le redresser sur son fauteuil. « Encore les Russes ?

— Hélas, oui, acquiesça Su Shun. L'ambassadeur Ignatiev refuse de négocier sur la base de nos conditions et a annoncé la date de l'attaque. »

L'empereur se pencha sur la droite et mit la main à son flanc. « Orchidée, vous avez entendu Su Shun ? » Il me jeta le brouillon. « Déchirez-le ! À quoi servent ces décrets ? Que puis-je faire d'autre ? Ces loups m'ont sucé le sang ! »

Su Shun fut surpris de me voir. Les yeux plissés, il nous regardait alternativement, l'empereur et moi.

Je savais que je l'avais offensé par ma seule présence. Retournez à votre broderie ! semblait me hurler tout son visage.

J'étais cependant obligée de fournir une réponse à Xianfeng. J'espérais que Su Shun penserait que l'empereur me faisait confiance à juste titre et que mon aide lui avait été utile.

Si Su Shun lui avait posé la question, Sa Majesté m'aurait certainement louée. Le mois précédent, un rapport avait signalé des inondations dans la province du Sichuan. Des centaines de paysans avaient perdu leurs maisons. La nourriture se faisait rare. Quand Xianfeng avait appris que de nombreuses familles mangeaient les cadavres de leurs enfants pour survivre, il avait commandé aux gouverneurs du Jiangsu et du Anhui d'ouvrir leurs greniers, mais ceux-ci étaient vides. Ils avaient servi à financer les combats contre les Taiping et les étrangers.

J'avais suggéré à Sa Majesté de demander de l'argent aux bureaucrates corrompus. Je lui avais proposé d'ordonner aux hauts fonctionnaires de tout le pays de faire état de leurs revenus. De son côté, l'empereur enverrait des inspecteurs vérifier leurs registres pour vérifier si les sommes indiquées correspondaient bien à ce qui était déclaré.

« Une telle mesure risque de provoquer un mécontentement, avait dit Sa Majesté.

— Il suffit d'ajouter une clause stipulant qu'ils ne seront pas accusés de détournement de fonds s'ils donnent les sommes aux victimes des inondations. »

Ce décret avait été d'une grande portée. Pour me récompenser, l'empereur m'avait accordé la permission de rendre visite à ma famille. Dès lors, il m'avait autorisée à rédiger la plupart des décrets. Je prenais confiance en moi. Au nom de Xianfeng, j'encourageais les gouverneurs à soumettre leurs critiques et leurs suggestions, puis je les remerciais de leurs commentaires et de leurs propositions.

Comblée, je m'inquiétais cependant du manque de goût de plus en plus prononcé de l'empereur pour le travail. Il était difficile de ne pas être affecté par son pessimisme. Il souffrait beaucoup et était déprimé en permanence. Quand je lui amenais Tongzhi, il n'avait pas la force de jouer avec lui. Il le renvoyait au bout de quelques minutes. Il ne lisait plus les ébauches de mes édits et attendait que je traite les rapports officiels sans même le consulter. Si je lui tendais ceux que je trouvais particulièrement importants, il les repoussait en disant : « Les cafards qui font leur nid dans ma tête m'empêchent de réfléchir. »

La vie de Sa Majesté approchait de son terme mais, pour Tongzhi, j'avais besoin de lui. Je ne prenais plus que deux repas par jour au lieu de cinq. Parfois même, un seul. Pour s'assurer que je mangeais bien, An-te-hai avait engagé un chef originaire de ma ville natale de Wuhu qui me préparait mon plat favori : un potage à la tomate, à l'oignon et au chou. An-te-hai avait trouvé un panier en bambou spécial destiné à garder le bol au chaud.

Il m'arrivait souvent de dormir sur mon bureau, la tête posée sur mes bras croisés. Je ne me préoccupais plus de ma coiffure. J'aurais voulu passer davantage de temps avec Tongzhi mais il me fallait le laisser auprès de Nuharoo. Je travaillais sur des documents officiels, parfois jusqu'à l'aube. À côté de moi, une couverture à la main au cas où j'aurais froid, An-te-hai somnolait sur un tabouret. De temps en temps je l'entendais balbutier en dormant : « Assez de « Félicitations, maîtresse », Confucius ! »

« Que puis-je faire d'autre ? »

À la grande consternation de Su Shun, je répondis à Sa Majesté. « Je ne céderais pas devant les Russes. » Je parlais doucement mais d'une voix résolue. « Les Russes profitent des problèmes que nous avons avec les Anglais et les Français. La Chine ne devrait pas laisser croire que nous ne sommes qu'un os que chacun peut ronger.

— J'espère que vous avez bien entendu, Su Shun, dit l'empereur. Montrez... notre force.

— Oui, Votre Majesté.

— Retournez voir les Russes dès demain et ne revenez pas tant que votre tâche ne sera pas accomplie. » L'empereur soupira et détourna les yeux.

Incrédule, Su Shun prit congé de Sa Majesté mais, avant de sortir de la salle, il me lança un regard furibond. À l'évidence, le respect que me témoignait Xianfeng était pour lui une rare humiliation.

Il ne lui fallut pas longtemps pour faire courir des rumeurs à mon sujet. Il affirma à la cour que j'ambitionnais de m'emparer du trône. Il parvint à alerter les anciens des clans et ceux-ci pressèrent Sa Majesté de m'éloigner.

Le prince Kung se porta à mon secours. Il était parfaitement conscient de l'état d'esprit de son frère. Sa Majesté refusait même de se rendre au palais de la Nourriture de l'esprit quand je ne m'y trouvais pas. Pour Kung, l'inacceptable, c'étaient les ambitions de Su Shun.

Le Dr Sun Pao-tien recommanda à Sa Majesté le plus grand repos, de sorte qu'il regagna le Yuan Ming Yuan. L'hiver venait. Comme des vagues brisées, de longs roseaux fanés et jaunis gisaient à terre. Le vent était mordant. Dans les jardins, les ruisseaux recouverts de glace ressemblaient à des cordes souillées. Ils rappelaient à l'empereur des entrailles d'animaux sacrifiés.

Le calme vola en éclats quand Su Shun et le prince Kung apportèrent des nouvelles urgentes. Debout à côté du lit de bois noir sculpté de Sa Majesté, ils annoncèrent que les Britanniques et les Français demandaient à être reçus.

L'empereur se redressa dans son lit. « Je ne puis accepter leur désir de réviser et d'amender les traités ! Qu'y a-t-il à corriger ? C'est une excuse pour nous attaquer une fois de plus !

— Certes, mais ne pourriez-vous songer à leur accorder cette audience ? insista le prince Kung. Il est important de maintenir la communication. Mon Tsungli Yamen peut temporiser jusqu'à ce que Votre Majesté se sente…

— Ridicule ! Il ne sert à rien de tergiverser ! » s'écria Su Shun en montrant le prince du doigt.

Xianfeng leva la main pour imposer le silence. Il était conscient que la cour était partagée, que Su Shun et Kung dirigeaient les deux factions.

« Ils ne peuvent demander audience, dit-il enfin. Je ne permettrai pas à ces barbares de venir à Pékin. »

Comme d'habitude, une procession d'eunuques et de servantes somptueusement vêtus entra avec le thé. Chaque fois que je me promenais dans mon jardin, je ne voyais autour de moi que la puissance et la gloire. Même les criquets posés dans les allées avaient des airs de noblesse : gras et verts, ils étaient plus robustes que ceux de la campagne. Mais tout cela connaîtrait peut-être une fin.

« Les étrangers arrivent avec des troupes, rappela le prince Kung à son frère après un long silence.

— Qu'ils périssent tous ! s'écria Su Shun. Votre Majesté, il est temps de donner l'ordre de prendre l'ambassadeur britannique en otage. Il sera contraint à retirer ses hommes.

— Et s'il refuse ? demanda le prince.

— Il sera décapité. Faites-moi confiance, quand leur chef tombe, les ennemis battent en retraite. Nous pourrons alors envoyer le général Seng-ko-lin-chin et ses hommes de Bannière rapporter les têtes des autres barbares.

— Vous déraisonnez ! L'ambassadeur britannique n'est qu'un messager. Nous perdrons notre assise morale aux yeux du monde et nos adversaires auront une excuse toute trouvée pour envahir le pays.

— Une assise morale ? ricana Su Shun. À en juger par la façon dont ils se comportent en Chine, les barbares en ont-ils une ? Ils se montrent exigeants envers le Fils du Ciel ! Comment osez-vous approcher ces barbares ? Représentez-vous Sa Majesté l'empereur de Chine ou la reine d'Angleterre ?

— Su Shun ! » Le prince Kung avait le visage cramoisi, les poings serrés. « Il est de mon devoir de servir Sa Majesté avec loyauté !

— Votre Majesté, dit Su Shun en s'avançant vers l'empereur, ordonnez l'arrestation du prince Kung. Il a trompé la cour. Son beau-père et lui se sont chargés de toutes les négociations. Au vu du contenu des traités et des renseignements communiqués par mes enquêteurs, nous avons des raisons de soupçonner le prince Kung d'avoir tiré parti de sa position. » Su Shun se tourna vers le prince comme pour mieux le défier. « N'avez-vous pas passé des accords avec nos ennemis ? Les barbares ne vous ont-ils pas promis une part du butin quand ils entreront dans la Cité interdite ? »

Les veines du cou du prince Kung se gonflèrent, ses mâchoires se crispèrent. Il se jeta sur Su Shun, le renversa à terre et le frappa à coups de poing.

« Cela suffit ! dit l'empereur. Su Shun a reçu la permission de s'exprimer. »

Les paroles de Xianfeng pétrifièrent le prince. Il tomba à genoux. « Mon frère impérial, faire prisonnier cet ambassadeur ne servira à rien. J'en parierais ma tête. La situation se retournera contre nous. Au lieu de reculer, ils enverront leur flotte à l'assaut de nos côtes. Je les ai suffisamment étudiés pour connaître leur manière d'agir.

— C'est vrai... » Su Shun se releva. « Assez longtemps pour établir des relations et oublier qui vous êtes !

— Un mot de plus, Su Shun, et je vous arrache la langue ! »

Malgré l'avertissement de Kung, l'ordre fut donné d'appréhender l'ambassadeur britannique. Pendant quelques jours, le calme régna dans la Cité interdite. Pékin fut en liesse quand on annonça l'arrestation de l'émissaire anglais et Su Shun fut acclamé tel un héros. Mais, presque immédiatement, la nouvelle d'attaques étrangères sur le littoral fit retomber l'enthousiasme. Les documents envoyés à Sa Majesté depuis les frontières sentaient la poudre et le sang. Ils s'entassèrent bientôt contre les murs. Je ne pouvais plus les trier. Il se passait exactement ce que le prince Kung avait prédit.

Le 1er août 1860, l'empereur Xianfeng vécut un cauchemar.

Rien ne pouvait contenir les barbares. Le prince Kung fut accusé et son Tsungli Yamen, dissous. Les « Alliés » étaient là, les Britanniques avec cent soixante-treize vaisseaux de guerre et dix mille hommes, les Français avec trente-trois navires et six mille hommes. Les Russes les rejoignirent. Ensemble, ils lancèrent dix-huit mille hommes sur le littoral du golfe de Bohai.

Face aux formidables levées de terre qui bordaient l'embouchure du Huanghe, le fleuve Jaune, et le front de mer, les Alliés pataugèrent dans la vase qui leur montait aux genoux et parvinrent à débarquer. Puis ils se dirigèrent vers Pékin. Le général Seng-ko-lin-chin, commandant des forces impériales, fit savoir à l'empereur qu'il était prêt à mourir, en d'autres termes que tout espoir de protéger la capitale s'était évanoui.

D'autres rapports parlaient de bravoure et de patriotisme, ce qui m'emplissait de tristesse. La manière traditionnelle de faire la guerre était obsolète : seules des barricades constituées de pieux en bambou défendaient nos forts et leurs complexes de digues et de douves. Nos soldats n'avaient aucune chance de faire la démonstration de leurs aptitudes aux arts martiaux. Ils étaient fauchés avant même d'entrevoir l'ennemi.

La cavalerie mongole avait une réputation d'invincibilité. Trois mille hommes furent tués en une seule journée. Les canons et les armes à feu des Occidentaux les avaient balayés comme des feuilles au vent d'automne.

L'empereur Xianfeng était trempé de sueur. La cour craignait le pire. Une forte fièvre le privait de son énergie et il ne pouvait plus manger. Quand elle baissa un peu, il me demanda d'envoyer immédiatement cinq édits au général Seng-ko-lin-chin. Dans le style de Sa Majesté, j'informai le général que des troupes étaient levées dans tout le pays et que dans cinq jours arriveraient des renforts conduits par le légendaire général Sheng Pao. Près de vingt mille hommes, dont sept mille cavaliers, participeraient à la contre-offensive.

Le texte suivant était une adresse faite par l'empereur à sa nation.

« Les traîtres barbares désiraient sacrifier notre foi dans l'humanité. Ils se sont dirigés vers Tungzhou. Sans vergogne, ils ont annoncé leur intention de me contraindre à leur accorder audience. Ils nous ont menacés en prétendant que toute résistance de notre part serait un manquement au devoir envers l'Empire.

« Bien que ma santé soit gravement altérée, je combattrai jusqu'à mon dernier souffle. J'ai compris que seul le recours à la force nous permettrait de rétablir la paix et l'harmonie. Je vous exhorte aujourd'hui, armées et citoyens de toutes races, à vous jeter dans la bataille. Je récompenserai ceux qui sauront faire preuve de bravoure. Pour chaque tête de barbare noir [les Sikhs de l'Empire des Indes], j'accorderai cinquante taëls, et pour chaque tête de barbare blanc, cent taëls. Les sujets des autres États soumis ne doivent pas être inquiétés et, dans l'éventualité où Français et Britanniques manifesteraient leur repentance et cesseraient leurs menées néfastes, je serais heureux de leur permettre à nouveau de commercer, ainsi qu'ils le faisaient naguère. Puissent-ils se repentir alors qu'il est encore temps. »

Il pleuvait depuis des jours sur le palais de l'Assistance à l'empereur et l'on avait l'impression d'habiter un gigantesque cercueil. Un trône improvisé avait été édifié à partir du lit de l'empereur, lui-même posé sur une estrade de fortune. Les ministres étaient de plus en plus nombreux à demander audience. Chacun semblait déjà vaincu. Au mépris de l'étiquette, tout le monde discutait à haute voix. Quelques anciens s'évanouirent en pleine controverse. Aux frontières, les balles et les obus tombaient comme la grêle. Couché, l'empereur lisait les derniers rapports en date. La fièvre était revenue. Des eunuques posaient des serviettes froides sur son corps et son visage. Ses doigts tremblants tenaient à peine les pages.

La nouvelle de la chute nous parvint deux mois plus tard. Un fort s'effondra après un bombardement intensif suivi de terribles combats. Les Alliés profitèrent de leur avantage. Seng-ko-lin-chin déclara que la chute d'obus sur les réserves de poudre avait affaibli ses défenses.

Le 21 août, le général demanda le cessez-le-feu. Les forts de Dagu se rendirent. La route de Pékin était libre.

Les Alliés étaient à moins de vingt kilomètres de la capitale. Les troupes du général Sheng Pao étaient effectivement arrivées, mais cela ne servait plus à rien. La veille, le général avait perdu sa dernière division.

Les gens entraient et sortaient de la salle des audiences, agités comme des figurines en papier qui se balancent au vent. Les souhaits de longévité que chacun adressait à l'empereur paraissaient creux. Ce matin-là, les nuages étaient si bas que l'humidité était palpable. Les crapauds sautaient dans la cour comme s'ils avaient besoin de bouger. Une heure plus tôt, j'avais demandé aux eunuques de les chasser mais ils étaient revenus.

Le général Seng-ko-lin-chin, agenouillé devant Sa Majesté, suppliait d'être puni. On accéda à sa requête. Tous ses titres lui furent retirés et l'empereur le condamna à l'exil. Le général demanda s'il pouvait offrir une dernière fois ses services à Sa Majesté.

« Accordé, murmura Xianfeng.

— C'est bientôt la pleine lune..., commença le général.

— Au fait.

— Je... » D'un geste maladroit, Seng-ko-lin-chin tira un minuscule rouleau de la poche de sa robe et le tendit à maître Shim.

L'eunuque le déplia et le présenta à l'empereur. Il était écrit : « Allez à Jehol. »

« Que voulez-vous dire ? s'enquit Xianfeng.

— À la chasse, Votre Majesté.

— À la chasse ? Vous croyez que je suis d'humeur à chasser ? »

Seng-ko-lin-chin s'expliqua : il était temps de quitter Pékin et d'oublier les apparences. Il suggéra à l'empereur de trouver une excuse à sa fuite en se rendant sur la réserve de chasse impériale de Jehol. La situation était irréversible : la Chine était perdue et les ennemis sur le point d'arrêter et de renverser le Fils du Ciel.

« Orchidée, ma poitrine... » Sa Majesté s'assit avec difficulté. « J'ai l'impression que des mauvaises herbes poussent en moi. J'entends le vent bruisser dans leurs feuilles quand je respire. »

Doucement, je lui massai les côtes.

« Si vous ne me croyez pas, posez votre main sur mon ventre, me dit Sa Majesté qui ne se préoccupait pas de Seng-ko-lin-chin. Allez, frappez sur ma poitrine. Vous entendrez un son creux. »

J'étais triste pour lui car il ne savait décrire ce qu'il ressentait. Son orgueil avait disparu mais il ne pouvait s'empêcher de toujours se considérer comme le maître de l'univers. Il ne pouvait vivre autrement.

« Je vais donc faire préparer la réserve », dit le général avant de se retirer.

« Une mère rat va mettre bas ! » Sa Majesté poussa un cri hystérique. « Derrière mon lit, il y a un trou plein de guenilles, c'est là qu'elle dépose ses petits ! Mon palais est plein de rats. Qu'attendez-vous, dame Yehonala ? Vous ne voulez pas m'accompagner à Jehol pour chasser ? »

Mon esprit battait la campagne. Fallait-il fuir la capitale ? Fallait-il abandonner le pays aux barbares ? Nous avions perdu des forts, des ports et des navires, mais nous n'avions pas perdu notre peuple. Il était certain que nous devions rester à Pékin parce que, à l'arrivée des barbares, nous pourrions nous battre, entourés de toute la population.

Si l'empereur Xianfeng avait fait preuve de force de caractère, il aurait agi différemment. Il se serait posé en exemple pour conduire le pays à la guerre. Il serait allé en personne sur le front. Et s'il était mort, il aurait préservé l'honneur de la Chine et celui de son nom. Mais voilà, l'empereur était un homme faible.

Nuharoo vint dîner en compagnie de Tongzhi. Mon fils ressemblait à une grosse boule de neige, emmitouflé dans son manteau de fourrure blanc. On lui donna à manger de la chair de pigeon et une tranche de pain à la vapeur. Il paraissait heureux et il joua en compagnie d'An-te-hai avec une cordelette pour former des figures, le berceau du chat ou le bol et l'assiette. Couché sur son lit, Xianfeng regardait son fils. Il souriait et encourageait l'enfant à défier l'eunuque. J'y vis l'occasion de m'exprimer.

« Votre Majesté ? » Je m'efforçai de ne pas parler de manière trop péremptoire. « Ne croyez-vous pas que l'esprit de la nation s'étiolera si son empereur… s'absente ? » J'avais évité de dire « s'il déserte ». « Un dragon a besoin d'une tête. Une capitale vide encouragera le pillage et la destruction. Le roi Wen [1] a choisi de s'enfuir lors d'une crise politique mais il a perdu le respect de son peuple.

— Comment osez-vous faire une telle comparaison ? » Xianfeng cracha des feuilles de thé. « J'ai décidé de partir pour la sécurité de ma famille, vous comprise.

— Je pense qu'il est crucial pour la survie de la Chine de montrer au peuple la force de la cour.

— Je n'ai pas envie de parler de ça. » Sa Majesté demanda qu'on lui amène son fils et il joua avec lui. Tongzhi courait en riant et il finit par se cacher sous une chaise.

J'ignorai Nuharoo qui me faisait discrètement signe de me retirer. Je continuai : « Le grand-père de Tongzhi et son arrière-grand-père seraient restés s'ils s'étaient trouvés dans la même situation.

— Justement, ils n'ont pas vécu ce que je vis ! explosa l'empereur. Je leur en veux. Ce sont eux qui m'ont laissé cette pétaudière ! Quand la première guerre de l'Opium fut perdue en 1842, je n'étais qu'un enfant. Je n'ai hérité que de problèmes. Quand je pense à cette époque, je ne songe qu'aux réparations que je suis contraint de payer. Huit millions de taëls à chaque pays ! Comment pourrais-je y arriver ? »

---

1. Empereur et lettré, Zhou Wen-wang serait l'auteur de la première version du *Yi King*. Il sera incarcéré par le dernier empereur Shang. Son fils fonda la dynastie Zhou (XIe siècle av. J.-C.). *(N.d.T.)*

Nous discutâmes jusqu'à ce qu'il m'ordonne de regagner mes appartements. Ses dernières paroles résonnèrent dans ma tête toute la nuit. « Un mot de plus, et vous serez récompensée d'une corde pour vous pendre ! »

Nuharoo me convia à une promenade dans son jardin. Elle me dit que ses buissons, flétris par quelque maladie, avaient attiré une variété de papillons assez rare.

Je lui répondis que je n'étais pas d'humeur à m'y intéresser.

« Ce sont peut-être des bombyx. Peu importe, je les trouve beaux. » Elle ne se préoccupa pas de moi et continua. « Allons attraper des papillons. Oublions un instant ces barbares. »

Nous montâmes chacune dans notre palanquin. J'aurais aimé profiter de l'invitation de Nuharoo, mais je changeai d'avis. J'ordonnai à mes porteurs de me conduire au palais de l'Assistance à l'empereur. De là, j'envoyai un messager à Nuharoo et lui demandai pardon, mais la décision de Xianfeng de quitter la capitale me pesait trop sur le cœur.

À l'entrée du palais, je rencontrai mes beaux-frères, les princes Jung, Yi Huan et Ts'eng. Le prince Yi Huan me dit qu'ils étaient venus persuader Sa Majesté de demeurer à Pékin. Cela me remplit d'espoir.

Avant d'entrer, j'attendis dans le jardin que le thé nous fût servi. Puis j'allai m'asseoir auprès de l'empereur. Su Shun et son demi-frère, Tuan Hua, étaient là également. Depuis deux jours, ils organisaient le départ pour Jehol. Par-delà les murs, le fracas des chariots était incessant.

« J'ai abandonné Pékin parce que je n'ai reçu aucune nouvelle du général Sheng Pao ! déclara l'empereur. La rumeur veut qu'il ait été fait prisonnier. Si c'est le cas, les barbares ne tarderont pas à débarquer ici !

— Votre Majesté ! » Le prince Kung se jeta à terre. « Je vous en conjure, ne désertez pas !

— Votre Majesté ! » Le prince Ts'eng, le cinquième frère, également à genoux, s'allongea à côté de Kung. « Ne pouvez-vous rester quelques jours de plus ? Je conduirai moi-même les hommes de Bannière à la bataille contre les barbares. Donnez-nous une chance de vous rendre hommage. Sans vous... » Ts'eng était si bouleversé qu'il dut s'interrompre un instant. « ... sans vous, l'esprit nous aura quittés.

— L'empereur a pris sa décision », annonça froidement Xianfeng.

Le prince Yi Huan s'agenouilla à son tour entre ses deux frères. « Votre Majesté, déserter le trône ne fera qu'aiguillonner la folie des barbares. Les négociations n'en seront que plus délicates.

— Qui prétend que je déserte ? Je vais à la chasse, rien de plus. »

Le prince Kung eut un rire amer. « Chaque gamin des rues dira : « L'empereur s'est enfui ! »

— Comment osez-vous ? » L'empereur frappa l'eunuque venu lui donner son médicament.

« Oh, Votre Majesté, pardonnez-nous. » Le prince Ts'eng s'accrocha aux jambes de Xianfeng. « Et permettez-moi de vous dire adieu. J'irai m'exposer aux canons.

— Ne soyez pas ridicule, fit l'empereur en l'aidant à se relever. Mon frère, dès que je serai hors d'atteinte, je pourrai assurer une politique plus cohérente sur le champ des opérations. » Il se tourna vers Su Shun. « Partons avant que le ciel s'éclaire. »

La détermination des trois princes me rendait fière d'être mandchoue, mais la couardise de Xianfeng ne m'étonnait pas. La perte des forts de Dagu l'avait anéanti et il ne désirait plus qu'une chose, se terrer comme un animal traqué.

Su Shun s'avança dans la garde-robe de Xianfeng. « Vous devez vous hâter, Votre Majesté. Il faut plusieurs jours pour se rendre à Jehol. »

Tuan entra. Homme sec et maigre, son long cou décharné lui faisait pencher la tête de côté. « Votre Majesté, voici la liste des objets que nous emportons en votre nom.

— Où sont mes sceaux ?

— Ils ont été retirés du palais de l'Harmonie créatrice et soigneusement emballés.

— Orchidée, allez vérifier les sceaux.

— C'est inutile, Votre Majesté », fit Su Shun.

L'empereur l'ignora et se tourna vers le prince Kung qui venait d'entrer à son tour. « Mon frère Kung, vous ne portez pas votre tenue de voyage. Vous ne m'accompagnez pas, n'est-ce pas ?

— Je crains que non. » Kung avait en effet revêtu une robe bleue bordée de jaune au col et aux manches. « Quelqu'un doit rester dans la capitale et traiter avec les Alliés.

— Ts'eng et Yi Huan ?

— Ils ont décidé de demeurer avec moi à Pékin. »

L'empereur s'assit et ses eunuques essayèrent de lui enfiler ses bottes. « Le prince Yi Huan devra me protéger pendant mon voyage à Jehol.

— Votre Majesté, une fois encore je vous conjure de ne pas partir.

— Su Shun, faites préparer un décret autorisant le prince Kung à être mon porte-parole. »

Qu'emporter à Jehol ? Tel était le problème qui se posait désormais à moi. Je ne pouvais me décider parce que je n'avais pas la moindre idée de la date de mon retour. Les objets de grande valeur n'étaient pas transportables. Il me fallait laisser mes peintures, mes broderies murales, mes vases et mes sculptures. Chaque concubine avait droit à un seul chariot et le mien était déjà plein. Je cachai mes objets préférés là où je le pouvais, sur une poutre, derrière une porte ou enfouis dans le jardin. J'espérais que nul ne les trouverait avant mon retour.

Nuharoo refusa de laisser quoi que ce soit. En tant que première impératrice, elle avait droit à trois chariots, mais cela ne lui suffisait pas. Elle chargea le reste de ses affaires dans ceux de Tongzhi. L'enfant disposait de dix chariots et elle lui en emprunta sept.

Ma mère était trop malade pour faire un aussi long voyage et je pris des dispositions pour qu'elle aille s'installer dans un village tranquille des environs de Pékin. Kuei Hsiang l'accompagnerait tandis que Rong resterait en ville.

À dix heures du matin, le train impérial s'ébranla. L'empereur Xianfeng ne serait pas parti sans une cérémonie. Il sacrifia du bétail et se prosterna devant les dieux. Quand son palanquin franchit la dernière porte du Yuan Ming Yuan, le jardin de la Clarté parfaite, fonctionnaires et eunuques se jetèrent à terre pour un kowtow d'adieu. L'empereur voyageait en compagnie de son fils. Tongzhi me raconterait bien plus tard que son père pleurait.

Le cortège impérial, qui s'étirait sur quelque cinq kilomètres, ressemblait à une parade festive. On tirait des feux d'artifice pour « chasser les mauvais présages ». Les gardes brandissaient des oriflammes jaunes en forme de dragons tandis que les porteurs soutenaient les palanquins des familles impériales. Les nobles formaient une colonne. Derrière nous venaient toutes sortes de personnages, porteurs de brûle-parfum, moines, lamas, eunuques, dames de compagnie, servantes ou gardes, mais aussi des animaux royaux. Cette foule était suivie d'un groupe de musiciens avec gongs et tambours. On voyait ensuite les cuisines impériales, puis les vestiaires et les pots de chambre, le tout porté à dos d'homme. Des valets de pied menaient les chevaux et les ânes aux flancs desquels étaient accrochés de longs paniers contenant le bois destiné aux foyers de brique, de la viande, du riz et des légumes mais encore toutes sortes d'ustensiles de cuisine, de jarres et de woks. Sous le commandement de Yung Lu, sept mille cavaliers fermaient la marche.

Au moment de passer la dernière porte, mes yeux s'embuèrent. Le long des rues, les échoppes étaient abandonnées. Les hommes couraient en tous sens comme des poulets décapités et chargeaient leurs maigres possessions sur des ânes quand ils ne les portaient pas eux-mêmes. L'annonce de la désertion de l'empereur Xianfeng avait plongé la ville dans le chaos.

Quelques heures plus tard, je demandai qu'on m'amène mon fils. Je l'assis sur mes genoux et le tins serré contre moi. Pour lui, ce n'était qu'une sortie de plus. Il s'endormit au balancement du palanquin. Je fis courir mes doigts dans ses cheveux soyeux et je rectifiai sa natte. J'aurais voulu apprendre à Tongzhi à être fort, à comprendre que la paix n'était jamais sûre. Choyé par des servantes, il avait l'habitude de ne voir que de jolies filles. Cela me peina de l'entendre déclarer qu'il voulait devenir comme son père, entouré de beautés.

Quelques jours plus tôt, on nous avait signalé un vol commis au sein même de la Cité interdite. Nul n'avoua le crime. Je fus chargée de l'enquête. Je soupçonnais les eunuques : il fallait bien quelqu'un pour transporter ces objets de valeur. Les servantes ne pouvaient franchir les portes sans laissez-passer. Je nourrissais également des doutes quant à la probité des membres de la famille royale. Ils savaient où les objets étaient cachés.

Je poursuivis mon enquête et mes soupçons se révélèrent fondés. Apparemment, les concubines et leurs eunuques étaient convenus de se partager le magot. Les dames Mei, Hui et Li furent démasquées. Furieux, Xianfeng ordonna qu'on les chasse de leur palais. Nuharoo et moi parvînmes toutefois à le calmer. « Les temps sont trop durs pour que l'on attende quelque noblesse de la part du premier venu, dis-je. N'avons-nous pas assez de problèmes ? »

Demeurer toute la journée assise dans mon palanquin me faisait mal aux articulations, mais je songeais à ceux qui marchaient sans répit, les pieds couverts d'ampoules. Dès la sortie de Pékin, la route se fit plus accidentée, plus poussiéreuse aussi. Nous fîmes halte dans un village pour la nuit et j'allai retrouver Nuharoo. Sa parure m'étonna : on eût dit qu'elle se rendait à une réception. Elle tenait un éventail en ivoire et un petit brûle-parfum. Sa robe de satin d'or était brodée de symboles bouddhiques.

Elle resta ainsi pendant tout le voyage. Il me fallut un certain temps pour comprendre qu'elle était plus que terrifiée. « Si nous sommes attaqués et que je sois tuée, me dit-elle, je veux être certaine d'arriver dans ma prochaine vie correctement vêtue. »

Pour moi, cela n'avait aucun sens. En cas d'attaque, sa robe serait la première chose dérobée. Et c'est nue qu'elle renaîtrait. J'avais entendu dire à Wuhu que les pilleurs de tombes tranchaient la tête et les mains des morts pour leur prendre leurs colliers et leurs bagues.

Pour ma part, je voulais des vêtements aussi simples que possible. Nuharoo me dit que ma robe, empruntée à une vieille servante, faisait honte à mon rang. La remarque me rassura. Quand j'essayai d'habiller Tongzhi de la même façon, elle s'écria : « Pour l'amour du Bouddha, c'est le Fils du Ciel ! Comment osez-vous l'accoutrer en mendiant ? » Elle arracha la robe de coton de Tongzhi et lui fit enfiler une tunique dont les symboles s'harmonisaient aux siens.

Les villageois ignoraient ce qui se passait : les mauvaises nouvelles de Pékin n'étaient pas parvenues jusqu'à eux. À en juger par la tenue de Tongzhi et de Nuharoo, ils n'auraient jamais imaginé l'imminence du désastre. Honorés de nous voir passer la nuit chez eux, ils nous servirent des pains de blé et de la soupe de légumes.

Les messagers du prince Kung ne cessaient d'arriver. Parmi les mauvaises nouvelles, il y en avait quand même une bonne. Un important officier étranger, Parkes, avait été fait prisonnier, ainsi qu'un autre, Loch. Le prince Kung s'en servait comme atouts dans les négociations. Mais la dernière estafette annonça que les Alliés s'étaient emparés de la Cité interdite, du palais d'Été et du Yuan Ming Yuan. « Le commandant allié vit dans la chambre de Votre Majesté en compagnie d'une prostituée chinoise », dit l'homme qui ne pouvait retenir ses larmes.

Livide, en sueur, l'empereur ouvrait la bouche mais ne pouvait proférer le moindre son. Quelques heures plus tard, il fut pris d'une quinte de toux et cracha du sang.

Dix-huit

Parle ! » ordonna l'empereur à l'eunuque chargé de la sécurité du Yuan Ming Yuan. Il avait été envoyé par son supérieur, lequel s'était suicidé pour avoir failli à la tâche.

« Tout a commencé le 5 octobre, dit l'eunuque en s'efforçant de maîtriser les tremblements de sa voix. La matinée était nuageuse. Le palais était calme et tout semblait normal. Vers midi, il s'est mis à pleuvoir. Les gardes m'ont demandé la permission de rentrer et je la leur ai accordée. Nous étions tous si las… C'est alors que j'ai entendu le canon. Comme moi, les gardes croyaient rêver. L'un d'eux a même cru qu'il tonnait, mais nous avons bientôt senti la poudre. Peu après, quelqu'un est venu nous prévenir que les barbares étaient à la porte de la Vertu suprême et à la porte de la Paix. Mon supérieur s'est inquiété du sort des troupes du général Seng-ko-lin-chin. L'homme a répondu que les barbares avaient fait prisonniers tous les soldats… Nous nous savions désormais sans protection.

« Mon supérieur m'a donné l'ordre de garder le jardin de la Félicité, le jardin des Eaux ruisselantes, le jardin de la Lune calme et le jardin de l'Éclat solaire alors que lui-même défendrait le jardin des Conifères et le jardin de Juin. Je m'en savais incapable. Comment, alors que nous étions si peu, aurions-nous pu protéger des jardins qui s'étendent sur des kilomètres ?

« Pendant que nous nous dépêchions de cacher les meubles, les barbares ont fait leur apparition. J'ai dit à mes gens d'abandonner les objets de moindre valeur et d'enterrer les autres, mais nous ne pouvions creuser assez vite. J'ai enfoui ce que j'ai pu, y compris la grande horloge et l'astrolabe tandis que d'autres s'occupaient des rouleaux.

« C'est en sortant les sacs que nous avons vu les barbares. Ils nous ont tiré dessus. Les gardes tombaient comme des mouches. Ceux qui n'étaient pas tués étaient capturés puis jetés dans le lac. Les barbares m'ont attaché à la grue de bronze, près de la fontaine. Ils ont éventré les sacs et découvert les trésors. Comme leurs poches ne suffisaient pas, ils ont pris les robes de Votre Majesté pour en faire des besaces qu'ils s'accrochaient à l'épaule ou à la taille. Ils volaient tout ce qu'ils pouvaient et détruisaient le reste. Ils se battaient même entre eux.

« Les barbares arrivés plus tard ont essayé de déménager ce qui subsistait. Ils ont démonté les animaux de bronze de l'astrolabe de Votre Majesté mais ils n'ont pu emporter la jarre d'or géante, trop lourde. Ensuite ils ont gratté avec leurs couteaux l'or des colonnes et des poutres. Le pillage s'est poursuivi pendant deux jours. Les barbares ont percé les murs et creusé la terre.

— Qu'ont-ils trouvé ? demandai-je.

— Tout, maîtresse. J'ai même vu un barbare parader devant la fontaine dans votre tenue de cérémonie. »

Je m'efforçai de ne pas me représenter la scène alors que l'eunuque racontait le sac du Yuan Ming Yuan. Hélas, mon esprit ne pouvait s'empêcher de voir les barbares traverser le village de l'Abricot, le pavillon des Pivoines et la maison de thé de la Feuille de lotus. Je m'imaginais leurs visages rougeoyants tandis qu'ils se précipitaient dans les salles richement décorées des bâtiments du centre. Je les voyais pénétrer dans ma chambre, renverser mes tiroirs, enfoncer la porte de la petite pièce où je conservais le jade, l'argent et les émaux, les peintures, les broderies et diverses babioles.

« ... Il y avait trop de choses à prendre, alors les barbares ont arraché les perles grosses comme des billes des robes de l'impératrice Nuharoo et vidé les coffrets à bijoux de Sa Majesté...

— Où était le prince Kung ? demanda l'empereur qui glissait sur son siège et ne se redressait qu'avec difficulté.

— Le prince Kung œuvrait à l'extérieur de Pékin. Il est parvenu à un accord avec les barbares en libérant leurs émissaires, Parkes et Loch, mais il était trop tard pour arrêter le pillage. Dans le but de dissimuler leurs crimes, les diables étrangers ont... Votre Majesté, je ne peux... pas dire ça... » L'eunuque tomba à terre comme s'il avait le dos brisé.

« Dis-le tout de même !

— Oui, Votre Majesté. Les diables... ont mis le feu. »

L'empereur Xianfeng ferma les yeux. Il chercha sa respiration. Il tordait le cou comme si un fantôme s'apprêtait à l'étrangler.

Le 13 octobre, les barbares incendièrent plus de deux cents pavillons, salles et temples ainsi que les fondations de cinq palais. Les flammes dévorèrent tout. Le vent portait au-delà des murailles la fumée et les cendres. Un nuage âcre et dense flotta au-dessus de la ville, qui se collait aux cheveux, aux yeux, aux habits... Il ne restait plus rien du Yuan Ming Yuan hormis la pagode de marbre et le pont de pierre. Sur les centaines d'hectares de jardins, le seul édifice encore debout était le pavillon du Nuage précieux, érigé sur une colline surplombant le lac.

Plus tard, le prince Kung me donnerait des précisions sur ce « bruit de tonnerre » entendu par tous. Il s'agissait en fait d'explosifs. Les sapeurs britanniques avaient placé des charges de dynamite dans la plupart de nos pavillons.

Pendant toute ma vie, je ne cesserais d'être hantée par cette image de splendeur changée en un instant en tas de ruines. Sur des kilomètres, les flammes dévorant six mille habitations… le palais de mon corps et de mon âme, mais aussi les trésors et les œuvres d'art réunis par des générations d'empereurs.

Xianfeng dut affronter cette humiliation, qui allait le vaincre et le ronger de l'intérieur. Devenue vieille, chaque fois que mon travail m'a lassée ou que j'ai songé à me retirer, j'ai revu les vestiges du Yuan Ming Yuan et, là, j'ai entendu les cris de victoire des barbares. Et cette image me faisait mal comme si la fumée flottait encore dans l'air.

Un soleil de plomb dardait sur notre procession. Nous poursuivions notre long voyage vers Jehol. J'étais amère et triste quand je pensais à cette « partie de chasse », piètre excuse de mon époux. Avec leurs habits splendides, ministres et princes se déplaçaient dans des palanquins richement décorés tandis que les gardes patrouillaient sur de petits chevaux de Mongolie.

Le chant des porteurs avait cédé la place à un silence douloureux. Je n'entendais plus le claquement de leurs sandales sur les cailloux. Je ne voyais que les blessures infligées à leur peau, leurs visages grimaçants et trempés de sueur. Même si nous étions à présent en rase campagne, chacun ne pensait qu'à une chose : les barbares pouvaient se lancer à notre poursuite. Notre train s'allongeait de jour en jour, pareil à un serpent aux couleurs chatoyantes qui déploie ses anneaux.

La nuit, les hommes dressaient des tentes et allumaient des feux. Les serviteurs sombraient dans le sommeil comme une armée de morts. L'empereur Xianfeng se réfugiait dans le mutisme la plupart du temps mais, quand sa fièvre montait, il tenait des propos étonnants.

« Qui peut garantir que toutes les graines de la nature seront pures et saines et que leurs fleurs feront naître une image harmonieuse au jardin ? »

J'étais incapable de lui répondre.

« Je parle des mauvaises graines. Des graines que l'on a secrètement trempées dans le poison. Elles dorment dans le sol fertile jusqu'à ce que la pluie vienne les réveiller. À une vitesse étonnante, elles prennent d'énormes proportions, recouvrent le sol, volent l'air et le soleil aux autres plantes. Je vois leurs fleurs démesurées. Leurs branches s'étirent pour mieux répandre leur poison. Ne perdez jamais Tongzhi de vue, Orchidée ! »

Quand nous dormions, je tenais mon enfant serré contre moi. Dans mes rêves, j'entendais les chevaux piaffer d'impatience. La peur me réveillait, ma chemise était trempée de sueur. Mes sens étaient tantôt exacerbés quand il s'agissait de capter le souffle de Tongzhi, les bruits autour de la tente, tantôt en sommeil afin de me faire oublier la faim. Bien que nous occupions des tentes séparées, Xianfeng se dressait devant moi comme un spectre, en pleine nuit. Il avait les yeux secs d'avoir trop pleuré et je me demandais s'il n'avait pas perdu la tête.

En fin d'après-midi, nous décidâmes de faire halte pour prendre un repas. Quelques heures plus tôt, l'empereur avait été la proie d'une terrible quinte de toux. Du sang coulait aux commissures de ses lèvres. Le médecin avait dit que le moment était mal choisi pour se déplacer en palanquin mais nous n'avions pas d'autre choix. Nous nous arrêtâmes pour faire cesser la toux.

À l'aube, je sortis de la tente. Nous n'étions plus très loin de Jehol et le paysage était d'une grande beauté. Le sol était couvert de trèfles et de fleurs sauvages et les collines se paraient d'épais buissons. La chaleur automnale était tolérable comparée à celle qui régnait à Pékin.

On sentait le suave parfum des pissenlits de montagne. Nous reprîmes la route pour traverser des champs où l'herbe montait jusqu'à la taille.

Chaque fois que Tongzhi était avec moi, je m'efforçais de me montrer forte et enjouée mais ce n'était pas facile. Quand les vieux palais de Jehol apparurent à l'horizon, nous descendîmes tous de nos palanquins pour tomber à genoux. Nous remerciions le Ciel de nous avoir permis d'atteindre ce refuge provisoire. Tongzhi sauta à bas de sa chaise, et se mit à courir après les écureuils et les lapins qui s'enfuyaient devant lui.

Nous nous hâtâmes pour atteindre les hautes portes. Je crus pénétrer dans un paysage féerique, une scène d'une peinture estompée. Qianlong, le grand-père de Xianfeng, avait créé Jehol au XVIIIe siècle. Aujourd'hui, la cité ressemblait à une beauté vieillissante au maquillage trop marqué. J'avais si souvent entendu parler de ce lieu qu'il m'était déjà familier. Jehol dépendait plus de la nature que la Cité interdite. Au fil des ans, arbres et buissons ne faisaient plus qu'un. Le lierre recouvrait les murs avant de partir à l'assaut d'arbres démesurés aux branches desquels il pendait en vrilles luxuriantes. Le mobilier des demeures était incrusté de jade et de pierres précieuses. Les dragons des caissons étaient en or pur et les parois tendues de soieries chatoyantes.

J'adorais le caractère sauvage de la campagne. Cela ne m'aurait pas dérangée de vivre là et l'endroit aurait été idéal pour l'éducation de Tongzhi. Il aurait pu apprendre auprès des hommes de Bannière. J'avais tellement envie qu'il grandisse sur un cheval comme ses ancêtres avant lui. J'aurais voulu ne pas avoir à me rappeler que nous étions en exil.

Jehol était un lieu de silence. Adoucis, les rayons du soleil se reflétaient sur les toits de tuiles. Les cours étaient pavées et les portes s'inscrivaient dans des murs épais. Depuis la mort de Qianlong, un demi-siècle plus tôt, la plupart des palais étaient restés vides et sentaient l'humidité. Soumises à des décennies de vent et de pluie, les façades semblaient vouloir se fondre au paysage. Leur couleur d'origine était le jaune sable, mais les murs étaient aujourd'hui verts et bruns. À l'intérieur, le moisi tachait les plafonds et assombrissait les coins des pièces spacieuses.

Les familles royales investirent Jehol qui revint aussitôt à la vie. Les salles endormies, les cours et les bâtiments s'éveillaient au bruit des voix humaines et du claquement des sandales. Le bois et le métal grinçaient à l'ouverture des portes. Les verrous des fenêtres rouillées se brisaient quand on les forçait. Les eunuques faisaient de leur mieux pour effacer des années de négligence.

On me donna un appartement proche de celui de Nuharoo, dans une des ailes du palais principal. L'empereur occupait la plus grande chambre à coucher, juste au milieu de l'édifice. Son cabinet de travail, qui portait le nom de salle des Goûts littéraires, était situé non loin des appartements de Su Shun et des conseillers, dans l'autre aile du palais. Nuharoo se chargeait de Tongzhi quand j'assistais Xianfeng. Les besoins du père et du fils dictaient nos emplois du temps et nos responsabilités.

Depuis que Sa Majesté avait cessé d'accorder des audiences, on ne lui présentait plus de mémoires ou de rescrits. Les affaires de la cour n'étaient gérées que par le seul Su Shun. Préparer des breuvages pour l'empereur, telle était à présent mon unique tâche. Leur odeur était si amère qu'il s'en plaignait. Aux cuisines, situées tout au bout du palais, je travaillais avec l'herboriste et le Dr Sun Pao-tien et m'assurais que les servantes confectionnaient convenablement les remèdes. Ce n'était pas facile, certaines prescriptions exigeant que soit dilué dans la soupe du sang de daim frais, lequel se gâtait rapidement. Le personnel de cuisine devait abattre un ou deux daims par jour et préparer immédiatement la médication en espérant que Sa Majesté ne la rejetterait pas aussitôt après que nous la lui aurions fait couler dans la gorge.

À la fin d'octobre, les érables semblaient devoir s'embraser aux rayons du soleil. Le temps passa. Un matin que Nuharoo et moi emmenions Tongzhi se promener, nous découvrîmes une source à la chaleur étonnante. Un eunuque affecté depuis toujours à la garde des palais nous apprit qu'il en existait plusieurs dans les environs. C'était ainsi que Jehol avait reçu son nom : je-hol, « la rivière chaude ».

« La source se réchauffe quand il neige, dit l'eunuque. Vous le sentirez en y plongeant la main. » Tongzhi insista pour se baigner. Nuharoo allait céder mais je m'y opposai : il ne savait pas nager et se remettait à peine d'un rhume. Dépité, il se tourna vers Nuharoo, la mine boudeuse. Mon fils savait qu'elle m'était supérieure en rang et que je n'avais pas le droit de lui désobéir. C'était insupportable mais je n'y pouvais rien, sinon me réfugier dans les cuisines.

La santé de Xianfeng semblait plus stable. Dès qu'il put s'asseoir, le prince Kung lui adressa des ébauches de la convention. On m'appela à l'aide.

« Votre frère s'attend que vous en approuviez les termes, dis-je après avoir résumé la lettre de Kung à Sa Majesté. Il insiste sur le fait que ce sont les derniers documents : la paix et l'ordre régneront dès que vous y aurez apposé votre signature.

— Les barbares me demandent de les approuver de m'avoir craché au visage. Je comprends à présent pourquoi mon père n'a pu fermer les yeux à sa mort : il n'a pu accepter une telle insulte ! »

J'attendis qu'il se calme avant de reprendre ma lecture. Certains termes du traité le scandalisaient tant qu'il en perdait le souffle. Il émettait des balbutiements avant d'être pris d'une quinte de toux.

De minuscules gouttes de sang souillaient le sol et les couvertures. Je ne tenais pas à poursuivre ma lecture mais ces documents devaient être renvoyés avant dix jours. Sinon, avait expliqué le prince Kung, les Alliés détruiraient la capitale.

Il était inutile que l'empereur se frappe la poitrine en hurlant : « Tous les étrangers sont des brutes immondes ! » Il était inutile qu'il ordonne à l'armée de se battre avec plus d'ardeur. La situation était irréversible.

Tongzhi regardait son père s'arracher à son lit et tomber à genoux pour implorer le Ciel. Il arrivait même à l'empereur de souhaiter avoir le courage de mettre fin à ses jours.

C'est dans la salle des Goûts littéraires que Xianfeng apposa son sceau sur les traités conclus avec la France et la Grande-Bretagne. Ils validaient les termes du précédent accord, celui de Tianjin, mais plusieurs clauses y étaient ajoutées. Pour la première fois depuis des milliers d'années, la Chine était humiliée au-delà de tout ce qui était concevable.

L'empereur Xianfeng avait dû accepter d'ouvrir un nouveau port de commerce à Tianjin. C'était non seulement permettre aux barbares de se livrer impunément à leur négoce mais aussi leur donner accès à la capitale. Sa Majesté dut également « louer » la péninsule de Kowloon aux Britanniques en guise de compensation. Les traités stipulaient que les missionnaires occidentaux devaient opérer librement en Chine, en construisant des églises par exemple. Les lois chinoises ne s'appliquaient pas aux étrangers et toute violation des traités par un Chinois serait immédiatement sanctionnée. La Chine devait verser huit millions de taëls à la Grande-Bretagne et à la France.

Comme si cela ne suffisait pas, les Russes soumirent une nouvelle version du traité sino-russe de Pékin. Leur émissaire tenta de persuader le prince Kung que l'incendie des palais impériaux était la preuve que la Chine avait besoin de la protection militaire de la Russie. Bien que parfaitement conscient des convoitises des Russes, le prince ne put refuser. La Chine n'était pas en état de se défendre, elle ne pouvait pas non plus se permettre de s'aliéner la Russie.

« Quand une horde de loups traque un cerf malade, que peut celui-ci sinon implorer pitié ? » écrivit un jour le prince Kung. Les Russes voulaient les territoires de l'Amour, au nord, alors que les tsaristes s'en étaient déjà emparés. Ils s'étaient installés le long de l'Oussouri, jusqu'à la frontière avec la Corée. Ils avaient revendiqué le port de Haishenwei, crucial pour les Chinois. Bientôt ils l'appelleraient Vladivostok.

Je n'oublierai jamais cet instant où l'empereur signa les traités. J'eus l'impression d'assister à une répétition de sa propre mort.

Le pinceau qu'il tenait semblait peser mille livres. Sa main tremblait sans cesse. Il ne pouvait se contraindre à apposer son nom. Pour bloquer son coude, je dus caler deux coussins derrière son dos. Maître Shim prépara l'encre et plaça devant lui les pages des documents.

Le chagrin que suscitaient en moi Xianfeng et mon pays était incommensurable. De la salive s'accumulait aux coins des lèvres violacées de Sa Majesté. Il pleurait mais les larmes ne coulaient pas. Pendant des jours entiers, il pouvait hurler. Puis sa voix s'éteignait. Le moindre souffle était pour lui une lutte.

Ses doigts étaient pareils à de frêles baguettes, son ossature semblable à un squelette. Déjà il se métamorphosait en fantôme. Ses ancêtres n'avaient pas répondu à ses prières. Le Ciel s'était montré impitoyable à l'égard de son fils. Son combat était héroïque : un homme à l'agonie, accroché à son pinceau, mais qui refuse pourtant de signer la décadence de la Chine.

Je demandai à Nuharoo d'amener Tongzhi. Je voulais qu'il soit témoin des efforts de son père. Elle refusa :

selon elle, il convenait de montrer la gloire à Tongzhi, pas la honte.

Je faillis me disputer avec elle. Je souhaitais lui dire que mourir n'était pas honteux, pas plus qu'affronter la réalité avec courage. L'éducation de Tongzhi devait commencer au lit de mort de son père. Il devait assister à la signature de cette convention, comprendre et se rappeler pourquoi son père pleurait.

Nuharoo répliqua qu'elle était l'impératrice de l'Est et que sa parole régissait la maison impériale. Je dus céder.

Maître Shim demanda à Xianfeng s'il désirait essayer l'encre avant d'apposer sa signature. Il fit signe que oui et je déployai le papier de riz.

Dès l'instant où la pointe de son pinceau toucha la feuille, sa main fut prise de violents tremblements. Cela commença par les doigts avant de s'étendre au bras, à l'épaule puis au corps tout entier. Sa robe était trempée de sueur. Il cherchait son souffle et ses yeux roulaient dans leurs orbites.

« Il risque de tomber dans le coma. » Le médecin se leva. « Il en sortira mais je ne puis garantir combien de temps il lui reste à vivre. »

Plusieurs heures s'écoulèrent avant que Xianfeng reprenne conscience. Je le suppliai alors de signer. Il ne dit rien.

La situation était bloquée. L'empereur refusait de toucher le pinceau. Je ne cessais de broyer l'encre. J'aurais tant aimé que le prince Kung fût présent.

Impuissante, je me mis à pleurer.

« Orchidée... » La voix de Sa Majesté était à peine audible. « Je ne mourrai pas en paix si je signe. »

Je comprenais. À sa place, moi non plus, je n'aurais pas voulu signer, mais le prince avait besoin de ce paraphe pour poursuivre les négociations. L'empereur allait mourir ; la nation, elle, devait survivre et la Chine retrouver sa puissance d'antan.

L'après-midi, Xianfeng céda. Je venais de lui dire que ce n'était pas donner son aval à une invasion du pays, seulement une tactique destinée à gagner du temps.

Il prit le pinceau mais se montra incapable de voir à quel endroit du papier il devait l'appliquer.

« Guidez ma main, Orchidée. » Il voulut s'asseoir, retomba. An-te-hai, maître Shim et moi, nous recouchâmes Sa Majesté sur le dos. Je déposai le document près de sa main et lui indiquai où mettre sa signature.

Les yeux rivés au plafond, il fit bouger le pinceau. Je le guidai avec soin pour que cela ne ressemble pas à un gribouillis d'enfant. À peine avions-nous apposé le sceau royal sur son nom qu'il lâcha le pinceau et s'évanouit. La pierre à encre roula au sol et le liquide noir éclaboussa ma robe et mes souliers.

En juillet 1861, nous fêtâmes le trentième anniversaire de Xianfeng. Couché dans son lit, l'empereur n'était conscient que par intermittence. Il n'y eut pas d'invités. La cérémonie comprenait un somptueux banquet mais l'appétit manquait. Chacun sentait la mort rôder.

Un mois plus tard, Xianfeng parut toucher le fond. Le Dr Sun Pao-tien déclara que Sa Majesté n'en avait plus que pour quelques jours, une semaine tout au plus. La cour était tendue parce que l'empereur n'avait pas désigné son successeur.

Tongzhi n'avait pas le droit d'approcher son père : la cour pensait que cela le perturberait outre mesure. Cela me contrariait car je pensais que toute marque d'affection de la part de Xianfeng resterait à jamais gravée dans la mémoire de Tongzhi.

Nuharoo m'accusa d'avoir jeté un sort sur Xianfeng en disant à Tongzhi que son père allait mourir. Selon son astrologue, nous devions refuser d'accepter son trépas pour qu'il soit sauvé par un miracle.

Il était difficile de s'opposer à Nuharoo quand elle avait une idée en tête. An-te-hai réussissait à emmener

Tongzhi voir son père quand Nuharoo allait prier avec les bouddhistes ou écouter de l'opéra chez elle, à l'heure du thé, les représentations étant organisées par Su Shun.

À ma grande déception, Tongzhi n'aimait pas se trouver en compagnie de son père. Il se plaignait de « son air méchant » et de « sa mauvaise haleine ». Impitoyable, je le poussais vers le lit. Il disait que son père était un « raseur » et lui lança même un jour : « Homme sans consistance ! » Il tirait sur les draps de Xianfeng et lui jetait des coussins. Il voulait « monter à cheval » sur le ventre du mourant. Son petit corps n'abritait pas une once de compassion.

Je fouettai mon fils. La semaine suivante, au lieu de le laisser à Nuharoo, je passai du temps à l'observer. Et je trouvai l'explication de son comportement navrant.

J'avais demandé que Tongzhi prenne des leçons d'équitation avec Yung Lu mais Nuharoo trouvait toujours des excuses à ses absences. Au lieu de monter de vrais chevaux, Tongzhi caracolait sur le dos des eunuques. Pour le satisfaire, plus de trente d'entre eux devaient marcher à quatre pattes dans la cour. Son « cheval » favori était An-te-hai. C'était sa manière de se venger puisque j'avais demandé à mon eunuque de le châtier. Tongzhi fouettait les fesses d'An-te-hai et l'obligeait à avancer jusqu'à ce qu'il ait les genoux en sang.

Il y eut pire que le traitement qu'il faisait subir à An-te-hai : Tongzhi avait en effet ordonné au vieux Wei, un eunuque âgé de soixante-dix ans, de manger ses excréments. J'interrogeai mon fils et il me répondit : « Mère, je voulais seulement savoir si le vieux Wei disait la vérité.

— À quel propos ?

— Quand il m'affirmait que je pouvais faire tout ce qui me plaisait. Je lui ai seulement signifié de me le prouver. »

Je contemplai le petit visage. Comment avait-il pu en arriver là ? Il était intelligent et savait qui châtier et qui récompenser. Si An-te-hai ne m'avait pas été loyal, il aurait cédé au moindre caprice de Tongzhi. L'enfant avait un jour déclaré qu'il connaissait les mets de prédilection de Nuharoo. Je ne compris pas que c'était sa façon à lui de la récompenser. J'allai jusqu'à le féliciter quand il m'offrit ses gâteaux de lune préférés. J'y vis un beau geste de piété filiale et fus heureuse de constater que mon fils s'entendait si bien avec elle. Il raconta alors comment elle l'encourageait à négliger son éducation. « Il y a tout au long de l'histoire des empereurs qui n'ont jamais passé une seule journée en classe mais qui n'ont eu aucun mal à apporter la prospérité à leur pays », lui avait-elle expliqué.

J'en parlai à Nuharoo et insistai sur le risque de ne pas lui enseigner la rigueur. Elle répliqua que j'exagérais. « Il n'a que cinq ans ! Dès notre retour à Pékin, Tongzhi reprendra ses cours et tout rentrera dans l'ordre. Jouer est dans la nature de l'enfant et nous ne devons pas contrecarrer les desseins du Ciel. Hier il a demandé à voir des perroquets mais An-te-hai n'en avait pas avec lui. Pauvre Tongzhi, il voulait simplement voir des perroquets ! »

Cette fois-ci, je décidai de ne pas céder. J'insistai pour qu'il aille à ses leçons et dis à Nuharoo que je parlerais de ses devoirs avec ses précepteurs. Hélas, le premier d'entre eux me supplia de ne plus lui confier l'enfant.

« Sa jeune Majesté m'a jeté des boulettes de papier et a fait tomber mes lunettes, dit l'homme qui avait des dents de lapin. Il n'écoute rien. Hier il m'a fait goûter un gâteau au parfum étrange. Ensuite, il m'a avoué l'avoir trempé dans ses déjections. »

Le comportement de Tongzhi en classe me scandalisait, mais je m'inquiétais surtout de son intérêt pour les histoires de fantômes de Nuharoo. Il veillait tard le soir pour entendre des contes sur l'au-delà et il avait si peur qu'il en mouillait son lit. Son attirance pour ces récits était pareille à une drogue et il se battait avec moi quand je voulais lui arracher ses livres.

Tongzhi inventait mille et un prétextes pour ne pas se trouver en ma présence. Il commença par feindre la maladie dans le but de ne pas étudier. Je le démasquai mais Nuharoo le défendit avec fougue. Elle avait même demandé au Dr Sun Pao-tien de mentir à propos de la « fièvre » qui l'empêchait d'apprendre.

Si telle était la façon de préparer Tongzhi à devenir le prochain empereur, la dynastie était condamnée. Je résolus de prendre les choses en main. À mes yeux, la situation était d'importance nationale. Et le temps m'était compté.

Chaque jour, je l'amenais à ses précepteurs et attendais à l'extérieur la fin du cours. Nuharoo était contrariée de constater que je ne lui faisais pas confiance mais j'étais trop furieuse pour me soucier de ses sentiments. Je voulais voir Tongzhi changer avant qu'il ne soit trop tard.

Il savait comment nous dresser l'une contre l'autre. Comme je ne pouvais l'empêcher de rendre visite à Nuharoo, il y allait le plus souvent possible, rien que pour attiser ma jalousie. Je tombai malgré moi dans le piège et il continua de mal se comporter en cours. Un jour, il arracha au précepteur aux dents de lapin ses deux plus longs poils de sourcils, parfaitement conscient que le vieil homme y voyait une « marque de longévité ». Anéanti, le précepteur eut une attaque cardiaque et il fallut le renvoyer chez lui pour de bon. Nuharoo ne vit dans cet incident qu'une comédie. Je n'étais pas d'accord et je décidai de réprimer sévèrement ce geste cruel.

Le vieux précepteur fut remplacé mais l'homme fut chassé par son disciple dès le premier jour. Selon Tongzhi, il aurait « pété » pendant la classe et mon fils l'accusa de « manque de respect au Fils du Ciel ».

L'homme reçut le fouet. En apprenant cela, Nuharoo congratula Tongzhi de s'être comporté en « souverain accompli ». J'étais horrifiée.

Plus j'insistais, plus Tongzhi se rebellait. Au lieu de m'aider, la cour priait Nuharoo de « surveiller » mon « comportement scandaleux ». Je me demandais si Su Shun était derrière tout ça. Tongzhi ne se gênait plus pour me contredire devant les eunuques et les servantes. Les mots n'avaient aucun secret pour lui et il me semblait trop intelligent pour un enfant de cinq ans. Il disait : « Comment pouvez-vous nier ma nature ? » ou : « Je suis un animal doué de raison ! » ou encore : « Vous avez tort de vouloir me faire dormir pour mieux jouer les dompteuses ! »

J'avais entendu la même chose de la part de Nuharoo : « Permettez à Tongzhi de voyager au loin, dame Yehonala. C'est un promeneur qui comprend l'univers. Il ne pense pas à lui-même, mais au voyage, aux rêves et à la spiritualité de l'âme du Bouddha », quand ce n'était pas : « Jetez vos clefs aux quatre vents et laissez sa cage ouverte ! »

Je me mis à douter de ses intentions. Sa façon d'approcher Tongzhi avait toujours eu quelque chose de pervers. Peu importe ce qu'il faisait, elle était dans tous les cas celle qui l'aimait. Je vis que je ne pourrais arrêter l'enfant si je ne commençais pas par Nuharoo. Je me battais pour sauver mon fils. Je voulais me montrer ferme sans blesser la fierté de ma rivale. Elle devait admettre que j'appréciais l'affection qu'elle manifestait à Tongzhi mais qu'il fallait aussi en faire un garçon discipliné.

À mon grand étonnement, Nuharoo vint me trouver avant que je n'aille chez elle. Elle avait revêtu une robe ivoire toute simple. En guise de cadeau, elle m'apportait des lotus frais. Elle se plaignit du régime alimentaire que j'imposais à Tongzhi, qu'elle jugeait bien trop maigre. Je lui répondis que cela ne me dérangeait pas qu'il mange plus, mais que son alimentation devait être équilibrée. En effet, Tongzhi passait des heures sur le pot pour rien.

« Je ne pense pas que ce soit un embarras, dit-elle. Les enfants aiment prendre leur temps.

— Les enfants des paysans n'ont pas ce genre de problèmes, ils mangent beaucoup de fibres.

— Tongzhi n'a rien en commun avec eux. Une telle comparaison est une insulte ! » Son visage se figea. « Il est dans l'ordre des choses qu'il suive le régime alimentaire impérial. »

J'avais personnellement engagé un cuisinier pour lui préparer des repas sains, mais Tongzhi s'était plaint à Nuharoo : on lui aurait donné des crevettes pourries et il avait eu mal au ventre. Nul n'y croyait hormis Nuharoo. Pour satisfaire l'enfant, elle fit chasser le cuisinier.

Il me fallait prendre sur moi pour ne pas affronter ouvertement Nuharoo. Je décidai de me concentrer en premier lieu sur les études de Tongzhi. Chaque matin, j'emportais un fouet et le conduisais à son précepteur.

On lui enseignait le globe céleste. Je me fis donner une copie du texte et dis à mon fils que je l'interrogerais une fois sa leçon terminée.

Comme je m'y attendais, il ne se rappelait pas un traître mot de ce qu'on venait de lui apprendre. Il revenait tout juste de l'école et nous allions déjeuner. Je demandai qu'on lui ôte son repas et je le pris par la main. Je m'emparai du fouet et l'entraînai dans une cabane située au fond du jardin, loin des salles et des appartements. Je lui expliquai que je ne le lâcherais pas tant qu'il n'aurait pas récité sa leçon.

Il poussa un cri strident pour voir si l'on viendrait à son secours. Je m'y étais préparée. An-te-hai avait reçu l'ordre de tenir les précepteurs à l'écart. Bien entendu, j'avais formellement interdit à qui que ce soit d'informer Nuharoo.

« Au commencement, dis-je à mon fils. À toi. »

Tongzhi pleura et fit semblant de ne pas entendre.

Je pris le fouet et le levai si haut que la manche de ma robe se balança devant lui.

Il se mit à réciter. « Au commencement, quatre grandes constellations occupaient le ciel étoilé. Le long du fleuve Jaune se dessinaient des silhouettes animales…

— Continue.

—… un dragon, une tortue accompagnée d'un serpent, un tigre et un oiseau qui s'envolait puis redescendait… » Il secoua la tête et déclara qu'il ne se souvenait pas de la suite.

« Recommence depuis le début ! »

Il ouvrit son livre mais trébucha sur les mots.

Je lus à sa place. « … Décrivant un arc autour du pôle céleste nord, coule un flot d'étoiles appelé Chariot boréal.

— C'est trop dur », se plaignit-il en jetant le texte à terre.

Je le pris par les épaules pour le secouer. « Voilà pour un méchant garçon qui se moque des lois et vit sans se préoccuper des conséquences ! » Je le soulevai de terre, le débarrassai de sa robe et lui assenai un coup de fouet.

Une marque rouge se dessina sur son petit postérieur.

Tongzhi cria.

Les larmes me vinrent aux yeux mais je le frappai à nouveau. Je devais me contraindre pour continuer ainsi. Il avait été livré à lui-même trop longtemps. C'était mon châtiment mais aussi ma dernière chance.

« Comment osez-vous me fouetter ? » Il était incrédule et ses petits sourcils se rencontraient au milieu de son visage terrorisé. « Nul ne peut frapper le fils de l'empereur ! »

Je le fouettai plus fort. « C'est pour te faire entendre le bruit des canons étrangers. C'est pour te faire lire les traités ! » Je sentais que l'émotion allait me balayer. Une flèche invisible avait transpercé mon crâne. Péniblement, je poursuivis : « C'est… pour… t'obliger à regarder ton père en face. Je veux que tu saches comment il est devenu un homme sans consistance ! »

Comme si le fouet ne m'obéissait plus, la mèche retomba non pas sur Tongzhi mais sur moi-même. Elle claqua et s'enroula comme un serpent en laissant une trace ensanglantée.

Tongzhi ne disait plus un mot.

Épuisée, je m'effondrai et ramenai mes genoux sur ma poitrine. Je pleurais parce que Xianfeng ne vivrait pas assez longtemps pour éduquer son fils ; je pleurais parce que je ne pourrais pas l'élever convenablement tant que Nuharoo serait à ses côtés ; je pleurais parce que j'entendais mon fils me hurler qu'il me détestait ; je pleurais enfin parce que j'étais déçue de ma propre attitude mais ne savais pas quoi faire d'autre.

Je me repris. Le fouet à la main, je le questionnai à nouveau. « Tongzhi, explique-moi ce que signifie le dragon ?

— Il représente une transformation, dit le petit homme apeuré.

— Laquelle ?

— Quoi, « laquelle » ?

— C'est la transformation de… ?

— La transformation d'un… d'un poisson. Il s'est montré capable de sauter par-dessus un barrage.

— C'est exact. Et c'est ce qui a fait de ce poisson un dragon. » Je reposai le fouet. « Cette image évoque l'effort effectué pour franchir un obstacle monstrueux. Il s'est rompu les os, arraché les écailles. Il aurait pu mourir, mais il n'a pas reculé devant l'épreuve. C'est ce qui le distingue des poissons ordinaires.

— Je ne comprends pas. C'est trop compliqué. »

Je lui lisais sans arrêt la même phrase, mais son esprit s'était paralysé. Il était en état de choc. Je pris peur. Nul n'avait jamais élevé la voix devant lui avant ce jour. Il en avait toujours fait à sa tête sans se préoccuper de l'humiliation d'autrui.

J'étais bien décidée à continuer. « Écoute-moi bien et tu comprendras. Le tigre est l'esprit des bêtes, la tortue celui des coquillages, et le phénix est un oiseau capable de renaître de ses cendres… »

L'enfant commençait à me suivre quoique avec difficulté.

Des coups sourds furent frappés à la porte de la cabane.

Je savais de qui il s'agissait. Je savais qu'elle avait un espion au sein même de mon palais.

Les coups continuèrent et Nuharoo cria : « Je mettrai Sa Majesté au courant de cette cruauté ! Vous n'avez pas le droit de punir Tongzhi. Il ne vous appartient pas ! Il est venu dans votre ventre mais vous n'avez été pour lui qu'un abri provisoire. Si je découvre qu'il a été blessé, je vous ferai pendre ! »

Je repris ma lecture d'une voix claire et assurée. « Pour la philosophie chinoise antique, les cinq couleurs correspondent à cinq directions. Le jaune est associé au centre, le bleu à l'est, le vert à l'ouest, le rouge au sud et le noir au nord… »

Dix-neuf

Autour de Jehol, les herbes sauvages jaunissaient alors que la cour attendait la mort de l'empereur. Xianfeng ne pouvait plus rien avaler. La soupe que je préparais lui était toujours portée par des eunuques mais il n'y touchait plus. La robe funéraire ornée de dragons avait été commandée et le cercueil de Sa Majesté était pratiquement achevé.

Pourtant mon fils n'avait pas encore été désigné comme son successeur et l'empereur n'avait pas dit un mot à ce sujet. Chaque fois que je désirais voir mon époux, le premier eunuque Shim m'en empêchait sous prétexte que Sa Majesté dormait ou recevait ses conseillers. Il me faisait attendre interminablement. Dépitée, je regagnais mes appartements. Je ne doutais pas que Shim agît sur l'ordre de Su Shun.

J'étais inquiète : Xianfeng pouvait disparaître en me laissant impuissante à aider Tongzhi. Quand An-te-hai me raconta que le Grand Conseiller avait essayé de faire de lui son espion, ses intentions ne firent plus aucun doute.

Je remerciai An-te-hai de sa loyauté, mais son nom s'inscrivait désormais sur la liste des ennemis de Su Shun.

« Le Grand Conseiller tente d'abattre votre chien, me dit Nuharoo au cours d'une visite. Je me demande pourquoi il hait tant votre eunuque. » Elle leva les yeux de sa broderie et chercha une réponse sur mon visage.

Je ne souhaitais pas partager mes pensées avec qui que ce soit ni indiquer que ce n'était pas à An-te-hai que Su Shun en voulait mais à moi. Si je révélais mes sentiments, Nuharoo se proposerait d'intercéder en ma faveur et d'arracher des excuses au premier eunuque. Elle se voulait le champion de la justice, mais sa bonté pouvait faire plus de bien que de mal.

Nuharoo aimait se faire connaître pour son amabilité, sa courtoisie et son impartialité mais elle n'aurait pu résoudre ce problème : elle aurait tout simplement facilité la tâche à Su Shun, qui n'aurait alors eu aucun mal à se débarrasser de moi. Il forcerait la main à Xianfeng. Ce ne serait pas la première fois. La terrible histoire racontée par Yung Lu, celle du ministre déloyal envers le Grand Conseiller, n'en était qu'un exemple. Su Shun pouvait aussi faire de Nuharoo son alliée. Convenablement flattée, ce serait une proie facile. Elle ne vivait que pour glorifier son propre nom et la moindre attention de la part de Su Shun ne pourrait que la charmer. Ma survie n'était pas la priorité de cette femme, après tout.

An-te-hai titubait comme un homme ivre. Selon lui, il avait été décidé que je serais « honorée d'accompagner Xianfeng quand il reviendrait à sa source », en un mot que je serais enterrée aux côtés de l'empereur !

Je ne pouvais y croire. Sur les trois mille concubines, j'avais été la seule à lui donner un fils. Xianfeng savait que Tongzhi avait besoin de moi.

Je m'efforçai de garder mon calme et demandai à An-te-hai d'où il tenait cette information. Il me cita le nom de son ami Chow Tee, le valet de chambre de Sa Majesté.

« Chow Tee est venu me trouver ce matin, fit An-te-hai d'une voix tremblante. Et il m'a conseillé de m'enfuir immédiatement, précisant que mes jours étaient comptés. « Allons, arrête de plaisanter », lui ai-je dit, mais il a répliqué que l'affaire était grave. Il avait surpris une conversation entre Su Shun et Sa Majesté : le Grand Conseiller lui avait suggéré de « se faire accompagner de dame Yehonala ». » Il s'essuya le front de sa manche.

« Ton ami est sûr de lui ?

— Chow Tee a entendu Su Shun dire : « Dame Yehonala n'est pas du genre à rester fidèle et à cultiver paisiblement son jardin. »

— Sa Majesté lui a répondu ?

— Non. C'est pourquoi Su Shun a insisté, soulignant qu'il ne serait pas étonné s'il vous voyait prendre d'autres hommes après sa mort. Il a ajouté que vous recherchiez le pouvoir par le biais de Tongzhi. Si vous l'avez fouetté, c'est parce qu'il a refusé d'exaucer vos désirs. À la fin, Sa Majesté a accepté de vous emmener avec lui. »

Je voyais déjà mon cercueil et ma robe d'éternité qu'aurait commandés Su Shun. Je m'imaginais la cordelette de soie autour du cou alors que le Grand Conseiller s'apprêtait à renverser le tabouret sur lequel j'étais juchée. Avant que mon corps ne se refroidisse, il ferait couler de l'argent liquide dans ma gorge pour me donner la posture désirée.

« Maîtresse, agissez avant qu'il ne soit trop tard. » An-te-hai se jeta à terre et refusa de se relever.

Dans mes pires cauchemars, je n'avais jamais imaginé être ainsi sacrifiée. Les histoires de grande sœur Fann étaient bien douces à côté de ce qui m'arrivait. Je n'avais pas le temps de verser des larmes ou de chercher du réconfort auprès de ma famille. Peut-être Su Shun faisait-il déjà fondre les lingots d'argent fatals.

Je demandai à An-te-hai pourquoi je devrais faire confiance à Chow Tee.

« Nous autres, eunuques, sommes pareils à des vignes vierges. Il nous faut trouver un gros arbre pour nous élever. Chow Tee et moi sommes bien conscients que nous ne progresserons qu'en nous aidant mutuellement. Nous nous sommes déclarés frères à l'âge de douze ans.

Quand une mouche volait dans la chambre de l'empereur, Chow Tee me le disait. Récemment il s'est inquiété pour son avenir à la mort de l'empereur. S'il a la chance de ne pas suivre Sa Majesté dans la tombe, il lui faudra trouver un nouveau maître. Il savait que cette information était importante et voulait que je vous la transmette. »

Je dis à An-te-hai que je désirais parler à son ami.

Chow Tee vint me voir le lendemain sous le prétexte d'emprunter une lampe.

L'air humble, il devait avoir une vingtaine d'années. Sa robe en coton était délavée. Je n'avais jamais vu un visage si jeune et pourtant creusé de tant de rides. Le passé de Chow Tee était semblable à celui d'An-te-hai et il vivait à la Cité interdite depuis l'âge de neuf ans. Il choisit soigneusement ses mots pour me confirmer les propos d'An-te-hai.

Je reçus ensuite mon fils. Tongzhi grimpa sur mes genoux et déclara qu'il était prêt à réciter son texte. Il se montra excellent et je le félicitai de mon mieux. J'avais cependant du mal à ne pas pleurer : j'imaginais sans cesse les ouvriers travaillant à mon cercueil, j'entendais même le bruit des clous qu'on plante dans le bois.

Malgré son comportement, Tongzhi était devenu un beau garçon. Il avait mes yeux et ma peau. Le reste de ses traits lui venait de son père : front large, nez mandchou, bouche bien dessinée. Il affichait souvent le plus grand sérieux mais son sourire était désarmant. Je ne pouvais supporter l'idée de le voir perdre son père et sa mère en une seule journée.

Si Xianfeng m'emmenait avec lui, deux personnes seraient détruites : mon fils et ma mère. Tongzhi ne recevrait aucune éducation. Nuharoo le ferait sans malice mais Su Shun, délibérément. Le résultat serait identique : une fois adulte, il se montrerait incapable de gouverner. Quant à ma mère, elle ne survivrait pas à cette épreuve.

Su Shun mentirait sans vergogne si Tongzhi l'interrogeait sur ma mort. Il lui démontrerait que j'avais été une mauvaise mère et lui apprendrait à me haïr. Le malheureux ne comprendrait pas qu'il était la victime de cet homme fourbe et cruel. Il ne verrait en lui que son sauveur.

Tongzhi perdrait son droit d'aînesse. Su Shun parviendrait à travers lui à satisfaire ses ambitions. Il dirigerait l'empire au nom de Xianfeng puis il exposerait la faiblesse de Tongzhi, inventerait une excuse pour le renverser et deviendrait l'unique maître du pays.

Cette vision de l'avenir m'était de plus en plus nette et mon désespoir ne cessait de croître. La nouvelle de la mort de mon époux pouvait arriver à tout moment et peut-être me trouvais-je pour la dernière fois en présence de mon fils.

Je le tenais si fort serré contre moi qu'il s'en plaignit.

« Pleurer ne peut que vous faire perdre davantage de temps, maîtresse. » An-te-hai se releva, lui qui était à genoux depuis si longtemps. Son doux regard s'était durci.

« Pourquoi ne te sauves-tu pas, An-te-hai ? Tu as toujours été bon pour moi et je ne te bénirai jamais assez.

— Je ne vis que pour vous, maîtresse, dit-il en se frappant le front contre terre. Ne renoncez pas !

— Qui pourrait me venir en aide ? L'empereur nous quitte et les espions de Su Shun pullulent dans ce palais !

— Vous avez encore deux alliés, maîtresse. »

Rong et son époux, le prince Yi Huan, étaient les deux personnes auxquelles songeait An-te-hai. L'eunuque croyait le prince capable d'approcher le lit de son frère. Il pourrait se faire accompagner de Rong et elle plaiderait ma cause.

Cette idée n'était pas sotte. Rong était enceinte, ce qui renforçait son statut aux yeux de la famille impériale.

Le prince Yi Huan avait quatre filles mais pas encore de fils. Il aurait fait n'importe quoi pour assurer le bonheur de son épouse. An-te-hai me fit part de son plan : il sortirait de Jehol et entrerait en contact avec ma sœur.

Une semaine plus tard, tôt le matin, ma sœur me rejoignit, le visage radieux. Son ventre était aussi gros qu'une lanterne. Nous nous jetâmes dans les bras l'une de l'autre et éclatâmes en sanglots. Rong me dit qu'elle avait réussi.

« Dans un premier temps, Su Shun a refusé de nous laisser entrer, conta-t-elle. Au bout de plusieurs heures d'attente, Yi Huan était sur le point de renoncer, mais je l'ai supplié : si je ne parvenais pas à parler de ma sœur à l'empereur, l'enfant que je portais risquerait d'être affecté par mon chagrin et de mourir avant même de naître. »

Rong me prit par les mains et sourit. « Mon mari n'acceptait pas l'idée de perdre un fils et il a forcé la chambre impériale. Sa Majesté était couchée sur son lit.

« J'ai suivi Yi Huan et ai souhaité une bonne santé à Sa Majesté. Mon ventre était trop gros pour que je me prosterne, mais je l'ai fait quand même afin qu'il comprenne l'étendue de mon désespoir. Il m'a dit de me relever. J'ai refusé et je suis restée à genoux jusqu'à ce que mon époux ouvre la bouche. Il a expliqué à son frère que je faisais des cauchemars, que la tristesse me minait et qu'il allait perdre son fils.

— Comment a réagi l'empereur ?

— Sa Majesté avait du mal à parler. Il a cependant demandé ce qui me peinait et Yi Huan lui a répondu : « Mon épouse a rêvé que vous aviez décidé d'emmener Orchidée avec vous. Elle veut s'assurer que ce n'est pas vrai. Elle a besoin d'entendre ces mots de vos lèvres célestes. »

— Et alors ?

— Sa Majesté a montré Su Shun du doigt et dit que l'idée venait de lui.

— Je le savais !

— Su Shun était furieux mais il n'a pas répliqué. » Rong rangea son mouchoir dans sa poche.

C'est alors qu'An-te-hai entra précipitamment. « Sa Majesté a ordonné l'annulation immédiate du décret ! Chow Tee m'a rapporté que Sa Majesté a prié Su Shun de ne plus jamais évoquer une telle horreur ! »

Le jour où j'avais présenté Rong au prince Yi Huan, je n'aurais pu imaginer qu'ils deviennent mes divinités protectrices. Rong me prévint : le danger n'était pas écarté et je devais me montrer prudente. Su Shun ne baisserait pas les armes et son combat pour me détruire ne faisait que commencer.

Pendant trois jours, il ne se passa rien mais, au matin du quatrième, le Dr Sun Pao-tien prédit que Xianfeng ne verrait pas l'aube prochaine. Su Shun lança une communication au nom de l'empereur : une ultime audience se tiendrait l'après-midi au cours de laquelle Sa Majesté exprimerait ses dernières volontés.

C'est seulement en rendant visite à Nuharoo, en fin de matinée, que je découvris que j'en étais exclue. Elle n'était pas là. Son eunuque me dit qu'elle avait pris un palanquin envoyé par le Grand Conseiller. Aussitôt je mis An-te-hai au courant de ce qui se tramait ; lui-même avait reçu un message de Chow Tee. L'audience impériale avait débuté et Su Shun avait annoncé qu'un mauvais état de santé justifiait mon absence.

Je cédai à la panique. Dans quelques heures, mon époux rendrait son dernier souffle et je ne pourrais plus agir.

Je courus jusqu'à la chambre de Tongzhi. Occupé à jouer aux échecs avec un eunuque, il refusa obstinément de m'accompagner. Je renversai le plateau et projetai les pièces à terre puis je le traînai sans ménagement vers la salle des Brumes admirables tout en lui expliquant la situation. Il devait demander à son père de faire de lui son successeur.

Tongzhi prit peur. Il me conjura de le renvoyer à sa partie d'échecs. J'insistai : il ne préserverait son avenir qu'en parlant à son père. Mais l'enfant ne comprenait rien, poussait des cris et se débattait, tant et si bien que mon collier se cassa et que les perles roulèrent sur le sol.

Des gardes nous interdirent de pénétrer dans la salle même s'ils semblaient craindre Tongzhi.

« Je dois voir Sa Majesté », leur lançai-je.

Le premier eunuque survint. « Sa Majesté ne souhaite pas pour l'heure recevoir ses concubines. Je vous ferai appeler quand le moment sera venu.

— Je suis certaine que l'empereur voudra voir son fils une dernière fois.

— Le Grand Conseiller Su Shun m'a donné l'ordre de vous faire enfermer si vous insistez, dame Yehonala.

— Tongzhi a le droit de dire adieu à son père ! hurlai-je en espérant que Xianfeng m'entendrait.

— Je regrette, mais voir Tongzhi ne ferait que perturber Sa Majesté. »

Désespérée, j'essayai de le repousser mais il était inébranlable. « Vous devrez me tuer pour me faire renoncer à mon devoir. »

Je tombai à genoux et le suppliai. « Permettrez-vous au moins que Tongzhi voie son père de loin ?

— Non, dame Yehonala. » Il fit signe aux gardes qui me plaquèrent à terre.

Un déclic se produisit certainement dans la petite tête de mon fils. Peut-être n'appréciait-il pas la façon dont on me traitait. Quand Shim lui adressa un sourire fourbe et lui conseilla de retrouver sa salle de jeux, Tongzhi lui répondit en utilisant pour la première fois de sa vie le langage réservé à l'empereur : « Zhen désire être seul pour voir ce qui se passe ici. »

Le mot Zhen pétrifia le premier eunuque.

Tongzhi en profita pour entrer en courant dans la salle.

L'immense lit noir aux dragons de Xianfeng se dressait au milieu de l'estrade du trône. Menés par Su Shun et les membres du cabinet, officiels et ministres entouraient la pâle silhouette dissimulée sous le couvre-lit. On aurait dit que mon époux était déjà mort : il gisait, parfaitement immobile, sans présenter le moindre signe de vie.

Vêtue d'une robe beige, Nuharoo, agenouillée près de la couche impériale, sanglotait en silence.

Tout le monde était à genoux dans la grande salle. Le temps s'était arrêté.

Ce départ céleste n'avait rien de glorieux. L'empereur était quasiment réduit à néant, les traits relâchés, la bouche et les yeux, tirés vers les oreilles. Son agonie ne me paraissait pas réelle. Je me souvenais comme si c'était hier de la nuit où il m'avait invitée pour la première fois, du jour où il m'avait hardiment taquinée devant la Grande Impératrice. Je me remémorais son expression maligne et charmeuse à la fois, le bruit des planchettes de bambou tombant dans le plateau, ses doigts effleurant les miens quand il m'avait tendu le ruyi. Cette évocation m'attrista et je dus me rappeler pourquoi j'étais ici.

Les ministres chuchotaient que Xianfeng s'était plusieurs fois brièvement arrêté de respirer pendant la journée pour émettre ensuite un long son caverneux venu de ses poumons. Deux oreillers soutenaient le Fils du Ciel. Ses yeux grands ouverts bougeaient à peine. La cour attendait qu'il parle mais il n'en était certainement pas capable.

Tongzhi était de toute évidence son héritier naturel, mais la loi de la dynastie Qing ne spécifiait pas que la transmission du trône se fît par droit de primogéniture.

Les dernières paroles de l'empereur étaient capitales. Bien qu'un coffret officiel renfermât le testament de Sa Majesté, les mots avaient plus de poids. Bien des gens croyaient que l'imminence de la mort modifiait la perception de l'agonisant et que les souhaits enfermés dans le coffret étaient peut-être imparfaits. Je m'inquiétais par-dessus tout de l'attitude de Su Shun : dans sa malveillance, il pouvait manipuler l'empereur et lui faire dire n'importe quoi.

Plusieurs heures s'écoulèrent. L'attente était interminable. De la nourriture fut distribuée dans la cour et chacun s'assit sur ses talons pour manger son bol de riz, le regard perdu dans le lointain. Tongzhi s'impatientait et s'énervait. Je savais qu'il faisait de son mieux pour se montrer obéissant mais, à la fin, il n'en put plus, cria et renversa le riz.

Je le saisis par le bras. « Continue ainsi et je te fais enfermer dans une ruche ! »

Il se calma.

La nuit tomba. Tout était sombre à l'exception de la salle des Brumes admirables, illuminée comme la scène d'un théâtre.

La cour revint. Plusieurs sceaux impériaux magnifiquement ornementés furent tirés de leurs coffrets et disposés sur une longue table. Le silence était tel que j'entendais grésiller les bougies.

Le Grand Secrétaire et lettré Kuei Liang, beau-père du prince Kung, portait une robe grise. Il était arrivé de Pékin le matin même et il lui faudrait y retourner une fois enregistrées les dernières paroles de Sa Majesté. Sa barbe blanche tombait sur sa poitrine. À genoux, il tenait un pinceau de grande taille qu'il trempait régulièrement dans l'encre pour le garder humide. Une pile de papier de riz était posée devant lui. À ses côtés, Chow Tee frottait contre la pierre un bâton d'encre gros comme un bras d'enfant.

Su Shun ne quittait pas des yeux les sceaux. Qu'avait-il en tête ? En Chine, les documents impériaux, qu'ils émanent de l'empereur ou de l'un de ses subordonnés, n'avaient de valeur que lorsqu'un sceau officiel corroborait une signature personnelle. Il faisait autorité et le plus important de tous annulait ceux apposés précédemment. J'étais désespérée de savoir que Tongzhi n'avait pas reçu de son père la promesse de détenir ces sceaux.

Xianfeng cheminait-il déjà vers le Ciel ? Avait-il oublié son fils ? Su Shun était-il là pour assister à la déchéance de Tongzhi ? Il déambulait devant la table, prenait délicatement chaque sceau et le caressait du bout des doigts comme s'il en était déjà le propriétaire.

« Il existe bien des façons d'altérer le destin d'un homme, dit-il en redressant le menton comme un sage. Sa Majesté doit parcourir les dédales sombres de son âme. Je l'imagine marchant à pas lents le long d'un mur rouge. Il ne meurt pas en vérité : il se prépare à sa renaissance. Ce n'est pas un tas d'os desséchés que ses esprits connaîtront mais bien la lumière pourpre de l'immortalité. »

Le corps de l'empereur se contracta brusquement. Le spasme ne dura que quelques secondes. J'entendis alors les gémissements de Nuharoo qui tira de sa robe une rangée de perles.

Selon la superstition populaire, ce pouvait être l'instant où les esprits de l'agonisant entamaient la phase de la réflexion mentale.

Je priais pour que Sa Majesté appelle Tongzhi. Si son fils unique n'occupait pas ses ultimes pensées, alors qui d'autre ?

Les ministres se mirent à pleurer. Des vieillards s'évanouirent dans la cour et des eunuques durent apporter des chaises pour les emmener.

Je pris Tongzhi par la main et me dirigeai vers le lit.

« Nul n'a le droit de déranger les esprits ! » Shim se planta devant moi. À son signal, des gardes s'emparèrent de nous.

Je me débattis tandis que mon fils donnait des coups de pied et mordait, mais on le plaqua à terre.

« Je vous en prie ! suppliai-je.

— Sa Majesté est en pleine réflexion. » Shim refusait de céder. « Vous pourrez le voir quand ses esprits se seront décidés.

— Papa ! Papa ! » cria Tongzhi d'une voix forte.

En tout autre lieu, cet appel eût suscité la sympathie générale mais ici la cour ne se préoccupait plus que de son nouveau maître, le premier eunuque. Chacun plaçait ses besoins au-dessus de ceux de Xianfeng et de son fils. Tout le monde avait entendu Tongzhi, personne ne s'offrait à l'aider.

Sa Majesté l'empereur devrait attendre le bon vouloir de Shim au cas où il voudrait s'adresser à son fils. L'eunuque ignorait son souverain : si celui-ci était mécontent, qui le saurait ? Dans quelques minutes, ses regrets pourraient bien l'accompagner au tombeau.

Je n'avais plus peur. Je mesurai la distance qui me séparait du premier eunuque. Mon regard était rivé sur son ventre qui tendait l'étoffe de sa robe. Il m'importait peu d'être blessée, d'être mise à mort peut-être. Ce serait ma protestation contre la tyrannie de Shim et Tongzhi s'attirerait la sympathie du pays tout entier.

Usant de ma tête comme d'un bélier, je chargeai, mais maître Shim réussit à esquiver. Je perdis l'équilibre et me trouvai projetée vers une colonne.

Je fermai les yeux. C'en était fini de moi.

Pourtant, mon crâne ne se brisa pas contre la pierre. Ce n'était pas une colonne mais un homme en armure.

En m'effondrant à terre, je vis mon fils courir vers son père. Et quand je relevai la tête pour voir qui j'avais percuté, je découvris les traits du commandant de la garde impériale, Yung Lu.

« Papa ! Papa ! » Le fils secouait son père.

L'empereur était mi-couché, mi-assis, et il regardait fixement le plafond.

Nuharoo prit Tongzhi dans ses bras.

Je me relevai et courus jusqu'à l'enfant. Furieux, Su Shun le repoussa avant qu'il ne repose la main sur son père, mais Tongzhi parvint à se dégager.

« Papa ! Papa ! »

L'empereur Xianfeng entrouvrit les yeux. Lentement ses lèvres bougèrent. « Tongzhi, mon fils... »

La cour retint son souffle. Le secrétaire impérial leva son pinceau.

« Viens plus près de moi, Tongzhi. » Les bras du mourant sortirent de dessous le couvre-lit.

« Votre Majesté. » Je m'avançai, sachant fort bien que je pouvais être châtiée pour une telle audace. « Ferez-vous connaître votre successeur à la cour ? »

Su Shun ne pouvait plus m'obliger à me taire. Xianfeng semblait m'avoir entendue. Il chercha à parler mais sa voix le trahit. Il lutta un instant et ses bras s'affaissèrent. Ses yeux roulaient dans leurs orbites, l'air lui manquait.

« Votre Majesté ! » Je tombai à genoux, mes doigts crispés sur le drap de satin jaune. « Je vous en supplie, prenez pitié de votre fils ! »

Il ouvrit la bouche.

« Papa ! Papa ! Réveillez-vous ! »

J'empêchai Tongzhi de secouer ainsi son père.

L'empereur ouvrit une nouvelle fois les yeux et, soudain, il se redressa mais, une seconde plus tard, il s'effondrait sur ses oreillers, les paupières closes.

« Ne parlez pas à votre fils, Xianfeng ! » Sentant la fin venir, je me moquais bien de ce que je disais. Il n'y avait plus l'ombre d'un espoir. « Voici votre fils maudit par le Ciel. Abandonnez-le ! Allez votre chemin et laissez-nous désemparés ! J'y verrai mon destin si c'est ce que vous souhaitez. Tongzhi vous mérite mais vous êtes un père ingrat ! »

En pleurant, Tongzhi enfouit son visage dans la poitrine de son père.

« Tongzhi… » L'empereur ouvrit les yeux une fois encore. Il parlait d'une voix faible mais on le comprenait parfaitement. « Mon fils… laisse-moi… te regarder. Comment vas-tu ? Qu'attends-tu de moi ?

— Votre Majesté, dis-je, Tongzhi vous succédera-t-il sur le trône ? »

Xianfeng eut un sourire affectueux. « Mais oui, certainement… Tongzhi sera mon successeur…

— Savez-vous le nom de son règne ?

— Qi Hsiang, dit Sa Majesté en un ultime souffle.

— « Bonheur de bon augure », répéta le secrétaire impérial en écrivant les mots.

En cet instant, bien des personnes présentes pensèrent que mon initiative incarnait un principe important : pour une femme vivant à la cour mandchoue, survie était synonyme d'audace. Elles avaient raison.

Peu après que le Dr Sun Pao-tien eut officiellement constaté la mort de l'empereur, Nuharoo et moi quittâmes la salle pour ôter notre maquillage dans une pièce adjacente. J'étais ébranlée au point de ne plus pouvoir tenir le morceau d'étoffe. Je me rappelai les dernières paroles de Xianfeng et mes larmes coulèrent. L'effort déployé pour les prononcer montrait tout l'amour que renfermait son cœur.

Nous revînmes vêtues d'habits faits d'une toile à sac blanc écru, les cheveux entourés de rubans blancs. Ce changement d'apparence indiquait à la nation que nous étions entrées dans la première phase du deuil.

Su Shun demanda à s'entretenir immédiatement avec nous. Nous lui répondîmes que nous préférions attendre que l'émoi fût retombé, mais cela ne servit à rien. Il insista : il devait tenir la promesse faite à notre époux.

Dans la petite pièce, j'avais discuté avec Nuharoo de notre comportement vis-à-vis du Grand Conseiller. Désemparée, elle était incapable de réfléchir, mais l'homme était prêt : il profiterait de la confusion pour exercer son emprise sur la cour. Nous étions menacées d'être balayées.

Quand il s'avança vers moi, je lui demandai sans détour d'apporter le coffret renfermant le testament de Sa Majesté.

Habitué à n'entendre que des plaintes de la part des femmes, Su Shun ne sut que répliquer.

La cour exprima son approbation.

Il était près de minuit quand on ouvrit le coffret. Le Grand Secrétaire Kuei Liang lut le testament. Le texte en était aussi confus que les habitudes de vie de Sa Majesté. En plus de nommer Tongzhi nouvel empereur, il avait établi un Conseil de la Régence dirigé par Su Shun afin d'administrer le gouvernement jusqu'à ce que son fils fût en âge de le faire lui-même. Doutait-il du bien-fondé de sa propre décision ? Désirait-il modérer le pouvoir des régents ou encore établir les bases d'une régence plus orthodoxe ? Quoi qu'il en soit, l'empereur Xianfeng nous confiait, à Nuharoo et à moi-même, une paire de sceaux d'importance capitale : tungtiao, « partenariat », et yushang, « reflet de la volonté impériale ». Nous avions ainsi la capacité de valider ou non les décrets établis par Su Shun au nom de Tongzhi. Nuharoo devait apposer le tungtiao au début du texte, moi le yushang à la fin.

Su Shun ne pouvait dissimuler sa frustration. Nous détenions les sceaux et il était enchaîné mais, par la suite, il ferait tout pour ignorer ces contraintes.

En revanche, je ne m'attendais pas que Xianfeng éloigne du pouvoir tous ses frères, y compris le prince Kung. Ce précédent historique scandalisa les lettrés et les hommes de clan. Assis dans un coin de la salle, ils écoutaient, bouleversés, la lecture du testament.

J'y voyais là l'ombre de Su Shun. Selon Chow Tee, le Grand Conseiller avait laissé entendre à Sa Majesté que le prince Kung passait beaucoup trop de temps avec les étrangers. En un mot qu'il avait vendu son âme aux barbares. La preuve, le prince avait demandé à des étrangers de former son personnel dans tous les domaines du gouvernement chinois, armée et finances comprises. Su Shun montra le plan de réforme à Sa Majesté : Kung avait l'intention de faire évoluer le système politique chinois vers un modèle de gouvernement à l'occidentale.

Le soir du 22 août 1861, Jehol s'enveloppa de brouillard. Dans un fracas épouvantable, les branches venaient frapper les vitres de la salle des Brumes admirables.

Tongzhi s'était endormi dans mes bras. Il ne se réveilla pas quand le Dr Sun Pao-tien le prit pour nous permettre, à Nuharoo et à moi-même, de laver le visage de notre époux avec une serviette de soie humide. Nous l'effleurions délicatement : dans la mort, il paraissait apaisé.

« Il est temps de vêtir Sa Majesté, annonça maître Shim. Il convient de le faire avant la venue de la rigidité cadavérique. »

Les eunuques apportèrent la robe d'éternité et nous nous inclinâmes devant notre époux avant de nous retirer.

An-te-hai emmena Tongzhi quand nous quittâmes la salle des Brumes admirables.

Je pleurais : Xianfeng était mort si jeune !

Nuharoo m'interrompit dans mes réflexions. « Vous n'auriez pas dû vous en mêler. Vous m'avez fait passer pour une sotte devant Sa Majesté.

— J'en suis désolée. Telle n'était pas mon intention.

— Vous m'avez embarrassée en ne me faisant pas confiance, en refusant que je prenne les choses en main.

— Tongzhi avait besoin d'entendre son père et le temps nous pressait.

— Si quelqu'un doit parler au nom de Tongzhi, c'est moi. Votre action fut pour le moins irréfléchie, dame Yehonala ! »

J'étais furieuse mais je choisis de ne pas répliquer. J'avais en effet besoin de Nuharoo pour gagner la guerre contre Su Shun.

Je portai mon fils pour aller au lit. Su Shun devait très mal accepter non seulement que je ne sois pas pendue et enterrée mais aussi que j'aie le pouvoir de contrecarrer ses ambitions.

J'étais épuisée, pourtant je ne parvenais pas à me détendre. Le chagrin que m'inspirait Xianfeng ne s'estompait que devant l'inquiétude que me causait mon fils. Je me rappelai l'instant où j'avais heurté Yung Lu. Était-il venu veiller sur nous ? Je ne devais pas oublier que Su Shun était son supérieur. Dans ce cas, Yung Lu faisait-il partie de la conspiration ?

Couchée dans mon lit, je me récitai la liste des régents. Leur visage m'était familier. Su Shun mis à part, c'étaient des lettrés parvenus aux plus hautes fonctions académiques et des ministres servants depuis longtemps à la cour : il en allait ainsi pour Tuan Ha, le demi-frère de Su Shun, et le prince Yee, un rustre, cousin germain de l'empereur Xianfeng et commissaire impérial. Je connaissais mal leur vie mais j'en savais tout de même assez pour comprendre qu'ils étaient aussi dangereux et assoiffés de pouvoir que Su Shun.

J'examinai tout particulièrement le cas du prince Yee. Il était le seul parent à qui Xianfeng avait confié des responsabilités. Su Shun avait dû lui parler de ce cousin, mais dans quel but ? Je compris que, le prince Yee étant de sang impérial, le Grand Conseiller avait besoin de lui pour dissimuler ses intentions mauvaises.

Le lendemain, les régents, surnommés « la Bande des Huit[1] » par Nuharoo, vinrent nous rendre visite. Il était évident que Su Shun détenait les clefs de la réflexion de ces hommes. Lors de leur réception, on ne parla pas de politique, signe que notre responsabilité se limitait à l'éducation de Tongzhi. Ils proposèrent d'alléger notre fardeau en nous épargnant les affaires de la cour. Nuharoo eut la folie d'exprimer son accord.

Su Shun arriva en dernier, expliquant que des événements survenus à la frontière l'avaient retenu. Je lui demandai si le prince Kung lui avait parlé de quelque chose. Il répondit par la négative : je savais qu'il mentait. Selon An-te-hai, le prince avait envoyé quatre documents importants nécessitant une approbation ; il n'avait pas eu de réponse.

Sans ambages, je le questionnai à propos des documents. Il nia d'abord les avoir reçus mais, quand je suggérai de faire venir le prince Kung, il reconnut qu'on les avait mal rangés dans son cabinet de travail. Puis il me pria de ne pas m'en préoccuper. Selon lui, mon intérêt pour les affaires de cour constituait « un manque de respect envers l'empereur défunt ».

Je rappelai au Grand Conseiller qu'aucun décret ne serait valide sans l'apposition de nos deux sceaux. Le sort réservé aux requêtes du prince Kung importait peu : Nuharoo et moi devions en être informées. Et je laissai entendre à Su Shun que je perçais ses intentions à jour : assurer seul la promotion ou la déchéance des gouverneurs de province.

Au fil du temps, la tension entre Su Shun et moi devint telle qu'il nous fallait nous éviter. Je ne comprenais que trop bien qu'on ne gouvernait pas ainsi une nation. Su Shun avait inventé et colporté toutes sortes

---

1. Plus près de nous, la « Bande des Quatre » (dont faisait partie Mme Mao) sera accusée d'avoir fomenté un coup d'État contre le président Mao. Le rapport entre les deux groupes est évident. *(N.d.T.)*

de rumeurs visant à faire de moi un monstre. Pour mieux m'isoler, il approcha Nuharoo et sa tactique porta ses fruits. Il m'était impossible de la convaincre de la fourberie de Su Shun.

À peu près à la même époque, je remarquai que je perdais mes cheveux. Un jour, An-te-hai en ramassa plusieurs après le départ du coiffeur et je m'alarmai. Était-ce le symptôme de quelque maladie ?

Je ne les avais pas coupés depuis mon entrée à la Cité interdite et ils m'arrivaient à présent aux genoux. Chaque matin le coiffeur était venu et mes cheveux n'étaient jamais tombés en dépit de ses coups de brosse parfois un peu rudes. Maintenant on aurait dit qu'il cardait de la laine. Je ne me considérais pas comme une coquette mais, si cela continuait ainsi, je me retrouverais rapidement chauve.

An-te-hai me suggéra de changer de coiffeur et me recommanda un jeune eunuque dont il avait entendu parler, un certain Li Lianying. Il s'appelait en réalité Quatorze : ses parents avaient eu tant d'enfants qu'ils avaient abandonné les noms traditionnels. Après sa castration, un bouddhiste lui avait donné cette nouvelle identité : Li Lianying signifiait « belle fleur de lotus ». Les bouddhistes croyaient que la feuille du lotus était le siège de Guanyin [1], une déesse adorée en Chine mais qui était à l'origine un homme. J'avais pour elle une affection toute particulière et j'aimai tout de suite Li Lianying.

Je finis par m'attacher ses services. Comme An-te-hai, Li était joyeux et gardait ses souffrances par-devers soi. Contrairement à lui, il était maigre et pas très beau – un visage en forme de courge, une peau grumeleuse,

1. Elle se manifeste sous toutes les formes possibles dès qu'un être a besoin de son secours ; c'est par exemple vers elle que se tournent les femmes sans enfants nécessitant une protection. *(N.d.T.)*

des yeux de poisson, le nez plat et la bouche tombante. Au début, je ne savais s'il souriait ou faisait la moue. Son aspect peu attrayant n'empêcha pas sa douceur de gagner mon cœur.

An-te-hai aimait voir Li Lianying s'affairer sur mes cheveux. Il connaissait un nombre de styles étonnant : la queue d'oie, l'oiseau penché, le serpent agenouillé, la vigne grimpante, et bien d'autres encore. Quand il brossait ma chevelure, ses mains étaient à la fois douces et fermes et je ne trouvais jamais un seul cheveu sur le sol quand il avait terminé. Il accomplissait des merveilles. Je dis à An-te-hai que je le voulais pour apprenti. Mon eunuque lui enseigna les bonnes manières et Li Lianying se révéla un disciple attentif.

Bien des années après, Li Lianying me confia qu'il m'avait abusée. « Je cachais dans mes manches les cheveux de Votre Majesté. » Pourtant il ne se sentait pas coupable : s'il m'avait trompée, c'était uniquement pour mon bien. Pour lui, cette chute de cheveux était due à un excès de tension nerveuse et il croyait que je finirais par guérir. Il avait raison. Il était trop jeune pour comprendre le risque encouru à me mentir. « J'aurais pu te faire couper la tête », lui dis-je. Il acquiesça et sourit. Li Lianying allait devenir mon eunuque préféré après An-te-hai et il me servit pendant une quarantaine d'années.

Vingt

Le prince Kung envoya un message. Il sollicitait de venir à Jehol pour assister à la cérémonie funèbre. Selon la tradition, il se devait de faire une demande officielle que le trône approuvait ou non. Bien qu'étant l'oncle de Tongzhi, Kung était de par son rang un subordonné. L'enfant était devenu empereur et Kung, son ministre. À ma grande surprise, sa requête fut rejetée.

La loi interdisait aux veuves de Xianfeng de rencontrer tout parent de sexe masculin pendant la période de deuil. À l'évidence, Su Shun en était à l'origine : il devait craindre de voir menacer son pouvoir.

Nuharoo et moi étions pratiquement prisonnières dans nos appartements. Je n'avais même pas le droit d'emmener Tongzhi à la source chaude. Chaque fois que je mettais le pied dehors, maître Shim me suivait. Je sentais que le prince Kung avait besoin de savoir comment les choses se passaient.

Cependant il ne renouvela pas sa demande. Il n'avait pas le choix, d'ailleurs : s'il avait insisté pour venir, Shim aurait pu le châtier pour désobéissance envers l'empereur.

J'étais déçue de le voir céder si facilement. Je ne saurais que plus tard qu'il cherchait un moyen détourné. Comme moi, il voyait dans Su Shun un réel danger. Qu'ils fussent hommes de clan, loyalistes impériaux, réformateurs, lettrés ou étudiants, nombreux étaient ceux qui partageaient ses sentiments et le soutenaient :

ils préféraient voir le pouvoir échoir au libéral prince Kung qu'au Grand Conseiller.

Tongzhi ne manifestait que peu d'intérêt quand je lui parlais de ses ancêtres. Il avait hâte de finir sa leçon pour retrouver Nuharoo et cela me rendait jalouse. Après la mort de son père, j'étais plus sévère à son égard. Tongzhi était incapable de lire une carte de Chine ou de se rappeler le nom de la plupart des provinces. C'était déjà un chef mais il préférait manger des baies enrobées de sucre ou gambader dans la campagne. Il n'avait pas la moindre idée de la nature du monde extérieur et, d'ailleurs, il s'en moquait complètement. Pourquoi s'en serait-il soucié alors qu'on lui faisait constamment sentir qu'il se plaçait au sommet de l'univers ?

À tous, je dépeignais mon fils comme un génie à même d'arracher la nation à la gangue de ses difficultés. La survie était à ce prix. De la confiance en l'empereur dépendait la stabilité de la société. Je ne vivais que d'espoir pourtant, derrière les portes closes de Jehol, je poussais Tongzhi à se montrer digne de son rôle. Il lui fallait gouverner le plus tôt possible parce que le pouvoir de Su Shun ne cessait de grandir.

J'essayais de lui apprendre à tenir audience, à écouter, à choisir judicieusement ses questions et, surtout, à prendre des décisions fondées sur les opinions, les critiques et les idées collectives.

« Vous devez vous instruire auprès de vos conseillers et ministres, le prévins-je, parce que vous n'êtes pas...

— Je suis qui je pense être, me lança Tongzhi. À vos yeux, je ne vaux pas plus qu'un pet mouillé. »

Je ne savais si je devais rire ou le gifler. Je ne fis ni l'un ni l'autre.

« Pourquoi ne dites-vous jamais « Votre Majesté » comme tout le monde ? »

Je ne pouvais plus le tutoyer comme n'importe quel enfant et lui-même avait cessé de m'appeler mère.

Quand il devait s'adresser à moi, il utilisait la formule Huang-ah-pa, qui signifiait « Mère impériale ». En revanche il appelait Nuharoo « mère », tout simplement, d'une voix pleine de douceur et d'affection.

S'il avait accepté mes règles, j'aurais supporté une telle insulte parce que je ne désirais qu'une chose : faire de lui un chef. Il aurait pu interpréter mes intentions à son gré. Mes sentiments n'auraient pas été froissés, même s'il m'avait haïe depuis le début, car je pensais qu'il me remercierait une fois devenu adulte.

C'était sous-estimer le pouvoir de son environnement. Il ressemblait à une boule d'argile modelée et cuite avant même que je la touche. Tongzhi avait de piètres résultats à ses examens et la concentration n'était pas son fort. Quand son précepteur l'enfermait dans la bibliothèque, il envoyait ses eunuques chercher Nuharoo et celle-ci volait à son secours. Le précepteur était puni à la place de son disciple. Et lorsque je protestais, Nuharoo ne manquait pas de me rappeler mon statut inférieur.

An-te-hai fut le seul à m'exposer la nature du problème : il n'était pas question ici de se comporter en parent. « Vous avez affaire à l'empereur de Chine, maîtresse, pas à votre enfant. Vous vous dressez ainsi contre toute la culture de la Cité interdite. »

L'idée d'abuser mon fils me faisait horreur mais, quand l'honnêteté était impuissante, que pouvait-on faire d'autre ?

Je ne critiquais plus Tongzhi quand il m'apportait des devoirs inachevés. D'une voix neutre, je lui disais que je serais ravie tant qu'il serait persuadé d'avoir fait de son mieux. Soulagé, il était moins enclin au mensonge. Et peu à peu Tongzhi chercha à passer davantage de temps avec moi. Avec lui, je jouais à « l'audience », au « tribunal » ou à « la guerre ». Sans me hâter, je cherchais à l'influencer. Mais le jour où il découvrit mes véritables raisons, il m'échappa.

« Certaines personnes veulent faire du Fils du Ciel un imbécile », lâcha-t-il au beau milieu d'un jeu.

Nuharoo et Chih Ming, son précepteur principal, désiraient que Tongzhi apprenne « la langue de l'empereur », un style exclusif qui n'appartenait qu'aux seuls Fils du Ciel. Ils organisèrent ses cours pour qu'il se concentre sur la rhétorique chinoise ainsi que la poésie Tang et Sung « afin de parler avec élégance ». Et ils se fâchèrent quand je proposai de lui apprendre plutôt les sciences, les mathématiques et la stratégie militaire.

« Détenir une langue est on ne peut plus prestigieux, s'exalta le précepteur, et seul un empereur peut se l'autoriser !

— Pourquoi vouloir déposséder notre enfant ? me demanda Nuharoo. Tongzhi, le Fils du Ciel, n'a-t-il pas connu assez de privations ?

— C'est une perte de temps d'apprendre une langue qui ne lui permettra pas de communiquer avec autrui, insistai-je. Tongzhi doit être immédiatement mis au courant de la situation en Chine ! Je me moque bien de la façon dont il s'habille, mange ou dit Zhen au lieu de Je. » Je suggérai qu'il étudie plutôt les lettres du prince Kung et les ébauches des traités. « Les troupes étrangères ne quitteront pas la Chine de leur plein gré : Tongzhi devra les en chasser !

— Faire ça à un enfant, quelle chose terrible. » Nuharoo secoua la tête et les clochettes ornementales de son diadème tintinnabulèrent. « Tongzhi aura si peur qu'il ne voudra jamais gouverner.

— C'est pourquoi nous sommes ici pour le soutenir. Nous travaillons avec lui afin qu'il apprenne l'art de la guerre en faisant la guerre, justement.

— Yehonala, vous ne me demandez pas de désobéir aux règles et d'ignorer l'enseignement de nos ancêtres, n'est-ce pas ? »

J'avais le cœur brisé de voir que l'on enseignait à mon fils une vision fausse de l'existence. Il ne faisait pas la part des choses entre réel et imaginaire. Les notions erronées imposées à son petit cerveau le rendaient vulnérable. Il se croyait capable de dire au ciel quand pleuvoir et au soleil quand briller.

Je ne tins pas compte du conseil de maître Chih Ming, de l'ingérence de Nuharoo ou des goûts de Tongzhi. J'imposai mes méthodes à mon fils, ce qui eut pour effet de l'éloigner encore plus de moi. Je croyais que c'était de la plus haute importance. Quand nous jouions à « la cour », Tongzhi était l'empereur, bien évidemment, et moi, le ministre corrompu. Je singeais Su Shun sans jamais prononcer son nom, je prenais même son accent du Nord. Je voulais apprendre à mon fils à ne jamais se laisser intimider par un ennemi.

Quand la leçon était terminée, il n'y avait jamais ni merci ni au revoir. Et quand j'ouvrais les bras pour lui montrer que je l'aimais, il me repoussait.

La cérémonie marquant l'accession officielle au trône de Tongzhi débuta à l'instant où Xianfeng fut déposé dans son cercueil. Un édit annonça la naissance d'une ère nouvelle et l'on attendait de Tongzhi qu'il fasse une proclamation en l'honneur de ses mères. Comme d'habitude nous reçûmes toutes sortes de cadeaux inutiles.

J'étais bien consciente que Su Shun avait rédigé le texte de la proclamation, mais il m'était interdit d'en prendre connaissance avant l'annonce officielle. J'étais tendue mais je ne pouvais rien faire.

Nuharoo fut appelée « Impératrice de la Grande Bienveillance Tseu-an » et moi, « Impératrice de la Bonté vertueuse Tseu-hi ». Pour quiconque connaît les subtilités de la langue chinoise, la différence était évidente : la « grande bienveillance » était supérieure à la « bonté vertueuse ». Peut-être étions-nous toutes deux honorées en tant qu'impératrices de même rang, mais le message était clair : ma position n'était pas la même que celle de Nuharoo.

Elle jouissait de son prestige supérieur. Bien que nommée impératrice sous le règne de Xianfeng, rien ne lui garantissait de conserver ce titre sous une ère nouvelle. Après tout, j'étais la véritable mère de l'héritier. Mais pour chacun, Tongzhi me plaçait désormais au-dessous de Nuharoo. Su Shun avait gagné.

Sans la moindre vergogne, il avait rédigé un décret en se passant de notre aval. Nuharoo refusait d'évoquer le sujet maintenant qu'elle avait ce qu'elle désirait mais j'y voyais une violation de principe : Su Shun ne respectait pas les volontés de l'empereur. J'avais parfaitement le droit de faire annuler ce texte, mais cela lui donnerait l'occasion de porter atteinte à mes relations avec Nuharoo.

Je fis le point sur la situation et décidai de ne pas agir.

Quand les honneurs nous eurent été rendus, nous fûmes traitées sur un pied d'égalité. Je quittai mes appartements pour l'aile ouest du palais des Brumes admirables, dénommée chambre de la Chaleur d'Occident. Les ministres s'empressèrent de m'appeler dès lors Impératrice de la Chambre d'Occident. Nuharoo alla habiter la chambre de la Chaleur d'Orient et on ne la connut plus que sous le titre d'Impératrice de la Chambre d'Orient.

Le 2 septembre 1861 fut publié le premier décret officiel annonçant à la nation l'aube d'une ère nouvelle et l'accession au trône de l'enfant empereur. Les honneurs accordés par le nouvel empereur y étaient cités et dix jours de fête marquèrent l'événement dans tout le pays.

Alors que la nation découvrait notre existence à toutes deux, Su Shun convoqua le Conseil de la Régence. Il demanda que Nuharoo et moi approuvions désormais ses textes sans la moindre réserve.

Mais là, il offensait également Nuharoo. Une controverse éclata en présence de Tongzhi et de la cour.

« Les femmes doivent rester en dehors des affaires de la cour : c'est la tradition impériale. » Su Shun insista sur le fait que l'administration devait nous supplanter pour le bien du pays. Il donnait l'impression que nous ralentissions les procédures de la cour et que, de plus, j'étais une fauteuse de troubles.

« Si nous ne devons prendre part aux affaires de la cour, dit Nuharoo en se tournant vers les courtisans, comment se fait-il que Sa Majesté l'empereur Xianfeng nous ait confié les sceaux ? »

Avant même que Su Shun pût répondre, je fis écho aux propos de Nuharoo. « Le dessein de l'empereur Xianfeng était plus qu'évident. Ces deux grands sceaux représentent un jugement équilibré. Sa Majesté désirait que nous œuvrions de concert. Ces sceaux ont pour but de prévenir l'autocratie et, ajoutai-je en insistant sur chaque mot, d'éviter l'éventuelle tyrannie d'un seul régent. Vous êtes tous les huit des hommes de sagesse, je n'ai donc pas à vous rappeler les terribles leçons du passé. Je suis certaine que nul parmi vous ne veut suivre l'exemple de Ao Bai [1], qui laissa une trace dans l'histoire en permettant à sa soif de pouvoir de corrompre son âme. » Je me tournai vers Su Shun avant de conclure. « L'impératrice Nuharoo et moi-même avons décidé que, tant que nous vivrons, nous honorerons nos engagements vis-à-vis de l'empereur. »

Su Shun se leva avant même la fin de ma phrase. Sa peau olivâtre était maintenant empourprée et son regard trahissait sa colère. « Je n'avais pas pour intention de rendre publiques mes conversations privées avec Sa Défunte Majesté, mais vous ne me laissez pas le choix, dame Yehonala. » Il s'avança vers ses hommes et s'adressa à eux d'une voix claire. « L'empereur Xianfeng

---

1. Au début du XVIIe siècle, Ao Bai aida le jeune empereur Kangxi à monter sur le trône puis il prit de plus en plus d'importance à la cour et finit par se révolter ouvertement contre lui. *(N.d.T.)*

a toujours percé à jour la malignité de dame Yehonala. À plusieurs reprises il m'a fait part de son désir de l'emmener avec lui. Si elle n'avait profité de la maladie de Sa Majesté en l'incitant à changer d'avis, nous pourrions faire notre travail aujourd'hui.

— Sa Majesté aurait dû insister ! » lança la Bande des Huit.

J'étais furieuse au point de ne plus pouvoir parler et je faisais de mon mieux pour retenir mes larmes.

Su Shun continua, bombant le torse. « Un des sages de la Chine ancienne a écrit : « La Chine sera détruite par une femme. » J'espère que nous n'avons pas précipité ce jour. »

Terrifié par l'expression de Su Shun, Tongzhi sauta à bas du trône. Il se jeta dans les bras de Nuharoo puis dans les miens.

« Qu'est-ce qui se passe ? demanda-t-il quand il sentit que je tremblais. Vous allez bien ?

— Oui, mon fils, je vais bien. »

Il se mit à pleurer. Je lui frottai le dos pour le calmer. Je ne voulais pas donner à mon fils et à la cour l'image de la faiblesse.

« Permettez-moi de vous faire part de mes réflexions, seigneurs, dis-je en me ressaisissant. Avant de former un jugement…

— Arrêtez ! s'écria Su Shun. Dame Yehonala vient de violer le règlement impérial ! »

Je compris tout de suite où il voulait en venir. Il faisait allusion à la règle familiale numéro cent soixante-quatorze : « Une épouse impériale de rang inférieur sera punie pour avoir pris la parole sans la permission de l'épouse la plus haute. »

Nuharoo avait l'air absent. « Je crains de devoir accomplir mon devoir ! fit-il en claquant des doigts. Gardes ! »

Menés par l'eunuque Shim, plusieurs gardes se précipitèrent dans la salle.

« Saisissez-vous de l'Impératrice de la Bonté vertueuse et conduisez-la au châtiment !

— Nuharoo, ma sœur aînée ! »

Il lui suffisait de dire que j'avais sa permission, mais elle semblait hagarde comme si elle ne comprenait rien à ce qui se déroulait sous ses yeux.

Les gardes me tirèrent par les bras.

« Ô Ciel qui nous domine tous, gronda Su Shun dans le plus pur style de l'opéra de Pékin, aide-nous à nous débarrasser de la renarde maligne qui a confirmé la pire prédiction de nos ancêtres !

— Nuharoo ! » Je cherchais à éloigner les gardes. « Dites-leur que j'ai votre accord pour parler. Dites-leur que je suis l'impératrice et qu'on ne peut me traiter ainsi. Nuharoo, je vous en conjure ! »

Su Shun se planta devant Nuharoo avant de se pencher pour lui parler à l'oreille. Sa main dessinait des cercles dans l'air. J'imaginais très bien ce qu'il lui disait : plus tôt je serais pendue, mieux ce serait. Il lui décrivait une existence dépourvue de toute rivale. Un monde où seules ses paroles compteraient. Nuharoo avait trop peur pour réfléchir. Je savais qu'elle se défiait de Su Shun, mais comment résister à cette vision de l'avenir ?

Les gardes me traînèrent dans la salle. Saisie d'étonnement, l'assistance ne réagissait pas. Je me débattis de toutes mes forces avant qu'on me jette à terre. Ma robe se déchira, mes épingles à cheveux s'arrachèrent.

« Arrêtez ! » Une voix d'enfant creva l'air. « L'empereur Tongzhi vous parle ! »

J'avais des hallucinations, c'était certain. Mon fils s'était avancé au centre de la salle comme un homme d'âge mûr. Ses manières me rappelaient son père.

« Dame Yehonala a autant le droit de parler que vous, Su Shun. Je vais ordonner aux gardes de vous emmener si vous ne corrigez pas vos manières ! »

Par crainte et admiration pour le Fils du Ciel, maître Shim tomba à genoux. Les gardes l'imitèrent, puis la cour, y compris Nuharoo et moi.

Le silence le plus profond régnait. On ne percevait que la sonnerie des horloges. Pendant longtemps nul n'osa bouger. Les rayons du soleil traversaient les rideaux pour les parer d'or.

De toute évidence, Tongzhi ne savait plus quoi dire.

« Relevez-vous », ordonna-t-il enfin comme s'il venait de se souvenir d'une phrase apprise au cours d'une leçon.

Chacun s'exécuta.

« Je me retire, Votre Jeune Majesté ! » Su Shun s'était repris. Il ôta son bonnet orné de plumes de paon et le déposa à terre devant lui. « Qui me suivra ? » Il sortit de la salle.

Les autres membres du Conseil de la Régence s'interrogeaient du regard et contemplaient les plumes et les joyaux du bonnet de Su Shun comme s'ils le découvraient pour la première fois.

Le prince Yee, cousin germain de l'empereur Xianfeng, s'élança vers Su Shun. « Grand Conseiller, je vous en supplie ! À quoi bon s'abaisser devant les caprices d'un enfant ! »

Le prince Yee comprit aussitôt qu'il avait commis une erreur.

« Que dites-vous ? » Tongzhi tapa du pied. « Vous avez insulté le Fils du Ciel et Zhen ordonne votre exécution ! On vous coupera la tête ! Gardes ! Gardes ! »

Le prince Yee se jeta à terre et se frappa plusieurs fois le front contre le sol. « J'implore Votre Majesté de me pardonner, car je suis le cousin de votre père, un homme de votre sang. »

Tongzhi regarda l'homme prostré devant lui puis il se tourna vers Nuharoo et moi.

« Relevez-vous, prince Yee, dit Nuharoo comme si elle avait enfin trouvé sa place. Sa Majesté vous pardonne pour cette fois-ci, mais sachez que l'empereur ne permettra plus une telle grossièreté. Que cela vous serve de leçon. Si jeune soit-il, Tongzhi est l'empereur de Chine, le Fils du Ciel. Rappelez-vous toujours que vous n'êtes que son serviteur. »

Les membres du Conseil de la Régence se retirèrent. Dès que le bonnet « oublié » de Su Shun lui fut rendu, le Grand Conseiller se remit au travail. Nul ne parla plus de cet incident.

Il avait été prévu que le corps de l'empereur Xianfeng quitte Jehol afin d'être enterré à Pékin. Les répétitions de la cérémonie étaient épuisantes. Pendant la journée, vêtues de robes blanches, Nuharoo et moi nous entraînions dans la cour. Nous portions sur la tête des paniers de fleurs blanches. Nous inspections tout : des costumes vêtant les dieux en papier aux accessoires décoratifs des chevaux ; des cordes qui enserreraient le cercueil aux porteurs eux-mêmes ; des étendards de cérémonie aux musiques funèbres choisies. Nous examinâmes également les porcs de cire, les poupées de coton, les singes d'argile, les agneaux de porcelaine, les tigres en papier et les cerfs-volants en bambou. Nous vérifiions de près les silhouettes en cuir qui, le soir, serviraient au théâtre d'ombres.

Tongzhi était enthousiaste à l'idée de remplir ses devoirs filiaux. Il s'adonnait aux salutations et au kowtow devant cinq mille personnes. Dès qu'il le pouvait, il allait voir défiler les gardes impériaux commandés par Yung Lu. Le soir, il me racontait toute l'admiration qu'il avait pour cet homme.

« Viendrez-vous avec moi la prochaine fois ? » me demanda-t-il.

J'étais tentée mais Nuharoo répondit à ma place. « Il serait incorrect que nous nous présentions dans nos robes de deuil. »

Après le dessert, Nuharoo se retirait pour aller chanter au temple. La mort de Xianfeng l'avait plongée plus encore dans la foi bouddhiste. Des tapisseries représentant le Bouddha couvraient ses murs. Si la permission lui en avait été donnée, elle aurait fait ériger une immense statue au milieu de la salle des audiences.

Tout n'était qu'agitation. Une nuit je rêvai que je m'étais changée en abeille et que j'étais emprisonnée au cœur d'un lotus. Quand je me débattais, ses graines éclataient comme de minuscules tétons. Je me réveillai pour découvrir qu'An-te-hai m'avait apporté un potage aux feuilles et graines de lotus et que des fleurs fraîchement cueillies sur un étang ornaient ma coupe.

« Comment connais-tu mon rêve ? demandai-je à l'eunuque.

— Je le connais, tout simplement.

— Pourquoi tous ces lotus ? »

An-te-hai me regarda en souriant. « Ils s'accordent à la couleur du visage de Votre Majesté. »

Les sentiments que j'éprouvais ne faisaient que s'exacerber. Je ne pouvais plus nier que Yung Lu en était l'inspirateur. Je me passionnais aux nouvelles que me rapportait Tongzhi. Mon cœur battait plus vite chaque fois qu'on prononçait le nom de Yung Lu. J'étais avide de détails quand Tongzhi m'expliquait sa maîtrise des chevaux.

« Vous l'avez observé de loin ? demandai-je à mon fils.

— J'ai voulu qu'ils défilent. Le commandant était heureux quand je lui ai donné des ordres. Oh, mère, vous devriez voir comment il s'y prend ! »

Je m'efforçais de ne pas lui poser trop de questions car je craignais d'éveiller les soupçons de Nuharoo. Pour elle, il suffisait de penser à un homme autre que feu l'empereur pour se montrer déloyale. Elle avait bien fait comprendre aux veuves impériales qu'elle n'hésiterait pas à les faire démembrer si elle découvrait la moindre infidélité.

An-te-hai dormait dans ma chambre et était le témoin de mon agitation mais il n'évoqua jamais les mots murmurés que j'aurais pu prononcer. Je savais que je me retournais en tous sens la nuit, surtout lorsqu'il pleuvait.

C'est justement par une nuit pluvieuse que je lui demandai s'il avait remarqué des changements en moi. Prudemment, l'eunuque me décrivit mes « crises » nocturnes. Il me raconta comment je criais dans mes rêves et implorais d'être caressée.

L'hiver fut précoce. Les matinées de septembre étaient fraîches et déjà le feuillage des érables changeait. Je décidai de faire une promenade qui mènerait du côté du terrain d'entraînement de Yung Lu. Plus je me déconseillais de le faire, plus mon désir me poussait à l'aller de l'avant. J'avais dû trouver un prétexte à cette sortie : la veille au soir, j'avais parlé à Tongzhi d'un lapin aux yeux rouges que j'aimerais bien qu'il voie. Mon fils me demanda où il se terrait et je répondis : « Dans les buissons, pas loin du terrain d'entraînement. »

Le lendemain, nous nous levâmes avant l'aube et, ayant pris notre petit déjeuner, nous montâmes dans notre palanquin et passâmes devant les arbres couleur de flamme. Quand nous aperçûmes les gardes de Yung Lu, nous nous engageâmes sur un chemin accidenté. Nos porteurs faisaient de leur mieux pour ne pas nous renverser dans le fossé. Je soulevai le rideau, le cœur battant.

An-te-hai marchait près de moi. Je compris à son air curieux et enthousiaste qu'il devinait le but de ma promenade. Cela m'attristait de constater qu'il avait toujours des pensées d'homme. Si l'aspect physique seul avait compté, la plupart des femmes l'auraient trouvé plus séduisant que Yung Lu. Mon eunuque avait le front large, la mâchoire bien dessinée, ainsi que de grands yeux vifs, ce qui était rare pour un Mandchou. Rompu aux manières de cour, il mettait de la grâce dans tous ses mouvements. Il avait eu vingt-quatre ans la semaine précédente et je me rendis compte qu'il était à mon service depuis huit années. Contrairement à bien des eunuques dont les intonations rappelaient celle des vieilles femmes, il avait une voix virile. J'ignorais si An-te-hai avait toujours des besoins mâles, mais c'était un être sensuel. Au cours de ces années passées ensemble, je remarquai qu'il s'intéressait de plus en plus à ce qui pouvait se passer entre un homme et une femme. Ce serait sa malédiction.

Dans le brouillard matinal, j'assistai à l'instruction des gardes impériaux. Des centaines d'hommes marchaient en rang sur la terre durcie par le froid. Je ne sais pourquoi, mais ils me faisaient penser à des crapauds sautant dans une rizière asséchée. Le soleil n'était pas encore vraiment levé.

« Prenez soin de Tongzhi », dis-je aux porteurs avant de demander qu'on me fasse descendre de mon palanquin. La rosée se déposa sur mes souliers quand je suivis un petit chemin et puis, je le vis, lui, le commandant, sur sa monture.

Immobile, il regardait dans ma direction. Le rideau de brouillard lui donnait l'air d'un guerrier de papier.

Je m'approchai, accompagnée d'An-te-hai.

Le guerrier éperonna le cheval qui vint vers moi au petit trot. Dès l'instant où il me reconnut, le commandant sauta à terre et se prosterna. « Votre Majesté, Yung Lu à votre service. »

J'étais censée parler mais ma langue me trahissait. Je me contentai d'un hochement de tête qu'An-te-hai interpréta : « Vous pouvez vous relever. »

L'homme obéit. Il était plus grand que dans mon souvenir. Les timides rayons du soleil sculptaient sa silhouette et son visage comme l'aurait fait une hachette.

Je ne savais que dire. « Tongzhi voulait visiter les bois, inventai-je. Il court après un lapin.

— C'est bien », et il fut aussitôt à court de mots.

Je me tournai vers ses gardes. « Comment… se comportent vos hommes ?

— Ils sont presque prêts. » Il était soulagé d'avoir un sujet de conversation.

« Que leur demandez-vous au juste ?

— Je cherche à renforcer leur endurance. Pour l'instant ils sont capables de rester en formation pendant une demi-journée, mais la procession funèbre durera quinze jours.

— J'espère que vous n'abusez pas de leurs forces ni de vous-même. » Je perçus immédiatement la douceur de mon intonation. De plus, j'avais posé une question, ce que l'étiquette interdisait.

Il s'en rendit certainement compte, me jeta un bref regard puis détourna les yeux.

J'aurais voulu pouvoir renvoyer An-te-hai, mais cela n'aurait pas été avisé. Je risquais gros à être vue seule en compagnie de Yung Lu.

« Puis-je avoir la permission de Votre Majesté de m'occuper de Tongzhi ? demanda An-te-hai qui savait lire dans mes pensées.

— Non, je ne le permets pas. »

Tongzhi était déçu : il n'avait pas trouvé le lapin aux yeux rouges. En revenant au palais, je promis de lui en faire sculpter un en bois. An-te-hai fit part de mon idée au meilleur artisan de la cour et l'homme demanda cinq jours pendant lesquels An-te-hai attendit impatiemment.

Au soir du quatrième jour, un magnifique lapin en bois recouvert d'une « fourrure » blanche fut apporté à Tongzhi. Mon fils s'en éprit aussitôt et, dès cet instant, il délaissa ses autres jouets, si étonnants fussent-ils. Des rubis taillés formaient les yeux rouges du lapin et son pelage était de coton et de soie. Surtout il avait des pattes articulées qui, grâce à un remontoir à ficelle, pouvaient le faire sauter comme un véritable animal dès qu'on le posait à terre.

Pendant plusieurs jours, il ne s'intéressa qu'à son lapin et je pus travailler avec Nuharoo sur les documents officiels présentés par Su Shun. Le sol était encombré de papiers et je n'avais plus assez de place.

Nuharoo se lassa bientôt de devoir collaborer avec moi et trouva diverses excuses pour ne pas me rejoindre. Elle désirait que nous nous conformions à ce vieil aphorisme chinois selon lequel « l'homme le plus sage doit donner l'image de la confusion ». Elle croyait que Su Shun nous laisserait tranquilles : « Abusons-le et désarmons-le les mains nues. »

Je ne comprenais pas Nuharoo. Nous pouvions mystifier bien des gens mais certainement pas le Grand Conseiller. Il m'était plus difficile de traiter avec elle qu'avec mon fils. Sa mauvaise humeur prenait le dessus dès qu'elle était fatiguée. Elle se plaignait de tout, que ce soit le bruit des criquets, le goût de son potage ou la goutte de thé tombée sur sa broderie. Elle insistait pour que je l'aide à trouver chaque fois une solution et je devais interrompre mon travail. J'acceptai ses caprices à une condition : elle lirait mes ébauches et apposerait son sceau sur tous les documents que je rédigerais au nom de Tongzhi et marquerais de mon propre sceau.

Chaque soir, An-te-hai me préparait une grande théière de Dragon noir très fort qui me permettait de veiller assez tard. En me surchargeant de travail, Su Shun cherchait à me discréditer aux yeux de la cour. Je m'étais pour ainsi dire jetée dans la gueule du loup, mais il ne me connaissait pas. J'avais une raison bien précise de réussir, être à même d'assister mon fils, mais mon calcul était mauvais. Je me protégeais d'un côté mais me découvrais de l'autre. J'ignorais que les précepteurs impériaux chargés de l'éducation de Tongzhi étaient les amis de Su Shun et cette négligence innocente se révéla l'une de mes plus grosses erreurs. Je ne compris que trop tard le mal fait à mon fils.

Je ne songeais qu'à élargir mon point de vue. Je manquais de confiance et me sentais mal informée. Les sujets traités étaient extrêmement divers. Chercher à tout comprendre revenait à tenter de monter à un mât enduit de graisse. J'étais consciente de l'importance du rôle joué par le gouvernement et résolue à mettre fin à la corruption qui m'entourait. J'essayais de dégager les grandes structures des choses, leur squelette en quelque sorte, et à tout évaluer sur la base du seul mérite. Je tenais aussi à me familiariser avec ceux qui exerçaient une réelle influence. Non contente de lire leurs rapports, j'étudiais leur caractère, leur passé et leurs relations avec leurs pairs ou nous-mêmes. Évidemment je prêtais une attention toute particulière aux réponses qu'ils faisaient à mes demandes, réponses que me transmettait le prince Kung. J'avais toujours aimé l'opéra mais ce que je vivais désormais chaque jour était bien plus prenant.

J'appris beaucoup de choses sur les êtres. Un document me parvint de la part d'un des employés du prince Kung, l'Anglais Robert Hart, le responsable des douanes chinoises. Cet homme avait mon âge et c'était un étranger, mais on lui devait aussi un tiers de nos revenus annuels. Hart déclarait avoir récemment rencontré une forte résistance lors de la collecte des taxes douanières locales. Nombre de personnages importants refusaient de donner leur argent. Parmi eux, Tseng Kuo-fan, le plus fidèle général de mon défunt époux, ce héros qui, surnommé Tseng le Coupeur de têtes, avait maté la révolte des Taiping. Tseng prétendait que les besoins de son environnement immédiat exigeaient que ce soit lui et non pas le gouvernement central qui détienne les taëls. Son livre de comptes était imprécis et Hart demandait à l'empereur s'il fallait lancer une accusation contre le général.

Su Shun proposa, sur la page de couverture du rapport de Hart, d'enquêter sur Tseng puis de l'inculper. Je ne me laissai pas duper : depuis quelque temps, il cherchait à le remplacer par l'un de ses partisans.

Je décidai de mettre le rapport de côté tant que je n'en aurais pas discuté avec le prince Kung. Tseng était trop important pour la stabilité de la nation. Je l'imaginais très bien gardant son argent pour équiper son armée, ce qui au final irait dans le sens de mes intérêts, plutôt que de l'abandonner à Su Shun qui l'utiliserait pour conspirer contre ma personne.

Quelque chose me disait que Tseng avait cherché à soudoyer Hart en s'assurant de sa coopération mais que l'Anglais s'était montré inflexible : sa loyauté envers son employeur, le prince Kung, était la plus forte. Comment pouvait-il être si inébranlable ? Quelles valeurs et quels principes lui avait-on inculqués ? Je n'avais jamais imaginé qu'un étranger pût être loyal à notre dynastie. Ce fut pour moi une grande leçon : je désirais faire la connaissance de cet homme et, si possible, le présenter à Tongzhi.

Ma demande de rendez-vous avec Robert Hart fut longtemps mise de côté avant d'être étudiée et rejetée. À l'unanimité, la cour déclara que ce serait une insulte à la Chine que de « m'abaisser » ainsi. Quatre décennies s'écouleraient avant que nous nous rencontrions enfin. À cette occasion, je dis à la cour que je ne pourrais mourir en paix si je ne remerciais pas l'homme qui m'avait aidée à maintenir la cohésion céleste.

De couleur rouge sang, les chrysanthèmes sauvages avaient éclos par centaines, tapissant les clôtures et le sol de ma cour. Toujours ébranlée par le contenu d'une lettre récemment envoyée par le prince Kung, je n'étais pas d'humeur à apprécier leur beauté. Le prince racontait sa journée : il venait de faire porter les traités signés par son frère agonisant, l'empereur Xianfeng.

« Je fus escorté vers la Cité interdite par le général Sheng Pao, enfin libéré, et quatre cents de ses cavaliers. Je ne pris avec moi que vingt hommes et pénétrai dans la salle principale du Conseil des Rites pour y rencontrer mon homologue, Lord Elgin. » Sa colère éclatait dans sa façon de choisir ses mots. « Je revenais pour la première fois au domaine céleste après l'assaut donné par les étrangers. Lord Elgin avait trois heures de retard. En grand apparat, il entra avec deux mille hommes, assis dans un palanquin écarlate porté par seize serviteurs, parfaitement conscient qu'un tel privilège ne revenait qu'à l'empereur de Chine. Je fis un effort pour être aimable bien que mon dégoût fût sans limites. Je m'inclinai légèrement et serrai les mains d'Elgin à la mode chinoise. Je réussis à contenir mes émotions. »

J'admirais la sagesse des mots de conclusion adressés à Su Shun et à la cour : « Si nous n'apprenons pas à contenir notre fureur et continuons d'entretenir les hostilités, la catastrophe risque fort de s'abattre sur nous. Nous devons conseiller à notre peuple, quelque partie de la nation qu'il occupe, d'agir en accord avec les traités et de ne pas permettre aux étrangers d'aller au-delà, même de façon infime. Dans notre apparence extérieure, nous devons nous montrer sincères et aimables mais il nous faut aussi, de manière plus discrète, tenter de les ramener dans le rang. Ainsi, au cours des prochaines années, même s'il leur arrive de formuler de nouvelles demandes, la calamité ne sera que bénigne. Le temps est un élément fondamental de notre renaissance. »

Une fois de plus, je me dis que Tongzhi était béni des dieux avec un oncle aussi sage que Kung. Su Shun pouvait bien accroître sa popularité en défiant le prince et en l'appelant « esclave du diable », mais qu'y a-t-il de plus facile que la raillerie ? La mission de Kung était désagréable mais nécessaire. Son administration s'était installée dans un temple bouddhiste décrépi situé au nord-ouest de Pékin. L'endroit était nu, sale, lugubre. Sa charge de travail était excessive et l'issue des négociations, tristement prévisible. Ce devait lui être insupportable. Les indemnités de guerre exigées par les étrangers étaient très exagérées au vu de leurs pertes réelles tant en hommes qu'en matériel. Ses journées devaient être pires que les miennes.

J'étais si fatiguée que je m'endormis à l'instant même où je reposai la lettre. Dans mes rêves, je mettais le feu aux documents entassés dans ma chambre.

Ce fut ma faiblesse de souhaiter une épaule masculine sur laquelle m'appuyer. Je le savais et luttais contre ce désir, mais je ne pouvais empêcher mes sentiments de se manifester ouvertement. Le travail acharné était ma seule échappatoire. Je demandais à An-te-hai de me préparer un thé plus fort et je mâchais les feuilles quand j'avais fini de boire. Je réussis tout de même à débarrasser le sol de tous les documents qui s'y empilaient. J'ignorais si les affaires de cour avaient ralenti parce que Su Shun n'allait pas aussi vite que moi ou s'il avait tout simplement changé de tactique en ne m'adressant plus aucun texte.

Sans travail pour occuper mes soirées, je commençai à donner des signes d'impatience et devins irritable. Lire, écrire un poème, peindre, voilà des choses vers lesquelles j'aurais pu me tourner, mais j'étais incapable de me concentrer. Une fois au lit, je regardais fixement le plafond. Dans le calme profond de la nuit, je ne voyais que le visage de Yung Lu, sa prestance à cheval, et je me demandais ce que ce serait que monter avec lui.

« Désirez-vous que je vous frotte le dos, maîtresse ? » murmura An-te-hai dans l'obscurité. À sa voix je compris qu'il avait veillé.

Je ne répondis pas et il fut à côté de moi. Il savait que je ne pouvais pas me permettre de dire oui, mais il savait aussi que je souffrais. Telle une force de la nature, mon désir devait suivre son propre chemin jusqu'à satiété. Mon corps était prêt à se libérer.

En silence, An-te-hai se serra contre moi. Lentement, doucement, il posa la main sur mes épaules, mon cou, mon dos. Je me sentais réconfortée. Il ne cessait de me masser, ses mains étaient partout à la fois. D'une voix douce, onirique, il me murmura à l'oreille les paroles d'une chanson :

Il s'est avancé entre les séquoias rouges,
Les bambous dressés sur la colline.
Un temple à demi caché dans les nuées vertes,
Son portail délaissé...

Le vide se faisait dans mon esprit. Des fleurs de prunier dansaient dans l'air comme des plumes blanches.

An-te-hai se fit plus pressant dès l'instant où il découvrit mon émoi. Il respirait profondément comme pour mieux sentir mon parfum.

« Je vous aime tant, maîtresse », ne cessait de chuchoter l'eunuque.

Mes yeux voyaient Yung Lu. Il m'emportait sur son cheval. Comme l'épouse d'un homme de Bannière d'antan, je m'accrochais à sa taille au brinquebalement des ustensiles pendus à sa selle. Nous nous mouvions tous deux au même rythme, nous parcourions des étendues sauvages et infinies.

Mon corps s'apaisa comme un océan après la tempête.

Sans allumer de bougie, An-te-hai se retira du lit.

Une mèche de cheveux trempés était tombée sur mon visage. Je goûtai ma propre sueur.

À la clarté lunaire mon eunuque me prépara un bassin d'eau chaude. Avec une serviette, il me lava doucement, délicatement, comme s'il avait fait cela toute sa vie.

Je sombrai dans le calme du sommeil.

Vingt et un

Je reçus un exemplaire du décret rédigé par Su Shun au nom de Tongzhi et adressé au prince Kung. Il lui interdisait de venir à Jehol et ne portait ni le sceau de Nuharoo ni le mien. En apparence, le prince Kung s'était vu confier la mission la plus honorable, protéger la capitale, mais l'édit avait pour but réel d'empêcher tout rapport entre lui et nous.

J'allai donc trouver Nuharoo pour lui dire qu'il nous fallait contacter le prince : en effet nous ne pouvions prendre certaines décisions sans l'avoir consulté. Notre existence même était en jeu maintenant que Su Shun nous ignorait ouvertement. J'en fis la démonstration à Nuharoo en lui lisant le deuxième article du décret, un ordre visant à transférer de Pékin à Jehol plusieurs généraux fidèles à Su Shun. « Comprenez-vous maintenant ce qu'il a en tête ? »

Nuharoo acquiesça. D'après ses espions, plusieurs messagers du prince Kung n'étaient jamais arrivés à Jehol.

Le même matin, ma sœur Rong me fournit une nouvelle information. Le prince Yi Huan avait reçu de la cour un ordre émanant de Su Shun : il n'avait plus le droit de voyager librement entre Pékin et Jehol. Voilà qui expliquait pourquoi il n'était pas ici avec sa femme. Yi Huan était étroitement surveillé par Su Shun : notre seul lien avec le prince Kung était tranché.

Les « oreilles » d'An-te-hai à Pékin lui signalèrent que le prince travaillait activement à lever une opposition. Trois jours plus tôt, il avait organisé une réunion en prétextant une prière collective pour l'empereur défunt. En plus des chefs de clans, Kung avait invité d'importants militaires tels que le général Sheng Pao, le guerrier mongol Seng-ko-lin-chin et le général Tseng Kuo-fan, également vice-roi de la province du Anhui. Il avait également convié les ambassadeurs de plusieurs puissances étrangères : Angleterre, France, Allemagne, Russie, Italie et Japon. Robert Hart avait eu le premier l'idée de cette réunion. Depuis quelque temps il conseillait le prince Kung en matière de finances ; il s'attribuait maintenant le rôle de conseiller politique officieux.

« Je pense que nous ferions mieux d'attendre pour permettre à la vilenie de Su Shun de se manifester ouvertement, me dit Nuharoo. Il nous faut du temps pour montrer au peuple que Su Shun ne mérite pas notre respect. En revanche nous ne devons pas oublier qu'il a été nommé par l'empereur Xianfeng. Cela peut se retourner contre nous si la cour ne nous soutient pas. »

Je m'efforçai de faire comprendre à Nuharoo que ce dernier décret limitait sérieusement les chances de survie du prince. S'il faisait fi des ordres de Su Shun et venait à Jehol, il serait accusé d'insubordination et arrêté dès l'instant où il franchirait les portes. Mais s'il restait à Pékin, le Grand Conseiller jouirait de tout le temps nécessaire pour s'assurer la maîtrise de la cour et n'aurait aucun mal à trouver un prétexte pour nous traîner en justice.

« Vous êtes folle, dame Yehonala. Su Shun n'a aucune raison légitime de nous nuire.

— Il peut en inventer une. Puisqu'il est capable de produire ses propres décrets, il n'hésitera pas le moment venu à se débarrasser de nous. Ensuite il s'en prendra au prince Kung. »

Nuharoo se leva. « Je vais me rendre auprès du cercueil de Xianfeng et prier. Sa Majesté doit être au courant de tout ceci pour que ses esprits nous viennent en aide au Ciel. »

Le garde frappa par trois fois sur son tambour. Il était trois heures du matin et la nuit était profonde. Couchée dans mon lit, je repensais aux paroles de Nuharoo. Oui, Su Shun avait été choisi par notre époux qui lui faisait confiance. Avais-je tort de douter de cet homme ? Cela serait-il utile si j'exprimais mon désir de travailler avec lui sans tenir compte de nos différences ? Après tout, nous étions tous deux mandchous. Ne cherchions-nous pas à maintenir la même cohésion céleste ?

J'étais incapable de me convaincre. Nuharoo et moi étions les régentes de Tongzhi, nommées par l'empereur Xianfeng, mais Su Shun ne voyait en nous que des personnalités de prestige. Nous n'avions plus la parole en matière d'édits et de décrets. Quelques jours auparavant, il avait même refusé de réviser un texte que nous lui avions permis de faire proclamer moyennant quelques infimes corrections. Tout ce que nous décrétions au nom de Tongzhi passait par les arcanes de la cour sans qu'on nous réponde, alors que les décisions de Su Shun étaient immédiatement mises en œuvre.

Nuharoo me proposa une ultime chance de mettre les choses au clair avec Su Shun. J'acceptai.

Le lendemain matin, vêtues de nos robes officielles, nous convoquâmes le Grand Conseiller au nom du jeune empereur. Nous nous rendîmes dans la salle où le cercueil de Xianfeng était exposé derrière un panneau. Comme nous attendions, Tongzhi grimpa sur le cercueil et se coucha sur le ventre.

Je regardai mon fils taper doucement sur le couvercle. À voix basse il parlait à son père de son nouvel ami, le lapin aux yeux rouges, et l'invitait à sortir le voir. « Je vous tiendrai le couvercle. »

Dès que Su Shun fit son apparition, Nuharoo lui demanda : « Expliquez-nous pourquoi l'ordre adressé au prince Kung n'a pas reçu nos sceaux. »

Su Shun n'était qu'arrogance avec sa longue robe en satin de couleur brune bordée d'or et son bonnet orné d'un bouton rouge et d'une plume de paon flamboyante. Il ôta son couvre-chef et le tint à la main. Son crâne était rasé, sa natte, huilée. Il relevait si haut le menton que son visage se tournait presque vers le plafond. Il nous regardait, les yeux à demi fermés. « La cour a le droit de s'en passer lorsqu'il y a urgence.

— C'est une violation de notre accord, dis-je en essayant de retenir ma colère.

— En tant que régentes de Sa Jeune Majesté, enchaîna Nuharoo, nous rejetons le contenu de ce dernier décret. Le prince Kung a le droit de venir à Jehol pleurer son frère.

— Nous aimerions voir le prince Kung satisfaire son désir.

— Parfait ! s'écria Su Shun en tapant du pied. Si vous voulez mon poste, je vous le cède volontiers. Je refuse de travailler tant que vous n'aurez pas appris à reconnaître mes bontés ! »

Il s'inclina mollement et sortit. Dans la cour, il fut accueilli par les autres membres du Conseil qu'il n'avait cependant pas invités.

À nouveau les documents s'empilaient et formaient des murets à l'intérieur de ma chambre. Tous réclamaient une attention immédiate. Nuharoo regrettait que nous ayons défié Su Shun.

Je ne voulais pas céder à la panique. Je revoyais les documents ainsi que je le faisais quand je travaillais pour l'empereur Xianfeng. Je devais prouver à Su Shun que j'étais appliquée et me faire respecter non par lui, mais par la cour.

À peine m'étais-je mise au travail que je saisis toute l'ampleur de la tâche. Su Shun m'avait piégée. Vu les circonstances, prononcer un jugement serait irresponsable : seules l'injustice et la souffrance pouvaient en résulter. Dans un cas bien précis, un gouverneur de province était convaincu de détournement de fonds et de plus d'une douzaine d'homicides. Il me fallut réunir des indices et lancer une enquête, mais je ne reçus aucun rapport. Plusieurs semaines après, je découvris que ma demande avait été ignorée.

Je fis venir Su Shun pour lui réclamer une explication.

Il nia toute responsabilité et précisa que ce n'était pas de son ressort. Il m'adressa au ministère de la Justice, mais un haut fonctionnaire me répondit n'avoir reçu aucun ordre.

Des lettres venues de tout le pays commençaient à se plaindre de la lenteur de la cour. De toute évidence, le Grand Conseiller avait suggéré aux plaignants que j'étais responsable du ralentissement des procédures. La rumeur se répandait comme une maladie contagieuse. J'ignorai la gravité des choses jusqu'au jour où le maire d'une petite ville m'écrivit pour m'interroger sur ma famille et mes titres. Un tel homme n'aurait jamais osé envoyer pareille lettre s'il n'avait reçu le soutien de Su Shun.

Je déambulais dans ma chambre quand An-te-hai revint après avoir emmené Tongzhi voir ma sœur. Il était si nerveux qu'il en bredouillait. « La ville de Jehol parle d'une histoire de fantôme. Les gens croient que vous êtes l'incarnation d'une concubine pernicieuse revenue pour détruire l'empire. Chacun songe à soutenir l'action que Su Shun mène contre vous. »

Il m'était impossible d'attendre plus longtemps et j'en parlai à Nuharoo.

« Mais que peut-on faire ? me demanda-t-elle.

— Envoyer au nom de Tongzhi l'ordre au prince Kung de venir immédiatement à Jehol.

— Aura-t-il quelque valeur ? s'inquiéta-t-elle. D'ordinaire c'est le Grand Conseiller qui…

— Il en aura s'il porte nos deux sceaux.

— Et comment le lui ferons-nous parvenir ?

— Il faut réfléchir.

— Les chiens de garde de Su Shun sont omniprésents et nul ne peut sortir de Jehol.

— Il nous faut choisir une personne de confiance, prête à mourir pour nous. »

An-te-hai revendiqua cet honneur. En échange, il voulait que je lui promette de le garder à mon service jusqu'à la fin de ses jours. Je lui donnai ma parole et lui fis comprendre que, s'il était arrêté par Su Shun, il devait avaler le décret et tout faire pour éviter de passer aux aveux.

Nuharoo et moi travaillâmes à sa sortie de Jehol. En premier lieu, il fallait répandre une rumeur parmi les proches de Su Shun. Nous choisîmes un certain Liu Jen-shou, mauvaise langue notoire. L'histoire était la suivante : An-te-hai avait perdu le sceau le plus puissant de tous, celui de Xianfeng que nous avions pourtant soigneusement dissimulé. Nous donnâmes l'impression qu'il avait caché la vérité, le châtiment pour la perte d'un sceau étant la mort. Nous imaginâmes trois possibilités : nous l'avions perdu sur la route de Jehol ; nous l'avions égaré quelque part à l'intérieur du palais de la Pureté suprême ; enfin, nous l'avions laissé avec mon coffret à bijoux au Yuan Ming Yuan et les barbares l'avaient certainement volé.

Une rumeur prétendait également que l'empereur Xianfeng avait appris la perte du sceau avant de mourir mais que sa grandeur d'âme nous avait évité le châtiment. Afin de nous protéger, Sa Majesté n'avait pas fait part de l'incident à Su Shun.

Comme prévu, Liu Jen-shou ne fut pas long à rapporter ces propos aux oreilles du Grand Conseiller. Cette histoire ne l'étonna pas : en effet, personne ne se rappelait avoir vu l'objet précieux depuis le départ de Pékin.

Su Shun demanda aussitôt à être reçu. Devant la cour assemblée, il déclara avoir achevé la rédaction d'un décret annonçant à la nation le transport du cercueil : il avait donc besoin du sceau de Xianfeng.

Je fis semblant de me troubler, pris mon mouchoir et m'épongeai le front. « Notre double sceau a autant de valeur que celui de Sa Majesté », dis-je d'une petite voix.

Su Shun ne pouvait cacher sa joie. « Où est le sceau de l'empereur Xianfeng ? »

Je prétextai un malaise et Nuharoo mit fin à l'audience.

Su Shun me harcela jusqu'à ce que j'avoue enfin qu'An-te-hai avait perdu le sceau.

Mon eunuque fut arrêté par les gardes à qui il réclamait pitié et conduit au châtiment, cent coups de fouet.

Je craignais qu'il ne supporte pas cette épreuve, mais An-te-hai avait des amis partout. Quand les gardes de Su Shun le ramenèrent, inconscient, sa robe déchirée était maculée de sang.

Su Shun m'observait. Impassible, je déclarai : « L'eunuque l'a mérité. »

On lui lança de l'eau au visage pour qu'il revienne à lui. Devant la cour, Nuharoo et moi ordonnâmes qu'An-te-hai soit interné à la prison impériale de Pékin.

Su Shun ne voulait pas qu'il s'éloigne mais nous insistâmes pour nous débarrasser de cette ingrate créature. Comme le Grand Conseiller s'obstinait, nous proclamâmes que nous avions entièrement le droit de punir notre eunuque. Puis nous marchâmes jusqu'au cercueil de Xianfeng pour pleurer bruyamment.

Pressé par les chefs de clan de nous laisser seules, Su Shun se retira mais il précisa que des hommes à lui emmèneraient An-te-hai jusqu'à Pékin.

Nous donnâmes notre accord et An-te-hai partit. Le décret que j'avais rédigé était bien caché entre les nombreuses épaisseurs de ses chaussures.

À Pékin, les hommes du Grand Conseiller le remirent au ministre de la Justice impériale, Pao Yun. Dans un message secret, Su Shun exigeait que l'eunuque périsse sous les coups. Je n'en serais avisée que bien après. Ignorant de la situation, Pao Yun se prépara à exécuter l'ordre de Su Shun mais, avant que le fouet s'abatte, An-te-hai demanda la permission de s'entretenir un instant avec le ministre.

Il sortit le décret de sa cachette.

Abasourdi, Pao Yun contacta le prince Kung qui, à la lecture du décret, s'empressa de réunir ses conseillers. Ils écoutèrent An-te-hai leur raconter la situation à Jehol et mirent au point un plan d'action. Leur conclusion était unanime : il y avait urgence à renverser Su Shun.

Le prince Kung avait compris que, s'il hésitait à nous venir en aide, Su Shun ne tarderait pas à s'emparer du pouvoir. Ce serait dramatique car le prince et Yi Huan avaient été oubliés dans le testament de l'empereur Xianfeng.

Kung commença par choisir un homme susceptible de présenter son idée à la cour de la manière la plus logique et la plus légale qui soit, le chef du personnel impérial. Il lui demanda de déposer une proposition visant à faire de Nuharoo et de moi-même les régentes exécutives, c'est-à-dire uniques, de Tongzhi : Su Shun serait ainsi évincé et nous dirigerions la cour avec l'aide du prince Kung.

Une fois la proposition rédigée, on choisit le fonctionnaire local de confiance qui la soumettrait. Le but était de donner l'impression que cette idée venait d'assez bas : Su Shun ne pourrait la rejeter sans l'avoir étudiée. Ainsi la proposition serait portée à la connaissance de tous les gouverneurs du pays avant d'arriver sur le bureau de Su Shun.

Le 25 septembre, revêtu de pied en cap d'un habit funèbre en coton blanc, le prince Kung arriva à Jehol. Il se dirigea sans plus attendre vers la salle du cercueil, mais les gardes lui demandèrent d'attendre l'arrivée de Su Shun. Celui-ci apparut bientôt accompagné par la Bande des Huit.

Avant même que le prince Kung puisse ouvrir la bouche, Su Shun ordonna son arrestation pour désobéissance au décret.

« Je suis ici pour avoir reçu une communication officielle, expliqua calmement Kung.

— Ah oui ? Eh bien, montrez-la ! lança Su Shun avec son sourire méprisant.

— Sans nous, comment pourrait-il y avoir un décret ? » ajouta l'un des membres de la Bande des Huit.

Le prince tira de sa poche le texte que lui avait fait remettre An-te-hai.

Le petit rouleau de soie jaune frappé de nos deux sceaux ébranla Su Shun et ses hommes. En silence tous devaient se poser la même question : comment lui était-il parvenu ?

Sans un mot, le prince Kung se fraya un chemin mais il perdit sa sérénité en approchant du cercueil. Il se frappa le front contre terre et se mit à pleurer comme un enfant. Personne n'avait vu quelqu'un avoir comme lui le cœur brisé devant feu l'empereur. Kung gémissait, il ne pouvait comprendre pourquoi Xianfeng ne lui avait pas donné la possibilité de lui dire adieu.

Un torrent de larmes coulait sur ses joues. Il devait souhaiter que son frère puisse se rendre compte de l'erreur qu'il avait commise. Il savait une chose que Nuharoo et moi ignorions : Su Shun avait déjà connu l'échec en tentant de renverser Tongzhi le jour de son accession au trône. Le Grand Conseiller avait envoyé

Chiao Yujin, membre de la Bande des Huit, contacter les généraux Sheng Pao et Tseng Kuo-fan pour obtenir le soutien de l'armée. Chiao avait malencontreusement laissé échapper l'information, mais Su Shun avait tout nié en bloc et fait annuler l'opération.

Je couvris mes joues de poudre avant d'enfiler ma robe de deuil. Je constatai que Nuharoo avait le visage bouffi. Sa peau d'ordinaire si éclatante était terne, livide. Les larmes avaient dessiné deux grands traits sous ses yeux.

Nous étions prêtes à rencontrer le prince Kung mais maître Shim s'interposa. L'étiquette interdisait aux veuves impériales d'être vues par un prince du même âge pendant toute la durée du deuil.

Le prince Kung se jeta à terre et supplia Su Shun de le laisser rencontrer son neveu, Tongzhi.

Je suggérai à Nuharoo de nous rendre dans la salle du cercueil. Nous habillâmes Tongzhi puis nous nous installâmes derrière un panneau de bois permettant de capter les voix du prince et du Grand Conseiller. Su Shun insistait sur le fait qu'il agissait au nom de l'empereur Xianfeng.

Le prince frustré jura : « Celui qui croit avoir le vent dans le dos et la clarté lunaire dans les manches n'est qu'une marionnette infestée de vers ! »

Je m'inquiétai de son tempérament. S'il courrouçait Su Shun, celui-ci pourrait l'accuser d'empêcher l'exécution de la volonté impériale.

« Ma naissance me le permet, Su Shun ! » criait le prince.

L'autre éclata de rire et prit son temps pour répondre. « Eh bien, non, prince, vous n'avez pas ce droit. Seul un puissant peut l'avoir et le testament de l'empereur Xianfeng donne à la nation l'impression que vous n'êtes qu'une poule malade dont les œufs ont la coquille ramollie. Je ne sais de quoi vous manquez, mais il y a une carence, c'est certain. »

La cour rit avec Su Shun. Quelques chefs de clan frappaient le sol de leurs pieds.

« Un œuf à la coquille ramollie, enchaîna Su Shun. Imaginez le jaune prisonnier d'une coque blanche aussi fine que du papier. Oh, mais elle fuit. Impossible de le vendre ou de le garder. Nous autres, membres de la famille, allons devoir le manger. »

C'étaient maintenant des hurlements de rire.

« Su Shun, gronda le prince, je ne demande pas grand-chose, mais je vous le demande pour la dernière fois. Je veux voir mes belles-sœurs et mon neveu.

— Vous ne franchirez pas cette porte. »

Je sentais que le prince perdait patience. Je l'imaginais bousculant Su Shun. J'attirai alors Tongzhi à moi et lui chuchotai à l'oreille.

« L'empereur invite son oncle... » Mon fils répétait mes paroles. « L'empereur invite son oncle le prince Kung à entrer dans la salle du cercueil impérial. L'empereur accorde également au prince Kung la permission de présenter ses respects à Leurs Majestés les Impératrices. »

En entendant la voix de Tongzhi, Li Lianying, mon jeune eunuque, sortit en courant pour se jeter sur le sol entre Kung et Su Shun. « Honorable Grand Conseiller, Sa Majesté l'empereur Tongzhi a invité le prince Kung !

— L'un des membres du Conseil souhaite-t-il m'accompagner voir Sa Majesté l'empereur et Leurs Majestés ? » Le prince se tourna vers Su Shun. « Vous pourriez ainsi vous assurer que tout ce que nous disons ou faisons est bien correct. »

Su Shun n'eut pas le temps de répondre. Le prince Yee sentit venu son tour de parler : « Faites, prince Kung, vous êtes celui que Sa Majesté a fait appeler. »

Tongzhi s'élança vers son oncle, qui tomba à genoux et se plia au rite du kowtow. Nuharoo et moi laissâmes couler nos larmes en les observant.

« La paix n'a pas régné ici, dit-elle. Nous redoutons que... »

Je l'empêchai de poursuivre. Je craignais que Su Shun et ses hommes n'écoutent derrière le mur.

Elle fit signe qu'elle comprenait et retourna s'asseoir.

« Fais venir les moines », ordonnai-je à Li Lianying.

Leurs prières chantées couvraient nos voix. Le prince et moi échangeâmes des informations et discutâmes de nos projets. Nous imaginâmes d'attaquer Su Shun pendant que Nuharoo emmènerait Tongzhi s'amuser. Je fus choquée d'apprendre que le Grand Conseiller avait soudoyé les militaires. Nous étions bien d'accord : il fallait l'éliminer.

Je me posais deux questions. Si nous arrêtions Su Shun, aurions-nous le soutien de la nation ? Les étrangers profiteraient-ils du chaos pour lancer une invasion ?

Le prince Kung était certain de jouir de l'appui nécessaire, surtout si le pays pouvait enfin connaître la vérité. Quant aux puissances occidentales, il n'avait cessé d'être en contact avec leurs représentants. Il leur avait laissé entendre qu'il souhaitait une Chine plus libre et ses interlocuteurs l'avaient assuré de leur aide.

Je demandai au prince Kung ce qu'il pensait des rebelles Taiping. Il nous suffirait de baisser la garde, même brièvement, pour qu'ils constituent une menace sérieuse. Selon les rapports émanant de la seule province du Anhui, les Taiping s'étaient alliés aux voyous et leurs forces marchaient à présent vers la province du Shandong.

Le prince m'informa que les généraux Sheng Pao et Tseng Kuo-fan avaient déjà pris des mesures. Je me demandai jusqu'où allait leur fidélité car je n'osais pas espérer voir tout le monde se comporter comme il convenait. La corruption exercée par Su Shun était sans limites.

« Sheng Pao est prêt, me répondit Kung. Il a voulu se joindre aux troupes mongoles de Seng-ko-lin-chin. Je lui ai accordé ma permission car ce sera pour lui l'occasion de démontrer sa loyauté et de redorer son blason. Je suis moins sûr en ce qui concerne les Chinois : Tseng Kuo-fan et le général Chou Tsun-tang ne voient dans notre conflit avec Su Shun qu'une chamaillerie entre nobles mandchous et pensent qu'il est plus sage de ne pas s'en mêler. Ils préfèrent attendre de connaître le nom du vainqueur.

— Je méprise ceux qui se courbent avec le vent, dit Nuharoo qui venait d'arriver sans que je m'en rende compte. Sa Majesté l'empereur avait raison en disant qu'il ne fallait jamais faire confiance aux Chinois !

— Pour Tseng Kuo-fan et Chou Tsun-tang, la situation est peut-être plus complexe, repris-je. Nous devons nous montrer patients et compréhensifs. À la place de ces généraux, j'agirais de la même façon. Après tout, on ne peut nier le pouvoir de Su Shun et l'offenser, c'est risquer sa vie. Nous demandons à ces gens de lui tourner le dos et il faut donner aux généraux le temps de peser le pour et le contre.

— Tseng et Chou se battent contre les Taiping, approuva le prince Kung. Même s'ils n'ont pas exprimé leur soutien à notre égard, ils n'ont encore rien promis à Su Shun.

— Attendons, alors, fit Nuharoo, mais je n'aime pas trop confier nos forces armées à des Chinois. Quand la paix sera signée, il nous faudra pour le moins les écarter des postes supérieurs. »

Je ne répliquai pas bien que je ne fusse pas d'accord. En tant que mandchoue, je préférais incontestablement voir d'autres Mandchous aux postes à responsabilité. Il n'existait, hélas, que peu de talent chez les princes et les hommes de clan. Après deux cents ans de domination, nous sombrions dans la décadence. Les nobles mandchous passaient leur temps à se vanter de leur gloire passée et ne savaient qu'une chose : ils avaient droit au prestige. Heureusement les Chinois avaient toujours accepté ce fait : ils honoraient nos ancêtres et nous accordaient leur bénédiction, mais pour combien de temps encore ?

« Je pars ce soir, annonça Kung, même si j'ai dit à Sun Shun que je restais jusqu'à demain.

— Qui sera là pour nous protéger quand nous porterons le cercueil de Jehol à Pékin ? s'inquiéta Nuharoo.

— Je m'en occuperai. Vous devrez afficher un comportement des plus normaux. Ne craignez rien, le prince Yi Huan ne sera pas loin. »

Il nous prévint de nous attendre à voir éclater la colère de Su Shun. Il voulait que nous soyons prêtes à recevoir un document d'un inspecteur de la Justice de province, un dénommé Tung Yen-tsung. Il exposerait au grand jour les défauts de Su Shun et nous dénommerait, Nuharoo et moi, le « choix du peuple ». Le prince Kung voulait que nous ne l'oubliions pas quand Su Shun aurait connaissance du document, lequel aurait déjà été diffusé dans tout le pays. Cependant il n'entra pas dans le détail, redoutant les bavardages de Nuharoo au cas où Su Shun poserait des questions.

Nous nous séparâmes.

Avant le dîner, Nuharoo vint dans mes appartements accompagnée de Tongzhi. Inquiète, elle voulait savoir si j'avais remarqué quelque chose d'inhabituel. J'avais effectivement constaté que Su Shun était sur ses gardes depuis la visite du prince Kung. La sécurité avait été renforcée pour la nuit devant les portes de Jehol. Je proposai à Nuharoo de nous promener pour humer le laurier odorant ou nous rendre jusqu'à la source chaude, mais cela ne l'enchantait pas. Je pris alors ma broderie et lui demandai de m'éclairer. Tout en cousant, nous bavardâmes jusqu'au moment où Tongzhi s'endormit.

J'allai me coucher dès qu'ils furent partis. Je priais pour la sécurité du prince Kung et mes yeux refusaient de se fermer.

Le document de Tung Yen-tsung arriva quelques jours plus tard. Su Shun était furieux. Nous lûmes le texte quand il nous l'eut transmis à contrecœur. Nous étions ravies.

Le lendemain, il passa à la contre-offensive. Des précédents historiques venaient démontrer que l'on devait nous écarter de la régence. Lors d'une audience, ses hommes prirent la parole pour chercher à nous faire peur et décrièrent le prince Kung. Ils accusèrent Tung Yen-tsung de manquer de loyauté et le traitèrent de fantoche. « Nous devons trancher les mains qui tirent les ficelles ! »

Le prince Kung m'exhorta à garder le silence mais le portrait négatif que Su Shun traça de lui impressionna les autres membres de la cour. Le pire serait qu'il insiste sur le fait que l'empereur avait exclu le prince de son testament. Chacun s'interrogeait sur ses raisons et le Grand Conseiller leur fournissait sa propre interprétation.

Avec la permission de Nuharoo, je rappelai à la cour que Su Shun aurait empêché Xianfeng de désigner Tongzhi comme son successeur si je ne m'étais approchée de son lit de mort. Le Grand Conseiller était responsable des relations tendues entre l'empereur et le prince et nous avions de fortes raisons de croire qu'il avait manipulé l'empereur agonisant.

À ces mots, Su Shun bondit de son siège. Il frappa une colonne de son éventail qui se brisa. « Je regrette que l'empereur Xianfeng ne vous ait pas emmenée dans sa tombe ! hurla-t-il à mon adresse. Vous avez trompé la cour, vous avez exploité la bonté et la vulnérabilité de l'impératrice Nuharoo ! J'ai promis à feu l'empereur de faire régner la justice et je demande à l'impératrice

Nuharoo son soutien plein et entier. » Il se tourna vers elle. « Impératrice Nuharoo, savez-vous vraiment qui est cette créature femelle assise à côté de vous ? Croyez-vous qu'elle se satisfait de partager la régence avec vous ? Ne serait-elle pas plus heureuse si vous n'existiez pas ? Vous courez de grands dangers, ma dame ! Protégez-vous de cette femme malfaisante avant qu'elle verse du poison dans votre potage ! »

Apeuré, Tongzhi nous demanda à partir et, quand je lui répondis par la négative, il s'oublia.

Voyant son urine couler sur le trône, Nuharoo se précipita vers lui.

Des eunuques arrivèrent en courant chargés de serviettes.

Un vieil homme de clan se leva pour parler de l'unité et de l'harmonie familiales.

Tongzhi hurla quand les eunuques voulurent le changer de robe.

Nuharoo se mit à pleurer et supplia de pouvoir se retirer avec mon fils.

Les chefs de clan suggérèrent d'ajourner l'audience.

Su Shun s'y refusa et annonça sans la moindre discussion qu'il y aurait vacance du Conseil de la Régence tant que nous n'aurions pas rejeté la proposition de Tung Yen-tsung.

Je décidai d'abandonner. Sans le prince Kung, je ne pouvais rien contre Su Shun. Il me fallait du temps pour asseoir mes relations avec Nuharoo, pourtant je redoutais tout retard. Le corps de Xianfeng reposait depuis un mois dans son cercueil qui, bien que scellé, commençait à sentir.

Su Shun et la Bande des Huit jubilaient. Ils rejetèrent la proposition de Tung et nous contraignirent à apposer notre sceau sur un édit préparé par leurs soins et destiné à poursuivre Tung Yen-tsung.

Le 9 octobre 1861, une audience réunit tous les ministres et les nobles au palais des Brumes admirables.

Nuharoo et moi avions pris place de part et d'autre de Tongzhi. La nuit précédente, nous avions bavardé. Je lui avais proposé de prendre les choses en main : elle avait accepté mais, ne sachant que dire, nous avions répété jusqu'à ce qu'elle fût prête.

« En ce qui concerne le transport du corps de l'empereur jusqu'à son lieu de naissance, commença-t-elle, je désirerais savoir où en sont les préparatifs. Et qu'en est-il de la cérémonie d'adieux aux esprits de Sa Majesté ?

— Tout est réglé, Votre Majesté, répondit Su Shun après s'être levé. Nous attendons que Sa Jeune Majesté Tongzhi se rende dans la salle du cercueil pour commencer la cérémonie. Ensuite chacun pourra quitter Jehol.

— Vous n'épargnez pas votre peine depuis la mort de mon époux, le Conseil de la Régence et vous-même, dit-elle en m'adressant un bref regard. Nous regrettons que Tongzhi soit à l'âge tendre. Yehonala et moi sommes écrasées de chagrin. Nous implorons votre compréhension et votre indulgence si nous n'avons pas accompli notre devoir à la perfection. »

Elle se tourna vers moi et j'acquiesçai.

« Il y a quelques jours, continua-t-elle, le Conseil et nous-mêmes nous sommes mal compris. Nos intentions sont les mêmes, cela seul importe. Préparons-nous à conduire le cercueil impérial jusqu'à Pékin en toute sécurité. Ensuite le jeune empereur accordera des récompenses. Impératrice Yehonala ? »

Je savais que je devais prendre la cour par surprise. « J'aimerais que l'on récapitule les mesures de sécurité prises en cette occasion. Su Shun ? »

Il répondit malgré lui : « La procession impériale se divisera en deux parties. La première section a reçu pour nom la Parade de la Félicité. L'empereur Tongzhi et les impératrices y prendront place pour célébrer l'accession au trône du jeune empereur. Cinquante mille hommes de Bannière seront dirigés par le prince Yee. Il sera suivi de deux autres divisions. L'une d'elles, composée de sept mille hommes de la région militaire de Jehol, sera responsable de Sa Jeune Majesté. L'autre, avec ses trois mille gardes impériaux, sera placée sous les ordres de Yung Lu. Avec quatre mille hommes, je prendrai moi-même la tête de cette parade de cérémonie.

— Bien, dit Nuharoo, impressionnée.

— Parlez-nous de la seconde section, le pressai-je.

— Nous lui avons donné le nom de Parade de l'Affliction, expliqua le Grand Conseiller. C'est là que se trouvera le cercueil de l'empereur Xianfeng. Dix mille hommes et leurs montures ont été transférés des régions militaires de l'Amour, du Chihli, de Shenyang et de Xian. Chaque gouverneur de province a reçu l'ordre d'accueillir la procession. Le général Sheng Pao est responsable de la protection dans les régions que nous considérons comme peu sûres à l'exemple du Kiang-Si et du comté de Miyun. »

Je sentis que cela posait problème. Comment les hommes du prince Kung frapperaient-ils alors que Su Shun pouvait facilement nous retenir en otages ? Le Grand Conseiller aurait l'occasion de nous faire du mal si quelque chose éveillait ses soupçons. Comment savoir si un tel « incident » n'était pas déjà en préparation ?

Le cœur battant, je repris la parole. « Les arrangements du Grand Conseiller me paraissent excellents. Je n'ai qu'une inquiétude. La Parade de la Félicité sera-t-elle accompagnée d'étendards flamboyants, d'artificiers, de danseurs et de musiciens ?

— Oui.

— Et ce sera bien le contraire pour la Parade de l'Affliction ?

— C'est exact.

— Dans ce cas, les esprits de l'empereur Xianfeng seront troublés par les trompettes. Les deux processions sont trop proches l'une de l'autre et les airs heureux prendront le dessus sur les tristes.

— Oui, c'est vrai. » Le prince Yee mordit à l'hameçon. « Les inquiétudes de l'impératrice Yehonala sont justifiées. Nous devrions séparer les deux parades. Ce ne sera pas compliqué. » Il se tourna vers Su Shun qui lui lança un regard noir, mais il était trop tard. Il était impossible d'arrêter le prince. « Je suggère que la Parade de la Félicité vienne en premier et que la Parade de l'Affliction la suive à plusieurs kilomètres.

— Bien, dis-je avant que Su Shun subodore quelque chose. C'est une excellente idée. Toutefois l'impératrice Nuharoo et moi nous inquiétons de voir notre époux voyager seul. Deux semaines sans compagnie, c'est trop long pour l'empereur Xianfeng... »

Le prince Yee bondit sur l'occasion qui se présentait à lui. « Je suis certain que nous serions tous très fiers d'accompagner Sa Défunte Majesté. Je revendique cet honneur.

— Je veux Su Shun, dit Nuharoo en se mettant à pleurer. Il est le plus fidèle serviteur de notre époux. Su Shun à ses côtés, l'âme céleste reposera en paix. Accepterez-vous mon humble requête, Su Shun ?

— Vous m'honorez, Votre Majesté », répondit-il, à l'évidence mécontent.

J'avais du mal à contenir ma joie. La situation était désormais idéale pour le prince Kung.

« Merci, prince Yee, dis-je. Vous serez assurément récompensé dès notre arrivée à Pékin. »

Contre toute attente, j'obtins encore davantage. Comme poussé par le désir de nous complaire, à moins que ce ne soit par cupidité ou le plus naturellement du monde, Yee ajouta : « Je ne veux pas me flatter, Votre Majesté, mais je mériterai cette récompense parce que ce voyage me sera pénible. Je ne suis pas seulement responsable de la cour, j'ai également de hautes responsabilités militaires. Je dois avouer que je suis déjà épuisé. »

Je saisis la balle au bond. « Dans ce cas, prince Yee, Nuharoo et moi croyons que Sa Jeune Majesté Tongzhi trouvera une autre solution. Nous ne voulons certainement pas vous exténuer. Pourquoi n'abandonnez-vous pas vos obligations militaires à d'autres pour ne vous soucier que de la cour ? »

Le prince Yee n'était pas préparé à une réaction aussi rapide. « Bien sûr, mais songez-vous à un remplaçant ?

— Ne vous inquiétez pas, prince Yee.

— De qui s'agit-il ? »

Je vis Su Shun faire un pas en avant et décidai de clore l'affaire. « Le prince Yi Huan reprendra vos obligations. » Le Grand Conseiller mourait d'envie de parler et je craignais qu'il n'attire l'attention de Nuharoo. « Le prince Yi Huan ne s'est vu confier aucune tâche. » Je regardai Nuharoo droit dans les yeux. « Ne pensez-vous pas que c'est l'homme idéal ?

— Oui, dame Yehonala.

— Prince Yi Huan ! appelai-je.

— Je suis ici, dit-il d'un coin de la salle.

— Cet arrangement vous convient-il ?

— Oui, Votre Majesté », et il s'inclina.

Le prince Yee commençait à regretter ses paroles mais, pour lui mettre du baume au cœur, j'ajoutai : « Toutefois, je souhaite que le prince Yee assume de nouveau toutes ses fonctions une fois à Pékin. Sa Jeune Majesté ne peut rien faire sans lui.

— Oh, merci, merci, Votre Majesté ! » s'exclama-t-il, heureux comme un enfant.

Je me tournai vers Nuharoo. « Je crois que c'est tout pour cette audience ?

— Oui, nous devons remercier le Grand Conseiller Su Shun d'avoir accompli une si excellente besogne. »

Vingt-deux

Le 10 octobre, jour favorable, le cercueil de Xianfeng fut chargé sur les épaules de cent vingt-quatre porteurs. Lors de la cérémonie d'adieux, Nuharoo et moi arborions des robes de deuil très élaborées ornées de pierreries. Pour chacune, le diadème, les épaulettes, les ceintures et les souliers devaient peser quelque vingt-cinq livres. Des perles d'or pendaient devant mes yeux comme un rideau et mes boucles d'oreilles de jade étaient gravées du mot tien, « en souvenir ». Mes oreilles sifflaient, mon dos me faisait mal. N'ayant plus de charbon, nous ne nous étions pas baignées depuis plusieurs semaines. La peau de mon crâne me démangeait et, à force de me gratter, je recueillais sous mes ongles la poussière accumulée par l'huile que je mettais sur mes cheveux. Dans de telles circonstances, il était difficile de donner une image gracieuse.

Nuharoo regrettait mes manières et se posait en exemple. J'admirais son endurance quand il était question de son apparence. J'étais certaine qu'elle se tenait très raide même sur le pot de chambre et je la soupçonnais d'avoir manifesté pareille rigidité dans le lit de Xianfeng. L'empereur aimait l'invention amoureuse et Nuharoo ne lui avait certainement proposé que la posture traditionnelle du Manuel des *Activités dans la chambre impériale* et attendu qu'il délivre sa semence.

Le maquillage de Nuharoo était toujours parfait, jusque dans le moindre détail. Ses deux manucures, entraînées à travailler sur des grains de riz, pouvaient dessiner des paysages et des pagodes sur ses ongles. Seule une loupe permettait d'en déceler toute la finesse. Nuharoo savait exactement ce qu'elle voulait. Sous sa robe de deuil, elle portait en permanence celle qui la vêtirait au jour de sa mort : elle était si sale que le col luisait de graisse.

Nous traversâmes une forêt pleine d'ombrelles colorées et de tentes en soie en forme de pavillons. Nous inspectâmes le cortège et brûlâmes de l'encens. Enfin nous versâmes du vin pour inviter le cercueil à prendre la route. La procession était prête à parcourir la contrée séparant Jehol de la Grande Muraille.

Le cercueil avait été recouvert de quarante-neuf couches de laque rose foncé et des dragons dorés y avaient été dessinés. Une division de gardes ouvrait la marche. Le cercueil était suspendu en l'air sur un immense cadre rouge. Au milieu se dressait un mât où flottait un étendard de trois mètres sur six représentant un dragon crachant des flammes. Il y avait également une paire de carillons éoliens en cuivre. Derrière l'étendard au dragon, venaient une centaine de drapeaux frappés de l'image d'animaux puissants, ours ou tigres, notamment.

Des palanquins vides transportaient les esprits. De couleurs et de formes différentes, les chaises étaient magnifiquement décorées. Les housses des sièges étaient en peau de léopard et une grande ombrelle jaune ornée de feuilles blanches suivait chaque palanquin.

Des eunuques en robe de soie blanche portaient des plateaux chargés de brûle-parfum. Derrière eux, un groupe de musiciens jouait des cuivres, un autre, des cordes et des flûtes. Du papier-monnaie enflammé fut jeté en l'air, qui retomba ensuite comme des flocons de neige.

Nuharoo, Tongzhi et moi passâmes devant des lamas et des moines ainsi que des chevaux et des moutons peints pour la cérémonie, puis nous montâmes dans les palanquins. Le vacarme causé par les trompes tibétaines et les tambours était assourdissant. Je n'entendais même pas ma propre voix lorsque je parlais à Tongzhi. Il ne voulait pas rester seul et je lui expliquai que l'étiquette l'exigeait. Il fit la moue et demanda son lapin aux yeux rouges. Heureusement Li Lianying l'avait sur lui. Je promis à l'enfant que nous le rejoindrions dès que possible.

La procession se divisa en deux parties au pied de la Grande Muraille. Comme prévu, la Parade de la Félicité venait en tête et la Parade de l'Affliction la suivait à plusieurs kilomètres.

Le temps changea l'après-midi. La pluie se mit à tomber, de plus en plus fort. Cinq jours durant, notre colonne ne cessa de s'étirer. Les hommes cheminaient sur un terrain rendu boueux par les averses persistantes. Pour la première fois de sa vie, Nuharoo ne maîtrisa plus son maquillage. Dépitée, elle accusa les servantes chargées de porter son miroir. Elles me faisaient pitié : grand comme une fenêtre, le miroir était bien trop lourd pour elles.

Selon les éclaireurs, les bandits pullulaient dans les gorges. Je ne cessais de me demander ce que l'avenir nous réservait. Avec cette pluie, n'importe qui pouvait s'en prendre à nous.

L'astrologue impérial avait calculé toutes les dates et il n'était pas question de s'arrêter même si les porteurs étaient trempés. La pluie s'abattait sur eux sans interruption. J'imaginais les souffrances des eunuques chargés du mobilier de bois. Contrairement aux porteurs, physiquement aguerris, c'étaient des plantes délicates, habituées à vivre dans la Cité interdite et bien souvent depuis la prime jeunesse.

Je m'endormis dans mon palanquin et je fis un rêve étrange. Je pénétrais dans la mer comme un poisson.

Alors que je nageais, je découvris un trou au fond d'une grotte dissimulée dans les profondeurs et m'engageai. D'épaisses épines le bordaient et me déchiraient ma peau ; l'eau rosissait. J'entendais le bruit des bateaux qui passaient au-dessus de moi, je sentais le courant m'entraîner. Je me contorsionnais en tous sens pour tenter de m'arracher aux piquants redoutables.

L'aube pointait quand Li Lianying me réveilla. « La pluie a cessé, maîtresse, et l'astrologue a dit que nous pouvions faire halte en toute sécurité.

— Étions-nous dans l'eau ?

— Si vous étiez un poisson, maîtresse, me répondit-il après un instant de réflexion, vous auriez survécu. »

On déposa ma chaise et j'en descendis. J'avais l'impression d'avoir été rouée de coups. « Où sommes-nous ?

— Dans un village appelé Vaguelettes de printemps.

— Et où est Tongzhi ?

— Sa Jeune Majesté est en compagnie de l'impératrice Nuharoo. »

J'allai les rejoindre. Ils étaient arrêtés à quelques centaines de mètres de là. Nuharoo insista pour changer de porteurs : elle les accusait au lieu de blâmer les routes glissantes.

Elle me confia qu'elle aussi avait fait un rêve étrange, tout le contraire du mien. Elle s'était retrouvée dans un royaume pacifique et son miroir avait la taille d'un mur. Ce royaume se dissimulait au cœur des montagnes. Un bonze à l'immense barbe blanche l'avait conduite jusque-là. Elle était adorée de ses sujets qui marchaient, des pigeons blancs sur la tête.

Tongzhi se fit prier pour quitter le spacieux palanquin de Nuharoo et venir avec moi. « Rien que pour un instant », dit-il.

Je m'efforçais de ne pas laisser son attachement à Nuharoo me perturber. Il était l'une des rares composantes de mon existence à m'apporter un bonheur véritable. Tant de choses avaient changé en moi depuis mon entrée dans la Cité interdite. Je ne disais plus « Je me sens bien aujourd'hui » quand je me réveillais le matin. Les chants joyeux qui résonnaient dans ma tête s'étaient tus. Partout la peur s'insinuait.

Je voulais me persuader que c'était une étape du long voyage de la vie. La gaieté appartenait à la jeunesse et il était naturel de la perdre. J'allais connaître la maturité. Mes racines comme celles d'un arbre croîtraient en vigueur. Je désirais connaître la paix et le bonheur de manière moins superficielle.

Mon printemps ne voyait toujours pas voleter de papillons. Le plus triste était que je me savais encore capable de passion. Si Tongzhi m'était proche, les papillons reviendraient ; je me moquerais de tout le reste, même de ma solitude ou du profond désir d'un homme. Pour supporter la vie, il me fallait l'amour de mon fils. Tongzhi n'était pas loin, j'aurais pu le serrer dans mes bras, mais j'avais le sentiment qu'un océan nous séparait. J'aurais fait n'importe quoi pour gagner son affection, mais il était décidé à ne pas m'accorder la moindre chance.

Mon fils me punissait à cause des principes que j'avais cherché à lui inculquer. Il avait deux types d'expression quand il me regardait. La première était celle d'un étranger, qui n'avait rien à gagner à faire ma connaissance. La seconde trahissait sa perplexité : il ne comprenait décidément pas pourquoi je devais être la seule à le défier. Son regard semblait remettre en question mon existence même. Et quand nous nous disputions, il affichait une sorte de sourire méprisant.

J'étais diminuée aux yeux de mon fils. Mon adoration pour ce petit être faisait de moi le plus infime ingrédient d'un potage impérial préparé depuis deux cents ans.

Un jour, j'observai mon fils et Nuharoo. Tongzhi étudiait la carte de Chine. Il rit quand elle ne réussit pas à situer Canton. Elle le supplia de l'en tenir quitte et il accéda à son désir en lui tendant les bras. La faiblesse de cette femme l'attirait et, en la protégeant de moi, il se sentait devenir un héros.

Cependant, je ne pouvais délaisser mon fils. L'affection que je lui portais était trop forte. Dès l'instant de sa naissance, j'avais su que je lui appartenais. Je vivais pour son bien-être. En dehors de lui, rien n'existait.

Puisqu'il me fallait souffrir, eh bien soit, je souffrirais ! J'étais prête à tout pour éviter à Tongzhi le sort de son père. Xianfeng était peut-être empereur mais il ne comprenait rien à sa vie. La vérité n'avait pas eu de place dans son existence et il était mort dans la confusion.

Je soulevai le rideau et vis de grandes pierres en forme de feuilles entourées d'un épais tapis de broussailles. Pas un seul toit ne se dessinait à perte de vue. Seul le Ciel pouvait contempler notre somptueuse procession. Je savais que je ne devais pas le regretter, pourtant c'était ainsi. Dans mon palanquin, il faisait humide et je ne me sentais pas bien. Les porteurs étaient épuisés, trempés, sales. Les musiques joyeuses me déprimaient un peu plus.

Li Lianying faisait des allers et retours entre ma chaise et celle de Nuharoo. Il portait sa robe de coton violette. La teinture de son bonnet lui coulait sur la figure. Je me faisais du souci pour An-te-hai. Le prince Yi Huan m'avait dit qu'il était incarcéré à la prison de Pékin. Pour ne rien arranger, mon eunuque avait craché sur un garde : on l'avait placé dans une pièce inondée où des excréments flottaient autour de son cou. Je priais pour qu'il tienne jusqu'à notre arrivée. Je n'étais pas certaine de rentrer dans Pékin la tête sur les épaules mais, si j'y parvenais indemne, j'arracherais moi-même An-te-hai à ses chaînes.

La Parade de la Félicité se délitait. Il était pratiquement impossible de faire marcher en ligne les moutons et les chevaux fourbus. Les porteurs avaient cessé de s'encourager de la voix. Je n'entendais que le clapotis de leurs pas et leur souffle rauque. Tongzhi voulait sortir du palanquin pour jouer. J'aurais tant aimé le lui accorder et le voir courir aux côtés de Li Lianying, mais ce n'était pas prudent. À plusieurs reprises j'avais surpris d'étranges regards dans les yeux de certains gardes. Je m'étais demandé si ce n'étaient pas des espions à la solde de Su Shun. Chaque jour mes porteurs devaient être remplacés.

J'interrogeai mon beau-frère, le prince Yi Huan, et il me répondit que c'était normal : les porteurs changeaient de position pour que les cloques de leurs épaules aient le temps de guérir. Je ne fus pas convaincue par son explication.

Pour me réconforter, il me parlait de Rong et de leur bébé. Ils allaient bien et n'étaient en fait qu'à quelques kilomètres de nous. Ma sœur n'avait pas voulu me rejoindre parce qu'elle craignait que quelque chose arrive à mon palanquin. « Le gros arbre attire le vent », tel était le message qu'elle m'adressait, et elle me suggérait d'en tenir compte.

Nous arrivâmes aux abords d'un temple dressé au pied d'une montagne. Il faisait nuit et la pluie avait cessé. Nous devions entrer dans le temple pour prier devant les autels et y passer la nuit. Dès l'instant où Nuharoo, Tongzhi et moi descendîmes de nos chaises, les porteurs s'en allèrent avec les palanquins. Je courus et rattrapai un homme à qui je demandai pourquoi ils ne restaient pas avec nous. On leur avait donné pour instruction de ne pas remiser les palanquins aux abords du temple, expliqua-t-il.

« Et si les choses tournent mal et que nous devions regagner les palanquins quand vous n'êtes pas là ? »

Le porteur se jeta à terre et se frappa le front comme un imbécile, sans ajouter mot. Le presser ne servait à rien.

« Revenez, Yehonala ! me cria Nuharoo. Je suis persuadée que nos éclaireurs et nos espions se sont assurés de la sécurité des lieux. »

Le temple semblait prêt à nous accueillir. Le vieux toit avait été nettoyé et l'intérieur, soigneusement balayé. Le supérieur des moines avait un air doux, une bouche lippue et de grosses joues. « Guanyin, la bonne déesse, a transpiré, dit-il en souriant. J'y ai vu un message du Ciel nous annonçant la venue de Votre Majesté. Le temple est petit, mais l'humble bienvenue que je vous adresse s'étend de la main du Bouddha à l'infini. »

On nous servit du potage à la racine de gingembre, du soja et des pains de blé. Tongzhi enfouissait sa tête dans le bol. J'avais moi-même une faim de loup. Je vidai mon assiette et en redemandai. Nuharoo prenait son temps. Elle vérifiait chaque bouton de sa robe, s'assurant qu'elle n'en avait perdu aucun, et redressait les fleurs fanées de sa coiffe. Elle prit de petites cuillerées de potage jusqu'au moment où la faim l'emportât : elle se saisit alors du bol et but comme une paysanne.

Après dîner, le moine nous montra poliment notre chambre et se retira. Nous eûmes la joie de découvrir des foyers de céramique disposés autour des lits et nous y posâmes nos vêtements pour les faire sécher. Quand Tongzhi constata que les bassins étaient remplis, Nuharoo se réjouit mais elle ne tarda pas à soupirer. « Je crois que je vais devoir faire ma toilette sans servantes. » Elle se hâta de se déshabiller. Pour la première fois, je la voyais nue. Son corps d'ivoire était un chef-d'œuvre céleste. Mince, elle avait des seins en forme de pommes et de longues jambes lisses comme le jade. Son dos bien droit laissait place à des courbes voluptueuses, et je me dis que, pour une femme mandchoue, un corps informe était un véritable crime.

Telle une biche sous une falaise éclairée par la lune, Nuharoo se tenait au bord du bassin. Lentement elle se lava de la tête aux pieds. Et je songeai que seul Xianfeng avait pu jouir d'un tel spectacle.

Je m'éveillai en pleine nuit. Nuharoo et Tongzhi dormaient à poings fermés. Mes soupçons revenaient en force. Je me rappelai le sourire du supérieur et son manque de sincérité. Les autres moines ne présentaient pas cette sérénité propre aux bouddhistes. Ils ne cessaient de regarder leur supérieur comme s'ils attendaient un signal de sa part. Pendant le dîner, je l'avais interrogé à propos des bandits qui écumaient la région et il avait juré n'en avoir jamais entendu parler. Disait-il la vérité ? Nos éclaireurs nous avaient pourtant mis en garde. Cet homme vivait ici depuis des années : comment pouvait-il l'ignorer ?

Il s'était empressé de changer de sujet quand nous lui avions demandé à visiter le temple. Il nous avait conduits dans la salle principale pour que nous fassions brûler de l'encens devant les dieux puis nous avait ramenés directement à notre chambre. Je l'avais interrogé sur les bas-reliefs et, une fois de plus, il avait changé de sujet. Son phrasé n'était pas celui, policé, d'un prédicateur quand il avait raconté à Tongzhi l'histoire du Bouddha aux mille bras [1]. Il connaissait mal les grands styles de la calligraphie, ce qui n'avait pas laissé de m'étonner : les moines gagnaient en effet leur vie en recopiant des sûtras. J'avais voulu savoir combien de moines vivaient ici. Huit, m'avait-il affirmé. Que pourrions-nous faire en cas d'attaque ?

Plus je songeais à cet homme étrange, plus j'étais agitée. « Li Lianying ? » murmurai-je.

---

1. Il s'agit en fait d'Avalokiteshvara, un boddhisattva, c'est-à-dire un homme qui aspire à l'état de bouddha mais y renonce tant que tous les êtres ne seront pas sauvés. Ses mille bras et ses mille yeux, un dans chaque paume, témoignent de l'ampleur de son projet. On l'adore en Chine sous sa forme féminine, Guanyin. *(N.d.T.)*

Mon eunuque ne répondit pas, ce qui me surprit parce qu'il avait le sommeil léger. Il aurait entendu une feuille tomber sur le toit. Que lui arrivait-il ? Je me souvins que le supérieur du monastère l'avait invité à boire du thé après le repas[1].

« Li Lianying ! » Je l'aperçus dans un coin de la chambre.

Il dormait comme une souche. Le moine avait-il mêlé quelque soporifique à son breuvage ?

Je passai ma robe et traversai la chambre. Je secouai l'eunuque mais il se contenta de ronfler bruyamment. Peut-être était-il trop fatigué.

Je décidai de sortir jeter un coup d'œil dans la cour. J'avais peur, mais le doute était encore plus effrayant.

La lune brillait et la cour semblait recouverte d'une couche de sel. Le vent portait jusqu'à moi le parfum des lauriers. Soudain je vis une ombre disparaître derrière une porte voûtée. La lueur lunaire m'avait-elle abusée ? Où étaient-ce mes nerfs ?

Je regagnai ma chambre et fermai la porte avant de grimper dans mon lit et de regarder par la fenêtre. Devant moi se dressait un arbre au tronc épais. Dans le noir, il ne cessait de changer de forme : j'avais l'impression qu'il lui poussait un ventre, puis un bras.

Mes yeux ne me trompaient pas. Il y avait bien des gens dans la cour. Ils se cachaient derrière les arbres.

Je réveillai Nuharoo pour la prévenir.

« Vous voyez un soldat derrière chaque brin d'herbe », se plaignit-elle tout en passant ses vêtements.

J'habillai Tongzhi tandis que Nuharoo tentait de réveiller Li Lianying. « Cet esclave doit être ivre, dit-elle. Il n'y a rien à en tirer.

— Je suis très inquiète. »

---

1. En Chine, le thé se boit à toute heure sauf pendant les repas : cela paraîtrait aussi incongru que de demander de l'eau chaude ! *(N.d.T.)*

Je giflai Li Lianying qui finit par ouvrir les yeux. Cependant, quand il essaya de marcher, ses jambes le trahirent. Nous étions abasourdis.

« Vous êtes prête à courir ? demandai-je à Nuharoo prise de panique.

— Pour aller où ? »

Nous ignorions tout de cet endroit. Même en réussissant à sortir du temple, nous pouvions très facilement nous perdre dans la montagne. Nous ne serions pas rattrapées mais nous mourrions de faim. En revanche, qu'adviendrait-il de nous si nous restions ici ? Je ne doutais plus que le supérieur du monastère fût un sbire de Su Shun. J'aurais dû insister pour garder les porteurs auprès de nous.

Je dis à Tongzhi de s'accrocher à moi quand j'ouvris la porte.

La montagne révélait à peine ses formes dans la lumière du petit jour, le vent dans les pins faisait le même bruit que la marée. Nous nous engageâmes dans un couloir et passâmes une porte voûtée, suivant un chemin à peine visible. « Voilà qui devrait nous conduire au pied des monts », affirmai-je bien avec une feinte assurance.

Nous n'allâmes pas loin. Déjà l'on nous poursuivait.

« Voyez, Yehonala, vous nous avez mis en danger, gémit Nuharoo. En restant dans le temple, nous aurions pu trouver de l'aide auprès des moines. »

Je la traînais derrière moi alors que Li Lianying avançait à grand-peine, Tongzhi sur son dos. Nous marchions le plus vite possible, mais un groupe d'hommes masqués se dressa soudain devant nous.

« Donnez-leur ce qu'ils demandent », dis-je à Nuharoo en pensant que c'étaient des bandits.

Sans un mot, ils se rapprochèrent.

« Tenez, voici nos bijoux ! Prenez-les et allez-vous-en ! »

Mais cela ne les intéressait pas. Ils se jetèrent sur nous et nous ligotèrent, puis ils fourrèrent une boule d'étoffe dans notre bouche et posèrent un bandeau sur nos yeux.

Je me trouvais dans un sac de jute, accrochée à un bambou que des hommes portaient sur leurs épaules. Le bandeau était tombé pendant que je me débattais mais j'avais toujours le tissu dans ma bouche. J'entrevoyais la lumière à travers la trame grossière du sac. Les hommes avançaient avec difficulté dans les collines et je devinai que ce n'étaient pas des bandits, lesquels auraient eu l'habitude de ce genre de terrain.

J'avais placé tous mes espoirs dans le prince Kung mais il semblait que Su Shun s'était montré plus malin que lui. Dans ce cas, toute évasion était impensable.

Nuharoo vivrait peut-être, mais Tongzhi ? Avec quelle facilité Su Shun réussissait son coup d'État ! Sans armée, sans affrontement, sans la moindre goutte de sang, rien qu'une poignée d'hommes déguisés en bandits. Notre gouvernement n'était qu'un dragon en papier tout juste bon à parader. L'Ère du Bonheur de bon augure n'était qu'une farce. Ah, qu'aurait pensé l'empereur Xianfeng à présent que le Grand Conseiller en révélait toutes les faiblesses ?

Des branches venaient frapper le sac. Je n'entendais pas Tongzhi. Allait-on m'exécuter ? Je ne voulais songer à rien. À l'inclinaison du bambou, je sentis que le terrain était moins escarpé.

Brusquement on me laissa tomber. Ma tête heurta un objet dur, un tronc d'arbre peut-être, et la douleur fut fulgurante. J'entendais les hommes parler, leurs pas se rapprocher. On me tira dans les feuilles sèches avant de me jeter dans ce qui devait être un fossé.

Mon bâillon était plein de salive et je réussis à le recracher. Je ne hurlai pas de peur qu'ils m'achèvent plus tôt que prévu. Je m'efforçais de me préparer au pire quand une pensée terrible s'imposa à moi : Je ne peux mourir sans savoir où est Tongzhi ! J'essayai de lacérer le sac de mes dents mais j'avais les mains attachées dans le dos. C'était un acte désespéré.

J'entendis marcher sur le tapis de feuilles sèches. Quelqu'un s'approcha et s'arrêta. Je voulus bouger les jambes comme pour mieux me défendre dans mon sac mais elles aussi étaient ligotées.

Quelqu'un respirait tout près de moi.

« Pour l'amour du Ciel, épargnez mon fils ! »

J'imaginais la lame d'un couteau déchirer la toile et plonger dans ma chair.

Il ne se passa rien de tel. Je perçus d'autres bruits de pas puis le cliquètement d'armes. Il y eut un cri assourdi puis quelque chose, un corps certainement, s'abattit sur moi.

Le silence régna quelques instants avant d'être rompu par des claquements de sabots et des appels lointains.

Je ne savais plus si je devais me taire ou implorer qu'on me délivre. Que se passerait-il si les hommes de Su Shun venaient s'assurer de ma mort ? Mais peut-être étaient-ce ceux du prince Kung ? Comment prêter attention à un sac de jute jeté dans un fossé ?

« Tongzhi ! Tongzhi ! » hurlai-je.

L'instant d'après, un couteau tranchait la jute et la lumière du soleil m'éblouissait.

Je vis un soldat portant l'uniforme de la Garde impériale. Il se tenait devant moi, incrédule. « Votre Majesté ! » Il se jeta à terre.

Je me débarrassai de mes liens et lui ordonnai : « Relevez-vous et dites-moi qui vous a envoyé. »

L'homme se redressa et tendit la main. À quelques mètres de là, un cavalier tourna la tête.

« Yung Lu ! »

Il mit pied à terre pour s'agenouiller.

« J'étais presque un fantôme ! m'écriai-je. Ou en suis-je déjà un ?

— Parlez et je le saurai, Votre Majesté. »

J'éclatai en sanglots.

« Votre Majesté, murmura-t-il. Le Ciel a voulu que vous surviviez. » Il essuya la sueur de son front.

Je cherchai à sortir du fossé, mais mes genoux me trahirent et je retombai.

Il me prit par le bras.

À son contact, mes pleurs redoublèrent. « J'aurais pu être un fantôme famélique. J'ai peu dormi, je n'ai rien bu ni mangé de la journée. Je ne suis même pas vêtue convenablement. Mes souliers ont disparu. Si j'avais rencontré mes ancêtres impériaux, m'accueillir n'aurait pu que les embarrasser.

— C'est fini, Votre Majesté, dit-il en s'accroupissant à mes côtés.

— Su Shun est-il l'instigateur de ce complot ?

— Oui, Votre Majesté.

— Où est l'assassin ? »

Yung Lu m'indiqua le fossé. Le mort avait la moitié du visage enfoui dans la terre mais je reconnus son corps replet. C'était le supérieur du monastère.

Je m'inquiétai de Tongzhi et de Nuharoo. Yung Lu me rassura : ils étaient sains et saufs et poursuivaient leur route vers Pékin. Il avait déjà envoyé des messagers à Su Shun pour lui dire qu'on m'avait retrouvée morte. La nouvelle ne lui parviendrait qu'au bout de quelques jours, ainsi que l'avait projeté le prince Kung.

Yung Lu me déposa sur un chariot et m'escorta personnellement. Nous prîmes un raccourci et arrivâmes à Pékin bien avant le Grand Conseiller et sa procession.

Vingt-trois

Le prince Kung m'attendait à la Cité interdite et il fut soulagé de voir que j'étais indemne. « La rumeur de votre mort a été plus rapide que nos messagers. J'étais fou d'inquiétude. »

En larmes, nous nous inclinâmes l'un devant l'autre.

« Peut-être votre frère voulait-il m'emmener avec lui, dis-je, encore perturbée.

— Mais il a changé d'avis à la dernière minute, n'est-ce pas ? Du Ciel, il a peut-être contribué à votre sauvetage. Je suis persuadé qu'il n'avait pas toute sa tête quand il a nommé Su Shun, ajouta-t-il au bout d'un instant. »

Le prince Kung me regarda longuement et sourit. « Bienvenue chez vous, chère belle-sœur. Vous avez fait un rude voyage.

— Vous aussi. » Je remarquai que son chapeau était trop grand pour lui. Il ne cessait d'en repousser le bord pour qu'il ne lui cache pas les sourcils. « J'ai perdu du poids mais je ne pensais pas que ma tête avait rétréci ! » Il rit.

Quand je lui parlai du supérieur du monastère, le prince m'expliqua que cet assassin était surnommé Paume du Bouddha : son pouvoir était aussi illimité que la paume sacrée capable de « recouvrir toute chose ». Dans le folklore, quand le Roi des Singes pense s'en être tiré après avoir parcouru des milliers de kilomètres, il se rend compte qu'il a atterri dans cette paume toute-puissante. Ma tête était certainement la seule que cet assassin n'avait pu ajouter à sa collection.

Le prince Kung et moi nous assîmes pour parler et ainsi débuta notre longue relation de travail. Sa vision très large des choses allait encore se développer au fil des années. Élevé comme Xianfeng, il pouvait se montrer aussi capricieux et impatient. À de nombreuses reprises, je dus ignorer son manque de sensibilité et son égoïsme. Sans le vouloir, il m'humilia quelquefois devant la cour. J'aurais pu protester, mais je compris que je devais découvrir les défauts de Kung au même titre que ses qualités, supérieures à celles de ses frères. Il respectait la réalité et était ouvert aux opinions les plus diverses. En cet instant nous avions besoin l'un de l'autre. En tant que Mandchou, il avait appris que la place d'une femme était la chambre à coucher, mais il ne pouvait m'ignorer totalement : sans mon soutien, il ne jouissait d'aucune légitimité.

Le prince Kung et moi finîmes par nous connaître et nos relations furent moins tendues. Je lui fis comprendre que je ne m'intéressais nullement au pouvoir et que je ne désirais que la réussite de Tongzhi. Il était admirable que nous partagions la même vision des choses. Certes, il nous arriva d'être en désaccord, mais l'unité triomphait toujours. Pour mieux asseoir la nouvelle cour, chacun de nous devint à la fois une figure de prestige et un faire-valoir.

Consciente de la fierté du prince Kung, j'encourageais son enthousiasme et ses ambitions. Je croyais qu'il se montrerait humble à l'égard de Tongzhi si Nuharoo et moi l'étions devant lui. Nous mettions en pratique les principes confucéens de la famille et nous en tirions bénéfice.

Je jouais mon rôle, même si je me lassais de me cacher chaque jour derrière un masque de théâtre. Je devais simuler la vulnérabilité devant la cour : en effet, mes ministres ne travaillaient que lorsqu'ils se croyaient être mes sauveurs. Mes idées ne seraient pas allées très loin si je ne les avais présentées comme « la pensée d'un seigneur de cinq ans ». Pour commander, il me fallait donner l'impression d'être moi-même dirigée.

Nuharoo, Tongzhi et le reste de la Parade de la Félicité mirent encore cinq jours pour atteindre Pékin. Devant la porte du Méridien, les hommes et les chevaux étaient si harassés qu'on eût dit une armée en déroute. Leurs étendards étaient en lambeaux, leurs souliers, éculés. Hirsutes et sales, les porteurs de palanquins traînaient leurs pieds couverts d'ampoules. Les gardes manquaient d'entrain et marchaient dans le plus grand désordre.

J'imaginais Su Shun et sa Parade de l'Affliction, censés arriver quelques jours plus tard. Les épaules des porteurs devaient ployer sous le poids du cercueil de Xianfeng. Su Shun était certainement au courant de mon exécution et il n'avait qu'une hâte, entrer dans Pékin.

Le bonheur de toucher enfin au but redonna de la vigueur à la Parade de la Félicité. Devant la porte de la Cité interdite, l'escorte se reforma. Les hommes bombèrent le torse au moment d'entrer. Nul ne semblait au courant de ce qui s'était passé. La foule forma une double haie de part et d'autre de l'entrée et tout le monde applaudit en découvrant les palanquins impériaux. En réalité, ce n'était pas moi mais mon eunuque, Li Lianying, qui occupait ma chaise.

Nuharoo fêta la fin du voyage en prenant trois bains d'affilée. La servante raconta qu'elle s'était endormie dans son tub et avait failli se noyer. Je fis venir Rong et son jeune fils puis nous allâmes voir notre mère et notre frère. J'invitai mère à s'installer dans la Cité interdite. Je pourrais ainsi veiller sur elle, mais elle déclina mon offre, préférant conserver sa petite maison dans une ruelle proche. Je n'insistai pas. Si elle avait vécu avec moi, il lui aurait fallu demander une autorisation pour sortir en ville ou rendre visite à ses amies. Ses activités se seraient limitées à ses appartements et ses jardins et elle n'aurait pas eu le droit de préparer ses repas. J'aurais souhaité passer davantage de temps avec elle, mais je devais rencontrer Nuharoo pour savoir comment nous comporter en présence de Su Shun.

« Je ne veux entendre que de bonnes nouvelles, me prévint-elle. La rudesse de ces déplacements a nui à ma longévité. »

Je me tenais près de la porte fracturée de son palais. Les étrangers avaient tout saccagé. Son miroir était rayé. Les sculptures dorées avaient disparu ainsi que les broderies exposées sur les murs. Les placards avaient été vidés et des traces de chaussures souillaient le lit. Des éclats de verre jonchaient le sol. Les collections d'objets d'art avaient été dérobées. Les jardins étaient en friche et tous les animaux, poissons, oiseaux, perroquets et paons, étaient morts.

« La compassion est œuvre de l'esprit, dit Nuharoo en buvant son thé. Maîtrisez-la et vous ne connaîtrez que le bonheur. La beauté de mes ongles n'a pas souffert parce qu'ils n'ont pas quitté leurs étuis. »

Je la considérai et me rappelai comment elle avait passé les derniers jours du voyage assise dans son palanquin, les vêtements détrempés. J'avais moi-même vécu cette épreuve. Les coussins étaient gorgés d'eau et j'avais l'impression d'être assise dans mon urine. Je ne savais si je devais admirer l'effort déployé par Nuharoo pour préserver sa dignité. J'avais voulu descendre de ma chaise et marcher mais elle m'en avait empêchée. « Les porteurs sont faits pour vous porter », avait-elle insisté. Mais j'en avais assez d'avoir le postérieur mouillé : « Il faut que je l'aère, d'une manière ou d'une autre ! »

Elle n'avait pas répliqué mais j'avais compris à ses yeux qu'elle désapprouvait mon comportement. Et elle avait été outrée quand j'avais décidé d'agir à ma guise et cheminé à côté des hommes. Elle m'avait fait savoir qu'elle se sentait insultée, ce qui m'avait obligée à retrouver mon palanquin.

« Ne me regardez pas comme si vous aviez découvert une nouvelle étoile au firmament, dit-elle en remettant de l'ordre dans sa coiffure. Je vais vous enseigner une sentence du Bouddha : posséder vraiment une chose, c'est ne pas l'avoir du tout. »

Pour moi, cela n'avait aucun sens.

Elle secoua la tête comme si je lui faisais pitié.

« Passez une bonne nuit et reposez-vous bien, Nuharoo.

— Envoyez-moi Tongzhi, voulez-vous ? »

Je mourais d'envie d'avoir mon fils à mes côtés après avoir été si longtemps séparée de lui, mais je connaissais Nuharoo. Sa volonté prévalait dès qu'il était question de lui. Je n'avais aucune chance. « Puis-je lui donner son bain ?

— Je suis d'accord », dit-elle, et je tournai les talons.

Une voix retentit derrière moi. « Ne cherchez pas à trop vous élever, Yehonala. Étreignez l'univers et ce qui se présente à vous. Lutter n'a pas de sens. »

Le prince Kung quitta Pékin pour Miyun en me laissant rédiger la dernière partie du décret inculpant Su Shun. La ville se situait à quelque quatre-vingts kilomètres de la capitale et la procession y faisait sa dernière étape. Su Shun et le cercueil de Xianfeng devaient y arriver en début d'après-midi.

Yung Lu reçut l'ordre de retourner auprès du Grand Conseiller et de ne pas le lâcher d'une semelle. Ce dernier pensait que son plan s'était déroulé comme prévu et que son plus gros obstacle, moi-même en l'occurrence, avait été balayé.

Su Shun était ivre quand la procession entra dans Miyun. Il se réjouissait tellement de son succès qu'il célébrait déjà l'événement avec les membres de son cabinet. On vit même des prostituées du cru courir autour du cercueil impérial pour en dérober les ornements. Dès que le général Sheng Pao le reçut à la porte de la ville, Su Shun s'empressa de lui annoncer ma mort.

Devant l'accueil glacial du général, Su Shun regarda autour de lui et découvrit le prince Kung. Il ordonna à Sheng Pao d'écarter le prince, mais le général demeura de marbre.

Le Grand Conseiller se tourna alors vers Yung Lu. Celui-ci n'eut pas plus de réaction.

« Gardes ! hurla Su Shun. Arrêtez ce traître !

— Avez-vous un décret dans ce sens ? demanda le prince Kung.

— Ma parole a valeur de décret ! »

Le prince fit un pas en arrière pour s'effacer devant le général Sheng Pao et Yung Lu.

Su Shun comprit ce qui l'attendait. « Comment osez-vous ? J'ai été désigné par Sa Majesté. Je suis la volonté de l'empereur Xianfeng ! »

Les gardes impériaux encerclèrent Su Shun et ses hommes.

« Je vous ferai pendre, tous tant que vous êtes ! »

Sur un signe du prince Kung, Sheng Pao et Yung Lu prirent Su Shun par les bras. Il se débattit et appela au secours le prince Yee.

Il arriva en courant avec ses hommes mais les gardes de Yung Lu les interceptèrent.

Le prince Kung tira un décret jaune de sa manche. « Quiconque ose contester l'ordre de l'empereur Tongzhi sera mis à mort. »

Tandis que Yung Lu désarmait les hommes de Su Shun, le prince lut à pleine voix le texte que j'avais écrit : « L'empereur Tongzhi ordonne que Su Shun soit arrêté sans délai. Su Shun est accusé d'avoir fomenté un coup d'État. »

Enfermé dans une cage montée sur roues, Su Shun ressemblait à une bête de cirque quand la Parade de l'Affliction reprit son chemin vers Pékin. Au nom de mon fils, j'avais informé les gouverneurs du pays tout entier de l'arrestation de Su Shun, lequel était sur-le-champ démis de toutes ses fonctions. Je dis au prince Kung que l'assise morale de ma décision avait une importance capitale. Pour assurer la stabilité, je devais connaître le sentiment des responsables locaux. Si la confusion régnait, je voulais l'éviter au plus vite. An-te-hai me seconda dans cette tâche, lui qui était sorti quelques jours plus tôt de la cellule immergée des prisons impériales. Il était bandé des pieds à la tête mais heureux.

Des quatre coins de la Chine affluèrent des commentaires sur l'arrestation de Su Shun et je fus soulagée de constater que la majorité des gouverneurs se rangeaient de mon côté. J'avais encouragé la plus grande honnêteté et précisé que je souhaitais la vérité même si elle venait à l'encontre de l'opinion que je me faisais de Su Shun. Je voulais qu'ils sachent que j'étais prête à les écouter et plus que désireuse de tenir compte de leurs réactions avant de prendre une ultime décision.

Peu de temps après, deux grands secrétaires œuvrant pour la justice civile dénoncèrent Su Shun alors qu'ils étaient à l'origine dans son camp. Le général Tseng Kuo-fan ainsi que les ministres et gouverneurs chinois en profitèrent pour me témoigner leur soutien. Je disais toujours qu'ils semblaient assis sur une clôture mitoyenne parce qu'ils avaient soigneusement observé les deux camps avant de s'engager enfin. Tseng Kuo-fan critiqua la « grossière erreur historique » de Su Shun. Les gouverneurs des provinces du Nord le suivirent. Ils exprimèrent leur désaccord quant à l'éviction du prince

Kung et proposèrent que le pouvoir nous fût confié, à Nuharoo et à moi-même.

Présidé par le prince Kung, le procès débuta dès l'arrivée de Su Shun à Pékin. Le Grand Conseiller et la Bande des Huit furent déclarés coupables de subversion à l'égard de l'État : c'était, pour la loi Qing, l'une des dix abominations suprêmes, que seule la rébellion surpassait en horreur. Su Shun fut également reconnu coupable de crimes envers la famille et la vertu de la société. Dans le décret que j'avais rédigé, je le déclarais « abominable, impardonnable et incorrigible ».

Le prince Yee se vit « accorder » une corde et la « permission » de se pendre lui-même. On l'escorta dans une pièce spéciale où se trouvaient une poutre et un tabouret. Un serviteur l'aiderait à monter dessus si ses jambes le trahissaient à cet instant suprême. On attendait aussi du serviteur qu'il lance un coup de pied dans le tabouret dès que le prince Yee aurait placé son cou dans le nœud coulant.

Cela m'écœurait de donner un tel ordre mais je me rendais compte que je n'avais pas le choix.

Au cours des jours suivants, d'autres alliés de Su Shun dont maître Shim furent privés de tous leurs titres et fonctions. L'eunuque fut condamné à mourir sous le fouet, mais j'intercédai en sa faveur. Je dis au tribunal que la nouvelle ère devait débuter sous le signe de la compassion.

Les fils de Su Shun furent décapités, mais j'épargnai sa fille, assouplissant la loi dans son cas précis. Brillante, elle m'avait servi de bibliothécaire et, contrairement à son père, elle était douce et réservée. Même si je ne désirais pas donner suite à notre amitié, je sentais qu'elle méritait de vivre. Les eunuques de Su Shun furent condamnés à mort par flagellation. C'étaient des boucs émissaires, j'en étais parfaitement consciente, mais il fallait faire un exemple pour que règne la terreur.

Quant à Su Shun, les autorités judiciaires recommandèrent la mort par démembrement, mais j'ordonnai que la peine fût commuée. « Bien que Su Shun mérite pleinement son châtiment, lisait-on dans le décret que j'adressai au pays, nous ne pouvons nous résoudre à imposer cette sanction suprême. En conséquence et en gage de notre mansuétude, nous le condamnons à être décapité sans plus attendre. »

Trois jours avant l'exécution de Su Shun, une révolte éclata dans un quartier de Pékin où vivaient nombre de ses partisans. Ils soutenaient qu'il avait été nommé ministre par l'empereur Xianfeng en personne. « Si Su Shun est dépourvu de toute vertu et mérite une mort aussi cruelle, devons-nous douter de la sagesse de Sa Défunte Majesté ? Ou devons-nous croire que sa volonté a été bafouée ? »

Yung Lu maîtrisa la révolte. Je lui demandai ainsi qu'au prince Kung de s'occuper de l'exécution. J'insistai sur le fait que nous devions nous montrer extrêmement prudents : en effet, dans le passé, des hommes de Bannière avaient sauvé des condamnés dans le seul but de déclencher la rébellion.

Le prince Kung ne prêtait pas attention à mes inquiétudes. Pour lui, Su Shun était déjà mort. Certain d'être soutenu par le peuple, il proposa de changer le lieu de l'exécution, passant du marché aux légumes au foirail, plus vaste et susceptible d'accueillir une dizaine de milliers de personnes.

Ce projet m'inspirait des craintes et je résolus d'enquêter sur le passé du bourreau. Je confiai ce travail à An-te-hai et Li Lianying, qui ne tardèrent pas à m'apporter des nouvelles inquiétantes. Tout prouvait qu'on avait déjà soudoyé l'exécuteur.

L'homme désigné par le tribunal pour décapiter Su Shun était connu sous le sobriquet de Petit-coup-sûr parce qu'il effectuait sa tâche avec une dextérité et une vitesse surprenantes. J'ignorais totalement qu'il était de tradition de soudoyer le bourreau. Pour mieux remplir leurs poches, les sinistres artisans de mort, du bourreau à l'affûteur de hache, travaillaient de concert.

Tout condamné emprisonné était traité de la façon la plus cruelle si sa famille ne graissait pas convenablement la patte aux gardiens. Par exemple, ses os et ses articulations pouvaient recevoir des blessures invisibles, indécelables, le laissant handicapé à vie. Si le détenu était condamné à une mort lente par démembrement, le bourreau pouvait mettre jusqu'à neuf jours pour le réduire à l'état de squelette tout en le gardant en vie. Quand le pot-de-vin était suffisant, le couteau du bourreau se plantait directement dans son cœur, mettant fin aux souffrances avant même qu'elles commencent.

J'appris qu'en cas de décapitation la famille du condamné et le bourreau se rencontraient pour discuter. Quand l'exécuteur n'était pas content de la somme proposée, la tête, une fois coupée, roulait à terre. Grâce à ses apprentis dissimulés dans la foule, elle « disparaissait » mystérieusement. Et il était impossible de la « retrouver » tant que la famille n'avait pas acquitté le prix convenu. Ensuite, la famille devait engager un pelletier pour qu'il recouse la tête au reste du corps. Mais si le bourreau était tout de suite satisfait de la somme qu'on lui offrait, il s'arrangeait pour que la tête tranchée reste attachée au tronc par un lambeau de peau. Dans cet exercice délicat, Petit-coup-sûr était considéré comme un homme de grand talent.

Je demandai à Yung Lu d'interroger Petit-coup-sûr. Je voulais entendre de mes propres oreilles comment il se préparait à exécuter Su Shun. Je souhaitais lui parler personnellement, mais la règle me l'interdisait. Je l'observai donc cachée derrière un paravent.

« Les mots « frapper » ou « abattre » sont impropres quand il s'agit de décrire mon métier », commença

Petit-coup-sûr sur un ton étonnamment doux. Trapu, il avait des bras courts, épais, et une petite tête. « Le mot exact est « trancher ». Voilà ce que je fais. Trancher. Le manche de la hache reposera sur mon épaule, lame tournée vers l'extérieur. Quand je recevrai l'ordre de passer à l'action, la lame partira tout droit et viendra frapper Su Shun à la nuque. La plupart des gens qui attendent la mort ne sont pas capables de marcher quand on me les amène. Neuf sur dix ne se tiennent pas droit quand ils se mettent à genoux. Mon assistant doit redresser les épaules de l'individu en le tenant par sa natte. Je me tiendrai debout derrière Su Shun, un peu sur sa gauche pour qu'il ne me voie pas. En fait, je commencerai à l'observer dès l'instant où on le fera monter à l'échafaud. J'étudierai son cou pour bien situer l'endroit où je frapperai.

« Je lui taperai alors sur l'épaule droite avec ma main gauche. Pas besoin de taper fort, il sera déjà assez nerveux. L'intérêt, c'est de le surprendre pour qu'il redresse le cou et là, immédiatement, je balance ma hache de droite à gauche. La lame se glissera entre ses vertèbres cervicales. Avant même qu'elle ressorte par le côté gauche, je lève la jambe et je donne un coup de pied dans le corps pour qu'il tombe en avant. Là aussi je dois faire très vite pour que le sang ne souille pas mes vêtements, ce qui est considéré de mauvais augure dans notre profession. »

Le jour de l'exécution de Su Shun arriva. Yung Lu me raconta ultérieurement qu'il n'avait jamais vu autant de spectateurs. Les rues étaient noires de monde de même que les arbres et les toits. Les enfants avaient rempli leurs poches de cailloux et entonnaient des chants de fête. Les gens crachaient sur Su Shun en voyant passer sa cage. Quand il arriva devant l'échafaud, il avait le visage couvert de salive et la peau déchirée par les pierres qu'on lui avait lancées.

Petit-coup-sûr vida une bouteille d'alcool avant de monter sur l'estrade. Il avait peine à croire qu'il allait décapiter Su Shun, cet homme dont il recevait depuis si longtemps l'ordre de trancher la tête à des condamnés.

Quant à Su Shun, il disait que son échec était pareil à « un bateau qui chavire dans un cloaque ». Il hurla à la foule hilare qu'il se passait « des choses salaces entre les impératrices et le beau-frère impérial, le prince Kung ». En une fraction de seconde, sa tête roula à terre comme celle du premier larron venu.

Cette exécution me hantait. Les images évoquées par Yung Lu refusaient de quitter mon esprit. An-te-hai m'apprit que je poussais des cris en dormant, que je disais vouloir donner le jour à une douzaine d'enfants et vivre en paysanne. Mon cou se tordait en tous sens comme s'il cherchait à échapper à la lame du bourreau.

L'immense fortune de Su Shun fut répartie entre les membres de la famille royale en guise de compensation pour les immenses préjudices subis. Du jour au lendemain, Nuharoo et moi devînmes très riches. Elle s'offrit des bijoux et des vêtements, je me payai des espions. La tentative d'assassinat à mon encontre avait renforcé ma méfiance. L'argent restant me servit à engager pour toujours la troupe d'opéra de Su Shun. Cet art devint ma seule consolation pendant ma vie solitaire de veuve impériale.

La cour fit voter une proposition que j'avais soumise au nom de Tongzhi afin d'assurer l'avancement de Yung Lu et d'An-te-hai. Yung Lu fut promu commandant en chef des Forces impériales et ministre de la Maison impériale, le plus haut grade de l'armée chinoise. En tant que tel, il était responsable de la protection non seulement de la Cité interdite et de la capitale, mais aussi de l'ensemble du pays. An-te-hai reprit pour sa part le poste laissé vacant par Shim. On lui accorda aussi le rang de ministre de la cour, le plus élevé qu'un eunuque pût obtenir.

Après tout ce tumulte, j'eus besoin de quelques jours de repos. J'invitai Nuharoo et Tongzhi à me rejoindre au palais d'Été, où nous naviguâmes sur le lac Kunming, loin des ruines laissées par les envahisseurs. Entourée de saules pleureurs, la surface des eaux se couvrait de lotus en fleur. Après l'été, les champs fertiles ressemblaient à la campagne au sud du Yangzi, tout près de ma ville natale de Wuhu.

Tongzhi insista pour rester sur le grand bateau de Nuharoo peuplé d'invités et d'amuseurs. J'étais donc seule aux côtés d'An-te-hai et de Li Lianying qui maniaient les avirons. La splendeur du site m'éblouissait. Je me sentais si bien que je pensais tous mes soucis disparus. J'étais souvent venue au palais d'Été, mais toujours en compagnie de la Grande Impératrice, dame Jin. Elle m'impressionnait tant que je ne me rendais pas compte de la beauté du lieu.

À l'origine, c'est-à-dire au XIIe siècle, c'était la capitale de la dynastie des Song du Nord. Au fil des ans, les empereurs des diverses dynasties firent construire d'innombrables pavillons, pagodes, tours et temples. Pendant la dynastie Yuan, le lac fut agrandi pour former la réserve d'eau impériale. En 1448, les empereurs Ming, amoureux des beautés de la nature, entamèrent près du lac la construction de la résidence impériale. Et en 1750, l'empereur Qianlong fit reconstituer les paysages qu'il avait tant admirés autour du lac de l'Ouest de Hangzhou et à Suzhou, au sud du pays. L'édification de cette « ville au charme poétique » lui demanda quinze années. Le style architectural du Sud fut fidèlement reproduit. Une fois terminé, le palais ressembla à un long rouleau peint d'une beauté sans égale.

J'adorais me promener dans la galerie couverte qui, divisée en deux cents sections, courait le long de la berge. Je commençais à l'est par la porte à Inviter la Lune et finissais à l'ouest par le Grand Pavillon de pierre. Un jour que je m'étais arrêtée pour me reposer près du palais des Nuages dentelés, je repensai à dame Yun et à sa fille, la princesse Jung. Dame Yun m'avait toujours interdit de parler à sa fille, que je n'avais vue qu'à l'occasion de représentations théâtrales ou de réceptions. Dans mon souvenir, elle avait le nez étroit, la bouche petite et le menton légèrement pointu. Elle avait aussi la mine rêveuse, pour ne pas dire absente. Je me demandais si elle allait bien et si on lui avait parlé de la mort de son père.

La fillette me fut amenée. Elle n'avait pas hérité de la beauté de sa mère. Elle arborait un air pitoyable et portait une robe de satin gris. Ses traits n'avaient pas changé et elle était mince comme une baguette. Elle m'évoquait une aubergine contrariée en pleine croissance. Elle n'osa pas s'asseoir quand je l'y invitai. La mort de sa mère devait peser en permanence sur son caractère. C'était une princesse, l'unique fille de l'empereur Xianfeng, mais on l'aurait prise pour une petite orpheline des rues.

Non pas parce que dans ses veines coulait le sang de Xianfeng ou que j'éprouvais une quelconque culpabilité vis-à-vis du destin tragique de sa mère, mais je voulais lui donner sa chance. Peut-être pressentais-je déjà que Tongzhi me décevrait. Et puis je voulais élever seule un enfant pour voir si je ferais la différence. D'une certaine façon, la princesse Jung fut pour moi une consolation après la mort de Tongzhi.

Jung était la demi-sœur de Tongzhi, mais la cour ne lui permettait pas de vivre avec moi à moins que je l'adopte officiellement, ce que je fis. Elle s'en révéla digne. Timide et timorée au début, elle progressa rapidement. Je la nourrissais autant que possible. Dans mon palais, elle était libre d'aller où elle voulait mais elle ne profitait pas vraiment de sa liberté. Elle était l'exact opposé de Tongzhi, qui ne songeait qu'à l'aventure. Elle grandit malgré tout auprès de mon fils et lui assura une certaine stabilité. Je n'exigeais d'elle qu'une chose, qu'elle fréquente l'école. Contrairement à Tongzhi, elle adorait apprendre et se montrait une élève très douée. Ses précepteurs ne cessaient de chanter ses louanges. Elle s'épanouit à l'adolescence et voulut avoir des contacts à l'extérieur. Non seulement je l'y encourageai mais je lui en fournis aussi l'occasion.

La princesse Jung devint très belle à quinze ans et l'un de mes ministres suggéra que j'organise son mariage avec un chef tribal tibétain, « comme le désirait son père, l'empereur Xianfeng », précisa-t-il.

Je rejetai cette idée. Dame Yun et moi n'avions jamais été amies, mais je souhaitais lui rendre justice. Elle avait évoqué ses craintes de voir sa fille épouser « un sauvage ». Je déclarai à la cour que la princesse Jung était ma fille et qu'il me revenait à moi seule de décider de son avenir. Plutôt que de la marier au Tibet, je l'envoyai chez le prince Kung. Je voulais que Jung ait une excellente éducation et qu'elle apprenne l'anglais. Je désirais ensuite faire d'elle ma secrétaire et traductrice. Après tout, peut-être converserais-je un jour avec la reine d'Angleterre.

Vingt-quatre

Les préparatifs des funérailles de mon époux s'achevèrent enfin. Il avait fallu trois mois de travail à neuf mille ouvriers pour construire la route destinée au transport du cercueil vers le tombeau impérial : le mausolée était en effet situé dans la province du Chihli, non loin de Pékin. Les porteurs, tous de la même taille et du même poids, s'étaient entraînés jour et nuit pour marcher en cadence. Chaque matin, une table et une chaise étaient posées sur une planche épaisse pesant le même poids que le cercueil. Un bol d'eau était déposé sur la table. Un personnage officiel grimpait sur les épaules des porteurs pour s'asseoir sur le siège : il avait pour mission de surveiller l'eau contenue dans le bol. Les porteurs répétaient leurs mouvements jusqu'à ce qu'il ne s'en renversât plus la moindre goutte.

Escortées par Yun Lu, Nuharoo et moi allâmes inspecter le tombeau. Il portait la dénomination officielle de Terre sacrée de l'Éternité. Recouvert de givre, le sol était dur comme de la roche. Après ce long voyage, je descendis du palanquin les jambes et les bras glacés. Le soleil ne brillait pas. Nous avions revêtu nos robes de deuil blanches habituelles. L'air froid nous fouettait la nuque, la poussière soulevée par le vent nous giflait la peau. Nuharoo avait hâte de s'en aller.

Le spectacle m'émut d'emblée. Xianfeng reposerait avec ses ancêtres. Le mausolée faisait partie de l'un des deux complexes funéraires situés à l'est et à l'ouest de

Pékin. Niché dans la montagne, il était entouré de pins. La voie cérémonielle était pavée de marbre et bordée de gigantesques animaux de pierre, éléphants, chameaux, griffons ou chevaux, mais aussi de guerriers sculptés. Nous nous approchâmes d'un pavillon où l'on conservait les trônes d'or de Xianfeng et ses robes jaunes frappées du dragon, présentés une fois par an seulement, le jour du sacrifice. Comme ceux de ses ancêtres, le tombeau de l'empereur aurait ses serviteurs et ses gardes bien à lui. Le gouverneur du Chihli avait reçu pour mission de prendre soin du site sacré et d'en limiter scrupuleusement l'accès.

Nous pénétrâmes dans le mausolée. Taillée dans la roche, la partie supérieure en forme de dôme était appelée la Cité des Trésors ; la partie inférieure constituait le tombeau proprement dit. Des marches reliaient les deux niveaux.

Une torche nous permit d'en voir l'intérieur. C'était une sphère d'une vingtaine de mètres de diamètre, toute de marbre blanc. Au milieu, un lit de pierre s'appuyait à une tablette gravée de six mètres de large. Le jour des funérailles, il accueillerait le cercueil impérial.

De chaque côté de ce lit monumental reposaient six cercueils de plus petite taille, couleur de rose et ornés de phénix. Nuharoo et moi nous regardâmes avant de comprendre que deux de ces cercueils nous étaient destinés. Nos noms et nos titres étaient gravés sur le couvercle : Ci-gît Sa Maternelle et Prometteuse Impératrice Yehonala et Ci-gît Sa Maternelle et Paisible Impératrice Nuharoo.

L'air froid me glaçait jusqu'aux os. L'odeur de la terre humide emplissait mes poumons.

Yung Lu fit venir l'architecte en chef. C'était un homme d'une cinquantaine d'années, mince et petit, de la taille d'un enfant en fait. L'intelligence se lisait dans ses yeux et ses salutations rituelles jouissaient d'un style dont seul aurait pu se targuer maître Shim. Je me tournai vers Nuharoo pour voir si elle avait quelque chose à dire. Elle secoua la tête. Je fis signe à l'homme de se relever et lui demandai comment il avait choisi ce site.

« Je me suis reposé sur le feng shui et les calculs des vingt-quatre directions des montagnes, répondit-il d'une voix claire où perçait l'accent du Sud.

— Quels outils avez-vous utilisés ?

— Une boussole, Votre Majesté.

— Qu'a donc cet endroit de si unique ?

— Eh bien, selon mes calculs et ceux d'autres hommes de l'art, y compris les astrologues de la cour, c'est là que le souffle de la terre a voyagé. Le point central rassemble la vitalité de l'univers. C'est là qu'il convient de creuser le Puits d'or. Juste au milieu…

— De quoi sera accompagné Sa Majesté l'empereur ? l'interrompit Nuharoo.

— En plus des sûtras d'or et d'argent préférés de Sa Majesté, de ses livres et de ses manuscrits, il y aura des lampes. » L'architecte désigna deux jarres géantes disposées de part et d'autre du lit.

« Qu'y a-t-il à l'intérieur ? m'étonnai-je.

— De l'huile végétale et une mèche en coton.

— Seront-elles allumées ? voulut savoir Nuharoo.

— Bien entendu.

— Je veux dire, pendant combien de temps ?

— À jamais, Votre Majesté !

— À jamais ?

— Oui, Votre Majesté.

— Mais c'est humide, ici, dis-je. L'eau ne peut-elle s'infiltrer pour noyer cet endroit ?

— Ce serait épouvantable ! s'écria Nuharoo.

— J'ai conçu un système de drainage. » Il nous montra que la tête du lit était légèrement plus haute que le pied. « L'eau s'écoulera dans un petit canal creusé dans la pierre avant d'être rejetée à l'extérieur.

— Et la sécurité ?

— Il y a trois grosses portes de pierre, Votre Majesté, chacune constituée de deux panneaux de marbre et entourée de cuivre. Comme vous le voyez ici, sous la porte, à l'endroit où les deux panneaux se rejoignent, j'ai fait creuser un trou de la forme d'une moitié de melon d'eau. En face, à un mètre environ, j'ai placé une boule de pierre. Son trajet a également été creusé. Quand la cérémonie funéraire sera terminée, un crochet fixé au bout d'un long manche sera inséré dans une fente et la boule de pierre roulera jusqu'au trou. Quand elle y tombera, la porte sera fermée de manière permanente. »

Nous récompensâmes l'architecte en chef d'un rouleau calligraphié de la main même de l'empereur. Il se retira. Nuharoo s'impatientait, elle ne voulait pas honorer l'architecte en l'invitant au dîner ainsi que nous le lui avions promis. Je la convainquis qu'il était important de tenir parole. « S'il se sent bien, il fera tout pour que Xianfeng repose en paix. De plus, nous devrons revenir ici le jour des funérailles et c'est également là que nous serons enterrées.

— Non ! s'écria-t-elle. Je ne reviendrai jamais ! Je ne supporte pas la vue de mon cercueil.

— Moi non plus, dis-je en la prenant par la main.

— Partons, alors.

— Restons dîner et rien de plus, ma chère sœur.

— Pourquoi me forcer ainsi, Yehonala ?

— Nous devons nous assurer l'entière loyauté de l'architecte et l'aider à dissiper ses craintes.

— Ses craintes ? Mais de quoi parlez-vous ?

— Dans le passé, l'architecte d'un tombeau impérial était souvent enfermé à côté du cercueil. La famille royale pensait qu'il n'était plus d'aucune utilité après avoir accompli son œuvre. Le nouvel empereur et l'impératrice redoutaient de voir l'homme soudoyé par des pilleurs de tombes. Notre architecte craint peut-être pour sa vie, il faut donc lui redonner confiance. En cas contraire, il pourrait bien creuser un tunnel secret. »

À contrecœur, Nuharoo resta et l'architecte fut enchanté.

Quand nous regagnâmes Pékin, le prince Kung nous suggéra d'annoncer sans tarder la composition du nouveau gouvernement. Je n'étais pas sûre d'être prête. L'exécution de Su Shun avait suscité de l'émoi dans certains quartiers et nous recevions moins de lettres de louange que prévu.

Les gens avaient besoin de temps pour me faire confiance. Je dis au prince que le désir de la majorité devait nous servir de règle. Nous devions en donner au moins l'apparence pour jouir d'une certaine légitimité morale.

Bien qu'impatient, Kung accepta de sonder une dernière fois le milieu politique. Nous reprîmes une proposition adressée par le général Sheng Pao aux gouverneurs de province : il proposait un « trépied », Nuharoo et moi en tant que régentes et le prince Kung comme principal conseiller de l'empereur en matière d'administration et de gouvernement.

Le prince nous suggéra d'adopter une méthode de vote, une idée d'inspiration occidentale, de toute évidence. Il nous persuada de nous y plier parce que c'était ainsi que les nations européennes asseyaient la légitimité de leurs gouvernements. Les votes seraient anonymes, ce qu'aucun maître de la Chine n'avait jamais fait. J'acceptai, bien que doutant du résultat. La proposition fut imprimée et distribuée en même temps que les bulletins.

Nous attendîmes les résultats dans l'angoisse. À notre grande déception, la moitié des gouverneurs ne répondirent pas et un quart exprima le désir de réélire les régents de Tongzhi. Personne ne manifesta son soutien au rôle que le prince Kung tiendrait dans le gouvernement. Kung se rendit compte qu'il avait sous-estimé l'influence de Su Shun.

Ce silence et ce rejet nous mettaient dans une situation embarrassante et notre victoire sur Su Shun paraissait bien terne. Les gens éprouvaient de la pitié pour ce chien. Des commentaires peu sympathiques nous parvenaient des quatre coins de la Chine : cela risquait de déboucher sur une révolte.

Il fallait agir. Nous devions nous reprendre. J'eus une idée : Nuharoo et moi allions publier un avis expliquant qu'avant de mourir notre défunt époux avait nommé le prince Kung conseiller principal de Tongzhi. En échange, Kung demanderait à la cour que nous gouvernions avec lui. Son influence devait encourager les gens à voter pour nous.

Le prince Kung accepta.

Pour accélérer la procédure, je rendis visite à un homme que je tenais à contacter depuis la chute de Su Shun. À soixante-cinq ans, Chiang Tai était un lettré qui jouissait de nombreuses relations et s'était toujours montré très critique à l'égard de Su Shun. Ce dernier le haïssait tant qu'il l'avait privé de tous ses titres.

C'est par une belle journée que Chiang Tai et moi nous rencontrâmes dans son modeste appartement situé dans un hutong de Pékin. Je l'invitai à venir à la Cité interdite pour être le précepteur principal de Tongzhi. Surpris et flattés, le sage et sa famille se jetèrent à mes pieds.

Le lendemain, Chiang Tai commença à parler en ma faveur. Il raconta à tout le monde comment il avait été nommé précepteur du jeune empereur et ajouta que j'étais assez sage pour reconnaître le talent véritable. Il insista sur le fait que j'étais sincèrement désireuse de recruter des hommes tels que lui afin qu'ils servent le nouveau gouvernement. Ensuite, il ne fallut que quelques semaines pour que le vent politique tourne en notre faveur.

La cour compta les bulletins. La victoire était pour nous.

Le 30 novembre, soit cent jours après la mort de Xianfeng, le titre du règne de Tongzhi changea : ce n'était plus Bonheur de bon augure, mais Retour à l'ordre. Chiang Tai était à l'origine de cette idée. Le mot « ordre » devait revenir en toutes circonstances.

Dans notre déclaration, rédigée par moi et peaufinée par Chiang Tai, nous insistions sur le fait que nous ne désirions pas gouverner. Régentes, notre devoir était d'aider Tongzhi, et nous attendions avec enthousiasme le jour de notre retraite. Nous demandions à la nation sa compréhension, son soutien et son pardon.

Ce changement provoqua une réelle ébullition. Dans la Cité interdite, chacun avait hâte de se débarrasser de ses vêtements de deuil. Pendant les cent jours de désolation, nous n'avions porté que du blanc. Les hommes n'avaient pas le droit de se raser et ils ressemblaient à des ermites avec leur barbe hirsute et ces poils qui leur sortaient des oreilles et des narines.

En une semaine, le palais de la Nourriture de l'esprit fut nettoyé de fond en comble. On plaça au milieu de la salle un bureau en séquoia d'un mètre sur trois que vint recouvrir une nappe en soie jaune brodée de fleurs printanières. Derrière, des sièges dorés bien rembourrés nous étaient réservés. Un écran de soie jaune translucide tombait du plafond : ce geste symbolique indiquait que Tongzhi était le maître unique et véritable. Son trône était disposé juste devant nous.

Le matin de la cérémonie d'accession au trône, la plupart des ministres d'importance se virent accorder le droit d'entrer dans la Cité interdite soit en palanquin, soit à cheval. Les grands personnages portaient de splendides tuniques en fourrure recouvertes de pierreries. Colliers et coiffes ornées de plumes de paon rutilaient de diamants et de gemmes précieux.

À dix heures moins le quart, Tongzhi, Nuharoo et moi quittâmes nos palais et, dans nos palanquins, nous nous rendîmes au palais de l'Harmonie suprême. Le claquement d'un fouet annonça notre arrivée. Bien que remplie de milliers de personnes, la cour était silencieuse et l'on ne percevait que le pas des porteurs. Le souvenir de ma première entrée dans la Cité interdite me submergea et je dus retenir mes larmes.

Guidé par son oncle, le prince Yi Huan, Tongzhi pénétra pour la première fois dans la salle en tant qu'empereur de Chine. À l'unisson, la foule tomba à genoux et exécuta le kowtow.

Vêtu d'une robe ornée de pins verts, An-te-hai marchait à mon côté. Il portait ma pipe : en effet, fumer était une nouvelle passion qui m'aidait à me détendre. Quelques jours plus tôt, impatiente de le récompenser, je lui avais demandé ce qu'il désirait le plus. Timidement, il m'avait répondu que ce serait se marier et adopter des enfants. Il croyait que sa position et sa richesse attireraient les dames de son choix et qu'il ne déplorerait pas complètement la perte de sa virilité.

Je ne savais si je devais l'encourager. Je comprenais sa passion contrariée. Si je n'avais vécu dans la Cité interdite, je me serais trouvé un amant. Comme lui, je fantasmais sur les plaisirs intimes. Mon veuvage me pesait et la solitude m'avait rendue presque folle. Seule la crainte d'être surprise et de mettre Tongzhi en danger m'avait arrêtée à temps.

Je m'assis à côté de Nuharoo et derrière mon fils. Le menton penché, je reçus les salutations et les prosternations des membres de la cour, du gouvernement et des familles royales menées par le prince Kung. Il paraissait si beau, si jeune à côté des grands personnages chenus et barbus. Il venait d'avoir vingt-huit ans.

Je jetai un coup d'œil furtif à Nuharoo et fus une fois de plus frappée par la beauté de son profil. Elle portait sa nouvelle robe d'or aux phénix avec une coiffe et des boucles d'oreilles assorties. Avec grâce, elle hochait la tête et inclinait le menton en souriant à quiconque se présentait à elle. Ses lèvres sensuelles donnaient en silence un ordre : « Relevez-vous. »

Je n'appréciai pas cette cérémonie autant qu'elle. Mon esprit me ramenait sans cesse au lac de Wuhu où nageait l'enfant que j'étais alors. Je me rappelais la fraîcheur de l'eau, la liberté que j'éprouvais en poursuivant les canards sauvages. J'étais aujourd'hui la femme la plus puissante de Chine, mais je ne songeais qu'à ce cercueil vide sur lequel étaient gravés mon nom et mon titre.

Une autre âme partageait mes sentiments. Yung Lu m'observait depuis un coin de la salle. Récemment, j'avais été trop occupée par l'ombre de Su Shun pour autoriser mes pensées à dériver vers Yung Lu. Mais là, assise sur mon trône, je voyais l'expression de son visage et percevais son désir. Je me sentais coupable, pourtant je ne pouvais m'empêcher de souhaiter être l'objet de toutes ses attentions. J'étais impassible, mais mon esprit badinait avec le sien.

Le prince Kung annonça la fin de l'audience. L'assemblée nous rendit honneur quand nous nous levâmes. Je sentais les yeux de Yung Lu posés sur moi. Je n'osais pas le regarder.

Cette nuit-là, quand An-te-hai vint vers moi, je le repoussai. Frustrée, je me faisais horreur.

An-te-hai dissimula son visage dans ses mains jusqu'à ce que je lui ordonne de s'en aller. Ses joues se gonflaient comme des brioches à la vapeur trop cuites. Il ne pouvait supporter mes souffrances, me dit-il, et comprenait fort bien ce que j'éprouvais. Il remerciait le Ciel de l'avoir fait eunuque et de donner un sens à sa vie en lui permettant de partager mon incommensurable détresse.

« Ce ne doit pas être très différent, maîtresse, murmura-t-il avant d'ajouter quelque chose d'inattendu. Vous avez la possibilité d'accéder à vos désirs. À votre place, je ne laisserais pas passer cette occasion. »

Tout d'abord je ne vis pas de quoi il parlait puis, quand j'eus compris, je levai la main et l'abattis avec force sur le visage de mon eunuque. « Immonde personnage !

— Je vous en prie, maîtresse, dit-il en tendant le cou comme pour être frappé à nouveau. Battez-moi tant que vous voudrez, mais vous ne m'empêcherez pas de parler. Demain commencera la cérémonie des funérailles. L'impératrice Nuharoo refuse d'y assister et l'empereur Tongzhi en est dispensé parce qu'il fait trop froid. Vous serez la seule à représenter la famille lors des adieux devant le tombeau. Et celui qui vous escortera sera le prince Yung Lu ! » Il s'arrêta un instant et me regarda, les yeux brillants de plaisir. « Le chemin qui mène au mausolée est long et pénible, maîtresse, mais il peut être rendu plus agréable. »

J'allai voir Nuharoo pour avoir confirmation de ce que m'avait confié An-te-hai. Je la suppliai de changer d'avis et de m'accompagner mais elle refusa en prétextant que sa nouvelle marotte, une collection d'objets en cristal venus d'Europe, l'accaparait trop. « Voyez comment ces arbres en cristal sont fascinants. » Elle désigna une pièce emplie d'objets étincelants : arbres en verre m'arrivant à l'épaule, buissons de verre ornés de petites cloches. Chaque case des étagères, chaque pot abritait des fleurs en cristal. Au plafond, les lanternes chinoises avaient été remplacées par des boules en cristal argentées. Elle insista pour que je choisisse un objet et l'accroche dans mon palais. L'exposer au mur ou dans le jardin ne m'intéressait pas. Ce que je voulais, c'étaient mes poissons et mes oiseaux. Je voulais que les paons m'accueillent chaque matin, que les pigeons volettent autour de moi, leurs pattes chargées de clochettes et de sifflets. J'avais déjà entamé la restauration de mon jardin, An-te-hai avait entrepris d'éduquer de nouveaux perroquets. Il leur avait donné le nom de leurs prédécesseurs tels que Lettré, Poète, Prêtre Tang ou Confucius. Il paya un artisan pour qu'il sculpte une chouette en bois dénommée malicieusement Su Shun.

Je revins au palais, les joues rouges d'avoir marché dans la neige. Je ne m'étais jamais sentie aussi vulnérable. Je désirais qu'arrive quelque chose qui ne devait pas être. J'avais peur d'affronter mes pensées. Toute la nuit j'avais cherché à repousser les images qui me hantaient. J'étais au bord d'une falaise. Un seul pas et je tomberais, et mon fils devrait me lancer une corde. Mon cœur ne songeait qu'à ce qui pourrait advenir sur le chemin du mausolée mais mon esprit me ramenait sans cesse à mon fils.

Le voyage fut très long. J'étais emplie d'angoisse et de désespoir. Yung Lu se tenait loin de moi lorsque nous faisions halte pour la nuit dans les demeures des gouverneurs de province. Il demandait à ses soldats de me protéger et trouvait toujours une excuse quand j'exigeais sa présence.

J'étais blessée. Si nous avions admis que nous nous aimions et nous voyions interdire à tout jamais une relation suivie, nous aurions plus facilement pu reconnaître nos sentiments. La situation se serait éclaircie et nous aurions baissé la garde. J'étais consciente de la difficulté de parler de telles émotions mais, pour l'heure, nous ne pouvions que partager une grande douleur.

Je n'avais pas eu la possibilité de lui exprimer ma gratitude et mon admiration. Il m'avait sauvé la vie, après tout. Je supportais mal son éloignement et trouvais étrange sa modestie. Il m'avait bien fait savoir qu'il aurait agi de même si Nuharoo avait été emprisonnée dans un sac. Après sa promotion, il me renvoya le ruyi que je lui avais offert. Il ne le méritait pas, selon lui, et il me fit comprendre que je m'abaissais. Il reconnaissait qu'il y avait eu un bref instant d'attirance mutuelle mais que c'était fini pour lui.

Assise dans mon palanquin, j'avais, hélas, trop de temps pour analyser mes pensées. Il me semblait me dédoubler. Pour la part de raison, la place que j'occupais avait son prix et, jusqu'à l'heure de ma mort, je souffrirais en silence de mon veuvage. Elle cherchait à me convaincre que le seul fait d'être impératrice de Chine devait m'emplir de satisfaction. Mais la part de folie me montrait que j'étais prise au piège : elle voyait en moi la femme la plus malheureuse de Chine, plus pauvre même qu'une paysanne.

Je ne pouvais approuver ni désapprouver chaque partie de moi-même. Je ne me croyais pas le droit de déshonorer l'empereur Xianfeng mais, en même temps, je trouvais injuste de devoir passer le restant de mes jours dans la solitude. Sans cesse, je me mettais en garde en songeant aux veuves impériales à qui leurs écarts avaient valu de terribles châtiments. Chaque nuit j'assistais à leur démembrement. Mais Yung Lu ne quittait pas mes pensées.

Je faisais de mon mieux pour dompter mes sentiments. J'appris par An-te-hai et Li Lianying que Yung Lu n'avait aucune attache même si les marieuses ne cessaient de frapper à sa porte. Je voulais me convaincre que jouer le rôle de ces femmes éloignerait ma douleur. Il me fallait l'affronter le cœur apaisé car la survie de Tongzhi dépendait de l'harmonie entre nos deux êtres.

Je convoquai sous ma tente Yung Lu et le prince Yi Huan. Mon beau-frère arriva le premier et je m'enquis de la santé de son bébé et de ma sœur Rong. Il éclata en sanglots en me révélant la mort de mon neveu. Il accusait sa femme de l'avoir mal nourri. J'eus du mal à le croire puis je me rappelai que ma sœur avait des idées bien à elle en matière d'alimentation. Elle ne voulait pas nourrir son enfant « pour qu'il devienne un Bouddha ventru » et, ainsi, il n'avait jamais mangé son content. C'est seulement quand deux de ses fils moururent dans leur petite enfance qu'on comprit que la santé mentale de Rong était en cause.

Le prince Yi Huan me supplia de tout faire pour arrêter Rong qui était à nouveau enceinte. Je promis de l'aider et lui offris du vin d'igname. Yung Lu arriva au beau milieu de notre conversation. Il portait son uniforme et ses bottes étaient crottées. Il s'assit calmement et prit un bol de vin. Je l'observai tout en continuant de parler avec Yi Huan.

Notre bavardage nous emmena de nos enfants à nos parents, de l'empereur Xianfeng au prince Kung. Nous évoquâmes la façon positive dont les choses avaient tourné, notre victoire sur le Grand Conseiller Su Shun. Je voulus discuter des tâches qui nous attendaient, des troubles dus aux Taiping, des traités et des négociations avec les puissances étrangères, mais le prince Yi Huan se lassa et se mit à bâiller.

Yung Lu et moi étions assis face à face. Je le vis boire d'affilée cinq bols de vin d'igname. Son visage était empourpré. Malgré tout il ne me parla pas.

« Yung Lu est attirant même aux yeux des hommes, me dit An-te-hai cette nuit où il se glissa doucement sous mes couvertures. J'admire votre force d'âme, maîtresse, mais vos façons d'agir me surprennent. À vous entendre, on croirait qu'il vous indiffère complètement.

— Je jouis de sa présence et c'est tout ce que je peux me permettre. » Je levai les yeux vers le ciel de la tente, sachant qu'une dure nuit m'attendait.

« Je ne comprends pas, dit l'eunuque.

— Écoute, An-te-hai, faut-il croire à ce dicton selon lequel une barre de métal longuement frottée se transforme en aiguille ?

— J'ignore de quoi est fait le cœur humain, maîtresse, je vous répondrai donc que je n'en suis pas certain.

— J'essaie de me convaincre que l'on peut faire en ce monde des choses très intéressantes en dehors de… tenter d'obtenir l'impossible.

— Cela équivaudrait à courir après la mort.

— Oui, comme un papillon de nuit qui ne peut résister à la flamme. Mais puis-je agir autrement ?

— Un tel amour est empoisonné, mais on peut se passer de ce sentiment, déclara-t-il avec assurance. C'est un attachement malgré soi.

— Je crains que ce ne soit pas mon unique regard sur la rivière sans cesse changeante de l'affliction.

— Pourtant votre cœur refuse de se prémunir.

— Peut-on se protéger de l'amour ?

— La vérité est que vous ne cessez de songer à Yung Lu.

— L'amour peut prendre d'autres formes, peut-être.

— Vous aussi avez une place dans son cœur, maîtresse.

— Que le Ciel ait pitié de lui.

— Avez-vous le moyen de vous soulager ?

— Je songe à faire de moi sa marieuse. »

Mon eunuque semblait scandalisé. « Vous perdez la tête, maîtresse.

— Je ne vois pas d'autre solution.

— Que faites-vous de votre cœur, maîtresse ? Voulez-vous qu'il saigne à en mourir ? Si je pouvais m'enrichir en rassemblant les larmes que vous versez, ma fortune dépasserait celle de Tseng Kuo-fan !

— Mon désir me quittera dès qu'il aura pris épouse. Je m'y contraindrai. En l'aidant, je m'aiderai moi-même. »

An-te-hai baissa la tête. « Vous avez trop besoin de lui pour…

— Je vais… » Je ne sus comment achever ma phrase.

« Avez-vous jamais songé à ce que vous feriez s'il venait ce soir, par exemple, à minuit ?

— Que veux-tu dire ?

— Sachant ce que votre cœur désire, maîtresse, sachant que nous sommes en sûreté loin de la Cité interdite, je pourrais céder à la tentation… je pourrais l'inviter ici.

— Non !

— Si je parviens à me dominer, maîtresse. Si je ne vous aime pas assez.

— Promets-moi, An-te-hai, promets-moi que tu n'en feras rien.

— Frappez-moi alors, parce que je ne désire qu'une chose, vous voir retrouver votre sourire. Vous pensez peut-être que je suis devenu fou mais je dois m'exprimer. Je veux que votre amour s'épanouisse autant que je désire retrouver ma virilité. À votre place, je ne pourrais décemment laisser passer une telle occasion. »

Je fis les cent pas dans la tente. Je savais qu'An-te-hai avait raison et qu'il me fallait agir avant d'être débordée par les événements. Il n'était pas difficile de voir sur quoi déboucherait ma passion pour Yung Lu : la fin des rêves que je nourrissais pour Tongzhi.

J'appelai Li Lianying. « Va chercher des filles dans une maison de thé, lui ordonnai-je.

— Oui, maîtresse, tout de suite.

— Des danseuses de minuit », ajouta An-te-hai pour s'assurer que son disciple avait bien compris.

Li Lianying se frappa le front contre terre. « Je connais un endroit non loin d'ici, le Village des Pêches.

— Qu'ils envoient immédiatement trois de leurs meilleures pensionnaires à Yung Lu. Fais-lui dire que c'est un cadeau de ma part, ajoutai-je.

— Oui, Votre Majesté. » Sur ce, l'eunuque disparut.

Je soulevai le rabat de la tente et vis Li Lianying s'évanouir dans la nuit. Un poids insupportable m'écrasait, j'avais l'impression que mon estomac était rempli de pierres. Il ne restait plus rien de la jeune fille arrivée à Pékin dans la pâleur d'un matin d'été, dix années plus tôt. Naïve, confiante, prête à affronter la vie, curieuse de tout, elle regorgeait de jeunesse et d'émotions. Les années passées dans la Cité interdite avaient forgé autour d'elle une carapace qui ne cessait de durcir. Les historiens la décriraient comme cruelle et impitoyable. Sa volonté de fer lui avait permis de traverser toutes les crises.

Quand je me retournai, An-te-hai m'observait d'un air perplexe.

« Je suis comme tout le monde, dis-je. Je n'avais nulle part où me réfugier.

— Vous avez fait l'impossible, maîtresse. »

Le vent ne souffla pas le lendemain et les rayons du soleil perçaient une mince couche de nuages. J'étais dans mon palanquin, quelque peu rassérénée. Je me croyais capable de penser différemment à Yung Lu. J'étouffais moins, mon cœur acceptait son sort et s'arrachait peu à peu aux ruines. Pour la première fois depuis longtemps, l'espoir renaissait. Je deviendrais une femme qui a vécu le pire et n'a donc plus rien à craindre.

Malgré tout, mon cœur chérissait le passé, comme je m'en rendis compte en entendant des sabots de cheval claquer près de ma chaise. En un instant mon esprit retrouva sa folie familière, annihilant ma volonté.

« Bonjour, Votre Majesté ! » C'était sa voix.

L'émotion et le plaisir me paralysaient, mais ma main souleva d'elle-même le rideau. Je le découvris en selle, magnifique dans son uniforme de cérémonie.

« J'ai apprécié vos présents, me dit-il. Ce fut aimable de votre part. » Ses lèvres étaient sèches, ses yeux ne souriaient pas.

J'étais déterminée à maîtriser mon émoi. « J'en suis heureuse.

— Attendez-vous de moi que je déclare comprendre votre sacrifice et vous en suis reconnaissant ? »

Je voulais dire non, mais mes lèvres ne bougèrent pas.

« Vous êtes cruelle », fit-il.

Si je cédais, ne fût-ce qu'un peu, je serais bientôt incapable de me dominer.

« Il est temps que vous retourniez à votre charge », dis-je en refermant le rideau.

Le bruit des sabots s'éloigna. Je pleurai.

Les paroles de Nuharoo me revinrent en mémoire : « La douleur est bienfaitrice car elle nous prépare à la paix. »

Le lendemain à l'aube, nous arrivâmes devant le tombeau de Xianfeng. J'attendis trois heures l'instant où le cercueil fut mis en place. On me servit de la bouillie en guise de petit déjeuner. Puis trois moines balancèrent leurs encensoirs en tournant autour de moi. Leur fumée m'étouffait. Des tambours et des instruments de musique jouaient au loin mais le vent déformait les sons. Le paysage était vaste et nu.

Centimètre par centimètre, les porteurs poussèrent de leurs épaules le cercueil à l'intérieur du mausolée. Je m'agenouillai et priai pour que l'esprit de Xianfeng jouisse de la sérénité au cours de sa vie prochaine. Deux cents moines taoïstes, deux cents lamas tibétains et deux cents bouddhistes se mirent à psalmodier. Leurs voix étaient étrangement harmonieuses. Je demeurai agenouillée devant l'autel tant que les autres n'eurent pas fini de dire adieu à l'empereur. Je savais que je ne devais pas en vouloir à An-te-hai qui, debout à côté de moi, me dictait ce que je devais faire, mais j'aurais voulu qu'il se taise.

J'allais rester en compagnie de Sa Majesté avant que le tombeau se referme.

L'architecte en chef rappela aux ministres d'être ponctuels. Les calculs exigeaient que le mausolée fût fermé à midi, quand le soleil ne projetterait aucune ombre. « Sinon l'énergie vitale céleste commencera à se dissiper. »

J'attendis mon tour en regardant les gens entrer et sortir du tombeau. J'avais mal aux genoux et Tongzhi me manquait. Je me demandais ce qu'il faisait et si Nuharoo avait changé d'état d'esprit. Elle avait été désemparée le jour où elle avait découvert que toutes ses roses étaient mortes : dans leur quête de « trésors cachés », les barbares avaient même arraché les racines en creusant la terre. On avait également retrouvé dans le jardin les ossements de son perroquet préféré, maître O-mi-to-fo. Cet oiseau était le seul de son espèce à pouvoir chanter la formule d'invocation bouddhiste Namo o-mi-to-fo[1].

Mes pensées allèrent à Rong. Je n'étais pas certaine que parler avec elle l'aiderait à surmonter la mort de son bébé. Elle s'effrayait pour un rien et je ne pouvais lui reprocher de croire que la Cité interdite était un endroit trop terrible pour élever un enfant. J'espérais seulement que sa nouvelle grossesse l'emplirait d'espoir.

An-te-hai avait manifesté un comportement curieux. Il portait avec lui un grand sac en coton. Quand je lui demandai ce qu'il y avait à l'intérieur, il me répondit que c'était son manteau. Je ne comprenais pas pourquoi il avait besoin d'un tel vêtement alors que le ciel était d'un bleu d'azur.

Les derniers sortis du tombeau vinrent m'entourer et me saluer en s'inclinant et en exécutant le kowtow. Pendant plusieurs minutes, chacun d'eux frappa à plusieurs reprises le sol de son front. Des ministres âgés, aveugles et quasi impotents, insistèrent malgré mes protestations pour faire comme les autres. Personne ne me demanda si j'avais faim ou si j'étais fatiguée.

La chaleur devenait intenable. Les personnes présentes semblaient désireuses de s'en aller, mais l'étiquette

1. « Honneur au bouddha Amitabha. » Amitabha est l'un des bouddhas les plus importants : principal objet de vénération du bouddhisme chinois, il symbolise la sagesse et la miséricorde. *(N.d.T.)*

devait être respectée. Devant moi, s'allongeait une file qui allait du portail d'entrée au pavillon de pierre. Du coin de l'œil, je vis que les porteurs plaisantaient entre eux et que les gardes s'ennuyaient. Les chevaux frappaient du sabot. Le vent du désert faisait entendre d'étranges sifflements. Quand le soleil fut pratiquement au zénith, bien des ministres se détendirent et ouvrirent leur col. Assis à même le sol, ils attendaient la fermeture du tombeau.

Enfin l'astrologue de la cour annonça que tout était prêt. On me conduisit vers le mausolée, précédée d'An-te-hai qui tenait à vérifier la bonne tenue des choses.

L'astrologue me dit que je devais rentrer seule afin de respecter la coutume. « Sa Majesté l'empereur est prêt à passer ses derniers instants terrestres en votre compagnie. »

Je pris soudain peur et souhaitai que Yung Lu fût avec moi.

« Quelqu'un peut-il... m'accompagner ? An-te-hai peut-il rester ?

— Je crains que non, Votre Majesté. » L'astrologue s'inclina.

An-te-hai revint pour dire que tout était prêt à l'intérieur du tombeau.

Mes jambes tremblaient mais je me forçai à bouger.

« Votre Majesté, insista l'architecte, sortez avant midi, je vous en conjure. »

Le tunnel me parut long et étroit, différent de l'endroit que Nuharoo et moi avions visité. J'entendais résonner mes pas. Peut-être était-ce dû aux meubles et aux tapisseries qu'on y avait installés. Je découvris une grande horloge en or et me demandai pourquoi Sa Majesté avait besoin d'un tel objet. J'en savais peu sur la vie après la mort, mais ce que je voyais autour de moi me convainquit de la nécessité de toutes ces choses.

Une tapisserie attira mon regard. Elle représentait une hutte vide dans un paysage montagneux. Une très belle femme était penchée sur son qin. Derrière elle, par la fenêtre, des fleurs de pêcher s'épanouissaient. La vitalité du printemps contrastait avec la mélancolie de la jeune femme. De toute évidence, elle attendait son mari ou son amant. Bien visibles, ses pieds indiquaient qu'elle se languissait de lui. À mon grand étonnement, ils étaient bandés.

La mèche de la lampe à huile produisait une odeur suave et une lumière orange qui renforçaient la douceur du mobilier rouge. Matelas, couvertures, draps et oreillers étaient entassés sur une table, dans un coin de la salle. On aurait dit une chambre à coucher. Je vis aussi la table et la chaise préférées de Xianfeng. Le haut dossier de la chaise était sculpté de lis. Je me rappelai y avoir accroché ma robe avant de passer la nuit avec lui.

Mes yeux se posèrent sur le cercueil vide frappé de mon nom. Il était placé juste à côté de celui de l'empereur, comme si j'étais déjà morte et ensevelie. Su Shun l'avait désiré, Xianfeng l'avait pratiquement ordonné. J'aurais pu finir ma vie ainsi. Ce serait mon refuge pour l'éternité, loin de l'éclat du soleil, loin de la nature en fête, loin de Tongzhi et de Yung Lu.

J'étais censée verser des pleurs. C'était ce qu'on attendait d'une impératrice, ce pourquoi je devais être seule en ce lieu. Mais je n'avais aucune larme et, si j'avais sangloté, c'eût été sur mon destin. Car ma vie n'était pas différente de celle d'une enterrée vivante. On interdisait à mon cœur d'en célébrer les printemps. Il était mort la nuit dernière quand j'avais envoyé des catins à Yung Lu. Orchidée, la petite fille de Wuhu, n'aurait jamais agi ainsi.

Je n'étais pas aussi brave que je l'aurais souhaité. An-te-hai l'avait compris. J'étais une femme ordinaire et j'aimais Yung Lu.

J'ignorais depuis combien de temps j'étais dans le tombeau. Je n'avais nul désir de m'en aller et de revoir la lumière. Dehors, je ne trouverais pas la vie à laquelle j'aspirais. Je ne pourrais même pas regarder Yung Lu dans les yeux. Dès lors, à quoi bon se hâter ?

À midi, la porte donnant sur le monde extérieur se refermerait à jamais. Curieusement, mes craintes avaient disparu. Une étrange paix régnait dans ce lieu douillet et chaud comme le ventre d'une mère. J'étais soulagée de penser que tous mes ennuis s'évanouiraient si je restais ici. Je ne me débattrais plus dans mon sommeil, An-te-hai ne me dirait plus que j'avais crié. Je n'aurais plus à me dégrader en cherchant du plaisir auprès d'un eunuque. Ici même, dans ce mausolée, je pourrais dire adieu à Yung Lu et éloigner de moi toute souffrance. La tragédie se changerait en comédie. Plus personne ne me ferait de mal. Quelle ironie, on m'honorerait pour avoir de mon plein gré accompagné l'empereur Xianfeng dans l'autre monde ! L'histoire louerait mes vertus et l'on construirait un temple pour que de futures concubines viennent m'y adorer !

Je contemplai la porte, le trou en forme de demi-melon d'eau, la boule de pierre prête à rouler.

Mon cercueil était recouvert de fleurs de lilas blanc. J'allai voir s'il était ouvert, mais il ne l'était pas et je ne parvenais pas à soulever le couvercle. Pourquoi l'avoir fermé à clef ? Les panneaux n'étaient pas sculptés à mon goût. Le mouvement des phénix était banal, les motifs trop chargés, les couleurs trop criardes. À la place de l'artiste, j'y aurais ajouté de l'élégance et de l'esprit, j'aurais fait voler les oiseaux, s'épanouir les fleurs.

Je remarquai quelque chose qui n'avait rien à faire ici : le manteau d'An-te-hai. Il l'avait posé sur le sol. Cet objet banal brisa net ma songerie. Pourquoi An-te-hai l'avait-il laissé en ce lieu ?

J'entendis des pas précipités puis le souffle rapide d'un homme.

Je ne savais trop si mon imagination me jouait des tours.

« Votre Majesté, il est midi ! »

C'était la voix de Yung Lu.

Incapable de s'arrêter, il me percuta et me fit tomber sur le manteau d'An-te-hai.

Nous nous regardâmes puis ses lèvres se posèrent sur les miennes.

« C'est mon cercueil, parvins-je à dire.

— C'est pourquoi j'ai osé… » La chaleur de sa bouche caressait mon cou. « Ce ne peut être un péché de vous voler un instant de votre existence future. » Ses mains glissèrent sur ma robe trop sagement boutonnée.

Mes membres me trahissaient, je me sentais basculer. J'entendais les chalumeaux de pigeons voletant dans le ciel.

« Il est midi.

— Et vous êtes dans votre tombeau, dit Yung Lu en enfouissant son visage entre mes seins.

— Prenez-moi. »

Il s'écarta de moi, haletant.

« Non, Orchidée.

— Pourquoi ? Pourquoi ? »

Il ne répondit pas mais s'obstina à me repousser.

Je le suppliai, lui avouai que je n'avais jamais désiré un homme autant que lui. J'avais besoin de sa pitié, je voulais qu'il me possède.

« Oh, Orchidée, mon Orchidée », ne cessait-il de murmurer.

Un bruit sourd nous parvint de l'entrée du tunnel, celui de la porte de pierre.

« L'architecte a ordonné la fermeture ! » Yung Lu se redressa d'un coup et me saisit par la main pour m'entraîner au-dehors.

La peur de sortir me submergeait. Dans mon esprit tourbillonnaient les souvenirs de la vie que j'avais menée. Cette lutte constante pour préserver les apparences, ces faux-semblants, ces sourires teintés de larmes. Ces longues nuits d'insomnie, cette solitude qui enveloppait mon esprit et me transformait en spectre.

Yung Lu me tirait de toutes ses forces. « Venez, Orchidée !

— Pourquoi faites-vous ça ? Vous n'avez pas besoin de moi.

— Vous devez vivre pour Tongzhi, pour la dynastie. Et moi, je… » Il s'interrompit brusquement. « Je ne souhaite que travailler à vos côtés, Votre Majesté, jusqu'à la fin de mes jours. Mais si vous insistez pour rester dans ce tombeau, je demeurerai avec vous. »

Je m'agenouillai pour découvrir ses yeux baignés de larmes. J'avais cessé de lutter.

« Serons-nous amants ? lui demandai-je.

— Non, fit-il d'une voix douce mais dépourvue de faiblesse.

— M'aimez-vous, au moins ?

— Oui, ma dame. Je ne respire que pour vous aimer. »

Je sortis dans la lumière et entendis trois grondements sourds derrière nous. Les boules de pierre roulaient dans leurs sillons.

À l'instant même où j'apparus devant la foule, les ministres se jetèrent à genoux et frappèrent frénétiquement leur front contre le sol en criant mon nom à l'unisson. Des milliers d'hommes se déployaient pour former un éventail géant. Ils avaient pris mon désir de rester à l'intérieur pour une marque de loyauté à l'égard de Sa Majesté l'empereur Xianfeng. Ils admiraient ma vertu, ils la craignaient aussi.

Une seule personne ne s'agenouilla pas. Elle se tenait à une cinquantaine de mètres de moi.

Je reconnus sa robe ornée de pins verts. L'homme se demandait certainement ce qu'il était advenu de son manteau.

Dans la même collection

Sharon Maas
Noces indiennes

À Madras, Savitri, la fille du cuisinier, aime David, le fils des maîtres anglais. Cet amour saura-t-il résister au poids des traditions ? Nat est l'enfant adoptif d'un médecin blanc qui soigne les malades démunis d'une province indienne. Parti à Londres faire des études, parviendra-t-il à ne pas oublier d'où il vient ? Saroj vit une existence riante en Guyane britannique jusqu'au jour où son père lui impose un mari...

Roman foisonnant, vibrant de violence et d'amour, *Noces indiennes* mêle, avec un brio époustouflant, le récit de trois destins exceptionnels qui finissent par se rencontrer au-delà des époques, des continents et des races.

JL 6556

Jean-Michel Riou
L'insoumise du Roi Soleil

Quand Hélène de Montbellay, jeune noble provinciale, se rend à Versailles pour réparer l'injustice faite à son père, son innocence ne lui permet pas d'imaginer les dangers auxquels elle va être confrontée. Armée de son courage et de son intelligence, animée d'une soif de justice inébranlable, la jeune fille va tenter de défaire les entrelacs d'un complot religieux pour convaincre le roi de l'honneur de sa lignée, du mérite de son père.

À Paris comme à Versailles pullulent empoisonneurs, comploteurs et espions contre lesquels Hélène va devoir lutter si elle souhaite attirer vers elle la lumière du Roi-Soleil. À moins que sa gloire personnelle ne désire un autre éclat, celui de la justice et de l'amour...

JL 8289